Zum Buch:

Nie hätte Samantha gedacht, dass ihr heißer One-Night-Stand zu einer Hochzeit führen könnte. Jetzt denken sie und Nick sogar darüber nach, ihre Familie zu vergrößern. Allerdings gestaltet sich die Sache mit dem trauten Heim schwieriger als geahnt. Denn ein verschwundenes Kind fordert die ganze Aufmerksamkeit der toughen Ermittlerin. Gleichzeitig nimmt Nicks politische Karriere unerwartet Fahrt auf und macht für Sam alles komplizierter. Für zusätzlichen Zündstoff sorgt ein gut aussehender FBI-Agent, in dem Nick eine Bedrohung für seine Beziehung sieht.

Zur Autorin:

Marie Force arbeitete für eine Lokalzeitung, bevor sie sich hauptberuflich dem Schreiben widmete. Ihre Lebensziele sind relativ einfach: ihre zwei Kinder zu glücklichen Erwachsenen zu erziehen, so lange wie möglich Romane zu verfassen und nie in den Nachrichten erwähnt zu werden, weil sie auf der Flucht ist. Zusammen mit ihrer Familie und zwei Hunden lebt die Erfolgsautorin in Rhode Island.

Lieferbare Titel:

Mörderische Sühne
Verhängnis der Begierde
Jenseits der Sünde
Wenn die Rache erwacht

Marie Force

Bittersüßer Zorn

Roman

Aus dem Amerikanischen von
Christian Trautmann

MIRA® TASCHENBUCH
Band 26095

1. Auflage: Januar 2018
Copyright © 2018 by MIRA Taschenbuch
in der HarperCollins Germany GmbH
Deutsche Erstausgabe

Titel der amerikanischen Originalausgabe:
Fatal Deception
Copyright © 2012 by HTJB, Inc.
erschienen bei: Carina Press, Toronto

After the Final Epilogue
Copyright © 2015 by HTJB, Inc.
erschienen bei: Carina Press, Toronto

Published by arrangement with
HARLEQUIN ENTERPRISES II B.V./S. á r. l.

Leseprobe
Fatal Mistake
Copyright © 2013 by HTJB, Inc.
erschienen bei: Carina Press, Toronto

Umschlaggestaltung: bürosüd, München
Umschlagabbildung: Fabrizio Romagnoli, EyeEM/GettyImages;
www.buerosued.de
Redaktion: Michael Meyer
Satz: GGP Media GmbH, Pößneck
Printed in Germany
Dieses Buch wurde auf FSC®-zertifiziertem Papier gedruckt.
ISBN 978-3-95649-769-8

www.mira-taschenbuch.de

Werden Sie Fan von MIRA Taschenbuch auf Facebook!

1. Kapitel

„Kann es denn wirklich so viele verschiedene Sorten Käsemakkaroni geben?", fragte Lieutenant Sam Holland den US-Senator Nick Cappuano.

Sams für gewöhnlich unerschütterlicher Gatte machte aufgrund der riesigen Auswahl ein ziemlich verstörtes Gesicht. „Woher sollen wir denn wissen, welche wir kaufen müssen?"

Es gab Spiralnudeln und andere Formen sowie etwas, das sich *Leicht gemacht* nannte, doch Sam befürchtete, dass es für alle anderen leicht war, nur nicht für sie. „Vielleicht sollten wir warten, bis Scotty hier ist, und ihn dann seine Lieblingssorte selbst aussuchen lassen."

„Ich möchte, dass wir das dahaben, was er gerne mag. Wie schwer kann das sein?"

Sam ließ den Blick noch einmal über die Regale schweifen und fand, es könnte durchaus schwer sein. „Man hätte ja auch nicht gedacht, dass es so viele verschiedene Chicken-Nuggets-Sorten gibt, oder?"

Vor dieser Frage schien er zu kapitulieren. Sam schob den Einkaufswagen zur Seite und nahm Nick in den Arm. Überrascht von dieser seltenen Gefühlsbekundung in der Öffentlichkeit, erwiderte er die Umarmung. „Wie soll ich ihn davon überzeugen, dauerhaft bei uns zu leben, wenn ich für einen dreiwöchigen Besuch nicht mal das mit den Käsemakkaroni geregelt kriege?"

„Das Essen wird ihm völlig egal sein, Nick. Ihm ist es wichtig, mit dir zusammen zu sein."

„Und mit dir."

Sam schaute sich in dem vollen Supermarkt um und fühlte sich überwältigt von der Aufgabe. Mörder zu jagen war ein Kinderspiel gegen diesen Einkauf. „Was tun wir überhaupt hier?"

Leise lachend küsste Nick ihre Wange und löste sich anschließend von ihr. „Wir machen das, was ganz normale Leute tun, wenn sie einen Gast haben, der eine Weile bei ihnen wohnt."

„Dann sind wir jetzt also ganz normale Leute?"

„Zumindest für ein paar Minuten." Nick nahm die Packung mit dem Aufdruck *Leicht gemacht* aus dem Regal und legte sie in den Einkaufswagen. „Hoffen wir das Beste."

„Wenn er die nicht mag, sag ich ihm, dass du sie ausgesucht hast."

„Das ist nett von dir, Babe", erwiderte er und lenkte den Wagen zum Gang mit den Chicken Nuggets. „Ich habe übrigens nachgedacht."

Sam genoss den Anblick seines Hinterns in den engen Jeans, während sie ihm durch den Supermarkt folgte. Nick hatte volles braunes Haar, das sich an den Enden ringelte, haselnussbraune Augen und einen Mund, der geschaffen war für die Sünde. Und er setzte diesen Mund regelmäßig sündhaft gut ein. „Worüber?"

„Wir brauchen Hilfe."

„Wobei?"

„Lass es mich anders formulieren: Wir brauchen jemanden, der unser Leben organisiert, besonders da Scottys Besuch bevorsteht. Was ist, wenn wir tief in der Arbeit stecken und uns gerade mal nicht loseisen können?"

Sam überlegte. „Dann könnte mein Vater auf ihn passen."

„Stimmt, aber dein Dad und Celia haben auch ihr eigenes Leben. Wenn Scotty bei uns wohnt, sind wir für ihn verantwortlich."

„Was meinst du denn, was wir brauchen?"

„Jemanden, der sich um ihn kümmert, wenn wir nicht zu Hause sind. Der ihn zum Training fährt, wenn wir es nicht schaffen. Der dafür sorgt, dass das Haus nicht wie ein Schlachtfeld aussieht, dass die Sachen von der Reinigung abgeholt und die Rechnungen bezahlt werden. Jemanden, der das Abendessen kocht und den Alltag regelt."

Sam rollte mit den Schultern und fand die Vorstellung, jemanden dafür zu bezahlen, dass sie bevormundet wurde, wenig verlockend. „Ich weiß nicht ..."

„Jemanden, der Käsemakkaroni und Chicken Nuggets kauft", fuhr er mit diesem charmanten Lächeln fort, bei dem sie jedes Mal weiche Knie bekam. „Du wirst nie wieder einen Supermarkt betreten müssen."

„Solche Versprechungen sind unfair, Senator."

„Wir brauchen jemanden wie Shelby." Diese zierliche, energiegeladene Person hatte ihre Traumhochzeit in nur sechs Wochen organisiert. „Eine, die sich gegen dich behaupten kann", fügte er hinzu und duckte sich, als sie daraufhin scherzhaft nach ihm ausholte.

„Warum muss es eine Sie sein? Ich stelle mir da eher einen leckeren, muskelbepackten Kerl namens Sven vor."

Nick warf ihr über die Schulter hinweg einen Blick zu und verdrehte die Augen. „Es muss keine Sie sein. Einfach nur jemand, der es mit dir aufnehmen kann."

Obwohl er damit absolut recht hatte, würde sie das niemals zugeben. „Du bewegst dich auf dünnem Eis, mein Freund." Sie ging hinter ihm her in den Tiefkühlkost-Gang und durch einen zweiten, bis er vor einer verwirrenden Auswahl an Chicken Nuggets stehen blieb. „Vielleicht wäre Shelby ja offen für eine kleine berufliche Veränderung."

Lachend schlang Nick den Arm um sie. „Wir könnten sie fragen."

„Sie wird nicht wollen. Ihr Laden boomt doch."

„Weiß man nie. Fragen kostet nichts. Möglicherweise kennt sie auch jemanden, der interessiert wäre."

„Wollen wir das wirklich machen?"

„Wir hören uns mal um und schauen, was dabei herauskommt."

„Und du glaubst, dass diese Sie, die dir vorschwebt, dann genau weiß, welche Chicken Nuggets sie kaufen muss?"

Er öffnete die Tür eines Tiefkühlregals, holte eine Packung Hähnchenbruststücke heraus, betrachtete sie und legte sie zurück. „Schlimmer als wir kann sie auch nicht sein."

„Das ist mal sicher." Sams Handy klingelte. „Und gerettet."

Er runzelte die Stirn. Ihrem so raren freien Tag war reichliches Jonglieren mit Terminen vorangegangen, deshalb hoffte sie, dieser Anruf würde ihre gemeinsamen Pläne nicht zunichtemachen. Sie hatten sogar die übliche Einladung zum Sonntagsessen in Leesburg, Virginia, bei seinen Ersatzeltern, dem Senator im Ruhestand Graham O'Connor und seiner Frau Laine, abgelehnt.

Sam nahm das Gespräch an. „Holland."

Während Sam telefonierte, setzte sich Nick mit den Hähnchenbrust-Optionen auseinander. Schon seit Tagen war er nervös wegen Scottys bevorstehendem Besuch. Die kommenden drei Wochen waren tatsächlich ein Probelauf für sie alle. Der Junge, den Nick auf seiner Wahlkampftour in einem Kinderheim in Richmond kennengelernt hatte, war ihnen schnell ans Herz gewachsen. Als Nick ihn gefragt hatte, ob er dauerhaft bei ihnen leben wollte, hatte Scottys Zögern ihn zunächst überrascht. Im Nachhinein konnte Nick jedoch verstehen, dass es dem Zwölfjährigen schwerfiel, den Ort zu verlassen, der sein Zuhause geworden war.

Umso mehr hatte er sich gefreut, als Scotty ein Baseballcamp in der Gegend erwähnt und vorgeschlagen hatte, für die

Dauer des Camps bei ihnen zu wohnen. Nick wollte, dass es für alle perfekt wurde, daher seine Nervosität. Denn in ihrem Leben war nichts je perfekt. Die meiste Zeit war es sogar ein ziemlich blutiger Zirkus – buchstäblich –, weil Sam Mörder jagte, während er mitten im Wahlkampf steckte.

An einem normalen Tag konnten sie von Glück sagen, wenn sie zehn ungestörte Minuten miteinander verbringen konnten. Wozu ein Kind in diesen Irrsinn hineinziehen? Doch welche Wahl blieb ihnen? Der Junge war ihnen nun mal ans Herz gewachsen, und jetzt konnte Nick nur hoffen, dass sie ihm genauso wichtig werden würden.

„Was ist los?", erkundigte sich Sam.

Er riss sich vom Anblick der Chicken Nuggets los und sah sie an. „War das beruflich?"

Sie schüttelte den Kopf. „Tracy hatte mal wieder einen Riesenkrach mit Brooke." Sams Schwester befand sich seit Monaten im Dritten Weltkrieg mit ihrer pubertierenden Tochter. „Es wird immer schlimmer."

„Das ist hart."

„Trace ist völlig fertig mit den Nerven." Sie hob die Hand, um seine Wange zu streicheln. „Warum machst du so ein besorgtes Gesicht?"

„Ich habe an Scotty gedacht."

„Und?"

„Was, wenn dieser Besuch ein Desaster wird? Was, wenn wir unsere einzige Chance mit ihm vermasseln?"

Sam trat näher, legte die Hände auf seine Schultern und schaute ihm fest in die Augen. „Es wird kein Desaster. Es wird der ganz normale Alltag. Er muss ja sehen, wie unser Leben wirklich ist – das Gute, das Schlechte, das Hässliche. Es hat doch keinen Sinn, da irgendetwas zu beschönigen. Wenn er tatsächlich bei uns lebt, muss er erfahren, auf was er sich einlässt und mit wem."

Amüsiert und gerührt von ihren Bemühungen, ihn aufzumuntern, meinte er: „Und mit wem lässt er sich ein?"

„Mit zwei Menschen, die ihn lieben, die sich um ihn kümmern und ihn unterstützen werden – immer."

„Du hast recht. Natürlich hast du recht."

„Habe ich meistens", erwiderte sie mit einem frechen Grinsen, das ihn zum Lachen brachte.

„Ich weigere mich, das mit einer Antwort zu würdigen, sonst muss ich mir das für den Rest meines Lebens anhören." Er holte eine Packung Chicken Nuggets aus dem Tiefkühlregal und warf sie in den Einkaufswagen. „Hoffen wir mal, dass etwas dabei ist, das er essen wird. Wenn alle Stricke reißen, gibt es ja immer noch sein Lieblingsessen: Spaghetti."

„Das können selbst wir nicht vermurksen."

„Na, beschrei es nicht."

Sie ergriff seine Hand und verschränkte ihre Finger mit seinen. „Es wird ganz toll, das verspreche ich dir."

Da seine wunderbare Frau wirklich oft recht hatte, glaubte Nick ihr. Zum ersten Mal seit Tagen ließ seine Unruhe ein wenig nach. Vielleicht würde ja doch alles gut werden.

Nachdem sie zu Hause die Lebensmittel verstaut hatten, machte Nick sich auf die Suche nach Sam und fand sie im Arbeitszimmer vor dem Computer. „Äh, entschuldige. Freier Tag. Schon vergessen?"

„Ich muss mal kurz in die Mails schauen, danach gehöre ich ganz dir."

Er legte von hinten die Arme um sie und stutzte, als er bemerkte, dass sie die Sachen auf seinem Schreibtisch durcheinandergebracht hatte – mal wieder. „Also ehrlich, Samantha. Muss das denn jedes Mal sein?"

Die Küsse, die er an den kitzligsten Stellen ihres Nackens platzierte, brachten sie noch mehr zum Lachen.

Dann schaltete er kurzerhand den Monitor aus. „So, du bist fertig." Während er sie mit weiteren Küssen verwöhnte, meinte er: „Was hältst du von einem Ausflug nach Georgetown? Ich wette, Shelby, dieser Workaholic, ist heute in ihrem Laden. Wir könnten vorbeischauen und Hallo sagen. Und wenn sie nicht da ist, essen wir irgendwo was und machen einen Schaufensterbummel."

Sie schlang einen Arm um ihn und zog ihn für einen richtigen Kuss zu sich herunter. „Nur einen Schaufensterbummel?"

„Was immer du möchtest, meine Liebe."

„Oh, das klingt gut."

„Also, lass uns fahren."

Sie nahmen ein Taxi in das mondäne Viertel, in dem Shelby eine kleine Hochzeitsboutique führte. „Verdammt", stieß Sam hervor, als sie das *Geschlossen*-Schild in der Eingangstür sah. „Es war wohl zu viel erwartet, dass sie heute offen haben würde."

„Schau mal." Nick deutete auf den pinkfarbenen Mini Cooper, der auf der gegenüberliegenden Straßenseite parkte. „Wem sonst könnte der gehören?"

„Stimmt."

„Ruf sie an, vielleicht lässt sie uns rein."

Sam holte ihr Handy aus der Tasche und wählte die Nummer.

„Haben Sie es schon vergeigt mit Ihrem sexy Senator?", meldete Shelby sich.

„Haha. Nein, ich habe es nicht schon vergeigt mit ihm", erwiderte Sam und lächelte Nick an. „Aber vielen Dank für Ihr Vertrauen. Wir stehen vor Ihrem Geschäft. Haben Sie Zeit für einen kurzen Besuch?"

„Für Sie? Aber immer!"

Sam legte auf. „Sie kommt."

Eine Minute später erschien Shelby an der Tür, um sie

hereinzulassen. Die zierliche blonde Frau im pinkfarbenen Jogginganzug begrüßte sie mit Umarmungen und entzückten Quietschlauten, obwohl ihr Gesicht verschwollen und gerötet war. „Sie sehen fantastisch aus! Das Eheleben bekommt Ihnen definitiv. Sind Sie wegen des Ersatzkleids hier? Vera hat es mir bis zum Ende des Monats versprochen. Ich kann immer noch nicht glauben, dass jemand ein Vera-Wang-Original zerschnitten hat!"

„Was ist los, Shelby?", wollte Sam wissen. „Haben Sie geweint?"

„O nein. Allergien." Sie führte die zwei nach hinten in ihr Büro. „Die setzen mir um diese Jahreszeit höllisch zu."

Sam zog hinter Shelbys Rücken eine Grimasse, um Nick zu signalisieren, dass sie der Frau kein Wort glaubte.

Nachdem sie in pinkfarbenen Ledersesseln Platz genommen und jeder ein Glas pinkfarbener Limonade erhalten hatte, klatschte Shelby in die Hände und stieß einen weiteren albernen Laut aus. „Es ist schön, Sie beide zu sehen! Ich freue mich total, dass Sie vorbeigeschaut haben. Das Kleid müsste bald da sein. Dummerweise haben wir Vera mitten in der Frühjahrs-Hochzeitssaison erwischt."

„Eigentlich sind wir nicht wegen des Kleids hier, obwohl wir Ihre Hilfe bei dem Versuch, es zu ersetzen, sehr zu schätzen wissen", sagte Nick und blickte zu Sam. „Es gibt einen anderen Grund."

„Und welcher wäre das?", erkundigte sich Shelby.

„Wir haben uns gefragt, ob Sie vielleicht jemanden kennen, der an einem Job interessiert ist."

„Was für ein Job?"

„Im Grunde suchen wir jemanden, der unser Leben organisiert." Sam erläuterte ihr die Situation mit Scotty – dass er eine Weile bei ihnen wohnen würde, sie jedoch darauf hofften, ihn adoptieren zu können, und deshalb jemanden brauchten, der ihnen bei den täglichen Kleinigkeiten half. „Kennen Sie jemanden, der dafür geeignet ist?"

Als sie zu Ende gesprochen hatte, rannen Shelby plötzlich Tränen übers Gesicht.

Alarmiert schaute Sam zu ihrem Mann, ehe sie sich wieder an Shelby wandte: „Was ist denn los?"

„Es tut mir so leid." Hektisch wischte Shelby über ihre Wangen. „Ich bin in letzter Zeit das reinste Nervenbündel. Es sind die Hormone, die schaffen mich. Und das Unternehmen. Ich versuche herauszufinden, was ich tun soll, und nun tauchen Sie hier auf und wollen ..."

„Wir wollen Sie", meinte Sam, „oder jemanden, der genauso straff organisiert ist wie Sie."

„Und mit ihr fertigwird", ergänzte Nick, mit dem Daumen auf Sam deutend.

Sam warf ihm einen finsteren Blick zu, und Shelby musste lachen, trotz der Tränen. „Ich sollte es erklären. Ich habe versucht, schwanger zu werden. Ich weiß, es scheint verrückt zu sein, aber ich bin zweiundvierzig, und ich habe es satt, auf Mr. Right zu warten. Ich will unbedingt ein Baby, verstehen Sie?"

Nick ergriff Sams Hand und drückte sie. „Ja, das verstehen wir." An das Baby zu denken, das sie im Februar verloren hatten, riss eine noch nicht verheilte Wunde wieder auf.

„Ich erlebe Paare an den schönsten Tagen ihres Lebens und wünsche mir die ganze Zeit, dass mir das auch irgendwann passiert. Bevor Sie mich besuchten, habe ich hier gesessen, Papierkram erledigt und geweint, während ich mich fragte, wie lange ich das noch aushalte. Ich bin zu dem Schluss gekommen, dass ich entweder die Firma aufgeben muss oder den Babywunsch, denn ich kann ja schlecht mit glücklichen Menschen zusammenarbeiten und mir dabei ständig die Augen aus dem Kopf heulen."

Sam horchte auf. „Heißt das, Sie …?"

„Es wäre mir eine Ehre, für Sie zwei zu arbeiten – und Ihnen dabei zu helfen, sich um Scotty zu kümmern, der wirklich absolut liebenswert ist."

„Im Ernst?" Nick war erstaunt. „Was ist mit Ihrem Geschäft?"

Shelby zuckte mit den Schultern, als ob es keine große Sache war, ein erfolgreiches Unternehmen aufzugeben. „Ich habe Leute, die ihn für mich weiterführen können. Ich werde aus der Ferne ein Auge darauf haben."

„Sind Sie sich sicher?", hakte Sam nach.

„Ihr Besuch heute ist das Zeichen, auf das ich gewartet habe. Ich brauche eine Veränderung, und erneut mit Ihnen zusammenzuarbeiten wäre wunderbar. Solange Sie sich nicht daran stören, wenn ich gelegentlich in Tränen ausbreche."

„Ganz und gar nicht", versicherte Nick ihr.

Sam nickte. „Wann können Sie anfangen?"

„Wie wäre es Montag in einer Woche?"

„Wow, das wäre großartig", antwortete Nick. „Das ist der Tag nach Scottys Ankunft."

„Allerdings muss ich daneben noch einige Monate lang die Wochenend-Hochzeiten ausrichten, die ich schon angenommen habe. Ich hoffe, das ist in Ordnung."

„Selbstverständlich", erwiderte Sam, noch immer nicht völlig überzeugt von Nicks Plan, der sich jedoch ziemlich leicht verwirklichen zu lassen schien. Sie war sich zudem nicht sicher, wie sie sich in der permanenten Gegenwart einer anderen Frau mit Fruchtbarkeitsproblemen fühlen würde, wo sie doch bereits genug mit ihren eigenen Sorgen auf diesem Gebiet zu kämpfen hatte. „Ich sollte vielleicht noch die Uniform erwähnen."

Nick starrte sie an. „Welche Uniform? Darüber haben wir nicht gesprochen."

Ohne eine Miene zu verziehen, erklärte Sam: „Pink ist vollkommen tabu. Ich fürchte, sonst wird das nichts."

Nick und Shelby lachten, genau wie Sam es erwartet hatte. „Ich kann nicht glauben, dass das passiert", meinte Shelby und gab ein weiteres Quietschen von sich. „Es ist, als ob meine Gebete erhört worden sind."

„Für uns auch", entgegnete Nick, als Sams Telefon klingelte.

„Mist", murmelte sie und sah ihn bedauernd an. „Das ist die Zentrale."

„Da war's mit unserem freien Tag", meinte er zu Shelby. Während Sam beschäftigt war, klärte er die Gehaltsfrage mit Shelby.

Schockiert lauschte Sam der routinierten Auflistung der Details aus der Einsatzzentrale.

Nick schaute zu ihr. „Was ist los, Babe?"

Ihre Stimme war kaum mehr als ein Flüstern. „Victoria Kavanaugh wurde ermordet."

2. Kapitel

„Weißt du, was passiert ist?", fragte Nick, als sie in einem Taxi zurück nach Capitol Hill rasten, um dort ins eigene Auto umzusteigen.

Sam wusste, dass er an seinen engen Freund Derek Kavanaugh, den stellvertretenden Stabschef des Weißen Hauses, und dessen wunderschöne lebhafte Frau Victoria dachte.

„Derek kam nach Wochenendterminen in Camp David nach Hause und fand sie auf dem Küchenfußboden. Warte mal." Sie hob den Zeigefinger. „Cruz, wir haben einen Mord." Sam nannte ihrem Partner die bisher bekannten Fakten. „Wir sehen uns dort."

„Was ist mit Maeve?", erkundigte Nick sich nach der kleinen Tochter der Kavanaughs.

„Sie befand sich nicht im Haus."

„Dann ist sie ..."

„Wir wissen es nicht. Victoria könnte sie bei jemandem gelassen haben ..."

„Technisch betrachtet gilt sie demnach als vermisst."

„Vorübergehend."

„Du lieber Himmel", flüsterte Nick. „Armer Derek."

Sam schaute aus dem Fenster, während die Stadt in einem verschwommenen Durcheinander aus Menschen und Gebäuden vorbeiflog. In Washington herrschte derzeit sehr hohe Luftfeuchtigkeit. Die Einheimischen nannten es die Hundstage. Als das Taxi vor ihrem Haus hielt, gab Nick dem Fahrer einen Schein, dann eilten sie zu Nicks Wagen, der näher war als Sams.

„Es hat Monate gedauert, bis er den Mut gesammelt hatte, sie um ein Date zu bitten", meinte Nick, während er zum Haus der Kavanaughs fuhr, das zwei Blocks entfernt war.

Sam nahm seine freie Hand und hielt sie fest. „Es tut mir schrecklich leid. Sie war reizend. Ich kann nur ahnen, was er jetzt durchmacht."

Er sah sie an. „Du wirst nicht gegen ihn ermitteln, oder?"

„Ich werde ihn befragen müssen. Allerdings war er mit dem Präsidenten zusammen, als sie ermordet wurde. Das dürfte ein ziemlich solides Alibi sein."

„Und Maeve?"

„Sie zu finden wird oberste Priorität haben."

„Ist es in Ordnung, wenn ich Harry anrufe?", fragte er, auf Dereks und seinen gemeinsamen Freund anspielend. „Derek würde sicher wollen, dass er an seiner Seite ist."

„Klar. Ich sehe kein Problem darin."

Als sie aus dem Auto stiegen, kam ihnen ein Streifenpolizist entgegen.

„Womit haben wir es hier zu tun?", fragte Sam den Beamten.

„Lieutenant", begrüßte der junge Officer sie und nickte auch Nick zu. „Mr. Kavanaugh ist nach zwei Tagen in Camp David nach Hause zurückgekehrt und hat seine Frau tot auf dem Küchenfußboden vorgefunden. Ihre dreizehn Monate alte Tochter befand sich nicht im Gebäude. Er ruft nun die Großeltern, Tanten, Onkel und alle Freunde der Familie an, um zu erfahren, ob sich das Kind vielleicht bei einem von ihnen aufhält." Der Officer zeigte auf Derek, der telefonierend vor dem Haus auf und ab lief.

„Danke." Sam deutete auf Nick. „Der Senator begleitet mich."

„Ja, Ma'am."

Sie gingen zu Derek, der sichtlich in sich zusammenfiel, als er sie auf sich zukommen sah. Rasch beendete er sein Telefonat.

„Jemand hat Vic umgebracht", sagte er ungläubig.

„Es tut mir schrecklich leid." Nick schloss seinen Freund in die Arme, während der hilflos schluchzte.

Da Kummer ihr stets Unbehagen bereitete, hielt Sam sich im Hintergrund und ließ ihren Mann tun, was er am besten konnte. Sie wollte schnellstmöglich ins Haus und mit der Arbeit beginnen. Nick umarmte Derek eine ganze Weile und versicherte ihm mit sanfter Stimme, dass sie alles in ihrer Macht Stehende für ihn und Maeve tun würden.

„Ich kann Maeve nicht finden", stieß Derek zwischen zwei Schluchzern hervor. „Niemand weiß, wo sie ist. Vic meinte, sie wollten ein Frauenwochenende machen, während ich arbeite ... Wenn ich doch nur hier gewesen wäre! Wer kann das getan haben?"

„Das wissen wir noch nicht, Derek", antwortete Sam. „Aber ich verspreche dir, wir werden es herausfinden, und wir werden Maeve finden." Sie sagte das trotz des unguten Gefühls, das sie beschlich. Inzwischen konnte das Kind überall sein. Rasch verdrängte sie diesen deprimierenden Gedanken und konzentrierte sich. „Ich benötige deine Hilfe."

„Was kann ich tun?" Derek wischte sich die Tränen aus dem Gesicht.

„Ich muss für ein paar Minuten ins Haus, und anschließend fahren wir in die Stadt, um zu reden."

„Ich gelte nicht als verdächtig, oder? Ich hätte ihr niemals etwas antun können. Sie war mein Leben."

„Man hat mir erzählt, du hättest ein solides Alibi."

Derek nickte. „Ich war das gesamte Wochenende mit dem Präsidenten, dem Beraterstab und der Wahlkampfleitung zusammen."

„Gut." Sie schaute zu Nick. „Bleib hier, bis ich zurück bin, ja?"

Ihr Mann nickte, denn er wusste, dass sie von ihm erwartete, Derek beizustehen, während sie sich den Tatort ansah.

Der Streifenpolizist hielt das gelbe Absperrband für sie hoch, und sie duckte sich darunter hindurch. Drinnen ging sie in die Küche im hinteren Teil des Hauses, wo die Gerichtsmedizinerin Dr. Lindsey McNamara die Leiche auf dem Boden untersuchte. Victorias langes, dunkles Haar lag ausgebreitet um ihren Kopf. Blutergüsse bedeckten ihr Gesicht, die Lippen waren blau. Sie trug schwarze Yoga-Pants und ein gelbes T-Shirt.

Sam erschauderte beim Anblick der Frau, die sie in den Monaten, seit sie mit Nick zusammen war, oft getroffen hatte.

Lindsey schaute auf, in ihren grünen Augen lag Mitgefühl. „Zu Brei geschlagen und dann erwürgt", sagte die Gerichtsmedizinerin, auf die dunklen Male an Victorias Hals deutend.

Die umgeworfenen Stühle und das zerbrochene Geschirr auf dem Boden waren offenbar Spuren eines Kampfes.

„Irgendwelche Hinweise auf ein Sexualdelikt?", erkundigte Sam sich.

„Auf den ersten Blick nicht, aber nach der Autopsie weiß ich mehr. Auf jeden Fall hat sie sich gewehrt." Lindsey hob Victorias rechte Hand, deren Fingerknöchel Prellungen aufwiesen. „Ich bin froh, dass sie ein paar Treffer landen konnte."

„Genützt hat es ihr nichts."

„Sieht auch nach Hautfetzen unter den Nägeln aus", fügte Lindsey hinzu.

Sam verständigte die Spurensicherung und sah sich anschließend in dem sehr gut ausgestatteten Haus um. Überall waren Fotos von dem blonden kleinen Mädchen, das offenbar der Mittelpunkt des Lebens der Eltern war. Dazwischen befanden sich Aufnahmen von Derek mit seinem Chef, dem Präsidenten der Vereinigten Staaten, sowie anderen politischen Größen, außerdem Bilder von seinen Eltern sowie, der Ähnlichkeit nach zu urteilen, von seinen Geschwistern und deren Familien.

An der Wand im Arbeitszimmer hingen seine gerahmten Urkunden von der Yale University und der Yale Law School zusammen mit einer von der John F. Kennedy School of Government in Harvard sowie Victorias Abschlusszeugnis vom Bryn Mawr College, auf dem noch ihr Mädchenname Taft vermerkt war. Sam zog ihren Notizblock aus der Gesäßtasche und schrieb sich den Namen auf, außerdem das Jahr ihres Abschlusses. In den Regalen im Raum standen Sportpokale, die Sam genauer betrachtete. Alle gehörten Derek. Auf der St. George's School in Rhode Island hatte er Fußball und Lacrosse gespielt.

Sam fand es seltsam, dass sie nirgends Fotos von Victoria entdecken konnte, auf denen sie mit jemand anderem als mit ihrem Ehemann und ihrer Tochter zu sehen war. Im Elternschlafzimmer, das in Blautönen mit weißen Akzenten gehalten war, nahm sie ein Bild in einem silbernen Rahmen in die Hand, das Derek, Victoria und Maeve zeigte. Eingehend musterte sie das Gesicht der ermordeten Frau. Ihr fielen das fröhliche Lachen und die glücklich leuchtenden braunen Augen auf.

Sie dachte an das, was sie über Victoria wusste, an allgemeine Eindrücke, Unterhaltungsfetzen der vergangenen acht Monate. Sam, die sich selbst ein wenig für einen Modefreak hielt, war sich neben Victoria mit ihrer natürlichen Eleganz und mühelosen sexy Ausstrahlung wie eine Amateurin vorgekommen.

Sie hätte Victoria glatt um diese Anmut beneidet, wenn sie nicht warmherzig, echt und witzig gewesen wäre. Sam hatte sie stets als glückliche, zufriedene Person erlebt, die ihren eher zurückhaltenden, aber kultivierten Mann liebte und ganz verzückt war von ihrer süßen kleinen Tochter.

Eine tiefe, alles durchdringende Traurigkeit breitete sich mit einem Mal in Sam aus. Victoria hätte durchaus eine gute Freundin werden können, wenn Sam sich die Zeit genommen hätte, sie besser kennenzulernen.

„Wir werden dein kleines Mädchen finden", flüsterte Sam, ehe sie ein Räuspern hinter sich hörte. Sie stellte das Foto wieder auf den Nachtschrank und drehte sich zu ihrem Partner Detective Freddie Cruz um. Dessen dunkles Haar war zerzaust, und er wirkte verschlafen und zerknittert. Seit er vor einigen Monaten mit seiner Freundin Elin zusammengezogen war, sah er ständig aus, als ob er gerade aus dem Bett gefallen war – was meistens auch den Tatsachen entsprach.

„Womit haben wir es zu tun?", erkundigte er sich und schaute sich in dem großen Schlafzimmer um.

Sam unterrichtete ihn über das, was sie bisher wusste. „Die Spurensicherung ist unterwegs", fügte sie hinzu. Die Detectives würden jeden Quadratzentimeter des Hauses auf der Suche nach Beweisen untersuchen.

„Sie war eine Freundin von dir, nicht wahr?"

Nachdenklich betrachtete Sam das Foto. „Wir haben uns gelegentlich gesehen. Ihr Mann und Nick sind gute Freunde, aber ich kannte sie nicht allzu gut. Sie hatte immer ihr Baby dabei, deshalb war es nicht leicht, über etwas anderes als über Maeve zu plaudern." Sie verschwieg, dass sie eifersüchtig auf Victoria gewesen war – wegen des Babys, das Sam ja verwehrt blieb. „Ich brauche Mr. Kavanaugh im Hauptquartier, damit wir loslegen können. Kannst du die Nachbarn befragen und auf die Spurensicherung warten?"

„Mach ich."

„Danke." Sam ging nach unten, wo Lindsey den Abtransport von Victorias Leiche überwachte.

Dereks hohes Wehklagen beim Anblick des Leichensacks brach Sam das Herz. Sie konnte sich nicht einmal ausmalen, was er empfand – und wollte es auch gar nicht. Die Vorstellung, ihren wundervollen Mann durch einen gewaltsamen Tod zu verlieren, war unerträglich.

Ihr wundervoller Mann tröstete gerade seinen Freund, der hemmungslos weinte.

Von der anderen Straßenseite aus machten die Fotografen sämtlicher Zeitungen dieser Stadt Bilder von den beiden Männern.

„Jag sie weg", fuhr Sam Freddie an. „Herzlose Bastarde."

Darren Tabor vom *Washington Star* überquerte die Straße. „Was ist hier passiert, Lieutenant?"

„Warum müsst ihr Aasgeier unbedingt Fotos vom unvorstellbaren Kummer eines Mannes schießen?"

„Weil er der stellvertretende Stabschef des Präsidenten ist und getröstet wird von einem der beliebtesten Senatoren des Landes." Darren zuckte mit den Schultern. „Mit dem Foto verkaufen wir morgen eine ganze Menge Zeitungen."

„Das ist krank."

„Kann sein."

Sam dachte an das Versprechen, das sie der toten Victoria gegeben hatte, und zwang sich, Blickkontakt mit dem ernsthaften jungen Mann herzustellen, der ihr einmal einen sehr großen persönlichen Gefallen getan hatte, was sie nicht so leicht vergessen würde. „Gebt bekannt, dass Kavanaughs Tochter vermisst wird. Maeve ist dreizehn Monate alt. Vermutlich wurde sie am Tatort gekidnappt."

„Heiliger Strohsack."

„Tun Sie es, Darren. Je schneller alle nach ihr Ausschau halten, umso eher finden wir sie. Cruz, geh mal ins Haus und hol ein Bild von dem Kind. Beeil dich."

„Schon unterwegs."

„Verbreitet es, so schnell ihr könnt", wandte Sam sich wieder an Darren, der ein bisschen blasser wirkte, als er ohnehin bereits war.

„Das mache ich. Wenn es noch etwas gibt, was Sie mir verraten können, wissen Sie ja, wo ich zu finden bin."

Sam nickte ihm nur kurz zu und eilte zurück zu Derek und Nick. Ihr Freund Dr. Harry Flynn hatte sich zu ihnen gesellt und umarmte Derek.

„Wir müssen Maeve finden", meinte Derek schluchzend. „Wer auch immer Vic das angetan hat, muss auch Maeve entführt haben."

„Wir werden sie finden, aber dazu brauchen wir deine Hilfe. Ich möchte, dass du jetzt ins Hauptquartier mitkommst. Aber bevor wir aufbrechen, solltest du noch deine Familie verständigen und alle anderen, die von Victorias Ermordung und Maeves Entführung nicht erst aus den Medien erfahren sollen."

„Ach du Schande", entgegnete Derek. „Als ich sie anrief, um zu fragen, ob Maeve bei ihnen ist, habe ich ihnen erklärt, sie könnten Vic nicht sprechen ... Ich habe denen noch gar nichts erzählt, weil ... weil ... Ich habe es einfach nicht fertiggebracht."

„Soll ich sie für dich anrufen?", bot Harry an.

„Würdest du das tun?" Derek schien nach dem Vorschlag seines Freundes erleichtert zu sein. „Ich glaube nicht, dass ich die Worte herausbringe ... Das würde es so real machen ..."

„Was ist mit Victorias Familie?", erkundigte sich Sam.

Derek schüttelte den Kopf. „Sie hatte keine. Ihre Eltern sind vor Jahren gestorben, bevor ich sie kennengelernt habe, und sie war ein Einzelkind."

„Tanten, Onkel, Cousinen?"

„Nicht dass ich wüsste."

Sam fand es merkwürdig, dass Victoria niemanden hatte, ließ sich jedoch nichts anmerken, um ihn nicht zusätzlich zu belasten.

„Ja, nur zu, ruf seine Familie an", wandte sie sich an Harry, der Dereks Telefon von ihm entgegennahm.

„Soll ich ihnen von Maeve erzählen?", wollte Harry wissen.

„Du kannst es ihnen ebenso gut sagen", antwortete Sam. „Ich habe den *Star*-Reporter gebeten, es zu verbreiten. Es wird also bald in den Nachrichten erscheinen."

Harry nickte. „Wir sehen uns auf dem Revier", sagte er zu Nick. „Ich will dort sein, falls Derek mich braucht." Er entfernte sich, um die Anrufe zu erledigen.

„Fährst du uns zum Hauptquartier?", fragte Sam Nick, als die Spurensicherung am Tatort erschien. „Ich will den Geiern kein Foto liefern, auf dem zu sehen ist, wie er in einen Streifenwagen einsteigt, obwohl er gar kein Verdächtiger ist."

„Selbstverständlich. Komm, Derek, wir bringen dich in die Stadt, damit Sam herausfinden kann, was passiert ist und wie wir Maeve zurückbekommen."

Während Sam sich mit dem verantwortlichen Detective der Spurensicherung unterhielt, führte Nick seinen Freund zum Wagen und öffnete ihm die hintere Tür.

Sam stieg eine Minute später ein und lächelte ihrem Mann kurz zu, dankbar für seine Hilfe. Für gewöhnlich blieb es an ihr hängen, sich um die Trauernden zu kümmern, und gerade diesen Teil ihres Jobs hasste sie am meisten. Was sollte man zu jemandem sagen, dessen Leben durch eine Gewalttat für immer verändert worden war?

Mit dem Ellbogen klappte Nick die Armlehne hoch, sodass Derek zwischen den Sitzen nicht sehen konnte, wie er Sams Hand nahm und sie den ganzen Weg bis in die Innenstadt festhielt.

„Ich weiß, dein Schmerz ist unermesslich, und ich fühle zutiefst mit dir und Maeve", sagte Sam, sobald sie sich mit Derek in einem der Verhörräume des Hauptquartiers befand. „Trotzdem musst du mir die vergangenen Tage möglichst genau schildern. Deine Termine, Victorias Termine, alles Ungewöhnliche, das sie oder jemand anderes vielleicht gesagt oder getan hat."

Dereks hellbraunes Haar stand ihm zu Berge, als ob er mit den Händen hindurchgefahren war, und seine braunen Augen waren vom Weinen gerötet. Er hatte die Ellbogen auf den Tisch gestützt, ließ den Kopf hängen und schwieg sehr lange.

Seine tiefe Trauer mit anzusehen, machte Sam wütend und angespannt. Jemand, den sie kannte und der zu ihren Freunden zählte, war in ihrer Stadt ermordet worden, und das machte sie stinksauer. Diese Wut würde sie anspornen, bis sie die Person gefunden hatte, die Victoria getötet und Maeve entführt hatte.

„Ich wollte nicht nach Camp David", begann Derek schließlich, und seine Stimme war kaum mehr als ein Flüstern. „Gestern war Vics Geburtstag, deshalb wollte ich bei ihr und Maeve sein."

„Was war der Grund für das Wochenende in Camp David?", fragte Sam.

„Wir feilten an der Parteitagsrede des Präsidenten. Der Nominierungsparteitag findet in zwei Wochen in Charlotte statt." Er sah sie an. „Nicks Name fiel im Zusammenhang mit der Grundsatzrede." Derek atmete schwer aus. „Ich wollte ihn morgen deswegen anrufen." Derek schien erst jetzt wieder klar zu werden, dass sich alle seine Zukunftspläne geändert hatten.

Sam war zwar erstaunt, dass ihr Mann für diese Ehre in Betracht gezogen wurde, doch konnte sie nicht darüber nachdenken, wenn ein Mord und eine Entführung sie beschäftigten. „Hatte Victoria Probleme mit irgendwem?"

„Nein. Du weißt doch, wie sie war – temperamentvoll und freundlich. Alles, was ich nicht war." Der muskulöse, aber drahtige Mann schluchzte und ließ den Kopf in die Hände sinken. „Es tut mir leid. Mir ist klar, dass du auf meine Hilfe baust, aber ich muss ständig daran denken, wo Maeve wohl ist und wie ich ohne Vic leben soll."

Voller Verständnis für seine Situation zog Sam ihren Stuhl näher an seinen, um ihre Hand auf Dereks zu legen. „Das alles ist ein einziger Albtraum, doch die Zeit ist nicht auf unserer Seite, was Maeve angeht. Ich will hier nicht die Statistik bemühen, aber wir müssen sie rasch finden." Sie bemerkte, wie er sich bemühte, sich zusammenzunehmen. „Bist du sicher, dass Victoria in jüngster Zeit keinen Streit oder Konflikt mit irgendwem hatte?"

„Zumindest hat sie mir nichts erzählt."

„Hätte sie das normalerweise getan?"

„Ich denke schon. Wir stehen uns sehr nahe." Dass er die Gegenwartsform benutzte, machte Sam traurig. Familienangehörige von Mordopfern sprachen nach deren plötzlichem Tod fast ausnahmslos im Präsens von ihnen. Der arme Derek hatte noch einen weiten Weg der Trauerbewältigung vor sich. „Ich arbeite viel – zu viel. Besonders in letzter Zeit, seit die heiße Phase des Wahlkampfes begonnen hat. Es ist also möglich, dass etwas vorgefallen ist und sie nicht die Gelegenheit fand, mir davon zu berichten."

„Wenn etwas Größeres passiert wäre, während du mit dem Präsidenten in Camp David weiltest ..."

„Dann hätte sie mich angerufen. Ich mag zwar einen wichtigen Job haben, doch sie weiß, dass sie und Maeve an erster Stelle kommen – immer."

„Ich muss dich nach deiner Arbeit befragen. Könnte irgendwer oder irgendetwas dort im Zusammenhang mit dieser Tat stehen?"

„Das ist meine Aufgabe", meldete sich eine bekannte Stimme von der Tür her.

Sam verkniff sich ein genervtes Stöhnen, als Special Agent Avery Hill vom FBI und ihr Boss Chief Farnsworth den Raum betraten. Hill hatte sich bereits in eine frühere Ermittlung eingemischt, bis Farnsworth ihn nach Quantico zurückgeschickt hatte.

„Ich habe alles im Griff, Hill", sagte Sam in ihrem besten geringschätzigen Ton. „Aber nett, dass Sie mal vorbeigeschaut haben."

„Da ich derjenige mit dem Top-Secret-Zugang bin und nicht Sie", setzte er mit seinem weichen Südstaatenakzent an, der zweifellos bei den meisten Frauen wirkte. Pech für ihn, dass Sam nicht wie die meisten Frauen war. „... werde ich mir Mr. Kavanaughs Arbeit und die möglichen Verbindungen ansehen."

Leider war dieser Kerl auch noch sehr attraktiv, und Sam musste sich eingestehen, dass sie vielleicht interessiert gewesen wäre, ihn näher kennenzulernen – wenn sie nicht seit Kurzem glücklich verheiratet wäre. Er trug das goldblonde Haar zurückgekämmt, was ihm dank der markanten Wangenknochen und ausdrucksstarken bernsteinfarbenen Augen, mit denen er Sam fixierte, ausgezeichnet stand.

Natürlich wählte Nick genau diesen Moment, um ebenfalls den Raum zu betreten und sich danach zu erkundigen, ob Derek etwas zu trinken oder zu essen wünschte. In den letzten acht Monaten war Nick zu einem inoffiziellen Mitglied ihres Teams geworden. Einige Male hatten sie ihn beinah vertretungsweise eingesetzt, deshalb dachte sich niemand etwas dabei, als er auch jetzt hereinkam, als sein Freund gerade befragt wurde. Als Nick die Spannung zwischen Sam und dem Agent bemerkte, hob er nur leicht eine Braue in seiner ansonsten ausdruckslosen Miene.

„Vergessen wir mal das Zuständigkeitsgerangel", schaltete Farnsworth sich mit einem warnenden Blick zu Sam ein. „Schließlich haben wir alle ein Ziel: Maeve Kavanaugh zu finden und Victorias Mörder zu fassen."

Wenn der Mann, den Sam früher Onkel Joe genannt hatte, diesen Ton anschlug, hatte Widerspruch keinen Zweck.

„Folgen Sie mir", befahl er ihr und Hill.

„Entschuldige mich kurz", sagte Sam zu Derek, verärgert über die Unterbrechung.

Auf dem Weg vorbei an Nick verdrehte sie die Augen. Farnsworth ging voran und steuerte einen Konferenzraum an, in dem Detective Ramsey von der Sondereinheit für Sexualdelikte sie zusammen mit einem Kollegen bereits erwartete.

Er nickte Sam zu. „So sieht man sich wieder, Lieutenant."

„Detective." Ihre Wege hatten sich kurz vor Sams Hochzeit gekreuzt, als sie bei ihm Informationen zu einem alten Fall gesucht hatte. Sam hatte einen Zusammenhang mit den ungeklärten Schüssen auf ihren Vater vermutet, doch die Spur hatte sich als Sackgasse erwiesen.

„Das ist mein Partner Detective Harper", stellte Ramsey seinen jüngeren Kollegen vor, der Sam nun die Hand schüttelte.

„Ich habe viel von Ihnen gehört", meinte der junge Polizist. „Freut mich, Sie endlich kennenzulernen."

Ramsey starrte seinen Partner für das vermeintliche Anbiedern finster an, weshalb Harper sich schnell von Sam löste und seine Hand zurückzog.

Noch immer hatte Sam keinen blassen Schimmer, was Ramsey eigentlich gegen sie hatte. Vermutlich wurmte ihn einfach die Tatsache, dass er zehn Jahre älter war als sie, sie aber zwei Dienstgrade über ihm stand. Egal. Sein fragiles Ego war das Letzte, was sie momentan beschäftigte.

„Ich erkläre Ihnen jetzt, wie die Sache läuft", verkündete Farnsworth, als sich auch Sams Mentor Detective Captain Malone zu ihnen gesellte. Farnsworth zeigte auf Sam. „Sie leiten die Ermittlungen im Mordfall Victoria Kavanaugh. Hill ist verantwortlich für die Suche nach möglichen Verbindungen zum Job ihres Mannes. Und Ramsey kümmert sich um die

Suche nach dem vermissten Kind. Hat irgendwer ein Problem damit?"

Das hatte Sam sehr wohl. Ihr Team war gut genug, um ohne Hilfe zu ermitteln, doch sie hielt lieber den Mund, denn der Chief erwartete, dass sie tat, was er anordnete.

„Wer die Zusammenarbeit verweigert, wird von dem Fall abgezogen und hat mit entsprechenden disziplinarischen Maßnahmen zu rechnen", fuhr Farnsworth fort.

Hill grinste Sam selbstzufrieden an. Offenbar war er überzeugt davon, dass sie sich schon sehr bald den besagten disziplinarischen Maßnahmen ausgesetzt sehen würde.

Leck mich, dachte sie. Sie war fest entschlossen, ihr Drittel in dieser Ermittlung zu lösen, während die anderen beiden noch über ihre eigenen Schwänze stolperten. Dieser Gedanke brachte sie zum Lächeln.

Der Chief sah sie an. „Habe ich mich klar genug ausgedrückt, Lieutenant?"

„Ja, Sir", erwiderte sie in ihrem freundlichsten Ton.

Da er dieses sofortige Nachgeben von ihr nicht gewohnt war, von der Freundlichkeit ganz zu schweigen, musterte Farnsworth sie misstrauisch, ehe er sich den anderen zuwandte. „Ramsey? Hill?"

Beide Männer murmelten zustimmend.

„Also, ran an die Arbeit. Und halten Sie mich auf dem Laufenden. Lieutenant, Sie müssen um sieben die Medien unterrichten."

„Und wenn wir bis dahin noch keine Ergebnisse vorweisen können?", fragte Sam.

„Finden Sie etwas", antwortete Farnsworth im Hinausgehen, die anderen beiden im Schlepptau.

„Na klar, kein Problem." Als sie allein waren, wandte Sam sich an Cruz, der in der Zwischenzeit dazugestoßen war. „Was hat die Befragung in der Nachbarschaft erbracht?"

„Wir haben uns den gesamten Block vorgeknöpft. Niemand hat etwas Ungewöhnliches beobachtet oder gehört. Aber natürlich wollten alle Nachbarn genau wissen, was passiert ist."

Sam seufzte. Wenn es um Verbrechen ging, legten die Leute eine geradezu obszöne Neugier an den Tag – solange sie selbst nicht zu den Opfern zählten. „Ruf Gonzo, Arnold, McBride und Tyrone zusammen. Wir benötigen jede Hilfe in diesem Fall."

„Und den willst du selbstverständlich vor Hill und Ramsey lösen", bemerkte Freddie.

Sie grinste. „Logo!"

3. Kapitel

„Erzähl mir von Victoria", bat Sam und bedauerte erneut, sich nie die Zeit genommen zu haben, diese Frau besser kennenzulernen.

Hill stand an der geschlossenen Tür des Verhörraumes und verfolgte die Befragung.

Sam gab sich Mühe, so zu tun, als ob er gar nicht da war – was nicht leicht war, da er sie ununterbrochen anstarrte.

„Was denn?" Derek hatte schon Ramsey und Harper unzählige Fragen über seine Tochter beantwortet. Die zwei mobilisierten inzwischen die ganze Sondereinheit für die Suche nach Maeve. Als Erstes würden sie den Amber Alert aktivieren, ein spezielles Alarmsystem, das die Suche in der gesamten Bevölkerung nach vermissten Kindern beschleunigte.

„Wo ist sie aufgewachsen? Was weißt du über ihre Kindheit?"

„Ihr Mädchenname war Taft. Sie wuchs in Ohio bei ihren Eltern auf. Über ihre Kindheit hat sie nie viel gesprochen. Ich hatte den Eindruck, es war keine allzu glückliche Zeit."

„Was hat sie studiert?"

„Geschichte und Politikwissenschaften."

„Was hat sie nach dem College gemacht?"

„Sie hat für ein Lobby-Unternehmen gearbeitet, den Job jedoch aufgegeben, als wir geheiratet haben. Sie konnte dieser Tätigkeit schlecht weiter nachgehen, weil ich für einen Senator tätig war, vor allem deshalb, weil dieser das Amt des Präsidenten anstrebte. Da wäre ein großer Interessenkonflikt entstanden."

„Kannst du mir den Namen der Firma aufschreiben, bei der sie beschäftigt war?"

Derek zog Block und Stift heran, als sie ihm beides über den Tisch zuschob.

„Wer waren Victorias engste Freunde? Wen hat sie regelmäßig getroffen, der über ihre Aktivitäten Bescheid wusste?"

„Das sollte ich eigentlich wissen", meinte er zerknirscht. „Doch ich fürchte, in der wenigen Zeit, die wir miteinander verbrachten, haben wir nicht oft darüber gesprochen, wer in ihrer Spielgruppe war."

„Sie gehörte also zu einer Spielgruppe?"

„Zu einigen, glaube ich. Sie und Maeve waren ziemlich aktiv."

„Und sie hat nie darüber gesprochen, wen sie bei diesen Aktivitäten kennenlernte?"

„Ich weiß, es mag schrecklich klingen, aber mir waren diese Leute egal. Ich arbeite so viel, dass ich zu Hause nur über Maeve und uns reden wollte, und ich wollte ..." Er stockte und stützte erneut den Kopf in die Hände.

„Was wolltest du, Derek?"

„Ich wollte mit ihr allein sein, mit ihr schlafen ..." Seine Hände vor dem Mund dämpften seine Stimme. „Ich kann nicht glauben, dass wir nie mehr ... Nie mehr wieder."

Sam fühlte nach wie vor mit ihm. Zum ersten Mal seit dem Beginn der Befragung schaute Sam zögernd zu Hill. Sie bemerkte, wie ein Muskel in seiner Wange zuckte, ehe er Blickkontakt aufnahm und ihr dadurch seine Unterstützung signalisierte, für die sie in Anbetracht von Dereks Kummer dankbar war.

„Wir brauchen ihr Handy", erklärte Hill. „Die Kontaktliste wird uns einen ersten Anhaltspunkt liefern."

Da der Agent ihr die Worte aus dem Mund genommen hatte, musterte sie ihn vorwurfsvoll, und der Moment des Zusammenhalts war vergessen.

„Das ist wahrscheinlich in ihrer Handtasche", sagte Derek.

„Da bewahrte sie es auf, wenn sie zu Hause war. Ich könnte mir vorstellen, dass ihre Freundin Ginger, die sie im Krankenhaus bei der Geburt von Maeve kennengelernt hat, ihre anderen Freundinnen kennt."

„Das hilft uns weiter", erwiderte Sam. „Entschuldige uns bitte für eine Minute."

Hill folgte ihr, als sie den Raum verließ.

„Ich dachte, Sie wollten still zuschauen, bis ich fertig bin", meinte Sam.

„Ich versuche nur zu helfen", verteidigte Hill sich mit einem charmanten Lächeln, das tatsächlich den gewünschten Effekt hatte, auch wenn Sam das nie zugeben würde.

„Tun Sie mir einen Gefallen und lassen Sie das. Ich habe die Sache im Griff."

„Wie Sie wünschen, Lieutenant."

Seine herablassende Art brachte ihm einen weiteren verärgerten Blick ein. „Ihr Mann kann sich wirklich glücklich schätzen", bemerkte er mit einem Lachen, das zusätzlich an Sams Nerven zerrte.

„Ja, das kann er wohl", entgegnete sie betont vage. Sollte er sich doch ausmalen, wie glücklich Nick war. Hätte irgendjemand eine echte Vorstellung davon, würde er sie vermutlich für sexsüchtig halten. Unter normalen Umständen hätte dieser Gedanke sie zum Lachen gebracht. Aber an dieser Situation war überhaupt nichts lustig.

„Möchten Sie, dass ich Ihren Partner darum bitte, das Handy zu beschaffen?", fragte Hill.

„Sicher, danke." Da sie diesen schmeichlerischen Agenten offenbar nicht loswurde, konnte sie ihn sich wenigstens zunutze machen. „Das würde mir helfen."

„Warten Sie auf mich, bevor Sie die Befragung fortsetzen", sagte Hill über die Schulter hinweg, schon auf dem Weg ins Kommissariat zu Freddie.

Sam streckte ihm hinter dem Rücken die Zunge heraus und fühlte sich dadurch gleich viel besser.

„Wie läuft es, Babe?"

Beim Klang von Nicks Stimme drehte sie sich um. „Wo kommst du denn her?"

„Ich habe dich rauskommen sehen. Was ist mit diesem Hill los?"

„Was meinst du?"

„Er verfolgt jede deiner Bewegungen wie ..." Nick schaute an ihr vorbei und schien nach den richtigen Worten zu suchen.

„Wie was?"

Er richtete seine ausdrucksvollen Augen auf sie und sagte: „Wie ich es meiner Vorstellung nach tue."

„Bist du eifersüchtig?"

„Habe ich einen Grund dazu?"

„Du machst wohl Witze. Unsere gemeinsame Freundin wurde ermordet, und wir reden darüber, wie ein Kollege mich ansieht? Als hätte ich irgendeinen Einfluss darauf!"

Mit den Schultern zuckend, erwiderte er: „Es gefällt mir nicht."

Sam stellte sich auf die Zehenspitzen, um ihrem Mann einen Kuss zu geben – eine seltene Ausnahme ihrer Keine-Zuneigungsbekundungen-im-Dienst-und-in-der-Öffentlichkeit-Regel. „Du bist sehr süß, wenn du eifersüchtig bist."

Seine Brauen zogen sich zusammen, ein Zeichen seiner Verärgerung. „Samantha ..."

„Tut mir leid, stören zu müssen", unterbrach Freddie sie, der gerade um die Ecke kam. „Hill meinte, du willst, dass ich Victorias Telefon hole?"

Sam löste sich von Nick. „Du störst nicht. Bring das Handy ins Labor. Ich will, dass jeder aus der Kontaktliste befragt wird, damit wir wissen, wann sie zuletzt von Victoria gehört oder ob sie Maeve vielleicht heute noch gesehen haben. Dann brauchen wir einen Bericht über jede Nummer, ebenso ein Protokoll sämtlicher Telefonate des vergangenen Monats."

„Wird gemacht."

„Gonzo und Christina sitzen im Zug auf dem Rückweg aus New York City, wo sie seine Schwester besucht haben. Er sagte, dass er das mit dem freien Wochenende mit dir geklärt hätte, bevor er losfuhr."

„Ja, stimmt. Ich hab's vergessen."

„Arnold ist in Florida bei seinen Eltern. Auch er meinte, er hätte das vorher mit dir abgesprochen."

„Vermutlich hat er recht. Was ist mit McBride und Tyrone?"

„Die sind bei der Hochzeit von Tyrones Bruder in Baltimore. McBride will aber herkommen, wenn du sie brauchst. Allerdings wird es mindestens eine Stunde dauern, bis sie hier ist. Sie sagt, sie hätte es mit dir abgestimmt …"

„Ja, schon gut! Alle haben ihre Pläne vorher mit mir abgesprochen, und ich habe es vergessen! Verklag mich doch." Freddie grinste, aber ihre finstere Miene bremste ihn gleich wieder.

„Telefon. Labor. Sofort."

„Geht klar, Boss!", rief er im Weggehen.

„Manchmal tut er mir leid", bemerkte Nick.

„Er kann sich glücklich schätzen, mit mir zu arbeiten, und das weiß er auch."

„Natürlich weiß er das."

„Ich muss wieder zurück und mehr über Dereks Leben erfahren. Dabei würde ich ihn viel lieber trösten, als ihn zu befragen."

„Das Beste, was du für ihn tun kannst, ist, seine Tochter zu finden und denjenigen, der seine Frau getötet hat. Harry und ich werden für ihn da sein, wenn du fertig bist."

„Gut", entgegnete sie und legte die Hand auf seinen Arm. „Er wird sicher dankbar dafür sein, dass ihr hier seid."

Als kleine Aufmunterung massierte er ihre Schultern.

In dem Moment erschien Hill auf dem Flur. „Sind Sie bereit, wieder an die Arbeit zu gehen, Lieutenant?"

Nick drückte noch einmal sanft zu, ließ sie dann los und murmelte: „Arschloch."

Überrascht von der untypischen und unberechtigten Feindseligkeit ihres ansonsten sanftmütigen Ehemannes, flüsterte sie: „So redet man aber nicht über einen FBI-Agenten."

„Seit wann brauchst du Hilfe von den Feds?"

„Seit ich keinen Top-Secret-Zugang habe, er aber schon. Jemand muss Dereks Arbeit auf mögliche Zusammenhänge durchleuchten. Kann ich jetzt wieder da reingehen?"

„Lass dich von mir nicht aufhalten, aber mach einen Bogen um diesen Typen. Den mag ich nicht."

„Sagtest du bereits." Sam verdrehte die Augen und betrat den Verhörraum, als Hill gerade eine Cola für Derek öffnete.

Er deutete auf die Cola light, die er mit einer Dose Zitronen-Limonen-Wasser zusammen auf den Tisch gestellt hatte. „Möchten Sie auch etwas zu trinken, Lieutenant?"

„Von mir aus." Zu gern hätte sie die Cola genommen, entschied sich jedoch für das aromatisierte Wasser, für den Fall, dass Nick im Beobachtungsraum alles verfolgte. Sie wollte sich später keine Vorwürfe anhören, der Cola-light-Versuchung erlegen zu sein, da sie ja wegen ihres verdammten Magens seit Monaten auf dieses Getränk verzichtete.

„Tut mir leid, dass ich dich habe warten lassen", wandte sie sich an Derek, sobald sie wieder bei ihm am Tisch saß.

„Ich werde noch verrückt, weil ich mich ständig frage, wo Maeve ist. Es muss doch etwas geben, was ich tun kann. Ich sollte mich selbst auf die Suche nach ihr machen, anstatt hier herumzusitzen und endlos Fragen zu beantworten."

„Das Beste, was du tun kannst, ist, bei den Ermittlungen mit uns zusammenzuarbeiten. Jeder Polizist in der Region sucht nach ihr."

„Sie könnte überall sein. Wer weiß schon, wann das überhaupt passiert ist?"

„Die Gerichtsmedizinerin arbeitet daran, uns einen genaueren Zeitpunkt zu nennen. In der Zwischenzeit möchte ich, dass du mir von deinem letzten Gespräch mit Victoria berichtest."

„Das war spät am gestrigen Abend. Ich war nach einem Achtzehn-Stunden-Tag endlich auf meinem Zimmer."

„Fiel dir etwas Ungewöhnliches auf?"

„Nein. Wir waren beide müde nach einem langen Tag, an dem ich politische Strategien entwerfen und sie sich um ein Kleinkind kümmern musste. Es war ein kurzes Telefonat."

„Sprechen wir darüber, wie ihr euch kennengelernt habt."

„Man sagte mir, ich würde dich hier finden", begrüßte Harry seinen Freund Nick, als er Sams Büro betrat.

Nick, der die Füße auf den Schreibtisch gelegt hatte, nachdem er ihn zwanzig Minuten lang aufgeräumt hatte, bedeutete Harry, im Besuchersessel Platz zu nehmen.

„Was gibt es Neues?", fragte Harry.

„Zuletzt haben sie darüber gesprochen, wie Derek und Victoria sich kennengelernt haben."

„Erinnerst du dich noch daran, wie er hinter ihr her war, nachdem er sie getroffen hatte?", meinte Harry mit traurigem Lächeln.

„Ja, das totale Desaster." Ihr scheuer, bescheidener, aber mit scharfem Verstand gesegneter Freund war von der dunkelhaarigen Schönheit völlig hin und weg gewesen. Nick hatte Derek kennengelernt, kurz nachdem John O'Connor im Senat vereidigt und Nick zum neuen Stabschef des Senators ernannt worden war. Derek hatte als Berater für den damaligen Senator Nelson gearbeitet, der inzwischen Präsident war.

Wehmütig dachte Nick an die goldenen Zeiten zurück, als John noch gelebt und Derek überlegt hatte, wie er an Victoria herankommen sollte. „Wie lief es bei seinen Eltern?"

„Schrecklich, wie du dir vorstellen kannst. Sie sind völlig niedergeschlagen wegen Maeve und Victoria. Ich weiß, wie sie sich fühlen. Wer um alles in der Welt hätte Victoria umbringen wollen?"

„Ich habe keine Ahnung. Jeder mochte sie. Besonders Derek." Nick ließ den Gedanken gar nicht erst zu, was er wohl empfinden würde, wenn ihm etwas Derartiges zustieße. Es war schlimm genug, dass er jeden Tag in der Furcht lebte, seine Frau plötzlich zu verlieren. „Ich musste gerade daran denken, wie lange er gebraucht hat, bis er den Mut aufbrachte, sie um ein Date zu bitten."

Harry fuhr sich über das Gesicht, eine Geste der Müdigkeit, die Nick gut nachvollziehen konnte. Es war alles nur schwer zu fassen. „Der arme Kerl war so schüchtern und sie so lebhaft. Wir haben geglaubt, es würde nie funktionieren."

In dem Moment kam Sam ins Büro. „Derek braucht eine Pause", erklärte sie und wirkte mitgenommen nach der zermürbenden Befragung. Als sie den aufgeräumten Schreibtisch sah, stutzte sie. „Jedes Mal? Das ist eine Krankheit!" Zu Harry sagte sie: „Kannst du ihm nicht was gegen seine krankhafte Pingeligkeit verschreiben?"

„So wenig wie dir gegen deine chronische Unordentlichkeit, meine Liebe", erwiderte Harry lächelnd.

Sam zeigte ihm den Finger.

„Möchtest du dich setzen?" Er bot ihr den Sessel an.

„Nein, ich muss mich bewegen."

„Wie geht es Derek?", erkundigte sich Nick.

„Er hat sich ganz gut gehalten, bis wir darüber sprachen, wie sie sich kennengelernt haben und wo sie zusammenkamen."

„Im Fitnessstudio", sagten Harry und Nick im Chor.

„Wir waren dabei", erläuterte Nick. „Er war sofort fasziniert von ihr."

„Trotzdem brauchte er eine Ewigkeit und sehr viele Schubser von uns, bis er sich traute, sie um ein Date zu bitten", fügte Harry hinzu.

„Ich habe für ihn vorgefühlt und sie gefragt, ob sie sich vorstellen könnte, mit ihm auszugehen", berichtete Nick.

„Weißt du noch, wie sauer er deswegen auf dich war? Er meinte, wir seien doch nicht mehr auf der Highschool."

Nick musste grinsen bei der Erinnerung. „Aber seine Wut war verraucht, als ich ihm erzählte, dass sie bloß darauf wartete, von ihm gefragt zu werden."

„Seine Eltern wollen ihn dringend sprechen", informierte Harry Sam und hielt Dereks Handy hoch, als Agent Hill im Türrahmen erschien.

„Hast du was dagegen, wenn ich ihm das Telefon bringe und bei ihm bleibe, während er seine Familie anruft?", fragte Nick.

„Nur zu", erwiderte Sam. „In diesem Zustand ist er uns keine Hilfe."

Nick stand auf, gab ihr einen Kuss auf die Stirn und drückte sie kurz, wobei er darauf achtete, dass Hill es mitbekam. Danach verließ er das Büro und machte sich auf den Weg zu Derek. Es gefiel ihm nicht, wie dieser Agent seine Frau ansah. Es gefiel ihm kein bisschen.

„Ich wollte dich morgen anrufen", sagte Harry zu Sam, als sie allein waren. Hill war ins Kommissariat gegangen, um einen Anruf zu erledigen.

„Weswegen?", fragte Sam den attraktiven dunkelhaarigen Doktor mit den hinreißenden Grübchen. Er war zu einem guten Freund geworden, seit sie mit Nick zusammen war.

„Mach die Tür zu."

Sie folgte seiner Bitte, überlegte jedoch, warum er so geheimnisvoll tat.

„Auf meinem Kalender tauchte eine Notiz auf, dass am Freitag die Wirkung deiner Dreimonatsspritze endet. Entweder musst du dir erneut eine geben lassen oder dir bewusst sein, dass du jederzeit wieder schwanger werden könntest."

Sam war es gelungen, dieses Datum zu verdrängen, während sie die ersten Monate ihrer Ehe genossen hatte, ohne sich mit *dem Thema* auseinanderzusetzen, nachdem sie jetzt ja wusste, dass es tatsächlich funktionierte.

Vor der vierten Fehlgeburt im Februar, nach einer Auseinandersetzung mit einem Mordverdächtigen, hatte sie geglaubt, nie wieder schwanger werden zu können. Dass sie es nach allem trotzdem werden konnte, hatte sie seither unablässig beschäftigt.

„Sam?"

Sie zwang sich, ihn anzusehen. „Drei Monate sind noch nie so schnell vergangen."

„Die Zeit verfliegt, wenn man schrecklich verliebt und frisch verheiratet ist." Er schaute zur Tür, bevor er wieder sie ansah. „Ich weiß, dies ist kaum der richtige Ort und der richtige Zeitpunkt, aber wenn du reden willst, weißt du, wo du mich findest."

Sie nickte. „Danke."

Ein paar Minuten später klopfte Nick an die Bürotür.

„Komm rein!", rief Sam.

„Derek telefoniert nicht mehr." Er betrachtete sie genauer. „Was ist los?" Er betrachtete Harry, dann sie.

„Nichts", antwortete Sam und versuchte, das Unbehagen abzuschütteln, das Harrys Erinnerung ausgelöst hatte. Wie er schon gesagt hatte: Dies war weder der richtige Zeitpunkt noch der richtige Ort.

Nick hielt ihr die Hand hin.

Sie nahm sie und ließ sich von ihm den Flur entlang zum Verhörraum führen. Da dieser Bereich am Sonntagabend weitgehend verlassen war, machte sie diesmal keine Einwände gegen die zärtliche Geste.

„Was ist denn los?", wollte er besorgt wissen.

„Wir reden später darüber, ja?"

„Wenn es dir gut geht, geht es mir auch gut", erwiderte er, doch sie bemerkte, dass ihm ihr Ausweichen nicht passte.

„Herrgott noch mal", beschwerte Hill sich, als er auf den Flur hinaustrat und die beiden nah beieinander und Händchen haltend entdeckte. „Wenn Sie das Geschmuse mit Ihrem Mann irgendwann beendet haben, Lieutenant, können wir ja vielleicht wieder an die Arbeit gehen, ja?"

„Sie können mich mal kreuzweise, Hill. Das Opfer war eine Freundin von uns."

Sofort wurde Hill ernst. „In dem Fall muss ich mich entschuldigen. Ich bin drinnen, wenn Sie so weit sind, mit der Befragung fortzufahren."

Sam legte ihre Stirn an Nicks wundervolle Brust. „Ich hätte das nicht sagen sollen. Jetzt muss ich mich entschuldigen, und das hasse ich."

Leise lachend drückte Nick sie ein letztes Mal. „Du schaffst das."

Sie hob den Kopf, um ihm ins Gesicht zu sehen. „Wie ist es mit Dereks Eltern gelaufen?"

„Schrecklich. Sie stehen natürlich völlig neben sich. Er konnte ihnen ausreden, herzukommen, doch irgendetwas müssen sie tun. Ich habe ihnen gesagt, dass wir uns melden, sobald Derek hier fertig ist. Sie wollen ihn dann abholen."

„Das ist gut. Er sollte im Augenblick nicht allein sein."

„Kann er denn gar nichts tun, was bei der Suche nach Maeve hilft? Es macht ihn verrückt, dass er hier festsitzt, während sie verschwunden ist."

„Mir fällt leider nichts ein, aber wenn doch, sage ich ihm sofort Bescheid."

„Danke, Babe."

„Du kannst eigentlich schon nach Hause fahren. Wir sind bald fertig, und seine Eltern kümmern sich danach ja um ihn."

„Ich werde auf dich warten. Außerdem will ich bleiben, falls Derek mich braucht."

Sam tätschelte seine Brust. „Ich bin zurück, so schnell ich kann."

„Lass dir Zeit."

Chief Farnsworth kam zu ihnen. Er sah abgehetzt aus. Sam konnte sich nicht erinnern, den Chief jemals derartig aufgelöst erlebt zu haben.

„Sir? Geht es Ihnen gut?"

„Ich habe einen Anruf vom Präsidenten erhalten. Vom Präsidenten der Vereinigten Staaten."

„Oh." Sam war dem Präsidenten und der First Lady einige Male begegnet, seit sie mit Nick zusammen war. Sie und Nick hatten sich sogar im Rosengarten des Weißen Hauses verlobt. „Was hat er gewollt?"

„Er ist sehr aufgebracht über das, was Victoria Kavanaugh zugestoßen ist, und will wissen, was wir unternehmen, um den Mörder und das Baby zu finden. Abgesehen davon hat er mir versichert, dass Mr. Kavanaugh das ganze Wochenende beim Stab des Weißen Hauses in Camp David war. Falls diese Frage auftaucht."

„Damit ist das Alibi wasserdicht", stellte Sam fest.

„Es gibt kaum etwas Besseres, als wenn sich der Präsident für einen verbürgt", meinte der Chief. „Er wollte, dass ich Mr. Kavanaugh sein tiefstes Bedauern ausdrücke. Würde es Ihnen etwas ausmachen?"

„Nein, gehen Sie ruhig hinein." Zu Nick sagte sie: „Ich erzähle dir nachher alles."

„Ich werde hier sein."

4. Kapitel

Sie suchten die ganze Nacht nach Maeve Kavanaugh. Nachdem der Amber Alert ausgerufen war, kamen die ersten Hinweise herein. Die Detectives der Sondereinheit für Sexualdelikte gingen jedem einzelnen nach, doch gegen ein Uhr morgens mussten sie sich eingestehen, dass sie bei der Suche nach dem vermissten Baby kein Stück weitergekommen waren. Die zunehmende Müdigkeit machte die Sache nicht besser.

„Ich möchte, dass Sie alle nach Hause gehen, ein wenig schlafen und sich um halb sieben wieder zum Dienst melden", wandte Farnsworth sich an Sam, Cruz, Hill, Ramsey und Harper. „Überlassen Sie alles Weitere vorerst der Nachtschicht. Lassen Sie Mr. Kavanaugh unter der Bedingung gehen, dass er die Stadt nicht verlässt, und bitten Sie ihn, sich ohne Rücksprache mit uns nicht an der Suche nach seiner Tochter zu beteiligen."

Zustimmend nickte Sam.

„Ich danke Ihnen allen für die gute Arbeit heute." Mit diesen Worten entließ der Chief sie.

Sam kehrte in den Verhörraum zurück, wo Nick und Harry ihrem Freund Derek Gesellschaft leisteten.

„Und?", fragte Derek und stand auf.

„Es tut mir leid, nichts Neues bisher", antwortete Sam. „Wir erhalten allerdings laufend Hinweise, seit die Fahndung herausgegeben wurde, und gehen jedem nach. Es könnte einige Zeit dauern …"

Diese Neuigkeiten entmutigten Derek, und er ließ sich wieder auf den Stuhl fallen. „Und die haben wir nicht." Er wandte sich an Nick und Harry. „Was, wenn sie auch tot ist? Was mache ich dann?"

„Denk nicht daran", riet Harry ihm. „Es gibt keinen Grund zu der Annahme, dass sie tot ist."

„Ich bin es in Gedanken wieder und wieder durchgegangen", erklärte Derek. „Mir fällt beim besten Willen niemand ein, der einen Grund gehabt haben könnte, uns so wehzutun. Vic hatte keinen einzigen Feind auf der Welt, ich auch nicht. Mein Job ist hart und unberechenbar, aber ich bin es nicht. Ihr Jungs wisst das."

„Natürlich wissen wir das." Nick legte Derek tröstend die Hand auf die Schulter. „Es könnte ebenso gut alles nur ein Zufall gewesen sein. Jemand, der sie irgendwo gesehen hat ... Man weiß es nicht."

„Ich habe arrangiert, dass du morgen früh mit jemandem von der Spurensicherung durch das Haus gehst, um festzustellen, ob irgendetwas von Wert fehlt", sagte Sam. „Ein Diebstahl würde uns zumindest ein Motiv liefern."

„Glaubst du, es handelt sich um einen aus dem Ruder gelaufenen Einbruch?", wollte Derek wissen und wirkte fast hoffnungsvoll bei dieser Vorstellung.

Sam überlegte, ob sie ihm die Wahrheit sagen sollte – dass der Gang durchs Haus mit der Spurensicherung reine Routine war – oder lieber das, was er hören wollte. „Ich denke eher nicht, dass es sich um einen Einbruch gehandelt hat", erklärte sie zögernd. „Victoria wurde übel geschlagen und Maeve entführt. Ein Einbrecher würde bloß ins Haus gelangen und mit der Beute entkommen wollen. Er hätte sie nicht derart heftig angegriffen oder ihr Kind mitgenommen. Mir kommt das Ganze wie eine sehr persönliche Tat vor."

Derek sackte in sich zusammen. „Ich kann mir einfach nicht vorstellen, wer uns so sehr gehasst haben könnte. Ich begreife es nicht."

„Sam und ihr Team werden der Sache auf den Grund gehen", versicherte Nick ihm.

„Das wird mir Vic auch nicht zurückbringen", meinte Derek voll Bitterkeit.

Diese Bemerkung traf den Kern dessen, was Sams Job so schwer machte. Sie konnte den Familien der Opfer Gerechtigkeit verschaffen, doch niemals den Verlust wettmachen oder den Schaden heilen, den das Leben der Hinterbliebenen genommen hatte. „Du kannst jetzt übrigens gehen", meinte sie. „Wir möchten, dass du in der Stadt bleibst und es vorher mit uns klärst, falls du eigene Schritte bei der Suche nach Maeve unternehmen willst."

„Ist es in Ordnung, wenn ich meine Eltern in Herndon besuche?"

„Kein Problem." Sam zog Stift und Block aus der Tasche. „Schreib die Adresse und deine Handynummer auf."

Derek notierte die gewünschten Informationen und reichte ihr den Block zurück.

„Nach dem Gang durch das Haus morgen muss ich noch einmal mit Ihnen sprechen", wandte sich Agent Hill an Derek. „Wir haben noch einiges zu klären, was mögliche Zusammenhänge mit Ihrer Arbeit betrifft."

Resigniert verzog Derek das Gesicht. „Na gut."

„Ich bringe dich zu deinen Eltern", bot Harry an. „Dann müssen sie um diese Uhrzeit nicht extra herfahren."

Als Harry ihn aus dem Raum führte, blieb Derek vor Sam stehen. „Finde mein kleines Mädchen. Bitte finde sie."

Sam drückte seinen Arm. „Ich werde mein Bestes tun, und das gilt für jeden hier im Department."

„Danke." Dereks Stimme brach. „Ihr wart alle großartig."

„Es tut uns so leid wegen Vic", sagte Nick.

Derek nickte wortlos und verschwand mit Harry.

„Hill", wandte Sam sich nun an den Special Agent.

Er war bereits auf dem Weg hinaus, drehte sich aber noch einmal um und hob fragend eine Braue.

„Ich entschuldige mich für das, was ich vorhin gesagt habe, und dafür, dass ich Ihnen gegenüber kurz angebunden war. Es war ein aufreibender Tag."

„Halb so schlimm. Trotzdem muss ich Sie fragen: Sollten Sie diese Ermittlung leiten, wenn das Opfer eine Freundin von Ihnen war?"

„Wir standen uns nicht allzu nahe. Unsere Männer sind enge Freunde, daher kannte ich sie."

„Na schön. Also bis morgen."

„Bis morgen." Als sie allein waren, meinte Sam zu Nick: „Das war unangenehm."

„Du hast es doch gut gemacht."

„Lass uns für ein paar Stunden nach Hause fahren." Bevor sie mit ihm zusammengekommen war, hätte sie an einem Fall wie diesem die ganze Nacht gearbeitet. Doch jetzt ging Nick vor – schon allein deshalb, weil er die Sache nicht ruhen lassen würde, wenn sie es nicht tat. Er hatte eine anstrengende Woche inklusive Wahlkampf vor sich, bevor Scotty eintraf, und konnte sich eine Nacht ohne Schlaf nicht gestatten. Ihn an die erste Stelle zu setzen, gehörte zu den größten Veränderungen, die Sam in ihrem bis dahin ziemlich einseitigen Leben vorgenommen hatte.

Nick hatte den Arm um sie gelegt, als sie aus dem klimatisierten Hauptquartier hinaus in die drückende Schwüle traten. Kaum waren sie draußen, stürzte sich eine Meute Reporter auf sie.

Sam wimmelte sie ab, indem sie ihnen erklärte, dass es um sieben Uhr und keine Minute vorher Informationen geben würde.

Durch die Menge führte Nick sie zu ihrem Wagen und hielt ihr die Beifahrertür auf.

„Diese Geier", murmelte sie, als die Reporter sogar ihrem Auto hinterherliefen, als sie vom Parkplatz fuhren.

„In Anbetracht von Dereks Job wird das eine große Story", bemerkte Nick.

„Ja", pflichtete Sam ihm bei. Das enorme Medieninteresse würde den ohnehin schon schwierigen Fall nicht leichter machen.

Auf der Fahrt nach Hause rekapitulierte Sam noch einmal die vergangenen Stunden und dachte darüber nach, was sie über Victoria erfahren hatte, über Derek und ihren Alltag, ihr Leben. Da war nichts Auffälliges, kein Anhaltspunkt, dem man hätte nachgehen können, um auf die Spur des Mörders zu kommen – und des Kidnappers.

Die Vorstellung, was dieses süße Baby durchmachen musste, erfüllte Sam mit Furcht und Abscheu. Sie wusste nur allzu gut, wie unmenschlich manche Leute sein konnten.

„Was ist los, Liebes?", fragte Nick und ergriff ihre Finger, während er den Wagen durch die verlassenen Straßen der Hauptstadt lenkte.

Sie hielt seine Hand fest und fühlte sich durch seine verlässliche Gegenwart getröstet. „Ich muss an Maeve denken. Wenn solche Dinge passieren, bin ich beinah dankbar dafür, dass ich keine eigenen Kinder habe. Ich habe keine Ahnung, wie Derek das alles heute Abend durchstehen konnte. Ich wäre wahnsinnig geworden."

„Das ist er bestimmt auch. Eigentlich ist er stets ruhig und gefasst. Ich habe ihn noch nie so außer sich und aufgewühlt erlebt wie heute."

„Der arme Kerl. Das ist eine schreckliche Sache."

„Und du hast wirklich keinerlei Anhaltspunkt, wo Maeve sein könnte?"

„Noch nicht. Und mit jeder weiteren Stunde, die vergeht, sinkt die Wahrscheinlichkeit, dass wir sie lebend finden."

„Himmel."

Zu Hause schaltete Nick die Alarmanlage aus und ging in die Küche. „Ich weiß ja nicht, wie es bei dir aussieht, aber ich komme um vor Hunger."

„Ich könnte auch etwas essen."

Gemeinsam bereiteten sie sich Truthahnsandwiches zu. Er schenkte sich eine Cola ein und füllte für sie ein Glas mit Eiswasser.

„Es ist nicht fair, dass du das trinken darfst und ich mich mit Wasser begnügen muss", beschwerte sie sich und biss herzhaft ins Sandwich.

„Ich bin nicht derjenige, der sich durch eine jahrelange Cola-light-Sucht fast ein Loch im Magen eingefangen hat."

„Das ist wahrscheinlich längst verheilt. Da kann ich mir doch eigentlich ab und zu eine genehmigen, oder?"

„Einmal süchtig, immer süchtig."

„Manchmal bist du echt nicht witzig", entgegnete sie und räumte die Teller in die Spülmaschine ein.

Er schlang von hinten die Arme um sie, und seine Lippen fanden die Stelle an ihrem Nacken, die sie jedes Mal zu Wachs in seinen Händen werden ließ. „Aber sonst bin ich schon witzig. Hast du selbst gesagt."

Lächelnd drehte sie sich um und umarmte ihn. Sie bettete den Kopf an seine Schulter und hielt sich an ihm fest. Genüsslich atmete sie seinen Duft ein, den Geruch ihres Zuhauses. Eine tiefe Dankbarkeit für alles, was er in ihr Leben gebracht hatte, und die Gewissheit, dass er selbst an den schlimmsten Tagen für sie da sein würde, erfüllten sie.

Eine ganze Weile hielten sie einander fest umschlungen, ehe Nick ihr einen Kuss auf den Kopf gab, ihre Hand nahm und Sam die Treppe hinauf nach oben führte.

„Ich muss duschen", sagte Sam.

„Ich auch."

Misstrauisch betrachtete sie ihn. „Stimmt das?"

„Ja." Er grinste unschuldig. Als er sein Hemd auszog, bewunderte sie lustvoll seine Bauchmuskeln und leckte sich die Lippen.

„Wohin schaust du?"

„Auf eines meiner liebsten Dinge."

Er verdrehte die Augen, verlegen wie immer, wenn sie eine Bemerkung über sein sexy Aussehen machte.

„Wie wär's, wenn du mir auch ein paar von meinen liebsten Dingen zeigst?" Er zupfte an ihrer Bluse, half ihr heraus und öffnete ihren BH mit solchem Geschick, dass es sie sprachlos machte. „Da sind sie."

„Nick ..."

„Hm?"

Sie folgte ihm ins Badezimmer und zog sich ganz aus, während er das Wasser anstellte. „Ist es falsch, dass ich glücklich bin, mit dir hier zu sein und das zu tun, was wir immer tun, während das Leben unserer Freunde zerstört wurde?"

„Es ist nicht falsch, Babe. Du hast Stunden damit zugebracht, alles für Derek und die Lösung des Falls zu tun. Es ist absolut in Ordnung, dass du dir jetzt ein wenig Zeit für dich nimmst." Er schob sie vor sich her unter die Dusche und fing an, ihren Rücken einzuseifen. „Du nützt weder ihm noch sonst wem, wenn du vollkommen erschöpft bist."

„Als ich mit Derek geredet habe, musste ich ununterbrochen daran denken, was ich täte, wenn mir das passieren würde ... wenn ich nach Hause kommen und dich finden würde ..." Sie schüttelte sich. Die Vorstellung war schlicht unerträglich.

Mit seinen weichen Lippen liebkoste er ihre Schulter. „Diese Angst habe ich jedes Mal, wenn du zur Arbeit gehst. Ich frage mich immer, ob dies wohl der Tag ist, an dem ich einen Anruf erhalte, weil dir etwas zugestoßen ist. Und dann versuche ich mir vorzustellen, wie ich jemals ohne dich leben soll."

Sam drehte sich zu ihm um und hielt ihn auf eine Art fest, wie sie es sonst nie machte. Gerade jetzt brauchte sie mehr denn je die Gewissheit, dass er da war. Der Verlust von jemandem, den sie gekannt hatten, einer Frau, die ihren Mann ebenso geliebt hatte wie Sam Nick, ließ den Fall noch persönlicher werden.

„Es ist ein schreckliches Gefühl", sagte sie.

„Ja, das ist es."

„Es tut mir leid, wenn ich es nicht ernst genommen habe, dass du mit dieser ständigen Sorge zurechtkommen musst."

„Ich wusste ja, worauf ich mich einlasse." Lächelnd betrachtete er ihr Gesicht, bevor er eine Hand an ihre Wange legte und sie sanft, beinah andächtig auf den Mund küsste. „Ich bin dankbar für jede Minute, die wir miteinander verbringen können. Selbst wenn du mich verrückt machst, was meistens der Fall ist, sind es die besten Minuten, die ich jemals mit jemandem verbracht habe."

„Ich empfinde es genauso, auch wenn du mich mit deiner ewigen extremen Pingeligkeit in den Wahnsinn treibst."

Grinsend drückte er sie gegen die Wand der Dusche. Seine Küsse wurden leidenschaftlicher und intensiver.

Sam schlang die Arme um seinen Nacken, presste ihre Brüste gegen seinen Oberkörper und umklammerte seine Beine mit ihren Oberschenkeln. Langsam ließ sie die Zungenspitze über seine Unterlippe streichen, was ihn dazu veranlasste, scharf die Luft einzusaugen. „Schlaf mit mir, Nick." Noch während sie diese Worte aussprach, fiel ihr Harrys Warnung ein, und ihr schoss durch den Kopf, ob die Verhütung nach wie vor funktionierte. Doch in diesem Moment zählte nur, Nick so nah wie möglich zu sein.

Er umfasste ihren Po, hob sie an und ließ sie auf seine Erektion sinken, erfüllte sie auf eine Weise, wie nur er es konnte.

Überwältigt von einer Flut von Emotionen, lehnte sie den Kopf an die Wand.

Nick nutzte diese Gelegenheit, um eine Spur kleiner Liebesbisse von ihrem Hals bis zu ihrem Ohr zu hinterlassen.

Sie wollte ihn fast warnen, keine Knutschflecke zu hinterlassen, aber daran dachte er wahrscheinlich selbst. Er dachte immer an alles.

Die Hände nach wie vor an ihrem Hintern, nahm er sie mit auf einen langsamen Ritt.

Als sie die Augen öffnete, stellte sie fest, dass er sie genau beobachtete. Sie legte eine Hand an seinen Hinterkopf und zog ihn zu einem Kuss an sich. „Nick", stieß sie keuchend hervor, während er tief in sie eindrang. „Schneller."

Er beschleunigte sein Tempo, und Sam vergaß beinah zu atmen, da er sie zu einem plötzlichen, spektakulären Finale trieb. Während sie seine Schultern umklammerte, tauchte er ein letztes Mal hart in sie ein und erschauerte schließlich spürbar, sowie er zum Orgasmus gelangte. Noch lange danach stand er an sie gelehnt und spürte ihr Zittern, das sie nun von Kopf bis Fuß in Wellen durchlief.

„Entschuldige, dass ich grob war."

„Warst du nicht. Ich fand es schön." Sie streichelte sein Gesicht und zeichnete die Konturen seines sexy Mundes nach. „Ich liebe dich."

„Ich liebe dich auch. Ich weiß nicht, was mit mir geschieht, wenn wir auf diese Weise zusammen sind. Jedenfalls ist es vor dir nie so gewesen."

Sam wollte nicht an die Frauen denken, mit denen er vor ihr zusammen gewesen war. Sie kannte keine von ihnen, wohingegen Sams Exmann ihnen beiden nur Ärger gemacht hatte, seit sie mit Nick zusammen war. „Was immer es ist, mit mir passiert das Gleiche."

Er zog sich aus ihr zurück, und sie duschten zu Ende.

Nachdem sie sich die Haare getrocknet und die Zähne geputzt hatte, ging Sam ein paar Minuten nach Nick ins Bett. Wie jede Nacht kuschelte sie sich an ihn und schmiegte den Kopf an seine Brust. Früher hatte sie es gehasst, neben jemandem einzuschlafen. Jetzt konnte sie es nicht ertragen, ohne ihn zu schlafen.

„Erzählst du mir, was vorhin mit Harry war?"

„Warum kannst du nicht einer von diesen Ehemännern sein, die nichts mitbekommen und denen abgesehen von Sex alles egal ist?"

Nick lachte. „Weil du mit einem solchen Kerl schon mal verheiratet warst und es, soweit ich mich entsinne, nicht gut ausging."

Sie stieß ihn in die Rippen, was ihn zusammenzucken ließ. „Das war jetzt aber unter der Gürtellinie."

„Stimmt es etwa nicht?", fragte er frech grinsend.

„Kein Kommentar."

„Was war nun mit Harry?"

Sam beschloss, sich ihm gegenüber an die Wahrheit zu halten, obwohl sie es, wie fast alles andere auch, lieber für sich behalten hätte – so hatte sie es während ihrer Ehe mit dem passiv-aggressiven Peter gemacht. Sie gab sich innerlich einen Ruck und erklärte: „Harry hat mich daran erinnert, dass die Wirkung der Dreimonatsspritze, die er mir vor der Hochzeit gegeben hat, in dieser Woche endet."

„Oh."

„Ja, genau."

Er strich ihr durch die langen Haare, was Sam tröstlich fand.

„Und, was meinst du?", fragte er nach längerem Schweigen.

„Ich grübele seit Monaten darüber nach und weiß nach wie vor nicht, was ich tun soll."

„Mir geht es auch nicht aus dem Kopf."

„Der Schmerz ist nicht mehr so frisch, wie kurz nachdem es geschehen ist." Es schnürte ihr ein wenig die Kehle zu, trotz ihres innigen Wunsches, diese Unterhaltung nicht emotional werden zu lassen. Wie sollte sie eine Schwangerschaft in Betracht ziehen, wenn sie nicht einmal darüber reden konnte, ohne gleich in Tränen auszubrechen? „Aber ich muss jeden Tag an unser Baby denken. Ich denke an sie alle, aber dieses eine ..."

„Ich weiß. Glaub mir, ich weiß." Er hielt sie fest, drückte sie an seine Brust. „Du musst nichts entscheiden, ehe du nicht bereit bist."

„Na ja, wir müssen schon eine Entscheidung treffen. Oder wir müssen abstinent leben, bis wir einen Entschluss gefasst haben."

„Ich kenne das Wort nicht, das du gerade benutzt hast."

Sam prustete los. „Nein, das kennst du tatsächlich nicht, was?"

„In der Hinsicht hast du mich eben zu sehr verwöhnt, deshalb stelle ich ziemlich hohe Erwartungen."

Sie war dankbar für den Humor, mit dem er die stets angespannte Stimmung bei diesem Thema auflockerte.

„Wenn du etwas mehr Zeit brauchst, lass dir noch eine Spritze geben", schlug er vor. „Was sind drei Monate, wenn wir unser ganzes Leben vor uns haben?"

„Es würde dir nichts ausmachen?"

„Ich habe es dir bereits gesagt, und das gilt auch weiterhin: Hier geht es nur um dich und das, was du willst. Ich will, was du willst."

„Und ich will dir die Familie schenken, die du nie hattest."

„Die habe ich doch schon längst, Samantha. Wenn es nur du und ich sind – und hoffentlich Scotty –, dann habe ich mehr, als ich mir erhoffen konnte, und mehr, als ich jemals hatte." Er hob ihren Kopf von seiner Brust, um sie anzusehen. „Du musst mir glauben, wenn ich das sage. Ich möchte nicht, dass du dich in dieser Sache von mir unter Druck gesetzt fühlst."

„Das tue ich nicht. Du warst wie immer wundervoll in dieser Sache, vom ersten Tag an."

„Kannst du etwas für mich tun?"

„Natürlich."

„Redest du mit mir darüber, anstatt alles in dich hineinzufressen und mit dir selbst auszumachen, wie beim letzten Mal?"

Sam fühlte sich immer noch schuldig wegen der ersten Dreimonatsspritze, die sie sich ohne Absprache mit ihm hatte verabreichen lassen. Aber damals, wenige Wochen nach der traurigsten Fehlgeburt von allen, hatte sie nicht mehr klar denken können, um es milde auszudrücken. „Ich verspreche dir, ich werde mit dir reden. Es tut mir leid, dass ich es beim letzten Mal nicht getan habe."

„Das ist Vergangenheit. Alles, was jetzt zählt, ist die Zukunft."

„Bis wir uns entschieden haben, was wir tun werden, sollten wir, na ja … vielleicht aufs Vögeln verzichten."

„Warte mal … Was hast du da eben gesagt?"

Sam brach in Gelächter aus angesichts seiner entsetzten Miene. „Du hast mich verstanden. Wenn wir es tun, dann will ich, dass wir es bewusst tun. Es soll nicht aus Versehen passieren."

Er schob sich auf sie. „Du meinst also", setzte er an, während er ihren Hals mit Küssen bedeckte, „dass dies hier erst mal gestrichen ist, bis wir uns für das eine oder andere entschieden haben?" Mit einem einzigen Stoß drang er tief in sie ein.

„Nick!", rief sie lachend. „Wir müssen darüber sprechen!"

„Ja, das müssen wir", pflichtete er ihr bei und erstickte ihren Protest mit einem Kuss. „Und das werden wir auch. Doch wenn wir tatsächlich eine Pause einlegen, brauche ich es jetzt noch mal, damit ich durchhalte, bis sich alles wieder normalisiert hat."

Sie ließ die Hände über seinen Rücken gleiten und spürte, wie sich seine Muskeln anspannten, während er sie liebte.

„Irgendwann werden wir eine ganz normale Ehe führen und aufhören, das jeden Tag tun zu wollen, oder?"

„Himmel, ich hoffe nicht."

Sam schwebte auf einer Wolke aus Belustigung und Begierde und Liebe, und sie staunte darüber, wie es ihm gelungen war, sie mit mehr Lachen als Tränen durch diese Unterhaltung zu bringen. Das war definitiv ein erstes Mal.

Er lehnte seine Stirn an ihre, während er sich immer wieder aus ihr zurückzog und erneut in sie eintauchte und dabei einen gleichmäßigen Rhythmus beibehielt. „Ich würde sofort alles opfern, was ich habe – bis auf dich natürlich –, um dir das Baby zu schenken, nach dem du dich so sehr sehnst."

„Und dafür liebe ich dich. Würde ich dich nicht schon aus einer Million anderer Gründe lieben, das allein würde es besiegeln."

„Apropos besiegeln..." Er legte einen Arm unter ihr Bein, um es ein wenig anzuheben und den Winkel zu verändern. „Was hältst du davon, wenn wir das zusammen machen?"

„Ich sage, gib dein Bestes." Sam erwiderte seine Bewegungen, als das allzu vertraute Verlangen sie durchströmte und in ein glühend sinnliches Gefühl zwischen ihren Schenkeln mündete.

„Du weißt, wie sehr ich die Herausforderung mag."

Und mithilfe seiner außergewöhnlichen Liebestechniken schaffte er es, sie beide gleichzeitig zu einem berauschenden Höhepunkt gelangen zu lassen.

Sam ahnte, dass sie morgen früh müde sein würde. Doch als sie an Derek Kavanaugh und seinen tragischen Verlust denken musste, umklammerte sie ihren Mann ein wenig fester. Erfüllt von der Kraft, die seine Liebe ihr schenkte, würde sie sich allem stellen können, was der morgige Tag ihr brachte.

5. Kapitel

Noch lange nachdem Nick eingeschlafen war, dachte Sam an Victoria, Maeve, Derek, das Verhütungsdilemma und hundert andere Dinge. Mit all diesen Gedanken im Kopf kam Schlaf nicht infrage. Langsam, um Nick nicht zu stören, stand sie auf und ging über den Flur zum begehbaren Wandschrank, um sich eine Jogginghose und ein T-Shirt anzuziehen.

Mithilfe ihrer Schwestern ersetzte sie allmählich die Kleidungstücke – einschließlich ihres einzigartigen Hochzeitskleids –, die ihre ehemalige Freundin Melissa im Verlauf einer Ermittlung vor einiger Zeit zerschnitten hatte. Zuletzt hatte sie gehört, dass Melissa sich einer psychologischen Begutachtung unterziehen musste, um zu klären, ob sie psychisch einem Verfahren wegen mehrfachen Mordes sowie Einbruchs, Vandalismus und einer Reihe anderer Anklagepunkte gewachsen war. Sam hatte Zweifel, was die seelische Verfassung dieser Frau betraf, doch ihr war vor allem wichtig, dass Melissa nicht mehr frei herumlief, nachdem sie die meisten Menschen, die ihr im Lauf ihres Lebens einmal „Unrecht" angetan hatten, umgebracht hatte.

Als Sam nach unten lief, erinnerte sie sich an den wilden Nachmittag hier in ihrem Haus, an dem Freddie zum ersten Mal im Dienst seine Waffe abgefeuert hatte. Er hatte Melissa die Hand abgeschossen, um sie daran zu hindern, den Sprengstoff zu zünden, den sie an einer Weste am Leib getragen hatte. Sam schenkte sich ein Glas Wasser ein und erschauerte. Sie und Nick wären an jenem Tag beinah zusammen mit ihrer gesamten Truppe von der Oberfläche dieses Planeten getilgt worden.

Dank Freddies raschem Handeln hatte die Katastrophe verhindert und eine Mörderin gefasst werden können.

„Ein Arbeitstag wie jeder andere", murmelte sie, um die düsteren Gedanken zu vertreiben. Im Arbeitszimmer startete sie Nicks Computer und loggte sich in den E-Mail-Account des MPD ein, um zu prüfen, ob es irgendwelche Neuigkeiten der Nachtschicht bei der Suche nach Maeve gab. Bis jetzt nichts. „Verdammt." Je länger das Kind verschwunden blieb ... „Hör auf, in diese Richtung zu denken. Pessimismus hilft auch nicht weiter."

Sie nutzte die Ruhe, um sich näher mit den Details des Falls zu befassen, und setzte dafür das einfachste verfügbare Mittel ein – die Internetsuche. Nacheinander gab sie die Namen Victoria Taft, Victoria Taft Kavanaugh sowie Victoria Kavanaugh ein. Zu Victoria Taft stieß sie auf eine fünf Jahre alte Presseveröffentlichung von Calahan Rice, einem Lobby-Unternehmen der Autoindustrie in der K Street.

Sam schrieb sich den Namen und die Adresse der Firma auf und las einige der Zeitungsartikel, in denen Victoria als Kontaktperson genannt wurde. Die Suchmaschine führte sie außerdem zu einer Heiratsanzeige von Derek und Victoria in der *Washington Post* und dem *Washington Star*. Victorias Eltern wurden dort ebenfalls als „die verstorbenen Greg und Betty Taft aus Defiance, Ohio" erwähnt. Auch diese Namen notierte sie sich.

Die Hochzeit hatte im Sewall Belmont House stattgefunden, nahe Capitol Hill. Sam fügte ihrer To-do-Liste den Punkt hinzu, Nick zu fragen, welche Erinnerungen er an die Hochzeit der beiden hatte. Harry war Dereks Trauzeuge gewesen, eine Frau namens Felicity Rider die Brautjungfer. Sam setzte sie auf die Liste der Leute, mit denen sie sprechen wollte.

Als Nächstes schaute sie sich die Internetseite von Bryn Mawr an, einem kleinen College für junge Frauen in Pennsylvania. Sam überlegte, warum jemand ausgerechnet auf ein College gehen wollte, das allein Frauen vorbehalten war, doch sie nahm an, dass es manchen einfach angenehm erschien. Für sie wäre das nichts.

Beim Lesen der Homepage gerieten die Worte wieder einmal durcheinander: Ihre Dyslexie erinnerte Sam daran, dass sie übermüdet war. Sie fand den Link zum Verein ehemaliger Studenten, suchte eine E-Mail-Adresse und schickte eine Nachricht, in der sie andeutete, dass sie in einem Mordfall ermittelte und nach Informationen über Victoria Taft suchte – wann sie ihren Abschluss gemacht und was sie studiert hatte.

Nachdem sie alles gelesen hatte, was sie über Victoria finden konnte (was nicht viel war), beschäftigte sie sich mit Derek. Das Ergebnis der Online-Suche war viele Seiten lang, voller Hinweise auf seine Mitwirkung an der Gesetzgebung unter Senator Nelson, später Präsident Nelson. Sam musste mit Worten kämpfen, die vor ihren müden Augen tanzten, und entdeckte, dass Derek als zweiter Berater des Präsidenten für die Verbindung zwischen dem Weißen Haus und dem Kongress zuständig war.

Ihrer Recherche zufolge schien er von den Kongressmitgliedern beider Lager sehr geschätzt zu werden, genau wie von seinem Boss, der ihn mehrfach öffentlich gewürdigt hatte. Während Nelsons erster Amtszeit war Derek als Kritiker des Weißen Hauses hinter den Kulissen bei der Vermittlung des wegweisenden Einwanderungsgesetzes tätig gewesen.

Der Senat hatte über dieses von Nicks damaligem Chef, dem Senator John O'Connor, unterstützte Gesetz abstimmen sollen, als dieser ermordet worden war. Genau an diesem Tag war Sam wieder mit Nick in Kontakt getreten, nach einem denkwürdigen One-Night-Stand sechs Jahre zuvor. Und seitdem waren sie zusammen. Kaum zu glauben, dachte sie, während die Müdigkeit ihr zu schaffen machte. *Das ist erst acht Monate her.*

Die Suchergebnisse reichten bis zu Dereks sportlichen Erfolgen auf der Highschool zurück, zu seiner Aufnahme in verschiedene studentische Ehrenverbindungen, zu seinen vier Jahren als Vizepräsident seines Jahrgangs in Yale und zu einer Abhandlung, die er als Koautor in seiner Zeit auf der JFK School of Government in Harvard verfasst hatte. Sie fand außerdem einen Link zu seinem Bruder Kevin Kavanaugh, einem DEA-Agenten.

„Na fabelhaft", murmelte Sam und rechnete damit, dass sein Bruder von der Drogenfahndung jeden Moment auftauchte und sich in ihre Nachforschungen einmischte.

Als die Dyslexie zu schlimm wurde und sie die Augen nicht mehr offen halten konnte, schaltete sie den Computer aus und ging nach oben. Ein Blick auf den Wecker auf dem Nachtschrank verriet ihr, dass es 4:13 Uhr war. Ein Stöhnen unterdrückend, zog sie sich aus und legte sich wieder zu ihrem Mann ins Bett.

Zufrieden seufzend schmiegte sie sich an ihn, und er zog sie enger an sich, so als brauchte er sie sogar im Schlaf nah bei sich.

Während sie versuchte, ihre Gedanken zu beruhigen, rekapitulierte sie, was sie über die Kavanaughs erfahren hatte. Seltsam, dass die über Derek verfügbaren Informationen bis in seine Zeit auf der Highschool zurückreichten, während Victorias Leben erst mit einem Job bei einem Lobby-Unternehmen in Washington, D.C. angefangen zu haben schien. Bevor sie weiter darüber nachgrübeln konnte, fiel sie jedoch in tiefen Schlaf.

„Sam, wach auf, Babe."

Sam konnte hören, wie Nick versuchte, sie zu wecken, aber sie genoss den Schlaf zu sehr, sodass nicht einmal er sie dazu bringen konnte, aufzustehen.

Er küsste sie von ihrem Hals aufwärts bis zu ihren Lippen. „Babe, du hast verschlafen."

Sie öffnete die Augen und schaute in sein attraktives Gesicht. Eine hervorragende Art, einen vermutlich beschissenen Tag zu beginnen. „Wie spät ist es?"

„Sechs."

Sam stöhnte. „Ich muss in einer halben Stunde im Hauptquartier sein."

„Dann solltest du dich lieber beeilen."

„Will aber nicht." Sam streckte die Hände nach ihm aus, um noch einmal von seiner Wärme und Liebe umfangen zu sein. Sie würde alles dafür geben, diesen Tag mit ihm im Bett verbringen zu können.

„Ich weiß, das ist das Letzte, was du hören willst", sagte er, erneut ihren Hals küssend, „aber denk dran, dass heute Abend Grahams Wohltätigkeitsveranstaltung stattfindet."

Sam stöhnte und hämmerte mit den Fäusten auf Nicks Rücken. „Nicht heute Abend! Du hast gesagt, es ist erst in ein paar Wochen!"

„Ja, das habe ich gesagt. Vor ein paar Wochen", erwiderte er belustigt.

„Ich habe seit gestern einen neuen Fall, da kann ich unmöglich eine Benefizgala besuchen!" Sie dachte an das champagnerfarbene Kleid, das für sie von einer aufsteigenden Designerin aus Virginia genäht worden war, wegen der Publicity, die ihr diese Veranstaltung einbringen würde. Anscheinend war Sam jetzt zu allen anderen Rollen, die sie neuerdings einnahm, auch noch eine Stilikone. Aufgrund der Senatsregeln zur Annahme von Geschenken hatte Nick allerdings darauf bestanden, das Kleid zu bezahlen.

„Samantha", sagte er in dem ernsten Ton, den er sich für besonders wichtige Momente aufsparte, „du musst los. Ich habe dir von Anfang an erklärt, dass du mir für diese Veranstaltung eine feste Zusage geben musst. Die rechnen fest mit uns beiden, und ich kann Graham da wirklich nicht enttäuschen."

Sein Ersatzvater und Mentor, der frühere Senator Graham O'Connor, war nach wie vor eine Größe in der Demokratischen Partei Virginias. Er war der Grund, weshalb Nick im Senat saß, und seine Rückendeckung war entscheidend für Nicks Kampagne zur Wiederwahl.

Am liebsten hätte sie noch weitergejammert oder sonst was getan, doch wie konnte sie das, wenn er einfach recht hatte? Er hatte erläutert, dass Graham seine Unterstützung für den Wahlkampf zeigen wollte und deshalb sie beide, Nick und Sam, eingeladen hatte. Bisher hatte Sam ihrem Mann kaum zur Seite gestanden. Als er sie gefragt hatte, war sie deshalb zu dem Schluss gekommen, einen Abend ruhig dafür opfern zu können. Natürlich konnte sie.

„Also ist alles klar, oder?" Er massierte auf wundervolle Weise ihren Nacken.

„Ja, alles klar."

„Also bist du gegen sechs zu Hause und bereit zum Aufbruch um halb sieben?"

„Ja!"

„Und du wirst mich nicht warten und rätseln lassen, wo du steckst? Ich werde mir keine Sorgen machen müssen, dass meine kostbare Frau, von der ich echt wenig verlange, mich versetzt hat?"

Noch mehr Stöhnen, denn er verlangte tatsächlich nicht viel von ihr. „Ja!"

„Ja, du wirst mich nicht versetzen, oder ja, du wirst pünktlich fertig sein?"

Sie stieß ihn scherzhaft gegen die Brust. „Ja, ich werde bereit sein. Und jetzt lass mich aufstehen, du schweres Biest."

„Ich bin noch nicht fertig."

„Ich weiß, was du vorhast."

„Was denn?", fragte er grinsend.

„Du willst mich wütend machen und einen Streit vom Zaun brechen, damit wir hinterher Versöhnungssex haben können. Ich kenne dich inzwischen allerdings, und so leicht bin ich nicht mehr zu haben. Du kannst es gerne probieren, doch du wirst mich nicht wütend machen."

„Samantha", entgegnete er in äußerst herablassendem Ton. „Wenn ich will, kann ich dich in zwei Sekunden wütender als eine nasse Henne machen. Zu deinem Glück bin ich heute Morgen gnädig. Wenn ich mich darauf verlassen kann, dass du heute Abend pünktlich bist, ist mein Job hier erledigt."

Als er sie auf den Mund zu küssen versuchte, drehte sie sich weg. „Ich küsse dich nicht nach dem, was du gerade gesagt hast. Auf keinen Fall. Und so anregend diese Unterhaltung gewesen sein mag, ich muss dringend los. Wenn du also freundlicherweise von mir herunterrollen würdest ..."

„Erst, wenn du mich küsst."

„Dir ist schon klar, dass ich alle möglichen Methoden kenne, um dich von mir herunterzubekommen, und sollte ich mich dazu entschließen, diese Methoden anzuwenden ..."

Mit diesem schiefen Lächeln, das sie so liebte, küsste er sie, bis sie nachgab. „So", meinte er und rollte von ihr herunter, damit sie aufstehen konnte. „Jetzt kann ich dich für zwölf ganze Stunden gehen lassen."

„Ich habe es zugelassen."

Er setzte sich auf seiner Seite des Bettes auf und streckte sich. „Wenn du meinst, meine Liebe."

Obwohl sie gar keine Zeit dafür hatte, kroch sie hinter ihn und drückte ihre Brüste gegen seinen Rücken.

Er sog scharf die Luft ein, genau wie sie es vorausgesehen hatte, und sein ganzer Körper wurde von Anspannung erfasst, als sie die Hand an seiner Vorderseite hinuntergleiten ließ, um ihn mit erotischen Liebkosungen wieder zum Leben zu erwecken. „Was tust du da?"

Sie schwieg, bis er hart und bereit war, dann ließ sie ihn los. „Ich habe das letzte Wort", antwortete sie und küsste ihn auf die Schulter. Dann sprang sie aus dem Bett und lief ins Badezimmer.

„Ich habe es zugelassen!", rief er ihr hinterher.

Lachend stieg Sam unter die Dusche.

Sosehr ihr das Geplänkel mit ihrem Mann gefallen hatte, jetzt blieb ihr keine Zeit mehr zum Essen. Ihr Magen knurrte jedoch, und daher beschloss sie, sich auf dem Weg zum Hauptquartier, wo um halb sieben das Meeting stattfinden würde – in sechzehn Minuten also –, etwas zu kaufen.

Aus einer verschließbaren Kassette im Nachtschrank nahm sie ihre Waffe, Handschellen und die Dienstmarke. Sie schob die Pistole ins Holster, klemmte die Marke an den Hosenbund ihrer Jeans und verstaute die Handschellen in der einen Gesäßtasche, ihr stets präsentes Notizbuch in der anderen. Danach stöpselte sie ihr Handy vom Ladegerät ab und steckte es in eine der vorderen Taschen.

Nick kam aus dem Badezimmer, ein Handtuch tief um die schmale Taille gewickelt. Er fuhr sich durch die nassen Haare, wobei sich seine Brustmuskeln auf sehr erotische Weise anspannten. Wie immer war Sam ganz hin und weg von seinem Anblick.

„Du starrst mich an", bemerkte er, während er seinen Anzug aus dem Kleiderschrank holte. „Außerdem kommst du zu spät, also setz dich in Bewegung."

„Du kommandierst ziemlich viel herum heute Morgen."

„Du brauchst ganz schön viel Beaufsichtigung."

„Ich bin immer noch nicht wütend." Sie stellte sich auf die Zehenspitzen und küsste ihn intensiv. Anschließend tätschelte sie sein frisch rasiertes Gesicht und sagte: „Trotzdem, netter Versuch, Senator. Tu mir einen Gefallen, ja? Wenn du heute Morgen noch Zeit hast, schick mir eine E-Mail, in der alles steht, woran du dich im Zusammenhang mit Victoria erinnerst, seit ihr euch kennt. Erzähl mir von ihrer Hochzeit und auch sonst alles, was mir einen tieferen Einblick vermitteln könnte."

„Klar, kann ich machen."

„Ich kann online nichts über sie finden, was vor ihre Zeit bei Calahan Rice zurückreicht. Das ist doch eigenartig, oder?"

Er zuckte mit den Schultern. „Vielleicht hat sie bis dahin bloß ein unauffälliges Leben geführt."

„Ein unauffälliges Leben zu führen ist eine Sache. Aber es ist, als hätte sie praktisch gar keines geführt, und das verstehe ich nicht. Jeder, der in den letzten zwanzig Jahren am Leben war, hat doch eine Vergangenheit, und die taucht normalerweise in irgendeiner Form online auf. Zum Beispiel in Form von College-Abschlüssen, Führerschein – solche Sachen eben. Bei ihr finde ich überhaupt nichts."

„Wann hast du denn diese Entdeckung gemacht?"

Mist, dachte sie und wünschte sich wieder einmal, ihr Gatte wäre nicht so scharfsinnig. „Ich konnte nicht schlafen und habe daher die Zeit sinnvoll genutzt."

Seine Miene sprach Bände. „Du wirst später völlig erledigt sein, weil du nur ein paar Stunden geschlafen hast."

„Ich komme schon zurecht und werde später die muntere perfekte Politikerfrau spielen."

Lächelnd sah er sie an. „Das möchte ich erleben. Sei vorsichtig da draußen."

„Bin ich immer. Bist du heute bei Derek und kümmerst dich um ihn?"

„So lange, wie ich kann. Ich habe zwei Anhörungen und am Nachmittag ein Bürgertreffen im Rathaus via Skype, da kann ich also nicht weg."

„Das wird er sicher verstehen."

„Harry nimmt sich den ganzen Tag frei, um bei ihm zu sein."

„Dann wünsche ich dir einen möglichst guten Tag."

„Den wünsche ich dir auch. Findet das Baby."

„Ich hoffe, die von der Nachtschicht haben irgendetwas gefunden, dem wir nachgehen können. Ich werde dich auf dem Laufenden halten. Bis später, Babe." Sam ging nach unten und lief wenig später die Rampe zum Gehsteig hinunter. Schneller als erlaubt fuhr sie durch Capitol Hill, das um diese frühe Uhrzeit noch in völliger Stille lag. In der D Street hielt sie vor einem Lebensmittelladen in zweiter Reihe und kaufte sich einen Bagel.

An der hinteren Vitrine versuchte sie sich gerade zwischen Apfelsaft und Cranberrysaft zu entscheiden, obwohl sie sich insgeheim nach einer Cola light sehnte, als eine Spiegelung im Glas ihre Aufmerksamkeit auf sich zog. Im vorderen Bereich des Ladens schwenkte ein Mann in einem dicken Mantel eine Waffe hin und her.

Shit. Noch während sie den Bagel fallen ließ und sich hinter einem der Regale duckte, dachte sie daran, dass sie zu spät zu ihrem Meeting kommen würde. Mit pochendem Herzen schickte sie eine Textnachricht an Freddie und Gonzo, in der sie um Verstärkung bat.

Eine auf dem Boden liegende Frau bedeutete Sam, still zu sein.

Sam drehte sich zur Seite, damit die Frau ihre Dienstmarke und die Pistole sehen konnte.

In den Augen der Frau flackerte Erleichterung auf.

Sam hob den Zeigefinger an die Lippen, damit die Frau ruhig blieb, während sie an ihr und einem älteren Mann vorbeikroch, der im Gang mit dem Brot lag. Minuten vergingen, die sich anfühlten wie Stunden. Unterdessen verstaute der Angestellte Bargeld in einer Plastiktüte. Sam bemerkte, dass seine Hände zitterten.

Der Räuber tänzelte von einem Bein auf das andere, sichtlich high von irgendetwas.

Eine junge Frau kam schwungvoll zur Tür herein und registrierte offenbar nicht, dass sie soeben Teil eines potenziellen Albtraum-Szenarios wurde.

Sam wollte ihr zurufen, in Deckung zu gehen, doch als der Räuber seine Waffe auf sie richtete, stieß sie einen Schrei aus und warf sich zu Boden. *Kluges Mädchen.* Wimmern und Schniefen aus dem Gang nebenan verriet Sam, dass sich dort noch weitere Unbeteiligte versteckten. Mindestens fünf, dachte Sam bei sich, während sie beobachtete, wie sich der Bewaffnete wieder auf den panischen Mann hinter dem Verkaufstresen konzentrierte.

„Beeilung!"

Sie stellte Blickkontakt zu dem Angestellten her, hielt ihre Marke und die Pistole hoch und ermutigte ihn mit einem kurzen Nicken, Ruhe zu bewahren.

Offenbar spürte der Räuber, dass hinter seinem Rücken etwas vorging. Er wirbelte herum, um den übrigen Laden genauer in Augenschein zu nehmen.

Sam duckte sich hinter einer Warenauslage und hielt den Atem an. Solange er glaubte, nur von unbewaffneten Kunden umgeben zu sein, waren sie vermutlich relativ sicher. Wenn er jedoch Wind davon bekam, dass sich unter ihnen ein Cop befand, konnte die Sache schnell aus dem Ruder laufen.

Als ihm klar wurde, dass Hilfe da war, beruhigte sich der Angestellte sichtlich. Seine Hände zitterten nicht mehr so heftig, und seine Bewegungen, mit denen er die Kasse leerte, wurden langsam und präzise.

Da ihre Gegenwart ihm die Panik nahm, hoffte Sam, ihn nicht zu enttäuschen.

„Was ist mit dem Safe?", wollte der Räuber wissen.

„Dazu habe ich keinen Zugang." Der Angestellte schaute erneut zu Sam, was den Bewaffneten veranlasste, sich erneut umzudrehen.

Da er nichts Verdächtiges erkennen konnte und alle auf dem Boden lagen, wo sie hingehörten, widmete er sich wieder dem Angestellten.

Jetzt oder nie. Sam sprang auf und eilte von hinten auf den Räuber zu. Sie war nur einen Schritt von ihm entfernt, als er ihr Kommen spürte. Er schwang herum und traf sie mit der Waffe direkt ins Gesicht. Obwohl der Schlag sie völlig benommen machte, wusste sie, dass sie sterben würde, wenn sie jetzt zögerte.

„Unten bleiben!", schrie sie den anderen Leuten im Laden zu. Sie packte den Arm des Kriminellen und drehte ihn gewaltsam auf den Rücken, sodass er die Pistole fallen lassen musste. Innerhalb von zehn Sekunden hockte sie über ihm auf dem Boden und hatte seine Hände mit Handschellen hinter dem Rücken gefesselt.

„Heiliger Strohsack", murmelte der Angestellte. „Das war der Hammer!"

Die übrigen Leute in dem Geschäft rappelten sich auf und kamen zu ihr.

„Sie blutet", stellte einer von ihnen fest.

„Wir brauchen einen sauberen Lappen und Eis!", rief ein anderer.

Als Freddie und Gonzo mit der Verstärkung eintrafen, wurde Sam bereits von sieben neuen besten Freunden versorgt.

„Lasst euch von uns nicht stören", meinte Freddie, doch Sam merkte ihm die Erleichterung darüber an, sie lebendig und den Räuber überwältigt zu sehen. Er nahm sein Funkgerät vom Gürtel und gab durch, dass der Täter abtransportiert werden konnte. Für Sam bestellte er einen Krankenwagen.

„Ich brauche keine Sanitäter", protestierte sie, obwohl sie bereits Probleme bekam, mit dem rechten anschwellenden Auge etwas zu erkennen. Zu den Menschen, die ihr zu Hilfe geeilt waren, sagte sie: „Es geht schon wieder. Danke."

Freddie betrachtete sie genauer. „Äh, ich bin ungern der Überbringer schlechter Nachrichten, Lieutenant, aber du hast da eine klaffende Wunde in der Wange. Das sollte definitiv ärztlich versorgt werden."

„Ach, nun komm! Ich habe einen Mordfall, mit dem ich mich beschäftigen muss. Ich kann nicht den halben Tag auf der Unfallstation verbringen."

Ihr ansonsten stets umgänglicher Kollege zuckte mit den Schultern. „Du kannst nicht mit aufgeschlitztem Gesicht herumlaufen. Du bist auch so bereits Furcht einflößend genug."

„So schlimm kann es nicht sein." Sie wandte sich an den Angestellten. „Gibt's hier irgendwo einen Spiegel?"

Er deutete in den hinteren Bereich des Ladens. „In der Toilette."

Mit Freddie im Schlepptau stieg Sam auf dem Weg zur Toilette über ihren fallen gelassenen Bagel hinweg. Sie schaltete das Licht ein, warf einen Blick in den Spiegel und wäre beinah ohnmächtig geworden. „Ach du Scheiße", flüsterte sie und musste sofort an den Wohltätigkeitsball am Abend sowie an das schöne Abendkleid denken, das sie dabei tragen wollte, um eine von Nicks Wählerinnen zu unterstützen. Wahrscheinlich sollte sie der Designerin besser die Chance geben, irgendwie aus dem Arrangement auszusteigen.

„Hab ich dir ja gesagt", meinte Freddie und schnappte sich auf dem Rückweg eine Packung Donuts mit Puderzucker aus einem der Regale. Während er seine Lieblingsspeise bezahlte, zog Sam ihr Handy aus der Tasche, um Nick anzurufen.

Sie hatten die Abmachung getroffen, dass er Vorkommnisse oder beunruhigende Ereignisse direkt von ihr erfuhr, und zwar schnellstmöglich. Das führte regelmäßig zu Telefonaten mit ihrem Mann an turbulenten Arbeitstagen.

„Haben wir uns nicht eben noch gesehen?", meldete er sich.

Wie immer beruhigte der Klang seiner Stimme sie. „Okay, also, es ist etwas passiert, aber mir geht's gut." Sie konnte es absolut nicht leiden, ihm Dinge zu berichten, von denen sie vorher wusste, dass sie ihn auf die Palme bringen würden. Noch unangenehmer fand sie jedoch seine gekränkte Miene, wenn sie ihm etwas Wichtiges verschwiegen hatte.

„Definiere ‚etwas' und ‚gut'." Normalerweise würde sein strenger Ton sie zum Lachen bringen, aber dies war nicht der richtige Zeitpunkt dafür.

Während sie sich ein wenig Zeit nahm, um ihre Worte sorgfältig zu wählen, ging sie zurück nach vorn in den Laden, wo Streifenpolizisten den Räuber vom Boden aufhoben und hinausführten. „Ich wollte mir einen Bagel in einem Laden in der D Street kaufen und bin dabei in einen Raubüberfall geraten. Ich habe den Bewaffneten überwältigt, und jetzt ist alles gut."

„Definiere ‚überwältigt'."

Sie biss die Zähne zusammen, denn sie schuldete ihm die ganze Wahrheit. „Ich habe ihn von hinten angegriffen, und es wäre auch alles glattgegangen, hätte er mich mit der Waffe nicht im Gesicht getroffen."

Nick sog hörbar die Luft ein. „Um Himmels willen, Sam. Dann bist du verletzt."

„Nur ein Kratzer. Die bringen mich auf die Unfallstation, damit es genäht wird." Sie hob den Zeigefinger, um die Sanitäter aufzuhalten, bis sie das Gespräch mit ihrem Mann beendet hatte. „Echt keine große Sache, du musst auch nicht herkommen. Mit deinen Anhörungen und der Rathausversammlung hast du genug um die Ohren. Außerdem braucht dein Freund dich. Ich untersage dir also, zur Notaufnahme zu kommen, hörst du?"

Nach längerem Schweigen erklärte er: „Du kannst mir keine Vorschriften machen. Das weißt du, oder?"

„In diesem Fall kann ich das schon."

„Da du wie üblich eine große Klappe hast, nehme ich dich beim Wort und glaube dir, dass es dir gut geht. Doch ich werde dir nicht versprechen, dass ich nicht vorbeikomme, um nach dir zu sehen."

„Ich werde den Ärzten sagen, dass ich dich nicht sehen will."

„Das wird Schlagzeilen über unsere nicht existierenden Eheprobleme geben. Willst du das etwa?"

Sie musste zugeben, dass er recht hatte.

Er seufzte. „Nur meine Frau bringt es fertig, sich irgendwo einen Bagel kaufen zu wollen und dabei eine Pistole ins Gesicht geschlagen zu bekommen. Wenn ich darüber nachdenke, wie gefährlich das Ganze höchstwahrscheinlich war ... Und du fragst dich, warum ich mir ständig Sorgen um dich mache."

„Denk einfach nicht dran und hör auf, dir Sorgen zu machen. Alles ist in Ordnung, ehrlich."

Da die Sanitäter allmählich vom Warten auf sie genervt waren und der Lappen, den man ihr zum Stoppen der Blutung gegeben hatte, inzwischen durchgeweicht war, winkte sie die beiden heran. „Ich muss Schluss machen. Bis heute Abend."

„Samantha ..."

Ihr Herz tat jedes Mal einen kleinen Sprung, wenn er sie so nannte. „Ja?"

„Ich liebe dich. Und ich bin froh, dass dir nichts passiert ist."

„Ich dich auch, Senator. Bis später."

6. Kapitel

Bevor man sie gehen ließ, wurde Sam noch einmal mit Dank überhäuft und von den Leuten fest umarmt, die während des Überfalls mit ihr zusammen in dem Laden gewesen waren. Der Angestellte zeigte sich besonders dankbar und versprach Sam lebenslang Donuts umsonst.

Die Sanitäter geleiteten sie zum Krankenwagen und versorgten dort die Wunde, was sich in etwa so anfühlte, als würden sie ihr Batteriesäure ins Gesicht schütten. Der Schmerz war derart heftig, dass sie beinah ohnmächtig wurde. Sie hatte Mühe, ihr Image vom harten Cop nicht zu gefährden, indem sie laut losplärrte.

„Sorry", meinte der eine Sanitäter nur.

Wahrscheinlich genoss er es, ihr möglichst große Schmerzen zu verursachen, um ihr die Warterei heimzuzahlen.

Sam konzentrierte sich auf ihre Atmung während der Fahrt zur Notaufnahme des George Washington University Hospital, wo sie im vergangenen Jahr schon fast Stammgast gewesen war. Im Krankenhaus brachte man sie in ein Behandlungszimmer, wo sie zu ihrer Erleichterung einen Arzt traf, den sie kannte. Anderson hieß er, wenn sie sich richtig erinnerte. Da momentan nur ein Auge voll funktionsfähig war, konnte sie den auf seinen weißen Kittel gestickten Namen nicht lesen.

„Sie schon wieder?", begrüßte er sie grinsend.

„Was soll ich sagen? Der Service hier ist so großartig, dass ich einfach immer wiederkommen muss."

Nachdem die Sanitäter sie von der Trage in ein Krankenbett verfrachtet hatten und verschwunden waren, näherte sich der

Arzt ihrem Gesicht und untersuchte sie, bis Sam am liebsten um Gnade gewinselt hätte. Als er endlich fertig war, zitterte sie und kämpfte mit Übelkeit.

„Das erfordert plastische Chirurgie", verkündete er.

„Ach, nun hören Sie aber auf! Können Sie es nicht einfach nähen und mich gehen lassen? Ich muss mich um einen Mord und eine Entführung kümmern."

„Glauben Sie mir", erwiderte er lachend, „Sie wollen nicht, dass ich das nähe. Eine Berühmtheit wie Sie muss sich doch Sorgen machen wegen einer großen hässlichen Narbe im Gesicht."

„Das ist eine Kampfansage", stieß sie hervor. „Nur zu Ihrer Information: Ich bin keine Berühmtheit. Ich bin eine Polizistin, und ich muss zur Arbeit."

„Sie mögen ein Cop sein, doch Sie sind außerdem eine Prominente. Im Übrigen werd ich da nicht beigehen."

„Hat man Ihnen diese Grammatik im Medizinstudium beigebracht?"

„Und hat man Sie diesen Charme auf der Polizeiakademie gelehrt?"

Trotz des Schmerzes, den es auslöste, setzte sie eine düstere Miene auf. Der Arzt zuckte jedoch nicht mal mit der Wimper. Sie konnte es ganz und gar nicht leiden, wenn das passierte. Ihr finsterer Blick war für gewöhnlich ziemlich wirkungsvoll.

„Ich piepse mal die von der Plastischen Chirurgie an und komme später zurück, um Ihnen mitzuteilen, wie lange Sie unser Gast sein werden."

„Doc." Sie schluckte. „Sind dafür Spritzen nötig? Ins Gesicht?"

„Ein paar, aber die werden Sie schnell betäuben. Seien Sie unbesorgt."

Na klar, ich soll unbesorgt sein. Nackte Angst breitete sich in ihr aus. Das Einzige, was Sam mehr Angst machte als Spritzen und Nadeln, war, in ein Flugzeug zu steigen. Nein, Spritzen waren schlimmer.

Definitiv schlimmer. Und Spritzen ins Gesicht mussten das absolut Schlimmste sein. Lieber nahm sie es mit zehn bewaffneten Räubern auf, als das mitzumachen.

Freddie kam herein, gefolgt von Captain Malone.

„Ich hab Ihnen den Stammkundenrabatt gutschreiben lassen", bemerkte der Captain. „Darum brauchen Sie sich also nicht mehr zu kümmern. Sie sind nur noch einen Vorfall entfernt von einem kostenlosen Besuch in der Notaufnahme."

„Sehr witzig. Ich habe eine Tote im Leichenschauhaus und ein vermisstes Baby. Und jetzt muss ich hier sinnlos herumsitzen, bis McSteamy mich zusammennähen kann."

„Wer?", fragte Freddie.

„Der plastische Chirurg."

„Der Typ heißt McSteamy?", meinte Malone perplex.

„Sehen Sie denn nicht *Grey's Anatomy*?" Diese Serie verpasste Sam nie. Wusste nicht jeder, wer McSteamy war? „Du schaust es dir an, oder?", wandte sie sich an ihren Partner.

„Sorry, ich habe zu viel zu tun für solchen Blödsinn", erwiderte Freddie.

„Klar", sagte Sam. „Ich weiß auch, womit du so beschäftigt bist." Sie schob den Zeigefinger der einen Hand in die Faust und wackelte dazu mit den Brauen. Dummerweise brannte ihr Gesicht dadurch wie von den Bissen tausender Feuerameisen.

Mit einem gekränkten Blick gab Freddie ihr einen Klaps auf die Finger. „Ach, halt den Mund, Sam."

Natürlich brachte seine Verlegenheit sie zum Lachen. *Mission erfüllt.*

„Kinder", mischte Malone sich tadelnd ein. „Behaltet die Hände bei euch."

In dem Moment kehrte Dr. Anderson in das Behandlungszimmer zurück. „Es wird eine Stunde dauern", verkündete er eisern. „Vielleicht auch zwei."

„O nein! Ich kann nicht zwei Stunden hier herumsitzen, wenn da draußen ein Mörder und Kidnapper frei herumläuft."

„Ich fürchte, mehr kann ich nicht tun", entgegnete Anderson.

„Gibt es denn niemanden sonst in diesem Krankenhaus, der mich nähen und anschließend entlassen kann?"

„Vertrauen Sie mir, wenn ich Ihnen sage, dass Sie den Spezialisten für diesen Job haben wollen. Wenn der fertig ist, behalten Sie kaum eine Narbe zurück. Ich bin gleich zurück. Bleiben Sie ruhig."

„Ruhig zu bleiben ist nicht ihre Stärke", murmelte Malone, während der Arzt ging.

„Das habe ich gehört", sagte Sam.

Ihr Mentor, groß und stämmig, mit klugen Augen und stoppelig kurzen silbergrauen Haaren, grinste.

„Ich kann nicht hierbleiben und nichts tun." Zu Freddie sagte sie: „Wenn ich nicht ins Hauptquartier kann, muss das Hauptquartier eben zu mir kommen. Hole sofort alle hierher. Sag Jeannie, sie soll eine Tafel mitbringen. Und falls sie nicht wegkönnen, ohne dass Hill genau Bescheid wissen will, ist das auch in Ordnung. Los, beeil dich."

Während Freddie sich auf den Weg machte, schüttelte Malone den Kopf. „Sie sind mir vielleicht eine, Holland."

„Ich habe jede Menge zu tun und später einen Termin."

„Was denn für einen Termin?"

„Eine Wohltätigkeitsveranstaltung für Nicks Wahlkampf heute Abend. Große Sache. Er hat mich Wochen im Voraus reserviert."

Malone brach in schallendes Gelächter aus.

„Was ist daran so komisch?"

„Warten Sie ab, bis er Ihr Gesicht sieht. Darf ich dabei sein? Bitte!"

Sam probierte, ihre übliche finstere Miene aufzusetzen, doch das hatte höllische Schmerzen zur Folge. Kurz entschlossen begnügte sie sich mit der Standardgeste und zeigte ihm den Finger.

„Lassen Sie sich bloß nicht von Stahl bei so einer Respektlosigkeit gegenüber einem Vorgesetzten erwischen", mahnte Malone sie und spielte dabei auf ihren Erzfeind an. „Der wird sofort wieder eine Anhörung bei der Abteilung Interne Ermittlungen ansetzen."

„Soll er doch. Das war es wert."

Eine Krankenschwester kam mit den Folterinstrumenten herein.

„Was ist das?", fragte Sam alarmiert und ängstlich.

„Ich lege Ihnen einen Zugang für Infusionen, damit wir ein paar Flüssigkeiten in Sie hineinbekommen."

„Mein Mund funktioniert einwandfrei."

„Das stimmt", pflichtete Malone ihr bei.

Sam ignorierte ihn. „Bringen Sie mir eine Flasche Wasser, die trinke ich gleich aus." *Alles, bloß keine weitere Nadel.*

Die Krankenschwester hielt den Infusionsbeutel hoch. „Das ist nicht nur Wasser. Es handelt sich um Elektrolyte, die Sie wegen des Blutverlustes brauchen."

„Besorgen Sie mir ein Sportgetränk. Das da will ich nicht."

„Anweisung des Arztes."

Sam verschränkte die Arme vor der Brust. „Keine Infusion."

Die Krankenschwester sah Malone an, der nur die Schultern zuckte. „Es hat nicht viel Zweck, mit ihr zu streiten, wenn sie in dieser – oder sonst irgendeiner – Stimmung ist."

„Reizend", meinte die Schwester und verließ den Raum.

Vor Erleichterung schwankte Sam beinahe, als ihr klar

wurde, dass sie gerade um die Infusion herumgekommen war. Ein vertrautes sirrendes Geräusch vom Flur ließ sie aufhorchen, und dann kam auch schon ihr Vater im Rollstuhl herein.

Ihre Stiefmutter Celia war direkt hinter ihm.

„Wir sind gleich gekommen, als wir hörten, dass du hier bist", erklärte Skip und verzog das Gesicht beim Anblick ihrer Verletzung.

Sam freute sich, sie zu sehen, blieb jedoch misstrauisch. „Und woher wisst ihr, dass ich hier bin?", erkundigte sie sich, obwohl sie es natürlich genau wusste.

„Ich gebe meine Quelle nicht preis", erwiderte ihr Vater und kam näher, um sich die Sache genauer anzuschauen.

Wegen seiner Lähmung und seiner Besorgnis beugte Sam sich bereitwillig zu ihm vor, damit er es besser erkennen konnte.

Er stieß einen leisen Pfiff aus. „Der hat dich ganz schön erwischt, was?"

„Ich hab's ihm heimgezahlt."

„Daran habe ich nicht den geringsten Zweifel, mein Mädchen."

„Sie macht den Krankenschwestern das Leben schwer", erklärte Malone, wahrscheinlich aus Rache für den Finger, den sie ihm vorhin gezeigt hatte.

„Vielen Dank, dass Sie mich bei meinem Dad verpetzen", beschwerte Sam sich. „Ist es nicht längst Zeit für Ihre morgendliche Donut-Pause?"

„Oh." Malones Miene hellte sich auf. „Donuts. Kann ich euch was mitbringen?"

Die anderen verneinten, und er versprach, gleich zurück zu sein.

„Meinetwegen müssen Sie sich nicht beeilen!", rief Sam ihm hinterher.

„Warum machst du den Schwestern das Leben schwer?", wollte Celia wissen, die selbst Krankenschwester war.

„Die wollen mich unnötigerweise mit Nadeln stechen."

Skip lachte über ihre Gereiztheit. „Du siehst aus wie mit zwölf, als du deinen Fahrradunfall hattest und man dir eine Tetanusspritze geben wollte."

„Die Spritze brauchte ich damals nicht und heute ebenso wenig."

Celia strich ihr die Haare aus der Stirn und gab ihr einen mütterlichen Kuss auf die unverletzte Wange. „Lass sie dich versorgen, Schätzchen. Die wissen, was sie tun."

Wie jedes Mal rührte Celias liebevolle Fürsorge sie, und so erwiderte Sam: „Warum müssen denn bei allem, was sie tun, Spritzen dabei sein? Und warum muss mein Mann euch anrufen, wenn ich ihm am Telefon klarmache, dass alles in Ordnung ist?"

„Weil er sich Sorgen um dich gemacht hat und nicht selbst herkommen konnte, um nach dir zu schauen", antwortete Skip. „Deshalb hat er die zweitbeste Option gewählt."

„Ihr müsst nicht bleiben. Der von der Plastischen wird mich nähen, und danach gehe ich sofort wieder an die Arbeit."

„Wir bleiben, bis du fertig bist." Die blauen Augen ihres Vaters, vom gleichen Farbton wie Sams, signalisierten ihr, dass Widerspruch zwecklos war. „Für den Fall, dass du uns brauchst."

Als Celia auf den Flur hinaustrat, um einen Anruf von ihrer Schwester entgegenzunehmen, richtete Skip diese beeindruckenden Augen erneut auf seine Tochter.

„Was?", fragte Sam und verspürte plötzlich den Drang, hin und her zu rutschen. Er war einer von zwei Leuten, die sie wirklich nervös machen konnten.

„Ich habe am letzten Wochenende mit Joe zu Abend gegessen", erzählte er und meinte damit seinen langjährigen Freund, den Polizeichef.

Sams Unbehagen nahm zu, da sie merkte, dass ihr Vater wegen irgendetwas sauer war. „Wie nett. Ich weiß ja, wie gern du ihn triffst." Sein ehemaliger Kollege vom MPD hatte ihm seit den Schüssen, die Skip vor zweieinhalb Jahren zum Querschnittsgelähmten gemacht hatten, aufopferungsvoll zur Seite gestanden.

„Er erwähnte eine Sache, die mich doch überrascht hat, besonders da meine eigene Tochter damit zu tun hat, ohne es mir gegenüber auch nur einmal erwähnt zu haben."

Ja, er war sauer. Sam wünschte, sie hätte eine Ahnung, worüber er redete, um sich entsprechend rechtfertigen zu können, was vermutlich nötig sein würde. Wann immer er wütend auf sie war, hatte er für gewöhnlich einen guten Grund dafür. „Was denn eigentlich?", fragte Sam, obwohl sie bereits ahnte, dass sie es gar nicht hören wollte.

„Der Fall Fitzgerald."

„Oh." Sams Magen zog sich zusammen. „Ach das."

„Ja, das. Mein ungelöster Fall, in dem du neu ermittelt hast, als ich vor einiger Zeit im Krankenhaus an das Beatmungsgerät angeschlossen war und dir nicht sagen konnte, dass du die Finger davon lassen sollst."

„Du verstehst nicht …"

„Da hast du verdammt recht, ich verstehe es nicht! Ich habe dir schon einmal gesagt, du sollst diesen Fall ruhen lassen, und daran hat sich seither nichts geändert."

Sam starrte ihn mit offenem Mund an, was neuen Schmerz in ihrer verletzten Wange auslöste. „*Alles* hat sich seitdem geändert. Der Tag, an dem du mich zum ersten Mal aufgefordert hast, die Finger von der Sache zu lassen, war der Tag, an dem du angeschossen wurdest. Und wir dachten, du würdest sterben, als du eine Lungenentzündung bekommen hast. Ich wollte die Akte für dich schließen. Ich habe es für dich getan."

„Ach ja? Und als ich nicht den Anstand besaß, zu sterben,

warum hast du mir da nicht erzählt, dass du den Fall ohne meine Erlaubnis wieder aufgerollt hast?"

„Ich erwähne es nur ungern", erwiderte Sam, beunruhigt von seiner untypischen Feindseligkeit, „aber es ist nicht mehr dein Fall. Falls du es vergessen haben solltest: Ich bin jetzt verantwortlich für die Mordkommission und für sämtliche Fälle, alte und neue. Es sind jetzt *meine* Fälle." Kaum hatte sie die Worte ausgesprochen, wurde Sam klar, dass sie genau das Falsche gesagt hatte.

Die nicht gelähmte Seite seines Gesichts verzog sich im Zorn. „Gut zu wissen, dass du dir nicht zu schade bist, deinem gelähmten Vater gegenüber die Vorgesetzte raushängen zu lassen."

„Du meine Güte, spielst du nun die Gelähmten-Karte aus?"

„Leider habe ich nicht mehr viele Karten auf der Hand. Ich kann es nicht fassen, dass ich es durch Joe erfahren musste. Hast du eigentlich eine Ahnung, wie peinlich es war, aus seinem Mund zu hören, was mein Kind mir seit Monaten hätte berichten müssen? Und dann sein erstauntes Gesicht zu sehen, als er begriffen hat, dass ich nicht die geringste Ahnung hatte? Du hast mir versprochen, üble Sachen nicht mehr von mir fernzuhalten. Ich bin enttäuscht, dass du das Versprechen gebrochen hast."

Seine Worte trafen sie wie Pfeile ins Herz. Sie hatte ihn in Verlegenheit gebracht und gekränkt, und das tat ihr weh. Sam fand keine Worte. Zu hören, er sei enttäuscht von ihr, war schlimmer als alles andere, was er hätte sagen können. Und das wusste er auch.

„Ich erkläre dir mal, wie es laufen wird. Du hast einen neuen Fall, wie ich weiß. Sobald du es schaffst, will ich ein Treffen mit dir, McBride und Tyrone. Ich will erfahren, was die beiden wissen, mit wem sie geredet haben und was dabei herauskam. Habe ich mich klar genug ausgedrückt?"

Würde irgendein anderer ehemaliger Polizist vom MPD in diesem Ton mit ihr reden, würde sie ihm raten, sich zum Teufel zu scheren. Aber da es sich um ihren Vater handelte und damit um einen der wichtigsten Menschen in ihrem Leben, erwiderte sie nur: „Ja, Sir."

„Gut."

„Ich habe den alten Fall benutzt, um McBride nach der Gewalttat gegen sie wieder in den Dienst zu bringen", meinte Sam mürrisch. „Und die beiden haben nichts Neues herausgefunden."

„Ich will einen vollständigen Bericht – von ihnen. Und zwar bald."

„Schön."

Sam war überzeugt, dass ihre Miene ebenso viel Sturheit verriet wie seine. Der Apfel fiel eben nicht weit vom Stamm. Sie saßen in unbehaglichem und unüblichem Schweigen zusammen, bis Celia zurückkam.

Sams Stiefmutter schaute von einem zum anderen. „Was ist passiert?", fragte sie ihren Mann.

„Nichts."

Bevor Celia in den Streit hineingezogen werden konnte, tauchte Freddie mit McBride, Tyrone, Gonzo und Arnold im Schlepptau auf. Den entsetzten Mienen ihrer Kollegen beim Anblick von Sams Gesicht nach zu urteilen, sah die Verletzung immer schlimmer aus, je mehr Zeit verging. *Na klasse.*

Als McBride und Tyrone ihren Vater im Zimmer entdeckten, registrierte Sam, wie die zwei schnell einen erschrockenen Blick wechselten. Verdammt, dachte Sam. Was hatte das nun wieder zu bedeuten? Sie wünschte, sich ausgiebiger damit befassen zu können, doch im Moment mussten sie sich auf den Fall Kavanaugh konzentrieren.

„Soll ich verschwinden?", fragte Skip.

Diese Frage schmerzte sie. Natürlich wollte sie nicht, dass

er verschwand. Ohne ihn wäre sie nie darauf gekommen, dass Melissa hinter der Mordserie Anfang des Jahres gesteckt hatte. Er war ein enorm wichtiges Mitglied ihres Teams, und das war ihm ebenfalls klar. „Nein, ich will nicht, dass du gehst."

Freddie beobachtete die Szene skeptisch. Offenbar entging ihm die Spannung zwischen Vater und Tochter nicht.

„Ich bin im Wartezimmer, wenn ihr mich braucht", sagte Celia, schon auf dem Weg aus dem mittlerweile überfüllten Behandlungszimmer.

„Ich hoffe, ihr hattet alle ein angenehmes Wochenende", wandte Sam sich an ihre Detectives und nahm die Tafel von McBride entgegen. Danach schilderte sie die Fakten des Falls und machte zugleich Notizen auf der Tafel. Die war viel kleiner als das Whiteboard, das sie sonst immer benutzte, aber es würde vorerst reichen.

„Lindseys Bericht kam heute Morgen." Freddie gab Sam den Laborbericht der Gerichtsmedizinerin.

Sie überflog ihn kurz. „Todesursache war Strangulation mittels manueller Krafteinwirkung. Keine Spuren sexueller Gewalt. Lindsey konnte unter Victoria Kavanaughs Fingernägeln DNA sicherstellen, die sie zur Analyse ins Labor geschickt hat." Sam war froh, zu wissen, dass Victoria um ihr Leben gekämpft hatte. „Das ist noch nicht viel, doch zumindest besteht die Hoffnung, dass wir einen Treffer bei der DNA erzielen."

„So viel Glück haben wir nie", bemerkte Freddie.

„Wie weit ist die Sondereinheit bei der Suche nach dem Baby?", wollte Sam wissen.

„Die geht allen Hinweisen nach, die seit der Fahndung hereinkamen", sagte Gonzo. „Bis jetzt war leider nichts dabei."

„Wenn wir Victorias Mörder finden, finden wir bestimmt auch das Baby", vermutete Sam. „Nur ist es fraglich, ob Maeve dann noch am Leben sein wird."

„Zunächst einmal", meldete sich Lindsey McNamara an der Tür, „müssen wir herausfinden, wer eigentlich gestern getötet wurde."

Die Worte der Gerichtsmedizinerin weckten die Aufmerksamkeit aller Anwesenden.

Ihre langen roten Haare hatte Lindsey für die Arbeit zu einem Pferdeschwanz zusammengebunden, und die grünen Augen waren auf Sam gerichtet. „Autsch."

„Das ist jetzt unwichtig", entgegnete Sam. „Wovon reden Sie?"

„Ich lasse routinemäßig die Fingerabdrücke aller Opfer, die bei mir landen, durch AFIS laufen", erklärte sie. AFIS war die Abkürzung für „Automatisiertes Fingerabdruckidentifizierungssystem", ein Computerprogramm, das mit einer Datenbank verbunden war. „Bei den Abdrücken unseres Opfers ergab sich eine Übereinstimmung mit einer Denise Desposito."

Sams Puls beschleunigte sich unwillkürlich, während sie abzuschätzen versuchte, welche Konsequenzen das für den Fall hatte – und für Derek.

„Desposito hat ein langes Vorstrafenregister, hauptsächlich wegen Betrugs: Krankenversicherung, Sozialversicherung, Dienstleistungen des Gesundheitswesens. Vor sechs Jahren musste sie eine längere Haftstrafe verbüßen, nachdem das FBI ihre systematischen Betrügereien aufgedeckt hatte. Im Grunde hat sie von erschwindelten staatlichen Hilfeleistungen gelebt."

„Moment mal", meinte Freddie. „Wenn unser Opfer Denise Desposito ist und sie vor sechs Jahren für längere Zeit gesessen hat, wie konnte sie dann verheiratet sein und ein Kind haben?"

„Hatte sie nicht", informierte Lindsey ihn. „Die sechsunddreißig Jahre alte Denise Desposito wurde bei einer Auseinandersetzung im Gefängnis getötet, einen Monat nach ihrer Inhaftierung."

Sam atmete schwer aus. „Was zum Geier ...?" Ungläubig schüttelte sie den Kopf. „Unser Opfer ist also nicht Victoria Taft Kavanaugh, was erklärt, weshalb es online praktisch keine Spur von ihr gibt. Und obwohl die Fingerabdrücke mit denen von Denise Desposito übereinstimmen, handelt es sich bei der Toten auch nicht um diese Frau, oder?"

„Nein", bestätigte Lindsey.

„Wer zur Hölle ist sie dann?"

7. Kapitel

"Alle raus", befahl Dr. Anderson, als er einige Minuten später mit einem anderen Arzt zurückkehrte.

Sam und ihr Team versuchten noch zu verarbeiten, was Lindsey ihnen erzählt hatte.

"Cruz", wandte Sam sich an ihren Kollegen, "fahr zu Calahan Rice in der K Street und finde so viel wie möglich über die Frau heraus, die als Victoria Taft bekannt war. Gonzo, du und Arnold, ihr macht Felicity Rider ausfindig, die Brautjungfer bei der Hochzeit der Kavanaughs."

"Was können wir tun?", fragte McBride.

"Sie können das Zimmer verlassen, damit wir ihre Wunde nähen können", verkündete Anderson.

"Schau mal, ob du eine Victoria Taft aus Defiance, Ohio, findest", sagte Sam, den Arzt ignorierend. "Die Eltern heißen Greg und Betty."

"Mach ich." McBride notierte sich die Informationen.

"Ich komme ins Hauptquartier nach, sobald ich hier fertig bin. Wir treffen uns dort."

"Das reicht jetzt", meldete Anderson sich erneut zu Wort und schob die anderen aus dem Behandlungsraum. "Alle raus."

"Meine Eltern können bleiben", meinte Sam, die plötzlich von Angst erfasst wurde, als sich der plastische Chirurg Dr. Simsbury vorstellte. Während sie für die Behandlung vorbereitet wurde, wünschte sie, sie hätte Nick doch erlaubt, herzukommen. Celias Anwesenheit war zwar tröstlich, aber niemand konnte ihn ersetzen.

„Ein kleiner Stich zur Betäubung", erklärte Simsbury und näherte sich ihrem Gesicht mit einer beängstigend langen Nadel.

Sam musste ihre gesamte Selbstbeherrschung aufbringen, um nicht zu schreien oder seinen Arm zu packen, damit er aufhörte – und wenn sie ihm dabei den Arm brach, war das auch in Ordnung. Der angeblich kleine Stich brannte wie Feuer, sodass Tränen in ihr hochstiegen.

„Du hast es fast geschafft, Schätzchen", sagte Celia und drückte Sams Hand.

„Eine noch", verkündete Simsbury.

Diesmal machte Sam die Augen zu, um die Nadel nicht näher kommen zu sehen. Beim zweiten Mal brannte es jedoch genauso. Ihr brach der kalte Schweiß aus, und sie atmete tief ein.

„Wir werden Ihnen ein Beruhigungsmittel geben, Sam", schlug Anderson vor. „Ihre Herzfrequenz geht durch die Decke."

Erschrocken starrte sie den Arzt an. „Nein!" Ein Beruhigungsmittel würde sie unbrauchbar für den Job machen. Sie konnte es sich nicht leisten, heute benommen zu sein. Ganz abgesehen davon, dass dazu vermutlich eine weitere Spritze nötig sein würde. „Nähen Sie mich endlich und lassen Sie mich gehen."

„Das wird eine Weile dauern", erklärte Simsbury. „Sie können es sich ruhig bequem machen."

Am liebsten hätte Sam ihm den Kopf abgerissen. Glaubte er wirklich, sie würde es sich *bequem* machen können, während er ihr das Gesicht zunähte? Da die Diskussion darüber nur Zeit rauben würde, die sie nicht hatte, verkniff sie sich jeden Kommentar und schloss stattdessen die Augen, um es sich *bequem* zu machen.

Das Nächste, was sie wahrnahm, war Celia, die sie wach rüttelte. „Sam? Schätzchen, sie sind fertig."

Wie bitte? Hatte sie das Nähen der Wunde etwa verschlafen? „Was haben die mir gegeben?"

„Nichts. Du bist einfach eingeschlafen."

„Das ist unglaublich." Wenigstens tat ihr Gesicht nicht mehr weh. Das war immerhin schon was. „Wie spät ist es?"

„Mittag."

Sam stöhnte und stand zu schnell auf, was ihr Schwindel verursachte. Celias Hände auf ihren Schultern stützten sie.

„Du musst es ruhig angehen, Schätzchen. Du hattest einen Schock und hast viel Blut verloren. Deshalb wird dir für den Rest des Tages ein wenig schwummrig sein."

„Na klasse. Wo ist Dad?" Ihr fiel die Meinungsverschiedenheit mit ihm wieder ein; eine weitere Angelegenheit, um die sie sich heute kümmern musste.

„Im Wartezimmer. Er konnte es nicht ertragen, dabei zuzusehen, wie sie deine Wunde nähten."

„Könnt ihr mich zum Hauptquartier mitnehmen?"

„Ich vermute mal, wir können dich nicht davon überzeugen, dir den restlichen Tag freizunehmen, oder?", meinte Celia.

„Auf gar keinen Fall."

„Du kannst erst gehen, wenn sie dich mit einem Schmerzmittel entlassen haben, denn das wirst du brauchen, sobald die Betäubung nachlässt."

„Ich gebe ihnen noch fünf Minuten, dann bin ich weg."

„Du bist ganz schön anstrengend, weißt du das?"

„Das bekomme ich öfter zu hören."

Lachend verließ Celia den Raum, um den Doktor zu suchen. Unterdessen sammelte Sam ihre Kleidung ein. Ihre blutbefleckten Jeans lagen auf einem Stuhl, doch von ihrer Bluse sowie ihrem BH war nichts zu sehen. „Äh, hallo?", rief sie in den Flur hinein. „Wo ist mein Hemd?"

Kurz darauf kam eine Krankenschwester mit einer Garnitur Krankenhauskluft herein.

„Wo sind meine Sachen?"

„Ruiniert."

Verdammt, dachte sie, denn sie hatte die Bluse gemocht. Nachdem Melissa ihre Sachen zerschnitten hatte, waren ihr ohnehin nicht mehr viele Kleidungsstücke geblieben. Umso schlimmer, noch weitere zu verlieren, die ihr gefielen. „Und woher kriege ich jetzt einen BH?"

Die Krankenschwester zuckte mit den Schultern. „Das ist Ihre Sache."

Sam murmelte etwas, während die Schwester wieder verschwand. Da sie ohne BH schlecht im Hauptquartier erscheinen konnte und es viel zu warm für einen Pullover war, musste sie vor der Arbeit wohl oder übel noch einmal nach Hause. Dieser Tag war wirklich verkorkst! Sie fragte sich, ob wenigstens irgendjemand ihren Wagen zum Hauptquartier gefahren hatte. Hoffentlich hatte Freddie sich darum gekümmert. „Planänderung", verkündete sie, als Celia mit Dr. Anderson im Schlepptau zurückkam. „Ich muss vor der Arbeit noch mal nach Hause."

„Kein Problem. Wir bringen dich, wohin auch immer du musst."

Während Anderson eine ermüdend lange Liste von Nachsorgeprozeduren aufzählte, wedelte Sam ungeduldig mit der Hand. „Kommen Sie zum Ende, Doc. Ich muss los."

Er betrachtete sie voller Missfallen. „In den ersten achtundvierzig Stunden muss die Wunde bedeckt bleiben, danach halten Sie sie sauber."

„Ich werde mich darum kümmern", versprach Celia.

„Das Rezept für das Schmerzmittel." Er gab Sam zwei Zettel. „Und ein Termin zur Nachuntersuchung in zwei Wochen bei Dr. Simsbury, den Sie bitte auch einhalten."

„Großartig, danke." Sam nahm die Papiere von ihm entgegen und eilte zur Tür, das leichte Schwindelgefühl ignorierend. „Bis dann."

„Bis bald", erwiderte Anderson mit einem spöttischen Lächeln, wofür Sam ihm den Finger zeigte.

Freddie stieg in dem zweistöckigen Bürogebäude die Stufen hinauf und folgte den Richtungshinweisen zu den Büros von Calahan Rice. Hinter den Rauchglastüren prangten die Logos jeder amerikanischen Autofirma mit einem *Kauft-in-Amerika*-Banner darüber.

Wie feinsinnig, dachte er.

„Kann ich Ihnen helfen?", erkundigte sich die dunkelhaarige Rezeptionistin und musterte ihn unverhohlen. Seit er mit Elin schlief, schienen andere Frauen deutlich mehr an ihm interessiert zu sein als vorher. Merkten die irgendwie, dass er endlich Sex hatte, und zwar jede Menge? Egal. Elin war die Einzige, mit der er Sex haben wollte, und es war besser, nicht mittags an einem Arbeitstag an Sex mit ihr zu denken.

„Detective Cruz." Er zeigte ihr seine Dienstmarke. „MPD. Ich bin auf der Suche nach Informationen über eine frühere Angestellte namens Victoria Taft."

„Ich arbeite erst seit einem Jahr für diese Firma, deshalb habe ich nie von ihr gehört. Lassen Sie mich eine der Geschäftsführerinnen holen. Die wird Ihnen weiterhelfen können. Sie ist schon ewig hier."

„Danke." Während er wartete, nahm Freddie in dem behaglichen Wartezimmer Platz, blätterte in einer Sportzeitschrift und stieß auf eine Reportage über den magischen Aufstieg der D. C. Federals. Die ganze Stadt war begeistert von der ersten siegreichen Saison des jungen Teams. Letztes Jahr hatte die Mannschaft noch Tickets verschenken müssen, um Zuschauer in das Stadion zu locken. In diesem Jahr war es schwierig, überhaupt an welche heranzukommen.

Eine kühl wirkende blonde Frau in einem schwarzen Businesskostüm und mit hohen Absätzen kam in den Wartebereich. „Detective Cruz?"

Freddie legte die Zeitschrift weg und stand auf. „Ja." Er zeigte ihr seine Dienstmarke.

Sie warf einen langen Blick darauf. „Ich bin Susan Jacobson, geschäftsführende Teilhaberin. Was kann ich für Sie tun?"

„Ich bin auf der Suche nach Informationen über eine ehemalige Angestellte."

„Victoria Taft."

„Ja."

Ihre Haltung geriet ein wenig ins Wanken. „Ich habe gehört, dass sie ermordet wurde, und mich schon gefragt, wann die Polizei hier auftauchen würde."

„Dies war ihre letzte Arbeitsstelle vor ihrer Heirat."

„Ich weiß. Ich war auf ihrer Hochzeit. Kommen Sie mit nach hinten."

Freddie folgte ihr in ein großes Büro am Ende eines langen Korridors. Auf dem Weg dorthin kamen sie an einer Reihe Büros vorbei, in denen Angestellte vor Computern saßen oder telefonierten. Wann immer er Leute in Büros arbeiten sah, war er dankbar dafür, einen Job zu haben, den er liebte. Auch wenn der manchmal unerträglich stressig, gefährlich und traurig war, gab es doch viele aufregende und zutiefst befriedigende Seiten daran. Außerdem war Freddie viel unterwegs und musste nicht in Büros wie diesen herumsitzen. „Ziemlich was los hier", meinte er.

„Ja, besonders seit den Rettungsaktionen für die Autoindustrie. Wir haben reichlich zu tun, um sicherzustellen, dass der Kongress weiterhin die Arbeiter der amerikanischen Autoindustrie unterstützt."

„Eine lohnenswerte Aufgabe, scheint mir."

„Das glauben wir auch", erwiderte sie, sichtlich erfreut über seine Bemerkung.

Susan bedeutete ihm, in ihrem Besuchersessel Platz zu nehmen. „Da ich mir bereits dachte, dass wir bald von der Polizei hören würden, habe ich Victorias Personalakte bereitgelegt." Sie überreichte ihm eine Mappe.

Er überflog kurz den Inhalt, der aus dem Ausdruck einer Online-Bewerbung bestand, einem Empfehlungsschreiben eines Kongressabgeordneten aus Ohio, einer Empfehlung von Ford wegen der Beteiligung an einem Projekt sowie Victorias Kündigungsschreiben.

„Es ist nicht viel", sagte Susan. „Aber sie war eine gute Mitarbeiterin. Engagiert und professionell. Wir bereiteten sie auf größere und bessere Aufgaben vor, als sie Derek Kavanaugh kennenlernte. Natürlich verstanden wir, dass sie ihren Arbeitsplatz hier nicht behalten konnte, wenn der Chef ihres Mannes für das Amt des Präsidenten kandidierte."

„Was wussten Sie über ihr Privatleben, abgesehen von der Beziehung zu Mr. Kavanaugh?"

„Nicht viel, um ehrlich zu sein. Ich habe fast ein Jahr lang mit ihr zusammengearbeitet, aber erst heute, nachdem ich von ihrem Tod erfahren habe, wird mir klar, dass ich sie überhaupt nicht gut kannte. Sie wissen sicher, wie das ist: Manche Menschen haben eine Persönlichkeit für die Arbeit und eine für das Private."

Freddie nickte, obwohl die Leute, mit denen er arbeitete, privat mehr oder weniger so waren wie im Job.

„Sie erzählte nicht viel über ihr Privatleben, bis sie Derek traf. Es war für uns alle offensichtlich, dass er es ihr ziemlich angetan hatte."

„Also war sie erst verschwiegen, was Privates anging, und dann wurde sie redseliger?"

„Sie vertraute uns keine Einzelheiten an, das nicht, aber sie konnte nicht verbergen, dass sie sich in ihn verliebt hatte. Sobald einer von uns seinen Namen erwähnte, lief sie rot an. Solche Sachen."

„Dann schien es wahre Liebe zu sein?"
„O ja, eindeutig. Jeder, der bei der Hochzeit war, hatte den Eindruck, dass die zwei eine erfolgreiche Ehe führen würden."
„Könnten Sie mir eine Kopie ihrer Akte anfertigen?"
„Selbstverständlich." Susan drückte den Summer, um die Sekretärin hereinzurufen, und bat sie, die Kopien anzufertigen. Während sie warteten, meinte Susan: „Sie sind Sam Hollands Partner, nicht wahr?"
„Stimmt."
„Wie ist sie so?"
„Eigentlich genauso wie in den Medien", antwortete Freddie zögernd. Sams Bekanntheitsgrad war nach der Heirat mit Nick sprunghaft angestiegen, weshalb Freddie sich große Mühe gab, ihre Privatsphäre zu schützen. „Sie ist eine großartige Vorgesetzte und Freundin."
„Ja, so wirkt sie auch. Ich bewundere die beiden sehr."
„Ich auch."
Die Sekretärin kehrte mit den Kopien zurück, und Freddie stand auf. „Danke für Ihre Hilfe." Er überreichte ihr seine Karte. „Wenn Ihnen noch etwas einfällt, das für unsere Ermittlungen wichtig sein könnte, dann erreichen Sie mich unter dieser Nummer."
„Ich werde daran denken." Ihre kühle Fassade wich, als sie freundlich lächelte. „Ich hoffe, Sie finden denjenigen, der Victoria umgebracht hat, und Sie finden das Baby."
Erst in diesem Moment begriff Freddie, dass sie ihn möglicherweise interessiert ansah. „Wir tun, was wir können."
„Ich begleite Sie hinaus."
„Das ist nicht nötig", versicherte er ihr, in der Hoffnung, sie in dem zu entmutigen, was immer sie sich auch vorstellte. „Ich finde selbst den Weg. Noch mal danke."
Er hatte das unbehagliche Gefühl, dass sie ihm beim Hinausgehen hinterherschaute.

Felicity Ryder arbeitete als parlamentarische Assistentin in Capitol Hill für William Stenhouse, den Sprecher der Minderheitsfraktion im Senat.

„Woher kenne ich den Namen dieses Mannes?", erkundigte Arnold sich bei seinem Kollegen Gonzo.

„Abgesehen davon, dass er die Nummer zwei im Senat ist, meinst du?", fragte Gonzo seinen jüngeren Partner, der manchmal ein bisschen schwer von Begriff war.

„Mann, ja. So viel weiß ich auch."

„Er gehörte zum engeren Kreis von Sams Verdächtigen, als Senator O'Connor ermordet wurde", erklärte Gonzo, während sie das Hart Senate Office Building betraten. „Er und der erste Senator O'Connor waren jahrzehntelang erbitterte Feinde. Als John O'Connor dann in der Nacht vor seiner ersten großen Gesetzesabstimmung starb, verdächtigte Graham O'Connor sofort Stenhouse. Graham meinte, Stenhouse habe seinen Sohn John lieber tot sehen wollen als erfolgreich im Senat."

„Jetzt fällt es mir wieder ein."

Im riesigen Büro von Stenhouse zeigten sie ihre Dienstmarken am Empfang und erkundigten sich nach Felicity. Man führte sie in einen Konferenzraum, in dem Bilder, Tafeln und Andenken an die grandiose Karriere des Senators aus Missouri jeden Zentimeter Wandfläche bedeckten.

„Der Typ hat ja eine hohe Meinung von sich", murmelte Arnold.

„Gilt das nicht für alle?"

„Nicht für Nick."

„Stimmt." Der Mann ihrer Chefin stammte aus einfachen Verhältnissen, und Gonzo konnte sich nicht vorstellen, dass Nicks prestigeträchtiger Job ihm jemals zu Kopf steigen würde, wie es ganz offensichtlich bei Stenhouse der Fall war.

Einige Minuten später kam Felicity herein. Sie war groß und attraktiv, mit braunem Haar und braunen Augen. Die Begegnung mit den Polizisten schien sie zu beunruhigen und nervös zu machen.

Nachdem die beiden ihre Dienstmarken gezeigt und sich vorgestellt hatten, bat Gonzo sie, sich an den Tisch zu setzen.

„Es geht um Victoria", sagte Felicity mit tonloser Stimme.

Gonzo nickte. „Waren Sie eine enge Freundin?"

„Eine Zeit lang, ja. Ich kann nicht glauben, dass sie tot ist. Ich bin immer noch dabei, den Schock zu verarbeiten."

„Unser herzliches Beileid", erwiderte Gonzo. „Wir würden gerne von Ihnen erfahren, wie Sie beide sich kennengelernt haben. Auch sonst würde uns alles, was Sie uns erzählen können, helfen. Möglicherweise ist es für die Ermittlung von Bedeutung."

„Ich habe sie seit einigen Jahren nicht mehr gesehen. Wie sind Sie überhaupt auf mich gestoßen?"

„Sie waren bei ihrer Hochzeit als Brautjungfer aufgelistet, daher nahmen wir an, Sie wären eng befreundet."

„Waren wir. Nach ihrer Heirat mit Derek haben wir uns aber kaum noch getroffen."

Ein Blick auf ihre linke Hand verriet Gonzo, dass sie keinen Ehering trug. „Und das ärgerte Sie?"

Sie zuckte mit den Schultern. „Anfangs ja, natürlich, doch so ist das eben manchmal. Viele Frauen vergessen ihre alleinstehenden Freundinnen, sobald sie glücklich verheiratet sind. Ist mir nicht zum ersten Mal passiert und sicher auch nicht zum letzten Mal."

„Wann sind Sie ihr zuletzt begegnet?", fragte Gonzo.

„Bei der Babyparty, die Dereks Mutter vor anderthalb Jahren für sie ausgerichtet hat."

„Was können Sie uns über Victorias Leben vor ihrem Umzug nach Washington berichten?", wollte Arnold wissen.

„Nicht viel. Sie stammte aus Ohio. Ihre Eltern waren schon tot. Keine Geschwister. Ich weiß noch, dass sie mir bei unserer ersten Begegnung leidtat, weil sie gar keine Angehörigen mehr hatte. Sie verbrachte Weihnachten ein paarmal bei meiner Familie, aber dann traf sie Derek, und damit hatte sich das erledigt."

„Die große Liebe?", fragte Gonzo.

„Oh, ganz bestimmt. Sie war vom ersten Tag an verrückt nach ihm. Er brauchte Wochen, bis er sie um ein Date bat. Ich dachte, das Warten auf ihn würde sie wahnsinnig machen. Sie war drauf und dran, ihn zu fragen, als er endlich den Mut fand. Er sah sehr gut aus und war wundervoll. Ich konnte verstehen, warum sie so verliebt in ihn war. Ihr gefiel natürlich auch die Tatsache, dass er erfolgreich war. Das war ihr wichtig."

„Inwiefern?"

„Sie sagte immer, sie wolle nur Mutter und Hausfrau sein, sobald sie eine Familie hätte. Während andere Frauen sich heutzutage schwer ins Zeug legen, um Karriere und Familie unter einen Hut zu bringen, hatte sie die altmodische Vorstellung, mit den Kindern zu Hause zu bleiben. Und eine Ehe mit ihm würde ihr das garantieren."

„Können Sie uns ein paar ihrer anderen Freunde aus der Zeit nennen und uns sagen, wo wir die finden können?"

„Caroline Horan war eine ihrer Freundinnen. Ich glaube, sie arbeitet bei einem PR-Unternehmen in der Massachusetts Avenue. Leslie Newman war eine weitere. Als ich das letzte Mal von ihr hörte, war sie Veranstaltungsorganisatorin im Willard. Victoria lernte beide in dem Yogastudio kennen, das sie regelmäßig besuchte."

„Wissen Sie zufällig, ob die beiden noch in Kontakt mit ihr standen?"

„Das weiß ich wirklich nicht. Es waren ihre Freunde, nicht meine."

„Sie haben uns sehr geholfen." Gonzo gab ihr seine Karte. „Wenn Ihnen noch etwas einfällt, melden Sie sich bitte."

Sie nahm die Karte von ihm. „Glauben Sie, dass Sie das Baby finden, bevor ...?"

„Wir tun alles, was wir können", versicherte Gonzo ihr.

Felicity ging voran aus dem Konferenzraum.

Wenn dieser Fall gelöst war, entschied Agent Avery Hill, während er von Herndon zum Regierungsbezirk fuhr, würde er sich aus D. C. versetzen lassen. Einige Zeit in Phoenix oder San Diego würde ihn auf den Boden zurückbringen und ihm helfen, sich auf das zu konzentrieren, was ihm in seinem Leben am meisten bedeutete: die Karriere.

Seit Monaten war er neben der Spur und aus dem Gleichgewicht, seit er Lieutenant Sam Holland zum ersten Mal begegnet war und jene spontane Reaktion auf eine Frau verspürt hatte, die er bis dahin nur vom Hörensagen kannte, ohne sie selbst je erlebt zu haben. Bisher hatte er sich stets vor allem für zierliche, freche Blondinen interessiert. Umso erschütternder, plötzlich mit achtunddreißig festzustellen, dass er in Wirklichkeit offenbar eine große, wichtigtuerische, draufgängerische, mutige, irgendwie irritierende und schlichtweg hinreißende Frau bevorzugte, deren wilde Lockenpracht aus honigblondem Haar ihr bis auf den Rücken reichte, wenn sie die Klammer daraus löste, mit der sie es während der Arbeit zusammenhielt.

Er hatte außerdem feststellen müssen, dass er eine Schwäche hatte für hellblaue Augen, die eine emotionale Skala von scharfsinnig über misstrauisch bis zu kalt abdeckten – wenn sie ihn ansah, den gefürchteten Eindringling. Der Ausdruck inniger Liebe darin war allein ihrem Mann vorbehalten.

Sobald Avery sich in ihrer Nähe aufhielt, war es ihm fast unmöglich, sich von ihrem Anblick loszureißen. Und das war ihrem frisch angetrauten und sie bekanntermaßen innigst liebenden Ehemann gestern Abend schrecklich schnell aufgefallen.

Avery hatte in den vergangenen Monaten beunruhigend viel Zeit damit verbracht, über diese Frau nachzudenken, über sie zu lesen und sich mehr oder weniger wie ein zum ersten Mal verknallter Schüler zu benehmen. Als er den Anruf wegen des Mordes an Victoria Kavanaugh erhalten hatte und gebeten worden war, Sam in dem Fall zu beraten, hatte er gleichzeitig jubeln und jammern wollen. Zuerst hatte er gedacht: *O nein, ich muss sie wiedersehen.* Doch das hatte sich rasch gewandelt zu: *Dem Himmel sei Dank, ich kann sie wiedersehen!*

Auf dem Weg von Quantico in die Hauptstadt am späten Sonntagnachmittag hatte er sich innerlich darauf einzustellen versucht, ihr erneut gegenüberzutreten. Vielleicht war es beim ersten Mal nur eine komische einmalige Reaktion gewesen, die sich in den nächsten Monaten von selbst erledigen würde. Er war ein vernünftiger Mann, der sich bisher etwas auf seine Selbstbeherrschung eingebildet hatte. Seine Karriere gründete unter anderem darauf, dass er gelassen, logisch, geduldig und all das war, was einen effektiven Agenten ausmachte.

Doch an der Wirkung des unverschämten weiblichen Lieutenants auf ihn war überhaupt nichts logisch, und mit seiner Gelassenheit war es in dem Punkt auch nicht weit her. Und dann noch festzustellen, dass sie die berühmte Polizistin war, die vor Kurzem den Senator geheiratet hatte ... Er stieß die Luft aus, als er sich an den Moment erinnerte, in dem er zwei und zwei zusammengezählt und begriffen hatte, dass sie tabu war. Das hatte ihn umgehauen, und davon hatte er sich bis heute nicht ganz erholt.

Ein kurzer Blick in ihr Gesicht gestern Abend hatte diesen Fluch bestätigt. Es war eben doch keine einmalige Zufallsreaktion gewesen, sondern etwas Lebensveränderndes, das nicht mehr weggehen würde, egal, wie oft er sie sah. Und jetzt sollte er erneut mit ihr an einem Fall arbeiten, obwohl er gerade einen Punkt erreicht hatte, an dem er nicht mehr jede Minute jedes Tages an sie denken musste ... Nun, das war verdammt unfair.

Die unfassbare Ironie des Ganzen entging ihm nicht. Er, der stets jede Frau hatte haben können, verguckte sich ausgerechnet in eine, die er nicht nur nie würde haben können, sondern die seinen schieren Anblick schon nicht ertrug. Es wäre zum Lachen komisch gewesen, wenn es nicht so erbärmlich gewesen wäre.

Deshalb wollte er unbedingt die Gegend verlassen, um sie nie wiederzusehen, sobald der Fall Kavanaugh abgeschlossen war.

Nachdem er den Vormittag mit einem derangiert aussehenden Derek Kavanaugh im Haus von dessen Eltern in Herndon verbracht hatte, konnte Hill zur laufenden Ermittlung nicht viel beitragen. Sie waren alles durchgegangen, woran Kavanaugh im vergangenen Jahr gearbeitet hatte, hatten Themen betrachtet, die vielleicht kontrovers oder polarisierend gewesen sein mochten, doch nichts konnte als eindeutiges Motiv für einen Mord oder eine Entführung herhalten.

Während er zum Hauptquartier fuhr und über das Gespräch mit Kavanaugh nachsann, lauschte er den Nachrichten zur vollen Stunde, aus denen er von Sams Heldentat an diesem Morgen erfuhr.

„Jesus", flüsterte er, als ihm klar wurde, dass sie auch leicht hätte angeschossen werden können. Der Radiosprecher erwähnte ein Überwachungsvideo aus dem Laden, das bereits online kursierte, und Avery fragte sich, wie Sam wohl darüber dachte. „Was spielt es für eine Rolle, was sie denkt?", sagte Hill laut. „Sie geht dich nichts an, und sie wird dich niemals etwas angehen. Es ist an der Zeit, mal wieder realistisch zu werden."

Doch noch während er diese Worte aussprach, wusste er, dass er nicht ruhen würde, ehe er sich mit eigenen Augen vergewissert hatte, dass es ihr gut ging.

Das Erste, was Sam bemerkte, als Celia auf den Parkplatz vor dem Hauptquartier fuhr, war die Horde Reporter, die sich vor dem Eingang versammelt hatte. „Würde es dir etwas ausmachen, mich um die Ecke zum Eingang des Leichenschauhauses zu bringen?" Sam hasste es, ihre Stiefmutter darum bitten zu müssen, denn Celia hatte Skip schon die zwanzig Minuten allein lassen müssen, die sie brauchte, um Sam zur Arbeit und anschließend wieder zurück nach Hause zu fahren. Keine von beiden wollte ihn länger als nötig allein lassen.

„Kein Problem."

„Danke. Hauptsache, ich entgehe den Geiern."

Celia lachte. Dann fragte sie: „Was war eigentlich zwischen dir und deinem Vater vorhin los?"

„Nichts. Warum?"

„Verkauf mich nicht für dumm. Raus damit."

Verblüfft von dem ungewohnt schroffen Ton ihrer Stiefmutter, antwortete Sam: „Er ist wütend, weil ich ihm nichts davon erzählt habe, dass ich einen seiner alten Fälle wieder aufgerollt habe, während er Anfang des Jahres im Krankenhaus lag."

„Der Fall Fitzgerald?"

„Genau", bestätigte Sam, erneut überrascht. „Du weißt davon?"

„Selbstverständlich weiß ich davon. Er sprach viel davon, als er noch im Dienst war. Bevor …"

Ihrer aller Leben war sauber geteilt – in die Zeit vor den Schüssen und die danach. „Ich vergesse ständig, dass ihr zwei euch schon lange heimlich getroffen habt, bevor er angeschossen wurde."

Celias hübsches Gesicht errötete wie jedes Mal, wenn dieses Thema zur Sprache kam. „Wir hatten vor, es euch zu erzählen, irgendwann."

„Ich mache euch keinen Vorwurf, dass ihr es so lange wie möglich für euch behalten habt", meinte Sam und musste an die Bomben denken, die ihr Exmann an ihrem und an Nicks Wagen befestigt hatte. Dadurch war ihre bis dahin geheim gehaltene Beziehung aufgeflogen. „Sobald es jeder weiß, ändert das alles."

„Ja, stimmt. Dein Dad war damals immer noch verbittert wegen deiner Mutter, obwohl es Jahre vor unserem Kennenlernen passiert war."

Sam erinnerte sich an etwas, das Tracy vor einigen Monaten gesagt hatte. Ihre Schwester hatte erklärt, dass es zwei Seiten der Geschichte gebe, was mit ihren Eltern passiert war. Seither hatten sie nicht mehr darüber gesprochen. Zwar kam Sam damit klar, die Version ihrer Mutter nicht zu kennen, doch Tracys Kommentar beschäftigte sie trotz allem nach wie vor. Sie wollte nicht neugierig sein, war es aber einfach. Ihr würde nichts anderes übrig bleiben, als ihre Schwester irgendwann zu fragen, was sie gemeint hatte.

Sam hatte ihre Mutter seit über fünf Jahren weder gesehen noch mit ihr gesprochen. Nach der Hochzeit hatte sie eine Karte erhalten, in der ihre Mutter angedeutet hatte, sie würde Sam gern sehen und Nick kennenlernen wollen. Auch diese Bitte ging Sam seit Monaten nicht aus dem Sinn. Bis jetzt hatte sie noch nicht darauf reagiert. „Wie dem auch sei, Dad ist jedenfalls sauer auf mich, weil ich ihm nicht gesagt habe, dass wir uns den Fall Fitzgerald noch einmal vorgenommen haben."

„Ich vermute, dass Joe es ihm verraten hat, oder?"

„Ja." Sam fühlte sich schon wieder schuldig. „Wir haben nichts Neues entdeckt, deshalb habe ich gar nicht daran gedacht, ihn darüber zu informieren."

„Vor allem, weil er dir ja bereits eingeschärft hatte, die Finger davon zu lassen."

Entsetzt starrte Sam ihre Stiefmutter an. „Das weißt du auch?"

„Ich weiß, dass ihr an dem Tag, an dem er angeschossen wurde, eins eurer seltenen Streitgespräche hattet und dass es dabei um den Fall Fitzgerald ging. Das letzte Mal, als ich vor den Schüssen mit ihm sprach, sagte er, es habe darüber eine Auseinandersetzung mit dir gegeben."

In den Tagen danach, als Unsicherheit darüber geherrscht hatte, ob er die Schüsse überleben würde, hatte Sam befürchten müssen, dass ihre letzten Worte an ihren Vater diejenigen gewesen waren, die sie ihm voller Wut entgegengeschleudert hatte. „Warum pocht er wohl so unerbittlich darauf, dass ich mich aus dieser Sache heraushalte?"

„Vielleicht solltest du ihm diese Frage stellen."

„Kennst du den Grund?"

„Nein. Aber irgendetwas, was mit diesem Fall zu tun hat, nagt an ihm. Er hat mir nie verraten, was es ist."

„Den Mörder eines kleinen Jungen nicht zu finden, würde jedem Detective zu schaffen machen, auch lange nach seiner Dienstzeit."

„Das stimmt wahrscheinlich. Ich hatte allerdings immer die Vermutung, dass es um mehr geht als um die Lösung des Falls." Celia hielt vor dem Eingang zur Leichenhalle. „Da wären wir, meine Liebe. Wenn du mir das Rezept für das Schmerzmittel gibst, bringe ich es dir auf dem Rückweg mit. Du kannst es dir dann später bei mir abholen."

Obwohl Sam nicht vorhatte, Medikamente zu nehmen, die sie groggy und nutzlos machen würden, fehlte ihr die Zeit, jetzt zu widersprechen. Also reichte sie ihrer Stiefmutter das Rezept. „Danke. Für alles. Ich weiß nicht, wie ich jemals ohne dich zurechtgekommen bin."

„Ach, Schätzchen." Celia beugte sich über die Mittelkonsole, um Sam kurz zu umarmen. „Sei vorsichtig, ja? Dein Vater leidet jedes Mal, wenn du verletzt wirst. Und ich auch."

Gerührt gab Sam ihr einen Kuss auf die Wange. „Mach ich. Bis später."

8. Kapitel

Sam eilte ins Gebäude und lief durch die Flure bis ins Kommissariat, wo ihre Kollegen sich um einen Computer versammelt hatten.

„Spiel's noch einmal ab", hörte sie Gonzo sagen. „Wow, genau da, seht euch das an!"

„Absolut der Hammer", meinte Cruz. „Der Typ hat keine Ahnung, was ihn da erwischt."

„Knallhart", bemerkte Arnold.

Auf Zehenspitzen stehend, schaute Sam ihrem Partner über die Schulter. Auf dem Bildschirm war die Szene aus dem kleinen Lebensmittelladen zu sehen. Als die Waffe sie traf, verzog sie wie alle anderen das Gesicht. „Na schön, Leute, die Show ist vorbei."

Die Detectives erschraken heftig über Sams unerwartete Anwesenheit, was ihr gefiel. Sie mochte es, ihre Leute auf Trab zu halten. „Konferenzraum, in fünf Minuten."

„Heiliger Scheiß", bemerkte Freddie, als er ihr Gesicht betrachtete. „Das ist ja noch bunter als vorher."

Erneut dachte Sam an ihre Pläne für den Abend. Ihren Ehemann zu enttäuschen, stand nie sehr weit oben auf ihrer To-do-Liste, weshalb sie entschlossen war, zu dieser Wohltätigkeitsveranstaltung zu gehen, selbst wenn sie aussah wie eine Gestalt aus einem Horrorfilm.

Auf dem Weg in ihr Büro, wo sie vor dem Meeting ihre E-Mails checken wollte, kam Agent Hill auf sie zu. Sein Blick war geradezu glühend. Was hatte das zu bedeuten? Die stille Intensität dieses Mannes erzeugte Unbehagen bei ihr.

„Geht es Ihnen gut?", erkundigte er sich und musterte sie durchdringend von oben bis unten, was ihr Unbehagen nur verstärkte.

„Bestens. Ich kann es kaum erwarten, wieder an die Arbeit zu gehen. Wir treffen uns in fünf Minuten im Konferenzraum." Damit ging sie in ihr Büro und schloss die Tür, um ihn gar nicht erst zu ermutigen, ihr zu folgen. Ihr Verstand riet ihr nämlich, sich lieber weit, weit fernzuhalten von diesem sexy Agenten.

Die Begegnung abschüttelnd, startete sie den Computer und überflog rasch ihre E-Mails, unter denen auch eine Antwort von Bryn Mawr war. Sie las:

Lt. Holland, wir konnten keinen Eintrag über eine Studentin mit dem Namen, nach dem Sie sich erkundigt haben, entdecken. Vielleicht war sie in der fraglichen Zeit unter einem anderen Namen eingeschrieben? Wenn Sie über zusätzliche Informationen verfügen, unterstützen wir Ihre Suche gerne weiter.

Die Nachricht war nach Lindseys Untersuchungsergebnis kaum überraschend, bestätigte aber noch einmal, dass alles – von Victorias Namen über ihre Fingerabdrücke bis zu ihrem College-Abschluss – gefälscht war. Warum? Das war die Frage des Tages.

Außerdem befand sich unter den Mails eine von Nick: *Hey, Babe. Wie geht es meinem hübschen Lieblingsgesicht? Nicht zu ramponiert, hoffe ich.* Sam zuckte innerlich zusammen und stellte sich vor, was er sagen würde, wenn er sah, was von ihrem ehemals hübschen Gesicht geblieben war. Das Make-up, das die Katastrophe kaschieren konnte, die sie bei einem kurzen Blick in den Spiegel zu Hause erblickt hatte, war leider noch nicht erfunden. Trotz ihrer Entschlossenheit, zu dieser

Benefizgala zu gehen, würde er sie vermutlich anflehen, darauf zu verzichten, damit sie seine Unterstützer nicht verschreckte.

Wie dem auch sei, schrieb er weiter, *du hast dich nach meinen Eindrücken von Victoria und Derek erkundigt. Also, hier sind sie.* Sam überflog den Rest des Textes, druckte die E-Mail aus und nahm sie mit in ihr Meeting. Er hatte geendet mit: *Kann es nicht erwarten, dich nachher zu sehen und zu pusten, damit es besser wird. Liebe dich.*

Gestärkt durch seine Liebe, schickte sie ihm eine kurze SMS, um ihm zu sagen, dass alles in Ordnung mit ihr und sie bei der Arbeit war. Zum Schluss schrieb sie: *Wir sehen uns um sechs.* Er sollte wissen, dass sie ihre Pläne nicht vergessen hatte. Sie würde ihm die Entscheidung überlassen, ob er sie nach Begutachtung des Schadens noch dabeihaben wollte oder nicht.

Sam war die Letzte, die den Konferenzraum betrat. Als sie gerade das Meeting eröffnen wollte, kam Chief Farnsworth mit Captain Malone im Schlepptau herein.

Farnsworth musterte ihr verletztes Gesicht. „Das war ausgezeichnete Arbeit heute Morgen, Lieutenant."

„Danke, Sir. Ich war nur zur richtigen Zeit am richtigen Ort."

„Da ist Ihr Gesicht bestimmt anderer Meinung."

„Ich hab Ihnen ja gesagt, es ist übel, Chief", meinte Malone.

„*Shit happens*", entgegnete Sam, denn sie wollte unbedingt vorankommen. Außerdem hasste sie es, im Mittelpunkt der Aufmerksamkeit zu stehen.

„Ich sehe eine Belobigung auf Sie zukommen", bemerkte Farnsworth.

„Oh, na ja, hm, danke." Eines Tages würde sie lernen, ein Kompliment entgegenzunehmen.

Farnsworth verdrehte die Augen und nahm seinen üblichen Posten im hinteren Teil des Raumes ein.

Froh, dem heißen Stuhl entkommen zu sein, begann Sam: „Cruz, du fängst an, danach Gonzo, Hill und McBride. Lasst mal hören, was ihr habt."

Die anderen berichteten, und Sam hörte sich jede Einzelheit genau an, während sie über den entscheidenden Punkt brütete – dass Victoria Taft Kavanaughs gesamtes Leben bis zur Begegnung mit Derek und ihrer Heirat eine Lüge gewesen war. Es wurmte sie, diese wertvolle Information schon bald mit dem FBI-Agenten teilen zu müssen, der sie nicht aus den Augen ließ, während die Kollegen ihre Berichte vortrugen.

Warum tat er das? Hatte seine Mutter ihrem glatten Südstaaten-Gentleman nicht beigebracht, dass es unhöflich war, Leute anzustarren?

„Hill", wandte sie sich brüsk an ihn, „Sie sind an der Reihe. Was können Sie uns niedrigen Detectives, denen der Zugang zu Top-Secret-Angelegenheiten verwehrt ist, mitteilen?"

„Nicht viel", erwiderte er in diesem schmeichelnden Akzent, der ihr Herz früher vielleicht hätte schneller schlagen lassen, bevor sie einem Mann begegnet war, der ihr Herz und ihre Seele erobert hatte, sodass für keinen anderen mehr Platz war. Hill erzählte kurz von seinem Vormittag mit Derek, wobei er etwas ausführlicher auf den Gesetzentwurf einging, an dem Kavanaugh gearbeitet hatte. Danach schilderte er, mit welchen Kongressmitgliedern und Mitarbeitern Derek für die Sache des Präsidenten aneinandergeraten war.

„Über wie viele Leute reden wir?"

„Fünf", antwortete Hill.

„Geben Sie uns eine Liste", forderte Sam ihn auf. „Sollten wir uns mal ansehen."

„Dachte ich mir auch." Hill reichte ihr die in weiser Voraussicht angefertigte Liste.

„Danke", murmelte sie und bedeutete Freddie, den Zettel an sich zu nehmen. „Ich habe Nick gebeten, alles aus seiner

Erinnerung aufzuschreiben, was uns vielleicht ein wenig Aufschluss über Derek und Victoria gibt, ihre Hochzeit und so weiter. Aber ich konnte nichts entdecken, was wir nicht bereits wissen."

Sam stand auf und notierte mit einem abwischbaren Stift die Lebensdaten Victorias auf einer Weißwandtafel, angefangen bei ihrem Einstieg bei Calahan Rice, einem der wenigen gesicherten Details über sie.

„Sie lernte Kavanaugh dreißig Tage später kennen", sagte Hill, seine Notizen konsultierend. „Im Fitnessstudio, das er schon seit Jahren besuchte. Sie fingen einen harmlosen Flirt an, doch er brauchte einen Monat, bis er sie um ein Date bat."

Mit einem Magneten heftete Sam eine Aufnahme der lebenden Victoria an die Tafel, neben das Bild aus der Leichenhalle, das Lindseys Bericht beigefügt war. „Wir wissen außerdem, dass die Frau auf diesen Fotos nicht Victoria Taft Kavanaugh ist."

Hill, Farnsworth und Malone meldeten sich alle gleichzeitig zu Wort.

„Wie meinen Sie das?", wollte Farnsworth wissen.

„Wer ist sie dann?", fragte Malone.

Hills freundliche Miene wich prompt einem wütenden Ausdruck. Wenigstens starrte er sie nicht mehr aufdringlich an. „Und wann wollten Sie mir das mitteilen?"

„Jetzt gerade."

„Erklären Sie uns das", forderte Farnsworth sie auf.

Sam berichtete ihnen, was Lindsey herausgefunden hatte und was in der E-Mail aus Bryn Mawr stand, nämlich dass es dort in der Zeit, aus der die Abschlussurkunde in Victorias Haus stammte, keine Studentin namens Victoria Taft gegeben hatte.

„Wir konnten keine Hinweise auf einen Greg oder eine Betty Taft in Defiance, Ohio, entdecken", schaltete Jeannie sich ein. „Ich habe auch die Sozialversicherungsnummer checken lassen, die beim Kraftfahrzeugamt hinterlegt war."

„Gute Überlegung", lobte Sam sie, begeistert davon, dass ihre Freundin wieder voller Elan arbeitete, nachdem sie Anfang des Jahres Opfer einer ungeheuerlichen Entführung und sexueller Gewalt geworden war. „Was hast du in Erfahrung bringen können?"

„Die Nummer war für einen William Eldridge zugelassen", antwortete Jeannie. „Aus den Unterlagen geht hervor, dass er vor acht Jahren im Alter von sechsundfünfzig gestorben ist. Ich bin auf eine Todesanzeige in der *Washington Post* gestoßen, die sein Todesdatum bestätigt."

„Also hat nicht nur irgendwer die Datenbank für Fingerabdrücke überlistet, sondern wir haben es auch noch mit Sozialversicherungsbetrug zu tun?", fragte Hill, der sich erhob und die Hände in die schmalen Hüften stemmte.

„Ich würde gern verstehen, weshalb man beim Kraftfahrzeugamt seine Sozialversicherungsnummer angeben muss, diese aber niemand überprüft", beschwerte Sam sich.

„Diese Frage beschäftigt Sie ernsthaft am meisten?", meinte Hill.

Da Sam es nicht gewohnt war, von jemandem aus ihrem Team infrage gestellt zu werden, sprang sie sofort darauf an. „Was ich sagen will, Agent Hill, ist Folgendes: Wenn das Kraftfahrzeugamt sich die Mühe gemacht hätte, die Nummer zu prüfen, wären wir dieser Gaunerei, oder um was auch immer es sich handeln mag, schon vor Jahren auf die Spur gekommen. Und zwar bevor eine Frau ermordet und ihr Baby entführt wurde."

„Wir können die Tatsache nicht ignorieren, dass es irgendeine Verbindung zur Arbeit ihres Mannes geben muss", entgegnete Hill.

„Wenn Sie davon überzeugt sind, finden Sie doch die Verbindung", konterte Sam.

Sie versuchten einander mit Blicken zu bezwingen, bis Gonzo sich räusperte.

Innerlich aufgewühlt nach dieser Konfrontation, wandte Sam sich von diesem nervtötenden Agenten ab. „Ich lehne den Verdacht nicht ab, dass Dereks Arbeit tatsächlich der Schlüssel ist", sagte sie, um wieder zur Sache zu kommen.

„Weil er Zugang zu geheimen Informationen hatte, wäre seine Frau auch irgendwann überprüft worden", erläuterte Hill.

„Wäre diese Überprüfung gewissenhaft durchgeführt worden, wäre dabei schon alles aufgeflogen."

Diese Aussage hing in der Luft, während alle im Raum schweigend über die Konsequenzen nachsannen.

„Damit deuten Sie an, dass dieser Prüfer höchstwahrscheinlich in die wie auch immer gearteten Machenschaften eingeweiht war", schloss Sam und versuchte, die mögliche Tragweite des Betrugs zu erfassen.

Hill zuckte mit den Schultern. „Ich nehme an, das werden wir herausfinden, wenn wir ein bisschen tiefer graben."

„Wer ist denn für die Sicherheitsüberprüfungen zuständig?", wollte Gonzo wissen.

„Der Verteidigungssicherheitsdienst, aber die setzen häufig Leute vom NCIS, FBI oder anderen Bundesbehörden ein."

„Können Sie uns den Namen des Prüfers besorgen, der für Victorias Sicherheitscheck verantwortlich war?"

„Ich kümmere mich darum", erwiderte Hill. „Aber in der Zwischenzeit muss jemand Mr. Kavanaugh erzählen, was wir über seine Frau erfahren haben."

Sämtliche Augen richteten sich auf Sam. Es brach ihr das Herz, Derek mitteilen zu müssen, dass die Frau, die er liebte, ihn in allen Belangen belogen hatte, einschließlich ihrer Identität.

„Cruz und ich werden das übernehmen", sagte sie.

„Na klasse", murmelte ihr Partner, was ihm einen bösen Blick von ihr einbrachte.

Lieutenant Archelotta von der Abteilung Interne Ermittlungen betrat den Raum. Als einziger Kollege, mit dem Sam jemals etwas gehabt hatte, löste seine Gegenwart stets einen Moment der Beklommenheit bei ihr aus. Das war dieses Mal nicht anders, und sie registrierte, dass Hill diese Schwingungen offenbar wahrnahm. Natürlich tat er das.

„Ich habe gehört, dass hier ein Meeting zum Fall Kavanaugh stattfindet", meinte Archie und gab ihr einen Stapel Papiere. Groß, dunkelhaarig und gut aussehend, war er genau das gewesen, was sie nach ihrer Trennung von Peter gebraucht hatte. „Das sind die Protokolle der an- und abgehenden Telefonate der letzten dreißig Tage von Victorias Telefon."

„Danke für die schnelle Arbeit", sagte Sam und reichte die Protokolle an Gonzo weiter.

„Ich lasse euch mal weiterarbeiten", verabschiedete Archie sich und winkte munter, ehe er das Zimmer verließ.

„Bevor wir das Meeting vertagen: Niemand lässt ein Wort darüber verlauten, was wir über Victoria Kavanaugh herausgefunden haben", warnte Sam die anderen. „Bis wir genauer wissen, womit wir es hier zu tun haben, müssen wir den Deckel fest auf dieser Ermittlung halten. Habe ich mich klar genug ausgedrückt?"

Die übrigen Detectives reagierten mit Kopfnicken und bestätigendem Gemurmel.

„Ich werde es nicht tolerieren, sollte etwas durchsickern", schaltete Farnsworth sich ein. „Alle halten den Mund."

„Gonzo, Arnold, McBride und Tyrone, ihr teilt die Telefonprotokolle unter euch auf und kümmert euch sofort darum", befahl Sam. „Cruz, du kommst mit mir."

„Und was mache ich?", fragte Hill in diesem herablassenden Ton, der Sam auf die Nerven ging.

„Ich habe keine Ahnung, Agent Hill. Was machen Sie?"

„Er begleitet Sie beide", wies Farnsworth an. „Nehmen Sie ihn mit, wenn Sie Kavanaugh aufsuchen, um ihm zu erzählen, was wir nun über seine Frau wissen."

„Drei sind einer zu viel", protestierte Sam.

„Dann lassen Sie eben Cruz hier, damit er bei den Telefonprotokollen hilft", sagte der Chief streng. „Je eher wir die Daten sichten, umso schneller kommen wir möglicherweise dahinter, wer diese Frau wirklich war. Vielleicht finden wir so auch ihren Mörder – und ihre Tochter." Mit einem boshaften Funkeln in den Augen fügte der Chief hinzu: „Und bevor Sie nach Herndon aufbrechen, müssen Sie die Presse auf den neuesten Stand bringen. Die Reporter gieren nach Informationen zu dem missglückten Raubüberfall und Ihrem Zustand. Die haben ihr versprochenes Briefing um sieben Uhr heute Morgen nicht bekommen, deshalb sind sie besonders ausgehungert, zumal sie den ganzen Tag auf Sie warten mussten."

Sam verkniff sich ein Stöhnen bei der Vorstellung, auch noch den Reportern gegenübertreten zu müssen.

Die anderen verließen den Raum, und sie blieb mit dem Agenten zurück, der sie anstarrte. Der Tag wurde immer besser.

„Da ich weiß, wohin wir müssen, und über zwei funktionstüchtige Augen verfüge, werde ich fahren", verkündete Hill.

„Meine Augen funktionieren bestens."

Er betrachtete ihr Gesicht genauer. „Hm, klar, wenn Sie meinen. Ich fahre trotzdem."

„Meinetwegen! Dann machen Sie das! Ist mir doch egal! Ich brauche vorher aber etwas zu essen."

„Ich muss noch tanken, also essen wir unterwegs. Gehen wir."

Sam hatte den leisen Verdacht, ihr Mann würde extrem wenig davon halten, dass sie die nächsten Stunden allein mit

Agent Hill verbrachte. Es wäre wohl am besten für alle, wenn sie das Nick gegenüber einfach zu erwähnen vergaß. Als sie in ihr Büro ging, um ihre Brieftasche und den Autoschlüssel zu holen, spürte sie, dass die Betäubung in ihrem Gesicht allmählich nachließ.

Sie kramte in ihrer Schreibtischschublade, fand eine Packung Schmerzmittel und schluckte drei Tabletten mithilfe einer der halb leeren Flaschen Wasser, die ihr Mann ordentlich auf der linken Seite ihres Schreibtisches aufgereiht hatte. Er war unfassbar pingelig, aber sie liebte ihn dennoch.

„Bereit?", fragte Hill im Türrahmen.

„So bereit, wie ich eben sein kann, das Leben eines Menschen zu zerstören, der dachte, sein Leben sei bereits zerstört."

Das erste Mal hörte Nick von dem Video, auf dem Sams Kampf zu sehen war, als Graham O'Connor ihn wegen der Spendenveranstaltung am Abend anrief.

„Es ist überall in den Nachrichten", berichtete Graham.

Mit dem Telefon am Ohr verließ Nick sein Büro und ging zu den TV-Monitoren im Konferenzraum, auf denen die verschiedenen Nachrichtensendungen der Kabelsender liefen. Graham hatte nicht übertrieben, als er behauptet hatte, das Video sei überall zu sehen. Zumindest flimmerte es gerade über sämtliche Bildschirme. Gebannt verfolgte er, wie Sam sich dem Räuber von hinten näherte, der wiederum plötzlich aushole, sodass er sie mit der Waffe direkt im Gesicht erwischte. Zum Glück setzte sie das nicht außer Gefecht.

Ein Schauer überlief Nick, als ihm klar wurde, wie gefährlich die Situation tatsächlich gewesen war. Oft genug blieb ihm nur seine Fantasie, um sich auszumalen, was vorgefallen war. Diesmal sah er es mit eigenen Augen. Seine Fantasie war ihm lieber.

„Nick? Bist du noch da?"

Er riss sich von den Bildern los und kehrte in sein Büro zurück, doch das Unbehagen verschwand nicht. Sam hatte einen heftigen Schlag abbekommen, den sie bei der Schilderung des Vorfalls heruntergespielt hatte. „Ja", antwortete er Graham, „ich bin noch da."

„Geht es Sam gut?"

„Sie sagt, es sei alles in Ordnung." Es hatte ihn große Überwindung gekostet, sich von der Notaufnahme fernzuhalten, obwohl ihn doch alles zu Sam hinzog – wie jedes Mal. „Ein plastischer Chirurg hat ihre Wunde genäht, und jetzt arbeitet sie schon wieder."

„Wir haben vollstes Verständnis, wenn sie es heute Abend nicht schaffen sollte."

Nick wusste, dass es absolut dumm war, aber die Vorstellung, ohne sie zu gehen, ärgerte ihn. Er bat sie nie darum, ihn bei seiner Arbeit zu unterstützen. Alles in ihrer beider Leben drehte sich um Sams Arbeit, Sams Fälle, Sams Ermittlungen. Kaum hatte sich dieser Gedanke in seinem Kopf geformt, bereute er ihn schon. Sie war verletzt, verdammt noch mal. Sie hatte mehreren Menschen das Leben gerettet, ihr eigenes eingeschlossen. Welches Recht hatte er da, wütend zu sein, weil ihre Verletzungen ihm möglicherweise seinen großen Abend verdarben? Aber war es denn falsch, bei einer für seine Karriere wichtigen Veranstaltung seine Frau an seiner Seite haben zu wollen? „Das wird sie wohl entscheiden", sagte er zu Graham. „Ob ihr danach ist. Ich sage dir Bescheid, sobald ich etwas gehört habe."

„Nicht nötig. Wenn sie kommt, kommt sie. Falls nicht, wird das jeder verstehen."

„Ich fühle mich mies. Wir haben das Monate im Voraus geplant."

„Du musst dich nicht entschuldigen. Wir wissen besser als die meisten Leute, wie unberechenbar ihr Job sein kann."

„Das ist nett von euch. Danke für euer Verständnis."

„Keine Ursache. Da ist allerdings noch etwas, worüber ich mit dir sprechen wollte. Ich hatte gehofft, das heute Abend tun zu können, doch bei dem Trubel ist es wahrscheinlich kein günstiger Zeitpunkt."

„Um was geht es denn?"

„Ich habe einen Anruf von Halliwell erhalten", erklärte Graham und meinte damit den neuen Vorsitzenden der Demokratischen Partei. Halliwell hatte Mitchell Sanborn nach dessen Verhaftung Anfang des Jahres ersetzt. „Er wollte meine Meinung dazu hören, ob du wohl bereit wärst, die Grundsatzrede auf dem Parteitag der Demokraten zu halten."

Nick war sprachlos. Indem sie ihn zum Mittelpunkt des Parteitages machten, bereiteten sie ihn für die Präsidentschaftskandidatur bei der nächsten Wahl vor. Die Demokratische Partei hatte ihr Interesse bereits in der Vergangenheit bekundet, aber das würde seine Bewerbung für das höchste Amt im Weißen Haus offiziell machen. „Was hast du ihm gesagt?"

„Ich habe ihm vorgeschlagen, direkt mit dir zu reden", erwiderte Graham lachend. „Du brauchst mich bestimmt nicht mehr als Strippenzieher hinter den Kulissen. Zu meiner Zeit hätte ich für deine Umfragewerte sonst was getan. Die wollen dich, Nick. Das hast du begriffen, oder?"

„Ich habe in meinem ganzen Leben noch keine Wahl gewonnen, und jetzt bereiten sie mich auf den höchsten Job vor." Nick war zugleich amüsiert und erstaunt. Und traurig. Dies hätte Johns Moment sein sollen. Das würde Nick nie vergessen.

Nach einer langen Pause meinte Graham: „Du denkst an John, nicht wahr?"

„Immer."

„Ich auch. Letzte Woche wollte ich ihn anrufen, ich hatte schon das Telefon in der Hand. Dann fiel es mir ein ... Wenn das passiert, ist es für mich wieder wie an jenem ersten schrecklichen Tag."

Nick versuchte zwar, nie daran zu denken, wie er seinen besten Freund und Boss tot aufgefunden hatte. Doch es war auch der Tag, an dem er, Jahre nach einem denkwürdigen One-Night-Stand, wieder mit Sam zusammengekommen war. Dass etwas so Großartiges mit einem tieftraurigen Ereignis zusammenhängen konnte, verblüffte ihn bis heute. Nick richtete den Blick auf ein Foto, das auf Johns Anrichte gestanden hatte. „Geht mir genauso. Plötzlich will ich ihm etwas erzählen, ihn nach seiner Meinung fragen. Öfter, als ich zugeben möchte."

Graham musste sich räuspern. „Was wirst du Halliwell mitteilen?"

„Das hängt wohl davon ab, wann und ob er fragt."

„Er wird fragen. Du bist ihre erste Wahl. Anscheinend wollte Derek Kavanaugh mit dir darüber sprechen, doch dann wurde seine arme Frau ... Gibt es irgendetwas Neues über das Baby?"

„Ich habe noch nichts gehört."

„Himmel, was der Mann durchmachen muss."

„Das ist nicht schön." Von Harry hatte Nick mittags gehört, dass Derek in einer schlimmen Verfassung war. Je mehr Zeit ohne ein Lebenszeichen von Maeve verstrich, desto mehr litt Derek.

„Der reinste Albtraum." Graham sprach aus Erfahrung. „Noch mal wegen des Kongresses ..."

„Wenn sie mich bitten, werde ich es machen. Natürlich werde ich es machen, aber du und Laine, ihr sollt wissen, wie sehr mir bewusst ist, dass es eigentlich Johns Platz wäre." Es war nicht das erste Mal, dass Nick sich sorgte, dass seine Ersatzeltern denken könnten, er würde Kapital aus den Möglichkeiten schlagen, die der Tod ihres Sohnes ihm eröffnet hatte.

„Das wissen wir, mein Sohn. Selbstverständlich wissen wir das. Und wir sind sehr stolz auf dich. Ich hoffe, das weißt du."

„Danke", erwiderte Nick leise. Es tat immer wieder gut, von dem früheren Senator, der ihn, einen ehrgeizigen jungen Mann, damals unter seine Fittiche genommen hatte, zu hören, dass er stolz war. Graham hatte ihm ein Leben geboten, von dem Nick als junger Mann nicht einmal zu träumen gewagt hatte. „Du kannst dir nicht vorstellen, was mir das bedeutet."

„Ich kann es nicht erwarten, dich auf dem Parteitag zu erleben. Du wirst sie begeistern. Sogar die Republikaner werden dich reihenweise wählen."

Diese Vorstellung war so absurd, dass Nick einfach lachen musste. „Na, klar doch."

„Ganz schöner Kampf, der sich da vor den Parlamentswahlen entwickelt, was?"

„Allerdings. Der Ausschuss macht sich Sorgen wegen Arnie", sagte Nick, in Anspielung auf den unfassbar reichen Geschäftsmann Arnold „Arnie" Patterson, der als unabhängiger Kandidat für das Amt des Präsidenten kandidierte. „Je näher wir der Wahl kommen, desto mehr wächst die Zahl seiner Anhänger. Im Gegensatz zu Nelson und Rafael", fügte Nick hinzu und meinte damit den amtierenden Präsidenten sowie dessen Rivalen von der Republikanischen Partei, „besteht bei Arnie jedenfalls sicher nicht die Gefahr, dass ihm auf der Zielgeraden das Geld ausgeht."

„Ich kann mir nicht vorstellen, dass dieses Land bereit ist für so jemanden wie ihn." Graham klang voller Abscheu. „Niemand weiß genau, wie er zu seinem Vermögen gekommen ist. Alles an ihm ist zwielichtig."

„Aber er verspricht den Leuten, was sie hören wollen: niedrigere Steuern, weniger Reglementierungen, mehr Gewicht auf Familienwerte. Er präsentiert sich als Christ mit liberalem Einschlag und bietet von beiden Seiten das Beste. Das macht ihn für die Wähler attraktiv."

„Meine Befürchtung ist, dass er Nelson Stimmen kostet und dadurch Rafael einen leichten Sieg beschert", meinte Graham. „Halliwell sagt jedenfalls, dass Nelsons Lager besorgt ist."

„Bis November kann viel passieren", erklärte Nick. „Ich habe ihn im Wahlkampf erlebt, und mir ist diese Unberechenbarkeit aufgefallen, die seinen Beratern Kopfzerbrechen bereitet. Sieh dir bloß mal an, wie viele Mitarbeiter er seit dem Memorial Day verschlissen hat. Ich habe gehört, er lässt seine Söhne die Show machen. Das garantiert zumindest eine gewisse Kontinuität."

„Es heißt, sobald ein Mitarbeiter nicht seine Meinung teilt, ersetzt er ihn. Ich wette, der würde seine eigenen Kinder feuern, wenn sie ihm nicht nach dem Mund reden."

Nick lachte. „Diese Strategie sollte ich am besten übernehmen. Das würde zumindest für kürzere Mitarbeitermeetings sorgen."

„Bestimmt", entgegnete Graham belustigt. „Scotty kommt also bald wieder in die Stadt?"

„Wir holen ihn am Sonntag. Drei gemeinsame Wochen. Wir können es kaum erwarten."

„Bring ihn mal mit auf die Farm zum Reiten."

„Mach ich."

„Dann bis heute Abend."

„Ich freue mich darauf."

Nachdem Nick das Gespräch beendet hatte, betrachtete er eine ganze Weile Johns Foto. Er dachte an die gemeinsamen Jahre in Harvard zurück, an die Wochenenden bei den O'Connors in Leesburg und an die fünf Jahre, die er an Johns Seite während dessen Amtszeit im Senat gearbeitet hatte. Zum ersten Mal seit Langem ließ er den Kummer und die Sehnsucht zu. Für einen einzigen weiteren Tag mit seinem besten Freund hätte Nick liebend gern seinen Sitz im Senat und die damit verbundene Popularität hergegeben.

Sam trat aus dem Haupteingang des Hauptquartiers und fand sich im reinsten Wahnsinn wieder. Fragen wurden ihr in einem einzigen lauten Gebrüll entgegengeschleudert, während Blitzlichter zuckten. Ihre übel zugerichtete Visage würde am Morgen auf allen Titelseiten prangen.

„Was können Sie uns über den Raub verraten?"

„Mit wie vielen Stichen wurden Sie genäht?"

„Gibt es schon eine Spur zu Maeve Kavanaugh?"

„Werden Sie den Präsidenten befragen?"

„Ist Derek Kavanaugh ein Verdächtiger?"

Sam hob die Hände, um die Menge zu beruhigen. Als die Fragen unablässig weiter abgefeuert wurden, konzentrierte sie sich auf einen Laternenmast auf dem Parkplatz hinter den Reportern, bis diese endlich begriffen, dass sie kein Wort sagen würde, wenn sie nicht still waren. Es dauerte einige Minuten, aber schließlich verstanden alle die Botschaft.

„Ich werde jetzt eine Erklärung abgeben und anschließend einige Fragen beantworten", verkündete sie. „Die Ermittlungen zum Mord an Victoria Kavanaugh und der vermutlichen Entführung von Maeve Kavanaugh dauern an. Mr. Kavanaugh ist kein Verdächtiger. Ich wiederhole: Derek Kavanaugh gilt nicht als verdächtig, etwas mit der Ermordung seiner Frau oder der Entführung seiner Tochter zu tun zu haben." Obwohl sie diesen Punkt nun doppelt betont hatte, würde Dereks Unschuld vermutlich hinter der blutrünstigen Sensationsgier verschwinden, die ein Mord auslöste, der bis in die höchsten Kreise der Nelson-Regierung reichte.

„Momentan haben wir nicht vor, mit dem Präsidenten zu sprechen. Allerdings hat er bereits Mr. Kavanaughs Alibi für den Zeitraum bestätigt, in dem der Mord geschah und das Kind entführt wurde. Demnach hat Kavanaugh an einer Strategieberatung des Teams des Präsidenten und seiner Wahlkampfleiter teilgenommen, die übers Wochenende in Camp

David abgehalten wurde." Sie legte eine Pause ein, in der sie Blickkontakt zu einigen der ihr bekannten Medienleute herstellte. „Und noch einmal für die Schwerhörigen: Mr. Kavanaugh ist kein Verdächtiger."

Bevor die Meute weitere Fragen brüllen konnte, atmete Sam tief ein und hoffte, dass die Tabletten schnell wirken würden, denn der Schmerz in ihrem Gesicht nahm allmählich wieder zu. Sie fuhr fort: „Wir bitten Sie um Ihre Mithilfe: Verbreiten Sie das Foto von Maeve Kavanaugh. Unsere Detectives verfolgen jede Spur, die im Zusammenhang mit dem Verschwinden des Mädchens stehen könnte."

„Gibt es denn schon irgendeinen Verdächtigen?", wollte eine der Barbiepuppen-Fernsehreporterinnen wissen. Sam konnte sich ihre Namen nie merken. Die sahen einfach alle gleich aus.

„Wir gehen einigen Hinweisen nach."

„Was können Sie uns über den Raubüberfall heute Morgen sagen?", fragte Darren Tabor.

„Ich bin sicher, Sie haben das Video gesehen." Sam zuckte mit den Schultern. Je eher sie denen das gab, was sie wollten, desto schneller konnte sie sich vermutlich wieder an die Arbeit machen. „Ich habe mir einen Bagel gekauft, bemerkte dabei einen Typen, der mit einer Waffe herumfuchtelte, forderte per SMS Verstärkung an und begab mich in den vorderen Teil des Ladens, wo ich den bewaffneten Räuber überwältigen konnte. Das wäre alles dazu."

„Sie haben den Teil ausgelassen, in dem der Kerl Ihnen seine Pistole ins Gesicht schlug", bemerkte jemand.

Sam deutete auf ihr Gesicht. „Ich dachte, der Teil sei ziemlich offensichtlich."

Die Menge lachte.

„Wie viele Stiche?", wollte jemand wissen.

„Ich habe nicht gezählt."

Ein anderer meldete sich zu Wort: „Hat der Senator schon Ihr Gesicht gesehen?"

„Noch nicht", antwortete sie und bereute die Worte im selben Moment. Sie hätte das schon deshalb nicht erwähnen dürfen, weil Nick jetzt weniger mitfühlend erschien, denn er war nicht gleich ins Krankenhaus geeilt. Die alte Sam hätte sich nicht darum geschert, was die Reporter dachten, doch die neue Sam hatte einen Politiker zum Mann, der mitten in seinem ersten Wahlkampf steckte.

„Er saß heute Morgen in Anhörungen", fügte sie schnell mit zusammengebissenen Zähnen hinzu. „Noch Fragen?" Ohne ihnen auch nur eine halbe Sekunde für eine Antwort zu gönnen, verkündete sie: „Dann wär's das fürs Erste." Sie nickte Hill zu, damit er ihr durch die Horde zum Parkplatz folgte.

„Ich habe keine Ahnung, wie Sie diese ständige Beobachtung aushalten", meinte Hill, als sie die Presseleute hinter sich gelassen hatten.

„Das gehört zu meinem Job", erwiderte Sam knapp, denn an Small Talk mit dem Agenten war sie nicht interessiert.

„Ich rede von Ihrem Privatleben."

Sie bedachte ihn mit einem Blick, der wahrscheinlich nicht so wirkungsvoll war wie üblich, da ihr Gesicht zurzeit ja nicht richtig funktionierte. „Ich wusste, worauf ich mich einlasse."

Als sie sich seinem unscheinbaren Wagen näherten, drückte er den Knopf auf der Fernbedienung. „Hm."

Sam stieg auf der Beifahrerseite ein. „Was soll das heißen?"

„Ich sagte nur ,hm'."

„Das sagen Leute anstelle dessen, was sie eigentlich meinen."

„Tatsächlich?", gab er mit diesem Akzent zurück, der vermutlich bei anderen Frauen feuchte Höschen erzeugte.

Eine Minute später hielt er vor einem Imbiss, an dem sie Sandwiches und Softdrinks kauften.

„Was ist Ihr Problem?", wollte Sam wissen, als sie wieder unterwegs waren.

„Mir war nicht klar, dass ich ein Problem habe", antwortete er und biss in sein Truthahnsandwich, während sie auf dem Weg zur Route 66 West in nordwestlicher Richtung durch den Innenstadtverkehr fuhren.

Sam hatte sich für ein Thunfischsandwich entschieden, weil sie gedacht hatte, dass es sich leichter essen lassen würde. Ihr Gesicht schmerzte allerdings zu sehr, um es genießen zu können. „Hat Ihre Mutter Ihnen nicht beigebracht, dass es unhöflich ist, Leute anzustarren?"

„Was soll das bedeuten?"

„Sie starren. Mich an. Die ganze Zeit." Aus dem Augenwinkel bemerkte sie, wie er errötete, und hätte am liebsten gelacht. Der ach so coole FBI-Agent wurde rot wie ein Schulmädchen.

„Ich habe bereits von Ihrem beeindruckenden Ego gehört, Lieutenant. Aber glauben Sie mir ruhig, wenn ich Ihnen versichere, dass ich an den Fall denke und nicht an Sie, wenn ich Sie angeblich anstarre."

Aus irgendeinem Grund glaubte Sam ihm nicht. Es war mehr als das – etwas, das sie lieber auf sich beruhen ließ, auch wenn sie normalerweise solchen Dingen unbedingt auf den Grund gehen wollte. „Ihnen ist also zu Ohren gekommen, dass mein Ego beeindruckend ist, was?"

Hill lachte. „Es passt, dass Sie das als Kompliment auffassen."

„Warum sollte ich nicht? Ich habe guten Grund, ein bisschen großspurig zu sein. Kennen Sie meine Aufklärungsquote?"

Er verdrehte die Augen. „Wer kennt die nicht? Ihr Gesicht ist in letzter Zeit öfter in der Zeitung zu sehen als das des Präsidenten."

„Das stimmt jetzt aber nicht."

„Wenn Sie meinen. Reden wir über Derek Kavanaugh und darüber, wie wir das Gespräch angehen wollen."

„Ach, müssen wir?"

„Ich fürchte ja. Sie erwähnten gestern Abend, dass Sie ihn privat kennen?"

„Er und Nick sind Freunde. Seit Jahren. Ich kenne ihn erst seit dem Weihnachtsfest im letzten Jahr. Wir haben uns hin und wieder mit ihnen getroffen."

„Was hielten Sie von ihr?"

„Es gab nichts an Victoria, was nicht liebenswert gewesen wäre", erklärte Sam. „Sie war großartig und lebhaft, besaß Stil und Humor. Sie liebte ihren Mann und ihr Kind sehr. Zumindest hatten wir diesen Eindruck." Was sie nachträglich über die Ermordete erfahren hatte, stellte Sams Ansichten über diese Frau allerdings grundsätzlich infrage. „Doch wer weiß schon, ob sie bloß eine gute Schauspielerin war, die die hingebungsvolle Ehefrau spielte, während sie in Wahrheit Teil einer ruchlosen Verschwörung epischen Ausmaßes war."

„Menschen sind zum Kotzen", sagte Hill und überraschte sie mit diesem unverblümten Kommentar.

„Ja, oft stimmt das leider." Plötzlich erschöpft, lehnte Sam den Kopf an den Sitz. „Wo sollen wir hier überhaupt ansetzen?"

Hill starrte sie verblüfft an. „Fragen Sie mich wirklich nach meiner Einschätzung?"

„Halten Sie die Augen auf die Straße gerichtet und schieben Sie meine Worte auf ein vorübergehend beeinträchtigtes Urteilsvermögen infolge heftiger Schmerzen."

„So schlimm?" Er klang, als ob ihn das wirklich interessierte.

„Es fühlt sich nicht gerade toll an, so viel ist mal sicher." Sie klappte die Sonnenblende herunter, um in den Spiegel zu sehen. „Heiliger Strohsack", flüsterte sie. Die gesamte rechte

Seite ihres Gesichts war violett verfärbt. Dazu prangte quer über der Wange ein weißer Verband. Ihr rechtes Auge war komplett zugeschwollen. „Wow, noch spektakulärer als beim letzten Blick in den Spiegel." Wieder dachte sie mit einem flauen Gefühl im Magen an die Benefizgala am Abend und bereute, dass sie hineingeschaut hatte.

„Es ist in der Tat ein Statement."

Sam musste unwillkürlich lachen, trotz ihres Vorsatzes, ihm gegenüber distanziert zu bleiben.

„Da Sie mich nach meiner bescheidenen Meinung gefragt haben, schlage ich vor, wir beginnen mit Leuten, deren Identität bereits ermittelt ist. Hoffentlich können Cruz und die anderen uns ein paar Spuren aus den Telefonprotokollen präsentieren. Und dann wäre da noch der für die Sicherheitsüberprüfung zuständige Mitarbeiter. Im Grunde haben wir eine Menge Ansätze."

„Ja, sieht ganz danach aus." Während sie vom Beifahrerfenster die vorbeisausende Welt betrachtete, sagte sie: „Das wird sich noch als große Sache herausstellen, oder?"

„Ich fürchte, da haben Sie recht, aber es wäre schließlich nicht Ihre erste große Ermittlung. Allein im vergangenen Jahr haben Sie wegen Morden an Senatoren und Anwärtern für den Obersten Gerichtshof ermittelt. Außerdem haben Sie den Sprecher des Weißen Hauses verhaftet, den Vorsitzenden der Demokraten und einen langjährigen Senator. Man sollte meinen, solche Sachen sind für Sie inzwischen Routine."

„Wie kommt es, dass Sie alles über mich wissen, während ich überhaupt nichts über Sie weiß?"

Sein Lächeln war sexy und zweideutig, sodass Sam ihre Worte sofort bereute. „Was möchten Sie denn wissen?"

„Nichts. Vergessen Sie, dass ich gefragt habe." Aus irgendeinem Grund fühlte es sich bereits wie Ehebruch an, mit diesem Mann Vertraulichkeiten auszutauschen.

„Aufgewachsen bin ich in Charleston, South Carolina. Ich besuchte das Militärcollege. Danach habe ich eine Weile als Army Ranger gedient, später bei einer Sondereinheit. Nach zehn Jahren habe ich die Armee verlassen und bin seitdem beim FBI. Das ist in groben Zügen die Geschichte des Special Agent Avery Hill."

Etwas an der Art, wie er das sagte, verriet Sam, dass sich noch viel mehr hinter dieser Geschichte verbarg. Nicht dass sie sich jemals die Zeit nehmen und weiter forschen würde. Das würde sie nur näher an eine Grenze führen, die sie nicht einmal überschreiten würde, wenn man ihr eine Pistole an die Schläfe hielte.

Nach längerem Schweigen nahm Hill die Ausfahrt nach Herndon. „Wie lautet der Plan bei Kavanaugh?"

„Ich werde es ihm wohl ganz direkt sagen. Meiner Erfahrung nach ist das die beste Methode, mit solchen Dingen umzugehen."

„Einverstanden." Er räusperte sich. „Also werden Sie diejenige sein, die es ihm ganz direkt beibringt, oder?"

Sam lachte in sich hinein. „Ich hab's begriffen, Hill. Machen Sie sich keine Sorgen."

„Ich fand bloß, dass es vielleicht etwas leichter ist, wenn er es von einem Freund oder einer Freundin hört."

„Ich kann mir nicht vorstellen, wie irgendwas von alldem leicht sein soll."

„Ja, Sie haben natürlich recht. Der Mann tut mir leid."

„Mir auch."

9. Kapitel

Kurze Zeit später bogen sie in eine Wohnsiedlung mit gepflegten Häusern im Kolonialstil ein, eine Gegend, in der brave Bürger ihre Kinder großzogen und mit ihren Ehepartnern auf der Veranda saßen, während sie langsam alt wurden. Nach erneutem mehrmaligem Abbiegen parkte Hill hinter einem schwarzen BMW, den Sam überall als den Wagen ihres Mannes identifiziert hätte. „Na fabelhaft", murmelte sie.

Zusätzlich zu der vorhersehbaren Reaktion auf ihr verletztes Gesicht konnte Sam sich schon ausmalen, was Nick dazu sagen würde, dass sie hier mit Hill auftauchte. Sie wappnete sich innerlich gegen seine Bemerkungen und die schlimme Aufgabe, die bei Derek vor ihr lag, und stieg aus dem Auto. Gemeinsam mit Hill ging sie zum Haus.

Nick öffnete die Tür. „Schön, dich hier zu treffen." Seine Miene wurde sofort sanfter beim Anblick ihres ramponierten Gesichts. Aber als er ihren Begleiter entdeckte, verhärteten sich seine Züge gleich wieder.

„Befehl vom Chief", erklärte sie leise, als er sie eintreten ließ. „Was machst du eigentlich hier? Ich dachte, du hättest eine Bürgerversammlung."

„Erst um vier. Lass mich mal dein Gesicht anschauen." Er nahm sie bei der Hand und führte sie ins Wohnzimmer.

„Ich gebe Ihnen eine Minute", sagte Hill, bevor er in der Küche verschwand.

Nick zog sie vor das Panoramafenster und betrachtete sie eingehend. „Nicht so schlimm, hast du gesagt?"

„Es sieht schlimmer aus, als es sich anfühlt", erwiderte sie und spielte die Angelegenheit herunter, wie sie es jedes Mal tat.

„Irgendwie bezweifle ich das." Er küsste sie zärtlich auf die Stirn. „Hat man dir etwas gegen die Schmerzen gegeben?"

„Ich habe das Rezept noch nicht abgeholt."

„Natürlich nicht."

„Ich habe andere Pillen genommen. Mir geht's gut. Ehrlich."

„Komm her." Er schloss sie in die Arme, und sie schmiegte die unverletzte Wange an seine Brust. Sie war fest entschlossen, sich eine Minute dieses Trostes zu gönnen, den nur er ihr bieten konnte, ehe sie nach nebenan gehen und Derek Kavanaughs Leben vollends zerstören würde.

„Hast du das Video gesehen?", fragte sie.

„Was glaubst du wohl?"

Sam hätte das Gesicht verzogen, doch das wehrte sich. „Tut mir leid, dass du das miterleben musstest."

„Du warst sehr beeindruckend." Dann flüsterte er ihr ins Ohr: „Und sehr sexy."

Laut lachte Sam. „Nur für dich."

„Das hoffe ich doch sehr."

„Ach, komm schon, Nick. Farnsworth hat mir befohlen, ihn mitzunehmen. Du weißt, dass ich ihn nicht um mich haben will."

„Ich wünschte, du könntest sehen, wie er dich anschaut."

Sie hatte es gesehen, aber das würde sie ihrem Mann gegenüber niemals zugeben, denn er würde sich nur darüber aufregen. „Das ist sein Problem. Machen wir es nicht zu unserem. Bitte, ja? Wir haben schon genug um die Ohren, da können wir unnötige zusätzliche Probleme nicht gebrauchen."

Widerstrebend – zumindest kam es ihr so vor – nickte er.

„Ich muss jetzt mit Derek sprechen. Und was ich ihm zu sagen habe, wird ihn schwer aufwühlen."

„Noch mehr als die Tatsache, dass seine Frau ermordet und seine Tochter entführt wurde?"

„Ja."

„Wow."

„Normalerweise dürfte ich auf keinen Fall zulassen, dass du dabei bist, aber wenn Hill einverstanden ist, sollst du es dir ruhig anhören. Denn Derek wird die Unterstützung von jemandem brauchen, der die Zusammenhänge kennt."

„Okay", meinte Nick zögernd.

Sam konnte ihm das nicht verdenken. Sie wäre auch lieber irgendwo anders gewesen statt mitten in Derek Kavanaughs schlimmstem Albtraum. „Gib mir eine Sekunde, um mit Hill zu reden. Und hör auf, so eine Miene zu ziehen, als wolltest du jemanden umbringen, sobald sein Name fällt."

„Wenn er auch nur einen Schritt zu weit geht bei dir, will ich es wissen. Verstanden?"

„Du meine Güte, Nick! Wir sind Kollegen! Profis!"

„Ist mir egal. Ich will dein Wort darauf, Samantha."

Sie holte tief Luft und schämte sich ein wenig dafür, dass sie seine Eifersucht aufregend fand. „Ich verspreche es. Zufrieden?"

„Ich werde zufrieden sein, wenn dieser Fall abgeschlossen ist und wir seine Rücklichter sehen, sobald er aus der Stadt hinausfährt."

Sie pikste ihn in den Bauch. „Du bist echt anstrengend, weißt du das?"

„Du bist noch viel anstrengender."

„Stimmt", erwiderte Sam. Warum es abstreiten? Sie stellte sich auf die Zehenspitzen, um ihn zu küssen, was sich als schwierig und schmerzhaft erwies. „Bleib hier und benimm dich. Das meine ich ernst. Ich will nicht, dass du dich vor ihm wie ein Alphamännchen aufführst. Hast du mich verstanden?"

„Ja! Geh. Rede mit deinem *Kollegen*."

Sam ging in die Küche, in der Hill sich mit einer älteren Frau unterhielt, vermutlich Dereks Mutter.

„Lieutenant Holland, dies ist Mrs. Kavanaugh", stellte Hill sie vor.

Sie war schlank und hatte kurzes graues Haar. Ihre Augen waren rot gerändert, und sie wirkte erschöpft und kummervoll. Die Ähnlichkeit mit ihrem Sohn war unverkennbar. „Sie sind Nicks Samantha", sagte sie, als sie sich erhob, um Sam zu umarmen.

„Ja", bestätigte Sam und erwiderte verlegen die Umarmung. Zuneigungsbekundungen von Fremden waren ein weiterer Punkt auf der langen Liste von Dingen, die ihr unangenehm waren. „Mein herzliches Beileid."

„Danke, meine Liebe. Ich nehme an, Sie müssen mit Agent Hill sprechen, deshalb gehe ich mal besser."

„Wir werden alles tun, was wir können", versprach Sam ihr.

„Daran habe ich keinen Zweifel", erwiderte Mrs. Kavanaugh und tätschelte auf dem Weg hinaus Sams Arm.

„Nette Frau", bemerkte Hill, als sie allein waren. „Die haben das alles nicht verdient."

„Niemand verdient das." Sie hielt inne und überlegte. „Na ja, einige wohl schon, aber nicht diese Leute."

Die Andeutung eines Lächelns erschien auf Hills attraktivem Gesicht, was dessen Wirkung noch verstärkte. „Bereit, mit Derek zu reden?"

„Bevor wir das tun, wollte ich Sie fragen, wie Sie es fänden, wenn Nick dabei wäre. Er hat eine Unbedenklichkeitsbescheinigung, und ich dachte, es könnte vielleicht ganz gut sein, wenn Derek jemanden an seiner Seite hat, der ihm nahesteht ..."

„Sam", unterbrach er sie. Zum ersten Mal sprach er sie mit ihrem Vornamen an. „Stopp. Ist gut. Ich schließe mich Ihrer Meinung an."

Ein wenig durcheinander von dieser Vertraulichkeit und seinem raschen Einlenken, begab Sam sich nach nebenan. Sie bedeutete Nick, ihnen ins Wohnzimmer zu folgen, in dem Derek schlafend auf dem Sofa lag. In dem *Cherry-Blossom-Festival-5-K*-T-Shirt und der zerschlissenen Jogginghose, die womöglich noch aus der Zeit stammte, als er in diesem Haus gewohnt hatte, besaß er kaum mehr Ähnlichkeit mit dem geschliffenen Profi, der er vor zwei Tagen noch gewesen war.

Nur ungern störte sie seinen vermutlich ersten Schlaf, seit seine Welt gestern implodiert war, aber es musste sein. Sie drehte sich zu Nick um und war sich sicher, dass er ihre stumme Aufforderung verstehen würde.

Und tatsächlich trat ihr Mann ans Sofa und rüttelte Derek sanft wach. „Wach auf. Sam ist hier, und sie muss mit dir reden."

Derek öffnete die Augen, und Sam konnte die Sekunde genau ausmachen, als die schreckliche Wirklichkeit ihm wieder ins Bewusstsein kam und die Tatsache, dass sein bisheriges Leben vorbei war. Er richtete den Blick auf sie und setzte sich auf. „Ist es Maeve? Habt ihr sie gefunden?"

Bedauernd schüttelte Sam den Kopf. Es tat ihr weh, seine Hoffnungen zerstören zu müssen. Wie war das, nicht zu wissen, wo das eigene Kind war? Unvorstellbar.

Mit einem wilden Ausdruck in den Augen schaute Derek zu Nick, danach zu Hill und wieder zu ihr. „Was? Was ist passiert?"

Sam nahm neben ihm auf dem Sofa Platz. Wie gern würde sie ihm ersparen, was er gleich hören musste. „Im Zuge unserer Ermittlungen sind wir auf einige Ungereimtheiten bei Victoria gestoßen."

„Was denn für Ungereimtheiten?"

„Zum einen fanden wir online nichts über sie aus der Zeit vor ihrer Tätigkeit bei Calahan Rice."

„Na und? Das heißt doch nichts."

„Das ist noch nicht alles." Sam holte tief Luft. „Die Gerichtsmedizinerin überprüfte bei der Autopsie routinemäßig die Fingerabdrücke. Die stimmten mit einer sechsunddreißigjährigen Frau namens Denise Desposito überein, die bei einer Auseinandersetzung im Gefängnis vor sechs Jahren starb."

Fassungslos starrte Nick sie an.

Derek stand auf und stemmte die Hände in die Hüften. „Moment mal ... Du behauptest also ..."

„Sie war nicht die, für die du sie gehalten hast." Sam versuchte, es so kurz und schmerzlos wie möglich zu machen.

Dennoch zeichnete sich der Schmerz in Dereks Miene ab. „Wie meinst du das?"

„Die beim Fahrzeugamt hinterlegte Sozialversicherungsnummer gehörte einem William Eldridge, der vor acht Jahren im Alter von sechsundfünfzig Jahren gestorben ist."

Derek begann, in dem kleinen Raum auf und ab zu gehen. Plötzlich blieb er stehen und wandte sich an die anderen. „Das verstehe ich nicht."

„Wir auch nicht", erwiderte Hill.

„Es gab einen Sicherheitscheck nach unserer Heirat", erklärte Derek. „Wenn sie gelogen hat, was ihre Identität betrifft, hätte man das damals nicht feststellen müssen?"

„Wenn die Überprüfung von jemandem durchgeführt wurde, der nicht in diese Sache verwickelt war", gab Hill zu bedenken.

„Was soll das nun wieder bedeuten? Verwickelt in was?"

„Es bedeutet genau das, was ich sage", meinte Hill. „Wir vermuten, dass Victoria Teil irgendeiner Verschwörung war. Ob freiwillig oder unfreiwillig, wird sich zeigen."

„Wollen Sie damit andeuten, dass sie ... dass wir ...? Es war alles eine Lüge?"

„Das ist noch nicht sicher, Derek", antwortete Sam, bewegt von dem Leid in seiner Stimme. „Du solltest keine voreiligen Schlüsse ziehen, ehe wir nicht mehr wissen. Offensichtlich hat irgendwer einen ziemlichen Aufwand betrieben, um ihr eine falsche Identität zu verschaffen, die sie anscheinend an dem Tag annahm, an dem sie in Washington ankam – also etwa dreißig Tage bevor du sie kennengelernt hast."

„Du willst mir also erzählen, dass jemand unser Kennenlernen arrangiert hat? Unsere ganze Beziehung, unsere Ehe, unsere Familie ... alles eine Lüge? Wie kann es eine Lüge gewesen sein? Sie liebt mich. Nick! Komm schon, du weißt das. Du hast es mit eigenen Augen gesehen!"

„Ja, das habe ich", bestätigte Nick.

„Dann sag es ihnen! Es war keine Lüge! Diese Art von Liebe hätte sie nicht vortäuschen können!" Dereks Stimme brach. Er schlug sich eine zitternde Hand vor den Mund. „Das kann nicht wahr sein", flüsterte er. „Sie hat mich geliebt. Das weiß ich."

Sam stand auf, ging zu ihm und legte ihre Hand auf seinen Arm. „Wir arbeiten wirklich hart an der Aufklärung dieser Zusammenhänge. Ich verspreche dir, wir werden der Sache auf den Grund gehen."

„Es war nicht alles eine Lüge. Davon werdet ihr mich niemals überzeugen können."

„Wir brauchen sämtliche Informationen, die du uns über ihre Vergangenheit geben kannst. Alles, was sie vielleicht mal über ihre Familie berichtet hat, Erinnerungen aus ihrer Schulzeit, Freunde, Cousins, Orte, an denen sie gelebt oder gearbeitet hat."

Derek fuhr sich durch die Haare, sodass sie ihm zu Berge standen. „Sie hat nicht viel über ihr früheres Leben geredet. Ich hatte den Eindruck, dass sie eine schlimme Kindheit gehabt hat, und deshalb schnitt ich das Thema nicht an."

„Was meinen Sie damit, Sie hätten den Eindruck gehabt?", wollte Hill wissen.

Derek kehrte zum Sofa zurück, setzte sich und stieß einen müden Seufzer aus. „Manchmal hatte sie einen geradezu gehetzten Blick, so als ob es ihr unerträglich war, in Gedanken in die Vergangenheit zurückzukehren. Ich drängte sie nicht. Ich wollte ihr diesen Schmerz nicht zumuten. Außerdem war es mir nicht wichtig. Für mich zählte nur, wer sie jetzt war. Der Mensch, den ich liebte." Er hielt inne, überlegte einen Moment und sah dann mit flehender Miene auf. „War das dumm von mir?"

„Ich halte es nicht für dumm, etwas für jemanden zu empfinden", antwortete Sam.

„Manchmal schon", murmelte Hill.

Sam wandte sich an ihn. „Was haben Sie gesagt?"

„Nichts." Er winkte ab. „Fahren Sie fort."

Aufmerksam musterte sie den Agenten, ehe sie sich wieder an Derek wandte. „Wie war das bei der Planung eurer Hochzeit? Kam es dir nicht seltsam vor, dass sie niemanden einlud?"

„Sie hatte bereits Freunde hier in D. C., also gab es durchaus Leute, die sie einlud. Abgesehen davon war es ja eine kleine Hochzeit."

„Es würde uns sehr helfen, wenn du noch einmal nachdenken könntest, ob du dich an irgendwen aus ihrer Vergangenheit erinnerst, den sie eventuell erwähnt hat."

„Stammte sie wirklich aus Ohio?", fragte Derek.

„Das wissen wir nicht", gestand Sam.

„Ich werde darüber nachdenken", versprach Derek.

Sam fragte sich, wie er überhaupt an etwas anderes denken konnte. „Danke. Wir müssen zurück in die Stadt, aber du hast ja meine Nummer."

Derek nickte.

„Es tut mir wirklich schrecklich leid, dass ich dir das mitteilen musste."

Er zuckte hilflos die Schultern. „Mir tut es leid, dass mein gemeinsames Leben mit ihr auf Lügen aufgebaut war."

Nick setzte sich neben ihn. „Nicht alles war gelogen, Derek. Ich habe euch beide zusammen erlebt. Sie hat dich geliebt. Niemand wird mich vom Gegenteil überzeugen können."

„Danke. Das hilft mir."

„Leider muss ich nach Capitol Hill wegen einer Bürgerversammlung", erklärte Nick. „Ich schaue später noch mal bei dir vorbei, und Harry wird auch bald zurück sein."

„Danke, dass du zu mir herausgefahren bist", meinte Derek mit tonloser Stimme. „Ich weiß, wie beschäftigt du bist."

„Kein Problem."

„Ach, Derek", sagte Sam, „es ist von größter Bedeutung, dass du mit niemandem darüber redest, was wir über Victoria herausgefunden haben. Nicht einmal mit deinen Eltern. Falls diese Sache ein Bestandteil von umfangreicheren Machenschaften war, wollen wir uns möglichst lange nicht in die Karten schauen lassen."

„Ich verstehe."

„Ich rufe dich später an", verabschiedete Nick sich. „Und du weißt ja, wie du mich erreichen kannst, wenn es nötig sein sollte. Jederzeit, Tag und Nacht."

„Danke, Nick." Derek streckte sich auf dem Sofa aus und bedeckte sein Gesicht mit den Händen.

Mit dem Kopf deutete Nick zur Tür, um allen zu signalisieren, dass sie gehen sollten.

„Ich lasse ihn nur ungern allein", meinte Sam.

„Geht mir genauso", pflichtete Nick ihr bei.

„Ich bin mir sicher, er will, dass wir herausfinden, was zur Hölle da läuft", sagte Hill.

Nick wandte sich an Sam: „Ich nehme dich mit zurück in die Stadt."

Sie sah zu Hill, unschlüssig, was sie tun sollte und was sie wollte. „Oh, also, tja ..."

„Fahren Sie nur", ermunterte Hill sie. „Ich werde mal nachforschen, wer die Sicherheitsüberprüfung vorgenommen hat, als Derek Victoria geheiratet hat. Wir treffen uns im Hauptquartier."

„Klingt vernünftig", erwiderte Sam. Als sie kurz darauf mit Nick in seinem komfortablen BMW saß, bemerkte sie: „Du hättest mich auch fragen können, statt mir einfach zu eröffnen, dass ich mit dir fahre."

„Was soll das denn heißen?"

„Ich mag es nicht, wenn du dich so ... ehemännlich aufführst vor meinen Kollegen."

Nick prustete. „Ich bin dein Mann, und dementsprechend sollte ich mich auch für den Rest meines Lebens verhalten."

„Aber nicht vor den Leuten, mit denen ich zusammenarbeite!"

„Ich mache dich nur ungern darauf aufmerksam, dass du nicht mit Hill zusammenarbeitest. Zum Glück."

„Nick! Darum geht es nicht!"

Leise lachend legte er seine Hand auf ihre und hielt sie fest, als Sam sie zurückziehen wollte. „Tut mir leid, wenn ich das falsch angegangen bin. Aber ich werde mich nicht dafür entschuldigen, dass ich Zeit mit dir verbringen will, wann immer sich die Chance bietet – besonders wenn du verletzt bist, Schmerzen hast und es vor mir zu verbergen versuchst."

Oh, sie hasste es, wenn er solche Dinge sagte, während sie gerade richtig wütend werden wollte! „Versuch dich nicht mit deinem Charme herauszuwinden."

„Warum nicht? Normalerweise funktioniert es."

Weil sie seinem Charme so wenig widerstehen konnte wie einer Schachtel Pralinen, wenn sie vor ihr stand, verschränkte sie ihre Finger mit seinen, neigte den Kopf zur Seite und schloss die Augen. Der Schmerz machte sich bemerkbar und erzeugte ein flaues Gefühl in ihrem Magen, das ihre für gewöhnlich geschärften Sinne trübte. „Es war schrecklich, Derek diese Nachricht überbringen zu müssen."

„Ich weiß, Babe."

„Er wird immer daran denken, dass ich diejenige war, die ihm diese grässliche Wahrheit überbracht hat."

„Ihm ist klar, dass du bloß deinen Job machst."

„Manchmal hasse ich meinen Job."

„Und ich hasse ihn immer."

Das brachte sie zum Lachen, und das half ein bisschen. Mit ihm zusammen zu sein, half jedes Mal.

„Aber du bist eben so gut darin", fügte er hinzu. „Was du heute in diesem Laden vollbracht hast, war bewundernswert. Du hast vielen das Leben gerettet, dein eigenes eingeschlossen."

Komplimente machten sie verlegen, selbst wenn sie von ihm kamen. Das war diesmal nicht anders. „Ich bin froh, dass ich dort war. Es ging ja gut aus."

„Für alle, bis auf den Räuber und dein Gesicht."

„Es tut mir leid, dass das ausgerechnet heute passieren musste. Aber sei unbesorgt, ich werde heute Abend da sein, voll motiviert und guter Dinge."

„Du musst nicht mitkommen, wenn dir nicht danach ist. Ich würde es absolut verstehen."

„Ich komme mit und damit basta."

Als Nicks Handy klingelte, ließ sie seine Hand los, damit er es aus der Jacketttasche ziehen konnte. Er reichte es an sie weiter. „Schau mal, wer das ist."

Sie las den Namen vom Display und lächelte. „Scotty." Sie hatten ihm ein Telefon gekauft, damit er sie jederzeit anrufen konnte. „Hi, Kumpel", meldete sie sich.

„Sam! O Mann! Ich hab das Video gesehen. Geht es dir gut?"

Es tat ihr leid, dass der Junge sich so besorgt anhörte. Ihr war gar nicht in den Sinn gekommen, ihn anzurufen. Im Nachhinein wurde ihr klar, dass sie das wohl besser getan hätte. „Mir geht es bestens. Woher weißt du denn von dem Video?"

„Ich habe im Schwimm-Camp gehört, wie Leute sich darüber unterhalten haben, und als ich nach Hause kam, schauten Mrs. L und ich es uns auf dem Computer an. Du warst toll. Fand Mrs. L übrigens auch. Sie meinte, du warst wie Wonder Woman."

„Oh, danke. Es war ein bisschen verrückt, aber zum Glück ging es glimpflich aus."

„Tat es weh, als er dich mit der Waffe im Gesicht getroffen hat? Ach, das ist natürlich eine blöde Frage, oder?"

Sam lachte. „Es fühlte sich nicht allzu gut an. Aber die haben es genäht, und jetzt arbeite ich schon wieder."

„Bist du bei Nick?"

„Ja, er fährt mich gerade in die Stadt zurück. Möchtest du mit ihm sprechen?"

„Gleich. Kannst du ein echt großes Geheimnis für dich behalten?"

„Mann, fragst du mich das im Ernst?"

Scotty lachte prustend los, und der Klang erinnerte sie stark an Nick, wenn er das tat. „Sorry. Klar kannst du. Gehört ja zu deinem Job, oder?"

„Und ob."

Nick grinste und genoss ganz offensichtlich ihren Teil des Dialogs mit dem Jungen, den sie beide ins Herz geschlossen hatten.

„Was ist denn nun dein großes ...?"

„Nicht aussprechen! Ich will nicht, dass er es mitbekommt!"

„Okay. Du meine Güte!"

„Senator O'Connor hat mich zu der Benefizgala heute Abend eingeladen. Mrs. L fährt mich nach Ashburn. Wir brechen bald auf. Eigentlich wollte ich es euch gar nicht verraten, doch dann dachte ich, da du verletzt bist und so, gehst du vielleicht nicht hin."

„Ich gehe auf jeden Fall", versicherte sie ihm, entschlossener denn je, nachdem sie nun wusste, dass Scotty auch da sein würde. „Das ist eine gute Neuigkeit. Er wird begeistert sein."

„Pass auf, damit er sich nicht noch fragt, worüber wir reden."

„Ja, Sir", meinte Sam entzückt. „Wir freuen uns auf dieses Wochenende – und die nächsten drei Wochen."

„Ich mich auch! Ich zähle schon die Tage."

Sam lächelte und legte ihre Hand auf Nicks Bein. „Möchtest du mit Nick sprechen?"

„Klar, wenn das geht."

„Für dich hat er immer Zeit. Das gilt für uns beide. Ich hoffe, das weißt du."

„Ja, weiß ich. Das ist cool, Sam. Echt."

„Kann es kaum erwarten, dich wiederzusehen."

„Geht mir auch so."

Sie reichte das Telefon an ihren Mann weiter und lehnte den Kopf an seine Schulter, während er eine angeregte Unterhaltung mit Scotty führte, von der sich mehr als die Hälfte um die Red-Sox-Statistik sowie die unglaubliche Saison der D.C. Federals drehte.

„Meinst du Willie Vasquez?", fragte Nick.

Sam kannte den Namen des Star-Mittelfeldspielers der Federals.

„Der kommt zu eurem Camp? Wow, das ist ja klasse. Ich wünschte, ich könnte mich krankmelden, um an diesem Tag mit dir zum Trainingslager zu kommen." Nick lachte über das, was Scotty am anderen Ende der Leitung erwiderte. „Na schön, Kumpel. Wir sehen uns Sonntag. Wir freuen uns."

Sam nahm das Handy von ihm entgegen und schob es zurück in seine Anzugtasche, bevor sie den Platz an seiner Schulter wieder einnahm und seinen vertrauten Duft einatmete.

„Er ist so aufgeregt wegen des Trainingslagers und der drei Wochen, die er bei uns verbringen wird", meinte Nick. „Ich hoffe, er entscheidet sich, für immer zu bleiben."

„Ich glaube, er wird irgendwann zu diesem Entschluss kommen, Babe", sagte Sam. „Du kannst es ihm nicht verdenken, dass er vor solch einer enormen Umstellung Angst hat."

„Das nehme ich ihm auch nicht übel. Kein bisschen. Schließlich bitten wir ihn, sein gesamtes Leben zu ändern."

„Wir werden dafür sorgen, dass er sich bei uns dermaßen zu Hause fühlt, dass er nie mehr wegwill."

„Das ist das Ziel. Und jetzt verrate mir, worüber ich begeistert sein werde."

„Es steht mir nicht frei, diese Information an dich weiterzugeben."

„Es gefällt mir gar nicht, dass ihr zwei euch gegen mich verbündet."

„Jetzt weißt du, wie ich mir vorkomme, wenn ihr zwei das macht."

Als sie in den Stop-and-go-Verkehr auf der Route 66 gerieten, legte Nick den Arm um Sam. „Mach die Augen für ein paar Minuten zu. Ich merke doch, wie erschöpft du bist."

„Tu nicht so, als würdest du mich so gut kennen."

„Ich tue nicht nur so."

Lachend stieß sie ihm den Ellbogen in die Rippen.

„Benimm dich, solange ich fahre, und mach ein Nickerchen. Das hier wird noch eine Weile dauern."

Als Sam ihre brennenden Augen schloss, kreisten ihre Gedanken um den aktuellen Fall, um die Unterhaltung, die sie mit

McBride und Tyrone über den Fall Fitzgerald führen musste, und um das Gespräch, das sie alle mit ihrem Dad über die Situation würden führen müssen. Ihr Verstand war ebenso müde wie ihr Körper, und schließlich überließ Sam sich der Dunkelheit, die sie von alldem wegbrachte.

10. Kapitel

„Babe, wach auf. Wir sind beim Hauptquartier."

„Noch nicht", murmelte sie und schmiegte sich enger an ihn.

Er legte den Arm um sie und gab einen gequälten Laut von sich. „Du weißt, dass ich viel lieber mit dir zusammen wäre, aber ich muss zurück nach Capitol Hill. Wegen des dichten Verkehrs bin ich ohnehin schon spät dran."

Widerstrebend setzte Sam sich auf und rieb sich den Schlaf aus den Augen. Als sie dabei ihr verletztes Gesicht berührte, sog sie scharf die Luft ein. Wie hatte sie das vergessen können? Die Müdigkeit abschüttelnd, sah sie Nick an. „Danke fürs Mitnehmen."

Er betrachtete sie mit seinen klugen braunen Augen, denen nie etwas entging – zumindest nicht, was Sam betraf. „Fühlst du dich nach dem Nickerchen etwas besser?"

„Sobald ich richtig wach bin, bestimmt." Sie schaute sich um und stellte fest, dass sie vor dem Eingang zur Leichenhalle standen. „Haben sich vor dem Haupteingang wieder die Reporter gedrängelt?"

„Kann man wohl sagen. Hunderte von ihnen. Mir war klar, dass du dafür nicht bereit bist."

„Ich hatte bereits eine Begegnung mit denen, das reicht für heute." Sie gab ihm einen Kuss, was ihr erneut Schmerzen bereitete. „Danke, dass du daran gedacht und mich hier in Sicherheit abgesetzt hast."

„Jederzeit. Lass es heute Nachmittag ruhig angehen. Du hast einen ziemlich heftigen Schlag abbekommen, auch wenn du ständig versuchst, es herunterzuspielen."

„Ich würde dir ja sagen, mach dir keine Sorgen ..."
„Aber das wäre reine Zeitverschwendung."
„Wir sehen uns in einigen Stunden."
„Ja."
Sam hielt den Schmerz aus und gab Nick einen letzten sinnlichen Kuss.
„Das war gemein."
Sie grinste, so gut sie das mit einer Gesichtshälfte konnte. „Bis später, Senator." Inzwischen ganz wach und energiegeladen, stieg sie aus dem Wagen und lief durch die flirrende Hitze in die Kühle der Leichenhalle.

Im Gang kam Lindsey McNamara ihr entgegen. „Hey", begrüßte sie Sam, als sie deren verletztes Gesicht bemerkte. „Doppel-Autsch."

„Halb so wild. Sieht schlimmer aus, als es ist. Gibt's was Neues?"

Lindsey schüttelte den Kopf, was ihren Pferdeschwanz in Schwingung versetzte. „Noch nicht. Ich dränge das Labor, sich mit der Analyse der DNA zu beeilen, die wir unter Victorias Fingernägeln gefunden haben."

„Gut. Danke." Sam wollte weitergehen.

„Wir sehen uns heute Abend? Bei der Benefizgala?"

Sam drehte sich noch einmal um. „Sie gehen hin?"

Lindsey wurde knallrot. „Terry bat mich, ihn zu begleiten. Ich hoffe, das ist in Ordnung."

„Klar", erwiderte Sam, wie jedes Mal verärgert darüber, dass ihre Arbeitswelt sich mit der ihres Mannes überschnitt. Da es aus beiden Welten schon zwei Paare gab, passierte das für Sams Geschmack viel zu oft. „Warum sollte es das nicht sein?"

„Nur so. Ich wollte bloß sichergehen, dass Sie kein Problem damit haben."

„Es ist ein freies Land", entgegnete Sam und bedauerte diese patzige Antwort sofort. „Tut mir leid. Ich bin immer noch dabei, alles unter einen Hut zu bringen."

„Was alles?"

„Meinen Job, seinen Job, die Berührungspunkte, die Beziehungen zwischen Ihnen und Terry und zwischen Gonzo und Christina. Manchmal scheint mir das ein ziemliches Durcheinander zu sein."

Lindsey lachte. „Ich erkläre es Ihnen nur ungern, aber das Leben ist nun mal ein Durcheinander."

„Wem sagen Sie das. Ich muss wieder. Wir sehen uns."

In der Lobby lief sie Chief Farnsworth und Captain Malone über den Weg. Der Gott der Produktivität ließ sie heute völlig im Stich.

„Wie ist es mit Kavanaugh gelaufen?", erkundigte sich der Chief.

„Mehr oder weniger so, wie zu erwarten war. Er will nicht wahrhaben, dass sie in allen Belangen gelogen hat. Man kann ihn nicht davon überzeugen, dass sie ihn nicht geliebt hat und ihr gemeinsames Leben nicht echt war. Und Nick bestätigt, dass es nie gespielt oder arrangiert wirkte." Sam kam ein Gedanke. „Vielleicht hat man sie engagiert, um Nelsons Wahlkampf und Regierung zu unterwandern. Mag aber auch sein, dass sie sich wirklich verliebt hat. Und womöglich hat gerade das sie umgebracht."

„Ein denkbares Motiv unter vielen", bemerkte Farnsworth.

„Wir gehen der Idee mal nach."

„Was macht das Gesicht?"

„Bestens", versicherte Sam ihm und schob das Kinn vor, um ihren Worten Nachdruck zu verleihen. „Finden Sie nicht?"

„Absolut", meinte Malone, ohne eine Miene zu verziehen. „Der jüngste Eingriff hat es noch mal deutlich verbessert."

Farnsworth verkniff sich ein Lachen.

„Sehr witzig."

„Mal etwas weniger Witziges." Der Chief wurde wieder ernst. „Melissa Woodmansee hat das Department wegen angeblicher Polizeigewalt verklagt."

Sam war schockiert. Dass dieses mörderische Miststück die Frechheit besaß, die Polizei zu verklagen, war unfassbar. „Es war ein sauberer Schuss", sagte sie. „Hätte Cruz ihr den Auslöser nicht aus der Hand geschossen, hätte sie uns alle umgebracht."

„Niemand bestreitet diesen Teil. Die Klage richtet sich eher dagegen, wie Sie Melissas Verletzung dazu benutzt haben, die Morde zu gestehen."

„Ich habe bloß verhindert, dass sie verblutet, bis der Krankenwagen kam!"

Farnsworth hob eine Braue. „Es hat Ihnen nicht möglicherweise Vergnügen bereitet, auf ihren blutigen Armstumpf zu treten und ihr Informationen für den Preis von Schmerzmitteln zu entlocken?"

„Verdammt, ja! Ich würde es jederzeit wieder tun. Warum hätten wir sie von ihren Qualen erlösen sollen, bevor sie ein Geständnis abgelegt hat, mit dem wir den Fall abschließen konnten?"

„Das müssen Sie dem Richter erklären", meldete sich eine neue Stimme zu Wort.

Sam wirbelte herum und entdeckte ihren Erzfeind Lieutenant Stahl, der sie süßlich angrinste. Bei seinem Anblick hätte sie sich am liebsten übergeben. „Mal wieder in Schwierigkeiten, Lieutenant? Ts, ts, ts. Die scheinen Sie ja magisch anzuziehen."

„Sie können mich mal, Stahl."

Sein Gesicht nahm den für ihr Aufeinandertreffen typischen violetten Farbton an. Er wandte sich an Farnsworth und Malone. „Sie lassen zu, dass sie so mit einem Vorgesetzten spricht?" Stahl ließ keine Gelegenheit verstreichen, um Sam daran zu erinnern, dass er der dienstältere Lieutenant von ihnen beiden war.

„Gehen Sie zurück an die Arbeit", blaffte der Chief ihn an.

Mit einem hasserfüllten Blick auf Sam watschelte Stahl davon.

„Ich dachte, Sie wollten ihn loswerden?", erinnerte Sam den Chief.

„Ich versuche es, aber er will nicht in den Vorruhestand."

„Weil er nichts Besseres zu tun hat, als mir im Nacken zu sitzen."

„Vergessen Sie ihn. Der Leiter der Rechtsabteilung wird Sie wegen der Klage kontaktieren, um Ihre Aussage und die Ihrer Kollegen aufzunehmen."

„Meinetwegen. Was auch immer. Versuchen Sie das mal hinauszuschieben, bis wir den Fall Kavanaugh abgeschlossen haben."

„Ich werde tun, was ich kann."

„Wo haben Sie Agent Hill gelassen?", fragte Malone.

„Er musste sich um irgendeine FBI-Sache kümmern. Nick war bei Kavanaughs Eltern und hat mich in die Stadt mitgenommen."

„Gut", meinte Farnsworth. „Ich hatte schon befürchtet, Sie würden mir gestehen, dass Sie seinen Leichnam verbuddelt und die Schaufel versteckt haben."

„Bringen Sie mich lieber nicht auf Ideen. Kann ich jetzt wieder an die Arbeit gehen?"

„Unbedingt."

Als sie ins Kommissariat stürmte, fragte sie sich, ob es heute noch frustrierender werden konnte. „Ich hoffe doch sehr, dass irgendwer hier Neuigkeiten für mich hat", verkündete sie. Beim Klang ihrer Stimme hoben alle die Köpfe. Das entzückte sie – ein Lichtblick an diesem ansonsten vermurksten Tag.

„Konferenzraum, in fünf Minuten. Cruz, sieh mal zu, dass du

Ramsey hierherbekommst, damit er uns über den Stand der Suche nach dem Baby informiert."

„Wird gemacht."

In ihrem Büro nahm Sam die Packung mit den Schmerztabletten und schluckte drei weitere. Damit blieb nur eine übrig, deshalb warf sie diese auch noch ein.

Gonzo erschien im Türrahmen und betrachtete ihr Gesicht. „Es sieht jetzt noch spektakulärer aus."

„Wurde mir schon gesagt. Was gibt es?"

„Ich, äh, habe mich gefragt …"

Dieses für ihn untypische Stammeln ließ sie stutzen. „Spuck's aus, Mann."

„Christina hat mich gebeten, sie heute Abend zur Benefizgala zu begleiten."

„Natürlich hat sie das." Gonzo war verlobt mit Nicks Stabschefin Christina Billings.

Ihr unerschütterlicher Kollege wirkte tatsächlich verlegen, was Sam faszinierte. „Wir haben uns einen Babysitter besorgt, und ich habe mir einen Smoking geliehen. Aber wegen des Falls und allem …"

„Du kannst um sechs gehen. Übergib alles an die Spätschicht."

„Echt? Wenn du mich noch brauchst und ich bleiben soll …"

„Versuchst du es mir auszureden, weil du gar nicht hingehen willst?"

Und schon wieder wurde er verlegen. „Irgendwie möchte ich schon. Wegen Alex haben wir nie einen freien Abend zum Ausgehen." Er zuckte mit den Schultern. „Wenn das in Ordnung ist für dich."

Genau aus diesem Grund passte ihr die Überschneidung ihrer Arbeitswelt mit der von Nick nicht. Sie gestattete Gonzo, früher als üblich Feierabend zu machen, damit er die Wohltätigkeitsgala ihres Mannes besuchen konnte. Was für ein Durcheinander. „Das geht klar. Und jetzt los."

„Danke", sagte er und ging in den Konferenzraum.

Sam trat nach ihm ein und war froh, Sergeant Ramsey sowie dessen Partner dort anzutreffen. „Wie läuft es mit der Suche nach Maeve?" Obwohl Sam hoffte, dass ihre Ermittlungen sie noch vor Ramseys Team auf die Spur des verschwundenen Kindes bringen würde, musste sie doch Kontakt zu den Detectives der Victim Specialist Unit halten.

„Seit wir die Fahndung herausgegeben haben, werden wir mit angeblichen Sichtungen überschwemmt", berichtete Ramsey. „Wir gehen jedem Hinweis nach."

Für den Sergeant sprach, dass er aussah, als hätte er seit mehr als einem Tag nicht mehr geschlafen.

„Cruz, Gonzales, was habt ihr in den Telefonprotokollen entdeckt?", wollte Sam wissen.

„Vor allem einen Haufen verschiedener Telefonnummern", antwortete Cruz. „Viele der Ortsverbindungen konnten wir Frauen zuordnen, die Kinder in Maeves Alter haben." Er gab ihr einen Ausdruck einer Liste mit fünf Namen, Adressen und Telefonnummern. „Wir arbeiten jetzt an den Nummern der Ferngespräche."

Sam schaute auf ihre Uhr. „Noch neunzig Minuten, bis ich zu Hause sein muss. Cruz, wir fahren zu einer Freundin von Victorias Mom."

„Gut."

Er klang nicht so begeistert wie sonst. Was hatte das nun wieder zu bedeuten? „McBride und Tyrone, auf ein Wort, bevor ihr aufbrecht. Alle anderen gehen zurück an die Arbeit." Zu ihrem Partner sagte sie: „Ich bin gleich bei dir."

McBride und Tyrone tauschten einen unbehaglichen Blick, während sie darauf warteten, dass die anderen alle den Raum verließen.

„Was gibt es denn, Lieutenant?", erkundigte sich Jeannie, als sie allein waren.

„Meinem Dad ist während seines Krankenhausaufenthaltes Anfang des Jahres zu Ohren gekommen, dass wir den Fall Fitzgerald neu aufgerollt haben."

Das Unbehagen der beiden Detectives nahm bei der Erwähnung des Namens Fitzgerald deutlich zu.

McBride schluckte. Hart.

Sam war augenblicklich alarmiert. „Er will die Ergebnisse eurer Nachforschungen sehen."

„Das haben wir dir doch schon berichtet", meinte Tyrone und schaute erneut nervös zu seiner Partnerin. „Wir konnten nichts Neues in Erfahrung bringen."

„Na schön", erwiderte Sam und beließ es dabei. War sie damals derart intensiv mit ihrem eigenen Fall beschäftigt gewesen, dass sie die merkwürdigen Schwingungen nicht bemerkt hatte, die zwei ihrer besten Detectives aussandten?

Jeannie hielt den Kopf gesenkt.

„Mein Dad will mit euch beiden über eure Ermittlungen sprechen. Würde es euch etwas ausmachen …?"

„Es stimmt nicht", murmelte Jeannie, sodass Sam sie fast nicht hören konnte.

„Wie bitte?" Plötzlich überkam Sam die Ahnung, dass dieser Tag sehr wohl noch schlimmer werden konnte.

„Es stimmt nicht, dass wir nichts Neues herausgefunden haben", gestand Jeannie.

Tyrone traten beinah die Augen aus dem Kopf. „Jeannie!"

„Halt den Mund, Will. Ich werde sie nicht länger belügen."

Die beiden trugen einen stummen Kampf mit Blicken aus, der Sam noch mehr beunruhigte. „Ihr solltet lieber anfangen zu reden, Leute", erklärte sie. „Und zwar sofort."

Für eine spannungsgeladene Weile sagte keiner ein Wort, bis Jeannie schließlich aufschaute und Sam direkt ansah. Der gequälte Ausdruck in den hübschen braunen Augen des weiblichen Detectives ließ ihr das Blut in den Adern gefrieren. Sam ahnte gleich, dass sie lieber nicht wissen wollte, um was es ging, was immer das auch sein mochte.

„Du darfst nicht vergessen, was damals los war", begann Jeannie. „Dein Dad lag im Krankenhaus, und du warst dir nicht sicher, ob er durchkommen würde. Wir hatten da jemanden, der absolut nette Leute umbrachte, und du hast Drohbriefe erhalten."

„Ich erinnere mich", erwiderte Sam angespannt. „Weiter."

„Wir, äh, wir fingen ganz von vorne an und haben die Sache wie einen neuen Fall behandelt", fuhr Jeannie fort.

Sam nickte. Sie hätte es genauso gemacht.

„Uns wurde klar ..."

„Was?"

„Dein Dad. Er, na ja ... er ist einigen ziemlich offensichtlichen Spuren nicht nachgegangen."

Die Worte trafen Sam mit einer Wucht, als wäre ihr die Waffe noch einmal ins Gesicht geschlagen worden. Damit hatte sie nun ganz und gar nicht gerechnet. Benommen zwang sie sich, zu atmen. „Was für Spuren?"

„Zum einen", schaltete Will sich ein, „hat er nie mit Cameron Fitzgeralds Freundin gesprochen. Wir halten es für möglich, dass Cameron etwas mit dem Tod seines Bruders zu tun gehabt haben könnte, aber man ließ ihn wenige Tage nach dem Verschwinden seines Bruders zum Militär gehen. Das fanden wir seltsam, neben einigen anderen Dingen."

„Welchen anderen Dingen?" Sams Herz klopfte, als wollte es aus ihrer Brust springen. War dies der Grund dafür, dass ihr Vater ihr verboten hatte, die Ermittlungen wiederaufzunehmen? Tausend Gedanken schossen ihr gleichzeitig durch den Kopf. Und warum um alles in der Welt hatten zwei ihrer vertrauenswürdigsten Detectives sie belogen?

„Es gab alle möglichen Ungereimtheiten", antwortete Jeannie. „Der Gerichtsmediziner meinte, dein Dad sei damals ‚neben der Spur' gewesen, weigerte sich jedoch, das näher auszuführen. Er ist deinem Vater zugetan und wollte seinem Ruf nicht schaden. Wir übrigens auch nicht."

Sam erinnerte sich an das Gespräch mit ihrer Schwester, bei dem Tracy vage Andeutungen zu Geschehnissen um ihre Eltern während der damaligen Ermittlung gemacht hatte. Bei der Vorstellung, in diesem Hornissennest herumzustochern, brach Sam der kalte Schweiß aus.

Die zwei Detectives standen nervös vor ihr.

„Ich würde gern wissen", sagte Sam leise und ruhig, „warum ihr glaubtet, mich anlügen zu müssen, als ihr mir erklärt habt, es gebe nichts Neues in dem Fall."

„Wir taten es, um deinen Dad zu schützen", gestand Jeannie in flehentlichem Ton. „Hätten wir zu dem Zeitpunkt die Wahrheit ans Licht gebracht und wäre dein Dad gestorben, hätte man nur das über ihn gesagt. Das durften wir nicht zulassen."

„Ich weiß eure Sorge um mich und meinen Dad zu schätzen, aber ihr hattet kein Recht, diese Entscheidung zu treffen."

„Wir waren davon überzeugt, dass wir in deinem Sinne handeln", meinte Will.

„Ich wollte die Wahrheit."

„Es tut uns leid, Sam", sagte Jeannie. „Wir dachten, wir tun das Richtige."

„Mein Vater hat sich erholt, und trotzdem habt ihr es weiter verschwiegen. Ihr habt mir nicht gestanden, dass ihr mich belogen habt."

„Wir haben es in Betracht gezogen", räumte Will ein.

Sam streckte die Hand aus. „Ich will eure Waffen und eure Dienstmarken."

Die zwei starrten sie an.

„Warum?", fragte Jeannie entsetzt.

„Ihr habt eine Vorgesetzte belogen. Ihr seid für eine Woche ohne Gehalt suspendiert." Sam hielt den Blicken stand, obwohl sie innerlich starb. Ganz zu schweigen davon, dass dies der denkbar ungünstigste Zeitpunkt dafür war, zwei ihrer besten Beamten zu verlieren.

„Lieutenant ...", beschwor Jeannie sie.

„Eure Dienstmarken und eure Waffen", wiederholte Sam.

Will sah Jeannie an, in seinen Augen schimmerten Tränen.

Jeannie nickte ihrem Partner zu und zog die Handfeuerwaffe aus ihrem Holster. Sie legte die Pistole und das goldene Detective-Abzeichen in Sams Hand.

Will folgte ihrem Beispiel.

„Ich bin von euch beiden sehr enttäuscht", erklärte Sam. „Geht nach Hause. Meldet euch nächsten Dienstag um Punkt sieben Uhr wieder zum Dienst."

„Ja, Ma'am", erwiderten beide.

Sam schaute ihnen hinterher, als sie den Raum verließen.

In der Tür drehte Will sich noch einmal zu ihr um. „Lieutenant ..."

„Geh."

Jeannie nahm ihren Partner beim Arm und zog ihn mit sich.

Es dauerte einige Minuten, bis Sam sich gesammelt und ihre Emotionen unter Kontrolle gebracht hatte, bevor sie den Konferenzraum verlassen konnte. Die Pistolen in ihren Händen zogen sofort die Aufmerksamkeit der anderen im Kommissariat auf sich. Schockiert und bestürzt beobachteten die Kollegen, wie McBride und Tyrone ihre persönlichen Sachen aus ihren Büroabteilen holten und ohne ein Wort gingen.

Mit pochendem Herzen und kaltem Schweiß auf der Stirn steuerte Sam ihr Büro an und lief unterwegs prompt in Lieutenant Stahl hinein. Während sie von seinem mächtigen Bauch abprallte, kämpfte sie gegen eine Welle der Übelkeit, die dieser Kontakt in ihr auslöste.

Natürlich bemerkte er die Waffen und die Dienstmarken in ihren Händen. „Probleme, Lieutenant?"

„Nein."

„Was machen Sie dann mit diesen Waffen und den Dienstmarken?"

„Geht Sie nichts an."

„Sie wissen verdammt gut, dass es eine Sache der Abteilung für Interne Ermittlungen ist, wenn Sie jemanden aus Ihren Reihen suspendieren", klärte er sie unnötigerweise auf. Er war in diese Abteilung versetzt worden, nachdem sie seine frühere Position als Leiterin der Mordkommission eingenommen hatte. Seitdem machte er ihr das Leben schwer.

Ihm war ebenso klar wie ihr, dass diese Angelegenheit nur über McBride oder Tyrone bei der Abteilung für Interne Ermittlungen landen konnte, nämlich dann, wenn die beiden gegen die Suspendierung Einspruch einlegten. Sam war jedoch überzeugt davon, dass sie das nicht tun würden. Es wäre töricht von ihnen, dagegen zu protestieren.

„Ich weiß nicht, wovon Sie sprechen", meinte Sam. „Gehen Sie mir aus dem Weg. Ich habe Arbeit zu erledigen."

Wie vorauszusehen, lief er wieder einmal dunkelrot an. Normalerweise bereitete ihr das Vergnügen, doch jetzt war es ihr herzlich egal. „Damit werden Sie nicht durchkommen", drohte Stahl.

„Erzählen Sie das meiner Hand", erwiderte sie und zeigte ihm den Finger. Damit begab sie sich in ihr Büro und legte die Waffen in die oberste Schreibtischschublade. Mit wehmütigem Blick auf die Dienstmarken, die McBride und Tyrone sich in ihren Karrieren mehr als verdient hatten, warf sie auch diese in die Schublade und schloss sie ab.

Das war der Moment, in dem ihre Hände anfingen zu zittern. Hatte sie wirklich richtig gehandelt? „Natürlich", murmelte sie. „Die haben dich angelogen. Das kannst du ihnen nicht durchgehen lassen. Wenn du das tust, verlierst du die Kontrolle über alles."

„Lieutenant?"

Sam drehte sich um und entdeckte Cruz im Türrahmen. Er sah sie mit großen Augen bestürzt an.

„Ich bin gleich bei dir", meinte sie und nahm sich kurz Zeit, um durchzuatmen, bevor sie ins Kommissariat zurückkehrte. Alle Blicke richteten sich auf sie. Sam konnte die Erwartungen, die auf ihr lasteten, körperlich spüren. Sie nahm Haltung an.

Da Stahl bereits herumschnüffelte, traf sie in diesem Augenblick die Entscheidung, kein Wort darüber zu verlieren, was mit McBride und Tyrone passiert war.

„Gehen wir, Cruz." Die spürbare allgemeine Enttäuschung wog noch schwerer als die Erwartung.

Freddie musste laufen, um sie einzuholen, und schweigend verließen sie das Hauptquartier. Draußen vor dem Gebäude sagte Sam: „Frag mich nicht danach, denn ich werde nicht darüber sprechen."

„Ich wollte gar nicht fragen." Er zog den Autoschlüssel aus der Tasche und hielt ihn hoch.

Sie bedeutete ihm, zu fahren. „Wohin?", fragte sie.

„Den Telefonprotokollen und Dereks Aussage zufolge ist Ginger Dickenson Victorias beste Freundin gewesen. Sie hat einen Sohn in Maeve Kavanaughs Alter. Auch sie ist Vollzeitmutter und wohnt ein paar Blocks von den Kavanaughs entfernt in deiner Gegend."

„Was macht der Ehemann beruflich?"

„Er ist ein hohes Tier bei der Heimatschutzbehörde, direkt dem Minister unterstellt."

„Gute Arbeit."

„Danke."

Sam war versucht, seinen ungewöhnlich kurz angebundenen Ton zu ignorieren, erkundigte sich dann aber doch: „Bist du wegen irgendetwas sauer?"

Er schaute kurz zu ihr und wieder auf die Straße. „Nein."

Langsam hatte Sam genug von diesem Tag. „Sag es mir einfach, ja?"

„Ich bin nicht sauer."

„Irgendwas bist du aber."

„Vielleicht ein bisschen verärgert."

„Soll ich es dir aus der Nase ziehen?"

„Hill. Seit er da ist, spiele ich bloß noch die zweite Geige."

Ah, dachte sie, die Gefühle ihres sensiblen Partners waren verletzt. „Ich will ihn ebenso wenig hier haben wie du. Ich befolge nur die Anweisungen."

„Das weiß ich", erwiderte er mürrisch. „Ich kann ihn nicht leiden. Irgendwas stört mich an dem."

„Dich und Nick."

Freddies Miene erhellte sich. „Er kann ihn also auch nicht leiden?"

„Er kennt ihn kaum, doch ihn stört auch irgendetwas an ihm. Wenn man Hill ein wenig näher kennt, ist er gar nicht so übel. Er führt Befehle aus und macht seinen Job. Und wir können bei diesem Fall jede Hilfe benötigen."

„Das mit dem Kind zieht sich hin."

„Ja." Sam sah aus dem Fenster auf die vorbeifliegende Stadt. Es war besser, nicht daran zu denken, was Maeve möglicherweise durchmachte – falls sie noch am Leben war. „Ich muss dir etwas sagen, worüber du dich aufregen könntest. Aber vorher musst du wissen, dass es totaler Schwachsinn ist."

Erneut betrachtete er sie. „Was denn?"

„Melissa Woodmansee verklagt das Department wegen polizeilicher Gewalt."

Er reagierte entsetzt. „Du machst Witze."

„Konzentriere dich auf die Straße!"

„Sag mir, dass das ein Scherz ist."

„Ist es nicht, allerdings wird sie damit nicht durchkommen. Das glaubt jeder. Na ja, bis auf Stahl. Doch der zieht ja vermutlich aus allem ein perverses Vergnügen, was uns schlecht dastehen lässt."

„Es war ein sauberer Schuss. Hätte ich ihre Hand nicht abgeschossen, hätte sie uns alle umgebracht."

„Das steht außer Frage."

„Wie zur Hölle kann sie uns dann verklagen?"

Die Tatsache, dass er fluchte – und das Wort Hölle zu benutzen kam bei ihm einem Fluch sehr nahe –, bewies, wie aufgebracht er war. „Eigenartigerweise geht es gar nicht um deine Rolle in dem Geschehen, sondern um das, was nach dem Schuss passierte."

„Was meinst du damit?"

„Ich habe ihre Schmerzen ausgenutzt, um ein Geständnis zu erpressen."

„Du hast eine Mörderin aus dem Verkehr gezogen."

„Offenbar hat sie ein Problem damit, wie ich es getan habe."

„Das wird im Sande verlaufen", meinte er grimmig. „Mann, wir beide haben Belobigungen bekommen für das, was wir an jenem Tag getan haben. Das muss doch auch irgendwie zählen."

„Wir werden sehen."

Er warf ihr einen Blick zu. „Machst du dir Sorgen deswegen?"

„Um Himmels willen, nein. Ich habe meinen Job gemacht. Und ich würde es ganz genauso wieder tun, wenn es sein müsste."

„Ich auch", erklärte er mit Bestimmtheit.

Sam wusste, es hatte ihn Wochen schlafloser Nächte und Pflichttermine beim Polizeipsychologen gekostet, um zu dieser Überzeugung zu gelangen. Es ärgerte sie maßlos, dass er sich wegen Melissa jetzt doch wieder infrage stellte. „Lass es nicht an dich heran. Wir wissen beide, dass wir das Richtige getan haben. Es gibt also keinen Grund, sich Sorgen zu machen."

Ein langes Schweigen folgte, in dem er über ihre Worte nachzudenken schien. „Kann ich dich etwas fragen, was nichts mit der Arbeit zu tun hat?"

„Klar." Sam war erleichtert, dass er die Nachricht von der Klage besser als erwartet aufgenommen hatte. Plötzlich holten die schlaflose Nacht, die Verletzung, die mit dem bizarren Fall verbundene Anspannung sowie die Situation mit McBride und Tyrone sie ein, und eine tiefe Erschöpfung überfiel sie.

„Was hat das zu bedeuten, dass Elin Geheimnisse hat vor mir?"

„Definiere ‚Geheimnisse'."

„Sie schreibt Textnachrichten im Badezimmer, wenn sie glaubt, dass ich schlafe. Solche Sachen."

„Freddie …"

„Sie betrügt mich nicht."

„Wie kannst du dir da sicher sein?"

„Ich weiß es einfach", erwiderte er angespannt. „Es läuft wirklich gut zwischen uns. Besser denn je, seit wir zusammengezogen sind. Das würde sie mir nicht antun."

„Was könnte denn sonst der Grund für ihre Heimlichtuerei sein?"

„Ich habe keine Ahnung. Deswegen frage ich dich ja."

Nach kurzem Grübeln dämmerte Sam die Antwort, und sie musste lachen. Prompt brannte ihr Gesicht. Dass sie nicht gleich darauf gekommen war, schob sie auf den Nebel, der sich seit dem Schlag mit der Pistole heute Morgen über ihren Verstand gelegt hatte.

„Was ist denn so lustig, verdammt?", wollte Freddie wissen.

„Was ist nächste Woche?"

„Weiß ich nicht. Wovon redest du?"

„Denk mal nach."

„Ach du Schande. Mein Geburtstag."

„Kommt nicht jeden Tag vor, dass man dreißig wird", meinte Sam.

„Organisiert sie eine Party?"

„Das verrate ich dir nicht."

„Komm schon, Sam."

„Auf keinen Fall. Das wirst du nicht aus mir herausbekommen."

„Ha", sagte er. „Es ist jedenfalls besser als die anderen Möglichkeiten, die ich in Betracht gezogen habe."

„Mir bereitet es ein wenig Sorge, dass du ihr nicht vollkommen vertraust."

„Tue ich doch."

„Wirklich?"

Freddie umfasste das Lenkrad so fest, dass seine Knöchel weiß hervortraten. „Manchmal frage ich mich …"

„Was denn?"

„Was sie eigentlich an mir findet."

„Du meine Güte, Freddie! Sie kann sich glücklich schätzen, mit dir zusammen zu sein, und das weiß sie auch."

„Und du bist kein bisschen voreingenommen", entgegnete er amüsiert.

„Überhaupt nicht", erwiderte sie und dachte an Jeannie und Will. „Jetzt will ich dich auch etwas fragen."

„Was immer du möchtest."

„Bin ich zu freundlich im Umgang mit meinen Detectives?"

Das entlockte ihm ein lautes Lachen. „Freundlich? Du?"

Sam verkniff sich eine scharfe Bemerkung. Es ärgerte sie, dass er lachte, wo es ihr doch ernst damit war. „Du weißt schon, was ich meine."

„Wir betrachten dich alle als Freundin und Mentorin, aber wir vergessen nie, dass du in erster Linie unser Boss bist. Nie."

„Ich kann gar nicht nur euer Boss sein. Ihr seid mir alle wichtig."

„Das wissen wir, Sam."

„Mal hypothetisch gesprochen: Wenn du während einer Ermittlung etwas erfährst, was mir und meiner Familie ernstlich Probleme bereiten würde, würdest du es mir erzählen oder es für dich behalten, um mich zu schützen?" Damit war sie sehr nahe daran, ihm anzuvertrauen, was mit McBride und Tyrone passiert war.

„Ist die Information denn entscheidend für die Ermittlung?"

„Ja."

Freddie dachte darüber nach, dann sagte er: „Ich würde es dir erzählen."

Sam nickte, getröstet durch seine Worte. „Gute Antwort."

Er hielt am Gehsteig vor Ginger Dickensons Haus und stellte den Motor aus. „Was auch mit McBride und Tyrone gewesen sein mag: Ich bin sicher, du hattest keine andere Wahl."

„Hatte ich nicht."

„Okay."

Sie war ihm wie immer dankbar für seine Unterstützung und öffnete die Beifahrertür. „Bringen wir das hinter uns. Ich muss später noch zu einer Benefizgala."

„Obwohl du aussiehst, als hättest du zehn Runden mit Mike Tyson hinter dir?"

Sam zuckte mit den Schultern. „Nick wusste, worauf er sich einlässt, als er mir das Jawort gab."

Das brachte Freddie erneut zum Lachen. „Und ob er das wusste."

Sam folgte ihm zu dem Backsteinhaus mit den schmiedeeisernen Akzenten. Er klingelte, und sie warteten mindestens eine Minute, bis sie drinnen Schritte hörten.

„Wer ist da?", fragte eine weibliche Stimme.

„MPD", antwortete Freddie. „Lieutenant Holland und Detective Cruz." Sie hielten ihre Dienstmarken hoch, damit die Frau sie durch den Spion erkennen konnte.

Nachdem mehrere Riegel zurückgeschoben wurden, schwang die Tür auf. Ginger Dickenson war eine zierliche Person, mit langen hellbraunen Haaren, die sie zu einem losen Knoten hochgesteckt hatte. Sie trug Yoga-Pants und ein T-Shirt, das ihre schlanke Figur betonte. Zwischen ihren Beinen erschien ein pummeliges Kleinkind. Sie beugte sich herunter, um es hochzuheben. „Was kann ich für Sie tun?"

„Dürfen wir ein paar Minuten Ihrer Zeit beanspruchen, Mrs. Dickenson?", fragte Sam.

„Sie sind die, die mit dem Senator verheiratet ist."

„Ja." Sam biss die Zähne zusammen. Sie würde sich nie an die Prominenz gewöhnen, die ihr die Heirat mit einem Senator in der Hauptstadt beschert hatte.

Ginger trat zur Seite. „Kommen Sie herein."

Sie folgten ihr ins Wohnzimmer, in dem die Spielzeuge des Kindes verstreut herumlagen. Ginger war offenbar gerade dabei gewesen, Wäsche zusammenzulegen. Sie nahm die Fernbedienung und schaltete den Fernseher aus.

Unwillkürlich überlegte Sam, wie es wohl sein mochte, sich tagsüber ausschließlich um ein Kind zu kümmern, dabei Wäsche zu falten und fernzusehen. Wahrscheinlich würde sie sich ohne die Arbeit, die ihr bisheriges Leben geprägt hatte, zu Tode langweilen. Dennoch ... Wäre es nicht schön, die Gelegenheit zu bekommen, herauszufinden, wie sich das anfühlte? Und prompt meldete sich die vertraute Sehnsucht beim Anblick des Kleinkindes, das um den Couchtisch herumlief. Sie schüttelte das Gefühl ab, bevor die Traurigkeit erneut von ihr Besitz ergriff.

„Es geht vermutlich um Victoria", meinte Ginger und musterte Sam und danach Freddie voller Misstrauen.

„Ja", gestand Sam.

„Gibt es schon etwas Neues von Maeve?"

„Noch nicht."

Ginger setzte sich aufs Sofa und bedeutete ihnen, auf dem Zweiersofa Platz zu nehmen. „Lieber Himmel. Ich kann an nichts anderes denken als daran, wo sie sein mag und was sie womöglich durchmacht."

„Uns geht es genauso", erwiderte Sam. „Wir tun alles in unserer Macht Stehende, um sie zu finden. Seit wann kannten Sie Victoria?"

„Seit der Geburt unserer Kinder. Wir waren Zimmergenossinnen im Krankenhaus. Mein Trevor wurde am selben Tag wie Maeve geboren, das verband uns von Anfang an. Wir wurden enge Freundinnen. Ich kann nicht glauben, was passiert ist. Wer hätte Victoria denn etwas antun wollen? Sie war der netteste Mensch. Und Derek ... Wie es ihm wohl gehen muss."

„Er ist verständlicherweise sehr verzweifelt", sagte Sam.

„Er wird nicht verdächtigt, oder?", erkundigte Ginger sich.

„Nein."

„Das ist gut." Ginger wirkte sichtlich erleichtert. „Er hat sie sehr geliebt. Ich habe meinem Mann gesagt, dass ich den Glauben an die Menschheit verlieren würde, sollte sich herausstellen, dass er es war."

„Was hat Victoria Ihnen über ihre Familie erzählt?", fragte Sam.

„Abgesehen von Derek und Maeve hatte sie keine Familie. Ihre Eltern sind tot, und sie war ein Einzelkind. Ich weiß noch, wie sehr ich sie bedauerte, als sie mir davon erzählte. Nur hatte sie überhaupt nichts Trauriges an sich. Im Gegenteil, sie war ein positiver, aufgeschlossener Mensch, obwohl sie, gelinde gesagt, so viel durchgemacht hat."

„Haben Sie andere Freunde von ihr kennengelernt?", wollte Cruz wissen.

Ginger schüttelte den Kopf. „Es war eher umgekehrt. Die einzigen Leute, die sie in der Stadt gekannt hat, waren ehemalige Kollegen von Calahan Rice. Ich habe sie meinen Freundinnen vorgestellt, und die mochten sie auf Anhieb. Sie passte in unsere Clique, als hätte sie schon immer dazugehört. Einmal im Monat haben wir einen Frauenabend veranstaltet und sind ausgegangen, außerdem hatten wir eine Spielgruppe für die Kinder gegründet. Solche Sachen."

„Sie erwähnten, Derek habe seine Frau sehr geliebt", meinte Sam.

„Und wie. Man musste nur in ihrer Nähe sein, um das zu merken. Die strahlten diese totale Verliebtheit aus." Ginger sah Sam direkt an. „Sie kannten sie ja auch, da müssen Sie doch wissen, was ich meine."

„Ja, sie schienen sehr glücklich zu sein."

„Ja", bestätigte Ginger.

„Hat sie seine Liebe in gleichem Maße erwidert?"

„Oh, absolut! Sie redete ständig über ihn, na ja, über ihn und Maeve. Sie war sehr verliebt in ihn."

„Sie hat sich nie negativ über ihn oder die Ehe geäußert?", hakte Freddie nach.

Ginger schüttelte den Kopf. „Wir zogen sie damit auf, dass sie nie mitmachte, wenn wir manchmal über unsere Ehemänner herzogen. Ich vermute allerdings, dass sie wegen seines Jobs mehr darauf achtete, wie sie über ihn redete. Andererseits glaube ich auch, dass sie einfach nichts Schlechtes über ihn zu sagen wusste. Es war wirklich bewundernswert."

„Haben Sie in den vergangenen Wochen irgendwelche Veränderungen bei ihr bemerkt?", fragte Sam.

Ginger überlegte einen Moment. „Sie war vielleicht ein bisschen neben der Spur, aber sie hatte eine hartnäckige Erkältung. Bevor sie krank wurde, erzählte sie mir, dass Derek sich ein weiteres Baby mit ihr wünschte." Gingers Augen füllten sich mit Tränen. „Ich verstehe einfach nicht, wie das passieren konnte."

„Wir versuchen, es herauszufinden", versicherte Sam ihr. „Stand irgendeine Ihrer Freundinnen ihr näher als Sie?"

„Nein, wir standen uns am nächsten."

„Würden Sie uns bitte die Namen und Telefonnummern der anderen Frauen aus Ihrer Clique aufschreiben?"

Ginger nahm den Notizblock von Freddie entgegen. Als sie fertig war, reichte sie ihm den Block zurück und wandte sich an Sam. „Die anderen Frauen und ich haben die Berichterstattung über Ihre Hochzeit im Fernsehen verfolgt. Victoria war furchtbar aufgeregt, weil sie dabei sein durfte. Sie und Derek fanden, Sie seien perfekt für ihren Freund." Ginger wischte sich eine Träne fort, die ihre Wange hinunterrollte. „Ich dachte, das würde Sie vielleicht interessieren."

Sam rührte sich nicht und war erstaunt von ihrer eigenen plötzlichen Traurigkeit.

„Lieutenant?", sagte Freddie und hob fragend eine Braue.

Endlich schaute Sam zu Ginger. „Danke, dass Sie es mir erzählt haben. Sie war eine liebenswerte Person."

„Danke, dass Sie uns Ihre Zeit geopfert haben", fügte Freddie hinzu und erhob sich.

„Ich hoffe, Sie finden denjenigen, der ihr das angetan hat. Und bitte finden Sie Maeve."

„Wir tun, was wir können", versprach Freddie ihr.

11. Kapitel

Jeannie McBride saß neben Will, der sie nach Foggy Bottom fuhr, wo sie mit ihrem Freund Michael wohnte. Sie stand noch immer unter Schock.

„Ich kann nicht glauben, dass das passiert ist", sagte sie zum zehnten Mal, seit sie das Hauptquartier verlassen hatten.

„Es ist unsere eigene verdammte Schuld", meinte Will. „Wir hätten ihr im April schon die Wahrheit sagen müssen."

„Das konnten wir damals nicht. Ihr Dad lag im Krankenhaus. Niemand wusste, ob er durchkommen würde. Wolltest du verantwortlich dafür sein, möglicherweise seinen Ruf zu zerstören, während er stirbt?"

„Wir hätten nicht lügen dürfen."

„Tja, das haben wir aber, und jetzt sind wir in den Arsch gekniffen."

„Kostet uns das unsere Karriere?", fragte Will.

„Woher zur Hölle soll ich das wissen? Ich war noch nie suspendiert." Furcht breitete sich in ihr aus und erinnerte sie an die grauenvollen Tage und Wochen nach der Gewalttat, der sie zum Opfer gefallen war. „Ich glaube nicht. Sie ist sauer, und das zu Recht. Wir können bloß darauf hoffen, dass sich die Sache in Wohlgefallen aufgelöst hat, wenn wir unsere Suspendierung abgesessen haben."

„Sollten wir dagegen angehen?"

Jeannie starrte ihn fassungslos an. „Hast du den Verstand verloren? Wie sollten wir, bitte schön, dagegen angehen, wenn wir unsere Vorgesetzte belogen haben? Und willst du wirklich, dass das gesamte Department den Grund für unsere Suspendierung erfährt?"

„Werden die das nicht ohnehin herausfinden?"

„Nicht, wenn die drei Beteiligten den Mund halten. So kriegen die Leute schlimmstenfalls zwar mit, dass wir suspendiert wurden, aber nicht, wieso."

„Sie kann uns also einfach so nach Hause schicken? Ohne rechtliches Verfahren?"

„Selbstverständlich kann sie das! Das Verfahren kommt erst, wenn wir Einspruch einlegen, was wir jedoch nicht tun werden. Verstanden?"

„Ja", antwortete er murrend. „Hab verstanden. Mist, eine Woche ohne Bezahlung ... das bringt mich um."

„Ich kann dir Geld leihen, falls du welches brauchst. Es ist ja ohnehin alles meine Schuld. Ich hatte die Idee, ihr zu sagen, dass wir nichts Neues herausgefunden hätten – und ich habe ihr die Lüge heute gestanden, ohne mich vorher mit dir abzusprechen."

„Was soll's, wir hängen da alle beide mit drin."

Als sie vor Michaels Haus hielten, konnte Jeannie sich nicht aufraffen, die Tür zu öffnen, hineinzugehen und sich zu überlegen, wie sie die nächste Woche ohne Job überstehen sollte. Sie musste etwas finden, um sich zu beschäftigen, damit ihre Dämonen sie nicht finden konnten.

„Haben wir das Richtige getan?", fragte Will unsicher. Er klang eher wie ein ängstlicher Schuljunge, nicht wie ein harter Detective.

„Ja, haben wir", erwiderte sie, ohne zu zögern. „Sobald sie Zeit hat, darüber nachzudenken, wird sie verstehen, warum wir das getan haben." Noch während sie das aussprach, wurde Jeannie klar, dass sie mit Sicherheit davon träumen würde, wie Sam ihr gesagt hatte, dass sie enttäuscht von ihr war. Das würde sie niemals vergessen. Dabei hatten sie gemeinsam so viel durchgemacht; Sam hatte ihr nach der Gewalttat beigestanden. Deshalb sah Jeannie in ihr mehr als nur eine Vorgesetzte. Inzwischen war Sam längst eine enge Freundin. Umso bitterer war es für Jeannie, dass sie ihre Chefin und Freundin enttäuscht hatte.

„Was sie gesagt hat ... dass wir sie enttäuscht haben ..." Wills Stimme schwankte. Offenbar ging es ihm genauso wie Jeannie. „Das tat weh."

„Ja, stimmt. Tut mir leid, dass ich dich da hineingezogen habe."

„Mir war vollkommen bewusst, was wir tun und weshalb, also vergiss es."

Jeannie fand es nett, dass er die Schuld mit ihr teilen wollte, aber letztlich hatte er nur getan, was sie von ihm verlangt hatte. Als seine Vorgesetzte musste sie das Ganze allein auf ihre Kappe nehmen. „Dir ist klar, warum wir niemandem den Grund für unsere Suspendierung verraten dürfen, oder?"

„Keine Sorge. Von mir wird es niemand erfahren. Wirst du es Michael sagen?"

Jeannie sah zu dem Haus, das seit dem Angriff auf sie ihr sicherer Hafen gewesen war. Mittlerweile hatte sie ihre Wohnung aufgegeben und war vor einem Monat offiziell zu Michael gezogen. Alles war bisher gut gelaufen, und nun das. „Ich nehme an, ich werde erklären müssen, weshalb ich nicht zur Arbeit gehe. Er weiß sowieso, was passiert ist. Er war dagegen, dass ich Sam anlüge. Er hat mir prophezeit, dass sich das irgendwann rächen würde."

„Anscheinend hatte er recht."

„Freude und Genugtuung wird er deswegen bestimmt nicht empfinden." Sie schaute Will an. „Komm morgen früh vorbei, dann schreiben wir den Bericht, den wir ihr damals schon hätten geben müssen."

Wills jungenhaft attraktives Gesicht hellte sich auf. „Ich werde da sein."

„Und mach dir nicht zu viele Gedanken. Sie weiß, dass wir gut in unseren Jobs sind. Das wird auch irgendwie ins Gewicht fallen."

„Ich hoffe, du behältst recht."

Jeannie stieg aus dem Wagen und winkte Will hinterher, als er davonfuhr. Schweren Schrittes trottete sie die Eingangsstufen hinauf. Sie spürte die Last körperlich. Als sie die Tür aufschloss, stutzte sie, denn die Alarmanlage war nicht eingeschaltet. Aufgrund des Sicherheitssystems hatte sie sich nach der brutalen Vergewaltigung beschützt gefühlt und konnte wieder zu sich kommen. „Michael?"

Er kam die Treppe hinunter, überrascht, sie zu sehen. „Hey, Liebes. Warum bist du schon zu Hause?"

Bei seinem Anblick verlor Jeannie die Fassung. Sie rannte zu ihm und schlang die Arme um ihn.

„Was denn, Schatz? Was ist los?"

Sie barg das Gesicht an seiner Brust und nahm den Trost an, den er ihr anbot, ohne zu zögern. „Ich bin suspendiert worden."

„Was? Warum?"

„Fitzgerald." Ironischerweise hatte Sam ausgerechnet diesen alten Fall dazu benutzt, um Jeannie nach allem, was ihr widerfahren war, zurück in den Job zu locken. Und jetzt hatte dieser Fall zur ersten disziplinarischen Maßnahme ihrer Karriere geführt.

„Sie hat herausgefunden, dass du den Bericht zurückgehalten hast."

Jeannie nickte. „Ich hätte auf dich hören sollen."

„Damals glaubtest du, das Richtige zu tun. Das kann dir niemand vorwerfen."

„Das wollte sie heute aber nicht hören."

„Sie hält wahnsinnig große Stücke auf dich, Jeannie. Sowohl privat als auch beruflich. Das weiß jeder."

Das brachte sie vollends aus der Fassung. „Sie hat gesagt, ich habe sie enttäuscht."

Er drückte sie an sich. „Ach, Baby."

„Ich werde das wieder in Ordnung bringen", schwor sie. „Egal, was ich dafür tun muss, ich werde es wieder in Ordnung bringen."

Da es bereits halb sechs war, als sie Gingers Haus verließen, ließ Sam sich von Freddie vor ihrem Haus in der Ninth Street absetzen. „Holst du mich um sieben ab?"

„Ich werde da sein."

„Pass gut auf meinen Wagen auf. Ich weiß, dass du es nicht gewohnt bist, Autos ohne Fehlzündungen und qualmenden Auspuff zu fahren." Sam verlor nie den Spaß daran, ihn mit seinem alten Mustang aufzuziehen, auf den er so stolz war.

Er verdrehte die Augen. „Erzähl mir von der Party, die Elin für mich organisiert."

„Verschwinde", sagte sie zum Abschied und stieg aus. „Es gibt keine Party."

„Ich werde ihr einfach erzählen, dass du es mir verraten hast!", rief er ihr durch das offene Fenster zu.

„Ich habe dir überhaupt nichts verraten! Jesus! Fährst du endlich?"

Er warf ihr einen finsteren Blick zu. „Missbrauche nicht den Namen des Herrn."

„Dann gib mir keinen Grund dazu!" Sie ging zum Haus ihres Vaters, angefeuert von der Wut, die ihr Partner in ihr entfacht hatte. Doch mit jedem Schritt, mit dem sie sich der Rampe näherte, die zur Tür hinaufführte, wuchs der Wunsch in ihr, kehrtzumachen und davonzulaufen.

Die schwüle Hitze, die über der Stadt hing, schaffte Sam. Schweiß, der nicht bloß auf die Temperaturen zurückzuführen war, lief ihr den Rücken hinunter, während sie die Rampe hinaufstieg. Sie konnte an einer Hand abzählen, wie oft sie und ihr Dad sich ernsthaft gestritten hatten. Nach dem heutigen Tag würde sie wahrscheinlich auch die Finger der anderen Hand brauchen.

Sie klopfte an die Tür und trat ein. Die Jalousien waren heruntergezogen, um die Hitze draußen und die kühle Luft der Klimaanlage drinnen zu halten.

„Hi, Sam", begrüßte Celia sie, als sie aus der Küche kam. Prüfend betrachtete sie Sams Gesicht. „Na ja, hätte vermutlich schlimmer sein können."

„Ach ja? Wie denn, bitte schön?"

„Äh, weiß ich auch nicht."

„Heute Abend ist Nicks Benefizgala, und ich muss mit diesem Gesicht da hin."

„Tracy war hier. Sie meinte, sie hätte genau das Richtige, um die Wunden zu kaschieren."

„Mit einer Farbrolle?"

Celia lachte. „Das hat sie nicht erwähnt, aber sie sagt, dass es Wunder wirkt und man es auch an Filmsets benutzt. Anscheinend hat sie gezielt danach gesucht, als sie hörte, was dir passiert ist."

„Ich habe die besten Schwestern auf der ganzen Welt." Sie waren stets für sie da, wenn sie sie brauchte. „Hast du heute auch schon mit Ang gesprochen?" Die jüngere von Sams beiden älteren Schwestern sollte jeden Moment ihr zweites Kind zur Welt bringen.

„Sie war hier, und sie fühlte sich elend. Die Hitze macht ihr zu schaffen."

„Ist ja bald vorbei." Und dann würde ihre Schwester ein zweites wunderschönes Kind haben, während Sam immer noch darauf hoffte, eines Tages das erste zu bekommen. „Kann ich dich was fragen?"

„Selbstverständlich, Schätzchen. Alles."

„Du weißt ja, dass ich dachte, ich könnte nicht schwanger werden ..."

Celia nickte. „Die letzte Fehlgeburt war ein ziemlicher Schlag für dich. Aber wenigstens weißt du jetzt, dass du schwanger werden kannst."

„Darin liegt in gewisser Weise das Problem. Wie kann ich das noch einmal riskieren? Es war beinah erträglicher, in dem Glauben zu leben, dass ich nicht schwanger werden kann."

„Nach allem, was du durchgemacht hast, ist es nur verständlich, dass du Angst vor einer erneuten Schwangerschaft hast."

„Die Wirkung der Dreimonatsspritze, die ich mir vor der Hochzeit habe geben lassen, endet jetzt."

„Ich wusste gar nicht, dass du das gemacht hast. Aber ich muss zugeben, ich bin erleichtert, zu hören, dass du verhütet hattest. Ich hatte nämlich die ganze Zeit gehofft, dass du wieder schwanger werden würdest."

„Ich brauchte einfach Zeit, um zu entscheiden, ob ich es ein weiteres Mal probieren will."

„Was meint Nick dazu?"

„Dass es bei mir liegt. Er will, was immer ich will."

Celia legte ihr die Hand auf den Arm. „Warum überrascht mich das nicht? Er ist ein wundervoller Mann."

„Ja, das ist er wirklich, und er hat sich in dieser Sache von Anfang an fantastisch verhalten." Sam atmete tief ein und erschauerte. Nach allem, was sich heute ereignet hatte, wollte sie lieber nicht über dieses belastende Thema nachdenken. Aber die bevorstehende Geburt ihrer neuen Nichte hatte diese alten Gefühle wieder erwachen lassen. „Tracy und Ang sind so gut zu mir, und ich liebe sie über alles, trotzdem bin ich eifersüchtig auf sie. Ist das nicht schrecklich?"

„Nein, Schätzchen, es ist absolut verständlich. Schließlich haben sie das, was dir bisher verwehrt geblieben ist. Natürlich bist du eifersüchtig." Celia umarmte sie fest. „Willst du wissen, was ich an deiner Stelle tun würde?"

Sam nickte. An irgendeinem Punkt in den vergangenen Monaten war ihre neue Stiefmutter zu einer ihrer engsten Freundinnen geworden.

„Starte noch einen Versuch", erklärte Celia. „Mache dir jedoch von vornherein bewusst, dass es so oder so verlaufen kann. Sei darauf vorbereitet, beide Möglichkeiten zu akzeptieren und die jeweiligen Konsequenzen zu tragen. Wenn es nicht klappt, schließe mit dem Thema ab und zieh andere Möglichkeiten in Betracht. Falls du es nämlich nicht noch einmal probierst, läufst du Gefahr, es für den Rest deines Lebens zu bereuen und dich ständig fragen zu müssen, wie es hätte sein können."

„So wie du es ausdrückst, klingt das alles so einfach." Sam wischte sich die Tränen ab, die plötzlich ihr Gesicht benetzten. Auch das war klar. Sie konnte nicht ohne Tränen über diese Dinge sprechen.

„Es ist nicht meine Absicht, herunterzuspielen, was du durchgemacht hast. Vier Fehlgeburten können jedem den Mut nehmen."

„Du hast ein gutes Argument angeführt", erwiderte Sam. „Ich würde mich immer fragen, was passiert wäre, wenn ich es ein weiteres Mal versucht hätte."

„Was versucht?", wollte Skip wissen, der gerade im Rollstuhl in die Küche kam.

„Ein Baby zu bekommen", antwortete Sam und wischte sich schnell über die Augen, denn sie wusste, dass ihn der Anblick von Tränen aufwühlen würde. Als sie die Verletzung in ihrem Gesicht berührte, sog sie scharf die Luft ein.

„Bist du etwa ... du weißt schon ...?"

„Schwanger?" Sam war über seine Reaktion belustigt. Er machte sich gern vor, dass seine drei kleinen Mädchen noch unberührt waren, obwohl das ganz offensichtlich nicht der Fall war. „Im Augenblick nicht."

„Oh. Aha. Okay."

„Könnte aber sein, dass ich es bald bin", fügte sie hinzu, da ihr klar wurde, dass die klugen Worte ihrer Stiefmutter sie zu einer Entscheidung gebracht hatten. Ja, sie würde es noch einmal versuchen.

„Bist du dir sicher, dass das eine gute Idee ist?", meinte er zögernd.

„Verdammt, nein. Ich bin mir über gar nichts sicher. Vermutlich ist es eine schreckliche Idee. Aber Celia hat recht, wenn sie sagt, dass ich mich stets fragen würde, was wohl geschehen wäre, wenn ich einen weiteren Versuch unternommen hätte."

„Ich weiß nicht, ob ich es aushalten könnte, dich das alles noch einmal durchmachen zu sehen, mein Mädchen."

„Ich weiß auch nicht, ob ich es ertragen könnte. Aber wie könnte ich es nicht probieren, nachdem ich jetzt weiß, dass es möglich ist?" *Verfluchte Tränen.* Es ärgerte sie, dass sie nicht in der Lage war, über dieses Thema zu sprechen, ohne welche zu vergießen.

Celia reichte ihr ein Taschentuch.

Sie trocknete damit ihr schmerzendes Gesicht. „Ich bin eigentlich gar nicht hergekommen, um darüber zu reden."

„Um was geht's denn?", wollte ihr Dad wissen.

„Hat mit der Arbeit zu tun."

„Ich bin in der Küche, falls ihr mich braucht", erklärte Celia und gab Sam einen Kuss auf die Stirn. „Kopf hoch, Schätzchen. Es ist eine schwierige Entscheidung, aber wir sind immer für dich da."

„Danke. Das hilft mir schon."

Als Celia den Raum verlassen hatte, schaute Skip sie an. Sam rang um Fassung und bemühte sich, ihre Emotionen unter

Kontrolle zu bekommen. „Ich habe mit McBride und Tyrone gesprochen."

„Und?"

Sam setzte sich auf das Sofa und zwang sich, ihrem Vater in die Augen zu sehen, obwohl sie seinen durchdringenden Blick lieber gemieden hätte. „Sie haben gelogen."

„Worüber?"

„Sie hatten gesagt, sie hätten nichts Neues entdeckt. In Wahrheit sind sie auf einige Spuren gestoßen, denen sie hätten nachgehen müssen. Sie waren erstaunt, dass du das damals nicht getan hast."

Er ließ sich nichts anmerken, sondern fragte: „Warum haben sie gelogen? Haben sie das erzählt?"

„Du lagst im Krankenhaus. Wir wussten nicht, ob du es schaffst. Sie machten sich Sorgen um deinen Ruf und wollten mich nicht zusätzlich belasten, wo ich doch schon solche Angst um dich hatte."

„Und was jetzt?"

„Um ehrlich zu sein, ich bin mir nicht ganz sicher. Ich habe das erst vor Kurzem erfahren und beide für eine Woche ohne Bezahlung suspendiert."

„Weil sie dich angelogen haben."

„Ja."

„Ich nehme an, du konntest nicht anders handeln."

Sam hätte ihn am liebsten angeschrien, um ihn irgendwie dazu zu bringen, ihr zu erklären, weshalb er Fragen in einem Mordfall ganz bewusst unbeantwortet gelassen hatte. „Nein, das konnte ich nicht, aber ich habe nicht vor, irgendwem den Grund für ihre Suspendierung zu nennen. Ich wäre dir also dankbar, wenn du es auch nicht tun würdest."

„Wenn sie Beschwerde einlegen, wirst du es vor der Abteilung für Interne Ermittlungen rechtfertigen müssen."

„Sie werden keine Beschwerde einlegen." Sam machte eine

Pause, wartete, hoffte, er würde sich dazu äußern, doch das tat er nicht. „Du wirst mir nicht verraten, warum?"

„Nein, werde ich nicht."

Sam war perplex. „Im Ernst? Du lässt mich hängen?"

„Ich werde dir dasselbe sagen wie an dem Tag, an dem wir uns das erste Mal über diesen Fall unterhielten. Weißt du noch?"

„Wie könnte ich es vergessen? Es war der Tag, an dem du angeschossen wurdest."

„Und was habe ich damals gesagt?"

„Du hast gesagt, ich soll die Finger davon lassen."

„Dasselbe sage ich dir jetzt auch."

„Wie soll das funktionieren?" Sie stand vom Sofa auf, damit sie auf und ab gehen und sich auf diese Weise ein wenig abreagieren konnte. „Ich habe zwei Detectives, die wissen, dass sich hinter der Geschichte mehr verbirgt, als in deinem Bericht stand. Was soll ich denn deiner Meinung nach tun?"

„Das liegt wohl bei dir. Hättest du getan, was ich dir geraten habe, und dich herausgehalten, würden wir diese Unterhaltung gar nicht führen, oder?"

„Du bringst mich in eine unmögliche Lage."

„In die hast du dich selbst gebracht."

„Ich habe es für dich getan! Um deinen letzten ungelösten Fall aufzuklären! Außerdem konnte ich Jeannie nach dem gewaltsamen Angriff auf sie so wieder an die Arbeit bringen. Ich dachte, ich tue etwas Gutes."

„Es war gut, dass du ihr einen alten Fall gegeben hast. Das war eine kluge Entscheidung. Zu dumm nur, dass es ausgerechnet dieser sein musste."

„Da wird sie mir sicher zustimmen, weil der verantwortliche Detective mauert und die erneute Ermittlung ihr eine Suspendierung eingebracht hat." Sam löste die Klammer aus ihren langen Haaren und fuhr mit den Fingern hindurch. „Was soll ich jetzt tun?"

„Lass. Die. Finger. Davon. Das tust du."

„Warum verrätst du es mir nicht?"

Seine grimmige Miene war Antwort genug. Was auch immer er vor ihr verbergen mochte, er hatte nicht die Absicht, es ihr anzuvertrauen.

„Na fabelhaft", sagte Sam. „Vielen Dank auch für deine Hilfe. Ich weiß das wirklich zu schätzen. Kann dir gar nicht sagen, wie sehr. Richte Celia aus, dass wir uns morgen sehen." Sie war schon an der Tür, als ihr ein neuer Gedanke kam. Der war allerdings so ungeheuerlich, dass es ihr den Atem nahm. „Hat das etwa mit den Schüssen auf dich zu tun? Hast du die ganze Zeit gewusst, wer auf dich geschossen hat, und mich absichtlich ins Leere laufen lassen?"

„Nein! Absolut nicht. Ich habe keine Ahnung, wer auf mich geschossen hat. Das schwöre ich."

Vor Erleichterung gaben Sams Knie fast nach, doch gönnte sie ihm die Genugtuung nicht, zu beobachten, wie aufgewühlt sie innerlich war. Ohne ein weiteres Wort marschierte sie aus seinem Haus und die Rampe hinunter auf den Gehsteig. Sam konnte sich nicht erinnern, wann sie je so wütend auf ihn gewesen war. Und enttäuscht von ihm. Solche Auseinandersetzungen hatte es nur wegen des Fitzgerald-Falls gegeben und damals, als er sich gegen ihre Heirat mit Peter Gibson ausgesprochen hatte. Es war ihr Job, denen Gerechtigkeit widerfahren zu lassen, die das nicht selbst konnten. Tyler Fitzgerald hatte es nicht verdient, dass ihr Dad offensichtliche Spuren übersah.

Ein Blick auf ihr Smartphone verriet ihr, dass der Besuch im Haus ihres Vaters viel länger als geplant gedauert hatte. Es war inzwischen fünf nach sechs. Schnell lief sie nach Hause.

Nur der Anblick ihres sexy Ehemannes im Smoking konnte die vergangenen zwanzig Minuten aus ihrem Gedächtnis tilgen. Ihn in diesem feierlichen Outfit zu sehen, erinnerte sie an die besten Tage ihres Lebens. „Tut mir leid. Ich weiß, ich bin spät dran, aber ich beeile mich."

Er hielt sie fest, als sie an ihm vorbei die Treppe hinaufeilen wollte. „Hast du geweint?"

Natürlich bemerkte er es. „Ein bisschen vielleicht."

„Weswegen?"

„Celia und ich haben über das Problem gesprochen." Sam wusste, dass keine weitere Erklärung nötig war. Nick würde verstehen, was gemeint war.

Seine Miene verriet Besorgnis. „Und?"

Sie stellte sich auf die Zehenspitzen, um ihn zu küssen. Dabei wurde ihr klar, dass sie das Küssen aufgeben musste, bis ihr Gesicht verheilt war. „Lass uns im Wagen reden, ja?"

„Klar. Tracy wartet oben mit dem magischen Make-up."

„Die denkt immer mit."

„Gut, oder?" Er versuchte nur halbherzig, seine Belustigung zu verbergen.

„Ach, sei still und lass mich gehen. Mein Mann wird sauer, wenn ich nicht rechtzeitig fertig bin."

„Auf jeden Fall. Also geh. Wir wollen schließlich nicht, dass er wütend auf dich wird."

„Nein, das wollen wir nicht." Sam eilte die Treppe nach oben. „Er ist viel zu begeistert von Versöhnungssex."

Er lachte. „Sam!", rief er ihr hinterher.

Sie drehte sich zu ihm um. „Ja?"

„Du musst dich nicht schminken, wenn es zu wehtut."

Nur ihr halbes Gesicht gehorchte, als sie ihn anlächeln wollte. „Wir kriegen das irgendwie hin. Ich bin gleich zurück." In ihrem Zimmer rief sie nach Tracy, die aus dem angrenzenden Badezimmer kam.

Als sie Sam sah, zuckte sie zusammen. „Du meine Güte", flüsterte Tracy. „Tut es sehr weh?"

„Und wie. Ich werfe schon den ganzen Nachmittag Pillen ein."

„Solltest du heute Abend nicht lieber zu Hause bleiben?"

„Wahrscheinlich, aber das kann ich ihm nicht antun, Trace. Alles dreht sich ständig nur um meine Arbeit. Heute ist er mal an der Reihe. Außerdem wird Scotty auch dort sein, was Nick noch gar nicht weiß."

„Ihr werdet für Aufmerksamkeit sorgen. Allerdings tut ihr das ja immer."

„Du hast also so ein magisches Make-up, mit dem ich wie neu aussehen werde?"

Tracy prustete. „Um das da zu verbergen, bräuchtest du richtige Farbe."

„Ah, jetzt verletzt du meine Gefühle."

„Mal sehen, was wir tun können." Tracy führte sie ins Bad, in dem sie ihren Schminkkoffer aufgestellt hatte.

„Hast du was von Ang gehört?", erkundigte Sam sich und nahm in dem Sessel Platz, den Tracy aus dem Schlafzimmer hergeschleppt hatte.

„Nichts als Gemecker. Die angenehme Phase der Schwangerschaft ist vorbei, und sie ist nur noch genervt."

Die Worte „Damit kenne ich mich nicht aus" lagen Sam auf der Zunge, doch sie verkniff sich eine solche Bemerkung, damit Tracy sich nicht mies fühlte. Kaum im Sessel, überkam sie Müdigkeit, sodass sie sich fragte, wie sie einen langen Abend mit höflichem Geplauder bloß überstehen sollte.

Tracy reichte ihrer Schwester einen großen Pappbecher Kaffee.

„Mensch, Tracy, du denkst an alles, oder?"

„Ich bemühe mich."

„Du bist so gut zu mir."

„Dafür sind große Schwestern doch da."

„Ich bin nicht annähernd so gut zu dir wie du zu mir."

„Das kann nicht dein Ernst sein. Was ist mit den Jahren, in denen ich alleinerziehende Mutter war und du Brooke an den Wochenenden genommen hast? Das werde ich nie wiedergutmachen können."

„Stimmt auch wieder." Sam trank einen großen Schluck Kaffee. „Jetzt geht es mir schon besser."

„Ha, das ging aber fix."

„Wie läuft es eigentlich mit Brooke?"

„Schrecklich. Sie ist so verdammt starrsinnig und vorlaut."

„Kann mir gar nicht vorstellen, woher sie das hat."

„Ich weiß! Ich erkläre Mike jeden Tag, dass sie einfach ihrer Tante Sam zu ähnlich ist."

Sam lachte. „Ah, das habe ich jetzt davon."

Tracy lächelte, während sie hoch konzentriert arbeitete. „Das war eine Steilvorlage."

„Du kommst aber klar, oder?"

„Man sagt ja, es wird besser. Ich muss allerdings zugeben, dass ich die Tage zähle, bis sie im nächsten Juni ihren Abschluss macht und aufs College geht. Wir können alle einen Waffenstillstand gebrauchen."

Sam sah ihre Schwester im Spiegel an. „Ich weiß, du hast bereits genug um die Ohren, doch ich muss noch über etwas anderes mit dir reden."

Tracy hielt beim Auftragen von Make-up auf der unverletzten Seite von Sams Gesicht inne. „Okay."

„Erinnerst du dich, als Dad im Krankenhaus lag und ich dir davon erzählte, dass ich den Fall Fitzgerald neu aufgerollt habe?"

„Was ist damit?"

„Du hast angedeutet, dass damals etwas zwischen Mom und Dad gewesen ist und dass ich noch zu jung war, um mich daran zu erinnern. Was meintest du damit?"

„Das sind alles alte Geschichten, Sam. Warum interessiert dich das jetzt?"

„Erzähl es mir einfach."

„Ich weiß gar nichts Genaues. Ich habe lediglich einen Verdacht."

„Welchen?"

„Als Dad an dem Fitzgerald-Fall gearbeitet hat, warf Mom ihm vor, eine Affäre zu haben. Da zog sie zum ersten Mal aus."

Sam musste erst einmal versuchen, mit der Vorstellung zurechtzukommen, dass ihr Vater ihrer Mutter untreu gewesen sein sollte. Es war nämlich die Untreue ihrer Mutter gewesen, die das ultimative Ende ihrer Ehe eingeläutet hatte – einen Tag nachdem ihr jüngstes Kind, Sam, die Highschool beendet hatte. Seither hatte Sam, die ihrem Dad stets nähergestanden hatte, kaum Kontakt zu ihrer Mutter gehabt. Und nachdem sie auf Sams Hochzeit eine Szene gemacht hatte, gar nicht mehr.

„Hast du eine Ahnung, ob es stimmte?", wollte Sam wissen. „Hat er sie betrogen?"

„Ich bin mir nicht sicher, aber ich nehme an, dass da etwas gewesen ist, seinem Verhalten nach zu urteilen. Er war kaum zu Hause, und wenn er mal da war, schien er in Gedanken ständig woanders zu sein. Daran erinnere ich mich noch lebhaft."

Sam wünschte, sie besäße irgendeine Erinnerung daran, doch sie war damals noch so jung gewesen.

Tracy reichte ihr das Schminkschwämmchen. „Möchtest du die schlimme Seite nicht lieber selbst machen? Ich will dir nicht wehtun."

Sam stand auf, um näher an den Spiegel heranzugehen, und tupfte die flüssige Grundierung auf die Prellungen oberhalb und unterhalb des weißen Verbands. „Wow, das Zeug ist erstaunlich."

„Das war noch übrig aus meiner Theaterzeit. Damit kann man die größten Sünden überschminken."

„Gegen das zugeschwollene Auge kann ich nicht viel ausrichten, aber der Rest sieht wenigstens ein bisschen weniger übel aus. Danke."

„Gern geschehen. Und jetzt stecken wir dich in dieses umwerfende Kleid."

„Klopf, klopf!", rief eine vertraute Stimme aus dem Schlafzimmer.

„Komm rein", sagte Sam.

Shelby Faircloth betrat das große Badezimmer und blieb abrupt stehen, als sie die wundervolle Seidenrobe sah. „Oh, wow! Ich glaube, ich bin gerade für eine Sekunde ohnmächtig geworden. Ist das pink?"

„Absolut nicht", widersprach Sam. „Das ist champagnerfarben."

„Es ist pink."

„Sie ist verrückt nach Pink", erklärte Sam ihrer Schwester.

Tracy musterte Shelbys pinkfarbenes Kostüm und die dazu passenden High Heels, die sie immerhin fast auf Sams Schulterhöhe brachten. „Das sehe ich."

„Deshalb sieht sie auch dort Pink, wo gar keines ist", meinte Sam.

„Wenn ich mich mit einer Sache auskenne, dann mit Pink. Und dieses Kleid ist eindeutig pink."

Sam betrachtete die Robe noch einmal ganz genau, konnte jedoch keinerlei Anzeichen der gefürchteten Farbe entdecken. „Was machen Sie überhaupt hier, Tinker Bell?", fragte Sam. Diesen Spitznamen hatte sie Shelby während der Planung ihrer Hochzeit gegeben.

„Ich musste Nick ein paar Unterlagen wegen meines neuen Jobs vorbeibringen." Shelby klatschte in die Hände und quietschte. „Ich kann es kaum erwarten, bis endlich Montag ist."

„Was ist denn Montag?", wollte Tracy wissen.

„Die zwei haben mich engagiert, ihr Leben zu organisieren", verkündete Shelby mit kaum gebändigter Begeisterung. „Und ich bin so aufgeregt!"

„Was für eine großartige Idee", bemerkte Tracy. „Ich könnte ein wenig Hilfe dabei gebrauchen, sie aus einem Schlamassel nach dem anderen herauszuholen." Sie deutete auf das Blutbad in Sams Gesicht.

Die drei Frauen lachten zusammen.

„Ich nehme jede Hilfe, die ich kriegen kann", sagte Sam.

„Nick meinte, Sie sind hier oben und machen sich hübsch, und dann stelle ich fest, dass das Kleid pink ist." Shelby seufzte dramatisch. „Ziehen Sie es an. Ich muss das wunderbare Ding mal in Aktion erleben."

„Einen Moment." Sam gab es auf, Shelby davon überzeugen zu wollen, dass sie sich die pinke Farbe nur einbildete. „Zuerst kommt die Folterkammer-Unterwäsche."

„Oh." Shelby schüttelte sich. „Unterwäsche."

„Sie ist nicht ganz richtig im Kopf", rief Tracy Sam hinterher, als die über den Flur zu ihrem Superluxuskleiderschrank ging.

„Das habe ich schon vor der Hochzeit gesagt", erwiderte Sam, während sie die bis zum Oberschenkel reichenden Strümpfe anzog und sich in ein Designer-Korsett-Ungetüm zwängte. „Aber auf mich hört ja niemand."

„Seien Sie still und ziehen Sie die Unterwäsche an", forderte Shelby sie auf.

Sam legte den String an, der zum Korsett gehörte. Als sie sich umdrehte und ins Schlafzimmer zurückkehren wollte, blockierte ihr Mann den Türrahmen.

Durchdringend betrachtete er sie von Kopf bis Fuß.

„Sieh mich nicht so an." Abwehrend hob sie die Hand, damit er nicht hereinkam. „Wir haben absolut keine Zeit für diesen Blick."

Dennoch betrat Nick den begehbaren Kleiderschrank und schloss die Tür hinter sich. „Ich muss dich einmal rasch spüren, damit ich bis später durchhalte. Denn dann werde ich jedes köstliche Detail ausführlich untersuchen."

Sam lachte nervös und versuchte ihn mit einer Hand auf seiner Brust auf Abstand zu halten. „Es ist nicht meine Schuld, wenn ich nicht rechtzeitig fertig werde."

„Zur Kenntnis genommen", entgegnete er, schob ihre Finger beiseite und zog Sam an sich. Er schloss sie in die Arme und ließ die Hände von ihren Schultern über ihre Taille bis hinunter zu ihrem Po gleiten. Als er sie fest an sich drückte, fühlte sie seine pulsierende Erektion. Dann spürte sie seine warmen Lippen auf ihrem Hals, und Sam legte den Kopf in den Nacken, um sich ganz diesen Zärtlichkeiten hinzugeben. „Wie soll ich mich heute Abend konzentrieren, wenn ich weiß, was du unter deinem Kleid trägst?"

Sam musste die Zähne zusammenbeißen, um nicht lustvoll zu stöhnen, als er jene Stelle an ihrem Hals fand, die sie verrückt machte. Unter seinem Smokingjackett streichelte sie ausgiebig seine Brust- und Bauchmuskeln. „Warum bist du nach oben gekommen?"

„Hab mein Handy im Schlafzimmer vergessen."

Ein Klopfen an der Tür ließ sie beide aufschrecken.

„Macht ihr zwei da drinnen Blödsinn?", rief Tracy. „Nick, wenn du meine Make-up-Arbeit ruinierst, bist du dran."

„Verschwinde", stieß Nick hervor.

„Der Wagen ist in fünfzehn Minuten da", erinnerte Tracy ihn.

„Sie wird fertig sein."

„Nick ..." Sam lachte und erschauerte zugleich, da seine fleißigen Hände ihre Nervenenden in Flammen setzten. „Komm schon, wir haben wirklich keine Zeit für so etwas."

„Ich hasse es, dass wir ständig irgendwelche Termine haben."

Sie umfasste sein glatt rasiertes Gesicht, damit er sie ansah. „Das macht die Vorfreude süßer." Auf Zehenspitzen stehend, presste sie ihre Lippen sacht auf seine und sog scharf die Luft ein, da bereits dieser sanfte Kontakt in ihrem verletzten Gesicht schmerzte. „Du kannst dich ab jetzt stundenlang auf das freuen, was wir machen werden, sobald wir zu Hause sind und du mich ganz allein für dich hast." Sie ließ die Hand tiefer wandern und drückte seine Erektion.

Er stöhnte. „Das ist nicht gerade hilfreich." Er hielt ihre Finger fest und hob sie an seinen Mund. „Außerdem bist du verletzt. Ich sollte dich nicht wie ein irrer Lüstling befummeln."

„Es gefällt mir, dass du mich so sehr begehrst", versicherte sie ihm. „Hör nie auf damit."

„Keine Sorge, Babe." Er löste sich von ihr und riss sich sichtlich zusammen. „Je länger wir zusammen sind, umso mehr begehre ich dich. Das ist wie ein Fieber."

Sie tat ihr Bestes, um zu lächeln. „Ich kann dir dein Telefon holen."

„Das ist wahrscheinlich eine gute Idee. Ich sollte mich mit diesem auffälligen ‚Problem' lieber nicht im Hornissennest blicken lassen." Als nun die Türklingel erklang, seufzte Nick. „Wer zur Hölle ist das denn?"

„Könnte es schon der Fahrdienst sein?"

„Vermutlich. Mist, du bringst mich völlig durcheinander."

„Ich habe dich ja gewarnt, mich zu berühren. Das hast du jetzt davon." Sam lachte über seine gequälte Miene und sauste vor ihm zur Tür hinaus.

Shelby und Tracy bestürmten sie, kaum dass Sam das Schlafzimmer wieder betreten hatte.

„Ah!" Tracy sprang von der Bettkante auf. „Endlich! Ist das Gefummel vorbei?"

„Fürs Erste", entgegnete Sam und errötete trotz ihres eisernen Vorsatzes, das nicht zu tun. Dem eindringlichen Blick ihrer älteren Schwester hatte sie noch nie ausweichen können. Sie konnte nur hoffen, dass das Make-up ihre Röte verbarg.

„Ich sollte mich wohl besser an solche Dinge gewöhnen", meinte Shelby, und Sam glaubte, eine gewisse Wehmut in ihrer Stimme zu bemerken.

„Die fallen bei jeder Gelegenheit übereinander her", erklärte Tracy ihr.

„Hallo", rief Sam, um auf sich aufmerksam zu machen, während sie in das Kleid stieg, das Tracy für sie bereithielt. „Ich bin hier im selben Raum wie ihr."

„Ich sage nur, wie es ist."

Shelby lachte über die schwesterlichen Kabbeleien.

Nachdem Tracy den Reißverschluss an der Robe hochgezogen hatte, drehte Sam sich vor dem großen Spiegel.

„Sie sehen hinreißend aus!" Shelby klatschte. „Pink ist definitiv Ihre Farbe."

„Es ist nicht pink." Sam musste allerdings zugeben, dass sie ziemlich gut aussah, trotz des geschwollenen Gesichts.

„Eines ist mal sicher: Man wird zuerst das Kleid und deinen tollen Body wahrnehmen, erst dann dein Gesicht", meinte Tracy.

„Wie tröstlich", erwiderte Sam und ging ins Bad, um sich – vorsichtig – die Zähne zu putzen und ein letztes Mal die Haare zu bürsten. Da sie während des Wahlkampfes nur äußerst selten dazu kamen, einen Abend gemeinsam zu verbringen, ließ Sam ihr Haar offen, denn das mochte Nick am liebsten. Als sie das Badezimmer wieder verließ, umarmte sie ihre Schwester kurz. „Tausend Dank, Trace. Du hast mir wie immer riesig geholfen."

„War mir ein Vergnügen, Schätzchen. Du siehst umwerfend aus. Los, zeig's ihnen!"

Wegen des besonderen Anlasses legte Sam zusätzlich zu dem Ehering, den sie ständig trug, ihren funkelnden Verlobungsring an. Dazu band sie sich die Kette mit dem diamantbesetzten Schlüssel um, die Nick ihr zur Hochzeit geschenkt hatte.

Sie nahm Nicks Telefon von seiner Kommode und lief zusammen mit den anderen beiden Frauen nach unten. Zu ihrer Verblüffung stand Agent Hill in ihrem Wohnzimmer. Er und Nick beäugten einander wie zwei knurrende Hunde, die drauf und dran waren, sich gegenseitig an die Kehle zu gehen.

Dann bemerkte Nick sie und richtete seine ganze Aufmerksamkeit auf sie.

Später, in Ruhe, würde sie sich an den bewundernden Blick erinnern, mit dem Hill sie bedachte, als er sie in dem eleganten Kleid sah. Zum Glück setzte er gleich wieder seine lässige Miene auf, bevor es irgendwem auffiel. Doch Sam hatte es sehr wohl registriert, und beunruhigt fragte sie sich, was es zu bedeuten hatte.

12. Kapitel

Nick ging zu ihr, legte den Arm um sie und küsste sie auf den Kopf. „Du siehst fantastisch aus."

„Danke." Leise, nur für seine Ohren bestimmt, fügte sie hinzu: „Heb bloß nicht das Bein zum Pinkeln."

Verblüfft starrte er sie an. „Was?"

Sam beschloss, sich erst im Auto mit ihm darüber zu unterhalten. „Was gibt es, Hill?"

„Tut mir leid, Sie zu Hause behelligen zu müssen, aber ich komme von den Kavanaughs, und da ich schon mal in der Nähe war, wollte ich Sie darüber informieren, dass wir eine heiße Spur bei der Entführung haben."

Sam horchte auf und schaltete prompt in den Cop-Modus. „Schnell, lassen Sie hören."

„Die Spurensicherung hat das Signal des GPS-Chips empfangen, den Victoria dem Baby am Tag nach der Geburt hat implantieren lassen."

„Ist das Ihr Ernst?", fragte Sam. „Wer macht denn so was?"

„Zum Beispiel eine Mutter, die Angst vor genau dem Szenario hatte, das dann später tatsächlich eintrat."

„Wusste Derek davon?"

Hill schüttelte den Kopf. „Die IT-Abteilung hat das Signal zu einem Haus in Bellevue verfolgt." Das war eine üble Gegend im äußersten Südosten der Stadt.

„Ich werde Cruz informieren", erklärte Sam. „Der kann unser Team leiten."

„Ist bereits geschehen. Er hat SWAT eingeschaltet, und wir sind in fünfzehn Minuten einsatzbereit."

Sam blieb regungslos stehen und kämpfte gegen das beinah übermächtige Bedürfnis an, Teil des Teams zu sein, das hoffentlich Maeve Kavanaugh aufspürte. Die Hand ihres Mannes auf ihrer Schulter erinnerte sie daran, dass sie heute Abend anderswo sein musste. „Gut. Halten Sie mich auf dem Laufenden."

Es schien Hill sichtlich zu überraschen, dass sie nicht Teil der Mission sein wollte.

Nun bemerkte Sam, wie sein Blick zu Shelby und Tracy wanderte. „Meine Schwester Tracy und unsere neue, äh, Assistentin Shelby Faircloth. Agent Avery Hill."

Hill nickte den Frauen zu. „Ladys." Zu Sam meinte er: „Sie haben also eine Assistentin, ja?" Sein amüsierter Unterton ärgerte sie.

Leider konnte sie ihre übliche finstere Miene nicht aufsetzen. „Müssen Sie sich nicht um Ihren Einsatz kümmern?"

„Bin schon unterwegs. Ich werde Sie darüber informieren, wie es läuft." Zu Nick sagte er nur: „Senator."

Nick erwiderte nichts, und Hill verließ das Haus. Erst dann wandte Nick sich an Sam. „Er fährt extra zu uns nach Hause, um dir das mitzuteilen? Funktioniert dein Telefon nicht?"

Sam gab ihm sein Handy. „Meins war hier unten in meiner Handtasche. Außerdem bin ich froh, dass er vorbeigekommen ist, um mir zu sagen, dass Maeve möglicherweise gefunden wurde. Bist du darüber nicht auch froh?"

Er grollte sichtlich. „Natürlich bin ich das."

Wow, dachte Sam. Eigentlich hatte sie geglaubt, dass er nicht noch sexyer sein konnte; aber der eifersüchtige Nick bewies ihr jetzt das Gegenteil.

„Du meine Güte." Shelby fächelte sich Luft zu.

„Wer um alles in der Welt war das?"

„Habe ich doch gerade erklärt", antwortete Sam genervt. „Agent Hill."

„Was für ein Agent?", wollte Shelby wissen, rehäugig und leicht errötet.

„FBI."

„Dieser Akzent", bemerkte Tracy. „Dieser Stimme zu lauschen war fast schon so gut wie Sex."

„Ich musste an Sex am Stiel denken", sagte Shelby. „Übrigens habe ich ihn zuerst gesehen!"

Tracy musste lachen. „Leider bin ich bereits verheiratet. Er gehört Ihnen."

„Es wird mir dermaßen gut gefallen, hier zu arbeiten", meinte Shelby. „Alle Männer, die ich bei meiner jetzigen Arbeit kennenlerne, sind ja schon versprochen. Bekommen wir noch mehr von dem süßen Agent Hill zu sehen?"

„Mann, ich hoffe nicht", erwiderte Nick brummend.

„Ist er Single?", erkundigte Shelby sich.

„Keinen blassen Schimmer", antwortete Sam. „Wenn ihr fertig seid, nach meinem Kollegen zu lechzen: Wir müssten langsam los zu unserer Wohltätigkeitsveranstaltung."

„Der Wagen ist in fünf Minuten hier", informierte Nick sie.

„Verrate mir noch mal, warum fahren wir nicht selbst?", fragte Sam.

Nick legte den Arm um ihre nackten Schultern und zog sie an sich. „Ich habe nicht oft die Gelegenheit, mit meiner Frau allein zu sein. Warum soll ich mich die zwei Stunden hin und zurück hinters Steuer setzen, wenn ich diese Zeit doch viel ... produktiver nutzen kann?"

„Sie sind so was von schnuckelig", bemerkte Shelby.

„*Er* ist schnuckelig", erklärte Sam ihrer neuen Assistentin mit Nachdruck. „Ich bin ganz und gar nicht schnuckelig. Verstanden?"

„Absolut." Shelby unternahm einen halbherzigen Versuch, ihr Grinsen zu verbergen. „Verstanden, Boss."

„Verrätst du mir, warum du vorhin geweint hast?", fragte Nick, kaum dass sie auf der Rückbank der schwarzen Limousine Platz genommen hatten, die sie nach Leesburg bringen würde. Eine getönte Scheibe trennte sie vom Fahrer.

Sam ergriff Nicks Hand. „Ich habe mit Celia darüber gesprochen, dass die Wirkung der Dreimonatsspritze endet. Und über die große Entscheidung."

Er schien den Atem anzuhalten. „Und?"

„Sie meinte, wenn wir es nicht ein letztes Mal versuchen, würde ich mich immer fragen, was wohl gewesen wäre."

„Und wie stehst du dazu?"

„Sie hat recht. Ich würde mich das immer fragen. Ich habe so lange geglaubt, es wäre nicht möglich, und jetzt ..."

„Jetzt, wo du weißt, dass es möglich ist, kannst du an nichts anderes mehr denken."

„Ja." Sie zwang sich, ihm in die Augen zu schauen. „Ich will es noch einmal probieren. Ein letztes Mal. Wenn es nicht klappt, adoptieren wir oder engagieren eine Ersatzmutter oder was Leute sonst tun, wenn sie keine eigenen Kinder haben können."

„Bist du dir sicher?"

Da sie ihrer Stimme nicht traute, nickte sie nur.

„Wenn du schwanger werden würdest, wie würdest du die Arbeit und alles andere unter einen Hut bringen?"

„Darüber habe ich mir viele Gedanken gemacht. Auf keinen Fall will ich zehn Monate gar nichts tun. Ich würde meinen Alltag so lange wie möglich beibehalten."

„Aber dann würdest du dich schonen?"

„Na ja, ich würde nichts mehr riskieren", sagte sie. „Doch in Watte einpacken kann ich mich auch nicht."

„Glaub mir, wenn das irgendwie möglich wäre, hätte ich das schon vor langer Zeit getan." Er hob die Arme, damit sie näher kam.

Sie legte die unverletzte Seite ihres Gesichts an seine Brust, wobei sie ihre Haare benutzte, um seinen Anzug nicht mit Make-up zu beschmieren.

„Wollen wir das wirklich tun?"

Sie nickte.

„Und du kommst wirklich damit klar, wenn es nicht funktioniert?"

„Wirst du für mich da sein und mich trösten?"

„Immer."

„Dann werde ich damit klarkommen."

„Ich liebe dich, Sam. Du hast keine Ahnung, wie sehr."

„Wenn es nur annähernd so sehr ist, wie ich dich liebe, dann ist es schrecklich viel."

Er drückte ihre Schulter und küsste sie auf die Stirn. „Ich habe ein gutes Gefühl dabei."

„Das freut mich." Von Emotionen überwältigt, schloss sie die Augen, aus Rücksicht auf den Mascara, den Tracy aufgetragen hatte. „Bis auf die letzten fünf Minuten war dieser Tag großer Mist."

„Tut dein Gesicht noch sehr weh?"

„Es ist auszuhalten, aber das ist mein kleinstes Problem." Sie berichtete ihm von McBride und Tyrone, ebenso von der unbefriedigenden Auseinandersetzung mit ihrem Vater.

„Meine Güte", meinte Nick. „Als wäre es nicht genug für einen Tag, wenn man eine Schusswaffe ins Gesicht geschlagen bekommt."

Sam lachte und stöhnte gleich darauf, weil die Bewegung der Gesichtsmuskeln Schmerzen erzeugte. „Bring mich nicht zum Lachen."

„Was, glaubst du, verbirgt dein Vater vor dir?"

Sam hatte sich noch nicht mit dem Gedanken angefreundet, dass ihr Dad womöglich etwas verheimlichte, das sein Leben – und ihres – ruinieren könnte, sollte es je ans Tageslicht kommen. „Ich glaube, er hatte eine Affäre, die in irgendeiner Verbindung zum Fitzgerald-Fall steht."

„Ehrlich? Ich kann ihn mir gar nicht als den ehebrecherischen Typen vorstellen."

„Na ja, du kennst ihn auch nur als Querschnittsgelähmten."

„Trotzdem kenne ich ihn, und ich sehe es einfach nicht."

„Tracy hat Anspielungen gemacht, dass da zu der Zeit des Fitzgerald-Falls irgendetwas Schwerwiegendes zwischen meinen Eltern vorgefallen ist. Allerdings weiß selbst sie nicht genau, um was es sich dabei gehandelt hat. Offenbar ist meine Mutter damals zum ersten Mal ausgezogen. Ich habe jedenfalls keine Erinnerung daran."

„Wie alt warst du?"

„Zehn."

„Und du erinnerst dich nicht daran, dass deine Mutter ausgezogen ist?"

„Sie war ständig unterwegs mit ihren Freundinnen oder Schwestern, deshalb habe ich mir wohl nichts dabei gedacht, dass sie weg war. Schließlich kam sie ja irgendwann zurück."

„Ich sage es nur ungern …"

„Daran habe ich auch schon gedacht", gestand Sam.

„Wenn dein Vater nicht darüber reden will, dann vielleicht sie."

Die Vorstellung, ihre Mutter nach vielen Jahren des Schweigens anzurufen, erfüllte Sam mit Furcht.

Nick rieb beruhigend ihren Arm. „Du musst nichts unternehmen, ehe du dich nicht bereit dazu fühlst."

„Ich fürchte, mein Vater wird nie mehr mit mir reden, wenn ich dieser Sache nachgehe. Aber wie kann ich es nicht tun, wenn ich doch inzwischen weiß, dass einige Spuren damals nicht verfolgt wurden?"

„Als leitender Detective der Mordkommission bist du verpflichtet, deinen Job zu machen. Würde er an deiner Stelle nicht genauso handeln?"

„Vermutlich. Es fällt mir jedoch schwer, mich bloß auf die Tatsache zu konzentrieren, dass es ja mein Job ist, wenn mein Vater mir sagt, ich soll die Finger davon lassen."

„Er hat dich in eine unmögliche Situation gebracht."

„Das ist milde ausgedrückt. Ich weiß, du würdest es sowieso nicht tun, aber ich bitte dich vorsichtshalber trotzdem, mit niemandem darüber zu sprechen. Mir blieb keine andere Wahl, als McBride und Tyrone zu suspendieren, nur muss niemand den Grund dafür erfahren. Natürlich schnüffelt Stahl schon wieder herum."

„Sei unbesorgt, Babe. Kein Wort kommt über meine Lippen."

„Ich wünschte, Freddie würde wegen des Einsatzes etwas von sich hören lassen."

„Wird er bald. Sobald die dir etwas mitzuteilen haben, werden sie sich melden."

Freddie war klar, dass das Ziel die sichere Bergung von Maeve Kavanaugh war, und er war ganz auf das Kleinkind konzentriert. Trotzdem wurmte es ihn, von dem FBI-Mann Anweisungen entgegennehmen zu müssen, der wegen Sams Abwesenheit das Kommando bei diesem Einsatz hatte.

Ramsey und sein Partner saßen im Stau in Maryland fest, wo sie einige Hinweise überprüft hatten, die unmittelbar nach dem Amber Alert eingegangen waren.

Während sie auf das SWAT-Team warteten, hielt Freddie seine Position und erwartete Hills Anordnung, hineinzugehen. Wegen der Kevlarweste, die er über seiner Kleidung trug, und der drückenden Hitze schwitzte er wie verrückt. Er hatte seine Waffe gezogen und ließ das kleine Haus mit der Schindelfassade nicht aus den Augen. Es schien schon bessere Zeiten gesehen zu haben, genau wie die übrigen Häuser in der heruntergekommenen Gegend.

Als das Sondereinsatzkommando da war, führte Hill einen Anwesenheitsappell durch, um sicherzugehen, dass sich jeder auf seinem Posten befand. Sobald er fertig war, wartete Freddie auf den Befehl.

„Zugriff!", rief Hill und gab dem SWAT-Team das Signal zur Erstürmung des Hauses. Mit einem Rammbock überwanden sie die Tür, als wäre sie aus Pappe. Der schrille Schrei einer Frau empfing sie.

„Gesichert", meldete der Leiter des Teams keine dreißig Sekunden später.

„Cruz, Arnold", sagte Hill. „Los."

Freddie rannte auf den Eingang zu, gefolgt von Detective Arnold, der ihm Rückendeckung gab. Drinnen fanden sie eine ältere farbige Frau, die hysterisch schrie. Angesichts der zwei Dutzend auf sie gerichteten halbautomatischen Handfeuerwaffen hatte sie die Hände erhoben.

Auf den ersten Blick wirkte das Haus sauber und ordentlich. In einem Hochstuhl in der Küche neben dem Wohnzimmer saß Maeve Kavanaugh und beobachtete das Geschehen misstrauisch, als wüsste sie nicht, wie sie den ganzen Aufruhr zu deuten hatte.

„Hallo, Maeve", begrüßte Freddie sie mit sanfter Stimme, um das arme Kind nicht noch mehr zu ängstigen. „Mein Name ist Freddie, und dein Daddy hat mich geschickt, um dich zu holen."

Das Kind machte einen unversehrten Eindruck. Offenbar hatte man sich gut darum gekümmert. Es gab auch keine Anzeichen für ein Trauma, was natürlich nicht automatisch bedeutete, dass es nicht traumatisiert war.

„Dada."

„Ja, Dada hat mich geschickt." Während Arnold die hysterische Frau verhaftete und ihr ihre Rechte erläuterte, versuchte Freddie vergeblich, das Tablett des Hochstuhls zu entfernen.

Einer der SWAT-Officer erbarmte sich schließlich und griff unter das Tablett, um es zu lösen.

„Danke", meinte Freddie. „Hab keine Kinder."

„Hätte ich nicht gedacht", erwiderte der Officer grinsend. Die Erleichterung im Raum war greifbar, nachdem Maeve unversehrt gefunden worden war.

Als Freddie das blonde Kleinkind aus dem Stuhl hob, stieß es einen Protestschrei aus. Der winzige Körper des kleinen Mädchens versteifte sich in seinen Armen. Wahrscheinlich hatte es die Nase voll, ständig mit Fremden zu tun zu haben.

„Mama! Mama!" Jetzt begann Maeve richtig zu weinen.

Freddie trug sie hinaus zu den Sanitätern, die sie ihm abnahmen.

„Ich fahre mit ihr", erklärte er dem FBI-Agenten draußen. „Haben Sie Mr. Kavanaugh schon verständigt?"

„Ja. Er erwartet Sie im George Washington Hospital."

Als Detective bei der Mordkommission erlebte Freddie nicht oft ein Happy End.

Maeve Kavanaugh zu ihrem Vater zurückzubringen, war etwas, worauf er sich wirklich freute.

„Was wissen wir über die Frau?", erkundigte er sich. Vor dem Einsatz hatte es keine Zeit für Fragen gegeben.

„Nur ihren Namen, Bertha Ray. In der Nachbarschaft ist sie anscheinend als großmütterlicher Typ bekannt. Sie hat sich ständig um irgendwelche Streuner gekümmert."

„Das passt nicht zum Profil eines Mörders und Kidnappers."

„Nein", stimmte Hill ihm zu, der so frustriert wirkte, wie Freddie sich fühlte. „Ich fahre zum Hauptquartier, um Mrs. Ray zu befragen. Halten Sie mich über Maeves Verfassung auf dem Laufenden."

„Mach ich. Und ich werde dem Lieutenant ausrichten ..."

„Ich werde sie informieren", fiel Hill ihm ins Wort.

Was hatte das nun wieder zu bedeuten? „Ja, Sir, Agent Hill." Freddie gab sich keine Mühe, den Sarkasmus in seinem Ton zu unterdrücken. „Wie Sie wünschen."

Hill nickte noch einmal kurz, dann ging er zum Kommandanten des SWAT-Teams.

„Verdammt dämlich", murmelte Hill vor sich hin, als er Cruz hinter sich ließ. Er war ziemlich erbärmlich darin, seine Gefühle für den sexy weiblichen Lieutenant zu verbergen. Wenn er daran dachte, wie sie ausgesehen hatte, als sie in diesem schimmernden Abendkleid die Treppe heruntergeschwebt war ...

Ihr Mann hatte sie im selben Moment bemerkt wie er, was der einzige Grund war, weswegen Hill noch lebte. Hätte der Senator seine Reaktion auf den Anblick dieser wundervollen Frau bemerkt, hätte Hill ihm einen Gewaltausbruch kaum verdenken können.

Scharf auf die Frau eines anderen ... Er war tief gesunken. Und nun fragte Cruz sich bestimmt, weshalb er den Lieutenant unbedingt selbst informieren wollte, obwohl es doch weitaus logischer war, dass ihr Partner das tat.

Hill marschierte auf den SWAT-Kommandanten zu, der ihn misstrauisch beäugte.

„Alles in Ordnung, Agent Hill?"

„Ja", antwortete Hill. „Wir sind fertig. Richten Sie Ihrem Team meinen Dank aus."

„Wird gemacht. Wir sind froh, dass wir das Kind gefunden haben."

Hill nickte. Seine Emotionen lösten ein Kribbeln auf seiner Haut aus, das ihn daran erinnerte, wie er als Kind auf einen Feuerameisenhaufen gefallen war. Er wartete, bis die Spurensicherung eintraf, und gab den Kollegen Anweisungen, ehe er in seinen Wagen stieg und die Klimaanlage aufdrehte.

Eine ganze Weile saß er da im kühlen Gebläse. Er dachte weder an das Verhör, das er überwachen musste, noch an das Kind, zu dessen Befreiung er beigetragen hatte. Auch nicht an den verwirrenden Fall, der allmählich epische Dimensionen anzunehmen schien. Nein, seine Gedanken galten einzig und allein der Szene, als Sam in diesem umwerfenden Kleid die Treppe heruntergekommen war. Und wenn er hundert Jahre alt würde: Niemals würde er vergessen, wie wundervoll sie in diesem Kleid ausgesehen hatte.

Er raufte sich die Haare und atmete mehrmals tief durch, um sein pochendes Herz zu beruhigen. Er musste sie anrufen und ihr melden, dass der Einsatz erfolgreich gewesen war. Obwohl er das Verhör sehr gut selbst überwachen konnte, wollte er ihre Meinung über die weitere Vorgehensweise hören.

Seit wann hatte er ihre Stimme eigentlich im Kopf? In diesem Moment saß sie an ihren schneidigen Ehemann geschmiegt auf der Rückbank einer Limousine auf dem Weg zur Benefizgala. Sam hatte wahrscheinlich keinen Gedanken mehr an ihn verschwendet, seit sie das Haus verlassen hatte. Wohingegen er an nichts anderes mehr denken konnte als an sie.

Warum war er überhaupt zu ihr gefahren? Er konnte es selbst gar nicht genau sagen. Vielleicht hatte er geglaubt, dass gerade sie wegen des vermissten Kindes am meisten leiden würde. Er kannte ihre Geschichte und wusste von den Fehlgeburten – nahezu jeder wusste es, nachdem es der *Reporter* Anfang des Jahres in einer Story über sie ausgeschlachtet hatte. Deshalb wollte er sie schnellstmöglich über die heiße Spur in Kenntnis setzen. Da sie nicht ans Telefon gegangen war, hatte er ohne nachzudenken gehandelt, und nun bekam er das Bild von ihr in diesem Kleid nicht mehr aus dem Kopf.

„Das hast du nun davon, Idiot. Steckst deine Nase in Sachen, die dich nichts angehen. Reiß dich gefälligst zusammen!" Er hätte sich die ganze Nacht Vorhaltungen machen können, es würde trotzdem nichts ändern. Er griff nach seinem Handy, fand ihre Nummer in seiner Kontaktliste – warum sie sich unter diesen Nummern befand, war wieder eine andere Frage – und drückte die Anruftaste.

Während er darauf wartete, dass sie sich meldete, rieb er sich die Nasenwurzel, denn innerhalb der vergangenen Stunde hatte sich ein zunehmender Kopfschmerz bemerkbar gemacht.

„Holland." Ihre Stimme klang rau und sexy, als hätte sie geschlafen oder ...

Nein. Denk nicht daran. Denk. Nicht. Daran.

„Hill? Sind Sie das?", fragte sie.

„Verzeihung, jemand hat gerade mit mir gesprochen. Wir haben Maeve."

„Ist sie ...?"

„Es scheint ihr nichts zu fehlen. Sie ist mit dem Krankenwagen unterwegs in die Notaufnahme, wo ihr Vater sie in Empfang nehmen wird. Cruz ist mit ihr gefahren."

„Das ist gut. Was für eine Erleichterung."

„Allerdings."

„Bei wem war sie?"

„Bei einer älteren Frau namens Bertha Ray. Mein Instinkt sagt mir, dass sie mit der Entführung nichts zu tun hat. In der Straße heißt es, sie sei die Babysitterin für die Nachbarn gewesen. Ein echter Großmuttertyp. Wir werden herausfinden müssen, wer sie angeheuert hat."

„Klingt vernünftig. Halten Sie mich auf dem Laufenden."

„Morgen müssen wir noch mal von vorn anfangen und uns richtig reinknien in diese Sache." Ihm fiel etwas anderes ein. „Arbeiten Sie überhaupt morgen?"

„Selbstverständlich. Warum sollte ich nicht?"

„Ich dachte, wegen der Verletzung ..."

„Mir geht's gut. Wir sehen uns morgen. Sorgen Sie dafür, dass irgendjemand mich über das Ergebnis des Verhörs von Bertha Ray unterrichtet."

„Mach ich."

Dann legte sie auf. Einfach so. Unterwegs zu einem glamourösen Abend mit ihrem glamourösen Mann.

Avery fuhr durch die verstopfte Stadt zum Hauptquartier. Er hatte die Strecke erst zur Hälfte hinter sich, als Detective Arnold ihn anrief und wissen wollte, ob er selbst vorbeikommen und das Verhör durchführen wollte oder ob sie das erledigen sollten.

„Ich bin in zehn Minuten da."

Er musste sich unbedingt in die Arbeit stürzen. Später würde noch genügend Zeit sein, um über das nachzudenken, was er nicht haben konnte.

Vor dem Behandlungsraum, in dem Dr. Harry Flynn die sehr mitteilungsfreudige Maeve Kavanaugh untersuchte, überlegte Freddie, ob er Sam anrufen sollte. Wen kümmerte es, was Hill gesagt hatte? Schließlich war sie Freddies Partnerin, und wenn er es für richtig hielt, würde er sie eben verständigen. Das Klingeln seines Handys hinderte ihn daran, sich weiter in seine Wut hineinzusteigern. Er kannte die Nummer auf dem Display nicht.

„Cruz."

„Malone."

Beim Klang der Stimme des Captains nahm Freddie unwillkürlich Haltung an. „Sir."

„Sie haben das Kavanaugh-Kind?"

„Ja, Sir."

„Und es ist wohlauf?"

„Offenbar, Sir. Der Arzt ist jetzt bei Maeve."

„Die Medien haben Wind davon bekommen, dass wir sie gefunden haben. Man teilte mir mit, dass eine Reportermeute vor der Notaufnahme lauert. Ich möchte, dass Sie sich darum kümmern."

„Darum kümmern, Sir? Inwiefern?"

„Auf die übliche Weise. Geben Sie eine Erklärung ab über die Ereignisse. Erwähnen Sie nicht den GPS-Chip oder Mrs. Rays Rolle."

Freddie brach der kalte Schweiß aus. „Ich soll mit den Medienvertretern reden?"

„Das habe ich gerade gesagt. Schaffen Sie das?"

„Ja, Sir. Natürlich." Er bemerkte selbst, dass er überzeugter klang, als er sich fühlte.

„Wenn Sie dort fertig sind, fahren Sie nach Hause. Wir kommen morgen früh um Punkt sieben wieder im Hauptquartier zusammen."

„Ja, Sir."

„Hat der Lieutenant schon erwähnt, dass Melissa Woodmansee das Department verklagt hat?"

„Ja, Sir, das hat sie."

„Die werden Sie befragen. Sie geben keinen Kommentar dazu ab. Verstanden?"

„Verstanden."

„Danke, Cruz."

Noch eine ganze Weile nach dem Ende des Gesprächs stand Freddie wie eine Puppe da und hielt das Telefon von sich weg, als könnte es explosiv sein. Normalerweise kümmerte Sam sich um die Medien. Das war nie seine Sache gewesen.

Bis jetzt.

Freddie beschloss, diese Begegnung möglichst lange aufzuschieben, und wartete weiter im Flur, auf einen Bericht des Arztes hoffend.

Kurze Zeit später flogen die Doppeltüren auf, und Derek Kavanaugh kam durch den Gang gerannt, gefolgt von zwei anderen Leuten, die Freddie für seine Eltern hielt. Kavanaugh wirkte noch stärker mitgenommen aus als bei ihrer letzten Begegnung. Die Haare standen ihm zu Berge, ein wilder Ausdruck lag in seinen Augen, und er hatte seit Tagen keinen Rasierapparat mehr gesehen.

„Wo ist sie? Wo ist meine Tochter?"

„Dr. Flynn ist jetzt bei ihr", erklärte Freddie und deutete zum Behandlungsraum.

Kavanaugh lief an ihm vorbei und stieß beim Anblick des Kindes, das auf dem großen Bett saß, einen gequälten Laut aus.

„Dada."

„Ja, Liebes, ich bin es." Derek schluchzte hilflos. „Ich bin's, Dada." Er schob sich an Harry Flynn und den Krankenschwestern vorbei, um das blonde kleine Mädchen hochzuheben und so fest an sich zu drücken, dass es aus Protest kreischte. „Ist sie wohlauf?", wandte er sich an Harry.

„Es scheint ihr gut zu gehen", antwortete Harry. „Wir konnten weder Anzeichen für eine Verletzung noch für eine Traumatisierung feststellen. Offenbar ist sie gut versorgt worden."

„Dem Himmel sei Dank!", rief Dereks Mutter und wischte sich die Tränen aus dem Gesicht.

„Kann ich sie mit nach Hause nehmen?", fragte Derek.

„Wir warten noch auf die Ergebnisse der Bluttests, danach kann sie gehen."

„Danke, Harry." Derek vergrub das Gesicht in Maeves blonden Locken, und seine Schultern zuckten unter den Schluchzern. „Ich danke dir von ganzem Herzen."

Harry legte seinem Freund die Hand auf den Rücken, während Dereks Eltern ihren Sohn und ihre Enkelin umarmten.

Bei dieser emotionalen Wiedervereinigung kam Freddie

sich plötzlich wie ein Eindringling vor. Rasch verließ er den Raum.

Kaum eine Minute später kam Harry heraus und rieb sich verstohlen über Augen und Wangen. „Wir sind wirklich alle erleichtert", sagte er.

„Absolut. Draußen sind offenbar Reporter. Besteht die Möglichkeit, die Familie hier herauszubekommen, ohne dass Mr. Kavanaugh seine Tochter durch die Menge tragen muss?"

„Wir organisieren eine Eskorte durch den Haupteingang. Ich werde den Sicherheitsdienst benachrichtigen."

„Danke."

Freddie versuchte nach wie vor, sich innerlich darauf einzustellen, der Presse gegenüberzutreten. Er beschloss, noch zu warten, bis Maeve entlassen wurde.

Minuten später trat Derek auf den Gang. Der Ausdruck in seinen Augen hatte etwas von der Wildheit verloren, doch sein Gesicht war tränennass. Aus dem Behandlungsraum hörte Freddie Maeves Großeltern mit dem Kind sprechen.

„Wo haben Sie sie gefunden?", wollte Derek wissen.

„In einem Haus in Bellevue."

„Und dorthin hat Sie dieser GPS-Chip geführt, den meine Frau unserem Kind ohne mein Wissen hat implantieren lassen?"

„Ja." Freddie konnte ihm seine Bitterkeit nicht verdenken, mit der er von seiner verstorbenen Frau sprach.

Dereks Miene veränderte sich, und er richtete den Blick auf die gegenüberliegende Wand. „Warum hat sie das getan? Warum hat sie unserem Kind einen Chip implantieren lassen, mit dem man es ausfindig machen kann?"

„Ich nehme mal an, aus denselben Gründen, die jeder andere für eine solche Entscheidung hat – aus Angst, eines Tages darauf angewiesen zu sein." Die Verzweiflung in Dereks Zügen brach Freddie fast das Herz.

„Nach allem, was Sie bis jetzt über meine Frau herausgefunden haben, scheint sie tatsächlich Grund gehabt zu haben, sich vor einem solchen Szenario zu fürchten."

Freddie wusste nicht, was er erwidern sollte. „Da bin ich mir nicht sicher, Sir. Sagt Ihnen der Name Bertha Ray etwas?"

Derek schüttelte den Kopf. „War Maeve bei dieser Frau?"

„Ja."

„Warum sollte jemand, von dem ich nie zuvor gehört habe, meine Frau umbringen und mein Kind entführen?"

„Wir wissen noch nicht, ob sie für diese Taten verantwortlich ist."

„Aber sie hatte Maeve!"

„Jemand könnte sie angeheuert haben, um sich um Ihre Tochter zu kümmern. Agent Hill und Detective Arnold haben sie in Untersuchungshaft genommen und werden sie in Kürze befragen."

„Dann haben Sie zwar Maeve gefunden, aber nicht den Mörder meiner Frau."

„Das ist korrekt." Dereks bohrende Fragen waren eine gute Übung für die bevorstehende Konfrontation mit der Presse.

„Wenn Maeve bloß etwas älter wäre, könnte sie uns verraten, wer das getan hat."

„Für sie wird es ein Segen sein, dass sie sich später nicht mehr daran erinnern kann."

„Stimmt auch wieder." Derek fuhr sich durch die Haare, was diese noch mehr in Unordnung brachte. „Ich würde gern weiter auf dem Laufenden gehalten werden."

„Selbstverständlich."

„Und ich würde meine Frau gern beerdigen."

„Sobald die Gerichtsmedizinerin ihre Arbeit getan hat, wird man Sie benachrichtigen." Freddie wartete, ob Derek noch etwas hinzufügen würde. „Das Sicherheitspersonal des

Krankenhauses wird Ihnen dabei helfen, Ihre Tochter ohne Medienrummel hinauszubringen."

„Dafür wäre ich Ihnen dankbar."

„Ich wurde gebeten, mich der Presse zu stellen. Darf ich denen berichten, dass es Ihrer Tochter gut geht?"

Einen Moment lang dachte Derek darüber nach. „Die Leute haben sich alle solche Sorgen um Maeve gemacht. Wir sollten der Öffentlichkeit mitteilen, dass sie wohlauf ist und es ihr gut geht – zumindest gemessen an dem, was sie durchgemacht hat."

„Ich werde mich darum kümmern."

Dereks Mutter spähte hinter einem Vorhang hervor. „Sie fragt nach dir, mein Lieber."

Derek nickte Freddie noch einmal zu und ging zurück zu seiner Tochter.

Freddie atmete schwer aus und ließ den Kopf nach hinten gegen die Wand sinken. Er schloss die Augen und versuchte sich vorzustellen, wie höllisch es für Derek sein musste, zu erfahren, dass seine Frau nicht die gewesen war, für die er sie gehalten hatte. Obwohl man seine Tochter unversehrt gefunden hatte, würde sein Leben nicht mehr dasselbe sein. Nichts würde ihm seine Frau zurückbringen. Und während Freddie überzeugt davon war, dass sie den Mörder irgendwann fassen würden, wusste Derek vielleicht nie, ob ihre Gefühle für ihn echt gewesen waren.

Manchmal ist dieser Job echt Mist, dachte Freddie. Er machte die Augen wieder auf und sammelte die Kraft, die er brauchte, um den wild gewordenen Reportern gegenüberzutreten. Bevor er zur Tür lief, zog er sein Handy aus der Tasche und rief Elin an.

„Hey", meldete sie sich und klang ein wenig gehetzt. „Wo bist du?"

„Im George Washington Hospital, Notaufnahme."

„Ist Sam schon wieder verletzt worden?"

„Heute Morgen. Hast du das Video gesehen?"

„Ja, habe ich. Das war unglaublich. Sie war unglaublich. Warum bist du immer noch in der Notaufnahme?"

„Wir haben Maeve Kavanaugh gefunden."

„Oh, du lieber Himmel, ist sie ...?"

„Es geht ihr gut. Sie ist jetzt wieder bei ihrem Dad und den Großeltern."

„Oh, Freddie. Das sind gute Neuigkeiten. Die Kunden im Fitnesscenter haben über nichts anderes geredet. Wie habt ihr sie gefunden?"

„Das erzähle ich dir, sobald ich zu Hause bin." Er mochte ihre gemeinsame neue Wohnung in Woodley Park, wo er aufgewachsen war, und freute sich jeden Tag auf die Abende zusammen. „Und wo bist du?"

„Komme gerade aus dem Fitnessklub."

„Warum erst jetzt?"

„Der letzte Kunde kam zu spät, da habe ich gewartet."

Freddie dachte lieber nicht an die sportlichen Typen, die sie trainierte und Freunde nannte. Inzwischen war ihm klar, dass er sich damit nur verrückt machen würde. „Tja, also, könnte sein, dass du mich in den Nachrichten siehst."

„Warum?"

„Malone hat mich gebeten, die Presse zu informieren, die sich vor dem Krankenhaus versammelt hat."

„Das ist ja cool! Bist du nervös?"

„Verdammt, ja. Ich hab das noch nie gemacht."

„Ach, du schaffst das. Sei einfach du selbst. Die werden dich lieben."

„Das musst du sagen, weil du mich liebst", murrte er.

Lachend erwiderte sie: „Ja, das tue ich. Und nun beeil dich. Bring diese Presse-Sache hinter dich und komm nach Hause. Ich bin scharf."

Freddie gab ein gequältes Stöhnen von sich. „Das musstest du ausgerechnet jetzt sagen?"

Sie lachte noch mehr. „Beeil dich!"

Nachdem er aufgelegt hatte, steckte Freddie das Telefon wieder ein. Jeder Muskel in seinem Körper war angespannt. Als wäre er nicht ohnehin schon nervös genug gewesen. Nun geisterten ihm auch noch Visionen von den gepiercten Nippeln seiner Geliebten durch den Kopf. Entschlossen, die Pressekonferenz hinter sich zu bringen und dann nach Hause zu Elin zu fahren, steuerte er auf die Doppeltür zu.

Kaum war er in die schwüle Hitze hinausgetreten, bestürmte man ihn mit Fragen. Es mussten mindestens dreißig Reporter und vier oder fünf TV-Kameras sein. Der Parkplatz war voller Übertragungswagen, um die neuesten Nachrichten senden zu können.

„Wo war Maeve Kavanaugh?"

„Wer hatte sie?"

„Wie haben Sie sie gefunden?"

„Haben Sie den Mörder gefasst?"

„Ist der Lieutenant bei der Wohltätigkeitsgala ihres Mannes?"

Freddie musste sich wegen der letzten Frage ein Lachen verkneifen. Als würde er ihnen irgendetwas über Sams Privatleben verraten. Er hob die Hände, um die Meute zum Schweigen zu bringen. Das hatte er sich von Sam abgeschaut. „Wenn Sie mir etwas Zeit geben, werde ich Ihnen alles erzählen, was ich kann." Zu seiner Verblüffung verstummten sie tatsächlich und schenkten ihm ihre ganze Aufmerksamkeit.

Er erklärte: „Gegen Viertel vor sieben haben wir mit der Unterstützung eines Sondereinsatzkommandos des MPD sowie in Zusammenarbeit mit dem FBI ein Haus im Stadtteil Bellevue gestürmt, in dem wir Maeve Kavanaugh körperlich unversehrt vorfanden. Sie wurde hierher gebracht, und die

Ärzte attestieren ihr einen guten Zustand. Ihr Vater und ihre Großeltern sind bei ihr, aber wir bitten Sie, in diesen schwierigen Stunden die Privatsphäre der Familie zu respektieren."

„Wie haben Sie das Kind ausfindig gemacht?", wollte Darren Tabor wissen.

Gern hätte Freddie dem Reporter, der sich in der Vergangenheit ihm und Sam gegenüber sehr anständig verhalten hatte, die Fakten anvertraut. Stattdessen meinte er: „Darüber können wir zum jetzigen Zeitpunkt keine Auskunft geben."

„Handelte es sich bei der Person, bei der Maeve sich aufhielt, um dieselbe, die ihre Mutter getötet hat?"

„Wir sind noch dabei, die Details zu klären."

„Haben die Verletzungen von Lieutenant Sam Holland sie daran gehindert, die Wohltätigkeitsgala ihres Mannes zu besuchen?" Diese Frage kam von einer blonden Frau, die für den *Reporter* arbeitete. Diese Klatschzeitung brachte regelmäßig Storys über Sam und Nick – egal, ob sie der Wahrheit entsprachen oder nicht. Diese gnadenlose Fokussierung auf das Paar war Quell ständigen Ärgers seiner Partnerin und ihres Mannes.

Freddie ignorierte die Frage.

„Stimmt es, dass Melissa Woodmansee das MPD wegen Polizeigewalt verklagt?"

„Kein Kommentar. Das wäre alles." Mit dem Gefühl, einen ganz guten Job gemacht zu haben, bahnte er sich daraufhin den Weg durch die Menge zu Sams Wagen.

Eilig fuhr Freddie vom Parkplatz. Er wollte dringend nach Hause. Seine Freundin war scharf.

13. Kapitel

Während sie die Tore des Belmont Country Clubs in Ashburn passierten, breitete sich Nervosität in Sam aus. Als Ehefrau eines aufstrebenden Politikers ausgestellt zu sein, lag dermaßen weit außerhalb ihrer Komfortzone, dass es schon nicht mehr lustig war. Seit sie verheiratet waren, hatte Sam bereits mehrere seiner Wahlkampfveranstaltungen und einige Wohltätigkeitsdinner besucht. Die hatte sie irgendwie durchstehen können. Doch dies hier ist ein bisschen zu viel, dachte sie bei sich, als der Wagen den Hügel hinauffuhr und auf die herrschaftliche Backsteinvilla zurollte.

Nick drückte ihre Hand. „Verlier nicht die Nerven."

„Wer verliert denn hier die Nerven?"

Lachend hob er ihre Finger an die Lippen. „Du."

„Es ärgert mich, wenn du so tust, als würdest du mich so gut kennen."

„Ich tue nicht bloß so. Ich kenne dich wirklich. Besser als jeder andere. Und genau deshalb weiß ich auch, dass du langsam in Panik gerätst."

„Es werden ziemlich viele Leute da sein."

„Ja."

„Wie viele?"

„Graham meinte, sie erwarten etwa tausend Gäste."

„Ach, Quatsch ... Im Ernst?"

„Ja."

„Und jeder hat viel Geld bezahlt, um hier zu sein?"

„Zehntausend pro Kopf."

„Du meine Güte. Warum bist du ruhig und ich aufgeregt?"

„Innerlich bin ich auch aufgeregt."

„Bist du nicht."

„Doch, bin ich. Ich komme mir immer noch wie ein Betrüger vor. Ständig warte ich darauf, dass John mir auf die Schulter klopft und mir erklärt, die Show sei vorbei. Er ist zurück, und er hat alles unter Kontrolle."

„Nick ..." Sie streichelte sein Gesicht. „Du bist kein Betrüger. All diese Leute sind heute Abend deinetwegen da. Sie glauben an dich. Ich glaube an dich. Und ich bin sehr stolz auf dich, auch wenn ich Lampenfieber habe."

Sein Lächeln ließ ihr – und jeder anderen Frau in der Hauptstadtregion – die Knie weich werden. „Das bedeutet mir viel, Babe. Danke." Er gab ihr vorsichtig einen Kuss auf den Mund, danach einen weiteren auf die Stirn. „Bereit?"

„Und wie." Sie ergriff seine Hand.

„Lass bloß nicht los, ja?"

„Niemals."

Ihre Ankunft war dreißig Minuten nach dem Eintreffen der Gäste geplant, deshalb brandete im Ballsaal und auf der Terrasse Applaus auf, als sie Hand in Hand erschienen.

Graham und Laine erwarteten sie in dem eleganten Saal. Die beiden empfingen sie mit Umarmungen und erkundigten sich besorgt nach Sams neuester Verwundung.

„Du siehst großartig aus, Schätzchen", flüsterte Laine ihr ins Ohr. „Nur du bringst es fertig, morgens eine Pistole ins Gesicht geschlagen zu bekommen und abends stilvoll aufzutreten."

Perplex von diesem Kompliment, umarmte Sam Nicks Ersatzmutter. „Das ist sehr lieb von dir."

In dem Wirbelsturm aus Begrüßungen begegneten ihnen auch Nicks stellvertretender Stabschef Terry O'Connor und dessen Freundin Lindsey McNamara.

„Sie sehen gut aus, Sam", meinte Lindsey.

„Sie aber auch. Wow, lassen Sie sich mal anschauen."

Die Gerichtsmedizinerin trug ein blassgrünes trägerloses Kleid, das perfekt zu ihren roten Haaren und grünen Augen passte. Neben ihr stand Terry im Smoking und wirkte entspannt und glücklich.

„Schön, Sie zu sehen, Sam", begrüßte er sie und küsste sie auf die Wange. Das Verhältnis zwischen ihnen hatte eine lange Entwicklung durchgemacht, von der Zeit, in der Sam ihn des Mordes an seinem Bruder verdächtigt hatte, bis zur heutigen freundlichen Bekanntschaft. Ihnen beiden war sehr wohl bewusst, dass die neue Harmonie zwischen ihnen in Nicks bestem Interesse lag.

„Gleichfalls, Terry. Ich freue mich, auch auf ein paar nette Gesichter inmitten der Massen hier zu treffen."

„Gonzo und Christina schwirren irgendwo herum", meinte Lindsey.

„Ja, habe ich auch schon gehört."

Judson Knott und Richard Manning, der Vorsitzende und der Stellvertreter der Demokratischen Partei Virginias, kamen auf Nick zu. Direkt hinter ihnen befanden sich Virginias Gouverneur Mike Zorn und dessen Frau Judy.

Nick ließ Sam nur los, um den Männern die Hand zu schütteln, dann umschloss er wieder ihre Finger.

Dankbar drückte Sam seine Hand.

Ohne die Unterhaltung mit den anderen Männern zu unterbrechen, drückte er ebenfalls ihre Hand, was Sam ein Lächeln entlockte.

„Ich dachte schon, ihr taucht nie mehr hier auf!", meldete eine junge Stimme sich.

Als wären der Gouverneur und der Parteivorsitzende niemand Besonderes, wandte Nick sich umgehend von ihnen ab, als er Scotty hörte.

Der Junge trug den Anzug, den sie ihm zu ihrer Hochzeit gekauft hatten, und breitete strahlend die Arme aus.

„Wow!", rief Nick. „Das ist die allerbeste Überraschung!"

„Gut, dich zu sehen, Kumpel", sagte Sam und küsste ihn auf sein seidiges Haar.

„Habt ihr euch darüber vorhin im Wagen am Telefon unterhalten?", wollte Nick wissen.

Scottys Grinsen ähnelte Nicks so sehr, dass er tatsächlich sein biologischer Sohn hätte sein können. Es war eine der vielen Eigenarten, die der Junge von Nick übernommen hatte. „Vielleicht."

„Ich freue mich riesig, dass du hier bist." Nick umarmte Scotty noch einmal. „Danke, dass ihr ihn eingeladen habt, und danke für all das hier", wandte Nick sich an Graham.

„War uns ein Vergnügen." Man merkte Graham trotz seiner rauen Fassade den Stolz auf Nick an. „Jetzt müsst ihr zwei, du und deine Frau, euch mal ernsthaft unter die Leute mischen, junger Mann."

Sam beobachtete, wie Nick den Blick über die enorme Menge schweifen ließ, ehe er sie und Scotty wieder ansah, auf eine Weise, die kaum Zweifel daran ließ, wo ihr Mann am liebsten den Abend verbracht hätte. „Ja, das denke ich auch."

Sam hakte sich bei ihm unter, was ihr ein Lächeln ihres Mannes einbrachte. „Dann lassen Sie uns mal an die Arbeit gehen, Senator."

„Wir sehen uns später, Kumpel", meinte Nick zu Scotty.

„Kein Problem. Mrs. L sagt, wir müssen erst um halb zehn zurück nach Richmond."

„Wir arbeiten uns so schnell voran, dass wir noch reichlich Zeit mit dir haben werden", versprach Nick ihm.

Laine trat hinter den Jungen und legte ihm die Arme um die Schultern. „Ich werde mich mal darum kümmern, dass Scotty die Bar mit der Eiscreme findet."

Scotty schaute zu ihr hoch. „Ist das Eis hier so gut wie das, was wir auf der Farm gemacht haben?"

„Nicht mal annähernd, aber zur Not geht es auch."

„Klasse", sagte Scotty und ließ sich von ihr wegführen.

Nachdem sie sich zwei Stunden lang durch den Saal gearbeitet hatten, merkte Nick, dass Sam allmählich erschöpft war. „Willst du nicht eine Pause machen, Babe?", flüsterte er ihr zu.

„Mir geht's gut."

Über ihre Schulter hinweg stellte Nick Blickkontakt zu einer großen Blonden her, die ihm mit den Fingern zuwinkte. Schockiert murmelte er: „Ach du Schande!"

„Was ist denn?"

„Äh, Liebes ..." Er kam jedoch nicht mehr dazu, seine Frau vorzuwarnen.

Im nächsten Moment war die Blondine schon bei ihnen und begrüßte ihn mit einer parfümgetränkten Umarmung. „Nicky! Wie schön, dich zu sehen! Wie lange ist es her? Vier oder fünf Jahre?"

Nicht lange genug, dachte er. Stattdessen antwortete er: „Mindestens vier."

Sam räusperte sich und drückte seine Finger.

Zu seinem Erstaunen fiel ihm auf, dass seine Frau belustigt aussah – und ein wenig verwirrt. „Patrice, das ist meine Frau Samantha."

Bevor Patrice sich auch auf sie stürzen konnte, streckte Sam schnell die Hand aus. „Freut mich, Sie kennenzulernen."

Sichtlich enttäuscht darüber, dass ihr die Umarmung verweigert wurde, schüttelte sie Sam die Hand. „Gleichfalls. Ich habe bereits viel von Ihnen gehört."

„Ich wünschte, ich könnte dasselbe von Ihnen behaupten."

Wäre die Situation nicht schrecklich unangenehm gewesen, hätte Nick über die kühle Bemerkung seiner Frau gelacht.

„Keine Sorge", erwiderte Patrice in einer Lautstärke, die sie für Flüstern hielt. Inzwischen verfolgten die Umstehenden die aufgeladene Szene. „Es ist seit einer ganzen Weile vorbei mit mir und Nicky. Er gehört Ihnen."

„Gut zu wissen", bemerkte Sam.

Nick prustete los, er konnte nicht anders. Mann, dazu würde er sich später einiges anhören müssen! „Was machst du hier, Patrice?"

„Ich bin mit Bryce hier, und ich wollte auch deinen Wahlkampf unterstützen. Außerdem hatte ich gehofft, dir und deiner reizenden Frau über den Weg zu laufen. Es ist ja viel zu lange her. Wir sollten uns alle mal irgendwann treffen."

Wenn die Hölle zufriert. „Es war schön, dich wiederzusehen", sagte Nick, um sich loszueisen, „aber wir müssen leider weiter."

„Melde dich mal, Nicky", forderte sie ihn auf und zog einen Schmollmund, was vermutlich bei den meisten Männern wirkte. Bei ihm nie. „Wir hatten gute Zeiten. Und es war nett, Sie endlich einmal kennenzulernen, Samantha."

Noch ein Fettnapf! Nick war der Einzige, der sie so nennen durfte. Es wurde immer schlimmer.

„Gleichfalls", stieß Sam hervor. „Graham sucht dich, Nick."

„Wir müssen wieder an die Arbeit. Wir sehen uns, Patrice."

„Bye, Nicky."

Im Weggehen meinte Nick zu Sam: „Werde ich nachher dafür büßen müssen?"

„Was glaubst du wohl?"

„Oh, ich kann's kaum erwarten." Er legte den Arm um sie, drückte sie an sich und gab ihr einen zärtlichen Kuss auf die Schläfe. „Mach dich doch auf die Suche nach Scotty und Laine und ruh dich ein bisschen aus. Ich merke ja, dass du nicht mehr kannst."

„Ich habe Angst, dass Patrice dich mir wegnimmt, wenn ich dich aus den Augen lasse, Nicky."

„Mach dir deswegen keine Sorgen. Ich gehöre ganz dir. Na los, geh, ich finde dich nachher schon wieder."

„Wenn du darauf bestehst. Aber ich habe dich im Blick, Nicky."

„Anders würde ich es gar nicht haben wollen." Er schickte sie mit einem dezenten Klaps auf den Po fort und schaute ihr hinterher, als sie sich durch die Menge schob, bis sie den Tisch erreichte, an dem Laine, Scotty und seine Begleiterin Mrs. Littlefield saßen.

„Das war vielleicht eine Show, die Ihre Frau heute Morgen geliefert hat", bemerkte Gouverneur Zorn.

„Sie ist unglaublich mutig", fügte seine Frau Judy hinzu.

Während er weiterhin Sam betrachtete, sagte Nick: „Ja, das ist sie."

„Haben Sie keine Angst um sie?", fragte Judy mit gedämpfter Stimme. „Ihr Job ist schrecklich gefährlich."

„Ja, ich mache mir oft Sorgen", gab Nick unumwunden zu und richtete seine Aufmerksamkeit endlich auf den Gouverneur und dessen Frau. Er hatte allerdings nicht vor, Leuten, die er kaum kannte, seine tiefsten Empfindungen anzuvertrauen.

„Nun, Sie sollten jedenfalls stolz auf sie sein", entgegnete der Gouverneur.

„Das bin ich auch."

Zum Glück blieb Nick ein längeres Gespräch über den Job seiner Frau erspart, da nun Graham mit Brandon Halliwell im Schlepptau aufkreuzte. Der neue Vorsitzende der Demokratischen Partei war ein paar Jahre älter als Nick und voller Leidenschaft für seinen Posten.

Er gab Nick die Hand. „Freut mich, Senator."

„Freut mich auch, Brandon", erwiderte Nick.

„Könnte ich Sie vielleicht kurz sprechen?"

Nick schaute zu Graham und musste lächeln, weil er so gut gelaunt wirkte. Obwohl er vor fast sieben Jahren aus dem Amt geschieden war, mischte Graham nach wie vor im politischen Geschäft mit und genoss jede Sekunde. „Wenn Senator O'Connor dabei sein darf", antwortete Nick, denn dieser Moment gehörte Graham ebenso wie ihm. Ohne Grahams Unterstützung würde all das schließlich nicht passieren.

„Kein Problem", sagte Halliwell.

Die drei Männer gingen nach draußen und zogen sich in eine stille Ecke auf der Terrasse zurück.

„Ich nehme an, Senator O'Connor hat bereits unser Angebot zur Grundsatzrede auf dem Parteitag erwähnt", begann Halliwell ohne Umschweife.

„Ja, hat er."

„Und?"

„Ich fühle mich geehrt und bin dankbar für diese Gelegenheit."

„Ich hoffe, Ihnen ist klar, dass die Partei Sie voll und ganz unterstützen wird, wie auch immer Ihre Ambitionen für die Zukunft aussehen mögen."

Was, wie Nick sehr wohl wusste, Politikersprache war für: *Sollten Sie in vier Jahren als Präsident kandidieren wollen, sind wir absolut dafür.*

„Der Vizepräsident hat angedeutet, dass er kein Interesse an einer weiteren Kandidatur hat", fuhr Halliwell fort. „Das bedeutet, wir brauchen einen Nachfolger. Alle Augen sind auf Sie gerichtet, Senator, und die Partei setzt große Hoffnungen in Sie."

Nick konnte förmlich beobachten, wie Graham vor Stolz die Brust schwoll, während der Parteivorsitzende redete.

„Wie stehen Sie dazu?", wollte Halliwell wissen.

„Um ehrlich zu sein, ich bin erstaunt", gestand Nick. „Sie müssen mich verstehen. Vor acht Monaten wurde ich erst vereidigt, um die Amtszeit meines Freundes zu erfüllen. Es sollte ein Jahr sein, mehr nicht. Und heute sprechen wir hier über Dinge, die weit jenseits meiner kühnsten Vorstellungen liegen. Das ist ziemlich überwältigend, besonders angesichts der Tatsache, dass ich bisher noch gar keine Wahl aus eigener Kraft gewonnen habe."

„Das Ergebnis Ihres Wahlkampfes steht doch so gut wie fest. Ich wünschte, ich könnte dasselbe von unserem amtierenden Präsidenten behaupten", sagte Halliwell und verzog dabei das Gesicht. „Die jüngsten Umfragewerte zeigen, dass Arnie Patterson dabei ist, in den traditionellen Hochburgen der Demokraten vorzupreschen. Der Mann ist entschlossen, von einem rücksichtslosen Ehrgeiz beseelt und finanziell extrem gut aufgestellt. Der bereitet uns echte Sorgen. Nelson ist angreifbar geworden. Er war ein effizienter Präsident, aber kaum der charismatische Anführer, den wir uns erhofft hatten. Und diese Sauerei um Sanborn half natürlich auch nicht gerade."

Für Nick war allein der Name dieses Mannes noch immer ein rotes Tuch: Mit ihm hatte Sam während ihrer letzten Schwangerschaft gekämpft, was die Fehlgeburt zur Folge gehabt hatte, die ihr und Nick bis zum heutigen Tag zu schaffen machte. Doch der Angriff auf eine Polizistin war noch das geringste von Sanborns Verbrechen. Der ehemalige Vorsitzende der Demokratischen Partei hatte zwei Einwanderinnen ermordet, um die Existenz eines Prostituiertenringes zu vertuschen, den er und andere hohe Regierungsmitglieder jahrelang unterhalten hatten.

„Die Partei braucht Sie, Senator", beschwor Halliwell ihn, „und die Grundsatzrede ist lediglich der Anfang unserer Pläne. Doch bevor wir in dieser Richtung weitermachen, muss ich wissen, ob Sie bereit sind, diesen Weg ganz zu gehen."

Wie jedes Mal in solchen Situationen wollte Nick einen Blick über die Schulter werfen, überzeugt, John dort zu sehen, der ihm einen Rat geben würde.

Graham legte Nick die Hand auf den Rücken, ein stilles Zeichen der Unterstützung und des Verständnisses.

„Ich mache Ihnen einen Vorschlag", sagte Nick. „Ich werde die Grundsatzrede halten und abwarten, was im November passiert. Danach können wir erneut über die nächsten Schritte reden."

„Na schön", erwiderte Halliwell und schüttelte Nick und Graham die Hand. „Falls ich bis dahin irgendetwas für Sie tun kann, steht Ihnen meine Tür jederzeit offen."

„Ich bin Ihnen dankbar für Ihre Unterstützung."

Nachdem Halliwell gegangen war, wandte Nick sich an Graham: „Passiert das wirklich?"

„Darauf kannst du wetten."

„Wie können die mich für den obersten Posten aufbauen, wenn ich bisher noch nicht mal eine Wahl gewonnen habe?"

„Du hast alles, was sie wollen. Du bist jung, besitzt das gute Aussehen eines Filmstars, bist sympathisch, charismatisch, effektiv, skandalfrei und schwer verliebt in deine wundervolle Frau, die selbst eine Heldin ist. Du bist der perfekte Kandidat. Die wären schön dumm, würden sie dich nicht auf große Dinge vorbereiten."

„Das gute Aussehen eines Filmstars?", wiederholte Nick spöttisch, um die Emotionen zu überspielen, die Grahams Komplimente in ihm auslösten.

Graham lachte laut. „Ach, komm schon. Als würde ich dir etwas sagen, was dir deine Frau nicht jeden Tag erzählt."

„Wenn sie das sagt, mag ich das genauso wenig."

Grinsend und mit einem Ausdruck väterlichen Stolzes im faltigen Gesicht, klopfte Graham ihm auf die Schulter. „Das war ein großer Moment, Sohn. Ich hoffe, das ist dir klar. Du wurdest auserkoren." Er unterstrich seine Worte, indem er Nicks Schulter drückte.

„Ich bin mir nicht sicher, ob ich das verdient habe. Aber ja, es ist mir klar."

„Da ist noch etwas, was ich dir mitteilen möchte."

„Okay." Nicks Herz schlug schneller, und er wartete mit angehaltenem Atem darauf, was Graham ihm zu sagen hatte.

Der frühere Senator nahm sich Zeit, um seine Gedanken zu sammeln. „Ich habe meinen Sohn geliebt."

„Das weiß ich. Er wusste es auch."

„Das hoffe ich sehr." Graham holte tief Luft und schaute Nick an. „Ich habe ihn geliebt, doch zugleich war ich mir seiner Grenzen sehr wohl bewusst. Er kandidierte für den Senat, weil ich es so wollte, nicht weil es sein Wunsch gewesen wäre. Terry wollte, John nicht." Terry hatte seine Chancen wegen Trunkenheit am Steuer ruiniert, wenige Wochen vor der Bekanntgabe seiner lange vorbereiteten Kandidatur.

„John ist mit seinen Aufgaben im Amt gewachsen", erinnerte Nick ihn, da er sich verpflichtet fühlte, seinen verstorbenen Freund zu verteidigen.

„Das stimmt, und er hat mich jeden Tag, an dem er den Menschen in Virginia gedient hat, stolz gemacht. Aber du ... du besitzt dieses Feuer, das John nicht hatte. Ich weiß, du denkst oft, dass du von dem profitierst, was ihm gehören sollte. Nur bezweifle ich, dass Halliwell diese Unterhaltung jemals mit John geführt hätte."

„Das kannst du nicht wissen."

„Natürlich nicht. Wir werden es nie mit Sicherheit wissen, doch ich glaube einfach nicht, dass John in diese Lage gekommen wäre – schon allein deshalb, weil er es gar nicht gewollt hätte. Deshalb möchte ich, dass du all das ganz und gar als deinen eigenen Verdienst ansiehst. Verstanden, Senator?"

Wow, der alte Mann würde ihn gleich zum Weinen bringen, wenn Nick das nicht sofort beendete. „Graham, ehrlich …"

„Dies ist dein Verdienst, Nick", sagte Graham mit rauer Stimme. „Niemandes sonst. Nicht meiner, nicht Johns. Nur deiner. Und ich habe nicht den leisesten Zweifel daran, dass du es in vier kurzen Jahren bis in die Pennsylvania Avenue schaffen wirst. Wenn es das ist, was du willst, werde ich alles tun, damit du dieses Ziel verwirklichen kannst."

„Dein Glaube an mich beschämt mich, wie immer. Alles, was ich heute habe, verdanke ich dir."

„Ach, Unsinn. Auch wenn du das nicht wahrhaben willst. Und nun Schluss mit diesem rührseligen Mist. Machen wir uns lieber auf die Suche nach unseren Frauen. Ich bin in Feierstimmung."

Erleichtert darüber, dass er die Unterhaltung überstanden hatte, ohne die Fassung zu verlieren, sagte Nick: „Klingt gut."

Avery Hill stand vor dem Verhörraum im Hauptquartier und beobachtete die Frau darin. Sie war stämmig, Mitte bis Ende sechzig, hatte graue Haare und dunkelbraune Haut. Die Arme hatte sie vor ihrem ausladenden Busen verschränkt, auf eine Weise, die Trotz ausstrahlte und ihn ärgerte. Wäre sie verängstigt gewesen, hätte er zuversichtlicher sein können, Informationen aus ihr herauszubekommen. Trotz war nicht gut.

Detective Arnold gesellte sich zu ihm.

„Sind Sie bereit?", fragte Hill den jungen Detective.

„Wenn Sie es sind."

„Mir nach."

„Ja, Sir."

Sie betraten den Raum, und Bertha Ray empfing sie mit bohrendem Blick. „Ich will einen Anwalt."

Mann, da haben wir's, dachte Hill. „Ich werde gern Ihren Anwalt informieren, Mrs. Ray. Aber wenn Sie uns bei unseren Ermittlungen helfen, wird das gar nicht nötig sein." Hill spürte, dass diese Frau nichts mit Victoria Kavanaughs Ermordung und der Entführung ihrer Tochter zu tun hatte.

„Ich will trotzdem einen." Sie klang zwar aufsässig, doch entging Hill nicht, dass ihre Hände zitterten und ihre Wangen Spuren von getrockneten Tränen zierten.

„Wen sollen wir für Sie anrufen?"

„Woher soll ich das wissen? Ich brauchte noch nie einen Anwalt! Müssen Sie mir nicht einen stellen, wenn ich mir keinen eigenen leisten kann?" Sie deutete auf Arnold. „Das hat er gesagt, als er mich in Handschellen aus meinem Haus schleifte."

„Wir stellen Ihnen gern einen Pflichtverteidiger zur Verfügung", erklärte Hill. „Es könnte allerdings sein, dass wir um diese Uhrzeit keinen erwischen. Sie werden höchstwahrscheinlich die Nacht im Gefängnis verbringen müssen, bevor wir diese Angelegenheit klären können."

Bei diesen Worten schien sie ein wenig in sich zusammenzusacken. „Ich will nach Hause."

„Wir rufen den Pflichtverteidiger an und schauen mal, ob wir ihn herbekommen können." Mit einer Kopfbewegung forderte er Arnold auf, ihm nach draußen zu folgen.

„Warten Sie!"

Hill drehte sich um. „Ja?"

„Was wollen Sie wissen?", erkundigte sie sich misstrauisch.

„Ich fürchte, ich kann Ihnen keine Fragen stellen – es sei denn, Sie ziehen die Bitte um einen Anwalt zurück."

Sie verzog den Mund, erst nach links, dann nach rechts, während sie überlegte. „Ich ziehe die Bitte zurück."

„Detective Arnold, würden Sie dieses Gespräch bitte aufzeichnen?"

„Ja, Sir." Arnold holte ein Aufnahmegerät herbei, stellte es auf den Tisch und schaltete es ein. „Befragung von Mrs. Bertha Ray." Er nannte Datum und Uhrzeit. „Anwesend sind Special Agent Avery Hill vom FBI und MPD Detective Arnold Arnold."

Irritiert starrte Hill den Detective an.

Arnold zuckte mit den Schultern. „Mein Dad besaß einen eigenwilligen Sinn für Humor." Er kehrte auf seinen Posten an der Tür zurück.

„Mrs. Ray, haben Sie Ihre Bitte um einen Anwalt zurückgezogen?", fragte Hill.

„Das habe ich."

„Ist es Ihre Entscheidung, die Bitte um einen Anwalt zurückzuziehen?"

„Ja, das ist es."

„Danke. Können Sie uns jetzt bitte berichten, wie Maeve Kavanaugh zu Ihnen kam – das Kind, das nach der Ermordung seiner Mutter entführt wurde?"

Sie wurde bleich, ihre Augen traten hervor, und ihre Kinnlade klappte herunter. Mit dieser Reaktion bestätigte sich Hills Vermutung, dass Mrs. Ray keine Ahnung gehabt hatte, um welches Kind es sich in ihrer Obhut handelte. „Sie wurde was?"

Hill legte die Hände auf den Tisch und beugte sich vor. „Entführt nach dem Mord an ihrer Mutter."

„Von einer Entführung oder einem Mord hat er nichts erwähnt!"

„Wer, Mrs. Ray?"

Sie zögerte, ehe sie den Kopf schüttelte. „Das kann ich nicht sagen."

„Sehen Sie die Nachrichten, Mrs. Ray?"

„Ich hatte nie einen Fernseher im Haus, und ich will auch keinen."

„Zeitung?"

Erneut schüttelte sie den Kopf. „Da stehen ja nur schlechte Nachrichten drin. Wozu soll ich mich damit befassen?"

Avery begriff, dass er es offenbar mit dem einen Menschen in dieser Stadt zu tun hatte, der vom Mord an der Frau des stellvertretenden Stabschefs des Weißen Hauses sowie von der Entführung ihrer Tochter nichts gehört hatte. Er platzierte den linken Fuß auf dem rechten Knie. Diese Haltung sollte demonstrieren, wie entspannt er war. Als hätte er alle Zeit der Welt, das auszusitzen.

Er ließ eine volle Minute des Schweigens verstreichen. „Hat die Person, die Sie gebeten hat, auf das Kind aufzupassen, Ihnen erzählt, dass es sich um die Tochter des stellvertretenden Stabschefs des Weißen Hauses handelt?"

Und wieder traten ihre Augen hervor, klappte die Kinnlade herunter. Sie brauchte einen weiteren langen Moment, um diese Lage zu erfassen. „Wenn ich Ihnen verrate, wer mir das Mädchen anvertraut hat, wird diese Person dann Ärger bekommen?"

„Das hängt davon ab, ob diese Person für den Mord und die Entführung verantwortlich ist."

„Oh." Ihre Hände zitterten jetzt deutlicher.

„Mrs. Ray?"

„Ich bin sicher, er hat nichts mit dem Mord und der Entführung zu tun."

„Okay."

„Er ist ein guter Junge, der leider nicht ganz so gute Freunde hat."

„Aha." Er ließ sie noch eine Weile zappeln. „Was hat dieser gute Junge mit den lausigen Freunden denn zu Ihnen gesagt, als er Sie bat, sich um das Kind zu kümmern?"

„Er meinte, die Eltern hätten wegen eines Notfalls die Stadt verlassen müssen, deshalb sollte ich für ein paar Tage auf sie aufpassen."

„Und Sie haben sich nicht gewundert, weshalb die Eltern sich nicht selbst um einen Babysitter bemüht haben?"

Sie zuckte die Achseln. „Leute bringen ihre Kinder ständig zu mir. Ich stelle keine Fragen. Ich kümmere mich um die Kleinen. Damit verdiene ich meinen Lebensunterhalt. Schon immer. Jeder weiß, dass er zu mir kommen kann, wenn er in einer Notlage ist."

„Hat er Ihnen den Namen des Babys genannt?"

„Er hat erzählt, dass sie Susie heißt."

„Wer hat Ihnen das erzählt, Mrs. Ray? Wer hat das Kind zu Ihnen gebracht?"

Tränen schimmerten in ihren Augen und rollten über ihre runzligen Wangen. „Ich kann nicht." Sie sah ihm direkt ins Gesicht. „Wenn ich es Ihnen verrate, werden Sie ihn dann verhaften?"

„Wir werden ihn in Gewahrsam nehmen, um ihn zu den Verbrechen zu verhören. Sollte er unschuldig sein, braucht er sich keine Sorgen zu machen."

Mrs. Rays Miene nach zu urteilen, hatte sie guten Grund, an der Unschuld des Mannes zu zweifeln.

„Mein Sohn", sagte sie schließlich leise. „Bobby."

„Ist sein Nachname auch Ray?"

Sie nickte.

Hill schob ihr Notizblock und Kugelschreiber über den Tisch zu. „Schreiben Sie seine Adresse und Telefonnummer auf."

Ihre Hände zitterten inzwischen so heftig, dass er sich fragte, ob ihre Handschrift überhaupt zu entziffern sein würde.

Sie gab ihm den Block zurück.

Hill riss das Blatt ab und reichte es Arnold, der daraufhin den Raum verließ.

„Hat Bobby ein Vorstrafenregister?"

Mrs. Ray bejahte. „Hauptsächlich wegen kleinerer Delikte. Einmal wegen einer schwereren Straftat."

„Welcher?"

„Einbruchdiebstahl." Sichtlich beschämt senkte sie den Kopf. „Ich habe mir Mühe mit ihm gegeben, aber ich war alleinerziehend, und dann geriet er in schlechte Gesellschaft. Ich habe versucht, auf ihn einzuwirken … Er wollte nicht auf mich hören."

Hill konnte ihr ansehen, wie überrascht sie war, als er seine Hand auf ihre legte. „Ich bringe Sie nach Hause."

„Oh, kann ich gehen? Ich kann nach Hause?"

„Ja, Ma'am."

Während Arnold sich um die Fahndung nach Bobby Ray kümmerte, fuhr Hill Bertha nach Hause. Er begleitete sie über den rissigen Gehsteig, vorbei an dem MPD Officer, der vor dem Haus postiert war, und er stützte sie, als sie die Stufen hinaufging. Als sie die aufgebrochene Haustür sah, blieb sie stehen.

„Gütiger Himmel", flüsterte sie. „Was mach ich denn damit?"

„Haben Sie einen Hammer und ein paar Nägel?"

„Ich glaube schon. Im Keller."

„Mal schauen, was ich finden kann."

„Die Kellertür ist in der Küche."

Avery fand die Tür, schaltete das Licht ein und stieg in einen feuchten Raum hinab. Er brauchte einen Moment, bis seine Augen sich an das Dämmerlicht der einzigen nackten Birne gewöhnt hatten. Auf einem Tisch an der gegenüberliegenden Wand fand er einige Werkzeuge und eine Blechdose mit Nägeln. Außerdem entdeckte er einen Stapel ausrangierter Bretter und suchte darin nach einem, mit dem sich das Loch abdecken ließ, das der Rammbock hinterlassen hatte.

Wenig später brachte er seine Funde nach oben, zog sein Jackett aus und machte sich an die Reparatur der Tür.

„Das ist sehr nett von Ihnen, Agent Hill", sagte Bertha.

„Kein Problem. Ich würde auch nicht wollen, dass die Tür meiner Mutter die ganze Nacht offen ist."

„Ihre Mutter ist sicher stolz auf Sie. Muss toll sein, einen FBI-Agenten zum Sohn zu haben."

Im Gegensatz zu einem mit einer kriminellen Karriere, dachte Hill. „Manchmal ist sie mir ein bisschen zu stolz. Sie bringt mich gern vor ihren Freundinnen in Verlegenheit."

„So sind Mütter nun mal."

Amüsiert erwiderte er: „Ja, vermutlich haben Sie recht." Er schlug weitere Nägel ein, um das Flickbrett ordentlich zu befestigen, und konzentrierte sich danach auf die verbogene Klinke. Indem er Muskeln einsetzte, von denen er gar nicht wusste, dass er sie besaß, gelang es ihm, sie in eine Position zurückzubiegen, die das Abschließen der Tür wieder möglich machte. „Das wird vorerst halten, aber Sie werden trotzdem eine neue Tür brauchen."

„Da haben Sie wohl recht." Sie knetete nervös die Hände. „Muss ich Angst haben, dass derjenige, der meinem Jungen das Baby gegeben hat, hinter mir her sein wird?"

Avery dachte über diese Frage nach und entschied, dass Ehrlichkeit am ehesten angebracht war. „Wenn Sie Freunde oder Familie außerhalb der Stadt haben, wäre dies wohl ein guter Zeitpunkt für einen Besuch."

„Meine Schwester lebt in Philadelphia. Dorthin könnte ich."

„Wollen Sie packen, während ich warte? Ich kann Sie am Bahnhof absetzen."

„Sofort? Kann ich nicht bis morgen warten?"

„Ich bin ganz direkt zu Ihnen, einverstanden?"

Erneut begann sie zu zittern und antwortete: „Okay."

„Ich wünschte, ich könnte Ihnen sagen, dass wir wissen, wer Mrs. Kavanaugh umgebracht und ihr Baby entführt hat. Aber wir haben keine Ahnung. Im Zuge unserer Ermittlungen sind wir auf einige Dinge gestoßen, die extrem beunruhigend sind. Ich weiß nicht, welche Rolle Ihr Sohn bei der Sache gespielt hat, doch irgendwie ist das Baby bei ihm gelandet. Ich kann Ihnen versichern, dass wir herausfinden werden, wie Maeve zu ihm gelangt ist. Das wird jedoch mit Ärger verbunden sein. Mein Rat an Sie – und den würde ich auch meiner eigenen Mutter geben –: Entfernen Sie sich so weit wie möglich von diesem Haus und dieser Stadt. Auf der Stelle."

„Geben Sie mir eine Minute zum Packen." Sie eilte in irgendein hinteres Zimmer.

Avery setzte sich in einen Sessel und lehnte frustriert und erschöpft den Kopf zurück. Das Klingeln seines Handys zwang ihn, wieder aufzustehen, weil sich das Gerät in seiner Jackettasche befand. „Hill."

„Arnold. Eine Streife ist zu Bobby Rays Adresse gefahren. Die Nachbarn haben ihn seit einigen Tagen nicht mehr gesehen. Ans Telefon geht er auch nicht, Anrufe werden auf die Mailbox umgeleitet. Ich habe die IT-Abteilung gebeten, das Telefon per GPS aufzuspüren, falls das möglich ist."

„Gute Idee." Hill rieb sich die müden Augen. „Natürlich ist er verschwunden. Wäre ja zu einfach gewesen, ihn zu Hause Bier trinkend vor dem Fernseher zu erwischen."

„Solches Glück haben wir nie."

„Die Polizei soll die Suche fortsetzen."

„Hab ich schon veranlasst. Ich habe auch einige unserer Leute von der zweiten und dritten Schicht dafür abgestellt."

„Gute Arbeit, danke. Ich werde den Lieutenant informieren, wir sehen uns dann morgen früh." Er beendete das Gespräch mit Arnold und rief, ohne sich Zeit zum Nachdenken zu nehmen, Sam an.

„Holland."

Beim Klang ihrer Stimme bekam er sofort Herzklopfen. „Verzeihen Sie die Störung, Lieutenant. Ich wollte Sie auf den neuesten Stand bringen." Er schilderte ihr die wesentlichen Punkte des Gesprächs mit Bertha Ray und berichtete, was er über ihren Sohn herausgefunden hatte. „Arnold hat die zweite und dritte Schicht auf die Suche nach ihm angesetzt, und die IT-Abteilung versucht, das Handy zu orten. Ich habe Mrs. Ray davon überzeugt, dass dies ein guter Zeitpunkt für einen Besuch bei ihrer Schwester in Philadelphia ist. Gerade warte ich darauf, dass sie ihre Sachen packt."

„Gute Idee, sie aus der Stadt zu bringen."

„Sagt Ihnen der Name des Sohnes etwas?"

„Nein."

„Übrigens hat Arnold heute Abend gute Arbeit geleistet. Ich fand, das sollten Sie wissen."

„Er macht sich."

„Wie ist die Wohltätigkeitsveranstaltung?", erkundigte er sich und ärgerte sich sofort darüber. Was ging ihn das an?

„Gut. Jede Menge höfliche Konversation." Sie hielt inne, als überlegte sie. „Tun Sie mir einen Gefallen, Hill. Holen Sie mich um halb sieben bei mir zu Hause ab. Warten Sie draußen auf mich. Ich muss mit Ihnen über etwas sprechen."

„Äh, klar." Er fragte sich, um was es gehen könnte. „Kein Problem. Bis dann."

Im nächsten Moment war das Gespräch beendet. Sie sollte dringend lernen, sich am Ende eines Telefonats vernünftig zu verabschieden.

„Nein, Schwachkopf", sagte er laut, als ob das irgendwie helfen würde. „Du musst dich verabschieden. Und zwar von der idiotischen Vorstellung, dass sie in dir irgendetwas anderes als einen nervigen Kollegen sieht."

Eine Minute später tauchte Bertha Ray mit einem Koffer in der Hand auf. „Kann ich meiner Nachbarin sagen, wohin ich verreise? Sie wird sich Sorgen machen, wenn ich einfach verschwinde."

„Wenn Sie es ihr anvertrauen, bringen Sie möglicherweise auch sie in Gefahr. Ihre Nachbarin wiederum würde Sie und

Ihre Schwester gefährden, wenn sie jemandem von Ihrem Aufenthaltsort erzählt."

Sie ließ die Schultern noch ein bisschen mehr hängen, während sie diesen Gedanken verarbeitete. „Sie haben recht."

„Haben Sie alles?"

Bertha schaute sich noch einmal in ihrem kleinen, ordentlichen Haus um und nickte.

„Dann lassen Sie uns aufbrechen."

14. Kapitel

Während sie lauschte, wie Graham seinen Ziehsohn Nick den anwesenden Gästen vorstellte, floss Sam das Herz über vor Liebe für ihren attraktiven Mann. Zu erleben, wie wichtig und einflussreich er geworden war, rief ihr erneut ins Gedächtnis, wie sehr ihr Leben sich im vergangenen Jahr verändert hatte. Sie hatte ihm angeboten, mit ihm gemeinsam auf die Bühne zu gehen, aber er hatte gewollt, dass sie sitzen blieb. Er hatte gemeint, er würde ihr ansehen, dass die Schmerzen schlimmer wurden, und das hatte sie nicht bestreiten können.

Die Verletzung machte das Kauen zur Qual, daher hatte sie nicht viel essen können, und nun wurde ihr langsam flau und ein wenig übel.

Als Graham zum Ende seiner glühenden Einleitung kam, tippte ihr jemand auf die Schulter. „Mrs. Cappuano?", flüsterte der Mann.

Erstaunt, ihren Ehenamen zu hören, drehte sie sich um und entdeckte einen der Kellner in weißer Jacke. Auf seinem Tablett stand ein pinkfarbenes, eiskalt aussehendes Getränk in einem hohen Glas. Obendrauf zierte es ein Klacks Sahne. „Ein Frucht-Smoothie-Gruß vom Senator, Ma'am."

Ihr hungriger Magen knurrte in Vorfreude, während sie innerlich wegen seiner Aufmerksamkeit dahinschmolz. „Oh, danke."

Er stellte ihr den Drink samt Strohhalm auf den Tisch und zog sich nach einer raschen Verbeugung zurück.

„Nick ist süß", bemerkte Laine.

„Er ist der Beste", gab Sam ihr recht, zutiefst gerührt, dass er an seinem großen Abend auf diese Weise an sie dachte.

Scotty grinste anerkennend über Nicks Geste und lauschte wieder Graham, der nun das Podium für Nick frei machte.

Mehrere Minuten lang applaudierte die Menge dem Senator.

„Vielen Dank", sagte Nick, als es im Saal wieder stiller wurde. „Danke, Senator O'Connor, für diese wunderbare Einleitung. Ich kann mir nicht vorstellen, diesen Weg ohne dich an meiner Seite zu gehen. Es ist mir eine Ehre, dich schon mehr als mein halbes Leben lang einen Freund nennen zu können und heute den Platz im Senat einzunehmen, der fast vier Jahrzehnte deiner war und danach noch fünf Jahre der deines wunderbaren Sohnes."

Die Gäste spendeten Beifall für Graham und John.

Graham stand hinter Nick und grinste über das Kompliment.

„Ich kann euch allen nicht genug dafür danken, dass ihr heute Abend gekommen seid, für eure großzügigen Spenden für meinen Wahlkampf und für diesen herzlichen Empfang. Es wäre außerdem nachlässig von mir, den verstorbenen Senator O'Connor nicht zu erwähnen, dessen harter Arbeit und Hingabe für den Staat Virginia und seine Bewohner ich jeden Tag nachzueifern versuche."

Nach erneutem Applaus zu Ehren Johns sprach Nick über seinen Einsatz für Virginia und seinen Wunsch, die Arbeit der beiden Senatoren O'Connor fortzusetzen. „Ich muss außerdem meiner Frau Sam danken, für ihre Unterstützung meines Wahlkampfes. Sie und ich hatten uns darauf geeinigt, dass ich ein Jahr im Senat bleibe. Jetzt besteht die Möglichkeit, dass ich um sechs weitere Jahre verlängere. Ich habe keine Ahnung, wie das passiert ist", meinte er lachend. „Wie Sie alle wissen, ist sie heute im Dienst verletzt worden. Dafür gibt es sieben Bürger im District of Columbia, die wegen Sams mutigem Einsatz noch am Leben sind."

Der donnernde Beifall überraschte Sam, die ihn entgegennahm, indem sie sich kurz von ihrem Platz erhob. Als sie sich wieder setzte, spürte sie, dass ihr Gesicht vor Verlegenheit glühte. Das würde er ihr büßen!

„Sam und ich freuen uns sehr, heute Abend hier zu sein, und wir sind gespannt auf das Wahlergebnis im November. Mit Ihrer Hilfe ist der Sieg in Reichweite. Noch mal danke." Wieder klatschten die Leute begeistert.

Gerade als Nick seine kurze Rede beendet hatte, bahnte Dr. Harry Flynn sich einen Weg durch die Menge zu dem Tisch, an dem Gonzo, Christina, Terry und Lindsey zusammen mit Sam, Scotty und Laine saßen.

Sam stand auf und umarmte Harry zur Begrüßung. „Wie geht es Derek?"

„Schon viel besser, nachdem Maeve jetzt bei ihm ist."

„Und ihr fehlt wirklich nichts?"

„Absolut wohlauf und gesund. Ich habe sie persönlich untersucht. Wenn man sie ansieht, glaubt man nicht, welche Tortur hinter ihr liegt."

„Das sind wundervolle Neuigkeiten. Sie muss überglücklich sein, ihren Daddy wiederzuhaben."

Harry nickte. „Und umgekehrt. Es war eine sehr emotionale Wiedervereinigung. Woher wusstet ihr denn, wo das Kind war?"

„Ich fürchte, darüber kann ich noch nicht reden." Sam rückte Harrys Fliege gerade und tätschelte ihm liebevoll die Schulter. Er hatte dunkles Haar, dunkle Augen und hinreißende Grübchen. Obwohl sie von zahllosen Menschen umgeben waren, achtete im Moment niemand auf sie. „Du siehst schick aus, Doc."

„Das Gleiche könnte ich von dir behaupten. Was macht das Wehwehchen?"

„Tut beschissen weh", erwiderte sie.

Harry setzte eine besorgte Miene auf. „Hat man dir kein Schmerzmittel gegeben?"

„Hab vergessen, es aus der Apotheke zu holen", gestand sie schief grinsend, was sie allerdings sofort bereute, als der Schmerz in ihrem Gesicht von Neuem aufflammte.

„Was sollen wir bloß mit dir machen?"

„Das bekomme ich oft zu hören", sagte Sam. „Hast du Maggie mitgebracht?"

Harrys Lächeln wurde ein wenig schwächer. „Nein. Wir haben ... Anscheinend sind wir besser als Kollegen und nicht als Liebespaar." Er versuchte, seine Trauer mit einem kurzen Schulterzucken zu überspielen.

„Es tut mir unendlich leid, das zu hören! Kommst du damit zurecht?"

„Es ist schon vor einer Weile passiert. Inzwischen geht es mir besser."

„O Mann, ich bin vielleicht eine Freundin! Ich hatte keine Ahnung."

Harry lachte. „Du brauchst kein schlechtes Gewissen zu haben. Ich habe es nicht einmal Nick erzählt."

„Gut, denn sonst hätte ich ihn erschießen müssen, weil er mir nichts gesagt hat." Sie drückte Harrys Arm. „Du weißt hoffentlich, dass wir für dich da sind."

„Ja, das weiß ich."

„Manchmal sind wir lausige Freunde, weil es immer nur um uns zu gehen scheint. Trotzdem vergessen wir nie, wer uns wichtig ist. Und dazu gehörst du."

„Das ist sehr nett von dir, und ich danke dir dafür." Er küsste sie auf die Stirn und senkte seine Stimme. „Mal was anderes, bei dem es tatsächlich nur um euch geht: Habt ihr eine Entscheidung getroffen?"

Sam musste einmal durchatmen, um die Ruhe zu bewahren. „Keine Spritze mehr."

Er hob eine Braue. „Im Ernst?"

„Ja. Noch ein Versuch. Falls es nicht klappt, ist das Thema erledigt."

„Und du kommst klar mit der Möglichkeit, dass es nicht funktioniert?"

„Ich behaupte es, aber ..."

„Ich weiß. Wenn du mich fragst, ich finde, ihr tut das Richtige. Andernfalls würdest du dich immer fragen, was wohl passiert wäre."

„Das meinte meine Stiefmutter Celia auch."

„Obwohl es mit Maggie und mir als Paar nicht funktioniert hat, bleibt sie doch eine hervorragende Geburtshelferin und Gynäkologin. Du solltest dir überlegen, ob du dich nicht von ihr untersuchen lassen willst, um sicherzugehen, ob alles in Ordnung ist, bevor ihr es versucht."

„Wer versucht etwas mit meiner Frau?", fragte Nick, der sich in diesem Augenblick zu ihnen gesellte.

„Niemand außer dir, mein Freund", meinte Harry und schüttelte Nick die Hand. „Ein toller Erfolg, diese Veranstaltung. Glückwunsch."

„Das ist alles Grahams Werk", erwiderte Nick, legte Sam den Arm um die Schultern und drückte sie an sich.

„Natürlich, klar", erwiderte Harry. „Aber du bist viel zu bescheiden, Senator."

„Maeve?", erkundigte Nick sich.

„Wieder wohlbehalten in den Armen ihres Vaters."

„Dem Himmel sei Dank", entgegnete Nick. „Derek ist sicher glücklich."

„Ja, das ist er. Trotzdem ... Du weißt schon."

„Ja", sagte Nick.

„Kannst du schon zu uns kommen?", fragte Sam ihren Mann.

„Ich glaube, ja. Ich brauche ein bisschen Zeit mit meinem Kumpel." Nick strich Scotty über den Kopf und zerzauste seine

Haare, womit er den Jungen erschreckte, der gerade in eine Unterhaltung mit Gonzo vertieft war. „Redet ihr etwa ohne mich über Baseball?" Er setzte sich auf den freien Platz neben Scotty und ergriff Sams Hand, damit sie sich neben ihn setzte.

„Na, komm schon, Harry", forderte Sam ihn auf. „Ohne dich können sie nicht über Baseball quatschen."

„Was weiß der denn?", zog Nick ihn auf. „Er ist doch bekannt als Schönwettersegler, kein echter Fan wie wir." Er deutete auf Scotty, um ihn in das „Wir" einzubeziehen.

„Ich bin bereit, darauf zu wetten, dass die Feds es dieses Jahr in die World Series schaffen", meinte Harry überzeugt.

Nick warf Scotty einen Blick zu. „Was glaubst du? Sollen wir die Wette annehmen?"

„Unbedingt", antwortete Scotty. „Wir werden gewinnen. Alle sagen, die Feds gehen im August unter."

„Du hast den jungen Mann gehört", wandte Nick sich an Harry und streckte die Hand aus. „Die Wette gilt."

Harry schlug ein. „Abgemacht."

Sam lächelte ihren Mann an und ergriff seine freie Hand unter dem Tisch.

„Wie fühlst du dich?", erkundigte er sich.

„Mir geht's gut. Danke für den Smoothie. Das war unglaublich süß von dir."

„Gern geschehen, Liebes. Ich habe mir gedacht, dass du hungrig sein musst."

„War ich auch." Sie strich ihm eine Strähne aus der Stirn. „Das hier hat tatsächlich mehr Spaß gemacht, als ich geglaubt habe."

„Weil du von Freunden umgeben bist." Er schaute zu dem Quartett, das sich angeregt über Politik unterhielt. „Ich habe dir doch gesagt, dass die Beziehung zwischen deinen und meinen Leuten eine gute Sache ist."

Sam verdrehte die Augen. Wie er sehr wohl wusste, fand sie

die Kreuzbestäubung ihrer und seiner Mitarbeiter sowohl verwirrend als auch ärgerlich.

„Sam", wandte Scotty sich an sie. „Was denkst du? Schaffen die Feds es in die World Series?"

Sam tat, als ob sie erst gründlich darüber nachdenken musste. „Die schaffen es nicht nur in die World Series. Ich prophezeie sogar, dass sie gegen die Red Sox spielen werden."

Scotty staunte nicht schlecht. „Das wäre nur gerecht! Können wir Tickets bekommen, wenn das passiert, Nick?"

„Pass auf", erwiderte Nick. „Wenn das wirklich passiert, besorge ich Tickets für sämtliche Spiele in Washington. Wie wäre das?"

„Heiliger Strohsack. Wenn ich das den Kids zu Hause erzähle!"

Sam drückte Nicks Hand, in der Gewissheit, dass er dasselbe dachte wie sie: Im Moment wünschte sie sich nichts sehnlicher, als dass Scotty ihr Zuhause irgendwann als seines betrachten würde. Er passte zu ihnen und behauptete sich an diesem Tisch mit lauter Erwachsenen, während das Gespräch von Baseball über Politik zu Scottys bevorstehendem Aufenthalt bei Nick und Sam wechselte.

„Ich habe Nick schon gesagt, dass er dich zum Reiten auf die Farm mitbringen soll", meinte Graham, der hinter seiner Frau stand, die Hände auf ihre Schultern gelegt.

„Das wäre cool", erwiderte Scotty. „Ich finde es so toll dort. Können wir wieder Eiscreme machen, Mrs. O'Connor?"

„Du sollst mich doch Laine nennen", erinnerte sie ihn mit gespielter Strenge, die Scotty zum Grinsen brachte.

Er sah zu Miss Littlefield. „Mrs. L findet, es zeugt von schlechten Manieren, Erwachsene mit dem Vornamen anzureden."

„Es sei denn, sie gestatten es", meldete Mrs. Littlefield sich zu Wort.

„Siehst du?" Laine klatschte triumphierend in die Hände. „Das habe ich dir zu erklären versucht."

„Wir hatten das Thema bereits", wandte er sich an Mrs. Littlefield und brachte damit die anderen Erwachsenen am Tisch zum Lachen.

„Sie haben ihn zu einem sehr höflichen jungen Mann erzogen", bemerkte Graham gegenüber Mrs. Littlefield.

„Wir hören häufig von Mrs. Littlefields Prinzipien", sagte Nick.

„Zum Beispiel, als er meinte, ich könnte das Baseballcamp besuchen, ohne mich vorher zu erkundigen, wie viel das kostet", berichtete Scotty und schüttelte missbilligend den Kopf.

„Das musste ich mir ein paar Tage lang anhören", fügte Nick hinzu. „Ich glaube, seine genauen Worte waren: ‚Mrs. Littlefield hält es nicht für sehr verantwortungsbewusst, etwas kaufen zu wollen, bevor man weiß, was es kostet.'"

Die ältere Frau errötete und lachte. „Ich freue mich, dass einige meiner klugen Worte hängen geblieben sind." Sie betrachtete den gut aussehenden Jungen wehmütig, so als ob sie wusste, was kommen würde, auch wenn er selbst es noch nicht ganz erfasste.

Sams und Mrs. Littlefields Blicke trafen sich, und Sam lächelte ihr beruhigend zu. Was sie und Nick betraf, würde die Frau, die in den vergangenen sechs Jahren Scottys Ersatzmutter gewesen war, stets bei ihnen willkommen sein. Falls ihnen denn das Glück beschieden sein sollte, dass der Junge tatsächlich eines Tages ganz bei ihnen leben würde. Daher hing sehr viel von den nächsten drei Wochen ab.

Kurze Zeit später erklärte Mrs. Littlefield Scotty, dass es an der Zeit war, zurück nach Richmond zu fahren. Der Junge protestierte, bis Nick ihn daran erinnerte, dass er ihn Sonntag für einen dreiwöchigen Aufenthalt bei ihnen abholen würde.

„Ich zähle die Tage", sagte Scotty und umarmte Sam und Nick zum Abschied.

„Wir auch", versicherte Sam ihm.

„Wir brechen auch auf", wandte Nick sich an Graham und Laine. „Sam ist erledigt, und wir müssen beide morgen arbeiten."

„Vielen Dank, dass du mitgekommen bist, Sam", meinte Graham und küsste vorsichtig die unverletzte Seite ihres Gesichts. „Ich weiß, dass du heute Abend wahrscheinlich Besseres zu tun gehabt hättest."

Sie schaute zu Nick. „Ich wäre nirgendwo lieber gewesen."

Nick schüttelte Graham die Hand. „Noch mal danke."

„War uns ein Vergnügen. Mach uns weiterhin stolz."

„Ich werde mein Bestes tun." Nick umarmte und küsste Laine und verabschiedete sich von den anderen diensthabenden Mitarbeitern. „Wir sehen uns morgen pünktlich und in alter Frische."

Christina antwortete scherzhaft aufstöhnend.

„Mein Boss hat mir morgen freigegeben", scherzte Gonzo.

„Träum weiter", sagte Sam. „Dienstbesprechung um sieben."

„Das ist unmenschlich", beschwerte Gonzo sich, was Lindsey und Terry zum Lachen brachte.

Sam und Nick geleiteten Scotty und Mrs. Littlefield zu ihrem Wagen und winkten ihnen nach, während einer der Parkhelfer ihren Mietwagen vom Parkplatz holte. Kaum saßen sie auf der Rückbank, schlüpfte Sam aus ihren Pumps und schmiegte sich in die ausgebreiteten Arme ihres Mannes. Er hatte sein Smokingjackett ausgezogen, und Sam machte sich sogleich an den Hemdknöpfen in Form von Diamantsteckern zu schaffen.

„Äh, entschuldige bitte, aber was tust du da?"

„Ich brauche Haut." Sie schob sein Hemd auseinander und legte die Wange an seine wundervolle Brust.

Er ließ die Hand von ihrem Knöchel über ihr Knie bis zur Innenseite ihres Schenkels gleiten.

„Und was machst du da?", fragte sie.

„Dasselbe wie du: Haut suchen."

Sam seufzte zufrieden. „Ich bin so glücklich, dass ich heute mit dir zusammen nach Hause gehe."

„Nur heute?"

„Jede Nacht, aber heute besonders. Alle Frauen in diesem Saal wollten dich für sich allein haben, und keine kriegt dich, denn du gehörst allein mir."

„Ja, das tue ich."

„Mir gefällt das, weißt du? Egal, was für ein Scheiß im Lauf des Tages passiert – und heute ist jede Menge Scheiß passiert –: Am Ende kann ich zu dir nach Hause. Das ist das Beste seit ... na, überhaupt."

Er drückte sie an sich und vergrub das Gesicht in ihrem Haar. „Es ist das Beste überhaupt. Du bist das Beste."

Sie schloss die Augen und atmete seinen anziehenden Duft ein, den Duft ihres Zuhauses.

„Und ich dachte schon, ich kriege Ärger."

„Oh, den kriegst du auch, Nicky." Sam fand ihre Imitation von Patrices Hauchen ganz gelungen. „Mich da vor allen Leuten zur Heldin zu verklären ... Und ob du deswegen Ärger kriegst."

„Ich mag diese Art von Ärger." Mit dem Zeigefinger malte er verführerische Kreise auf ihren Schenkel, während er ihn immer weiter hinaufwandern ließ, ohne je den Punkt zu erreichen, an dem sie sich am heftigsten nach ihm sehnte.

„Nick", flüsterte sie. „Hör auf, mich scharfzumachen!"

„Schsch. Entspann dich, Baby."

Wie er sehr wohl wusste, schmolz sie einfach dahin, wenn er

in diesem sexy rauen Ton zu ihr sprach, den er fürs Schlafzimmer reserviert hatte. *Entspannen? Ja klar* ... Wie sollte sie sich entspannen, wenn er sie mit diesen sinnlichen Liebkosungen allmählich verrückt machte?

Quälende Minuten vergingen, ehe er endlich die Fingerspitzen gegen ihren Seidenstring drückte.

Sie wand sich auf seinem Schoß und versuchte, ihm einen besseren Zugang zu ermöglichen.

Er stöhnte, als ihr Po in Kontakt mit seiner Erektion kam. „Sachte, ich hänge an meinem Equipment, Baby."

„Ich auch. Du hast das beste Equipment der Welt."

Er lachte leise und nah an ihrem Ohr, was eine ganze Flut sinnlicher Empfindungen in ihr auslöste und ihr eigenes Equipment zum Leben erweckte. „Niemand macht solche Komplimente wie meine Frau."

„Nick." Sie reckte sich ihm entgegen, in der Hoffnung, ihn dazu ermutigen zu können, sich dem, was er da tat, ruhig noch intensiver zu widmen.

„Was?"

Sie ergriff seine Hand und führte sie genau dorthin, wo sie sie haben wollte. „Ja. Dort. Genau da."

Mit den Fingern strich er über ihren String, genau an der Stelle, die sich am meisten nach seiner Berührung sehnte. „Ist es das, was du willst?"

„Ja!" Sie war ganz auf die Hitze konzentriert gewesen, die sich zwischen ihren Beinen ausbreitete, weshalb sie noch gar nicht bemerkt hatte, dass er die andere Hand von vorn unter ihr Mieder schob und sie sanft in eine der Brustwarzen kniff. Diese Kombination ließ sie scharf die Luft einsaugen, keuchen und geradezu explodieren. Sie musste sich auf die Unterlippe beißen, um nicht zu schreien, und sogar der intensive Schmerz ihrer Wunde dämpfte den mindestens ebenso intensiven Orgasmus nicht.

Langsam brachte er sie wieder herunter, weiter sanften Druck auf ihren Kitzler ausübend und ihre Spitze reizend, bis die Nachwirkungen allmählich ganz verebbten.

„Mm", flüsterte er, das Gesicht an ihre Wange geschmiegt. „Verstehst du nun, warum ich uns einen Wagen gemietet habe?"

Noch immer leicht außer Atem, rutschte Sam von seinem Schoß und machte sich daran, seine Hose zu öffnen. „Du bist nicht nur ein sexy Draufgänger, sondern auch schlau – und du planst vorausschauend. Ich kann mich glücklich schätzen, einen solchen Ehemann zu haben."

Während sie sich an seiner Hose zu schaffen machte, wickelte er eine Strähne ihrer langen Haare um den Zeigefinger. Kaum war seine Erektion befreit, legte sie die Hand darum und begann ihn zu massieren, bis ein Tropfen auf der Spitze glänzte.

Nick legte den Kopf zurück, und in seinen Augen las sie die Begierde. „Was hast du nur vor, Samantha?"

„Das." Sie raffte ihr langes Kleid, setzte sich rittlings auf ihn und zerrte den String beiseite, um Nick tief in sich aufzunehmen. „Oh, wow, fühlt sich das gut an", flüsterte sie.

Unter dem Kleid umfasste er ihren Po und drückte zu. „Es gibt nichts Besseres."

„Bist du dir wirklich sicher, dass der Fahrer hier hinten nichts sehen kann?"

„Vielleicht hättest du mich das fragen sollen, bevor du über mich hergefallen bist."

Sie hielt inne und starrte auf ihn herunter. „Er kann uns nicht sehen, oder?"

„Nein." Nick lachte. „Zumindest hoffe ich das."

„Ach, an diesem Punkt ist es mir auch egal. Meinetwegen könnte ein Dutzend Fotografen aus dem Aschenbecher springen, und ich würde trotzdem nicht aufhören."

„Ziemlich dreiste Worte für eine potenzielle First Lady der Vereinigten Staaten."

Das ließ sie erneut innehalten. „Was hast du gesagt?"

„Du hast mich verstanden." Er fasste sie an den Hüften und drang tief in sie ein. Auf diese Weise ließ er sie alles vergessen, bis auf das wundervolle Gefühl, ihn hart und heiß in sich zu spüren. „Ich will deine Brüste berühren."

Sam wand sich und versuchte, nicht mehr an seine Worte über die First Lady zu denken, wenigstens so lange, bis sie zum zweiten Mal gekommen war. Irgendwie gelang es ihr, das Oberteil ihres Kleides hinunterzuschieben und ihre Brüste zu entblößen.

Er hielt weiterhin ihren Po umklammert und forderte sie auf: „Gib sie mir."

Daraufhin umfasste Sam ihre vollen Brüste und bot sie seinem Mund dar.

Er entlockte ihr ein leises Stöhnen, als er seine Lippen um ihre harten Brustwarzen schloss und sacht daran zupfte, sie mit der Zunge umspielte und daran saugte, was sie, wie er genau wusste, liebte.

„Ich wünschte, du wüsstest, wie scharf du jetzt aussiehst, wenn du deine Brüste hältst, während das Kleid bis zur Taille hochgerutscht ist. Sehr sexy."

„Du hast mein geschwollenes Gesicht vergessen."

„Für mich ist jeder Zentimeter von dir sexy." Er verlieh seinen Worten Nachdruck, indem er seine Finger tief zwischen ihre Pobacken gleiten ließ und damit ein furioses Finale einleitete, nach dem sie beide schwitzten und nach Atem rangen.

„Ich habe es seit der Highschool nicht mehr in einem Wagen gemacht", sagte sie, als sie die Kraft wiedergefunden hatte, zu sprechen. „Da habe ich wohl was verpasst."

„Ich hatte schon gedacht, du wärst zu müde und zu erschöpft, um die Vorteile dieser Limousine ausnutzen zu können."

„Hast du mittlerweile nicht gelernt, mich nicht zu unterschätzen?"

„Anscheinend lerne ich immer noch dazu."

Sam wappnete sich gegen den Schmerz, um ihn auf die Lippen küssen zu können. „Das Küssen hat mir gefehlt. Der Teil gefällt mir normalerweise am besten."

„Mir auch. Ich hoffe, deine Wunde verheilt rasch, damit wir bald wieder so wie sonst knutschen können wie die Teenager."

Als die Wunde sich durch ein Pochen bemerkbar machte, ließ Sam den Kopf an seine Schulter sinken. „Können wir auf dem Heimweg Schmerztabletten kaufen?"

„Natürlich, Liebes." Er schlang die Arme um sie. „Was immer du brauchst."

Das war das Letzte, woran Sam sich erinnerte, bis er sie sanft schüttelte, um sie nahe Capitol Hill zu wecken, damit sie sich vor ihrer Ankunft zu Hause wieder herrichten konnten.

„Ich hole dein Rezept ab", sagte Nick.

„Macht es dir wirklich nichts aus?"

„Natürlich nicht." Er küsste sie auf die Stirn, dann auf die Lippen, zärtlich, aus Rücksicht auf ihre Verletzung. „Ich möchte, dass du ein heißes, ausgiebiges Schaumbad nimmst. Wenn ich wieder da bin, bringe ich dich ins Bett."

„Abgemacht. Komm schnell zurück."

Er brachte sie zum Haus, reinigte sich im Gästebad unten, holte seinen Wagenschlüssel und gab ihr noch einen Kuss, bevor er die Rampe hinunterlief, die er für ihren Vater gebaut hatte.

Sam war schon halb die Treppe hinauf, als es an der Tür klingelte. Sie wunderte sich, warum er seinen Schlüssel nicht benutzte, lief hinunter und öffnete schwungvoll die Tür. „Was hast du vergessen?" Die Worte erstarben ihr auf den Lippen, denn vor ihr standen zwei Polizisten. Den einen kannte sie vom Sehen, den anderen nicht. Ihr erster Gedanke galt Nick, doch der war noch nicht lange genug weg, um in irgendwelchen Ärger hineingeraten zu sein.

Der ältere der beiden, der, den sie kannte, schien überrascht zu sein, sie im Ballkleid anzutreffen. „Tut uns leid, dass wir Sie zu Hause belästigen müssen, Lieutenant. Ich bin Officer Wilkins. Das ist mein Partner Officer Ramirez."

„Was gibt es denn?" Sam befürchtete schon, dieser verrückte Tag würde noch schlimmer werden. Wenn jemandem aus der Familie etwas zugestoßen wäre, hätte man sie jedoch bestimmt angerufen. Allmählich beruhigte sie sich.

„Wir wurden von der Notaufnahme des Washington Hospital Center informiert. Sie sind als nächste Angehörige eines Peter Gibson aufgelistet."

Unwillkürlich umklammerte sie den Türknauf. „Was ist mit ihm?"

„Er wurde in bewusstlosem Zustand eingeliefert. In seiner Wohnung fand man mehrere leere Schlaftablettenröhrchen, zusammen mit einer an Sie als nächste Angehörige adressierten Nachricht." Der Officer hielt ihr ein gefaltetes Blatt Papier hin.

Sam starrte es an, machte jedoch keine Anstalten, es von ihm entgegenzunehmen. „Ich bin keine nächste Angehörige. Wir sind seit Jahren geschieden."

„Ihr Name befand sich in seiner Brieftasche und in seiner Krankenakte, daher nahmen wir an …"

„Tut mir leid, doch Ihre Annahme war falsch. Seine Mutter lebt in Wilmington, Delaware. Die könnten Sie anrufen."

„Sie haben nicht zufällig ihre Nummer?"

„Nein, tut mir leid. Aber ihr Vorname ist Irma."

„Das hilft uns schon weiter, danke. Äh, wollen Sie denn nun die Nachricht?"

Sam betrachtete das gefaltete Papier, dann wieder den jungen Polizisten. „Nein." Nichts, was Peter Gibson zu sagen hatte, konnte für sie von Interesse sein.

„Wir bitten nochmals um Verzeihung, dass wir Sie behelligt haben, Ma'am. Danke für Ihre Hilfe."

„Officer Wilkins?"

„Ma'am?"

„Wird er durchkommen?"

„Tut mir leid, das weiß ich leider nicht."

Sam nickte und wollte schon die Tür schließen, als Nick, der gerade von der Apotheke zurückkehrte, am Bordstein hielt. Sie wartete auf ihn.

Während er dem abfahrenden Streifenwagen hinterherschaute, stieg er die Rampe hinauf. „Was ist los?"

„Peter", antwortete Sam und fröstelte trotz der schwülen Nachtluft plötzlich.

Nick geleitete sie ins Haus. „Was ist mit ihm?"

„Anscheinend hat er versucht, sich umzubringen, und eine Nachricht für mich hinterlassen. Ich war als seine nächste Angehörige aufgeführt, deshalb haben sie mich aufgesucht. Aber ich habe die Annahme der Nachricht verweigert. Es ist mir egal, was drinsteht."

Nicks Miene verriet sein Missfallen darüber, dass ihr Exmann sie erneut aufregte. „Ich traue ihm durchaus zu, dass er das bloß gemacht hat, um deine Aufmerksamkeit zu erregen."

„Ja, ich auch. Passiv-aggressives Verhalten ist seine Stärke."

Nick legte die Hände auf ihre Schultern und ging ein wenig in die Knie, um ihr direkt in die Augen zu sehen. „Das hat nichts mit dir zu tun, Sam. Das weißt du, oder?"

„Ja."

„Möchtest du hinfahren? Zum Krankenhaus?"

Überrascht von seiner Frage, erwiderte sie: „Nein."

„Bist du dir sicher?"

Sie nickte. Er hatte recht: Peters Probleme waren nicht länger ihre. Es gab nichts, was sie für ihn tun konnte. Und wenn er das getan hatte, um sie auf sich aufmerksam zu machen, würde ihm ihr Besuch im Krankenhaus nur in die Karten spielen.

„Alles klar?"

„Ja, es ist einfach ein bisschen schockierend."

Er zog sie an sich. „Ich weiß, Babe. Doch es ist wirklich nicht deine Schuld. Ich bin froh, dass du die Nachricht nicht gelesen hast, denn höchstwahrscheinlich macht er dich verantwortlich für alles, was in seinem Leben schiefgelaufen ist. Dabei ist nichts von alldem deine Schuld. Er hat sich alles selbst zuzuschreiben." Nick hielt sie eine ganze Weile in den Armen, ehe er sie losließ und zur Treppe schob. „Genug für heute. Geh nach oben. Ich mache nur rasch das Licht überall aus und komme nach."

„Danke", sagte sie mit einem kleinen Lächeln, das ihrem Gesicht Schmerzen bereitete.

„Jederzeit."

Sam nahm die Tüte von der Apotheke und ging die Treppe hinauf, gestärkt durch Nicks Worte. Sie trug keine Verantwortung. Was auch immer Peter getan hatte, es hatte nichts mehr mit ihr zu tun. Seinetwegen hatten sie und Nick sechs Jahre verloren, in denen sie hätten zusammen sein sollen. Denn Peter, damals ihr platonischer Mitbewohner, hatte Nicks Nachrichten nach ihrer gemeinsamen Nacht nicht weitergeleitet.

Das und die elenden vier Jahre, die sie später mit Peter verheiratet gewesen war, hätten schon genügt, um ihn zu hassen. Doch auch danach hatte er ihr reichlich Gründe dafür geliefert – einschließlich des Versuchs, ihren und Nicks Wagen in die Luft zu sprengen. Nicht mal zu einer Klage war es deswegen gekommen, weil Sams Kollegen ohne Durchsuchungsbeschluss in seine Wohnung eingedrungen waren. Ganz zu schweigen davon, dass er sie in der Nacht vor ihrer Hochzeit auf dem Gehsteig vor ihrem Haus bedroht hatte.

Die Erinnerung daran ließ sie erschauern. Sam nahm eine der extrastarken Schmerztabletten, ließ sich ein Bad ein und schickte Freddie eine SMS, dass sie morgen bereits abgeholt werden würde. Sie musste sich mit diesen seltsamen Schwingungen befassen, die Hill aussandte, und die Sache ein für alle Mal klären, ehe es noch zu Problemen mit Nick führte. Gerade stieg sie aus ihrem Kleid, als Nick ins Badezimmer kam.

„Verdammt, das ist solch ein unglaublicher Anblick", bemerkte er, sie in dem Mieder betrachtend.

Während sie ihm dabei zusah, wie er seine Fliege löste, musste sie daran denken, wie sehr sich ihre zweite Ehe von der ersten unterschied. Sie stellte das Wasser ab. „Ich brauche kein Bad." Sie ging zu ihm, zog ihm das Hemd aus der Hose und strich über seinen Bauch. „Ich brauche dich. Nur dich."

„Du hast mich, meine Liebe. Ich bin ganz dein."

Sam nahm ihn an die Hand und führte ihn zum Bett.

Viel später hielt Nick sie in den Armen, während ihre Körper sich allmählich abkühlten, nachdem sie leidenschaftlich miteinander geschlafen hatten. Er war stets aufs Neue erstaunt von der Intensität seiner Liebe – und ihrer.

„Nick?"

„Hm?"

„Was wolltest du mit der?"

Verwirrt fragte er: „Mit wem?"

„Mit dieser schrecklichen Patrice."

Lachend küsste er Sam auf die Stirn. „Ist sie schrecklich? Habe ich gar nicht bemerkt."

Sie hob den Kopf und schaute ihn an. „Dein Ernst?"

„Nein." Er fuhr mit den Fingern durch ihre Haare, die nach diesem anstrengenden Liebesakt vom Schweiß feucht waren.

„Nachdem ich dich kennengelernt hatte und du mich nicht zurückgerufen hast, ging es mir eine Weile schlecht. Und sie war eben ... da. Verstehst du?"

„Ja, das verstehe ich. Was glaubst du wohl, weshalb ich mit Peter zusammenkam?"

„Ich kann dir gar nicht sagen, wie oft ich daran denke, dass alles vermutlich ganz anders für uns gelaufen wäre, hätte ich dein Schweigen nicht als Urteil hingenommen."

„Geht mir genauso. Ich war fassungslos, dass du nach dieser Nacht nicht angerufen hast. Ich konnte es einfach nicht glauben. Ich hätte dich anrufen sollen. Dass ich es nicht getan habe, gehört zu den Dingen, die ich am meisten im Leben bereue."

„Es ist sinnlos, irgendetwas zu bereuen, Babe. Wer weiß, vielleicht wäre es damals gar nicht gut gegangen mit uns. Vielleicht hätten wir eine solche Beziehung wie jetzt noch nicht führen können."

„Es hätte funktioniert. Wir sind schon immer füreinander bestimmt gewesen. Daran glaube ich fest."

„Ich auch." Ihre Haut fühlte sich warm und glatt an, als er ihren Rücken streichelte. „Das wusste ich in dem Moment, als ich dich zum ersten Mal sah. Ah, dachte ich, das ist sie."

Sam stützte das Kinn in die Hand, sodass sie ihn anschauen konnte. „Wirklich?"

Liebevoll betrachtete er sie und nickte. „Ich habe dich unter all diesen Leuten auf dieser Veranda entdeckt, und mir war sofort klar, dass du zu mir gehörst."

Erneut schmiegte sie ihre Wange an seine Brust und schwieg eine Weile. „Was sollte eigentlich diese Bemerkung über mich als First Lady bedeuten?"

„Ich habe mich schon gefragt, wann dir das wieder einfallen würde."

„Ist schwer, es zu vergessen."

„Halliwell hat heute Abend mit mir darüber gesprochen,

dass ich die Grundsatzrede auf dem Parteitag der Demokraten halten soll. Er meinte, die Partei würde einen Nachfolger brauchen, weil Gooding nicht mehr antreten will." Der derzeitige Vizepräsident hatte bereits zweimal kandidiert und war inzwischen Mitte siebzig.

„Wie denkst du darüber?"

„Ich bin von den Socken. Vor einem Jahr noch war ich Johns Stabschef, und jetzt ist er tot, ich kandidiere für den Senat, und die Demokraten reden mit mir darüber, dass ich in vier Jahren für das Amt des Präsidenten kandidieren soll. Das geht über meine Vorstellungskraft hinaus."

„Willst du das? Präsident sein?"

„Shit, ich habe keine Ahnung", gestand er und lachte über diesen verrückten Plan. „Ich kann nicht mal fassen, dass mein Name im gleichen Atemzug mit dem Wort Präsident genannt wird."

„Du könntest es schaffen. Das weiß ich. Ich wette, du würdest die Wahl gewinnen."

Er spielte weiter mit ihren Haaren und hob eine Strähne an seine Nase, um diesen Duft einzuatmen, der ihn stets an sie erinnern würde. „Du bist sehr gut für mein Ego, Babe."

„Was hast du Halliwell geantwortet?"

„Ich habe gesagt, ich halte die Grundsatzrede, aber bevor ich über alles andere spreche, will ich erst den November abwarten. Ich muss zunächst diese Wahl gewinnen, bevor wir über meine Zukunft nachdenken können."

„Du wirst gewinnen."

Der nervöse Unterton in ihrer Stimme entging ihm nicht. „Ich habe bereits gewonnen, Samantha." Er drückte sie an sich. „Ich habe alles, was ein Mann sich nur wünschen kann. Wir werden gemeinsam entscheiden, was die Zukunft bringt. Was immer das sein mag. Und wenn es nichts ist, was wir beide wollen, dann ist das das Ende der Diskussion."

„Du kannst dir eine solche Gelegenheit doch nicht entgehen lassen, weil ich möglicherweise dagegen bin."

„Natürlich kann ich das. Eines Tages hoffe ich, dich davon überzeugen zu können, dass du allein alles bist, was mir wichtig ist. Alles andere ist zweitrangig."

„Du bist verrückt."

„Nach dir. Und jetzt schlaf. Du bist dermaßen erschöpft, dass es nicht mehr lustig ist." Er strich so lange durch ihre Haare und über ihren Rücken, bis er glaubte, dass sie eingeschlafen war.

„Nick?", fragte sie schließlich.

„Ich dachte, du schläfst schon."

„Fast."

„Was, Liebes?"

„Ich habe vergessen, dir zu sagen, dass ich dich liebe."

„Ich liebe dich auch."

Sie stieß einen langen leisen Seufzer aus, und diesmal war er sicher, dass sie eingeschlummert war.

15. Kapitel

Von Koffein, Adrenalin, Furcht und Scham befeuert, stürzte Jeannie McBride sich in die Arbeit, um nicht mehr daran denken zu müssen, was passiert war. Jedes Mal, wenn sie sich erinnerte, wie Sam gesagt hatte, dass sie enttäuscht war, brach es ihr von Neuem das Herz. Denn das war das Letzte, was sie von ihrem geliebten Lieutenant hören wollte.

Obwohl sie Will gebeten hatte, am Morgen für die Arbeit am Bericht vorbeizukommen, hatte sie ihn bereits seit zwei Stunden fertig. Sie hatte jeden einzelnen Schritt des neu aufgerollten Fitzgerald-Falls akribisch aufgelistet und eine Liste der Leute hinzugefügt, die beim ersten Mal schon hätten befragt werden müssen – was allerdings aus Gründen, die nur Skip Holland kannte, nicht geschehen war.

Am Morgen wollte sie auf Will warten und dann mit ihm zur Privatadresse von Dr. Norman Morganthau in Annapolis aufbrechen. Das war der im Ruhestand befindliche Gerichtsmediziner, den sie wegen des Fitzgerald-Falles angerufen hatte. Im April hatte Jeannie gespürt, dass der alte Mann ihr etwas über Skip Holland mitteilen wollte, sich aber aus Verbundenheit mit seinem langjährigen Freund zurückgehalten hatte. Wenn sie ihn persönlich aufsuchte, würde er sich möglicherweise entgegenkommender zeigen.

Sie musste einfach irgendetwas tun, um nicht die ganze Woche bloß herumzusitzen und über das Geschehene zu grübeln. Da Michael schon längst schlief und sie bereits alles an dem Fall erledigt hatte, was für heute Nacht möglich war, konzentrierte sie sich als Nächstes auf eine der Spuren, die sie sich im Fall Kavanaugh näher ansehen wollte.

Ihr war in den Sinn gekommen, dass es eine Verbindung zwischen den beiden Namen geben könnte, die im Zusammenhang mit Victoria Kavanaughs falscher Identität standen. Im Internet recherchierte sie alles, was sie über Denise Desposito und William Eldridge finden konnte.

Eine Stunde später stieß sie auf eine Verbindung zwischen Desposito und einem Krankenversicherungsbetrug, den das FBI vor zehn Jahren in Ohio aufgedeckt hatte.

Eifrig tippte Jeannie die Einzelheiten über den falschen Doktor in eine Datei, in der sie die genaue Vorgehensweise bei dem Millionenbetrug ebenso wie die Rolle, die Desposito dabei gespielt hatte, dokumentierte. Was sie nicht gewusst hatten: Die Regierung war ihnen beinah von Beginn an auf der Spur gewesen und hatte somit bei der Verhaftung der beiden genügend Beweise für eine Anklage gesammelt.

Jeannie fertigte eine Liste der anderen Verhafteten an und brachte eine weitere Stunde damit zu, herauszufinden, wo sie inhaftiert waren. Vielleicht hatte einer von ihnen eine Idee, wie die Verbindung zwischen Desposito und Victoria Kavanaugh zustande gekommen war.

Bei dem einzigen William Eldridge, den sie finden konnte, handelte es sich um eine ehemalige Führungskraft der Patterson Financial Group in Ohio, aber mehr Informationen gab es nicht. Das war nicht viel, aber immerhin etwas – und sie hoffte, es würde dazu beitragen, ihr Ansehen beim Lieutenant wiederherzustellen.

„Was treibst du, Liebes?"

Selbst nach all diesen Monaten zuckte Jeannie beinah zusammen und wollte instinktiv zurückweichen, als Michael seine Hände auf ihre Schultern legte, um ihre verspannten Muskeln zu massieren. Tief ein- und wieder ausatmend, erinnerte sie sich daran, dass dieser Mann sie liebte. Dieser Mann würde ihr niemals wehtun. Dieser Mann war nicht wie der, der sie geschlagen und vergewaltigt hatte.

„Tut mir leid, wenn ich dich erschreckt habe", sagte er, denn er spürte wie stets ihre Ängste.

„Ist schon in Ordnung. Wie spät ist es?"

„Fast drei. Warum bist du hier unten und nicht bei mir im Bett?"

„Konnte nicht schlafen. Mir ging zu vieles durch den Kopf. Da habe ich ein bisschen gearbeitet, und das hat geholfen."

„Meinst du, du könntest jetzt noch ein wenig schlafen?"

Jeannie bezweifelte es, doch sie antwortete, was er hören wollte: „Ich kann es versuchen."

Michael bot ihr die Hand, half ihr auf und knipste die Schreibtischlampe aus. Dann verschränkte er seine Finger mit ihren und führte Jeannie durch das dunkle Haus nach oben in ihr Schlafzimmer. Vor dem Bett zog er ihr das T-Shirt und die Shorts aus.

Sie streifte ihm die Boxershorts herunter, die er angezogen hatte, bevor er sich auf die Suche nach ihr gemacht hatte. Er war groß und muskulös, seine dunkelbraune Haut weich und glatt. Jeannie fand alles an ihm anziehend.

Nach der Gewalttat hatte es lange gedauert, bis ihr seine Berührungen wieder angenehm waren, bis sie sich wieder wie vorher nackt zu ihm ins Bett legen konnte, als wäre es keine große Sache. Inzwischen war der Umgang miteinander fast so wie früher. Dennoch kam es gelegentlich vor, dass sie schreckhaft reagierte, und manchmal kehrte die Erinnerung in ihren Träumen zurück, die so echt und intensiv waren, dass diese Albträume sie noch Tage danach beschäftigten.

Schon bald würde sie gezwungen sein, Mitchell Sanborn in einem Gerichtssaal zu sehen, und in aller Öffentlichkeit schildern müssen, was er ihr angetan hatte. Bei dem Gedanken daran erschauerte sie.

„Woran denkst du?"

„An die Verhandlung."

„Ach, Jeannie." Er schloss sie in die Arme. „Warum denkst du denn jetzt daran?"

„Weil es erst vorbei sein wird, wenn das hinter mir liegt. Die Vorstellung, ihn wiedersehen zu müssen, sein Gesicht ... Ich weiß nicht, ob ich das schaffe, Michael."

„Natürlich schaffst du das. Wenn er dafür lebenslang hinter Gittern verschwinden wird, dann kannst du das."

„Ich hoffe, du hast recht."

„Meinem armen Schatz geht viel zu viel durch den Kopf."

Sie schlang die Arme um seinen Nacken und küsste ihn. „Tut mir leid, dass ich all meine Sorgen bei dir ablade."

„Bei wem solltest du sie sonst abladen?" Er veränderte ihre Position, sodass sie auf ihm lag, während er weiterhin ihre verspannten Schultern massierte. „Ich habe über diese Sache mit Sam nachgedacht."

„Was ist damit?"

„Ich weiß, du bist deswegen ziemlich aufgewühlt, weil du glaubst, du hättest sie enttäuscht."

„Habe ich ja auch. Ich habe sie angelogen."

„Du hast es ihretwegen mit den besten Absichten getan. Sobald sie die Gelegenheit hat, die Sache in Ruhe zu betrachten, wird sie das als deine Freundin genauso sehen. Als dein Lieutenant blieb ihr gar nichts anderes übrig; sie musste dich suspendieren. Sam ist klug genug, diese beiden Aspekte der Angelegenheit auseinanderzuhalten."

„Kann sein."

„Du solltest nicht vergessen, dass du viel Schlimmeres überstanden hast als das. Und du wirst auch das schaffen. Es wirft dich nur vorübergehend ein bisschen zurück, das ist alles."

„Du hast recht."

„Hab ich?"

Lächelnd beugte Jeannie sich vor und küsste ihn. „Tu nicht

so überrascht. Ich habe kein Problem damit, dich hin und wieder recht haben zu lassen. Solange es nicht zu oft passiert."

„Ach ja?" Mit einer anmutigen Drehung war er auf ihr.

Jeannie wollte sich nicht gefangen fühlen, aber sie konnte nichts dagegen machen.

„Ich bin's, Schatz. Bloß ich."

Seine Stimme beruhigte sie, ebenso wie seine Lippen, als er sie sinnlich küsste.

Sie klammerte sich an seine Schultern und spreizte die Schenkel, damit er wusste, was sie wollte. Nur ihm gelang es, alles zu vertreiben. Nur er ließ sie vergessen, dass ein anderer Mann ihr einst wehgetan hatte. „Liebe mich, Michael."

„Das tue ich, Schatz. Du weißt, dass ich das tue." Geschmeidig drang er in sie ein und verfiel in einen langsamen Rhythmus, der sie bis ins Unermessliche erregte und ihr den Atem raubte. Er senkte den Kopf, umspielte eine ihrer Brustwarzen mit der Zunge und biss sacht hinein. Jeannie schrie vor überwältigendem Verlangen auf.

Sie reckte sich ihm entgegen, um ihn noch tiefer in sich aufzunehmen, doch er ließ sich nicht drängen.

„Ruhig und langsam", flüsterte er. „Ruhig und langsam."

Jeannie glaubte, verrückt zu werden, während sie ungeduldig darauf wartete, dass er das Tempo beschleunigte, aber er nahm sich Zeit. Zweimal brachte er sie mit den Fingern zum Höhepunkt, ehe er voll in sie eintauchte und sie ein drittes Mal zum Orgasmus kam, diesmal zusammen mit ihm.

Hinterher hielt sie ihn lange fest. Dieser Mann fühlte sich so lebendig an. Er allein konnte sie alle Sorgen vergessen lassen – wenigstens für kurze Zeit. „Michael?"

„Hm?"

„Hast du noch diesen Ring, den du mir vor einer Weile gezeigt hast?"

Er hob den Kopf, um ihr ins Gesicht zu schauen. „Ja."

Sie wusste, dass er seit Monaten darauf wartete, sie sagen zu hören, dass sie bereit war, den Ring zu tragen. Er hatte ursprünglich vorgehabt, ihn ihr nach dem Wochenende, an dem sie überfallen worden war, zu geben. „Wo ist er?"

„An einem sicheren Ort."

„Könntest du ihn herholen?"

„Aus irgendeinem bestimmten Grund?"

„Kann sein."

Er betrachtete sie, dann küsste er sie, zog sich aus ihr zurück und stand auf.

Jeannie bekam einen ausgezeichneten Blick auf seinen nackten Po, als er auf seinen langen Beinen zielstrebig den Raum verließ.

Eine Minute später kehrte er mit der Schmuckschachtel zurück.

„Könnte ich ihn sehen?", fragte sie. „Ich habe vergessen, wie er aussieht."

„Das ist glatt gelogen. Als ich ihn dir zum ersten Mal gezeigt habe, hast du dir jedes Detail eingeprägt."

„Okay, dann habe ich eben gelogen. Ich will ihn trotzdem noch mal sehen."

Michael setzte sich neben sie auf das Bett und öffnete die Schachtel. Der Ring auf dem schwarzen Samtkissen funkelte im sanften Schein der Nachttischlampe.

Wie beim ersten Mal war der Anblick des Ringes, den er gemeinsam mit ihrer Mutter ausgesucht hatte, atemberaubend. Sie blickte auf und stellte fest, dass er sie aufmerksam beobachtete, so als versuchte er, die Bedeutung dieses Moments einzuschätzen. Er sagte jedoch nichts, und dafür war sie dankbar. Weder drängte er sie, noch bohrte er. Auch während der dunkelsten Tage ihres Lebens waren seine Geduld und Kraft beispiellos gewesen. Und sie liebte ihn. Sie würde ihn immer lieben. Dessen war sie sich sicher.

„Wäre es möglich, dass ich ihn jetzt mal anziehe?", meinte sie zögernd.

„Wenn du es willst."

Jeannie biss sich auf die Unterlippe und nickte, entschlossen, nicht zu weinen.

Er überraschte sie, indem er vom Bett rutschte und sich vor sie hinkniete, ihre Finger ergriff und ihren Handrücken küsste. Er verharrte eine ganze Weile in dieser Haltung, über ihre Hand gebeugt, bis Jeannie erkannte, dass er weinte.

Sie umfasste seinen Kopf. „Michael."

„Tut mir leid, Liebes. Ich habe mich so lange gefragt, ob wir jemals dorthin zurückkehren können, wo wir einmal waren. Vorher. Und jetzt ... Verzeih", sagte er mit einem tiefen Seufzer, der ihn erschauern ließ, und wischte sich das Gesicht mit der freien Hand ab. „Ich habe mit deiner Reaktion einfach nicht gerechnet, das ist alles."

„Du warst so geduldig und wundervoll, und dafür liebe ich dich so sehr – mehr, als du je ahnen wirst. Du warst genau der, den ich brauchte, den ich immer brauchen werde." Sie öffnete die Arme für ihn.

Er richtete sich auf und drückte sie, bis sie kaum noch Luft bekam. Das hatte er seit der Gewalttat gegen sie nur selten getan, aus Furcht vor einem Rückfall.

„Jeannie, meine süße Jeannie. Ich liebe dich so sehr. Ich liebe deinen Mut und deine Kraft und deine Entschlossenheit. Ich liebe deine Schönheit und deine Anmut. Wirst du mich glücklich machen, indem du mich heiratest? Willst du für immer mit mir zusammen sein?"

„Ja, Michael, es wäre mir eine Ehre, dich zu heiraten."

Und dann küsste er sie, weinte mit ihr und schlief erneut mit ihr, und zum ersten Mal seit der Tat hielt er sich nicht zurück. Er gab ihr alles, was er hatte, all die Liebe und Leidenschaft, die von Beginn an zwischen ihnen gewesen waren, ohne einen Gedanken an die Schrecken oder Schmerzen der Vergangenheit.

Jeannie liebte ihn mit der gleichen Intensität, bis sie beide zu einem überwältigenden Höhepunkt gelangten und einander schluchzend ihre Liebe gestanden. Ihre Körper bebten noch von den Nachwirkungen dieses sinnlichen Rausches, als Michael ihr den Ring auf den Finger schob und seine Hand um ihre schloss, als wollte er den Bund besiegeln.

„Es tut mir leid, dass ich dich so lange habe warten lassen", sagte sie.

„Das hat mir nichts ausgemacht. Mit dir zusammen zu sein ist das Beste, was mir je passieren konnte."

Jeannie hob die Hand, um den Ring zu betrachten.

„Genau wie ich es mir vorgestellt habe", bemerkte er.

„Besser, als ich es mir hätte vorstellen können. Danke, Michael. Danke."

Er zog sie an sich, bettete ihren Kopf auf seiner Brust und streichelte ihren Rücken, um sie spüren zu lassen, wie sicher und geliebt sie in seinen Armen war. Sie hatte alles, was sie brauchte. Die Situation mit Sam würde sich von selbst klären, irgendwann. Und sie würde Mitchell Sanborn im Gerichtssaal gegenübertreten und dafür sorgen, dass er nie wieder die Chance bekam, einer anderen Frau das anzutun, was er ihr angetan hatte.

Umgeben von Michaels Liebe fühlte Jeannie sich, als gäbe es nichts, womit sie nicht fertigwerden würde. Er hatte recht. Sie war bereits durchs Feuer gegangen und hatte es überlebt. Sie würde weitermachen, denn was wäre die Alternative?

Michaels vertrauten, tröstlichen Duft einatmend, gelang es ihr, einzuschlafen.

Sam hätte trotz Wecker verschlafen, wieder einmal, wenn Nick sie nicht wach geküsst hätte. „Warum hörst du ihn und ich nicht?", murmelte sie mit geschlossenen Augen, während sie das Gefühl seiner Lippen auf ihrem Rücken genoss. Ihr Gesicht pochte wie verrückt, und sie sehnte sich nach einer weiteren Schmerztablette, die sie angesichts des vor ihr liegenden langen Arbeitstages jedoch nicht nehmen würde. Sie durften bei der Suche nach dem Mörder keine Zeit verlieren.

„Weil du genau weißt, dass ich ihn höre und dich wecke. Deshalb achtest du gar nicht mehr darauf."

„Früher konnte ich auch ohne Hilfe aufstehen." Das kam griesgrämiger heraus als beabsichtigt, doch in letzter Zeit schien sie wirklich andauernd zu wenig Schlaf zu bekommen.

„Ist es nicht schön, dass du das jetzt nicht mehr musst?" Er war unerträglich gut gelaunt am frühen Morgen.

„Ja, das ist sehr schön. Zu schön. Es lässt mich vergessen, dass ich zur Arbeit muss."

„Bald haben wir wieder einen gemeinsamen freien Tag", versicherte er ihr.

„Wann?"

„Ich habe Sonntag frei, falls du Victorias Mörder bis dahin gefasst hast. Samstag habe ich noch eine Kundgebung, doch ich habe schon angekündigt, dass ich den Sonntag freihaben möchte – für alle Fälle."

„Für alle Fälle?"

„Für den Fall, dass ich mit meiner Frau zusammen einen freien Tag verbringen kann, bevor wir Sonntagabend Scotty abholen. Ich glaube, wir brauchen einen ganzen Tag im Bett, bevor der Junge herkommt."

Sie öffnete die Augen und sah ihn skeptisch an. „Du meinst, da genügt ein Tag?"

„Natürlich nicht, aber es macht bestimmt Spaß."

„Das glaube ich auch."

„Jetzt hast du ein Ziel: Fang einen Mörder bis Samstag und verbringe den Sonntag im Bett mit deinem Mann. Zeit, aufzustehen und sich ans Werk zu machen." Er unterstrich diese

Aufforderung mit einem festen Klaps auf ihren Po, der sie gleichermaßen erschreckte und scharfmachte.

„Hast du mir gerade den Hintern versohlt?"

„Nein, nicht so richtig. Wenn du es allerdings willst, kann ich das gerne tun."

Hitze durchströmte sie und sammelte sich pulsierend zwischen ihren Schenkeln.

„Oh, aha", meinte er und betrachtete sie genauer. „Wer hätte gedacht, dass meine reizende Frau die Vorstellung erregend findet, den Hintern versohlt zu kriegen?"

„Ich bin nicht erregt."

Er lachte. „Samantha, bitte beleidige nicht meine Intelligenz. Ich bin nicht in vielen Dingen Experte, doch ich merke, wenn meine Frau erregt ist."

Als sie empört aufstehen wollte, hielt er sie zurück, indem er seinen starken Arm um ihre Taille schlang.

Sam wollte sich befreien. Sie war verlegen. Diese seltsame Unterhaltung brachte sie aus der Fassung.

„Stopp." Er schob sich auf sie und fixierte sie mit diesen Augen, die sie glatt zu durchschauen schienen. „Schäm dich nie, mir zu verraten, was du willst. Verstanden?"

Sie wich seinem Blick aus. „Aber das will ich nicht." Ihr Gesicht fühlte sich an, als ob es in Flammen stand, und das ließ sie wütend werden.

Mit dem Finger strich er über ihre unverletzte Wange. „Ich glaube, du willst es vielleicht doch. Gibt es noch andere Dinge, die du willst und von denen ich nichts weiß?"

„Ich habe dafür jetzt keine Zeit. Ich muss zur Arbeit."

Er legte den Zeigefinger unter ihr Kinn, damit sie ihn anschaute. „Versteck dich nicht vor mir, Sam. Wenn du etwas möchtest, bitte darum."

Ihr Herz pochte wie verrückt. „Ich wusste nicht, dass es mir gefällt, bis du es getan hast."

Seine Augen weiteten sich, und er hielt den Atem an, während seine Erektion an ihrem Bauch zuckte. „Sam …"

„Ich muss echt los." Sie umfasste sein Gesicht und zog ihn an sich, um ihm einen Kuss zu geben, der ihr enorme Schmerzen bereitete.

Als sie ihn losließ, stöhnte er gequält. „Melde dich krank. Das machen wir beide."

Das brachte sie zum Lachen. Sie stieß ihn in die Rippen und nutzte den Moment der Überraschung, um unter ihm hervorzurutschen. Sie war schon fast unter der Dusche, als er sie erneut aufhielt, indem er den Arm um ihre Taille schlang.

„Fortsetzung folgt", flüsterte er ihr rau ins Ohr, und seine verheißungsvollen Worte lösten ein sinnliches Kribbeln in ihr aus.

Sie duschten zusammen, hielten jedoch im Gegensatz zu sonst Abstand voneinander. Beide schienen zu ahnen, dass die kleinste Berührung zur Folge haben würde, dass sie erheblich zu spät zur Arbeit kamen.

„Ich kann dich beim Hauptquartier absetzen", bot Nick an, während er wenig später seine braune Krawatte band.

„Ich werde abgeholt." Sam hoffte und betete im Stillen, dass Nick bereits weg war, bevor Hill hier auftauchte. Als sie diese Verabredung getroffen hatte, war ihr nicht klar gewesen, dass Nick so früh auf sein würde.

„Von wem denn?"

Sie wollte antworten, dass Freddie sie abholen würde, überlegte es sich jedoch anders. Eine solche Lüge würde alles bloß schlimmer machen, wenn – nicht falls – sie herauskam. „Hill. Wir müssen heute Morgen ein paar Sachen wegen des Einsatzes gestern Abend zusammen durchgehen, und das wollte ich erledigen, bevor wir uns mit dem Team treffen."

Nicks Miene verdüsterte sich umgehend, doch er verkniff sich jeden Kommentar.

Sam steckte die Waffe in ihr Holster, nahm Handschellen, Notizbuch sowie Dienstmarke und wandte sich an Nick. „Ich habe es bereits gesagt und wiederhole es noch einmal: Du hast keinen Grund zur Sorge. Übrigens bist du sehr sexy, wenn du eifersüchtig bist."

„Eifersüchtig? Auf *ihn*?"

„Ja."

„Ich bin nicht eifersüchtig auf ihn. Welchen Grund sollte ich denn wohl haben, auf ihn eifersüchtig zu sein?"

„Gar keinen, aber das scheint dich nicht davon abzuhalten, es trotzdem zu sein."

„Er ist schwer in dich verschossen, und du wirst mich nicht vom Gegenteil überzeugen."

„Okay, dann werde ich es auch gar nicht erst versuchen. Alles, was du wissen musst – und du solltest mir gut zuhören", sie wartete, bis sie sicher war, seine volle Aufmerksamkeit zu haben: „Der einzige Mann, in den ich schwer verschossen bin, ist der, mit dem ich verheiratet bin. Hast du mich verstanden?"

„Ja", erwiderte er, jetzt zerknirschter, während er seine Hände auf ihre Hüften legte und sie sanft drückte. „Schwer verschossen, was?"

„Und wie."

„Das ist gut, oder?"

Sam lachte, woraufhin ein heftiger Schmerz in ihrem Gesicht pochte. „Sehr gut sogar. Ich liebe dich, du großer Dummkopf. Und nun hör auf, dich wie ein Neandertaler zu benehmen, und lass mich zur Arbeit fahren."

„Richte ihm aus, dass er meine Frau gefälligst nicht anstarren soll. Ich liebe sie nämlich mehr, als für mich gut ist."

„Nein, du liebst sie gerade richtig. Perfekt, um genau zu sein." Nach einem letzten Kuss streichelte sie ihm über die frisch rasierte Wange. Es gefiel ihr, dass der Duft seines Aftershaves noch lange an ihren Fingern haften würde. „Hab einen guten Tag."

„Du auch, Babe. Sei vorsichtig da draußen."

„Bin ich immer." Erleichtert darüber, dass die Diskussion über Hill nicht in einen Streit ausgeartet war, lief sie die Treppe hinunter. In dem Moment signalisierte ihr Handy, dass eine SMS von Jeannie eingegangen war. Sofort las sie die Nachricht.

Ich habe Neuigkeiten, die ich dir – als Freundin – mitteilen möchte, und eine Idee zur Kavanaugh-Ermittlung, die ich dir als meiner Chefin erzählen will. Ruf mich an, wenn du eine Minute Zeit hast.

Sam musste lächeln, dankbar und erleichtert, dass ihre Kollegin sich so ins Zeug legte. Jeannie und Tyrone zu suspendieren, war der Tiefpunkt ihrer Zeit als Lieutenant der Mordkommission gewesen. Nein, das stimmte nicht ganz. Das ungeheuerliche Gewaltverbrechen an Jeannie war der ultimative Tiefpunkt gewesen.

Als sie Jeannies Nummer in ihrer Kontaktliste gefunden hatte, drückte sie auf *Anruf*, während sie auf ihren Toast wartete. Sie hatte ihre Lektion gelernt und würde sich so schnell auf dem Weg zur Arbeit nichts mehr zu essen kaufen.

„Guten Morgen, Lieutenant." Jeannie klang deutlich munterer, als Sam nach den gestrigen Ereignissen erwartet hätte.

„Guten Morgen, Detective", begrüßte Sam sie. „Was gibt es?"

„Na, ich wollte, dass du eine der Ersten bist, die von Michaels und meiner offiziellen Verlobung erfährt."

„Meinen Glückwunsch. Das sind ja tolle Neuigkeiten! Ich freue mich sehr für euch beide. Besonders nach dem, was ihr zwei durchgemacht habt."

„Er war wundervoll, und ich fand, er hat lange genug gewartet."

„Er ist ein guter Kerl."

„Ja, das ist er." Jeannie machte eine Pause, atmete ein und wieder aus. „Lieutenant ... Sam ... du sollst wissen, dass ich es zutiefst bedauere, dich angelogen zu haben. Aber du solltest außerdem wissen, dass ich es unter den gegebenen Umständen wieder tun würde. Ich weiß, was dein Dad dir bedeutet, was er dem Department bedeutet, und die Vorstellung, er könnte mit dem Schatten des Verdachts auf einen Skandal sterben, war mir einfach unerträglich. Ich habe die Entscheidung getroffen; Tyrone ist nur mitgezogen, weil ich ihm klargemacht habe, dass es das Beste ist. Was ich allerdings bedaure, ist, dass ich nicht gleich zu dir gekommen bin, nachdem dein Vater sich erholt hatte. Das hätte ich tun sollen, und daher hattest du jedes Recht, mich zu suspendieren."

„Ich wollte dich nicht suspendieren, doch du hast mir keine große Wahl gelassen."

„Das weiß ich. Ich habe den vollständigen Bericht für dich fertig. Ich werde ihn dir heute Morgen schicken."

„Danke."

„Und du sollst wissen, dass Will und ich uns heute noch mit Dr. Morganthau treffen."

„Mit dem ehemaligen Gerichtsmediziner? Weshalb?"

„Weil er etwas weiß. Das konnte ich an seiner Stimme hören, als ich im April am Telefon mit ihm sprach. Er kannte deinen Dad und deutete an, dass der während der Ermittlungen nicht ganz bei der Sache war, weigerte sich jedoch, mehr preiszugeben, aus Respekt vor deinem Vater. Ich hoffe, dass er sich im persönlichen Gespräch entgegenkommender zeigt."

„Mein Dad ist wütend auf mich. Er hat mir mehr oder weniger befohlen, die Sache auf sich beruhen zu lassen."

„Willst du das? Wenn ja, sag es. Bloß Tyrone und ich wissen, dass sich hinter der Geschichte mehr verbirgt, als wir dir bisher gesagt haben. Oh, und Michael weiß auch Bescheid. Übrigens hat er mir schon im April gesagt, dass ich einen Fehler begehe, wenn ich dir unsere Entdeckung verschweige. Ich habe es ihm nur deshalb erzählt, weil ich so hin- und hergerissen war. Schrecklich hin- und hergerissen."

Sam wählte ihre Worte sorgsam. „Ich möchte, dass du weißt … ich verstehe, warum du gelogen hast, und ich weiß es zu schätzen, dass du meinen Dad und meine Familie zu schützen versucht hast. Deine Freundschaft bedeutet mir viel."

„Deine bedeutet mir auch viel. Besonders nach allem, was passiert ist."

„Unsere Freundschaft kommt neben dem Job an zweiter Stelle, Jeannie. Der Job geht vor, solange wir im Dienst sind."

„Ich verstehe."

„Ich kann die Suspendierung nicht zurücknehmen. Und ich würde es nicht tun, wenn ich könnte."

„Auch das verstehe ich."

„Alles, was du in deiner Freizeit tust, geschieht ohne die Rückendeckung des Departments. Geh also vorsichtig vor und unterrichte mich über das, was ihr treibt."

„Das werden wir. Soll ich mich mit Morganthau treffen, oder möchtest du, dass wir es sein lassen?"

Sam dachte darüber nach, was ihr Vater ihr dazu gesagt hatte und was ihr Gewissen ihr riet. Sie massierte sich den Nacken, von dem ein Kopfschmerz auszustrahlen begann, kam jedoch zu keinem Schluss. „Vier Leute wissen, dass mehr hinter der Geschichte steckt."

„Niemand würde je ein Wort darüber verlieren."

„Trotzdem", sagte Sam. „Vier Leute wissen davon."

„Fünf, wenn man deinen Dad mitzählt."

„Das sind fünf zu viel", entgegnete Sam entschlossen. „Trefft euch mit Morganthau. Lasst nichts darüber verlauten, sondern berichtet nur mir anschließend mündlich davon. Ich werde dann entscheiden, was als Nächstes geschieht."

„Jawohl."

„Du erwähntest eine Idee zum Fall Kavanaugh?"

„Ja." Jeannie schilderte, was sie über Desposito und Eldridge sowie deren Verbindung zu einem Jahre zurückliegenden Krankenversicherungsbetrug herausgefunden hatte.

„Das ist gute Arbeit, Detective."

„Ich schicke dir die Details per E-Mail."

„Danke", erwiderte Sam und war froh, dass ihre Freundschaft zu Jeannie, die ihr privat wie beruflich viel bedeutete, keinen Schaden genommen hatte.

„Ich wünsche dir noch einen erfolgreichen Tag, Lieutenant."

„Hoffen wir mal, dass er weniger ereignisreich ist als gestern."

„Ja", pflichtete Jeannie ihr bei. „Hoffen wir das."

„Nochmals herzlichen Glückwunsch. Ich freue mich so für euch beide!"

„Danke, Sam."

Sam schob ihr Telefon in die Tasche, rekapitulierte das Gespräch und hoffte, das Richtige zu tun, indem sie McBride und Tyrone tiefer in einem Fall graben ließ, von dem sie laut ihrem Vater die Finger lassen sollte. Sosehr sie ihren Dad auch liebte und respektierte, sie hatte einen Job zu erledigen, und das würde sie nach besten Kräften auch tun.

Sollte sie das eines Tages nicht mehr tun, wäre sie des Kommandos der Mordkommission nicht mehr würdig. Und ihrer goldenen Dienstmarke, die sie mit Stolz trug, ebenso wenig. Sich damit abfindend, dass sie die Konsequenzen mit ihrem Vater würde klären müssen, bestrich sie ihren Toast mit Erdnussbutter, informierte Nick, dass sie jetzt gehen würde, und trat gerade aus dem Haus, als Hill am Bordstein hielt.

Sam schaute hoch zum ersten Stock, wo Nick sie vom Schlafzimmerfenster aus beobachtete. Er wirkte alles andere als entzückt. Sie lächelte, so gut es angesichts ihrer Verletzung möglich war, und winkte ihm beim Einsteigen zum Abschied zu.

„Sie haben mir nicht erzählt, dass Sie Frühstück mitbringen", bemerkte Hill mit einem kurzen Blick auf den Toast und einen deutlich längeren auf sie. Der Duft seines Aftershaves und die schwüle Hitze erfüllten ihre Sinne. „Ich habe bereits gegessen. Trotzdem danke."

„Hören Sie, Hill, ich weiß ja nicht, was Sie im Sinn haben ..."

„Hey, Moment mal! Ich habe einen Scherz über Ihren Toast gemacht. Wieso glauben Sie gleich, ich würde irgendetwas im Schilde führen?"

„Sie wissen genau, wovon ich spreche." Sam biss vom Toast ab, den sie schon gar nicht mehr wollte, vor allem, da es wehtat, ihn zu essen. Prompt blieb ihr der Bissen Brot im Hals stecken. In dem Bewusstsein, dass Nick sie nach wie vor betrachtete, meinte sie: „Fahren Sie endlich."

Hill legte den Gang ein und fuhr los.

„Wollen Sie nichts sagen?", fragte Sam, nachdem eine ganze Minute des Schweigens vergangen war.

„Was soll ich denn sagen?"

Sam fühlte sich unbehaglich. Auf einmal schien es ihr keine gute Idee mehr zu sein, ihn auf diese komischen Schwingungen zwischen ihnen anzusprechen. „Warum machen Sie das?"

„Was genau mache ich denn?"

Sie legte die Reste ihres Toasts auf die Papierserviette, die sie mitgebracht hatte. „Meinen Sie, ich hätte nicht bemerkt, wie Sie gestern Abend auf mich reagiert haben? Meinen Sie, ich hätte es die anderen Male nicht bemerkt? Ich bin eine ausgebildete Menschenbeobachterin, Hill, außerdem bin ich eine Frau. Ich weiß genau, wann ein Mann mich mit einem Interesse ansieht, das über den Job, den wir gemeinsam erledigen sollen, hinausgeht."

Abgesehen vom Zucken eines Wangenmuskels war seine einzige Reaktion, dass er das Lenkrad fester umklammerte.

„Das ist alles?", fragte sie. „Äußern Sie sich gar nicht dazu?"

„Ich frage noch einmal: Was soll ich denn sagen?"

Ihr wurde klar, dass er damit ihren Verdacht so gut wie bestätigte. „Es muss aufhören."

„Da stimme ich Ihnen zu."

„Ich habe nicht die Absicht, meinem Mann untreu zu werden."

„Darum habe ich Sie auch nie gebeten. Du meine Güte, Sam, nun machen Sie mal halblang, ja? Ich habe Sie bisher stets mit Anstand und Respekt behandelt."

Sie stellte fest, dass sein Südstaatenakzent stärker wurde, wenn er aufgebracht war.

„Solange wir uns verstehen", erwiderte sie.

„Verraten Sie mir eines …" Er schüttelte den Kopf. „Schon gut."

Sie wollte nicht nachhaken, doch ihre Neugier siegte. „Was?"

„Nichts. Spielt jetzt keine Rolle mehr."

„Sie gehen mir auf die Nerven. Wenn Sie etwas fragen wollen, dann fragen Sie. Und danach sprechen wir nie wieder darüber."

Nachdem er an einer Ampel angehalten hatte, sah er sie kurz an, ehe er sich wieder auf die Straße konzentrierte. „Wenn wir uns begegnet wären, bevor Sie verheiratet waren, glauben Sie …?"

Erneut ärgerte Sam sich darüber, das Thema angeschnitten zu haben. „Darauf kann ich Ihnen unmöglich eine Antwort geben. Nick ist der Richtige für mich. Das war er immer, und das wird er auch immer sein. Es gibt keinen Platz für jemand anderen, und deshalb sind solche hypothetischen Fragen sinnlos."

„Ich habe schon geahnt, dass Sie das sagen würden." Er fuhr schweigend weiter, bis sie den Parkplatz vor dem Hauptquartier erreichten. „Ich hoffe, er weiß, wie viel Glück er hat."

„Ja, das weiß er. Und er ist sehr gut zu mir." Zögernd fügte sie hinzu: „Falls ich irgendetwas gesagt oder getan habe, was Sie ermutigt haben sollte …" Sie machte eine vage Handbewegung, auf ihn und sich deutend.

„Nein, haben Sie nicht. Es geht allein von mir aus, und ich werde damit fertig. Keine Panik."

Da diese qualvolle Unterhaltung schon viel zu lange andauerte, nickte Sam nur und stieg in dem Moment aus, als Cruz in ihrem Wagen auf den Parkplatz fuhr. Als er sie aus Hills Auto steigen sah, machte er ein wütendes Gesicht. Heiliger Strohsack, dachte sie. Die Männer in ihrem Leben und deren Problem mit Hill! Nun war sie nicht bloß äußerst motiviert, den Fall abzuschließen, um den Sonntag mit ihrem Mann im Bett verbringen zu können, sondern sie wollte Hill auch ein für alle Mal aus ihrem Umfeld entfernen. Er verursachte ihr viel zu viele Probleme, zu Hause und bei der Arbeit.

„Es ist nicht das, was du denkst", erklärte sie ihrem Partner, Hill hinter sich lassend.

„Was denke ich denn?" Freddie stopfte sich einen Donut mit Puderzucker in den Mund und spülte mit einem Energydrink nach.

„Du glaubst, ich hätte nicht mit dir fahren wollen, damit ich mit Hill fahren kann. Aber ich musste mit ihm wegen des Einsatzes sprechen und habe auf diese Weise zwei Fliegen mit einer Klappe geschlagen. Das ist alles."

„Ich habe kein Problem damit. Du bist diejenige mit dem schlechten Gewissen."

Sam hätte seinen Kopf jetzt gern gegen Nicks geschlagen. Da das jedoch gerade nicht infrage kam, bahnte sie sich mit ihm einen Weg durch die Reportermeute, die mehr über Maeve

Kavanaugh erfahren wollte und darüber, wie sie sich erholte. Sam ignorierte sie. Vorläufig.

„Malone hat mir zu deinem Auftritt vor den Medien gestern Abend eine E-Mail geschickt", sagte sie zu Freddie, als sie drinnen in Sicherheit waren.

„Aha."

„Warst du sehr nervös?"

Er warf ihr einen finsteren Blick zu. „Traust du mir gar nichts zu?"

„Du warst schwer nervös."

Freddie hielt mitten beim Aufdrücken der Doppeltür zur Mordkommission inne. „Du solltest wissen, dass die Leute darüber reden, was mit McBride und Tyrone los ist."

„Das geht sie nichts an."

„Mag sein. Sie reden trotzdem."

„Gut zu wissen. Danke für die Information."

„Nach dem Meeting müssen wir mit dem Kongressabgeordneten aus Ohio sprechen, der Victoria für den Job bei Calahan Rice empfohlen hat."

„Ich werde dich begleiten. Nachdem Maeve nun wieder sicher bei ihrem Vater ist, können wir uns endlich voll auf die Mordermittlung konzentrieren."

„Und natürlich bewaffnete Räuber festnehmen", ergänzte er scherzhaft.

„Natürlich."

Sie traten gleichzeitig durch die Doppeltür, und Gonzo kam sofort auf sie zu. „Lieutenant, in der Spätschicht gab es einen Mord. Das Opfer wurde bereits identifiziert: Es handelt sich um Bertha Rays Sohn Bobby. Man hat ihn unten beim Navy Yard gefunden, und wer immer ihn getötet hat, sandte damit eine Botschaft. Man hat ihm nämlich die Augen ausgestochen und die Zunge herausgeschnitten – und zwar, als er noch lebte."

„Jesus", murmelte Sam.

In Anbetracht der geschilderten Situation verkniff Freddie sich einen Kommentar zu ihrer Verwendung des Namens des Herrn.

„Was ist passiert?", wollte Hill wissen, als er sie eingeholt hatte.

Sam informierte ihn.

„Verdammt", sagte er, als er hörte, dass Bobby Ray tot war. „Ich werde seiner Mutter Bescheid geben. Sie hat gestern ein wenig Vertrauen zu mir gefasst."

„Das wäre sehr hilfreich", ermutigte Sam ihn und war froh, einmal nicht die schlimmen Nachrichten überbringen zu müssen.

Detective Arnold gesellte sich zu ihnen. „Wir haben die Meldung hereinbekommen, dass Brandbomben auf Mrs. Rays Haus geworfen wurden. Die Feuerwehr ist bereits eingetroffen." Arnold wandte sich an Hill: „Hat sie sich dort aufgehalten?"

Hill verneinte. „Ich habe etwas Derartiges befürchtet, und deshalb habe ich gestern Abend noch dafür gesorgt, dass sie die Stadt verlässt. Sie ist bei ihrer Schwester in Philly."

„Oh, gut", meinte Arnold sichtlich erleichtert. „Sie war eine nette Lady, die in etwas hineingezogen wurde, das gar nichts mit ihr zu tun hatte."

„Gute Entscheidung", sagte Sam zu Hill und bekam immer mehr Respekt vor seinem Urteilsvermögen. „Konferenzraum in fünf Minuten, alle. Lasst uns einen neuen Anlauf nehmen und uns richtig reinknien." Sie ging in ihr Büro, um Jeannies Bericht über Denise Desposito und William Eldridge zu holen.

Sam überflog den Bericht und entschied, Gonzo und Arnold nach Harpers Ferry in West Virginia zu schicken, um mit der Witwe von Eldridge zu sprechen. Jeannie hatte dem Bericht die Adresse und eine Wegbeschreibung zum Apartment der Frau beigefügt, die in einem betreuten Wohnblock lebte.

Als sie aufstand, um in den Konferenzraum zu gehen, signalisierte ihr Handy, dass eine SMS von Nick eingetroffen war. Sie las: *Jedes Mal, wenn ich daran denke, dir den Hintern zu versohlen, bekomme ich einen Ständer.*

Hitze durchflutete sie bei der Erinnerung an die Unterhaltung heute Morgen. Das hatte noch gefehlt – erregt im Dienst. Sie musste dringend eingreifen, um den Schaden zu begrenzen.

Schnell schrieb sie zurück: *Hier ist nicht Sam, Senator, sondern Darren Tabor.* Bei der Vorstellung, wie er diese Nachricht las, lachte sie und sammelte ihre Unterlagen ein.

Erneut gab ihr Telefon einen Signalton von sich. *Sehr witzig. Soll ich deinetwegen einen Herzschlag bekommen?*

Sie schrieb: *Eine kleine Erinnerung, dass nicht jugendfreie Texte Ihrer politischen Karriere schaden können, Senator. Und jetzt lassen Sie mich in Ruhe. Ich muss arbeiten.*

Eine letzte SMS von Nick ging ein. *Das wirst du mir büßen. Stell dich schon mal darauf ein.*

16. Kapitel

In Gedanken noch bei Nicks scherzhafter Drohung, betrat Sam den Konferenzraum, wo Gonzo gerade ein altes Fahndungsfoto von Bobby Ray an die Weißwandtafel heftete.

„Hier ist das Foto danach", erklärte Lindsey, die eben erst zu ihnen stieß. Gonzo wurde blass, als er das Bild von ihr entgegennahm und einen Blick darauf warf.

Sie sahen viele grausige Dinge in diesem Job, doch dies war deutlich heftiger als das Übliche. Als Gonzo die Aufnahme mithilfe eines Magneten an die Tafel heftete, sah Sam sich genau an, was man Bobby angetan hatte. Blutige leere Löcher, wo einst die Augen gewesen waren; die Lippen waren grotesk aufgequollen.

„Am eigenen Blut erstickt", erläuterte Lindsey sachlich, obwohl Sam wusste, dass sie sehr wohl mit den Opfern mitfühlte. Das taten sie alle.

„Jemand wollte eine Botschaft senden", stellte Sam fest. „Das passiert, wenn jemand redet."

„Ganz genau", bemerkte Hill.

„Wer hat die Meldung entgegengenommen?", wollte Sam wissen.

„Dominguez und Carlucci", antwortete Gonzo. „Die sind mit dem Bericht unterwegs hierher."

„Damit hat sich unsere heißeste Spur erledigt", meinte Sam. „Also lasst uns schnell eine neue finden. Cruz, möchtest du über unseren nächsten Schritt berichten?"

„Wir werden mit Roy Tornquist sprechen, dem Kongressabgeordneten aus Ohio. Er hat Victoria Taft damals ein Empfehlungsschreiben für ihre Bewerbung bei Calahan Rice ausgestellt."

„Gonzo, ich will, dass du und Arnold nach Harpers Ferry, West Virginia, fahrt, wo ihr mit William Eldridges Witwe Myrna sprechen sollt. Findet alles heraus, was eine Verbindung zwischen ihm und Denise Desposito herstellt. Beide Namen wurden verwendet, um Victorias Identität zu verschleiern, also schaut euch an, wo und wie sie zusammenhängen."

„Verstanden."

„Wie nah sind wir demjenigen, der Victorias Personenüberprüfung durchgeführt hat?", wandte Sam sich an Hill.

„Wir kommen ihm näher. Mein Kontakt beim Verteidigungssicherheitsdienst hat mir versprochen, sich heute bei mir zu melden."

„Lindsey, gibt es schon etwas Neues vom Bericht über die Hautfetzen, die wir unter Victorias Fingernägeln sichergestellt haben?"

„Noch nicht. Ich werde ein bisschen Druck machen."

„Sagen Sie mir Bescheid, wenn ich mich einschalten soll", meldete Chief Farnsworth sich aus dem Hintergrund zu Wort.

Wo ist der hergekommen? fragte Sam sich im Stillen.

„Kann vielleicht nicht schaden", erwiderte Lindsey.

„Ich werde da mal telefonisch nachhaken", versprach Farnsworth.

„Ich habe mir außerdem überlegt, dass wir uns mal den Fitnessklub ansehen sollten, in dem Derek und Victoria sich kennengelernt haben, und uns Victorias Unterlagen zeigen lassen", sagte Sam. „Möglicherweise erhalten wir dadurch einen Einblick in ihr Leben, bevor sie ihn getroffen hat. Cruz und ich werden uns darum kümmern, sobald wir Capitol Hill verlassen haben."

Sam wollte überdies mit Freunden reden, die Victoria gekannt hatten, bevor Derek in ihr Leben getreten war, und wünschte sich, McBride und Tyrone könnten sich darum kümmern.

Ein Klopfen an der Tür ging dem Erscheinen von Dani Carlucci und Giselle „Gigi" Dominguez im Konferenzraum voraus.

„Guten Morgen", begrüßte Sam die Detectives von der Nachtschicht, die beide ein wenig angespannter als üblich aussahen. „Was habt ihr über Bobby Ray erfahren?"

„Ein Arbeiter vom Navy Yard entdeckte ihn auf dem Mittelstreifen des MLK Parkway", berichtete Dominguez. Sie war klein und kompakt, mit dunklen Haaren, dunklen Augen und olivfarbener Haut. Obwohl sie nicht sehr mitteilsam war, schätzte Sam ihre kompetente und gute Arbeit. „Die Leiche war noch warm, als wir kurz nach sechs dort eintrafen, deshalb grenzte Dr. McNamara das Eintreten des Todes auf den Zeitraum zwischen fünf und sechs Uhr nachmittags ein."

„Die haben ihn fertiggemacht", meinte Carlucci. Sie war stolz auf ihre italienische Herkunft, ähnelte mit ihrer Größe, den blonden Haaren und den vollen Brüsten jedoch eher ihrer norwegischen Mutter. Die anderen Detectives nannten sie „Barbie", was sie angeblich hasste. Doch manchmal hatte Sam den Eindruck, dass ihr der Spitzname insgeheim ganz gut gefiel. Carlucci deutete auf das Foto von Ray an der Tafel. „Wie ihr sehen könnt."

„Agent Hill wird die Angehörigen informieren", erklärte Sam.

„Oh, gut", erwiderte Dominguez erleichtert. „Ich war nämlich nicht gerade scharf darauf."

„Wir bleiben noch und schreiben den Bericht, und wir sprechen mit den Leuten aus seinem Umfeld, sofern die bekannt sind", fügte Carlucci hinzu.

„Das wäre eine große Hilfe", sagte Sam, dankbar für diese Initiative. „Danke. Na schön, ihr habt alle eure Marschbefehle.

Berichterstattung um halb fünf. Gonzo, wenn du bis dahin nicht zurück bist, ruf an."

„Mach ich. Gehen wir, Arnold."

Sam bat Carlucci und Dominguez, noch einen Moment zu bleiben, während die anderen den Raum verließen. „Das war ziemlich hart. Geht es euch gut?"

„Ja", antwortete Carlucci. „Ich bin nicht mehr sonderlich an einem Frühstück heute Morgen interessiert, aber ansonsten komme ich klar."

„Geht mir genauso", pflichtete Dominguez ihrer Kollegin bei. „Grauenhaft."

„Ihr habt euch gut gehalten", lobte Sam die beiden. „Danke, dass ihr länger bleibt. Ich werde die Überstunden genehmigen."

„Danke, Lieutenant", sagte Carlucci. „Wir melden uns, falls wir auf etwas stoßen, was von Bedeutung sein könnte."

„Sehr gut." Sam verließ den Konferenzraum und ging zu ihrem Büro, um ihre Schlüssel und ihr Funkgerät zu holen, bevor sie mit Cruz aufbrach. Als sie eine Frau auf dem Besucherstuhl entdeckte, die gerade durch ihre Handynachrichten scrollte, blieb sie stehen. Die Frau trug ein Kostüm, Pumps und die Haare zu einem dieser originellen Knoten zusammengebunden, die Sam mit ihrer wilden Lockenmähne nie hinbekam. „Äh, kann ich Ihnen helfen?"

„Lieutenant Holland?"

„Wer will das wissen?"

Die Frau stand auf und bot ihr die Hand an. „Jessica Townsend, Anwältin des Departments."

Widerstrebend schüttelte Sam ihr die Hand. „Was ist mit dem alten Leonard passiert?"

„Hat sich zur Ruhe gesetzt."

„Hm, davon habe ich gar nichts mitbekommen. Was kann ich für Sie tun?"

„Ich glaube, Sie wissen, dass Melissa Woodmansee Anzeige gegen das Department wegen Polizeigewalt erstattet hat."

Als würden die Erwähnung von Klagen und der Gedanke an Vernehmungen ihren Puls nicht beschleunigen, nahm Sam ihre Schlüssel, das Funkgerät, die Sonnenbrille und ihr Handy. „Ich habe gerüchteweise davon gehört."

„Im Kern geht es um Ihr Verhalten während der Verhaftung. Und deshalb brauche ich eine Aussage von Ihnen."

„Sie haben bereits eine Aussage von mir. Nennt sich Polizeibericht. Haben Sie den gelesen?"

Jessicas blaue Augen wurden sehr kalt. „Ja, ich habe den Bericht gelesen, aber ich habe dazu noch Fragen."

„Tja, die kann ich Ihnen leider nicht in diesem Moment beantworten. Muss weg. Sie können sich einen Termin geben lassen."

„Ich verfüge über die Autorität, Sie zur Befragung zu bestellen, wann immer es mir angemessen erscheint."

„Und ich muss den Mörder einer jungen Mutter fassen, der überdies ein Baby vom Tatort entführt hat. Tut mir leid, wenn ich da ein wenig schroff bin, doch meine Angelegenheiten gehen jederzeit vor. Wenn Sie einen Termin vereinbaren wollen, werde ich Ihnen liebend gern darüber berichten, wie gerechtfertigt meine Vorgehensweise zur Überführung einer Mörderin war. Aber nicht jetzt." Sam ging an Jessica vorbei. „Cruz! Gehen wir!"

Freddie kam aus einem der Büroabteile und folgte Sam hinaus aus dem Kommissariat. Halbwegs rechnete sie damit, dass Jessica hinterherkam, aber das tat sie nicht. „Shit", murmelte Sam.

„Was ist?", erkundigte Freddie sich.

„Ich habe mich wegen der Woodmansee-Sache der Polizeianwältin gegenüber wie eine Hexe benommen. Sie wollte mich sprechen, und ich habe sie voll abblitzen lassen."

„Ich kann es dir nicht verdenken, dass du genervt reagiert hast. Ich bin jedenfalls genervt davon, dass sie uns verklagt."

„Echt! Ich möchte mal wissen, was jemand anderes an meiner Stelle getan hätte, wenn diese Irre mit einem Sprengstoffgürtel in sein Haus marschiert wäre."

„Jeder hätte das getan, was wir getan haben, und sich hinterher nicht dafür entschuldigt."

„Genau." Sam rollte mit den Schultern und trat hinaus, wo die Reportermeute wartete. Gingen die denn nie nach Hause? Gaben die nie auf? Wurde es denen nicht zu heiß in der prallen Sonne? Anscheinend nicht. Ihr Hunger nach sensationellen Neuigkeiten war offenbar stärker als alles andere. „Dummerweise ist es jedoch nicht die Schuld der Polizeianwältin, dass wir verklagt wurden."

„Stimmt auch wieder. Trotzdem muss ihr doch klar sein, dass du zurzeit viel um die Ohren hast."

„Was wissen Sie über die Leiche, die heute im Navy Yard gefunden wurde?", rief einer der Reporter ihr zu.

„Nicht viel", erwiderte Sam.

„War es Mord?"

„Ja."

„Wann werden Sie einen Namen bekannt geben?"

„Später."

Sie und Freddie bahnten sich ihren Weg durch die Menge zu Sams Auto. „Zählt das als Pressekonferenz?", fragte sie.

„Für mich schon. Du hast mit der Presse konferiert."

„Mir gefällt deine Art zu denken." Sie öffnete die Wagentür und wich vor dem Hitzeschwall zurück, der ihr aus dem Inneren entgegenkam. „Da drin ist es ja heißer als ein Ziegenbock mit einer Lötlampe."

„Woher zum Geier hast du denn diesen Spruch?"

„Sagt das nicht jeder?", fragte Sam, ehrlich überrascht.

„Äh, nein."

„Hm. Mein Dad hat das immer gesagt." Bei der Erinnerung an ihren Vater, der momentan wütend auf sie war, wurde ihr das Herz ein wenig schwer. „Ich dachte, das sei ein Spruch, den jeder benutzt."

Freddie lachte. „Nicht dass ich wüsste, aber ich lerne gern dazu von dir, Lieutenant."

„Lass die Arschkriecherei und erzähl mir lieber, was wir bislang über Tornquist haben", forderte Sam ihn auf, als sie vom Parkplatz Richtung Capitol Hill fuhr, und überlegte, ob sie dort ihrem attraktiven Ehemann über den Weg laufen würde. Wäre das nicht schön?

„Er ist ein Unabhängiger aus Dayton, Ohio", berichtete Freddie. „Anscheinend war er Demokrat, verließ die Partei jedoch, nachdem er in den Kongress gewählt worden war. Ich habe gelesen, dass seine Chancen auf eine Wiederwahl gegen null tendieren. Aber er ist ein großer Befürworter Arnie Pattersons. Es heißt, er wäre ein sicherer Kandidat für einen Posten im Kabinett einer Patterson-Regierung."

„Stammt Patterson nicht auch aus Ohio?"

„Ich glaube schon."

„Interessant", bemerkte Sam. „Behalte das mal für einen Moment im Hinterkopf …"

„Ich bin Ihr treu ergebener Diener, wie immer."

„Jesus, Cruz."

„Ich habe dich doch gebeten, den Namen des Herrn nicht zu missbrauchen."

„Und ich habe dich gebeten, nicht ein solcher Schleimer zu sein."

„So wie es aussieht, befinden wir uns da in einer Pattsituation … Also führe doch deine Überlegungen weiter aus."

Er konnte wirklich eine Nervensäge sein, allerdings war ihr Partner auch stets unterhaltsam. „Mir gehen all diese Sachen durch den Kopf, lauter Versatzstücke und Puzzleteile, die nicht recht zusammenpassen, doch alles deutet irgendwie auf Ohio hin. Victorias falsche Identität hat dort ihren Ursprung – das Empfehlungsschreiben des Kongressabgeordneten. Und Desposito war dort an dem Versicherungsbetrug beteiligt. Eldridge arbeitete für Patterson, und Patterson stammt von dort. Der Kongressabgeordnete und Patterson sind eng miteinander verbunden. Und dann denke ich darüber nach, wer ein Motiv hätte, jemanden ganz oben in der Nelson-Administration zu installieren."

„Du glaubst, es ist Patterson? Dass alles ein skrupelloser Plan war, um sich die Präsidentschaft zu sichern?"

„Ich weiß, wie abwegig das klingt. Es hätte jahrelange Planung erfordert und einen Haufen Geld, um ein Mitglied des Nelson-Teams ins Visier zu nehmen, das den ganzen Aufwand lohnt, um eine neue Identität für Victoria zu erfinden, um nach ihrer Heirat mit Derek eine Personenüberprüfung zu fälschen, um ihre Sozialversicherungsnummer zu fälschen ebenso wie ihr Fingerabdruckprofil und um ihr darüber hinaus wer weiß wie viel zu bezahlen, damit sie überhaupt mitspielt. Wer hat diese Möglichkeiten und das Motiv dazu?" Sam schaute zu Freddie, der vor sich hin starrte, während ihm die Tragweite dieser Überlegungen dämmerte. „Wie gesagt, es klingt alles irgendwie weit hergeholt …"

„Der gesamte Fall ist irgendwie abwegig. Seit wir Victoria gefunden haben, die gar nicht die war, für die wir sie hielten, fügt sich ein bizarres Teil ans nächste." Freddie schwieg, grübelte weiter und meinte dann: „In einer Sache hast du allerdings recht."

Sam runzelte die Stirn, und sofort brannte ihr Gesicht wieder wie verrückt. Sie vergaß ständig, dass ihr viele Gesichtsausdrücke derzeit nicht zur Verfügung standen. „Nur in einer?"

„Du solltest wirklich an deinem mangelnden Selbstbewusstsein arbeiten. Das wird dir helfen, wenn du schon kein Rückgrat hast."

„So ungern ich das zugebe, doch dein Sarkasmus hat sich unter meiner Führung sehr gut entwickelt, und ich bin daher stolz auf dich."

„Ach, Mensch ... danke."

„Und jetzt erzähl mir, womit ich recht habe. Ich lebe für diese Momente."

Lachend erwiderte Freddie: „Patterson hat mit Sicherheit das Geld und den Ehrgeiz, einen solchen Plan zu verwirklichen."

„Von Nick weiß ich, dass die Demokratische Partei wegen Patterson besorgt ist. Nelson ist verwundbar, und Patterson könnte genug Wählerstimmen der Mitte bekommen und damit eine zweite Amtszeit Nelsons verhindern."

„Du solltest dich reden hören – ganz die Politikerfrau."

„Leck mich."

„Das ist nicht sehr diplomatisch, Mrs. Cappuano."

„Leck mich noch mal." Sams Handy klingelte, sodass er keine Chance auf eine weitere Bemerkung bekam. „Holland."

„Sam, hey."

„Hi, Trace", begrüßte sie ihre Schwester. „Was gibt's?"

„Ich dachte, du willst vielleicht wissen, dass Ang in den Wehen liegt."

Diese Nachricht traf Sam mit voller Wucht in die Magengrube und nahm ihr kurz den Atem. Ihr Kopf war plötzlich völlig leer.

„Sam!", rief Freddie und zeigte auf die gelbe Ampel an der nächsten Kreuzung.

Sie trat auf die Bremse.

„Bist du noch da?", wollte Tracy wissen.

„Ja, Entschuldigung."

„Sam ..."

„Sag es nicht, Tracy. Bitte."

„Angela bat mich, dich nicht anzurufen. Wir wissen nie, wie wir uns in solchen Situationen verhalten sollen."

„Mann, ich bin echt eine Idiotin. Meine Schwester liegt in den Wehen, und ich denke bloß an mich selbst."

„Ach, Schätzchen, komm schon. Es ist nun mal hart für dich, das ist uns allen klar."

Sam zwang sich, tief einzuatmen, und trat aufs Gaspedal, als die Ampel wieder auf Grün sprang. „Ich komme klar. Um mich geht es nicht. Es geht um Ang und Spence und Jack. Bei wem ist der eigentlich?"

„Dad und Celia haben ihn vorläufig genommen. Angelas Fruchtblase ist um acht geplatzt, und Spence hat sie ins Krankenhaus gefahren. Die meinten, unsere Nichte würde wohl erst später im Lauf des Tages kommen."

„Hältst du mich auf dem Laufenden?"

„Mach ich."

„Ich schaue nach dem Dienst vorbei."

„Kommst du wirklich klar?"

„Sicher. Danke für deinen Anruf, Trace." Sam beendete das Gespräch und schob das Telefon in die Tasche.

„Angela bekommt ihr Baby?", erkundigte Freddie sich.

„Ja." Sam war ihm dankbar dafür, dass er sich nicht weiter dazu äußerte. Weder für ihn noch für alle anderen, die sie näher kannten, waren ihre Empfängnisprobleme ein Geheimnis. Was gab es da auch noch zu sagen?

Sie fuhr auf den Parkplatz vor dem Longworth House Office Building und stellte den Motor aus. Auf dem Weg ins Gebäude stoppte sie Freddie. „Behalten wir diese Möglichkeit über Patterson lieber für uns, bis wir mehr darüber in Erfahrung gebracht haben."

„Wirst du Tornquist über seine Verbindung zu Patterson befragen?"

„Mal sehen, wohin uns die Unterhaltung führt. Ich verlasse mich auf mein Gefühl."

„Okay."

„Warte noch eine Sekunde." Sam zog ihr Handy aus der Tasche und scrollte durch die jüngsten Anrufe, um Hills Nummer zu finden. Als sie ihn am Apparat hatte, sagte sie: „Wissen Sie, wonach wir noch suchen müssen?"

„Was denn?", fragte er.

„Nach dem Arzt, der Maeve Kavanaugh den GPS-Chip implantiert hat. Wo zum Geier hat der während der Berichterstattung über die Entführung gesteckt?"

„Gute Idee. Ich kümmere mich darum."

„Großartig, bis später." Bevor Sam das Telefon wieder einsteckte, schickte sie Nick noch rasch eine SMS, um ihm von Angelas Wehen zu berichten. „Gehen wir", meinte sie schließlich zu Freddie.

Sie fanden Tornquists Büroräume am Ende eines langen Korridors im zweiten Stock. Drinnen herrschte geschäftiges Treiben von Mitarbeitern, die telefonierten, am Computer saßen oder zwischen ihren Büroabteilen und dem Büro des Kongressabgeordneten hin- und herliefen.

Sam zeigte der Sekretärin ihre Dienstmarke. „Lieutenant Holland, MPD. Das ist mein Partner, Detective Cruz. Wir würden den Kongressabgeordneten gern sprechen."

„Haben Sie einen Termin?", erkundigte sich die Blondine schnippisch.

„Sie wissen genau, dass wir keinen haben."

„Er ist den ganzen Tag beschäftigt, aber ich könnte Sie morgen früh gegen halb neun unterbringen. Wäre Ihnen das recht?"

Freddie musste lachen, als Sam sich vorbeugte, die Hände auf den Empfangstresen legte und ihr Gesicht bis auf wenige Zentimeter der Stupsnase der Blonden näherte. „Wir sind Cops. Wir wollen mit Ihrem Boss reden. Jetzt. Verstanden?"

Blondie traten die Augen aus dem Kopf, und ihr Kopf ruckte. Sie sprang auf und verschwand im Büro des Kongressabgeordneten.

„Ich liebe es, wenn die solche Sachen sagen", murmelte Freddie. „Ich zähle im Kopf immer einen Countdown. Fünf, vier, drei, zwei ... Über drei bist du nie hinausgekommen."

„Ich bin froh, so vorhersehbar zu sein."

Blondie kehrte zurück, mit rotem Kopf und sichtlich verstört. Eine Gruppe Männer und Frauen in Anzügen und Kostümen folgte ihr aus dem Zimmer, und jeder von ihnen musterte Sam und Freddie mit nervöser Neugier. Nachdem alle verschwunden waren, meinte Blondie: „Er wird Sie nun empfangen."

„Mir gefällt diese Art von Zusammenarbeit", bemerkte Sam. „Ihnen nicht auch, Detective Cruz?"

„Sie wissen, dass das auch für mich gilt, Lieutenant."

Sam genoss Blondies Anspannung, als sie an ihr vorbei zum Büro des Abgeordneten liefen. Der Mann war klein und rundlich, mit dunklen Haaren und einer Hornbrille. Es handelte sich nicht um eine der modernen Hornbrillen, sondern um eine altmodische, die ihn wie einen echten Nerd aussehen ließ.

Sam stellte Freddie und sich vor. „Wir sind Ihnen sehr dankbar, dass Sie uns ohne Termin empfangen", erklärte sie in reizendem Ton, der überhaupt nicht ihrem Charakter entsprach, weshalb Cruz beinah erneut gelacht hätte.

Tornquist bedeutete ihnen, auf dem Sofa Platz zu nehmen, während er selbst sich in einen Sessel setzte, der unter seinem Gewicht ächzte. „Selbstverständlich. Ich freue mich immer, wenn ich dem Metropolitan Police Department behilflich sein kann. Was kann ich heute für Sie tun?" Er faltete die Hände über seinem Bierbauch, als ob er sich für eine angenehme Plauderei bei Eistee und Gurkensandwiches einrichtete.

„Wir ermitteln im Mordfall Victoria Kavanaugh."

„Ah." Tornquist klang bestürzt. „So eine traurige Sache. Ich kenne Derek Kavanaugh und kann mir seinen schrecklichen Kummer kaum vorstellen."

Sam hielt ihm ein Blatt Papier hin. „Sie haben dieses Empfehlungsschreiben für Victoria aufgesetzt, als sie noch Victoria Taft hieß und sich für eine Stelle in der Lobby-Firma Calahan Rice bewarb."

Tornquist nahm das Schreiben, überflog es und gab es Sam mit scheinheiligem Lächeln zurück. „Das ist meine elektronische Unterschrift. Haben Sie eine Ahnung, wie viele davon mein Büro jedes Jahr herausgibt, für ehrgeizige junge Leute aus Ohio, die in der Hauptstadt Karriere machen wollen?"

„Dann kannten Sie Miss Taft gar nicht?"

„Nein."

„Sie schreiben diese Briefe also für Ihre Wähler, ganz gleich, ob die qualifiziert für den Posten sind, um den sie sich bewerben, oder nicht?"

„Es ist nicht meine Aufgabe, zu entscheiden, ob jemand qualifiziert ist oder nicht. Ich nehme an, der Arbeitgeber prüft die Eignung eines Bewerbers. Ich bürge lediglich für ihren Charakter."

„Wie konnten Sie das, wenn Sie Miss Taft doch nie kennengelernt haben? Woher wussten Sie, dass Sie für jemanden mit verlässlichem Charakter votieren?"

„Lieutenant, angesichts Ihrer Ehe müssten doch gerade Sie wissen, wie diese Dinge funktionieren."

Freddie räusperte sich, ein sicheres Zeichen dafür, dass er nicht zu lachen versuchte. Sam hätte darauf wetten können, dass er wieder im Stillen den Countdown zählte.

„Herr Kongressabgeordneter, lassen Sie mich Ihnen erklären, wie die Dinge in meiner Welt laufen. Leute empfehlen Leute, die sie kennen. Sie empfehlen andere nicht, weil sie so schlau waren, im großartigen Staat Ohio geboren worden zu sein."

„Ihr Mann hat sicher …"

„Wir reden nicht über meinen Mann! Wir sprechen über Sie! Kannten Sie nun Victoria Taft, als sie um ein Empfehlungsschreiben bat, oder kannten Sie sie nicht?"

Plötzlich bildete sich eine Schweißperle auf der Stirn des Abgeordneten, und er verzog vor Unbehagen das Gesicht. „Brauche ich einen Anwalt?"

Sam mochte es, wenn sie diese Frage stellten. Nichts wies klarer darauf hin, dass der andere etwas zu verbergen hatte, als die Forderung nach einem Anwalt. „Sagen Sie es mir. Brauchen Sie einen?"

„Ich kannte sie nicht", antwortete Tornquist zögernd.

„Aber?"

„Ich kenne jemanden, der sie kannte", gestand er, „und derjenige bat mich, den Brief zu schreiben."

„Ich finde es ja sehr interessant, dass Sie sich an einen Brief erinnern, den Sie vor Jahren geschrieben haben, für eine Frau, von der Sie behaupten, sie nicht gekannt zu haben. Finden Sie das nicht auch interessant, Detective Cruz?"

„Absolut, Lieutenant. Ich meine, schließlich schreibt er ziemlich viele Briefe. Warum erinnert er sich ausgerechnet an diesen?"

Während dieser kleinen privaten Unterhaltung zwischen ihnen schwitzte Tornquist weiter und wurde zappelig.

„Also ..." Sam richtete ihre Aufmerksamkeit wieder auf Tornquist. „Verraten Sie uns, wer Sie darum gebeten hat, dieses Empfehlungsschreiben für Victoria Taft aufzusetzen?"

Sein Gesicht nahm eine unansehnliche violette Färbung an, die Sam für gewöhnlich nur mit Lieutenant Stahl in Verbindung brachte. Er öffnete den obersten Hemdknopf, lockerte seine Krawatte und schien um Atem zu ringen.

Sam und Freddie tauschten einen Blick.

„Ist Ihnen nicht gut, Herr Kongressabgeordneter?", erkundigte Sam sich.

„I...ich weiß nicht. Meine Brust schmerzt, und ich bekomme plötzlich schlecht Luft."

Oh, verdammt, dachte Sam. *Gerade jetzt, wo wir Fortschritte machen.* Per Funk rief sie einen Krankenwagen. Dann half sie dem Abgeordneten, sich auf den Boden zu legen, nahm ihm die Krawatte ab und öffnete zwei weitere seiner Hemdknöpfe. „Cruz, sag den Mitarbeitern, sie sollen nach dem Krankenwagen Ausschau halten."

„Mach ich."

„Habe ich einen Herzinfarkt?", fragte Tornquist und schnappte nach Luft.

„Hoffen wir mal nicht."

Da er bei Bewusstsein war und atmete, blieb Sam eine Mund-zu-Mund-Beatmung erspart, oder sonst etwas, was sie gezwungen hätte, ihre Lippen oder Hände seinem verschwitzten Körper zu nähern.

„Was haben Sie mit ihm gemacht?", wollte Blondie wissen, als sie hereingestürmt kam.

Freddie war direkt hinter ihr.

„Wir haben gar nichts gemacht", antwortete Sam. „Wir haben bloß mit ihm geredet, und auf einmal lief er blau an. Wie könnte das unsere Schuld sein?" Allmählich hatte sie es gründlich satt, ständig dafür angegriffen zu werden, dass sie ihren Job erledigte.

„Herr Kongressabgeordneter, geht es Ihnen gut?" Blondie kniete sich neben ihn.

„Es wird bestimmt wieder, Melody. Keine Sorge."

Melody, dachte Sam. *Wie passend.*

Zehn Minuten vergingen in unbehaglichem Schweigen, während Tornquist um jeden Atemzug kämpfte. Als die Rettungssanitäter herbeikamen, standen Sam und Freddie auf und wichen zurück, damit sie Platz hatten.

Nachdem sie den Zustand des Kongressabgeordneten eingeschätzt hatten, legten die Retter ihn auf die Bahre und gurteten ihn fest.

Auf dem Weg nach draußen streckte Tornquist die Hand nach Sam aus. „Reden Sie mit Christian Patterson. Er bat mich, den Brief zu schreiben."

Als der Abgeordnete eilig hinausgetragen wurde, begriff Sam, dass dies der erste echte Durchbruch im Fall Kavanaugh war.

Sam und Freddie folgten den Sanitätern aus dem Gebäude und schauten zu, wie sie Tornquist in den Krankenwagen verfrachteten.

„Glaubst du, er steckt da mit drin?", fragte Freddie.

„Zumindest weiß er etwas. Dieser Herzanfall kam doch ziemlich unvermittelt."

„Das habe ich auch gedacht. Passte ganz gut."

„Was fangen wir mit dem an, was er uns erzählt hat?"

„Wir sehen uns Christian Patterson mal genauer an." Sie machte sich auf den Weg zu ihrem Auto. „Können wir darüber reden, wie ich das wieder gemacht habe?"

Freddie stöhnte. „Müssen wir?"

„Ja, müssen wir. Vor nicht einmal dreißig Minuten sagte ich: ‚Hm, ich frage mich, ob Arnie Patterson wohl irgendetwas mit der Sache zu tun hat.' Und vor nicht mal fünf Minuten liefert Tornquist uns den Sohn des Mannes auf dem Silbertablett."

„Weißt du, was mein erster Gedanke war, als er den Namen Patterson nannte?"

Sam hüpfte beinah, begnügte sich jedoch mit einem kleinen Hüftschwung vor Freude. Nichts war erhebender als eine wichtige Spur in einem komplizierten Fall. „Ich habe keine Ahnung. Warum verrätst du es mir nicht einfach?"

„Ich dachte: ‚O nein, jetzt wird sie mir ständig damit in den Ohren liegen!'"

Das brachte Sam zum Lachen – und wie. „Wie gut du mich kennst, mein Freund." Im Wagen zog sie ihr Handy aus der Tasche und rief im Hauptquartier an. „Stellen Sie mich in die Grube durch."

„In die was?", kam es aus der Zentrale.

Sam stutzte genervt. „Sind Sie neu?"

„Wer spricht da?"

„Lieutenant Holland. Verbinden Sie mich bitte mit der Mordkommission." Sie sah zu Freddie und verdrehte die Augen. „Erklären die den Neuen das nicht bei der Einarbeitung?"

„Offensichtlich nicht."

Am anderen Ende der Leitung klingelte und klingelte es. „Carlucci."

„Du meine Güte, du bist ja immer noch da. Ich brauche die Adresse von Arnie Pattersons Büro hier."

„*Der* Arnie Patterson? Der milliardenschwere Kandidat?"

„Genau der."

„Ich suche sie heraus."

Sam konnte das Klicken der Computertastatur im Hintergrund hören.

„New Hampshire, Ecke R Street, nahe Dupont Circle."

„Verstanden. Danke, Carlucci. Tu mir einen Gefallen und schau, was du über Arnies Sohn Christian Patterson finden kannst."

„Bleib dran."

Nach weiterem Tastaturklicken sagte Carlucci: „Mal sehen ... Google listet ihn als Top-Wahlkampfberater und als Vizepräsidenten der Investmentfirma seines Vaters auf. Er war Footballspieler auf der Ohio State University. Er ist mit einer ehemaligen Miss Ohio verheiratet, und die beiden haben zwei Söhne im Alter von zehn und zwölf Jahren. Sieht aus wie sein Vater, groß und blond mit demselben Strahlemannlächeln."

„Das war's, was ich brauchte. Seid ihr denn bald fertig?"

„Ja, allmählich."

„Ich werde euch nicht weiter aufhalten. Danke für die Hilfe."

„Gern geschehen, Lieutenant."

Sam beendete das Gespräch und berichtete Freddie, was sie erfahren hatte.

„Dann nehme ich an, wir fahren in die New Hampshire Avenue?", meinte er.

„Lass uns unterwegs bei dem Fitnessklub anhalten. Ich würde gern gründlich vorgehen."

„Welcher Klub war das?"

„Fitness Emporium in der Massachusetts Avenue."

„Hey, da hat Elin früher gearbeitet! Vor Jahren."

„Kannte sie Victoria?"

Er schüttelte den Kopf. „Dann hätte sie es mir gesagt. Nehme ich zumindest an."

„Ruf sie an und frag."

„Äh, okay." Freddie zog sein Handy aus der Tasche und rief sie an. „Hallo, Schatz. Ja, alles in Ordnung. Sam und ich haben uns nur gerade gefragt, ob du dich an eine Kundin namens Victoria Taft erinnerst, aus der Zeit, als du im Emporium gearbeitet hast."

Sam lauschte intensiv und versuchte zu verstehen, was Elin antwortete.

Schließlich wandte Freddie sich an Sam: „Die Angestellten müssen eine Erklärung unterschreiben, die es ihnen verbietet, jemals über die Kunden zu sprechen. Sie könnte verklagt werden."

„Soll das ein Witz sein?"

Freddie hielt das Telefon zur Seite. „Nein, das ist kein Witz." Zu Elin sagte er: „Werden die mit uns reden, wenn wir dort aufkreuzen?" Er lauschte. „Das habe ich befürchtet. Okay, danke für die Informationen." Er schaute zu Sam. „Ja, ich dich auch."

„Ooch, liebt sie dich?" Sam machte Kussgeräusche.

„Leck mich."

„Es ist dir nicht gestattet, das zu mir zu sagen. Das darf nur ich zu dir sagen."

„Leck mich noch mal."

Sam prustete los. „Was hat sie über den Fitnessklub erzählt?"

„Dass wir einen Durchsuchungsbeschluss brauchen."

„Tja, dann besorgen wir uns einen." Während sie weiter Richtung New Hampshire Avenue fuhr, wählte sie Malones Nummer.

„Sind Sie etwa schon wieder in der Notaufnahme?", meldete Malone sich.

„Da lachen Sie sich schlapp, oder?"

„Ja, tatsächlich", gestand er grinsend. „Was kann ich für Sie tun, Lieutenant?"

„Zunächst einmal müssen Sie der Neuen in der Zentrale erklären, was die Grube ist."

„Darum werde ich mich gleich kümmern."

„Und wenn Sie das erledigt haben, benötige ich einen richterlichen Beschluss für Victoria Tafts Personalakte bei Fitness Emporium in der Massachusetts Avenue. Cruz' Freundin hat früher dort gearbeitet und meint, die Angestellten müssten eine strenge Diskretionserklärung unterschreiben."

„Ich werde es veranlassen."

„Gibt es inzwischen was aus dem Labor über die DNA, die von Victoria Kavanaugh entnommen wurde?"

„Noch nicht, aber der Chief hat vor einer Stunde noch mal angerufen."

„Das ist gut", meinte Sam. „Wir brauchen diese Informationen. Ich gehe einer vielversprechenden Spur nach. Könnte sich als große Sache erweisen."

„Ist es bei Ihnen nicht immer eine große Sache, Holland?"

„Und ist das etwa meine Schuld?"

„Habe ich nie behauptet. War nur eine Feststellung. Verraten Sie mir lieber mal, was da mit Tyrone und McBride los war."

„Ich, äh, möchte das nicht weiter kommentieren und dazu nur bemerken, dass ich mein Kommissariat so leite, wie ich es für richtig halte."

„Sollten die zwei Widerspruch einlegen ..."

„Das werden sie nicht."

„Stahl schnüffelt hier herum wie ein Hund, der einen saftigen Knochen wittert."

„Soll er doch. Er wird nichts finden."

„Seien Sie vorsichtig, Lieutenant", sagte er in einem ernsteren Ton, als sie es von ihm gewohnt war.

„Bin ich immer, Captain. Geben Sie mir Bescheid, sobald Sie den richterlichen Beschluss haben."

„Mach ich."

Sam klappte ihr Telefon zu. „Dieser Scheißkerl."

„Ich nehme an, das bezieht sich auf deinen alten Kumpel Lieutenant Stahl."

„Auf wen denn sonst? Warum gönnt der sich kein Privatleben und einen echten Job und lässt mich in Ruhe meine Arbeit tun?"

„Weil das absolut kein Spaß wäre."

„Da wir gerade von den Männern reden, die ich mit Inbrunst hasse: Gibson hat letzte Nacht einen Selbstmordversuch unternommen. Offenbar hat er einen Abschiedsbrief für mich hinterlassen."

„Ach du Schande. Im Ernst?"

„Ja. Eine Streife klingelte bei mir. Kannst du dir vorstellen, dass er mich nach all der Zeit immer noch als seine nächste Angehörige angibt?"

„Der Kerl ist hartnäckig, das muss man ihm lassen."

„Na ja."

„Wird er durchkommen?"

„Das weiß ich nicht, und ich rede mir auch ein, dass es mich nicht interessiert."

„Niemand könnte es dir verdenken."

„Stimmt."

„Wir könnten es herausfinden, wenn du willst. Ein Anruf genügt. Musst nur was sagen."

Sam dachte darüber nach, während sie auf den Parkplatz vor dem Gebäude fuhr, in dem sich Pattersons Wahlkampfhauptquartier befand. „Ja, ich will wissen, ob er überlebt hat", meinte sie schließlich zu Freddie. „Aber das ist alles. Keine weiteren Details."

„Ich kümmere mich darum."

„Danke."

„Kein Problem."

„Und jetzt unterhalten wir uns mal mit Christian Patterson."

17. Kapitel

In dem kleinen Laden mit Schaufenster, der als Pattersons Washingtoner Büro diente, trafen sie auf einen jungen Mann am Empfang. Ansonsten befand sich dort niemand. Die Fenster und Wände waren gepflastert mit Patterson-Schildern, Slogans, Stickern und anderem Wahlkampfzubehör.

„Kann ich Ihnen helfen?"

Beide zeigten ihre Dienstmarke. „Lieutenant Holland, Detective Cruz, MPD. Wir suchen Christian Patterson."

Der junge Mann betrachtete die Dienstmarken, und sein Adamsapfel hüpfte. „Darf ich fragen, worum es geht?"

„Nein. Ist er hier?"

„Momentan nicht."

„Wo ist er?"

„Er … Ich … Ich bin nicht befugt, diese Information preiszugeben."

„Wir mögen diese Antwort, nicht wahr, Cruz?"

„Gehört zu unseren Lieblingsantworten."

„Dann passen Sie mal auf", forderte Sam den jungen Mann auf und lehnte sich auf den erhöhten Tresen, der seinen Schreibtisch vor neugierigen Blicken abschirmte. „Sie können uns entweder verraten, wo wir Mr. Patterson finden, oder wir verhaften Sie wegen Behinderung unserer Ermittlungen. Was ist Ihnen lieber?"

Sie genoss es, wie seine Augen beim Wort „verhaften" hervortraten.

„Sie können mich nicht verhaften, nur weil ich Ihnen den Aufenthaltsort von jemandem nicht verraten habe."

Auf einen Ellbogen gestützt, sah Sam zu Freddie. „Kann ich ihn verhaften, weil er mir den Aufenthaltsort von jemandem nicht verraten hat?"

„Ja, Ma'am, das können Sie durchaus. Wenn die von Ihnen gesuchte Person über Informationen verfügt, die für eine Mordermittlung relevant sind, können Sie jeden verhaften, der Ihre Suche nach der betreffenden Person erschwert."

„Danke, Detective." Sie wandte sich wieder dem inzwischen aschfahlen jungen Mann zu. „Sie sehen also, ich kann Sie verhaften, und ich werde Sie verhaften. Aber diese ganze unerfreuliche Prozedur und den Papierkram können wir uns sparen, indem Sie mir einfach erzählen, wo er ist."

„Ich werde gefeuert, wenn ich das tue."

Sam hob die Hände, als ob sie die Möglichkeiten abwäge. „Gefeuert oder verhaftet. Hm, was würden Sie vorziehen, Cruz?"

„Ich glaube, ich würde Option A wählen, da eine Kündigung nicht ewig an mir kleben bleiben würde. Eine Verhaftung hingegen ... tja, das kann einem Schwierigkeiten bereiten, wenn man sich um den nächsten Job bewirbt."

„Kann ich mir vorstellen", meinte Sam. „Wenn man verhaftet wird, verliert man wahrscheinlich auch den Job. Verraten Sie mir, was ich wissen muss, dann werden Sie bloß gefeuert."

„Ich habe schon von Ihnen gehört", sagte er plötzlich, denn seine Angst verwandelte sich in Wut.

„Oh, ist dies der Moment, in dem Sie mir erklären, Ihnen sei bereits zu Ohren gekommen, dass ich ein fieses Miststück bin? Wie ich es liebe, wenn ich das zu hören bekomme. Nicht wahr, Cruz?"

„Ja, Ma'am. Das ist einer Ihrer Lieblingsmomente im Job."

Sam stützte die unverletzte Seite ihres Gesichts in die Handfläche und schenkte dem jungen Angestellten das beste Lächeln, das sie mit nur einer funktionierenden Gesichtshälfte hinbekam. „Und, wofür entscheiden Sie sich?"

„Er ist zu Hause." Der junge Mann schleuderte ihr die Antwort regelrecht entgegen.

„Das sich wo befindet?"

„Gaithersburg."

„Schreiben Sie mir die Adresse auf."

Kopfschüttelnd und mit einem nicht sehr einschüchternden finsteren Blick kritzelte er die Adresse auf einen Post-it und gab ihn Sam.

„Na bitte. War das jetzt so schwierig?"

Sie konnte ihm ansehen, dass ihm die Worte „Fahren Sie zur Hölle" auf der Zunge lagen, doch er hielt klugerweise den Mund. „Cruz, auf nach Gaithersburg." Sie ging zur Tür, drehte sich noch einmal um und beobachtete, wie der junge Mann ein Handy ans Ohr hielt. „Wenn Sie ihn warnen, dass ich komme, werde ich Sie auf dem Rückweg verhaften."

Er erstarrte und ließ das Telefon sofort fallen.

Zufrieden darüber, dass die Botschaft angekommen war, stieß sie die Tür auf. „Wow, das hat vielleicht Spaß gemacht. Oder?"

„Unbedingt", erwiderte Freddie lachend.

„Haben wir nicht die allerbesten Jobs?"

„Überwiegend nein. Unser Job ist richtig scheiße. Aber das gerade, das war echt lustig."

„Ich muss dir gestehen, du bist der beste Partner, den ich je hatte", platzte Sam heraus, bevor sie sich fangen konnte.

Prompt starrte er sie vollkommen verblüfft an. *Mist.*

„Bin ich? Wirklich?", fragte er.

„Ich ahne bereits, wie dir das zu Kopf steigen wird."

„Davon werde ich Wochen zehren."

„Jesus, ich und mein loses Mundwerk."

Mit düsterer Miene erklärte er: „Du weißt, dass ich es nicht mag, wenn du den Namen des Herrn missbrauchst."

Sie entriegelte den Wagen. „Du kannst mich mal. Puh. Wir sind wieder in der Spur. Krise abgewendet."

„Ich habe nicht vergessen, was du gesagt hast."

„Was habe ich denn gesagt?"

„Dass ich der beste Partner bin, den du je hattest."

„Daran kann ich mich nicht erinnern."

„Du bist echt fies, Lieutenant."

„Hör ich oft. Also, Christian Patterson führt ein strenges Regiment, wenn der Junge gleich gefeuert wird, weil er den Aufenthaltsort seines Chefs verrät."

„Das fand ich auch seltsam."

„Ich spüre da deutlich etwas. Mein Gefühl weist in Richtung Patterson und seinen Wahlkampf. Es darf allerdings nichts nach außen dringen, ehe wir Gewissheit haben. Wir müssen erst stichhaltige Beweise haben, bevor wir mit irgendwem darüber sprechen."

„Das gilt für alle?"

Sam dachte darüber nach, während sie fuhr. „Ja, für alle."

„Wir sagen also auch Malone, Farnsworth und Hill nichts?"

„Noch nicht. Wir können uns auf keinen Fall erlauben, dass etwas darüber durchsickert. Je mehr Leute davon wissen, desto größer ist das Risiko, dass es herauskommt. Momentan sind nur wir zwei eingeweiht. Wir werden die anderen erst einbeziehen, wenn ganz klar ist, dass wir sie kriegen."

„Du kannst dafür in ziemlich große Schwierigkeiten geraten."

„Lass das mal meine Sorge sein. Wenn wir den Fall erfolgreich abschließen, kräht kein Hahn mehr nach unserer Vorgehensweise."

Auf dem Weg nach Gaithersburg klingelte Sams Handy. Sie warf einen Blick aufs Display. Es war Nick, deshalb nahm sie den Anruf entgegen. Dass sie vor Glück Herzklopfen bekam, überraschte sie nach all diesen Monaten immer noch. „Hey, Babe."

„Wie läuft's bei dir?"

„Ganz gut, ehrlich gesagt. Wir kommen endlich voran."

„Kannst du mir etwas darüber verraten?"

Sam dachte sofort daran, was sie Freddie soeben eingeschärft hatte. „Noch nicht. Hast du heute mit Derek gesprochen?"

„Vor ein paar Minuten erst."

„Wie geht es Maeve?"

„Fragt nach ihrer Mommy, scheint aber ansonsten wohlauf zu sein. Hat gut geschlafen letzte Nacht. Sie durfte bei ihm im Bett schlafen und hat sich die ganze Nacht an ihn geklammert."

„Das ist süß und traurig zugleich. Wie bringt man denn einem Kleinkind bei, dass die Mami für immer fort ist?"

„Ich habe keine Ahnung. Es ist schrecklich. Derek meinte, er würde gern ins Haus, um Sachen von Maeve und Kleidung für sie beide zu holen. Kannst du das ermöglichen?"

„Natürlich." Sie wandte sich an Freddie: „Ruf mal die Spurensicherung an, damit Derek Kavanaugh ein paar Dinge aus seinem Haus holen kann. Die sollen sich mit ihm absprechen."

„Geht klar."

„Freddie kümmert sich darum", erklärte sie Nick.

„Danke. Da wir gerade von Kindern reden …"

Sam bekam prompt Bauchschmerzen bei der Erinnerung daran, dass ihre Schwester in den Wehen lag. „Du hast meine Nachricht wegen Ang bekommen."

„Ja. Wie geht es dir damit, Babe?"

Gerührt, weil er wusste – er wusste es immer –, wie schwer es für sie war, antwortete sie: „Ach, ganz gut. Ich freue mich darauf, meine Nichte kennenzulernen."

Freddie telefonierte inzwischen ebenfalls. Trotzdem war Sam sich der Tatsache bewusst, dass er jedes ihrer Worte verstehen konnte.

„Du wirst auch noch an die Reihe kommen", bemerkte Nick. „Daran glaube ich."

Sam holte tief Luft und versuchte, ihre Gefühle im Zaum zu halten. „Wie ist dein Tag bisher?"

„Es ist alles ein bisschen unwirklich. Ich mache mir gerade Gedanken über die Rede für den Parteitag der Demokraten."

„Oh, wow. Kein Druck, was?"

„So sieht's aus", bestätigte er lachend.

„Die wird fantastisch. Alle werden begeistert sein."

„Du bist da möglicherweise ein klein wenig voreingenommen."

„Ach was."

„Samantha."

Ihr ganzer Körper kribbelte, wenn er ihren vollständigen Namen in diesem besonderen Ton aussprach. „Ja?"

„Besuch Angela nicht ohne mich im Krankenhaus, ja?"

„Okay."

„Ich komme nach Hause, sobald ich kann, und dann fahren wir zusammen hin."

„Abgemacht."

„Ich lieb dich, Babe. Sei vorsichtig da draußen."

„Ich lieb dich auch", erwiderte sie, denn es war ihr gleichgültig, ob Cruz es hörte. „Und ich bin immer vorsichtig."

„Ach, und ich habe deine Bestrafung nicht vergessen. Bis später." Er legte auf, bevor sie sich weiter dazu äußern konnte. Doch seine Bemerkung löste einen sinnlichen Schauer aus. *Verdammter Kerl!*

Wegen des Verkehrs brauchten sie fast vierzig Minuten bis nach Gaithersburg. Christian Patterson lebte in einer umzäunten und bewachten Vorortsiedlung. Am Tor zeigte Sam ihre Dienstmarke vor. Der Wachmann untersuchte sie genau, bevor er sie ihr zurückgab.

„Sind Sie die, die mit dem Senator verheiratet ist?"

Während Freddie auf dem Beifahrersitz lachte, antwortete Sam knapp: „Ja." Wie sie es hasste, im Dienst von Leuten auf ihr Privatleben angesprochen zu werden!

„Hm."

„Was bedeutet das?"

„Nichts. Fahren Sie."

„Sollten Sie ihn vorwarnen, dass ich zu ihm unterwegs bin, komme ich zurück und verhafte Sie. Verstanden?"

„Ja, ja. Sie sind ein echtes Herzchen, was?"

„Das ist wirklich nett von Ihnen." Sie schloss das Fenster wieder, damit die drückende Hitze draußen blieb. „Ich kriege alle möglichen Komplimente heute."

„Ist ein besonderer Tag für dich." Freddie sah sie kurz an, dann richtete er den Blick wieder nach vorn.

„Meinst du damit etwas Bestimmtes?"

„Ich habe mich bloß gefragt …"

„Was denn?"

„Nick fährt mit dir zum Krankenhaus, um Angela und das Baby zu besuchen, oder?"

Sie hatte eigentlich damit gerechnet, dass er etwas über den Fall sagen würde. Gerührt, weil er ihretwegen besorgt war, sagte sie: „Ja, er fährt nachher mit mir hin. Mach dir meinetwegen keine Gedanken. Ich komme schon klar."

„Solange er bei dir ist, brauche ich mir keine Sorgen zu machen."

„Es ist sehr süß von dir, daran zu denken."

„Wegen deiner Komplimente ist es auch für mich ein besonderer Tag."

Sie war ihm dankbar für seine Bemühungen, dieses für sie emotional belastete Thema mit Humor aufzulockern. „Ach, ich und mein loses Mundwerk."

„Davon werde ich noch Monate zehren."

Christian Patterson wohnte in einer Villa – anders konnte man es nicht nennen. Das im Kolonialstil erbaute Backsteingebäude hatte schwarze Fensterläden und weiße Säulen sowie einen wunderschön gepflegten Garten.

„Sieh dir das Haus an", bemerkte Sam.

„Nette Hütte. Wenn er da nur vorübergehend wohnt, dann überleg mal, wie sein richtiges Haus wohl aussieht."

Sie bog in die halbkreisförmige Auffahrt ein und parkte neben einer silbernen Mercedes-Limousine und einem weißen Mercedes-SUV, beide mit Ohio-Kennzeichen. „Mein armer kleiner Wagen fühlt sich eingeschüchtert."

Amüsiert folgte Freddie ihr über den Steinweg zur Buntglashaustür.

Sam klingelte und lauschte dem Echo der Türglocke, das im Innern des Gebäudes widerhallte. „Das würde mir eine Heidenangst machen, wenn ich hier leben würde."

„Du würdest aber niemals hier leben. Viel zu protzig."

„Stimmt auch wieder." Sam betätigte die Klingel noch einmal. „Da drinnen muss es wie in einer verdammten Kirche sein."

„Musst du die Worte ‚verdammt' und ‚Kirche' unbedingt in einem Satz benutzen?"

„Musst du dauernd dermaßen empfindlich sein?"

Ehe er etwas erwidern konnte, wurde die Tür geöffnet, und Christian Patterson stand vor ihnen, groß, blond, gut aussehend, mit nichts weiter bekleidet als einem seidenen Bademantel. Sein Haar war zerzaust, sein Gesicht unrasiert. Er wirkte, als wäre er gerade aus dem Bett gefallen. „Kann ich Ihnen helfen?"

Sie hielten ihre Dienstmarken hoch, und Sam stellte sie beide vor. „Wir würden Sie gern einen Moment sprechen."

„Um was geht's denn?"

„Wir ermitteln in dem Mordfall Victoria Kavanaugh." Sam beobachtete seine Reaktion, doch er ließ sich nichts anmerken.

„Was hat das mit mir zu tun?"

„Dürfen wir hereinkommen?"

Er schaute über die Schulter, dann wieder zu ihnen. „Äh, sicher, denke ich."

„Sind Sie allein zu Hause, Mr. Patterson?"

„Meine Frau ist da, aber sie ist oben."

„Und Ihre Kinder?"

„Die sind im Zeltlager."

Ah, dachte Sam. *Mom und Dad nehmen sich also ein bisschen Zeit für sich, während die Kinder aus dem Haus sind.*

Er ließ sie eintreten.

„Schönes Haus", bemerkte Sam, was die Untertreibung des Jahrhunderts war.

Er führte sie in ein herrschaftliches Wohnzimmer und sagte: „Oh, danke. Wir wohnen hier nur vorübergehend bis zur Wahl, danach geht es zurück nach Ohio."

Sam und Freddie setzten sich auf das Sofa, während er gegenüber von ihnen auf einem Zweiersofa Platz nahm. Im Stillen sandte Sam ein Dankgebet zum Himmel dafür, dass sein Bademantel beim Hinsetzen geschlossen blieb, denn sie vermutete, dass er darunter nackt war.

„Welche Rolle spielen Sie im Wahlkampf Ihres Vaters?"

„Ich bin Chefberater."

„Und was bedeutet das?"

„Im Grunde bin ich einer der Wahlkampfmanager – einer von zweien mit ständigem Zugang zum Kandidaten."

„Bei einem so wichtigen Job im Wahlkampf überrascht es mich, Sie mitten an einem Arbeitstag zu Hause anzutreffen."

„Wir waren die ganze letzte Woche unterwegs. Ich bin gestern Abend erst zurückgekommen."

Sam begriff, dass ihm das praktischerweise ein Alibi für den Mord an Victoria verschaffte. „Und wo waren Sie?"

„Houston, Dallas, Austin, San Antonio, Oklahoma City,

Little Rock, Nashville, Chattanooga und Atlanta. Ich glaube, das waren alle Stationen. Eine einzige Abfolge von Flughäfen und Städten und Hotels."

Daraufhin zog sie das Empfehlungsschreiben von Tornquist für Victoria aus der Tasche und reichte es Patterson. „Haben Sie das schon mal gesehen?"

Er überflog den Text und gab ihr den Zettel zurück. „Äh, nein. Sollte ich?"

„Laut Aussage des Kongressabgeordneten Tornquist haben Sie ihn darum gebeten, dieses Schreiben für Victoria aufzusetzen."

Zum ersten Mal schien Christians kühle Fassade zu bröckeln. „Er hat behauptet, ich hätte *was* getan?"

Sam gab sich Mühe, langsamer zu sprechen, damit er es dieses Mal verstand. „Er meinte, dass Sie ihn darum gebeten hätten, eine Empfehlung für Victoria Taft, die spätere Mrs. Kavanaugh, zu schreiben, als sie sich um eine Stelle bei Calahan Rice bewarb."

„Ich habe keine Ahnung, wer Victoria Taft oder Kavanaugh ist. Weder sie noch Calahan Rice sind mir bekannt. Was ist das? Eine Anwaltskanzlei?"

„Ein Lobby-Unternehmen der Autoindustrie."

„Davon habe ich noch nie gehört. Von ihr auch nicht."

„Sie haben in dieser Woche auch nichts davon gehört, dass die Frau des stellvertretenden Stabschefs des Weißen Hauses, Derek Kavanaugh, ermordet und seine kleine Tochter entführt wurde? Das war eine ziemlich große Story. Ich kann mir vorstellen, dass selbst die Medien in Austin, Oklahoma City oder Chattanooga darüber berichtet haben."

Abwehrend hob er die Hand. „Natürlich habe ich diese Woche von ihr gehört. Ich wollte bloß sagen, dass ich davor noch nie etwas von ihr gehört habe."

„Oh, da bin ich froh, dass Sie das erklärt haben. Können

Sie mir dann verraten, warum der Kongressabgeordnete uns erzählt hat, Sie hätten ihn um dieses Empfehlungsschreiben gebeten?"

„Ich habe keine Ahnung, warum er so etwas behauptet. Ich kenne ihn ja kaum."

„Christian!", rief eine Frau aus dem oberen Stockwerk. „Kommst du wieder ins Bett?"

Prompt wurde er rot. „Ich bin gleich da, Schatz." Er wandte sich rasch an Sam und Freddie: „Tut mir leid. Während des Wahlkampfes haben wir nicht viele Tage für uns."

„Wir bedauern die Störung", versicherte Sam ihm, nicht ohne die Worte mit einem deutlich sarkastischen Ton zu unterlegen. „Seit wann plant Ihr Vater eigentlich seine Kandidatur für das Präsidentenamt?"

Diese Frage schien ihn zu überraschen. „Äh, hm ... Ich weiß gar nicht genau, wann er anfing, das zu planen. Er spricht jedenfalls schon ziemlich lange davon."

„Definieren Sie ‚lange'. Reden wir hier von einem Jahr oder von zwei, fünf oder womöglich zehn Jahren?"

„Wahrscheinlich seit über zehn Jahren. Es war immer sein Ziel. In den letzten zehn Jahren wurde es dann ernst."

„Würden Sie ihn als einen ehrgeizigen Mann bezeichnen?"

Das brachte Christian zum Lachen. „Ich bitte Sie! Er ist ein Selfmade-Milliardär. Was sagt Ihnen das? Er wuchs in ärmlichen Verhältnissen in Appalachia auf."

„In West Virginia?" Sam dachte sofort an William Eldridge. „Ja, warum?"

„Kein bestimmter Grund. Wollte ich nur wissen."

„Sicher, er ist extrem ehrgeizig und vom Erfolgswillen getrieben. Und diese Eigenschaften hat er mir und meinen Geschwistern anerzogen."

„Wie viele Geschwister haben Sie?"

„Zwei Brüder und eine Schwester."

„Arbeitet von denen auch jemand für den Wahlkampf Ihres Vaters?"

„Mein Bruder Colton."

„Und was macht er?"

„Das Gleiche wie ich. Er ist Berater."

„Wo können wir ihn finden?"

„Er wohnt im Gästehaus hinten. Ich glaube allerdings nicht, dass er zu Hause ist."

„Wo könnte er jetzt sein?"

„Das weiß ich nicht. Ich behalte ihn nicht im Auge."

„Hat er Sie auf der Wahlkampfreise begleitet?"

„Nicht auf dieser."

„Was tun Ihre anderen Geschwister?"

„Mein Bruder Billy arbeitet als Feuerwehrmann in Ohio, und meine Schwester Tanya ist verheiratet und lebt mit ihrer Familie ebenfalls dort."

„Wo in Ohio?"

„Defiance."

Die Stadt, aus der die fiktive Victoria Taft stammte. Allmählich fügten sich die Puzzleteile zusammen. Angestrengt bemühte Sam sich, ihre Aufregung zu verbergen. Bleib cool, ermahnte sie sich im Stillen. Noch konnten sie nichts beweisen.

„Denken Sie, diese Befragung wird heute noch irgendwann ein Ende finden? Meine Frau wartet auf mich …"

„Ich weiß, ich weiß", erwiderte Sam. „Sie bekommen nicht viel Zeit mit ihr allein."

„Ja", bestätigte er, von Neuem errötend.

„Eine letzte Frage noch", sagte Sam. „Wie entschlossen sind Sie, dafür zu sorgen, dass Ihr Vater gewählt wird?"

„Was meinen Sie?", fragte er verblüfft.

„Wie weit würden Sie und Ihr Bruder gehen, um sicherzustellen, dass er tatsächlich das bekommt, was er sich immer gewünscht hat?"

„Wir würden keine Gesetze brechen, falls es das ist, was Sie damit andeuten wollen."

„Ich deute gar nichts an. Ich will bloß wissen, wie weit Sie gehen würden, damit er sein Ziel erreicht."

„Na ja, ich habe mein eigenes Leben im vergangenen Jahr zurückgestellt, um seinen Wahlkampf zu unterstützen. Ich bin mit meiner Frau und meinen schulpflichtigen Kindern extra hierher umgezogen, weg von ihren Vereinen und Freunden, damit ich effektiver arbeiten kann. Ich würde sagen, ich habe bereits gezeigt, wie weit ich gehen würde, damit er bekommt, was er will."

„Was springt für Sie dabei heraus?"

„Wie soll das heißen?"

„Warum tun Sie das alles? Warum entwurzeln Sie Ihre Familie und unterbrechen Ihr gewohntes Leben, um Ihrem Vater zu helfen?"

Er starrte sie an, als ob sie die albernste Frage überhaupt gestellt hätte. „Weil er mich darum gebeten hat."

„Mehr war nicht nötig? Er musste Sie einfach nur fragen?"

„Er ist mein Vater, Lieutenant."

„Sieht Ihr Bruder die Sache ähnlich?"

„Selbstverständlich. Unser Vater hat alles für uns gegeben. Es gibt nichts, was wir nicht für ihn tun würden."

Bingo, dachte Sam. Genau das hatte sie von ihm hören wollen. Als sie sich daraufhin erhob, sprang auch Freddie auf, den der plötzliche Aufbruch offensichtlich erstaunte. „Danke, dass Sie sich Zeit für uns genommen haben, Mr. Patterson."

„Wollen Sie mir nicht verraten, worum es eigentlich geht?"

„Da bin ich mir selber noch nicht ganz sicher", antwortete sie, ohne ihn aus den Augen zu lassen. Insgeheim wünschte sie sich, ihr einschüchternder Blick wäre verfügbar, doch ihre verdammte Verletzung behinderte sie. „Sie können jedoch getrost darauf wetten, dass ich es herausfinden werde."

„Was hat das nun wieder zu bedeuten?"

„Exakt das, was ich gesagt habe." Sie gab Christian Patterson ihre Karte. „Richten Sie Ihrem Bruder aus, dass er mich anrufen soll."

Mit diesen Worten marschierte sie mit Freddie im Schlepptau zur Tür und ließ Patterson mit der Karte in der Hand und einem verdutzten Ausdruck auf dem attraktiven Gesicht einfach stehen.

„Heiliger Strohsack", murmelte ihr Kollege auf dem Weg zum Wagen.

„Du fluchst", stellte sie fest und gab sich empört.

„Ich finde es angemessen."

„Da hast du wohl recht." Sie stieg ein, startete den Motor und war froh über den sofort einsetzenden angenehmen Luftstrom aus der Klimaanlage. Heute war es noch heißer als am gestrigen Tag, falls das überhaupt möglich war. Als sie den Rückwärtsgang einlegte, bemerkte sie, dass Christian Patterson ihnen von einem der unteren Fenster aus hinterherschaute.

„Was machen wir jetzt?", fragte Freddie, als sie davonfuhren.

„Jetzt nehmen wir die Pattersons auseinander und finden heraus, wer von ihnen – vielleicht sind es auch mehrere – diese ganze Geschichte in Gang gesetzt hat."

Nach dem Mittagessen rief Nick seine drei wichtigsten Berater in sein Büro, um ihnen von seiner bevorstehenden Parteitagsrede zu erzählen und sich mit ihnen gleich an die Arbeit zu machen. Christina Billings, seine Stabschefin, die wegen einer Babysitterkrise um den Sohn ihres Verlobten zu spät gekommen war, betrat als Erste den Raum.

Die zierliche blonde Frau wirkte ungewohnt nervös. „Es tut mir schrecklich leid wegen heute Morgen. Angela sollte erst in einer Woche entbinden. Tommys Mutter kann uns deshalb hier momentan noch nicht mit Alex helfen, und Ang ist ja jetzt im Mutterschutz." Sams Schwester Angela kümmerte sich normalerweise um Gonzos Sohn, wenn er arbeitete.

Nick hatte sie selten so aufgewühlt erlebt. Normalerweise war Christina der Inbegriff kühler Kompetenz. „Ist doch kein Problem. Außerdem hast du gestern lange gearbeitet."

„Trotzdem fühle ich mich schrecklich, weil ich gefehlt habe, ohne Bescheid zu sagen. Tommy durfte das Morgenmeeting im Hauptquartier nicht verpassen, also blieb ich zu Hause, bis Celia anrief und anbot, Alex zu nehmen. Sie war unsere Rettung."

„Sie ist wirklich erstaunlich", meinte Nick. „Jetzt hol mal tief Luft, Chris. Es ist alles in Ordnung." Erschrocken nahm er zur Kenntnis, dass sie plötzlich schwankte. *Ach du Schande.* „Was ist denn los?"

„Ich weiß nicht, ob ich das schaffe", gestand sie leise. Er war als John O'Connors Stabschef und sie als stellvertretende Stabschefin tätig gewesen, als sie sich angefreundet hatten. Und dieses freundschaftliche Verhältnis zwischen ihnen hatte nach Johns Tod noch an Tiefe gewonnen. Als Nick dann den Platz im Senat eingenommen hatte, war es ihm ein Bedürfnis gewesen, sie zu befördern und zu seiner wichtigsten Mitarbeiterin zu ernennen.

„Was schaffen?" Er setzte sich neben sie.

„Irgendetwas muss ich aufgeben. Ich kann diesen Job nicht machen und gleichzeitig eine Familie haben."

„Warum nicht?"

„Weil ich mit der Situation total überfordert bin. Ich habe ständig das Gefühl, dass ich dem Bereich meines Lebens, um den ich mich gerade nicht kümmere, nicht genug Aufmerksamkeit schenke. Dauernd sitzt mir alles im Nacken." Erschrocken starrte sie ihn an. „Du liebe Zeit, was habe ich mir dabei gedacht? Du bist mein Boss und deshalb die letzte Person, mit der ich diese Unterhaltung führen sollte."

„Aber wir sind doch auch Freunde. Schließlich haben wir zwei schon einiges zusammen durchgemacht."

„Ja, das haben wir." Tränen rannen ihr über die Wangen.

In dem Moment klopfte Terry O'Connor an und steckte den Kopf zur Tür herein. „Du hast mich herbestellt?"

„Gib mir zehn Minuten und sag das bitte auch Trevor."

„Okay."

Terry schloss die Tür wieder.

„Rede also mit mir als Freund, nicht als dein Chef", bat Nick sie.

„Es ist irgendwie schwierig, den einen von dem anderen zu trennen", erklärte sie schwach lächelnd.

„Versuch es."

„Gut, wenn du darauf bestehst ... Ich liebe Tommy und Alex. Ich liebe die beiden so sehr, und wir sind so glücklich zusammen. Aber egal, wo ich bin: Immer glaube ich, dass ich eigentlich irgendwo anders sein müsste."

„Hast du mit Tommy darüber gesprochen?"

Sie schüttelte den Kopf. „Wie kann ich das tun, wenn er doch mit Sicherheit genauso empfindet? Seit Alex in unser Leben getreten ist, hat sich alles in Stress verwandelt. Es gibt überhaupt keine Pause mehr für uns."

„Vor einem Jahr hätte ich dir geantwortet, dass du verrückt sein musst, wenn du solche Dinge von dir gibst. Ich hätte dich daran erinnert, wie glücklich wir uns schätzen können, so tolle Jobs zu haben, und hätte dir erklärt, dass es Wahnsinn wäre, auch nur ans Aufgeben zu denken, um zu Hause bei einem Baby zu bleiben, das technisch betrachtet nicht einmal deines ist."

„Und jetzt?"

„Jetzt ist alles anders, und das verstehe ich. Manche Dinge sind wichtiger als die Arbeit. Ich würde dich ungern in meinem

Team entbehren, besonders da es gerade anfängt, interessant zu werden. Aber du musst tun, was das Beste für dich und deine Familie ist."

„Was heißt das, es wird gerade interessant?"

Nick erzählte ihr von der Unterhaltung, die er und Graham am Abend zuvor mit Brandon Halliwell geführt hatten.

„Oh, Nick ..." Ihre Augen weiteten sich. „Ich meine, Senator. Tut mir leid, das vergesse ich manchmal."

Nick lachte. „Ich auch. Und du sprichst mit mir als Freund – schon vergessen? Für dich bin ich Nick. Ich werde immer Nick für dich sein."

Erneut liefen ihr Tränen über die Wangen. „Ich hasse mich momentan. Ich hasse Frauen, die bei der Arbeit weinen. Mein ganzes Leben lang habe ich Frauen verachtet, die sich wegen Männern zum Narren machen und auch bloß in Erwägung ziehen, ihre Karriere für ein Baby zu opfern. Und jetzt? Jetzt heule ich meinem Boss die Ohren voll, der ein verdammter US-Senator ist, und überlege ernsthaft, all die Sachen zu tun, die ich verabscheue."

Ihm war klar, dass er besser nicht lachen sollte. Es war ihr todernst, und daher verkniff er sich diesen Impuls. „Die Dinge ändern sich, Chris. Solche Dinge passieren. Wer wüsste das besser als ich? Ehrlich, ich kann dich gut verstehen." Er stützte die Ellbogen auf die Knie, beugte sich nach vorn und nahm ihre Hände in seine. „Sieh mich an."

In ihren Augen schimmerten Tränen.

„Du meintest, dass du auf etwas verzichten musst."

Wortlos biss sie sich auf die Unterlippe und nickte.

„Ist Tommy und Alex aufzugeben eine Option?"

„Nein."

„Ich wage zu behaupten, dass es auch für ihn keine Option ist, aufzugeben. Wenn du also nicht mehr weißt, wie du das alles bewältigen sollst, muss einer von euch beiden seinen Job an den Nagel hängen. Falls du es bist, werde ich Verständnis haben. Du würdest mir schrecklich fehlen, aber natürlich würde ich es verstehen."

„Denkst du, Sam würde das Gleiche zu Tommy sagen?"

„Absolut nicht", erwiderte er, ohne zu zögern. „Um ehrlich zu sein, ich glaube, sie würde stocksauer sein und mir am Ende vorwerfen, dass alles meine Schuld ist, weil ich dich zur Silvesterparty eingeladen habe, auf der du ihn kennengelernt hast."

Christina lachte, genau wie er es gehofft hatte. „Ja, ich kann mir gut vorstellen, wie sie dich dafür verantwortlich macht."

„Es ist vielleicht besser für uns beide, wenn du diejenige bist, die ihren Job aufgibt."

„Ich verdiene mehr als er."

„Du hast bereits mehr Geld als wir alle zusammen", erinnerte er sie.

Sie verzog das Gesicht. „Ich hätte dir nie anvertrauen dürfen, dass meine Familie Geld hat."

Als er das deutliche Unbehagen in ihren Zügen sah, musste er lächeln. „Du hast dein gesamtes Leben lang dein eigenes Geld verdient und hast Karriere in einem Job gemacht, der dir gefällt. Wenn du jetzt etwas von dem Geld dafür aufwendest, um dich für eine Weile auf deine Familie zu konzentrieren, macht dich das nicht weniger erfolgreich. Es bedeutet nur, dass du Prioritäten setzt."

Christina drückte seine Finger, bevor sie ihn losließ. „Deine Frau kann sich wirklich glücklich schätzen. Ich hoffe, sie weiß das auch."

„Äh, danke. Ja, das weiß sie wohl."

„Du kandidierst möglicherweise bald für das Präsidentenamt", sagte sie verdrießlich. „Da will ich dabei sein."

„Dann geh für ein paar Jahre nach Hause, bring deine Familie auf den richtigen Weg und komm zurück, wenn dieses Hirngespinst tatsächlich real wird. Falls die Wähler bis November nicht noch ihre Meinung ändern, werde ich hierbleiben, und für dich wird immer ein Platz in meinem Team sein."

Christina stand auf und beugte sich herunter, um ihn zu umarmen. „Danke, dass du ein so wundervoller Freund bist. Und verzeih mir den Zusammenbruch."

„Du musst dich nicht entschuldigen. Nimm dir ein paar Minuten, und wenn du bereit bist, bitte Terry und Trevor herein. Wir müssen eine Rede schreiben."

Nachdem sie fort war, ging Nick zurück zu seinem Platz und ließ sich hinter dem Schreibtisch in seinen Sessel fallen. Während er Christinas Dilemma wirklich verstehen konnte, fiel es ihm schwer, sich sein Team ohne ihre Führung vorzustellen. Die Aussicht, mit jemand Neuem von vorn anzufangen, fand er beinah unerträglich.

Sein Blick fiel auf das Foto von ihm und John auf der Anrichte. Nick rollte mit dem Sessel nach vorn und nahm das Bild in die Hand, das kurz nach Johns Wahl in den Senat aufgenommen worden war. Die beiden jungen Männer betrachtend, überlegte er, was sie im Leben wohl anders gemacht hätten, wenn sie gewusst hätten, was auf sie zukam. Nick hätte Sams Schweigen damals nicht einfach hingenommen, und John hätte sich mehr um den Sohn gekümmert, der ihn später in einem Wutanfall getötet hatte. Die Dinge wären für sie beide völlig anders verlaufen.

Er stellte den Rahmen zurück und nahm das daneben stehende Foto, das ihn mit Sam an ihrem Hochzeitstag zeigte. Sie ist unfassbar schön, dachte er bei sich und strich mit dem Finger über das Glas. Jeden Abend zu ihr nach Hause zu kommen, war das Beste an seinem neuen Leben. Der Rest war einfach unwichtig, verglichen mit ihrer Ehe.

Nick wünschte sich, mehr Zeit mit ihr verbringen zu können, und mehr als alles andere wollte er ihr das Baby schenken, nach dem sie sich sehnte. Auch er wollte es, obwohl er das ihr gegenüber nie zugeben würde. Sie stand in dieser Sache bereits genug unter Druck. Er wollte ihr keine zusätzliche Last aufbürden, indem er ihr seinen innigen Wunsch, Vater zu werden, gestand. Sie würden ihr Ziel erlangen, auf die eine oder andere Weise. Und sie konnten sich schon glücklich schätzen, Scotty in ihrem Leben zu haben. Hoffentlich würde er nach seinem Sommerbesuch bei Sam und Nick nicht mehr wegwollen.

Es klopfte an der Tür, und Christina, Terry und Trevor traten ein.

Nick stellte das Bild zurück und wandte sich den anderen zu.

„Christina meinte, du hättest Neuigkeiten für uns", sagte Trevor.

„Ja, was ist los, Senator?"

„Die Demokraten haben mich gebeten, die Grundsatzrede auf dem Parteitag zu halten."

Vor Schreck entglitten Terry die Gesichtszüge. „Wow, das ist ja ein Ding. Herzlichen Glückwunsch."

„Danke. Ich war überrascht, gelinde gesagt."

„Es ist nur folgerichtig", erklärte Terry. „Natürlich haben die ein Auge auf dich geworfen. Niemand hat solche Umfragewerte wie du, in keiner der beiden Parteien."

„Ich bin nach wie vor nicht überzeugt davon, dass die Zahlen alle mir gelten."

„Wie meinst du das?", wollte Christina wissen.

„Nach dem Mord an John hatte ich die Sympathien auf meiner Seite, und der Medienrummel um die Hochzeit trug ebenfalls dazu bei."

„Du stellst dein Licht ein wenig unter den Scheffel, wenn du glaubst, du würdest immer noch von diesen Dingen profitieren", erwiderte Terry. „Es hilft natürlich, dass ihr zwei ein prominentes Paar geworden seid, aber das ist nicht der einzige Grund für deine Popularität. Du hast verdammt gute Arbeit für Virginia geleistet und dir damit diese Umfragewerte verdient."

Derlei Lob von Terry war er nicht gewohnt. „Danke."

„Ich würde gern den ersten Entwurf der Rede schreiben", sagte Terry. „Selbstverständlich nur, wenn es dir recht ist."

„Sicher", ermutigte Nick ihn und freute sich über Terrys Begeisterung. Johns Bruder hatte sich enorm entwickelt, seit Nick darauf bestanden hatte, dass er sich dreißig Tage in der Entzugsklinik behandeln lassen musste, bevor er dem Stab angehören durfte.

Trevor, der für gewöhnlich mit Nick zusammen an den Reden arbeitete, war ebenfalls einverstanden. „Bei dieser Rede nehme ich gern jede Hilfe an, die ich bekommen kann."

„Was schwebt dir denn vor, Terry?", fragte Nick.

Terry, seit fünf Monaten nüchtern, scharfsinnig und wieder voll engagiert, antwortete: „Folgendes sollten wir meiner Ansicht nach tun."

18. Kapitel

Avery wartete sehr lange mit dem Anruf bei Bertha Ray. Noch immer hatte er ihr Gesicht vom Vorabend in Erinnerung, auf dem sich Angst, Empörung, Würde, Resignation und Akzeptanz widergespiegelt hatten. Und jetzt quälte ihn die Vorstellung, ihr das Herz endgültig brechen zu müssen. Er hegte keinerlei Zweifel daran, dass sie sich bei der Erziehung ihres Sohnes größte Mühe gegeben hatte. Nur hatte es einfach nicht gereicht, um ihn vor der schiefen Bahn zu bewahren.

In solchen Momenten wünschte Avery, er wäre Bauarbeiter oder irgendetwas anderes geworden, was ihm ersparen würde, Leuten niederschmetternde Nachrichten überbringen zu müssen.

Weil er es nicht länger aufschieben sollte – und durfte –, nahm er das Telefon und rief die Nummer an, die Bertha ihm genannt hatte. Da Sam unterwegs war, hatte er ihr Büro in Beschlag genommen und war deshalb gezwungen, das Hochzeitsfoto von ihr und ihrem sie vergötternden Gatten zu betrachten. Er versuchte wegzuschauen, doch sein Blick wurde immer wieder aufs Neue davon angezogen, während er dem Freizeichen am anderen Ende der Leitung lauschte. Das Büro roch nach ihr, was seine Qualen verstärkte. Was machte er überhaupt hier?

„Hallo", erklang endlich die atemlose Stimme einer Frau, die offenbar zum Telefon gerannt war.

„Hier spricht Special Agent Avery Hill vom FBI. Könnte ich bitte Mrs. Ray sprechen?"

„Ja, eine Sekunde bitte."

Während Avery wartete, nutzte er die Gelegenheit, Sam anzusehen, ohne sich darum sorgen zu müssen, dass er sich in ihren Augen und in denen ihrer Kollegen zu einem abartigen Narren machte. Denn zu dem war er geworden, seit er Sam kennengelernt hatte, und sie hatte ihn bereits darauf angesprochen. An diese peinliche, demütigende Unterhaltung konnte er sich nur allzu gut erinnern.

Er öffnete den obersten Knopf seines Hemdes und lockerte die Krawatte, um besser Luft zu bekommen. Mann, sie hatte es geschafft, dass er sich wie der letzte Idiot vorgekommen war! Und das Schlimmste war, dass er jede einzelne ihrer spöttischen Bemerkungen über sein Verhalten verdient hatte. Er hatte nicht einmal so tun können, als ob ihm nicht klar gewesen wäre, wovon sie gesprochen hatte, denn er hatte sie ja wirklich angestarrt. Seine Gefühle waren ihm deutlich anzumerken gewesen – wie bei einem unerfahrenen Schuljungen und nicht wie bei einem gestandenen Mann, für den er sich bisher gehalten hatte. Das muss aufhören, dachte er bei sich, während er ihr wunderschönes Gesicht musterte. *Und zwar sofort.*

Na ja, sie noch einmal anzustarren, konnte die Sache auch nicht mehr schlimmer machen, oder?

„Agent Hill?", meldete Bertha sich nun.

Er legte Sams Foto mit der Bildseite nach unten auf den Schreibtisch, unfähig, sie anzusehen, ohne sie zu begehren. „Ja, ich bin hier."

„Ist etwas passiert?"

Wie war das noch mal mit den mütterlichen Instinkten?

„Ich fürchte ja", erwiderte er.

Sie gab ein schmerzliches Wimmern von sich. „Ist es Bobby?"

„Ja." Er schloss die Augen und rieb sich die Nasenwurzel. Es war ihm zutiefst zuwider, ihr das antun zu müssen. „Ich muss Ihnen leider mitteilen, dass er umgebracht wurde."

Solange er lebte, würde er den Laut nicht vergessen, den sie von sich gab, als seine Worte in ihr Bewusstsein drangen. Im Hintergrund hörte er jemanden mit ihr reden, dann wurde das Telefon fallen gelassen und landete mit lautem Aufprall auf dem Fußboden.

„Agent Hill? Hier spricht Berthas Schwester Dolores. Was ist geschehen?"

„Es tut mir leid, Ihnen sagen zu müssen, dass Ihr Neffe ermordet wurde."

„Oh, Herr im Himmel, nein, nein, nein. Arme Bertha. Dieser Junge hat ihr so viele Jahre ständig das Herz gebrochen." Sie schniefte und sammelte sich einen Moment lang.

Avery dachte an die Hütte am Strand, in der er während eines Urlaubs vor einigen Wintern in Jamaika gewohnt hatte. Wenn dieser Fall abgeschlossen war, würde er wieder für ein paar Wochen dorthin verschwinden, um endlich einen klaren Kopf zu bekommen.

„Können Sie mir erzählen, was passiert ist?", fragte Dolores.

„Er ... Sie ... Es war übel."

„Grundgütiger", flüsterte sie. „Was machen wir denn jetzt?"

„Die Gerichtsmedizinerin Dr. Lindsey McNamara wird Kontakt zu Ihnen aufnehmen, sobald der Leichnam freigegeben ist. Sie müssen sich an ein Beerdigungsinstitut wenden, am besten bei Ihnen in Philadelphia. Mir wäre es lieber, Bertha würde nicht nach Washington zurückkommen, bis wir diesen Fall abgeschlossen haben."

„Ich verstehe."

„Da ist noch etwas ..."

„Um Himmels willen, was denn noch?"

„Man hat einen Brandanschlag auf ihr Haus verübt."

„Oh ... ihr Haus ... Warum sollte jemand ihr das antun?"

„Wir glauben, dass die Täter womöglich eine Botschaft an jeden senden wollen, der in irgendeiner Form mit ihren Taten in Verbindung steht. Bis wir der Sache auf den Grund gegangen sind, müssen Sie stark sein und Bertha bei sich behalten."

„Ja, natürlich. Sie hat mir erzählt, dass Sie sehr freundlich zu ihr waren, Agent Hill. Dafür danke ich Ihnen."

„Sie ist eine wundervolle Lady, die das alles nicht verdient hat."

„Nein, das hat sie nicht. Ist von ihrem Haus noch etwas übrig geblieben?"

„Das weiß ich nicht genau, ich habe es noch nicht gesehen. Ich fahre jedoch gleich hin und melde mich anschließend wieder bei Ihnen." Er hielt inne und wählte seine nächsten Worte sorgfältig. „Mir ist klar, dass dies eine schwierige Zeit für sie ist, aber besteht vielleicht die Möglichkeit, dass Sie Bertha nach seinen Freunden fragen? Wir müssen mit ihnen reden, um herauszufinden, ob er ihnen unter Umständen etwas erzählt hat."

„Bleiben Sie dran."

Avery hörte die Stimmen leise im Hintergrund, auch Berthas Schluchzen.

„Agent Hill?"

„Ich bin da."

„Sie meint, Sie sollten mit Sonny Jordan sprechen. Er war Bobbys bester Freund."

„Das hilft mir schon weiter. Richten Sie ihr meinen Dank für diese Information aus."

„Danke für Ihren Anruf."

„Sagen Sie Bertha, dass ich an sie denke."

„Mach ich."

Damit legte Avery auf und verließ das Büro. Er musste raus und etwas Produktives tun, bevor er vollständig den Verstand verlor. Auf dem Weg zum Parkplatz nahm er einen Anruf von seinem Kontakt beim Verteidigungssicherheitsdienst entgegen, der ihm dabei helfen sollte, denjenigen aufzuspüren, der für das Update von Derek Kavanaughs Sicherheitsüberprüfung nach dessen Heirat mit Victoria zuständig gewesen war.

„Hill."

„Möglicherweise habe ich etwas für dich."

„Raus damit."

„Der Kerl, der Kavanaughs erneute Sicherheitsüberprüfung vorgenommen hat, heißt Delman Jones vom NCIS – und er ist tot. Ermordet ungefähr einen Monat nachdem er den Bericht über das Update abgegeben hat."

„Ist ja klar." Avery seufzte, und seine Kopfschmerzen nahmen zu. „Erzähl mir alles, was du hast."

Der pensionierte Gerichtsmediziner Dr. Norman Morganthau wohnte am Ende einer unbefestigten Straße am Stadtrand von Annapolis, Maryland. „Hübsch hier draußen", bemerkte Jeannie, während sie den Wagen über die holprige Piste lenkte.

„Ja", pflichtete Will ihr knapp bei. Er hatte auf der langen Fahrt wenig gesprochen.

„Bist du sauer auf mich, Will?"

Er sah sie an. „Nein, ich bin nicht sauer auf dich. Ich bin sauer auf mich selbst. Ich bin sauer über die ganze Situation."

„Ich wollte dir noch sagen, dass ich mit Sam geredet habe."

„Du hast mit ihr gesprochen?"

Jeannie nickte. „Ich habe sie angerufen, um ihr von der Verlobung und der neuen Version unseres Berichtes zu erzählen."

„Dabei wollte ich dir doch dabei helfen", wandte er mürrisch ein.

„Es hat mir nichts ausgemacht, den allein zu schreiben. Außerdem fühlte ich mich verantwortlich, weil ich dich in diese Sache hineingezogen habe."

„Du hast mich in gar nichts hineingezogen. Wir haben uns damals beide darauf geeinigt, dass es richtig wäre, sie nicht zu informieren."

„Das denke ich nach wie vor und habe es ihr auch so erklärt. Die Vorstellung, dass Skip stirbt und seine Leistungen von einem möglichen Skandal weggewischt werden, war einfach unerträglich."

„Wie hat sie darauf reagiert?"

„Sie meinte, dass sie versteht, warum wir es getan haben, und dass sie dankbar für die gute Absicht dahinter ist. Dennoch sei es falsch gewesen, sie zu belügen. Ich habe ihr daraufhin gesagt, dass ich bloß bedauere, die Dinge nach Skips Genesung nicht gleich klargestellt zu haben."

„Ja, ich sehe das genauso. An dem Punkt haben wir es vermasselt."

„Stimmt. Vielleicht kommen wir der Sache mithilfe von Dr. Morganthau auf den Grund."

„Hoffen wir mal."

Das weitläufige Ranchhaus stand versteckt in einem kleinen Wäldchen. Jeannie klopfte an die Eingangstür. Da der Doktor sie erwartete, war sie nicht überrascht, als er um die Hausecke kam.

„Da sind Sie ja", begrüßte er sie lächelnd. Der Mann war von durchschnittlicher Größe, drahtig und hatte freundliche blaue Augen. Auf dem Kopf trug er einen großen Strohhut. Er stopfte seine schmutzigen Handschuhe in die Hosentasche, um ihnen die Hände schütteln zu können. „Haben Sie leicht herfinden können?"

„Ihre Wegbeschreibung war klasse", erwiderte Jeannie. „Ich bin Detective McBride, und das ist mein Partner Detective Tyrone."

„Es ist mir ein außerordentliches Vergnügen, Sie beide kennenzulernen. Wie ich bereits bei unserem ersten Gespräch am Telefon erwähnte, bin ich ein großer Bewunderer von Ihnen, Detective McBride."

Damals hatte er ihr gesagt, wie sehr er ihre Haltung bewun-

dert hatte, nachdem Mitch Sanborn ihr Gewalt angetan hatte.
„Vielen Dank, Sir. Wir sind Ihnen dankbar, dass Sie uns empfangen."

„Kommen Sie mit nach hinten. Ich lasse mir nie die Chance entgehen, meinen Garten vorzuführen."

Jeannie und Will folgten ihm ums Haus herum in einen duftenden Garten, der in voller Blüte stand.

„Wow, der ist ja toll", bemerkte Jeannie.

„Das ist meine große Leidenschaft im Ruhestand."

„Das sieht man." Sie zeigte auf lange Stängel mit hellgelben Blüten. „Was sind das für welche?"

„Großes Löwenmaul. Und hier drüben sind meine preisgekrönten Rosen."

Es handelte sich um weiße Rosen, gelbe, rote und solche in drei verschiedenen Pinktönen.

„Sie haben einen grünen Daumen", stellte Will fest.

„Früher nicht", gestand Dr. Morganthau. „Da hatte ich den Ruf, alles umzubringen, was ich im Garten anfasse. Meine Freunde und meine Familie nannten mich Dr. Death, und zwar nicht wegen meines Berufs."

„Witzig", sagte Will lachend.

„Man muss eben die Zeit haben, sich seinen Leidenschaften hingeben zu können", erklärte Dr. Morganthau. „Aber natürlich sind Sie nicht hier, um über meinen Garten zu plaudern. Meine Frau Amy hat uns einen Krug Eistee und Kekse auf die Terrasse gestellt, bevor sie mit unserer Tochter zum Shoppen gefahren ist. Darf ich Ihnen ein kaltes Erfrischungsgetränk anbieten?"

„Das klingt wundervoll", antwortete Jeannie. „Diese Hitze ist wirklich drückend."

„Warten Sie mal ab, bis Sie ein wenig älter sind, junge Dame. Wenn einem ständig kalt ist, fühlt sich die Hitze verdammt gut an."

„Wenn Sie das sagen."

Jeannie und Will gingen hinter ihm her über einen Steinweg, der zu einer Terrasse führte, auf der Topfpflanzen und einladende Gartenmöbel standen.

„Nehmen Sie Platz", forderte er seine Gäste auf und schenkte Eistee in drei hohe Gläser. „Er ist bereits gesüßt. Ich hoffe, das ist in Ordnung."

„Für mich schon", sagte Will, während Jeannie nickte.

Dr. Morganthau setzte sich an den Tisch. „Und nun – was kann ich für Sie tun?"

„Wie ich bei unserem Telefonat bereits erwähnte", begann Jeannie, „setzen wir unsere Ermittlungen im Mordfall Fitzgerald fort. Als wir im Frühjahr miteinander sprachen, haben Sie angedeutet, Skip Holland sei während seiner Ermittlungsarbeit vielleicht nicht immer ganz bei der Sache gewesen. Vielleicht können Sie das näher erläutern."

„Ich glaube, ich habe Ihnen damals erklärt, dass Skip ein Freund und ein guter Kollege war. Es war mir eine Ehre, mit ihm zusammenzuarbeiten."

„Ja", meinte Jeannie, „das haben Sie. Es ist nicht meine Absicht, Sie in Verlegenheit zu bringen. Wenn es allerdings noch etwas gibt, was Sie uns sagen könnten, das zur Aufklärung dieses Falles führt, wären wir Ihnen sehr dankbar."

Morganthau nahm den Strohhut ab und strich sich über das dünner werdende weiße Haar. Er schien auf einmal in Gedanken weit weg zu sein. „Es war von Anfang an ein schwieriger Fall. Es ist immer unglaublich hart, wenn ein Kind vermisst wird, doch das brauche ich Ihnen nach dem Kavanaugh-Fall in dieser Woche bestimmt nicht zu sagen."

Er trank einen Schluck und suchte nach Worten, bevor er fortfuhr: „Das Department machte damals wegen der Budgetkürzungen schwere Zeiten durch. Wir waren total unterbesetzt. Alle leisteten unfassbar viele Überstunden und hatten zu kämpfen. Und während dieser katastrophalen Zustände verschwand Alice Fitzgeralds Kind." Er schüttelte den Kopf. „Es war einfach zu viel, verstehen Sie?"

„Sie sprechen von ihr, als würden Sie Mrs. Fitzgerald kennen", entgegnete Will.

Morganthau schien von der Frage überrascht zu sein. „Natürlich kannten wir sie. Sie war Steven Coynes Witwe."

Jeannie und Will tauschten Blicke.

„Wer war Steven Coyne?", fragte Jeannie und hatte den leisen Verdacht, dass sie das eigentlich wissen müsste.

„Wie schnell die Menschen vergessen." Morganthau schüttelte den Kopf. „Das war Skips erster Partner, als die beiden noch Streifenpolizisten waren. Er wurde aus einem fahrenden Auto heraus erschossen, die Hintergründe der Tat sind nie aufgeklärt worden."

Innerlich zuckte Jeannie zusammen und überlegte, ob es Will genauso ging. Tylers Mutter hatte also einen direkten Bezug zu Skip und dem Department. Plötzlich ergaben viele Dinge einen Sinn.

„In den uns vorliegenden Berichten zu dem Fall wurde eine Verbindung zwischen Alice Fitzgerald und dem Department nicht erwähnt", erklärte Jeannie.

„Wir hängten das nicht an die große Glocke. Steven war zu der Zeit schon seit fast zwanzig Jahren tot. Nach einer sehr schwierigen Trauerphase war Alice mit ihrem Leben endlich wieder zurechtgekommen. Wir sahen keinen Grund dafür, die schmerzlichen Erinnerungen zu wecken, als sie später mit dem Verschwinden und der Ermordung ihres Sohnes konfrontiert war." Er sah abwechselnd Jeannie und Will an. „Sie wussten das von Alice nicht?"

Jeannies Herz klopfte wie verrückt. „Nein, Sir."

„Ich kann mir denken, wie das rückblickend auf Sie wirken muss. Aber versuchen Sie sich mal vorzustellen, wie Skip sich gefühlt hat, als er in einem Mordfall ermitteln musste, der die Frau seines ermordeten Ex-Partners betraf."

„Er tat alles in seiner Macht Stehende, um sie und ihre Familie zu schützen", antwortete Jeannie, die das alles noch immer verarbeiten musste.

„Er tat, was jeder von uns getan hätte."

„Darf ich fragen", schaltete Will sich nun zögernd ein, „warum ausgerechnet er mit einem Fall betraut wurde, der ihm doch persönlich nahegehen musste? War der innere Konflikt nicht vorprogrammiert?"

„Es wäre für jeden im Department ein innerer Konflikt gewesen. Wir kümmern uns umeinander, wie Sie selbstverständlich wissen, deshalb kannte sie eben auch jeder. Soweit ich mich erinnere, bestand Skip sogar darauf, die Ermittlungen zu leiten, und weil es zu wenig Leute im Department gab, protestierte niemand dagegen, dass er an einem Fall arbeiten wollte, der undankbar zu werden versprach, um es milde auszudrücken."

Kein Wunder, dass Skip sich dermaßen bemüht hatte, Alices zerbrochene Familie zu schützen. Er hatte zugelassen, dass Cameron Fitzgerald wenige Tage nach dem Verschwinden seines Bruders zum Militär gegangen war. Das war jetzt viel eher nachzuvollziehen als vorher.

„Unterhielt Skip eine persönliche Beziehung zu Mrs. Fitzgerald?", wollte Will wissen. „Außer dass er sich um sie kümmerte?"

„Das kann ich nicht beantworten. Ich habe keine Ahnung."

„Hat irgendwer jemals angedeutet, dass hinter der Beziehung mehr steckte als Freundschaft oder Fürsorge?", erkundigte Jeannie sich.

„Es gab Gerüchte, aber Sie wissen ja, wie die Leute tratschen."

„War denn irgendetwas dran an den Gerüchten?", wollte Jeannie wissen.

„Nicht dass ich wüsste."

„Was glauben Sie?", fragte Will.

Morganthau überlegte, ehe er antwortete: „Ich glaube, Skip Holland war ein guter Mann, der in dieser schwierigen Situation hin- und hergerissen war und einfach tat, was das Beste war."

Und das ist alles, was der gute Doktor uns dazu erzählen wird, dachte Jeannie. Nur Skip Holland selbst konnte etwas über die wahre Natur seiner Beziehung zu Alice Fitzgerald preisgeben, und Jeannie bezweifelte stark, dass er auch nur darüber sprechen würde. Wie mit dieser Geschichte umzugehen war, würde ganz allein bei Sam liegen.

Jeannie stand auf und reichte dem Doktor die Hand. „Danke für Ihre Gastfreundschaft und den Einblick in die Zusammenhänge, den Sie uns gewährt haben."

„Gern geschehen. Ich hoffe, ich konnte Ihnen helfen."

„Mehr, als Sie denken", erwiderte Jeannie.

Will schüttelte dem Arzt die Hand. „Danke, Doc."

„Richten Sie bitte allen meine Grüße aus", bat Morganthau, als er die beiden zu ihrem Wagen begleitete. „Ich vermisse die Kollegen, aber nicht die Leichen. All die vielen sinnlosen Tode ... Es setzte mir irgendwann doch zu, verstehen Sie?"

Ob sie das verstand? Allerdings! „Ja, Sir. Genießen Sie Ihren Ruhestand. Sie haben ihn sich verdient."

„Danke. Passen Sie gut auf sich auf."

„Machen wir."

Wortlos fuhren sie über die Zufahrt zum Haus und erreichten die Route 50, die zurück nach Washington führte, bevor Will das Schweigen beendete. „Das erklärt allerdings einiges."

„Das tut es", pflichtete Jeannie ihm bei.

„Was jetzt?"

„Wir berichten Sam alles und überlassen es ihr, zu entscheiden, was zu tun ist."

Will seufzte. „Ich beneide sie bei diesem Fall nicht."

„Ich beneide sie bei den meisten Fällen nicht."

„Aber dieser ist …"

„Ja", unterbrach Jeannie ihn. Dieser Fall war noch vertrackter.

„Was wissen wir über Colton Patterson?", fragte Sam Freddie. Sie hatten den Konferenzraum belegt und das *Bitte nicht stören*-Schild an die Tür gehängt. Zum Glück war das Kommissariat leer, sodass niemand auf sie achtete. Sam rätselte immer noch darüber, warum sie in ihrem Büro ihr Hochzeitsfoto auf der Bildseite liegend vorgefunden und der Duft von Avery Hills Aftershave an ihrem Telefon gehangen hatte. Es beunruhigte sie, dass er ihre Nachricht nicht erhalten hatte. Aber sie schüttelte diese unerfreulichen Gedanken ab, um sich auf den Fall konzentrieren zu können.

Freddie scrollte durch die Datei auf dem Bildschirm seines Laptops, während Sam auf und ab ging und ihren Stressball knetete. „Er ist vierzig, hat ebenfalls auf der Ohio State University studiert, war nie verheiratet, hat einen Ruf als Playboy. Früher war er mal mit Tenley James zusammen." Das war eine berühmte Schauspielerin. „Während Christian brav und bürgerlich wurde, scheint sein Bruder einen ganz anderen Weg eingeschlagen zu haben – jede Woche eine neue Freundin."

„Wie sieht er aus?"

„Hier, schau selbst." Freddie drehte den Computer, um ihr das Foto eines verwegen gut aussehenden Mannes zu zeigen, der dunkles Haar hatte, während sein Bruder blond war. „Er ähnelt wohl eher der Mutter."

„Ich kann verstehen, warum die Frauen ihn mögen. Überprüfen wir sie beide. Mal sehen, ob es Strafakten gibt."

„Mache ich gerade."

„Wir brauchen außerdem Informationen über Defiance und müssen herausfinden, ob die Stadt irgendwelche dunklen Geheimnisse hat."

„Was denn für dunkle Geheimnisse?"

„Vermisste junge Frauen zum Beispiel."

„Ah, ich verstehe."

„Starte mal eine Suche nach den Namen Greg, Betty und Defiance, Ohio."

Freddie tippte hastig, um mit ihrem Tempo mithalten zu können.

In ihrem Inneren spürte Sam die Energie. Genau für dieses Vibrieren lebte sie, denn es signalisierte ihr, dass sie einer Sache auf der Spur war.

„Über Greg und Betty Taft aus Ohio finde ich nichts." Freddies braune Augen waren auf den Monitor gerichtet. „Oh, wow. O Mann. Sieh dir das mal an. Ein George und eine Barbara Tate wurden bei einem Brand vor zwölf Jahren getötet. Ihre Tochter Valerie, ein Mädchen im Teenageralter, wurde von den Pattersons aufgenommen." Erneut drehte Freddie den Laptop, auf dessen Anzeige jetzt das Bild einer sehr jungen Victoria Kavanaugh prangte.

„Heiliger Strohsack!" Sam reckte die Faust in die Luft. „Wir haben sie!"

„Ich mache dich nur ungern darauf aufmerksam, dass wir lediglich eine Verbindung zwischen Victoria und den Pattersons haben. Das beweist noch lange nicht, dass sie Victoria ermordet haben."

„Aber es ist ein Anfang", meinte Sam. „Wir haben zudem ein Motiv. Wer außer ihnen hätte jemanden ganz in Nelsons Nähe platzieren sollen, wenn nicht derjenige, der es auf Nelsons Job abgesehen hat?"

„Müssen wir trotzdem noch beweisen", erwiderte Freddie.

„Du bist ein Stimmungskiller, weißt du das?"

„Sagst du mir ständig."

Sam lief weiter vor der Weißwandtafel auf und ab. „Recherchiere mal Valerie Tate aus Defiance, Ohio."

Freddies Finger flogen über die Tastatur. „Lauter Zeug über das Feuer und die Pattersons, die das Mädchen aufgenommen haben. Ein paar Fotos. Auf jedem hat Colton den Arm um sie gelegt."

„Ich frage mich, ob die zwei zusammen waren."

Freddies Augen bewegten sich hin und her, während er den Text auf dem Bildschirm las. „In diesem Artikel heißt es, Colton sei in der ersten Klasse schwer krank gewesen, weshalb er wiederholen musste und in derselben Klasse wie Christian und Valerie landete. Es gibt ein Foto von den dreien mit Haube und Cape beim Abschluss der Highschool. Offenbar ist alles, was die Pattersons machen, in Defiance eine Nachricht wert."

„Wo hat Valerie das College besucht?"

„Bryn Mawr", antwortete Freddie und sah sie an.

„Ich wusste es! Es musste ja in irgendeiner Weise mit den Pattersons in Verbindung stehen."

„Das bestreite ich auch gar nicht. Ich mache dich nur noch einmal darauf aufmerksam, dass diese Verbindung nicht automatisch bedeutet, dass wir einen Mörder haben."

Sam warf ihm einen finsteren Blick zu und drehte eine weitere Runde durch den Konferenzraum, angetrieben von nervöser Energie, während sie im Geiste die Puzzleteile zusammenzufügen versuchte.

„Pass auf", fuhr Freddie fort. „Valeries Online-Präsenz endet genau zu der Zeit, als sie ihren Abschluss am Bryn-Mawr-College gemacht hat. Danach wird sie kein einziges Mal mehr irgendwo erwähnt."

„Sehr interessant. Jemand in ihrer reichen Pseudofamilie setzt sie also darauf an, den Nelson-Wahlkampf zu unterwandern. Ich will wissen, wer das war, und ich will wissen, warum.

Reiche Leute wie die haben Lakaien. Die haben Leute, die sich um Situationen wie diese kümmern – einen Maulwurf, der plötzlich nicht mehr richtig mitarbeitet. Wir müssen dahinterkommen, wer die Helfer der Pattersons sind, und mit ihnen reden."

„Großartig. Und wie stellen wir das an?"

„Hm, indem wir sie fragen?"

Freddie dachte kurz darüber nach. „Wir rufen Christian Patterson an und fragen einfach: ‚Wer sind Ihre Lakaien?'"

„Klar." Sam zuckte mit den Schultern. „Warum nicht?"

Ein Klopfen an der Tür unterbrach sie.

Sie wartete, bis Freddie den Laptop zugeklappt hatte. „Herein."

Daraufhin betrat Agent Hill den Raum. „Was gibt es Neues?"

„Nicht viel", antwortete sie. „Und bei Ihnen?"

„Ich habe den Namen des NCIS-Agenten, der für Dereks Sicherheits-Update nach seiner Hochzeit mit Victoria zuständig war."

„Und?"

„Er ist tot."

„Natürlich ist er das", sagte Sam. Die Pattersons waren gründlich. „Wie?"

„Sein Tod wurde als Selbstmord eingestuft. Er sprang von einer Brücke in Alabama."

„Hat da jemand mal nachgeforscht?"

„Nein. Offenbar war er ein Einzelgänger; daher hat ihn eine Woche lang niemand als vermisst gemeldet. Als man ihn schließlich fand, war nicht mehr viel zum Nachforschen übrig." Avery fuhr sich durch die Haare, eine Geste, die Sam inzwischen als Ausdruck von Frustration zu deuten gelernt hatte. „Apropos nicht viel übrig: Berthas Haus wurde angezündet, genau wie die Nachbarhäuser zu beiden Seiten."

„Jemand verletzt?"

Hill schüttelte den Kopf. „Zum Glück konnten sich alle rechtzeitig in Sicherheit bringen." Auf den Computer deutend, meinte er: „Haben Sie mehr über den Kongressabgeordneten herausfinden können?"

„Nicht allzu viel", erwiderte Sam. „Er hatte einen Herzanfall, bevor wir ihn befragen konnten."

„Meine Güte, uns bleibt auch nichts erspart."

„Das wird schon. Wir müssen bloß dranbleiben."

„Ich werde mit dem Arzt reden, der Maeve Kavanaugh den GPS-Chip implantiert hat. Bis zum Meeting um halb fünf bin ich zurück."

„Wir warten hier."

Misstrauisch musterte er die beiden, bevor er den Raum wieder verließ.

„Er ahnt, dass da etwas im Gange ist", stellte Freddie fest.

„Schön für ihn."

„Wann willst die anderen in unsere Entdeckungen einweihen?"

„Bald. Wir brauchen noch ein bisschen mehr, und ich weiß auch schon, woher wir es bekommen." Sie bedeutete ihm, ihr zu folgen.

Er nahm den Laptop und lief ihr hinterher. „Wohin gehen wir?"

„Zurück zu unserem Freund in Pattersons Wahlkampfzentrale."

Sie verheimlicht etwas, dachte Avery auf der Fahrt zum Washington Hospital Center in der Irving Street Northwest. Es war grauenhaft gewesen, aus diesem Gewirr von Northwest, Northeast, Southeast, Southwest in Washington schlau zu werden. Warum benutzten die keine Straßennamen ohne diese Richtungsanhängsel? Wenn er Einheimischen diese Frage stellte, starrten die ihn verständnislos an und erwiderten, so hätten sie es eben schon immer gehalten. Trotzdem ... Begriffen die denn nicht, dass es für Auswärtige verwirrend war?

Natürlich kehrten seine Gedanken zu Sam zurück, die sich ein wenig zu freundlich und entgegenkommend gezeigt hatte. Inzwischen kannte er sie gut genug, um das als Anzeichen dafür zu deuten, dass sie irgendetwas im Schilde führte. Hoffentlich weihte sie ihn bald ein, damit sie diesen verdammten Fall abschließen konnten. Und sobald das geschafft war, würde er sich auf den Weg nach Jamaika machen.

Derek Kavanaugh hatte ihm erzählt, dass Dr. Bernard Saltzman sich bei Maeves Geburt um Victoria gekümmert hatte. Saltzmans Praxis befand sich im Washington Hospital Center, in dem er für Geburten und Operationen Belegrecht hatte.

Avery parkte und ging eine gefühlte Meile bis zum Haupteingang, wo er sich nach Dr. Saltzman erkundigte, dessen Büro sich in der zweiten Etage befand. Das Wartezimmer dort war voller schwangerer Frauen. An der Rezeption zog er seine Dienstmarke hervor. „Special Agent Hill vom FBI. Ich möchte zu Dr. Saltzman."

Die ältere Frau musterte die Marke, dann ihn. „Er kümmert sich gerade um eine Patientin." Sie deutete auf den Wartebereich. „Und da sind noch viele andere, die auf ihn warten."

Normalerweise hätte er darauf bestanden, den Arzt sofort zu sprechen, doch er scheute davor zurück, Behandlungen in dieser Praxis zu unterbrechen. „Ich werde zwischen zwei Patientinnen zu ihm reingehen." Avery hielt im Wartezimmer Ausschau nach einem freien Platz und fand einen neben einer hochschwangeren Frau. Einige der anderen Patientinnen im Raum hielten Händchen mit eingeschüchtert wirkenden Männern.

Avery setzte sich, in der Hoffnung, nicht allzu lange warten zu müssen.

Von schwangeren Frauen umgeben zu sein, machte ihn stets unruhig. Er wusste nie, was er sagen oder wie er sich verhalten sollte. Seine Schwestern bekamen seit Jahren ein Kind nach dem anderen. Davon war Avery sehr weit entfernt. Zwar konnte er von sich behaupten, in seine Nichten und Neffen vernarrt zu sein, aber sich mit hormonell und emotional aufgeladenen Schwangeren herumzuschlagen, überließ er lieber seinen Schwagern.

Die Praxistür ging auf, und herein kam die blonde Elfe, die er am Abend zuvor in Sams Haus kennengelernt hatte. Wie hieß sie noch? Er zermarterte sich das Hirn und lauschte angestrengt, als sie sich anmeldete. Shelby! Das war's. Die neue Privatsekretärin des Senators und seiner Frau. Vielleicht würde sie ihn in dem vollen Wartebereich gar nicht bemerken.

Doch dann drehte sie sich um und suchte genau wie er vorhin nach einem freien Platz. Überrascht rief sie: „Agent Hill? Sind Sie guter Hoffnung?" Sie sah die Frau zu seiner Rechten an.

Entsetzt schüttelte er den Kopf. „Ich bin hier, um mit dem Doktor über den Fall zu sprechen, an dem ich gerade arbeite."

Shelby setzte sich an die andere Seite neben ihn. Ihrer schlanken Figur nach zu urteilen, war auch sie nicht schwanger. Oder zumindest erst seit Kurzem.

„Ist er in Schwierigkeiten?", flüsterte sie.

„Nein. Nichts dergleichen." Er schaute sie an und überlegte, wie gut sie Sam kannte. „Wann ist es bei Ihnen so weit?"

Ihr Lächeln erstarb, und sofort bereute er seine Frage. „Ich bin nicht schwanger. Ich versuche es noch."

Unauffällig musterte er ihren Ringfinger.

Offenbar nicht unauffällig genug, denn sie erklärte gleich: „Verheiratet bin ich auch noch nicht."

Er hob beide Hände. „Ich erlaube mir da kein Urteil."

Als sich ihre blauen Augen mit Tränen füllten, wäre Avery am liebsten im Boden versunken.

„Tut mir leid", meinte sie und betupfte ihre Augen mit einem Taschentuch, das sie aus der größten pinkfarbenen Handtasche hervorgeholt hatte, die er je gesehen hatte. Im Grunde genommen war alles an der Frau pink. „Die Hormone machen mir zu schaffen – ich muss wegen jeder Kleinigkeit heulen. Neulich hat der Wagen vor mir einen Hasen in einer Seitenstraße angefahren, und ich musste eine Stunde lang weinen!" Während sie sprach, liefen ihr die Tränen über die Wangen. Sie wischte sie hastig weg und bemühte sich sichtlich, die Flut zu stoppen. „Lieber Himmel, ich bin völlig neben der Spur."

Da Avery nicht widersprechen konnte, schwieg er.

„Können Sie mir verraten, was der Doktor getan hat?", erkundigte sie sich in einer Lautstärke, die sie anscheinend für Flüstern hielt.

„Nein."

„Verzeihung, das hätte ich nicht fragen sollen."

„Sam würde nicht wollen, dass Sie solche Dinge fragen, wenn Sie für sie arbeiten." Die Worte kamen schroffer heraus als beabsichtigt.

Prompt trat erneut ein Schimmern in ihre Augen.

„Ach, kommen Sie. Das habe ich nicht gesagt, um Sie zum Weinen zu bringen."

„Tut mir leid." Sie wirkte gekränkt. „Ich kann nichts dagegen tun."

Er beschloss, ein wenig Konversation zu machen. „Wie findet Ihr Freund es denn, dass Sie so nahe am Wasser gebaut haben?"

„Ich habe keinen Freund."

Und zum zweiten Mal bereute Avery seine Frage.

„Ihr Akzent ist reizend", erklärte sie wehmütig. „Kommen Sie aus Charleston?"

„Ja", bestätigte er, verblüfft darüber, dass sie wusste, woher er stammte. „Woher wissen Sie das?"

„Ich habe einige Zeit dort verbracht. Ist lange her."

„Nicht", sagte er sanft, als er bemerkte, dass ihr Kinn zitterte und ihre Augen schon wieder glänzten.

„Tut mir leid." Sie zog ein weiteres Tuch aus ihrer Tasche. „Schmerzliche Erinnerungen."

„Ich habe beinah Angst, Sie zu fragen, wie Sie ein Baby ohne Freund oder Ehemann bekommen wollen."

Ein schwaches Lächeln erschien auf ihrem Gesicht. „Wissenschaft."

„Hm."

„Was soll das bedeuten?", wollte sie wissen.

„Was soll was bedeuten?", entgegnete er.

„Ihr ‚Hm'?"

„Nichts. Drückt Überraschung aus."

„Was überrascht Sie denn?"

Du liebe Zeit, wie bringe ich mich immer wieder in solche Situationen? „Man sollte meinen, die Männer stünden bei Ihnen Schlange, um der Vater Ihres Kindes zu werden."

Das entlockte ihr einen Schluchzer. „Glauben Sie wirklich?"

„Lassen Sie mich das nicht bereuen", warnte er sie.

In dem Moment kam die Sprechstundenhilfe ins Zimmer. „Agent Hill? Der Doktor empfängt Sie jetzt."

„Dem Himmel sei Dank", murmelte Hill. „Es war nett, Sie zu treffen. Viel Glück bei Ihrem, äh, Projekt."

„Danke", erwiderte Shelby und griff nach einem weiteren Taschentuch.

Avery folgte der stämmigen älteren Dame durch ein paar Flure, die zum Sprechzimmer des Arztes führten.

Saltzman sprach gerade in ein Diktafon, winkte ihn jedoch herein und bedeutete ihm, sich zu setzen.

Die Sprechstundenhilfe machte die Tür zu, als sie ging.

Saltzman war groß und dünn, hatte graubraunes Haar und trug eine Brille mit Drahtgestell. Als er mit dem Diktieren fertig war, schaltete er das Gerät aus. „Verzeihen Sie, dass ich Sie warten ließ. Ich bin Bernie Saltzman."

Avery schüttelte seine Hand. „Special Agent Avery Hill, FBI."

„Sie sind hier wegen Maeve Kavanaugh und dem GPS-Chip."

„Ja ..."

„Bevor Sie fragen, warum ich mich nicht gleich gemeldet habe, als sie vermisst wurde: Ich bin gestern von einer Afrika-Safari mit meiner Frau und meinen Kindern zurückgekehrt. Von dem Fall Kavanaugh habe ich erst heute Morgen gehört, als das Kind schon wieder da war."

„Das beantwortet bereits einige meiner dringendsten Fragen."

Saltzman ließ sich in seinen Bürosessel fallen und streckte die langen Beine aus. „Es ist schrecklich. Victoria war eine reizende Person. Sie und ihr Mann haben sich so über das Baby gefreut."

„Erinnern Sie sich an alle Ihre Patienten so gut?"

„Ich wünschte, das täte ich, aber es sind sehr viele. Doch die beiden ragten wegen der Verbindung zum Präsidenten heraus."

„Nach der Geburt des Babys ließ Victoria ihrer Tochter einen GPS-Chip in den Arm implantieren. Ist das üblich?"

„Es verbreitet sich immer mehr."

„Hat Victoria Ihnen gegenüber einen Grund für das Implantat angegeben?"

„Sie war besorgt, jemand könnte das Kind wegen des Jobs ihres Mannes entführen."

„Fanden Sie diese Sorge seltsam?"

„Eigentlich nicht. Sie litt unter verschiedenen Ängsten und ging damit offen um, daher überraschte es mich nicht."

„Bekam Sie Medikamente wegen ihrer Angstzustände?"

„Nicht während der Schwangerschaft."

„War Ihnen klar, dass ihr Mann von dem GPS-Chip gar nichts wusste?"

Das schien ihn zu erstaunen. „Nein, das war mir nicht klar. Andererseits ist es nichts Ungewöhnliches für mich, nach der Geburt eines Kindes nur mit der Mutter zu tun zu haben. Die Väter kommen und gehen."

Avery stand auf und gab Saltzman seine Karte. „Ich danke Ihnen, dass Sie sich Zeit für mich genommen haben. Falls Ihnen noch etwas einfällt, rufen Sie mich bitte an."

„Agent Hill?"

Er drehte sich noch einmal um.

„Gestern Abend habe ich noch einmal ihre Krankenakte gelesen, um mein Gedächtnis aufzufrischen. Ich denke, Sie sollten wissen, dass Victoria deutlich mehr als das übliche Interesse am Sicherheitsstandard des Krankenhauses zeigte, und zwar vor der Geburt."

„Wie meinen Sie das?"

„Sie verlangte Informationen darüber, wer in die Krankenhausstation kommt und wie die Besucher kontrolliert werden. Solche Dinge."

„Hatten Sie den Eindruck, dass Sie bereits in der Angst vor einer Entführung des Babys lebte?"

„Im Nachhinein muss ich diese Frage bejahen."

„Noch mal vielen Dank."

Avery folgte den Schildern zum Ausgang und nickte Shelby zu, als er am Wartezimmer vorbeikam.

Sie winkte schwach.

Zum Glück hatte sie mit dem Weinen aufgehört. Auf halbem Weg zum Lift hörte er dann seinen Namen. Als er sich umwandte, sah er Shelby, die ihm hinterherlief.

„Verzeihung", sagte sie, ein wenig errötet.

„Kann ich Ihnen noch irgendwie helfen?"

Sie war so klein und zierlich, dass sie ihm selbst auf ihren Stilettoabsätzen bloß bis zur Brust reichte. Entsprechend musste sie fast zu ihm aufschauen. „Ich habe mich gefragt, ob Sie vielleicht mal irgendwann Lust auf einen Kaffee haben."

Fragte sie ihn gerade, ob er mit ihr ausgehen wollte? „Oh, na ja, ich würde schon gern, aber ich werde nicht bleiben, nachdem wir den Fall abgeschlossen haben. Ich muss weg." Weit weg, dachte er.

Ihre Miene verriet Enttäuschung. „Okay. Dann will ich Sie nicht aufhalten."

„Viel Glück." Er schaute zur Arztpraxis und fügte hinzu: „Mit allem."

„Das wünsche ich Ihnen auch."

Im Fahrstuhl dachte er noch einmal über diese merkwürdige Begegnung nach. Er bedauerte es zutiefst, dass er jemanden wie Shelby nicht schon vor Jahren kennengelernt hatte, als er noch an den Dingen interessiert gewesen war, nach denen sie sich heute sehnte. Und bevor er gewusst hatte, dass es Sam Holland gab. Ja, damals war alles einfacher gewesen.

19. Kapitel

Sam öffnete die Tür zu Pattersons Wahlkampfzentrale und marschierte hinein, als ob ihr der Laden gehörte.

Der junge Mann hinter dem Tresen erbleichte, als er sie sah, und sprang auf. „Ich habe ihm nicht gesagt, dass Sie kommen! Sie können mich nicht verhaften!"

„Entspannen Sie sich", erwiderte Sam. „Niemand wird verhaftet. Vorerst."

„Was soll das heißen?"

„Ich brauche noch mehr Informationen. Wenn Sie mir helfen, sind wir quitt. Falls nicht ..." Sie schaute zu Freddie. „Dann haben wir möglicherweise ein Problem."

Der Mann sah zwischen Sam und Freddie hin und her. „Was für Informationen?"

Sam lehnte sich auf den Tresen, als würde sie mit einem alten Freund plaudern. „Fangen wir mit Ihrem Namen an."

„Sam."

„Hey!", sagte Sam. „Was für ein Zufall. Das ist auch mein Name. Ist das nicht cool?"

„Ja, ist es wohl." Er zuckte mit den Schultern. Es war offensichtlich, dass er das nicht annähernd so cool fand wie sie. Mit zittrigen Fingern fuhr er sich durch die gewellten dunklen Haare. Er konnte seine Nervosität nicht verbergen.

„Ich stelle mir vor, dass viele Leute nötig sind, um diese Organisation am Laufen zu halten."

„Ja. Und?"

„Wie viele ungefähr?"

„Ein paar Hundert, mehr oder weniger, arbeiten hier. Im

ganzen Land sind es um die tausend oder noch mehr."

„Wo befinden sie sich heute alle?", fragte Sam, obwohl sie das längst wusste.

„Nach der großen Südstaaten-Tour haben alle frei."

„Warum haben Sie nicht frei?", wollte Freddie wissen.

„Irgendwer muss ja den Telefondienst übernehmen."

„Wie viele der tausend oder mehr Leute, die am Wahlkampf mitwirken, werden dafür bezahlt?"

„Mehr als fünfhundert, die übrigen sind Freiwillige. Arnie hat ziemlich viele Anhänger. Wir haben mehr Freiwillige, als wir unterbringen können."

Sam fand, dass er sich wie ein stolzer Jünger anhörte. „Wer arbeitet am engsten mit dem Kandidaten zusammen?"

„Seine Söhne Christian und Colton."

„Und wer arbeitet eng mit denen zusammen?"

Er verschränkte die Arme und wirkte ein bisschen genervt. „Ich schätze, ich habe genug gesagt."

„Wer hat Ihnen den Maulkorb verordnet?"

„Christian. Er ist mehr oder weniger der Chef. Und er ist sehr eigen, was undichte Stellen angeht."

„Inwiefern eigen?"

„Er hat uns allen deutlich zu verstehen gegeben, dass derjenige, der mit Außenstehenden über den Wahlkampf redet, nicht mehr lange hier tätig ist."

„Gibt es dafür Beispiele – Mitarbeiter, die gefeuert wurden, weil sie aus der Schule geplaudert haben?"

„Ja."

„Wen?"

„Ich ... Sie müssen sich einen richterlichen Beschluss besorgen. Ich werde nicht über Personalprobleme mit Ihnen sprechen. Ich stecke auch so schon genug in Schwierigkeiten."

Sam erkannte, dass sie nicht weiterkam, und fragte stattdessen: „Wer sind Christians und Coltons engste Vertraute?"

„Porter Gillespie arbeitet für Colton, und Jonathan Thayer ist Christians Berater."

Freddie notierte sich die Namen. „Können wir ihre Anschriften haben?"

Der junge Sam ließ sich auf einen Stuhl fallen. „Die bringen mich um dafür." Er schrieb die Adressen auf einen gelben Notizzettel.

„Schreiben Sie auch gleich die Handynummern dazu, wenn Sie schon dabei sind", forderte Freddie ihn auf.

„Christian und Colton kennen die beiden also bereits seit Langem?", fragte Sam.

„Ja, nehme ich mal an."

„Wie lange?"

„Ganz schön lange. Die Pattersons haben viele Freunde. Sie sind beliebt."

„Lassen Sie mich Folgendes fragen", setzte Sam an, und der junge Mann schien das Atmen eingestellt zu haben, während er auf ihre Frage wartete. Schließlich fuhr sie fort: „Wenn einer der Patterson-Brüder, sagen wir, eine schmutzige Angelegenheit zu regeln hätte, würden sie das dann von Porter oder von Jonathan erledigen lassen?"

Sein Adamsapfel hüpfte wie verrückt. „Was denn für schmutzige Angelegenheiten?"

„Sie wissen schon: Sachen, die in einem hitzigen Wahlkampf halt mal anfallen können." Sam beugte sich noch etwas weiter vor. „Dinge, um die sich der Kandidat und seine Familie nicht selbst kümmern wollen."

„Ich weiß nicht, worauf Sie da anspielen."

Sam hatte keine Ahnung, ob der junge Mann sich absichtlich so begriffsstutzig gab oder ob er tatsächlich einfach naiv war. „Ich rede von Dingen, die an moralische und rechtliche Grenzen stoßen."

„Wir führen einen sauberen Wahlkampf, Lieutenant", erwiderte er empört, was Sam dazu veranlasste, sich zu fragen, ob er das ernsthaft glaubte.

„Klar tun Sie das. Tun sie das nicht alle, Detective Cruz?"

„Davon bin ich überzeugt. Schmutziges oder Unmoralisches hat keinen Platz in der Politik."

Sam und Freddie setzten ihre Unterhaltung fort und ignorierten den nervösen jungen Mann, dessen Blick zwischen ihnen hin und her sprang, als ob er ein Tennismatch verfolgte.

„Mit Ausnahme einiger Fälle ist Politik eine absolut saubere Sache", erklärte Sam. „Und ich glaube nicht, dass es sich hier um eine dieser Ausnahmen handelt. Du etwa?"

„Na ja, ein bisschen stinkt die Sache schon", meinte Freddie, sich wie so oft auf das Spiel einlassend.

Wann war er denn dermaßen gut darin geworden? Ganz unbemerkt war das geschehen. „Ich kann diesen Geruch nicht richtig deuten", entgegnete Sam, wobei sie sich dem anderen Sam zuwandte. „Aber diese Sache stinkt tatsächlich besonders, nicht wahr, Detective Cruz?"

„In der Tat. Es hat etwas von verdorbenem Essen, Zwiebeln und vielleicht einem Hauch schmutziger Windeln."

Sam verkniff sich ein Lachen und nickte.

„Reden Sie mit Jerry", sagte der junge Mann, der es plötzlich eilig zu haben schien, die beiden Polizisten loszuwerden.

„Wie meinen?", fragte Sam, als hätte sie ihn nicht verstanden.

„Ich sagte, reden Sie mit Jerry."

„Jerrys Nachname?"

„Smith."

„Und was macht er?"

„Er fährt Leute und erledigt spezielle Aufgaben ... Sachen halt."

„Oh." Sam klatschte in die Hände. „Sachen halt. Warum habe ich den Verdacht, dass Sie schon die ganze Zeit genau wussten, wovon wir reden? Tja, und wo finden wir diesen Jerry Smith?"

Er notierte die Adresse auf einem Blatt Papier, riss es vom Block und warf es ihr hin. „Wenn ich draufgehe, ist das Ihre Schuld."

„Nein, mein Freund, es ist Ihre eigene Schuld, weil Sie blöd genug waren, für Menschen zu arbeiten, die Sie umbringen, wenn Sie die Wahrheit sagen. Sie sollten mal Ihre Berufswahl überdenken." Sam wollte gehen, drehte sich aber noch einmal um. „Schreiben Sie Ihren Namen, Ihre Adresse und Telefonnummer auf."

„Warum?"

„Weil wir möglicherweise noch einmal mit Ihnen sprechen müssen, und es würde mir nicht gefallen, wenn Sie verschwinden."

Jetzt zitterte seine Hand deutlich, während er die gewünschten Informationen aufschrieb und ihr auch diesen Zettel gab.

„Ausgezeichnet. Verlassen Sie nicht die Stadt, für den Fall, dass wir Sie brauchen."

Sie traten wieder hinaus in die drückende Schwüle, die Sams Lungen verbrannte. „Das war ein sehr lustiger Tag", stellte sie fest.

„Manche Leute würden deine Vorstellung von lustig vielleicht nicht teilen, doch ich stimme dir zu."

„Das mit der schmutzigen Windel war eine hübsche Idee."

„Hat's dir gefallen? Ich fand es auch ziemlich brillant."

Sam verdrehte die Augen und schloss den Wagen auf. „Um was wollen wir wetten, dass Jerry Smiths DNA mit der übereinstimmen wird, die wir unter Victoria Kavanaughs Fingernägeln gefunden haben?"

„Ich würde alles darauf wetten." Freddie deutete auf das Wahlkampfbüro. „Der arme Kerl wird nie mehr derselbe sein. Du hast ihn dir da drinnen hörig gemacht."

„Ja, habe ich, oder?" Sam grinste zufrieden und startete den Wagen. „Er muss sich einen anderen Job suchen. Er weiß, dass das Mistkerle sind, trotzdem legt er den Kopf in die Schlinge für sie. Ich kann diese Art von Loyalität für Leute, die es nicht wert sind, absolut nicht nachvollziehen."

„Patterson hat eine riesige und treue Anhängerschaft in diesem Land. Die Leute sehen das, was sie sehen wollen."

„Ja, stimmt."

Jerry Smith wohnte in einem der kleinen Apartments in einem Extended-Stay-Hotel, sechs Blocks von der Wahlkampfzentrale entfernt. Der junge Sam hatte sogar die Zimmernummer aufgeschrieben, was Sam und Freddie die Prozedur des Fragens an der Rezeption und der Drohung mit einem Durchsuchungsbeschluss ersparte.

Auf dem Parkplatz bemerkte Sam einen schwarzen Lincoln SUV mit getönten Scheiben und einem *Patterson for President*-Aufkleber auf der Stoßstange. Sie machte Freddie darauf aufmerksam. „Zumindest wissen wir, dass er da ist."

Sie betraten die Lobby und gingen direkt zum Fahrstuhl, der sie in den dritten Stock brachte.

Sam klopfte an die Tür mit der Nummer 424 und hielt ihre Dienstmarke vor den Spion, als sie im Zimmer Geräusche hörte. „Metro Police Department. Machen Sie auf, Jerry." Sie legte die Hand an ihre Waffe, stieß Freddie an und deutete mit dem Kinn an, dass er vom Türrahmen weggehen sollte, für den Fall, dass die Sache hässlich wurde. Erst jetzt fiel ihr ein, dass sie wahrscheinlich vorher hätten Verstärkung anfordern sollen. „Jerry, Sie stellen meine Geduld auf die Probe. Ich weiß, dass Sie da drin sind. Ich habe Ihren Wagen vorn gesehen."

„Was wollen Sie?"

„Wir müssen mit Ihnen reden. Machen Sie die Tür auf, oder ich schicke meinen Partner los, um den Manager zu holen."

Eine weitere Minute verging, in der die einzigen Geräusche aus dem Fernseher im Inneren drangen. Wenn sie nicht im dritten Stock gewesen wären, hätte Sam befürchtet, er könnte durch das Fenster fliehen. Als eine Türkette klirrte, zog Freddie seine Pistole.

Da er ihr Rückendeckung gab, ließ Sam ihre Dienstwaffe vorerst stecken.

Der Riegel wurde zurückgeschoben, und die Tür wurde schwungvoll geöffnet. Jerry war über eins achtzig, kahl, muskelbepackt und tätowiert. Sams erster Gedanke war, dass die zierliche Victoria gegen diesen Kerl nicht den Hauch einer Chance gehabt hatte. Der Mann war wie geschaffen für schmutzige Jobs – das reinste Klischee, von seinem Dreitagebart über das Muskelshirt bis zu seiner finsteren Miene. Und war das eine Prellung dort an seinem Kinn? Sam fragte sich, ob das Victorias geprellte Fingerknöchel erklärte. Sie hoffte es.

„Was wollen Sie?"

„Reinkommen", antwortete Sam.

„Hier passt es mir besser."

„In der Innenstadt wäre es uns noch lieber, nicht wahr, Detective Cruz?"

„Ja, das würden wir bevorzugen. Obwohl wir Ihnen für die Fahrt Handschellen anlegen müssten", meinte Freddie. „Wenn ich Sie wäre, würde ich uns zu einem gepflegten Gespräch hereinbitten, statt mich mit Handschellen gefesselt ins Polizeihauptquartier schleppen zu lassen."

Sein Gesicht verfinsterte sich noch mehr, falls das überhaupt möglich war. Schließlich ließ er sie jedoch in die unaufgeräumte Wohnung eintreten, in der es nach Zigaretten und abgestandenem Bier roch.

„Genießen Sie Ihren freien Tag, Jerry?", fragte Sam.

„Was wollen Sie?"

„Fangen wir noch mal von vorn an, ja? Ich bin Lieutenant Holland, und das ist mein Partner Detective Cruz. Wir ermitteln im Mordfall Victoria Kavanaugh und der Entführung ihrer Tochter Maeve." Aufmerksam beobachtete sie seine Reaktion auf die beiden Namen, doch seine Miene blieb unverändert störrisch und bedrohlich.

„Was hat das mit mir zu tun?"

„Das würde ich gern erfahren. Ihr Name tauchte im Zuge unserer Ermittlungen auf."

Diesmal lösten die Worte eine Reaktion aus, denn seine Schroffheit schlug um in Wut. „Wer hat Ihnen meinen Namen genannt?"

„Spielt keine Rolle."

„Für mich schon!"

„Warum?"

Als er knurrend den Mund verzog, verstand Sam, warum der junge Sam ihnen nur sehr widerwillig von Jerry erzählt hatte.

„Weil ich mit diesem Großmaul gern ein Wörtchen reden würde."

„Wie wir Sie gefunden haben, ist irrelevant", erwiderte Sam. „Wir würden gern wissen, wo Sie am Sonntag gewesen sind."

„Warum?"

„Darum."

„Das muss ich Ihnen nicht sagen."

„Doch, das müssen Sie. Sonst bleibt uns nämlich keine andere Wahl, als Sie zu verhaften."

„Mit welcher Begründung?"

„Zurückhalten von Informationen in einer Mordermittlung."

„Ich weiß nichts über irgendeinen Mord!"

„Haben Sie Vorstrafen, Jerry?" Bei all den Jerry Smiths auf dieser Welt würde ein Abgleich seiner Daten zu viel Zeit kosten.

Diese Frage bewirkte allerdings schon, dass sein Zorn verpuffte. „Ja, na und?"

„Weswegen denn?"

„Körperverletzung, Diebstahl, Autodiebstahl."

„Reizend. Ist Ihre Mutter stolz auf Sie?"

Daraufhin zog er wieder ein grimmiges Gesicht. „Geht's in dieser Unterhaltung auch um was Konkretes?"

„Ja. Ich will wissen, wo Sie am Sonntag waren."

„Ich war den ganzen Tag hier. Hab mir 'n Spiel im Fernsehen angeschaut, hab Pizza gegessen und mich entspannt."

„Während die Wahlkampftruppe also durch den Süden tourte, blieben Sie in der Stadt?"

„Die brauchten mich nicht. Auf jeder Station hatten sie Fahrer aus dem Ort."

„Ist das ungewöhnlich?"

„Manchmal fahre ich mit, manchmal nicht. Kommt immer drauf an."

„Worauf?"

„Was sonst noch anliegt. Ich fahre dahin, wo ich gebraucht werde."

„Haben Sie am Sonntag irgendwen getroffen? Mit jemandem geredet?"

„Wenn ich nicht arbeite, bleibe ich meistens zu Hause, besonders wenn es dermaßen heiß ist."

„Irgendwohin unterwegs gewesen?"

„Hab ein paar Besorgungen gemacht. Reinigung, Supermarkt, solche Sachen."

„Sie sind nicht zufällig in Capitol Hill vorbeigekommen?"

„Nicht dass ich wüsste."

„Lassen Sie uns über die Pattersons sprechen."

Sofort war er auf der Hut. „Was ist mit denen?"

„Stehen Sie ihnen nahe?"

„Ja, ich denke schon."

„Allen? Christian, Colton, Arnie?"

„Ja."

„Wie nahe?"

„Was wollen Sie andeuten?"

„Ich will einfach wissen, wie nahe Sie ihnen stehen. Auf einer Skala von ‚lockere Bekanntschaft' bis ‚Ich würde alles für sie tun', wo stehen Sie da?"

„Sie sind wie eine Familie für mich. Schon seit meiner Kindheit."

„Mit anderen Worten, es gibt nichts, was Sie nicht für sie tun würden?"

Schweigend zuckte er die Schultern, als ob die Antwort darauf klar war.

„Würden Sie für die Pattersons töten?"

Er kniff die Augen zusammen und sah aus, als wollte er sie allein für die Frage umbringen. „Ich will einen Anwalt."

Manchmal machten sie es einem verdammt einfach. Oft genug war die Forderung nach einem Anwalt nur nervig, gelegentlich aber auch genau das, was Sam hören wollte. „Cruz, verhaften Sie Mr. Smith."

„Weswegen denn?", schrie Smith. „Ich habe nichts getan!"

„Da wir Sie ohne Ihren Anwalt nicht weiter befragen können, müssen wir Sie ins Hauptquartier bringen, von wo man Ihren Anwalt kontaktieren wird. Sobald er oder sie auftaucht, können wir unser Gespräch fortsetzen. Cruz?"

„Mr. Smith, Sie haben das Recht zu schweigen. Alles, was Sie sagen, kann und wird vor Gericht gegen Sie verwendet werden."

Jerry schäumte vor Wut, während Freddie ihn über seine Rechte aufklärte, und bedachte Sam mit einem tödlichen Blick, der sie jedoch nicht im Geringsten einschüchterte. Sie schaltete das TV-Gerät aus, folgte den beiden aus dem Zimmer und schloss die Tür. Auf dem Weg zum Fahrstuhl blieb sie ein paar Schritte hinter ihnen, um Captain Malone anzurufen.

„Ich habe noch nichts vom Richter gehört", erklärte er ohne Umschweife.

„Ich brauche noch einen Beschluss."

„Weswegen diesmal?"

Sie nannte ihm den Namen des Hotels, die Adresse und die Zimmernummer. „Wir haben Grund zu der Annahme, dass der Bewohner dieses Zimmers Victoria Kavanaugh umgebracht hat."

„Berichten Sie mir, was Sie bis jetzt haben."

Obwohl Sam die ganze Sache vorerst hatte geheim halten wollen, schilderte sie in groben Zügen, worauf sie bei den Nachforschungen über den Patterson-Wahlkampf sowie Jerrys Rolle als Handlanger gestoßen waren. „Er scheint nicht der Typ zu sein, der seine Sachen allzu oft wäscht. Also könnten wir Glück haben und blutige Kleidung oder DNA sicherstellen, die ihn mit Victoria in Verbindung bringt. Deshalb benötige ich einen richterlichen Beschluss für die Entnahme einer Probe. Falls sie zu der DNA passt, die wir unter ihren Fingernägeln entdeckt haben, wovon ich überzeugt bin, ist der Fall gelöst."

„Wow, gut gemacht, Holland. Sie erstaunen mich immer wieder aufs Neue."

„Smith ist bloß die Spitze des Eisbergs", sagte sie. „Wir müssen noch einen größeren Fisch an den Haken kriegen, bevor wir die Sache unter Dach und Fach haben."

„Was wollen Sie damit andeuten?"

„Der Mord an Victoria geschah im Auftrag von einem der Pattersons. Eventuell sogar von allen."

Malone stieß einen leisen Pfiff aus. „Mit einem solchen Vorwurf werfen Sie den gesamten Wahlkampf über den Haufen."

„Deshalb muss ich mir meiner Sache ja auch sehr sicher sein, bevor die Presse davon Wind bekommt."

„Heiliger Strohsack. Sie haben nicht gescherzt, als Sie angedeutet haben, die Sache könnte groß werden."

„Sie müssen mir helfen, dass alles geheim bleibt, bis wir die nötigen Fakten haben."

„Absolut. Wie lautet Ihr Plan?"

Sie senkte die Stimme und hielt noch etwas mehr Abstand zu den anderen beiden, während Cruz Jerry zum Lift führte. „Jerry soll sich im Hauptquartier erst mal beruhigen. Ich hoffe, dass eine gewisse Zeitspanne in Gewahrsam ihn etwas kooperationsbereiter machen wird. Er hat ein Vorstrafenregister und weiß daher, was für ihn auf dem Spiel steht, wenn er wieder ins Gefängnis muss."

„Die Patterson-Truppe wird sich entweder massiv auf ihn stürzen oder ihn einfach fallen lassen."

„Ich rechne mit Option B. Ich glaube, er ist seit der Verhaftung bereits eine Persona non grata für die Pattersons. Die werden behaupten, dass sie den Burschen gar nicht richtig kennen und dass alles, was er getan hat, seiner Vorstellung von Loyalität entsprungen ist. Dass sie nichts damit zu tun hatten, bla, bla, bla."

„Damit haben Sie vermutlich recht."

„Es wird eine bittere Lektion für ihn, wenn er am eigenen Leib erfährt, wen seine vermeintliche Familie wirklich schützt, sobald es hart auf hart kommt. Wir sind gleich da."

„Ich beantrage die richterlichen Beschlüsse."

„Wir brauchen auch dringend Victorias DNA-Bericht."

„Ich kümmere mich darum."

„Nichts darf nach außen dringen, Captain."

„Keine Sorge, Lieutenant."

Weil die Medienvertreter nach wie vor das Gebäude belagerten und Sam wegen der Pattersons noch nichts sagen konnte, führten sie und Freddie den Verhafteten durch den Eingang zum Leichenschauhaus ins Polizeihauptquartier. „Bring ihn zur Aufnahme", bat sie ihren Kollegen. Smith würde sich einer gründlichen Leibesvisitation unterziehen müssen, man würde seine Fingerabdrücke nehmen und ihn fotografieren, was seine gute Laune sicherlich weiter verbesserte. Sie senkte die Stimme, damit nur Freddie sie hörte, und fügte hinzu: „Ich will wissen, ob er irgendwo am Körper Kratzspuren hat."

Freddie nickte.

„Und dann setzt du ihn in einen Verhörraum."

„Verstanden."

Auf der Suche nach Lindsey eilte Sam in die Leichenhalle. „Hey, Doc?"

„Hier hinten!", rief Lindsey aus ihrem Büro.

„Ich brauche Sie."

„Was kann ich für Sie tun, Lieutenant?"

„Sie müssen eine DNA-Probe nehmen und mir möglichst rasch das Ergebnis liefern."

„Ist Ihnen klar, dass jede Anfrage hier mit dem Vermerk ‚eilig' reinkommt?"

Sam grinste über die freche Erwiderung der Gerichtsmedizinerin. „Mich bringen Sie damit nicht auf die Palme. Dafür läuft es heute viel zu gut. Das ist der beste Tag seit einer gefühlten Ewigkeit."

„Fangen Sie gleich an, vor Freude zu singen?"

„Könnte glatt noch passieren heute."

„Also gab es einen Durchbruch im Fall Kavanaugh?"

„O ja, und warten Sie ab, bis Sie alles erfahren. Mehr kann ich im Moment nicht verraten."

„Ist die Sache größer als die damals mit dem Parteivorsitzenden der Demokraten, dem Sprecher des Weißen Hauses und dem Senior Senator?"

„Vielleicht nicht ganz, aber trotzdem groß. Wir warten gerade auf den richterlichen Beschluss für die DNA-Probe. Ich rufe Sie an, sobald der da ist."

„Ich werde hier sein. Wie geht es dem Gesicht?"

„Tut immer noch weh, doch das zieht mich heute nicht runter." Sam wandte sich zum Gehen, hielt dann jedoch inne. Sie wollte doch eigentlich den Menschen, die ihr etwas bedeuteten, eine bessere Freundin sein. Und Lindsey bedeutete ihr etwas. „Wie läuft es mit Terry? Sie haben in letzter Zeit nicht viel erzählt."

Lindsey lächelte, und ihre grünen Augen begannen zu leuchten. „Es läuft großartig. Ich bin froh, dass ich den Schritt mit ihm gewagt habe. Es hat sich gelohnt. Er ist es wert."

„Ich freue mich, dass Sie glücklich sind. Sie beide passen auch optisch gut zusammen."

„Danke – vor allem auch dafür, dass Sie geheiratet haben und ich auf diese Weise die Chance bekam, ihn kennenzulernen."

„Stets zu Diensten. Obwohl ich von diesen Kreuz- und Querverbindungen zwischen meiner Berufswelt und der von Nick nach wie vor Ausschlag bekomme." Sam schüttelte sich übertrieben.

„Dagegen gibt es Medikamente", erwiderte die Gerichtsmedizinerin trocken.

„Haha."

„Ich hörte, dass Sie Ende des Monats nach Charlotte reisen."

Für eine Sekunde wusste Sam nicht, wovon Lindsey sprach, aber dann fiel es ihr ein. „Ach, richtig. Der Parteitag." Bis zu diesem Augenblick war ihr gar nicht klar gewesen, dass sie mit Nick gemeinsam dort erscheinen musste. Ich bin wirklich blöd, dachte sie.

Lindsey hob eine Braue. „Das ist eine wirklich bedeutende Angelegenheit, Sam."

„Hat man mir schon gesagt."

„Sind Sie nervös deswegen?"

„Ich? Nervös? Selbstverständlich nicht."

„Wenn Sie das sagen", meinte Lindsey lachend. „Ich bin jedenfalls ganz aus dem Häuschen, und dabei ist es nicht mal mein Mann, der die Grundsatzrede auf dem Parteitag der Demokraten halten wird."

„Warum sind Sie deswegen aufgeregt?"

„Weil mein Freund die Rede schreiben wird und er deshalb total unruhig ist. Er sagt, die Rede muss perfekt sein. Ganz schöner Druck."

Sam schämte sich beinah dafür, dass sie sich keine Gedanken darüber gemacht hatte, was alles nötig war, um Nick auf seinen Auftritt vorzubereiten. „Ich bin sicher, er wird großartige Arbeit leisten."

„Ja", sagte Lindsey, und ihr Lächeln verschwand.

„Was?"

„Ach, ich mache mir Sorgen. Seine Genesung liegt noch nicht lange zurück, und der Stress könnte der Auslöser für neue Probleme sein."

„Er hält sich fabelhaft, und er scheint sein neues Leben zu lieben. Warum sollte er all das aufs Spiel setzen?"

„Ich weiß, Sie haben recht, aber besorgt bin ich trotzdem."

„Ich bin überzeugt, dass alles gut geht. Er ist genau der Richtige, um die Rede zu schreiben. Nick kann sich glücklich schätzen, ihn im Team zu haben, und das weiß er auch."

Lindsey nickte. „Bleiben Sie in der Nähe Ihres Telefons."

„Mach ich."

Als Sam durch das Labyrinth aus Fluren ging, das von der Leichenhalle zum Kommissariat führte, dachte sie über ihre Unterhaltung mit Lindsey nach. Ihr war erschreckend klar geworden, dass sie sich unbedingt mehr auf das konzentrieren musste, was in den nächsten Wochen mit ihrem Mann passierte. Ihre Arbeit stand fast ständig im Mittelpunkt ihrer Beziehung. Dabei war seine mindestens genauso wichtig – und jetzt mehr denn je, angesichts des bevorstehenden Parteitags und der näher rückenden Wahl.

Plötzlich sehnte sie sich heftig nach ihm.

Im Kommissariat kam Freddie auf sie zu. „Er ist im Verhörraum eins. Officer DuPont ist bei ihm."

„Hat er seinen Anruf gemacht?"

Freddie nickte. „Er hat Christian Patterson angerufen und ihm erzählt, dass er verhaftet wurde und einen Anwalt braucht. Patterson versprach ihm, umgehend einen zu schicken."

„Ausgezeichnet."

„Und was machen wir nun?"

„Wir warten. Wenn ich mit meiner Einschätzung richtigliege, wird Patterson niemanden schicken, und dann war das der letzte Kontakt, den Smith zu den Pattersons hatte."

„Und wenn du falschliegst?"

„Wann kommt das denn mal vor?"

„Du bist unerträglich, weißt du das?"

„Das hat man mir schon das ein oder andere Mal gesagt." Sam schaute auf ihre Uhr. Fünf vor halb fünf. „Perfektes Timing. Alle werden zum Meeting um halb fünf hier sein. Ruf mal den Generalstaatsanwalt an. Er soll einen seiner stellvertretenden Staatsanwälte zu uns abstellen. Ich will die Staatsanwaltschaft im weiteren Verlauf dabei haben."

„Wirst du denen von unserem Verdacht berichten?"

„Das habe ich noch nicht entschieden."

„Das solltest du aber langsam. Da kommt Hill."

20. Kapitel

Als Hill das Kommissariat betrat, schaute er neugierig zu Sam. Sie ignorierte seinen Blick jedoch einfach und ging in ihr Büro, um vor dem Meeting noch rasch ihre E-Mails durchzusehen. Außerdem schickte sie eine SMS an Tracy, in der sie sich nach Angela erkundigte.

Kaum eine Minute später antwortete Tracy: *Sie ist in der Übergangsstation und hat Schmerzen, ist aber tapfer. Innerhalb der nächsten Stunden solltest du eine neue Nichte haben.*

Sogleich schrieb Sam: *Richte ihr aus, dass ich sie liebe. Ich komme, sobald ich kann.*

Wird gemacht, kam es von ihrer Schwester zurück.

Als die Gefühle sie auf einmal zu überwältigen drohten, atmete Sam tief durch. Sie freute sich auf ihre Nichte, freute sich für Angela und deren Mann Spencer. Immerhin hatten die beiden vier lange Jahre versucht, nach Jack ein zweites Kind zu bekommen. Sie hatten es fast aufgegeben, als Angela doch noch schwanger geworden war. Trotzdem konnte Sam nichts gegen ihre Eifersucht tun, weil ihre Schwestern Babys bekamen, während sie selbst das mit der Fortpflanzung nicht hinkriegte.

„Vielleicht ja diesmal", flüsterte sie.

„Alles in Ordnung, Lieutenant?", erkundigte Hill sich, der im Türrahmen stand.

Erschrocken erwiderte Sam: „Ja, klar. Was gibt es denn? Haben Sie mit dem Arzt gesprochen, der den GPS-Chip implantiert hat?"

„Ja. Er war auf Safari mit seiner Familie, als der Mord und die Entführung passierten, deshalb haben wir wegen des Chips nichts von ihm gehört."

„Ich habe mich schon gewundert."

Seine Notizen konsultierend, meinte Hill: „Laut Aussage des Arztes findet der GPS-Chip immer weitere Verbreitung. Er sagt, dass manche Eltern eben paranoider als andere sind. Victoria gehörte definitiv zu den paranoiden. Als ich ihn fragte, ob sie geglaubt hatte, ernsthafte Gründe zur Besorgnis zu haben, erzählte er, wie genau sie sich nach dem Sicherheitsstandard des Krankenhauses erkundigt hatte."

„Sie hat also von Anfang an Angst gehabt, jemand könnte ihr Kind entführen."

„Sieht ganz danach aus."

„Ich will Derek vor dem Meeting dazu befragen. Ich komme gleich nach."

Hill wandte sich schon zum Gehen, hielt dann aber inne. „Ich habe Ihre neue Assistentin im Krankenhaus getroffen."

„Shelby?"

„Ja."

„Was hat sie dort gemacht?"

„Saltzman aufgesucht und geweint – viel. Sie hat mir erklärt, dass sie versucht, ein Baby zu bekommen."

Sam nickte. „Sie steht unter dem Einfluss ihrer Hormone. Die machen sie kirre."

„Offensichtlich. Ich lasse Sie jetzt telefonieren."

Nachdem er gegangen war, wählte sie Dereks Handynummer. Er nahm nach dem dritten Klingeln ab.

„Hey", begrüßte sie ihn, „hier ist Sam."

„Oh, hallo. Wie läuft es? Weißt du schon etwas?"

„Wir kommen der Sache näher. In den nächsten ein oder zwei Tagen müsste ich dir mehr sagen können."

„Gut." Seine Stimme klang matt und tonlos. „Ich sollte

mich wohl freuen, das zu hören, doch die Wahrheit sieht ja wohl so aus, dass mir die Ergreifung des Mörders Victoria auch nicht zurückbringen wird. Das wird mir keinen Aufschluss darüber geben, was ich wirklich wissen will."

Sam musste ihn nicht fragen, was das war. „Wie geht es Maeve?"

„Hervorragend. Sie ist vollkommen glücklich und ahnungslos. Durch sie werden wir jedenfalls von unserer Trauer abgelenkt."

„Ich bin froh, dass sie gesund und wohlauf ist. Da wir gerade davon sprechen: Ich würde gern wissen, ob Victoria um ihre eigene Sicherheit und die ihres Kindes auffallend besorgt war."

„Ja", bestätigte er. „In puncto Sicherheit nahm sie es übergenau. Vielleicht fürchtete sie schon die ganze Zeit, dass jemand sie umbringen und Maeve kidnappen oder nur das Kind entführen könnte. Sie überprüfte ständig die Türen und Fenster abends. Mehr als einmal ertappte ich sie dabei, wie sie das mitten in der Nacht machte. Ich zog sie damit auf, dass sie an einer Zwangsneurose leiden würde, aber inzwischen frage ich mich, ob sie eventuell nicht gute Gründe für ihre Befürchtungen gehabt hat."

„Möglicherweise." Sam war noch nicht bereit, ihm anzuvertrauen, was sie herausgefunden hatten. „Das war sehr hilfreich. Danke."

„Gern. Wenn du noch Fragen hast, melde dich einfach. Maeve ist gerade aufgewacht, ich muss jetzt zu ihr. Hältst du mich auf dem Laufenden?"

„Klar."

„Danke, Sam. Ich weiß deine Mühen sehr zu schätzen."

„Kein Problem."

Seine überwältigende Traurigkeit dämpfte ihre gute Laune. Zwar verschaffte es ihr einen Kick, einem Mörder auf die Spur zu kommen. Unterm Strich würde Dereks Frau allerdings tot bleiben, und er würde weiterhin Fragen haben, die womöglich niemals zu seiner Zufriedenheit beantwortet werden würden.

Sie wollte sich auf den Weg zum Konferenzraum machen, als ihr Handy klingelte. Auf dem Display erschien Jeannie Mc-Brides Nummer, und deshalb nahm sie den Anruf entgegen.

„Hey, was gibt's?", fragte Sam ihre Kollegin.

„Ich muss dich sehen."

Ein flaues Gefühl breitete sich in Sams Magen aus und versetzte ihrer Stimmung einen zusätzlichen Dämpfer. „Ich bin auf dem Sprung in ein Meeting, danach können wir uns treffen. Bei mir zu Hause in einer Stunde?"

„Ich werde da sein."

„Falls ich später komme ..."

„Ich werde auf dich warten."

„Bis dann." Sam war sich fast sicher, dass sie lieber nicht hören wollte, was Jeannie ihr zu berichten hatte. Natürlich wollte sie die Wahrheit erfahren. Das hieß jedoch nicht, dass sie sich vor dieser Wahrheit nicht auch fürchtete. Alles, was mit ihrem Dad zu tun hatte, stellte einen wunden Punkt für sie dar – besonders seit er durch einen Schützen so schwer verletzt worden war und dieser Fall bis heute ungelöst war.

Sie wollte nicht hören, dass er sich während der Ermittlungen im Fall Fitzgerald nicht heldenhaft verhalten hatte. Sie wollte nicht, dass irgendetwas seinen tadellosen Ruf besudelte. Und ganz sicher wollte sie nicht dafür verantwortlich sein, dass beim Nachforschen etwas aufgedeckt wurde, das ihm oder dem Department Kummer bereiten würde.

Das ist ja eine schöne Position, in der du dich da befindest, dachte sie auf dem Weg in den Konferenzraum. *Wie man's macht, macht man's verkehrt.* „Na schön, gehen wir die Sache an, Leute", sagte sie beim Eintreten zu den Anwesenden, zu denen Freddie, Hill, Gonzo, Arnold, Malone und Farnsworth sowie die stellvertretende Staatsanwältin Charity Miller gehörten. „Cruz, was hat die Leibesvisitation erbracht?"

„Welche Leibesvisitation?", wollte Hill sofort in gereiztem Ton wissen.

„Moment, ja? Dazu kommen wir gleich."

Cruz hielt ein Foto in die Höhe, das eine behaarte Brust mit drei üblen Kratzern darauf zeigte, die vom Schlüsselbein bis zum Brustbein reichten. Danach präsentierte er ein zweites Bild, auf dem neben der Brust auch Jerrys Kopf zu sehen war. Die Prellung am Kinn war deutlich zu erkennen.

„Ausgezeichnet", sagte Sam und vibrierte innerlich vor Aufregung. „Gonzo, was hast du in West Virginia herausgefunden?"

„Interessante Informationen von Mrs. Eldridge. Ihr Mann Will war als Kind mit Arnie Patterson befreundet."

„Reden wir von Arnie Patterson, dem Präsidentschaftskandidaten?", fragte Hill.

„Genau von dem", bestätigte Sam. „Wir haben auch eine Verbindung zu ihm hergestellt. Dazu komme ich gleich. Was noch, Gonzo?"

„Denise Desposito war die Tochter von Eldridge. Laut Aussage seiner Frau arbeitete Eldridge für Pattersons Finanzgruppe, bis Denise wegen des Krankenversicherungsbetruges verhaftet wurde. Danach wurde Will entlassen, und Arnie weigerte sich, seine Anrufe entgegenzunehmen. Sie hörten nie wieder von ihm. Sie meinte, Will sei an gebrochenem Herzen gestorben, nachdem sie Denise durch eine gewalttätige Auseinandersetzung im Gefängnis verloren hatten. Anscheinend ist sie mit einer anderen Gefangenen in Streit geraten und bei einem Sturz auf den Kopf gefallen."

Sams gute Stimmung kam mit Macht zurück. Durch jede neue Spur zog sich das Netz um die Pattersons enger zusammen. „Agent Hill, was haben Sie für uns?"

Ein sichtlich verärgerter Hill berichtete von seinem Besuch bei Dr. Saltzman und davon, was er dort über Victoria Kavanaughs Fixierung auf Sicherheitsmaßnahmen und -standards erfahren hatte. „Ich bin außerdem zu Bertha Rays Haus gefahren, besser gesagt zu den spärlichen Überresten davon. Der Brandmeister ist überzeugt, dass es sich um Brandstiftung handelt. Das Feuer zerstörte auch die Nachbargebäude zu beiden Seiten."

„Haben Sie mit ihr über ihren Sohn gesprochen?"

„Ja, habe ich. Ich habe den Namen seines engsten Freundes, den ich nach diesem Meeting aufsuchen will."

„Gute Arbeit. Cruz und ich hatten ebenfalls einen interessanten Tag. Was ich jetzt erzähle, darf diesen Raum unter gar keinen Umständen verlassen. Ihr dürft weder zu Hause mit euren Partnern darüber sprechen noch mit jemandem aus dem Department oder sonst irgendeiner Person. Wenn ihr glaubt, es unbedingt jemandem anvertrauen zu müssen, dann redet mit eurem Hund. Die Sache muss absolut geheim bleiben, wenn wir die Hintermänner des Mordes an Victoria kriegen wollen. Habe ich mich klar genug ausgedrückt?"

Alle im Raum nickten.

Sam begann mit ihrem Gespräch mit dem Kongressabgeordneten Tornquist, schilderte danach die Zusammenhänge, so wie sie sich ihnen darstellten, und endete mit der Verhaftung Jerry Smiths. Als sie fertig war, schaute sie in die verblüfften Gesichter ihrer Kollegen.

Hill ergriff als Erster das Wort. „Sie behaupten demnach, dass das Patterson-Lager in Erwartung von Pattersons Präsidentschaftskandidatur schon vor Jahren jemanden im Nelson-Lager platziert hat und diese Person dann umgebracht hat?"

„Umbringen ließ", präzisierte Sam. „Großer Unterschied. Jerry Smith ist ein kleiner Fisch in diesem Fall. Er hat die Drecksarbeit erledigt, aber hinter ihm hat jemand anderes die Fäden gezogen und den Mord an Victoria befohlen. Und das ist die Person beziehungsweise das sind die Personen, die ich erwischen will."

„Warum wurde sie jetzt getötet?", erkundigte Hill sich.

„Das weiß ich noch nicht", gestand Sam. „Vielleicht hat sie keine Informationen mehr weitergegeben oder drohte damit, sie auffliegen zu lassen. Wer weiß? Wir müssen uns noch einmal die Telefonprotokolle ansehen. Wenn ich bloß einen einzigen Anruf von ihrem Anschluss finde, der jemandem von den Pattersons oder deren Mitarbeitern galt, haben wir sie."

„Ich bin mir fast sicher, dass keine der Nummern mit den Pattersons auch nur in Verbindung gebracht werden kann", meinte Gonzo skeptisch.

„Was sagen euch die Namen Jonathan Thayer oder Porter Gillespie?", fragte Sam.

„Bei Gillespie klingelt was", erwiderte Gonzo. „Ich hole mal die Akte. Wir sind bei der Sichtung der Telefonverbindungen erst bis E gekommen."

Sam nickte, und er verließ eilig den Raum. Sie spürte das Adrenalin durch ihre Adern rauschen.

„Was haben Sie mit Smith vor, Lieutenant?", wollte Chief Farnsworth wissen, der sich wie üblich im hinteren Teil des Raumes befand.

„Er hat sein Recht auf einen Anruf für ein Telefonat mit Christian Patterson genutzt und ihm mitgeteilt, dass er einen Anwalt braucht. Ich bin überzeugt davon, dass Patterson diese Bitte ignorieren wird. Deshalb will ich Smith im Verhörraum noch eine Weile schmoren lassen – unter Bewachung –, bis ihm dämmert, dass er allein dasteht. Könnte die halbe Nacht dauern, wenn man bedenkt, dass er die Pattersons als seine Familie betrachtet."

„Sie glauben wirklich, dass die ihn am ausgestreckten Arm verhungern lassen?", fragte Hill.

„Da bin ich mir ziemlich sicher", erwiderte Sam.

„Warum sollten sie das tun, wenn er doch so viel weiß?"

„Sie zählen darauf, dass seine Loyalität ihn schweigen lässt", erklärte Sam und war sich mit jeder Minute sicherer, dass es genauso kommen würde. „Ich werde ihn jedenfalls dort sitzen lassen, bis ihm klar wird, dass niemand auftaucht. Dann versuche ich ihn zu knacken. In der Zwischenzeit warte ich auf den richterlichen Beschluss, eine DNA-Probe von Smith nehmen zu dürfen. Sollte die mit der übereinstimmen, die wir unter Victorias Fingernägeln sicherstellen konnten, haben wir wenigstens schon mal unseren Mörder. Aber ich will die großen Fische. Ich will Patterson und seine Söhne, wenn sie denn hinter dieser Geschichte stecken."

„Und was, wenn Sie die nicht drankriegen?", entgegnete Farnsworth.

„Dann geben wir alles, was wir über Victoria und Smith wissen, an die Medien weiter und lassen die Öffentlichkeit ihre eigenen Schlüsse ziehen. Das sollte genügen, um Pattersons Ambitionen zunichtezumachen und zu verhindern, dass wir am Ende einen Mörder im Weißen Haus sitzen haben."

Farnsworth nickte.

„Sollte er dieses Verbrechen jedoch eingefädelt haben, will ich ihn hinter Gitter bringen", fügte Sam hinzu.

„Ich auch", stimmte Hill ihr zu.

Auch die anderen nickten.

In dem Moment kehrte Gonzo zurück und hielt ein Blatt Papier hoch. „Bingo bei Gillespie. Drei Anrufe von ihm bei Victoria in der Woche, bevor sie umgebracht wurde."

„Damit haben wir eine direkte Verbindung zwischen dem Patterson-Wahlkampf und Victoria", stellte Sam fest. Endlich fügte sich ein Puzzleteil an das andere. „Fahr los und hol ihn." Sie schaute zu Charity, die wortlos ihre Zustimmung gab. „Cruz, ruf mal das Bild von Colton Patterson auf, damit Gonzo weiß, wer das ist, wenn er ihm begegnet."

Cruz tippte etwas in den Computer und drehte ihn anschließend, um Gonzo das Foto von Colton zu zeigen, auf das sie gestoßen waren.

„Ich werde einen Haftbefehl für Gillespie ausstellen", kündigte Charity an.

„Bring ihn vorne rein", sagte Sam. „Ich will, dass die Medien sich fragen, warum ein Top-Berater des Patterson-Wahlkampfes in Haft genommen wird. Da ich schätze, dass er sich genauso kooperativ zeigen wird wie Jerry, lassen wir auch ihn über Nacht schmoren. Vielleicht ist ihnen beiden nach einer Nacht im Stadtgefängnis nach Reden zumute. Wenn ich es mir recht überlege, würde ich sie sogar gern in dieselbe Zelle sperren und sie per Video überwachen. Video und Audio."

„Ich werde mich um die Überwachung kümmern", bot Cruz an. „Dies ist seine Adresse, wenn er sich in der Stadt aufhält." Freddie reichte Gonzo den Zettel, den er von dem Wahlkampfhelfer bekommen hatte.

Mit einer Handbewegung bedeutete Gonzo seinem Partner Detective Arnold, ihm zu folgen.

„Charity", wandte Sam sich nun an die Anwältin. „Was meinen Sie? Haben wir schon genug Beweise für eine Anklageerhebung zusammen?"

„Mit der DNA haben Sie auf jeden Fall Smith wegen Mord und Entführung", antwortete Charity. „Patterson und seine Söhne haben Sie allerdings nicht – noch nicht."

„Cruz, plaudern wir doch noch ein wenig mit unserem Freund Mr. Smith", meinte Sam zu ihrem Partner.

„Haben Sie etwas dagegen, wenn ich dabei bin?", wollte Hill wissen.

„Keineswegs", erwiderte Sam. Wenn sie einmal von dem seltsamen persönlichen Dilemma zwischen ihnen absah, konnte sie nicht bestreiten, dass er sich bei dieser Ermittlung als ein echter Gewinn erwiesen hatte. „Womöglich begreift unser Freund Mr. Smith eher, in welcher Scheiße er steckt, wenn wir das Akronym FBI ein paarmal erwähnen."

„Sie verstehen es wirklich, sich auszudrücken, Lieutenant", bemerkte Hill amüsiert.

„Hat man mir schon öfter gesagt."

In dem kleinen Verhörraum eins lief Smith auf und ab. Er erinnerte Sam an einen eingesperrten Tiger, dessen Wut sich bei ihrem Eintreten sofort gegen sie richtete.

„Dies ist Special Agent Avery Hill vom FBI", stellte sie Hill vor.

Die Erwähnung des FBI hatte tatsächlich den gewünschten Effekt, denn Smiths Augen weiteten sich vor Überraschung. „Sie können mich nicht hier festhalten! Ich habe nichts getan!"

„Ich kann Sie hier festhalten, bis Ihr Anwalt eintrifft, um den Sie gebeten haben. Haben Sie eine Ahnung, wann das sein wird?"

„Mein Boss hat gesagt, er würde jemanden schicken. Der Anwalt müsste also jeden Moment hier eintreffen."

„Großartig. Wir bringen ihn zu Ihnen, sobald er da ist. Kann ich in der Zwischenzeit etwas für Sie tun? Möchten Sie Wasser? Etwas zu essen?"

„Von Ihnen will ich nichts", fuhr er sie finster an.

„Na schön." Sam überlegte, ob er wohl kleinlauter sein würde, nachdem er zehn oder zwölf Stunden ohne Essen und Trinken ausgeharrt hatte. „Dann sehen wir uns wieder, sobald Ihr Anwalt da ist. Falls Sie zur Toilette müssen, geben Sie einfach Officer DuPont Bescheid. Er wird Sie begleiten."

„Fick dich."

„Och", entgegnete Sam. „Liebend gern, aber ich bin verheiratet, und mein Mann gehört zu der eifersüchtigen Sorte."

Jerry zeigte ihr den Finger, während sie und Hill den Verhörraum wieder verließen und die Tür hinter sich schlossen.

„Er ist nach wie vor davon überzeugt, dass die kommen", sagte Sam. „Er hat eine lange Nacht vor sich. Ich habe anderswo noch etwas zu erledigen, doch ich komme später noch einmal zurück und schaue nach ihm. Wir werden ihn so lange weiter regelmäßig besuchen, bis er begriffen hat, dass er auf sich allein gestellt ist."

„Wenn er nicht eine Frau kaltblütig ermordet und ihr Kind entführt hätte, täte er mir fast leid", meinte Freddie.

„Schon klar", meinte Sam. „Wir brauchen allerdings immer noch eine Verbindung zwischen Smith und Bobby Ray. Wie hängen die beiden zusammen?"

„Ich werde mich mal darum kümmern", schaltete Hill sich ein. „Bertha hat mir ja den Namen von Bobbys bestem Freund genannt. Mal sehen, was der mir verrät. Von einem Jerry Smith hat sie jedenfalls nicht gesprochen."

„Wie auch?", erwiderte Sam. „Er stammt aus Ohio, genau wie die Pattersons. Er lebt bloß vorübergehend hier. Er und Bobby könnten sich in einer Bar oder im Fitnessklub kennengelernt haben. Finden Sie heraus, wo Bobby sich herumtrieb und wo er trainiert hat. Ich wette, das führt uns zu Smith."

„Wird erledigt", sagte Hill.

„Danke. Ich lege mal eine Pause ein. Cruz, mach doch auch Feierabend. Wenn ich dich brauche, rufe ich dich an."

„Hört sich gut an. Dann bis morgen, wenn nicht früher."

„Gute Arbeit heute, Detective."

„Danke, Lieutenant. Das Kompliment gebe ich gern zurück", erklärte Freddie.

Danach wandte sie sich an Hill: „Lassen Sie es mich wissen, wenn Sie eine Verbindung zwischen Smith und Ray gefunden haben."

„Mach ich. Schönen Abend noch."

„Gleichfalls." Sam spürte seinen Blick auf sich, während sie ihre Sachen zusammensuchte und das Kommissariat verließ.

Im Gehen schrieb sie eine Textnachricht an Jeannie: *Bin jetzt auf dem Heimweg.*

Bis gleich, schrieb ihre Kollegin prompt zurück.

In der Lobby lief Sam Captain Malone über den Weg.

„Die Anordnung für die DNA-Probe ist da", erklärte er. „Ich habe schon Dr. McNamara Bescheid gegeben, die jetzt den Abstrich macht."

„Gut", meinte Sam. „Dann hat Jerry noch etwas, worüber er sich Gedanken machen kann, während er auf den Anwalt wartet, der nicht kommt."

„Leider hatte ich kein Glück, was den richterlichen Beschluss für den Fitnessklub angeht. Die Richterin war der Ansicht, unser Antrag wäre nicht hinreichend begründet."

„Das macht nichts", erwiderte Sam. „Den brauchen wir wahrscheinlich gar nicht. Ich fahre nun erst einmal für eine Weile nach Hause, schaue aber später noch mal nach Jerry. Vermutlich wird ihm erst morgen früh klar, dass die ihm keinen Anwalt schicken."

„Das werden sie wohl nicht. Wir sehen uns dann."

„Bis dann."

„Hervorragende Arbeit übrigens, Lieutenant! Wie immer!", rief er ihr hinterher.

Sie blieb stehen und drehte sich zu ihm um. „So ungern ich es zugebe, aber Hill war uns bei diesem Fall eine große Hilfe. Seine Vorgesetzten sollten darüber informiert werden, dass er hier sehr gute Arbeit geleistet hat."

„Ich werde dafür sorgen."

„Danke, Captain."

Draußen vor dem Haupteingang des Departments schob Sam sich durch die Menge der Medienvertreter und hoffte beinah, dass Smith sich weigern würde, die Pattersons zu belasten. Liebend gern hätte sie die Möglichkeit gehabt, sich vor die Reporter zu stellen und im Alleingang Jahre der Planung und der geheimen Machenschaften – zusammen mit Arnies Wahlkampf – zu ruinieren. Sie würde es für Victoria tun. Obwohl diese bis zu einem gewissen Grad an den Machenschaften beteiligt gewesen war, verdiente es niemand, auf diese Weise zu sterben.

Sam schickte eine weitere SMS, diesmal an Nick. *Bin auf dem Heimweg. Ich treffe mich noch mit McBride, und danach will ich ins Krankenhaus zu Ang.*

Wenig später kam seine Antwort: *Bin auch bald da. Fahr nicht ohne mich.*

„Würde mir nicht im Traum einfallen", sagte Sam zu sich, während sie den Wagen startete und Richtung Capitol Hill fuhr. Unterwegs überlegte sie, wann und was sie Derek über die Dinge, die sie herausgefunden hatten, erzählen sollte. Einerseits vertraute sie ihren Kollegen bedingungslos; andererseits fürchtete sie ein Durchsickern von Informationen. Es konnte sogar vom Patterson-Lager kommen, auch wenn sie damit eher nicht rechnete. Trotzdem ... Derek sollte vom neuesten Stand der Ermittlungen nicht aus der Presse erfahren.

Entschlossen rief sie ihn an. „Hi, Derek. Ich bin's noch mal, Sam." Im Hintergrund hörte sie Maeve schreien. „Hast du eine Minute?"

„Klar, ich sage nur schnell meiner Mom Bescheid, damit sie mir mit Maeve hilft."

Sie lauschte, wie er mit seiner Mutter sprach und ihr das Baby gab.

„Da bin ich wieder."

„Also, hör zu", begann sie. „Ich glaube, wir haben den Fall gelöst."

„Oh." In diesem einen Laut lag eine ganze Welt von Emotionen – Hoffnung, Angst, Kummer, Verzweiflung.

„Ich muss dich allerdings warnen. Es wird ziemlich hart, das zu hören."

Er lachte bitter. „Schlimmer als das, was ich bereits gehört habe?"

„Vermutlich nicht." Ihre Worte sorgfältig wählend, berichtete sie ihm, was sie über den Zusammenhang zwischen der Tat und dem Patterson-Wahlkampf herausgefunden hatte.

„Sie haben sie also bei jemandem platziert, der Nelson nahesteht, um uns ausspionieren zu können?" Er klang ungläubig. „Das ist ja das reinste Watergate."

„So lautet zumindest unsere aktuelle Hypothese. Wir versuchen noch, es zu beweisen. Wir glauben jedoch, den Mann verhaftet zu haben, der Victoria umgebracht hat."

„Wer ist es?", fragte Derek leise.

Sie erzählte ihm von Jerry Smith, dem Ansprechpartner der Pattersons für unangenehme Angelegenheiten, wie zum Beispiel Mord.

„Wenn die einen derartigen Aufwand betrieben haben, um sie als Spionin einzuschleusen, warum bringt man sie dann kurz vor der Wahl um? Wäre sie ihnen nicht jetzt am nützlichsten gewesen?"

„Sollte man meinen. Vielleicht hat sie keine Informationen mehr geliefert oder gar damit gedroht, diese Machenschaften aufzudecken. Möglicherweise hat sie sich in ihren Mann verliebt und wollte ihm keinen Schaden zufügen."

„Ja, sicher", meinte er bitter. „Das ist ein sehr wahrscheinliches Szenario."

„So wahrscheinlich wie jedes andere. Wir werden es nie mit Sicherheit wissen."

„Du erwartest doch nicht ernsthaft, dass Smith die Pattersons ans Messer liefert, oder?"

„Nein. Auch wenn sie ihn fallen lassen, gehört ihnen vermutlich seine grenzenlose Loyalität. Er wird sie nicht verpfeifen."

„Dann wird er büßen für das, was er Vic angetan hat?"

„Wir hoffen, ihn mithilfe der DNA überführen zu können, und durchsuchen sein Zimmer nach Beweisen, die ihn in Verbindung mit Victoria bringen. Finden wir die, wird es ausreichen, um ihn lebenslänglich hinter Gitter zu bringen. Allerdings wollen wir auch immer noch die Hintermänner fassen. Wir glauben, es ist einer der Patterson-Söhne, eventuell sogar beide. Und vielleicht auch der Vater. Leider wirst du dich innerlich darauf einstellen müssen, dass wir sie nicht drankriegen."

„Also kann er fröhlich weitermachen und im November gewählt werden?"

„O nein. Wir werden den Medien genug geben, dass die ihre eigenen Schlüsse ziehen können. Wenn wir mit den Pattersons fertig sind, wird er auf keinen Fall mehr Präsident."

„Gut. Das ist gut." Er seufzte. „Und alles bloß wegen meines verdammten Jobs. Seit ich Sonntag nach Hause gekommen bin und sie gefunden habe, fürchtete ich, dass es am Ende in irgendeiner Weise auf meine Arbeit hinausläuft."

„Es ist nicht deine Schuld, Derek. Das ist etwas, was man dir angetan hat. Du hast überhaupt nichts Falsches getan."

„Offenbar habe ich mich in die falsche Frau verliebt."

„Wenn das alles vorbei ist, wirst du dich nach einer Weile hoffentlich an die guten Zeiten mit ihr erinnern und versuchen, den ganzen Rest zu vergessen. Es hat gar keinen Sinn, alles infrage zu stellen. Damit machst du dich doch nur selbst verrückt."

„Zu spät."

„Derek, es ist wirklich wichtig, dass du mit niemandem darüber redest – weder mit deinen Eltern noch mit Harry. Und schon gar nicht mit deinen Kollegen im Weißen Haus. Wir bemühen uns, Beweismaterial gegen die Pattersons zusammenzutragen, aber wenn sich das vorzeitig herumspricht, erschwert das unsere Arbeit enorm."

„Ich verstehe. Ich sage kein Wort darüber, wie meine Frau mich benutzt hat, um an unseren Rivalen politische Geheimnisse weiterzugeben." Er lachte erneut bitter. „Die müssen allerdings ganz schön enttäuscht darüber gewesen sein, was sie ihnen an Informationen zugespielt hat. Wir haben nämlich kaum über den Wahlkampf oder die Arbeit gesprochen. Wie ich dir bereits mitgeteilt habe, haben wir in den wenigen gemeinsamen Stunden nicht viel geredet."

„Lass mich dir als Frau versichern, dass sie nicht so viel Zeit auf diese Weise mit dir verbracht hätte, wenn es nicht ausdrücklich ihr Wunsch gewesen wäre. Klammere dich einfach an diese Gewissheit, okay?"

„Ich werde es versuchen."

„Pass auf dich auf. Ich melde mich wieder, sobald ich mehr weiß."

„Danke, Sam. Für alles. Du und Nick, ihr wart großartig, seit es passiert ist."

„Wir werden für dich und Maeve da sein, so lange, wie du uns brauchst, Derek. Das verspreche ich."

„Danke, das weiß ich zu schätzen." Seine Stimme klang schon wieder belegt.

Nach dem Ende des Telefonats bog Sam in die Ninth Street ein und entdeckte Jeannies Auto, das vor ihrem Haus parkte. Die beiden Frauen trafen sich auf dem Gehsteig vor der Rampe, die zu Sams Haustür hinaufführte. Sofort bemerkte Sam die zutiefst besorgte Miene ihrer Kollegin und bekam prompt Magenschmerzen. „Komm rein."

Jeannie folgte ihr über die Rampe ins angenehm kühle Innere des großen Hauses.

„Möchtest du etwas trinken?", erkundigte Sam sich.

„Zu einem Eiswasser würde ich nicht Nein sagen. Es ist unfassbar heiß."

„Ich habe gehört, dass es in den nächsten Tagen so bleiben soll. Dem Himmel sei Dank für eine Klimaanlage."

„Absolut."

Sam schenkte zwei Gläser voll und brachte sie an den Küchentisch.

Nachdem Jeannie Platz genommen hatte, starrte sie lange auf ihr Glas Wasser.

„Was immer es ist, erzähle es mir", forderte Sam sie auf.

Erst nach weiterem Zögern schaute Jeannie sie an. In ihren Augen lag ein gequälter Ausdruck. „Sagt dir der Name Steven Coyne etwas?"

„Selbstverständlich. Er war der erste Partner meines Dads. Wurde aus einem fahrenden Wagen erschossen. Der Fall wurde nie aufgeklärt."

„Stimmt." Jeannie trank einen Schluck Wasser. „Alice Fitzgerald war seine Witwe."

Auf einmal hatte Sam das Gefühl, dass sämtliche Luft aus ihren Lungen entwich. Sie fixierte Jeannie, war sich selbst nicht sicher, ob sie richtig gehört hatte. „Das wird in den Akten zum Fall nirgendwo erwähnt."

„Laut Dr. Morganthau bemühten sich dein Dad und alle anderen Beteiligten, Alices Verbindung zum Department aus den Medien herauszuhalten. Sie wollten so verhindern, dass die Umstände des Mordes an Steven erneut ans Licht der Öffentlichkeit gezerrt wurden, während sie den Verlust ihres Sohnes betrauerte."

Sams Gedanken wirbelten durcheinander, während sie diese neuen Informationen zu verarbeiten versuchte. „Deshalb erlaubte er Cameron, zum Militär zu gehen, statt in einer Richtung weiter zu ermitteln, die direkt auf den Jungen deutete."

„Ja."

„Und Alice ... Ich kenne sie nicht richtig, doch mein Dad stand einer Frau namens Alice nahe. Er kümmerte sich nach dem Tod ihres Mannes um sie." Tief in ihrem Innern lauerte die Gewissheit, dass irgendwie mehr dahintersteckte, doch Sam konnte sich einfach nicht daran erinnern.

„Das hat Dr. Morganthau auch erzählt."

„Chief Farnsworth wusste doch sicherlich von der Verbindung zu Coyne. Und Captain Malone ebenso. Und Deputy Chief Conklin." Bei der Erinnerung an den Tag, an dem ihr Vater angeschossen worden war, begann Sams Herz, heftig zu klopfen. Kurz vorher hatte sie sich mit ihm schrecklich wegen des Fitzgerald-Falls gestritten. „Deshalb hat er mir eingeschärft, dass ich mich heraushalten soll. Sie wussten es alle und deckten einen der ihren. Jeannie, wenn das ans Licht gekommen wäre, wären einige Karrieren beendet gewesen. Kein Wunder, dass er so wütend auf mich ist."

„Es ist durchaus möglich", hielt Jeannie dagegen, „dass die anderen keine Ahnung hatten, wer die Mutter war. Der Kontakt mit Alice war ja unter Umständen nicht mehr so eng, nachdem ihr Mann ermordet worden ist. Vielleicht wusste nur dein Dad, dass sie wieder geheiratet hatte und dass ihr Sohn vermisst wurde."

Sam presste die Finger an ihre plötzlich pochenden Schläfen. „Allmählich wird mir klar, dass ich möglicherweise ziemliches Glück gehabt habe, weil du und Tyrone mich angelogen habt. Was, wenn wir der Sache nachgegangen wären? Wenn wir ermittelt und herausgefunden hätten, dass mein Dad bewusst einen Mörder geschützt hat? Vorausgesetzt, Cameron war tatsächlich der Mörder. Der Ruf meines Vaters wäre ruiniert. Verdammt, meiner vielleicht auch."

„Es tut mir leid, dir das alles berichten zu müssen. Mir war klar, dass es dich aufregen würde."

„Das ist ganz bestimmt nicht deine Schuld. Ich hebe eure Suspendierung auf. Du und Tyrone, ihr seid ab morgen wieder im Dienst. Und ich werde dafür sorgen, dass euch der heutige Tag auch bezahlt wird."

„Du musst das nicht tun, Lieutenant. Unterm Strich bleibt es dabei, dass wir dich angelogen haben."

„Ich vergesse einfach, dass das passiert ist, und verlasse mich darauf, dass es nicht noch einmal vorkommt."

„Wird es nicht. Ich habe meine Lektion gelernt, Will auch."

„Was sage ich bloß meinem Dad?", meinte Sam, als die Haustür geöffnet wurde und wieder ins Schloss fiel.

„Babe?", rief Nick. „Bist du zu Hause?"

„Ich bin hier!", rief Sam.

Er kam in die Küche und legte dabei die Krawatte ab. Als er bemerkte, dass Sam nicht allein war, blieb er unvermittelt stehen. „Oh, hey, Jeannie. Wie geht es dir?"

„Ganz gut, Senator. Und Ihnen?"

„Ich heiße Nick", erwiderte er lächelnd. „Und nachdem ich jetzt diesen endlos langen Tag voller langweiliger Anhörungen hinter mir habe und zu Hause bin, geht es mir auch gut." Er betrachtete Sam genauer. „Was ist los?"

Jeannie stand auf und trug ihr Glas zur Spüle. „Ich muss los, Lieutenant. Ruf mich an, falls ich irgendetwas tun kann."

„Mach ich. Danke. Wir sehen uns morgen." Als ihre Kollegin die Küche verließ, rief Sam ihr hinterher: „Warte, ich habe den Ring noch gar nicht gesehen!"

Verlegen drehte Jeannie sich um und streckte die Hand aus, um den funkelnden Edelstein zu präsentieren.

„Wow!", meinte Sam staunend. „Der ist ja traumhaft schön. Richte Michael bitte aus, dass er das gut gemacht hat."

„Mach ich."

„Der ist wunderschön, Jeannie", pflichtete Nick seiner Frau bei und gab Jeannie einen Kuss auf die Wange. „Meine Glückwünsche für dich und Michael."

Der Kuss und Nicks freundliche Worte bewegten Sams Kollegin sichtlich. Diese Wirkung hatte er nun mal auf Frauen, selbst auf die glücklich verlobten.

„Ich danke euch beiden vielmals", sagte Jeannie. „Ihr seid

uns so gute Freunde gewesen. Ich hoffe, ihr könnt auf unserer Hochzeit tanzen."

„Die werden wir uns auf keinen Fall entgehen lassen", versprach Sam. „Bis morgen dann."

Nachdem sich die Haustür hinter Jeannie geschlossen hatte, setzte Nick sich an den Tisch und ergriff Sams Hand. „Warum sind deine Finger so kalt?"

Sam stand nach dem Gespräch mit Jeannie noch unter Schock und suchte nach den richtigen Worten. „Ich ... ich habe etwas erfahren. Über meinen Dad. Das war ... in gewisser Weise aufwühlend."

„Was denn?"

„Wenn ich es dir erzähle, darfst du es niemandem weitersagen. Niemals."

„Natürlich nicht. Das versteht sich doch von selbst. Also raus damit, Babe."

Zögernd begann sie zu berichten, was Jeannie und Will bei ihrem Besuch des pensionierten Gerichtsmediziners herausgefunden hatten.

„Wow", sagte Nick, als sie fertig war.

„Ja, allerdings."

„Was machst du mit diesen Informationen?"

„Das ist eine sehr gute Frage. Gehe ich damit zu meinem Dad und sage: ‚Ich weiß, was du getan hast und warum, aber meine Güte, Dad. Du hast deine Karriere und deinen Ruf aufs Spiel gesetzt'?" Sie massierte sich die Schläfen. „Ich bekomme plötzlich heftige Kopfschmerzen."

„Glaubst du, da war mehr hinter der Beziehung zwischen ihm und Alice, als du weißt?"

„Möglich. Vergiss nicht, dass Tracy meinte, Mom sei während der Ermittlungen im Fall Fitzgerald ausgezogen. Es gehört nicht viel Fantasie dazu, sich vorzustellen, dass das etwas mit Alice zu tun hatte."

„Wirst du ihn nach ihr fragen?"

„Ich nehme an, das muss ich. Er ist sauer auf mich, weil ich den Fall wieder aufgerollt habe. Da wird er ganz bestimmt wissen wollen, was los ist." Sie seufzte dramatisch. „Ich will mir diese Unterhaltung lieber nicht ausmalen. Heute war ein richtig guter Tag – bis vor zwanzig Minuten. Wir haben den Kerl, der Victoria umgebracht hat." Sie brachte ihn auf den neuesten Stand der Dinge.

„Meine Güte", murmelte er. „Der Patterson-Wahlkampf. Nimmst du mich auf den Arm?"

„Nein."

„Weiß Derek es?"

„Ja, ich habe schon mit ihm gesprochen. Ihn hat das Ganze an Watergate erinnert."

„Aber echt." Nick stand auf, stellte sich hinter sie und schob ihre Hände fort, um die Massage ihrer Schläfen übernehmen zu können. „Eine derartige Sache erfordert jahrelange Planung. Derek und Vic waren seit vier Jahren verheiratet. Nimmt man die Zeit dazu, in der sie zusammen, aber noch unverheiratet waren ... Unwirklich. Mir war klar, dass Pattersons Ehrgeiz keine Rücksicht kennt, doch das ... Wow. Warum haben die sie umgebracht?"

„Wir gehen davon aus, dass sie keine Informationen mehr geliefert hat oder aus der Vereinbarung aussteigen wollte, die man mit ihr getroffen hatte. Wenn sie vor der Wahl geredet hätte, wäre alles ruiniert gewesen. Wahrscheinlich haben sie entschieden, dass es zu riskant ist, sie am Leben zu lassen."

„Ich kann einfach nicht fassen, wozu Menschen imstande sind, um zu bekommen, was sie wollen."

„Du kannst es deshalb nicht fassen, weil du lieber entweder auf die altmodische Art gewinnen oder kämpfend untergehen willst. Dieses Maß an Hinterhältigkeit verstößt gegen alles, woran du glaubst. Du kannst es nicht verstehen, weil du nicht denkst wie die."

„Dem Himmel sei Dank. Wird es dir gelingen, es Patterson oder seinen Söhnen nachzuweisen?"

„Das ist momentan die große Frage. Wir hoffen, dass Smith sie ans Messer liefert. Sehr wahrscheinlich ist das allerdings nicht."

„Auch nicht, wenn er begriffen hat, dass die ihn hängen lassen?"

„Seine Loyalität ist tief verwurzelt. Ich nehme an, er hält eher für alle den Kopf hin, als den Wahlkampf zu behindern."

„Er ist ein Dummkopf."

„Aber ein treuer Dummkopf. Das ist natürlich alles Spekulation. Wer weiß? Vielleicht singt er bald wie ein Kanarienvogel und macht es uns leicht. Ich rechne jedoch nicht damit. Wir haben zudem den Assistenten von Colton Patterson am Haken, weil er Victoria angerufen hat. Das zeigt, dass es eine Verbindung zwischen ihr und dem Wahlkampf gibt. Im Augenblick ist noch fraglich, ob er die Strippenzieher preisgibt oder nicht. Wir kriegen Patterson, so oder so – entweder wird das Gericht über ihn urteilen oder die Öffentlichkeit. Wir können ihm reichlich Schaden zufügen, indem wir andeuten, dass er und seine Söhne dahinterstecken."

„Damit ist sein Wahlkampf vorbei, so viel steht fest."

„Sollte er auch sein."

Sams Handy signalisierte eine Nachricht von Tracy. *Glückwunsch, Tante Sam! Ella Holland Radcliffe erblickte um 5:42 Uhr das Licht der Welt. Gewicht: 3.700 Gramm, Größe: 51 cm. Sie ist hinreißend! Die Mutter ist wohlauf! Kommt endlich her!*

„Ang hat ihr Baby bekommen", informierte sie ihren Mann. „Ella Holland Radcliffe. Sie haben sie nach meiner Großmutter benannt."

Nick legte die Hände auf ihre Schultern. „Herzlichen Glückwunsch, Tante Sam."

„Gleichfalls, Onkel Nick."

„Hey, stimmt ja. Ich bin Onkel!"

„Ja, das bist du." Sie tätschelte seine Finger. „Lass mich aufstehen."

Er wich zurück.

Sam stand auf und drehte sich zu ihm um. „Jetzt lass uns das richtig machen." Als er sie in die Arme nahm, spürte sie seine Liebe und schmiegte sich an ihn. Seine starke Brust, das kraftvolle Schlagen seines Herzens und die Geborgenheit seiner Umarmung spendeten ihr Trost. „Wir sollten zum Krankenhaus fahren."

„Gleich", sagte er. „Zuerst brauche ich hiervon noch ein bisschen mehr."

Sie drückte ihn an sich, um das festzuhalten, was ihr am meisten bedeutete.

21. Kapitel

Als Gonzo und Arnold sich Porter Gillespies Reihenhaus im Stadtviertel Adams Morgan näherten, stoppte Gonzo seinen Partner und lauschte angestrengt. „Hört sich nach einer Party an."

Sie folgten der Musik und dem Lärm und trafen auf der Terrasse hinter dem Backsteingebäude auf eine Gruppe von etwa zwanzig gut gekleideten, gut aussehenden jungen Leuten. Während Jimmy Buffetts Hit *Cheeseburger in Paradise* aus den Lautsprechern dröhnte, standen mehrere Männer um einen Grill, rauchten Zigarren und hielten Gläser mit bernsteinfarbener Flüssigkeit in den Händen.

Das wird lustig, dachte Gonzo und malte sich aus, Gillespie unter den Blicken der faszinierten Zuschauer aus seinem Haus zu zerren. Gonzos Vorstellung von amüsant war nach zehn Jahren bei der Mordkommission etwas schräg. Er schaute kurz zu Arnold und registrierte das Funkeln in dessen Augen. Offenbar war er nicht der Einzige, der sich auf die bevorstehende Verhaftung freute.

„Verzeihung!", rief Gonzo, um sich trotz der Musik Gehör zu verschaffen.

Alle sahen ihn an, und die Musik lief zwar weiter, aber zumindest das Geplapper verstummte. Gonzo entdeckte Colton Patterson in der Gruppe der um den Grill versammelten Männer.

Gonzo hielt seine Dienstmarke hoch, Arnold tat dasselbe.

„Detectives Gonzales und Arnold vom MPD. Wir suchen nach Porter Gillespie."

Die Männer am Grill wirkten entsetzt und wichen zur Seite. In der Mitte blieb Gillespie stehen. Sein dunkles Haar war tadellos frisiert. Er trug eine Drahtgestellbrille, ein hellblaues Hemd und eine Schürze, auf der *Küss den Koch* zu lesen war.

„Ich bin Porter", sagte er.

„Wir müssen Sie auffordern, uns zu begleiten, Sir."

Bestürzung breitete sich unter den Gästen aus, während Porter die Polizisten mit versteinerter Miene anstarrte. „Weswegen?", wollte er im kultivierten Ton reicher Leute wissen.

„Das klären wir im Hauptquartier."

„Was klären?"

Da er nicht geneigt zu sein schien, mit ihnen zu gehen, marschierten Gonzo und Arnold über den Rasen zur Terrasse. Gonzo bedeutete seinem Partner, loszulegen.

„Mr. Gillespie, Sie sind verhaftet wegen Beihilfe zum Mord an Victoria Kavanaugh sowie der Entführung Maeve Kavanaughs", sagte Arnold. „Sie haben das Recht zu schweigen."

Als Arnold die Handschellen um Gillespies Handgelenke zuschnappen ließ und das Wort Mord aussprach, verlor Gillespie die Fassung. Die Gruppe um ihn herum murrte protestierend.

Gillespie schaute zu Colton Patterson, der sich zum Rand der Gruppe bewegt hatte, als wollte er mit dem, was sein Assistent getan hatte, nichts zu tun haben.

„Ich weiß nicht, wovon Sie sprechen", meinte Gillespie. „Ich habe nichts mit einem Mord zu tun."

„Erzählen Sie das dem Richter", erwiderte Gonzo und umfasste Gillespies Arm, um ihn aus dem Garten zu führen.

„Colton, erzähle es Ihnen! Ich könnte niemanden umbringen! Ich will einen Anwalt! Colton, besorg mir einen Anwalt!"

Die Forderung nach einem Anwalt nahm Gonzo mit Genugtuung zur Kenntnis. Arnold grinste ebenfalls zufrieden. Mit diesen Worten hatte Gillespie ihnen direkt in die Hände gespielt. Jetzt konnten sie ihn über Nacht dabehalten – oder bis der Anwalt kam, der sich allerdings nie blicken lassen würde.

„Keine Sorge, Porter", erklärte Colton. „Wir klären das."

Coltons Bemerkung schien Porter tatsächlich zu beruhigen.

Eine blonde Frau kam aus dem Haus gerannt. „Was ist los? Porter?"

„Nichts, Cam." Porter probierte es mit einem kleinen Lächeln, was jedoch wegen der zitternden Lippen misslang. „Nur ein Missverständnis. Zum Abendessen bin ich wieder zu Hause."

„Darauf würde ich nicht unbedingt wetten, Sportsfreund", entgegnete Gonzo.

Cam packte Porters Arm und hielt ihn fest, während Gonzo versuchte, den Mann abzuführen. Sie rief: „Sie können ihn nicht grundlos verhaften!"

„Oh, glauben Sie mir, wir haben gute Gründe." Gonzo hielt den Blick fest auf Porter gerichtet, damit der andere glaubte, sie wüssten tatsächlich viel mehr, als er vermutete. „Und Sie können ihn entweder loslassen oder uns begleiten. Ihre Entscheidung."

Sie ließ ihn so abrupt los, als ob er in Flammen stand. Tränen liefen ihr über die Wangen. „Ich verstehe das nicht", murmelte sie. „Was hat er denn bloß getan, dass Sie ihn so behandeln?"

„Nichts, Cam", versicherte Porter ihr. „Es ist alles ein großes Missverständnis."

„Reden Sie sich das nur weiterhin schön ein", meinte Gonzo. „Genießt euer Abendessen, Leute", wandte er sich an die Gäste und sah dann Colton Patterson direkt an. „Entschuldigen Sie die Störung."

Damit brachten er und Arnold ihren Gefangenen zum Wagen.

„Ihr wisst nicht, mit wem ihr euch anlegt."

„Doch, doch, das wissen wir, und wir sind erstaunlicherweise nicht im Mindesten eingeschüchtert", erklärte Gonzo. Diese Verhaftung machte noch viel mehr Spaß, als er gedacht hatte. „Oder, Arnold?"

„Nein, wir haben keine Angst."

„Die werden Sie aber haben, wenn Arnie Pattersons Zorn Sie trifft, Sie und Ihr Department voller unfähiger Cops. Dann werden Sie ziemlich eingeschüchtert sein."

„Ach ja?" Gonzo ging nicht weiter darauf ein, während Arnold den Wagen zum Hauptquartier lenkte. „Ihr Kumpel Jerry Smith schmort bei uns jetzt schon wie lange? An die vier Stunden, oder, Arnold?"

„Ja, kommt ungefähr hin."

Gonzo drehte sich so, dass Gillespie ihm ins Gesicht sehen konnte. „Dem ist noch gar nicht klar geworden, dass Arnie und seine Jungs ihn fallen gelassen haben." Zufrieden registrierte er das Auf und Ab von Gillespies Adamsapfel in dessen dürrem Hals. „Ich frage mich, wie lange es dauert, bis er es schnallt. Was meinen Sie?"

„Die werden ihn nicht hängen lassen." Gillespie spie ihnen die Worte beinah entgegen. „Der ist praktisch bei ihnen aufgewachsen. Er gehört zur Familie."

„Tatsächlich? Tja, wenn ich meine Familie bitten würde, mir einen Anwalt zu besorgen, weil ich verhaftet wurde, würden meine Schwestern innerhalb von Minuten nach dem Anruf die Kavallerie in Bewegung setzen. Die würden mich jedenfalls bestimmt nicht Stunden im Gefängnis sitzen lassen."

„Wahrscheinlich konnten Sie so spät am Tag niemanden mehr erreichen."

„Na klar, daran wird's gelegen haben." Gonzo machte das mit jeder Minute mehr Spaß. „Sicher hat es nichts damit zu tun, dass Blut eben dicker ist als Wasser, ganz zu schweigen davon, was Ehrgeiz mit den Menschen macht."

„Sie haben nichts gegen mich in der Hand, weil ich nämlich nichts getan habe."

„Das haben Sie schon mal behauptet. Allerdings fürchte ich, dass doch etwas gegen Sie vorliegt, denn sonst hätten wir ja kaum von der stellvertretenden Staatsanwältin einen Haftbefehl bekommen."

Die Worte Haftbefehl und Staatsanwältin ließen Gillespies Adamsapfel noch heftiger hüpfen.

„Ich nehme an, Sie glauben ebenfalls, Sie stünden den Pattersons nahe, oder?"

„Ich stehe ihnen auch nahe. Colton ist seit der Schulzeit mein bester Freund."

„Dann wird er jemanden schicken, der Sie aus diesem Schlamassel heraushohlt?"

„Selbstverständlich wird er das tun."

„Vermutlich denselben Burschen, der sich Jerrys Angelegenheiten annimmt, oder?"

Porter kniff die Augen zusammen. Er kochte vor Wut. „Werden Sie mir endlich verraten, was Sie gegen mich in der Hand haben?"

„Noch nicht." Gonzo schaute wieder nach vorn. „Unser Lieutenant gibt sich gern selbst die Ehre. In der Hinsicht ist sie ein echter Barrakuda."

Kurz darauf erfüllte der durchdringende Geruch von Urin das Innere des Wagens.

Arnold verzog das Gesicht und ließ das Fenster herunter, doch im nächsten Moment bemerkte Gonzo, dass sein Partner sich leise schüttelte vor Lachen.

Er musste sich auf die Unterlippe beißen, um selbst nicht

loszuprusten. Da ihr Job selten so amüsant war wie jetzt, mussten sie es auskosten, wenn sich die Gelegenheit bot.

Als Gillespie bei der Ankunft vor dem Hauptquartier Minuten später die Medienvertreter entdeckte, erschrak er sichtlich. „Sie bringen mich nicht da vorne rein."

„O doch, und ob wir das tun werden", versicherte Gonzo ihm, packte ihn am Arm und zerrte ihn vom Rücksitz. Die Vorderseite seiner Hose war triefend nass.

„Das können Sie nicht machen! Es gibt noch gar keine Anschuldigung gegen mich. Sie ruinieren mein Leben, ganz zu schweigen von dem Schaden, den Sie dem Wahlkampf zufügen."

„Glauben Sie etwa, das interessiert uns auch nur die Bohne? An Ihr Leben und den Wahlkampf hätten Sie denken sollen, bevor Sie sich zum Komplizen von Victoria Kavanaughs Mörder gemacht haben."

„Damit hatte ich nichts zu tun!"

„Das können Sie alles dem Richter bei der Anklageerhebung schildern."

„Anklageerhebung?"

„Was meinen Sie denn, was nach Ihrer Verhaftung geschieht?"

„Wir reden noch nicht einmal darüber? Ich habe Rechte!"

„Die haben Sie absolut, einschließlich des Rechts auf einen Anwalt, den Sie sich ja erbeten haben. Und deshalb wird es auch erst zu Gesprächen kommen, sobald er oder sie aufgetaucht ist."

Es waren nicht mehr ganz so viele Reporter vor dem Gebäude versammelt, doch diejenigen, die der Spätnachmittagshitze trotzten, bekamen natürlich mit, dass etwas hinter ihnen passierte.

Gonzo hörte das Raunen, das durch die Menge ging.

„Wer ist das?"

„Woher kenne ich den bloß?"

„Hat er sich angepinkelt?"

„Arbeitet der nicht im Patterson-Wahlkampf mit?"

„Detective, wie lautet der Vorwurf?"

„Hat er etwas mit dem Fall Kavanaugh zu tun?"

„Weiß Arnie Patterson, dass sein Wahlkampfhelfer verhaftet wurde?"

Gonzo reagierte auf keine der Fragen, während er mit Gillespie diesen Spießrutenlauf absolvierte. Gillespie hielt den Kopf gesenkt, wie Verhaftete es häufig taten, um nicht fotografiert zu werden. Trotz dieser Bemühungen rechnete Gonzo damit, sein Gesicht morgen auf den Titelseiten zu sehen.

Drinnen führten sie ihn zur Aufnahme, die aus einer Leibesvisitation, der Abnahme der Fingerabdrücke und der Anfertigung von Polizeifotos bestand. Währenddessen drohte Gillespie ständig damit, das Department wegen polizeilicher Gewalt und ungerechtfertigter Durchsuchung zu verklagen. Wahrscheinlich hatte der Kerl ein paar Semester Jura studiert und glaubte nun, er würde sich auskennen.

Gonzo musste zugeben, dass es ihm eine gewisse Genugtuung verschaffte, als man den Verhafteten aufforderte, sich nach vorn zu beugen und die Backen zu spreizen. Nachdem die für die Prozedur zuständigen Beamten mit dem Abtasten und Herumbohren fertig waren, gab man ihm die nassen, riechenden Sachen zurück, die er schon beim Hereinkommen getragen hatte. Je mehr sich die Demütigungen häuften, desto aufgewühlter und zittriger wurde Gillespie. Seine Hände zitterten so stark, dass Gonzo schon fürchtete, ihn anziehen zu müssen. Schließlich brachte man ihn in den Verhörraum neben dem, in dem sich Jerry Smith befand.

„Setzen Sie sich", forderte Gonzo ihn auf. „Wir melden uns, sobald Ihr Anwalt eingetroffen ist."

„Ich brauche neue Kleidung."

„Die neueste Kollektion haben wir nicht auf Lager", erklärte Gonzo. „Ich kann Ihnen bloß Gefängnis-Orange anbieten. Wäre Ihnen das recht?"

„Vergessen Sie's", murmelte Gillespie. „Wie ich sehe, amüsieren Sie sich köstlich."

„Darauf können Sie wetten. Es ist äußerst befriedigend, einen schwierigen Fall abzuschließen und die Dreckskerle zu erwischen, die eine junge Frau ermordet und ihr Kind entführt haben."

Aus Gillespies Gesicht wich alle Farbe. „Ich habe niemanden umgebracht und auch kein Kind entführt! Ich habe keine Ahnung, wovon Sie sprechen!"

„Dann brauchen Sie sich ja wegen nichts Sorgen zu machen", meinte Gonzo. „Ich habe Feierabend, also sehen wir uns morgen früh wieder. Officer Beckett hier wird ein Auge auf Sie haben, bis Ihr Anwalt eintrifft. Viel Glück."

„Warten Sie! Sie können mich nicht hier zurücklassen. Ich habe Rechte!"

„Ja, die haben Sie, und deshalb kann ich nichts tun, bevor Ihr Anwalt kommt. Ab dem Moment, in dem Sie nach einem Rechtsbeistand gerufen haben, lag die Sache nicht mehr in meiner Hand. Und jetzt wünsche ich Ihnen eine gute Nacht."

„Halt! Stopp! Das ist doch Irrsinn! Ich verlange zu erfahren, welche Beweise gegen mich vorliegen, die mich mit einem dieser Verbrechen in Verbindung bringen!"

Gonzo ging lachend den Flur entlang Richtung Kommissariat und hörte, wie Beckett dem Gefangenen befahl, sich hinzusetzen und den Mund zu halten. Damit nahm ein guter Tag ein sehr zufriedenstellendes Ende.

Sams Handy klingelte, als Nick auf den Krankenhausparkplatz einbog. „Hey, Gonzo. Wie ist es gelaufen?"

„Das wird als eine meiner Lieblingsverhaftungen aller Zeiten in die Geschichte eingehen", antwortete er und berichtete schadenfroh von Gillespies Festnahme. „Am Schluss hat er sich im Wagen noch angepinkelt. Das war klasse."

Sam musste lachen, meinte jedoch: „Du amüsierst dich ein bisschen zu sehr."

„Ja, das stimmt. Ich bin jetzt auf dem Heimweg. Beckett ist bei ihm, während er auf den Anwalt wartet, den Colton Patterson ihm umgehend zu schicken versprochen hat."

„Ausgezeichnet. Danke für die großartige Arbeit heute."

„Sag Bescheid, falls du heute Abend noch etwas brauchst."

„Mach ich."

„Hey, hat Ang ihr Baby bekommen?"

„Vor Kurzem. Ella Holland Radcliffe. Wir sind unterwegs zum Krankenhaus."

„Oh, toll. Richte ihr meine Glückwünsche aus. Alex wird sich freuen. Er liebt sie – und Jack."

„Ich werde es weitergeben. Bis morgen." Sie beendete das Gespräch und steckte das Telefon ein. Danach erzählte sie Nick von Gillespies Festsetzung und freute sich über sein Lachen, als sie zu der Stelle kam, an der Gillespie sich nass machte.

„Das Patterson-Lager muss in hellem Aufruhr sein", meinte er.

„Das bezweifle ich. Die glauben fest daran, sich abgesichert zu haben, und möglicherweise stimmt das auch. Wenn ihre Lakaien nicht singen, kriegen wir sie nicht."

„Das Schlimmste, was ihnen wegen ihrer Machenschaften und dem Auftrag zur Ermordung Victorias passieren kann, ist also, dass die Wahlkampagne Schaden nimmt?"

„Ja. Ich bin mir zu hundert Prozent sicher, dass Jerrys DNA mit der übereinstimmt, die wir unter Victorias Nägeln sichergestellt haben. Außerdem können wir in den Wochen vor ihrem Tod mehrere Telefonkontakte zwischen Gillespie und Victoria nachweisen. Wir wissen, dass ihr Vater früher für Patterson gearbeitet und sie nach dem Tod ihrer Eltern Zeit in deren Zuhause verbracht hat. Aber wir haben nichts, was einen der Pattersons direkt in Verbindung mit dem Mord an ihr bringt."

Er parkte und stellte den Motor aus, sodass auch der angenehme Luftstrom der Klimaanlage versiegte. „Du hast allerdings genügend Verdachtsmomente, um die Kampagne scheitern zu lassen."

„Stimmt." Sie schaute ängstlich zum Krankenhausgebäude.

Mit einer Hand am Lenkrad, betrachtete er sie. „Was denkst du?"

„Mir ist eine ganze Menge widerfahren, seit eine meiner Schwestern zuletzt ein Baby bekommen hat. Jack ist sechs, und Tracy hat Abby vor sieben Jahren zur Welt gebracht. Kaum zu glauben."

„Du machst dir Sorgen darüber, wie du auf dieses Kind reagieren wirst."

„Ein wenig." Weil sie fürchtete, die ohnehin brüchige Fassung zu verlieren, wenn sie ihn ansah, fixierte sie weiterhin das Krankenhaus. „Ich freue mich schrecklich für Angela und Spencer und Jack. Die wünschen sich schon so lange ein weiteres Kind."

„Das weiß ich, Babe. Und sie wissen das auch. Natürlich wissen sie das." Er ergriff ihre Hand. „Wenn dir nicht nach einem Besuch ist, werden sie das verstehen."

Sie schüttelte den Kopf. „Angela ist meine Schwester und eine meiner zwei besten Freundinnen. Heute geht es nicht um mich. Es darf heute nicht um mich gehen." Sam schloss die Augen, holte tief Luft und atmete langsam aus, während sie die Augen wieder aufmachte. Nachdem sie mit Nick darüber gesprochen hatte, war sie viel ruhiger. „Gehen wir."

„Ich bin die ganze Zeit bei dir."

Sie drückte seine Finger. „Das hilft, glaub mir."

Auf dem Weg zum Fahrstuhl in der Lobby begegnete ihnen plötzlich jemand, den Sam seit fünf Jahren nicht gesehen hatte. Prompt gab sie einen erschrockenen Laut von sich, der Nicks Aufmerksamkeit auf die Frau lenkte, die sie anstarrte.

„Sam", sagte die Frau und lächelte freundlich.

Sie hatte sich nicht allzu sehr verändert. Ihr schulterlanges Haar wies inzwischen mehr graue als schwarze Strähnen auf, doch ihre braunen Augen waren noch exakt so wie in Sams Erinnerung, mit attraktiven Lachfalten in den Augenwinkeln.

„Und Sie müssen Nick sein."

„Ja", bestätigte er verwirrt.

„Ich bin Brenda Ross, Sams Mutter."

Sie benutzte also wieder ihren Mädchennamen. Sam überlegte, ob das bedeutete, dass sie nicht mehr mit dem Mann verheiratet war, wegen dem sie Sams Vater verlassen hatte. Allerdings interessierte es sie nicht genug, um danach zu fragen.

„Oh." Nick schüttelte ihr die Hand. „Freut mich, Sie kennenzulernen."

„Mich auch. Ich habe viel von Ihnen gehört. In natura sind Sie noch attraktiver als auf den Fotos."

„Äh, danke."

Sam beobachtete und lauschte. Diese Unterhaltung war wie ein Ereignis, das sie im Fernsehen verfolgte und das sich nicht direkt vor ihr abspielte. Ihr fehlten die Worte. Zum Glück bewahrte Nick sie vor der Notwendigkeit, etwas sagen zu müssen.

„Wollt ihr Angela besuchen?"

„Ja", antwortete er.

„Sie liegt im fünften Stock. Ich fahre mit euch rauf."

Nick schaute unsicher zu Sam, ehe er sie sanft zum Fahrstuhl führte.

Schweigend fuhren sie in den fünften Stock. Nick wartete,

bis Brenda ausgestiegen war, dann legte er den Arm um Sam und drückte sie. Gemeinsam folgten sie Brenda in einigem Abstand den Flur entlang zu Angelas Zimmer. „Alles in Ordnung, Babe?", erkundigte er sich mit leiser Stimme.

Sam nickte.

„Sag etwas."

„Etwas."

„Okay, gut", erwiderte er. „Einen Moment lang habe ich mir schon Sorgen gemacht."

„Es hat mich nur ein bisschen überrascht."

„Ich weiß, Liebes."

„Ich muss ihr allerdings recht geben: In natura siehst du echt noch besser aus als auf den Fotos. Zum ersten Mal seit fast zwanzig Jahren bin ich mit ihr einer Meinung."

Er lachte, genau wie sie gehofft hatte. „Ja, dir geht's anscheinend wirklich gut. Und jetzt kannst du gern wieder den Mund halten."

Im Stillen dankte sie zum etwa millionsten Mal dem Himmel für diesen Mann. Bevor er in ihr Leben zurückgekehrt war, hätte eine zufällige Begegnung mit ihrer Mutter sie für Wochen aus der Bahn geworfen.

Diesmal ging es ihr bereits nach wenigen Minuten besser – nur weil Nick da war.

Skip und Celia kamen gerade aus Angelas Zimmer und stutzten, als sie Brenda erblickten, gefolgt von Sam und Nick.

„Hallo, Brenda", begrüßte Skip sie in einem frostigen Ton, den er früher für Mordverdächtige reserviert hatte.

„Skip." Brenda sah ihren Exmann zum ersten Mal im Rollstuhl, wie Sam klar wurde. „Herzlichen Glückwunsch zu deiner neuen Enkelin."

„Danke."

„Sie müssen Celia sein", wandte Brenda sich an Sams Stiefmutter und streckte ihr die Hand entgegen.

383

Da Celia zu höflich war, um ihr die Geste zu verweigern, schüttelte sie Brenda die Hand. Sam hätte jedoch am liebsten laut bejubelt, dass Celia es zumindest nicht über die Lippen brachte, dass sie sich freuen würde, Brenda kennenzulernen.

„Wie geht es Angela?", erkundigte Sam sich.

„Wunderbar", erwiderte Celia, deren Miene sich deutlich aufhellte, als sie mit Sam sprach. „Das Baby ist wunderschön."

„Hast du es eilig, nach Hause zu kommen?", fragte Sam ihren Dad.

„Nicht besonders."

„Ich würde dich gern einen Moment sprechen, bevor ihr aufbrecht."

„Dann werde ich auf dich warten."

„Danke." Während sie Nicks Hand weiterhin umklammerte, ging sie mit ihm an ihrer Mutter, ihrer Stiefmutter und ihrem Vater vorbei und betrat Angelas Zimmer. Sie war entschlossen, diese emotionale Schlacht mit möglichst wenig Narben zu überstehen.

22. Kapitel

„Sam!", rief ihr Neffe Jack, der auf der Kante des Krankenbetts seiner Mutter saß. „Komm und sieh dir meine kleine Schwester an! Sie ist so süß!"

Sam lächelte den hinreißenden dunkelhaarigen Jungen an, der seinem Vater wie aus dem Gesicht geschnitten war. „Lass mich mal sehen", sagte sie und ließ Nicks Hand los, um das Baby genauer zu betrachten.

Angela leuchtete förmlich vor Glück, als sie das Baby hochhielt. Ihr Mann Spencer stand auf der anderen Seite des Betts und wirkte erschöpft, aber glücklich.

Wie Nick wohl aussehen würde, nachdem er ihr bei der Geburt beigestanden hatte? Sam hoffte sehr, es eines Tages herauszufinden. „Du hast vollkommen recht, Jack. Sie ist eine der hübschesten kleinen Schwestern, die ich je gesehen habe."
Ellas Gesicht war rot und schrumpelig, die Lippen waren geschürzt und die flaumigen Brauen noch kaum erkennbar. Aber Sam fand, dass sie eines der schönsten Wesen der Welt war.

Tränen stiegen ihr in die Augen, während sie jedes Detail genau in sich aufnahm.

„Möchtest du sie halten?", fragte Angela sanft, da sie sich selbst wie auf einem Minenfeld bewegte.

„Wäre das in Ordnung für dich?"

„Na klar."

Während sie behutsam und vorsichtig das schlafende Baby von ihrer Schwester entgegennahm, staunte Sam darüber, wie schwer es doch für manche Menschen war, etwas derartig

Zartes und Kleines zur Welt zu bringen. „Hallo, Ella, ich bin deine verrückte Tante Sam, und das ist dein gut aussehender Onkel Nick. Aber verrate ihm bloß nicht, dass ich das erwähnt habe, denn er mag es nicht, wenn man ihm sagt, er sei gut aussehend."

Nick lachte leise und küsste sie auf die Schläfe.

„Wir können es kaum erwarten, dich richtig kennenzulernen und dich und deinen Bruder bei uns übernachten zu lassen."

„Können wir da jetzt schon einen Termin vereinbaren?", wollte Angela wissen und brachte damit alle zum Lachen, was Sams emotionale Anspannung löste, die sie in der Sekunde befallen hatte, in der ihre Schwester ihr das Baby in die Arme gelegt hatte.

„Jederzeit", versicherte Nick ihr und sprach für sie beide.

Sam liefen die Tränen über die Wangen, doch es waren Freudentränen, weil es nun ein weiteres Kind in ihrem Leben gab, das sie lieben und verwöhnen konnte. Sie wandte sich an ihren Mann: „Möchtest du auch mal?"

Er trocknete ihr Gesicht. „Da sage ich nicht Nein."

Sam gab das winzige Bündel in seine starken Arme.

„Hallo, du Kleine", flüsterte er, und seine Miene drückte eine Mischung aus Ehrfurcht und Staunen aus. „Willkommen auf der Welt."

Ihn das Neugeborene halten zu sehen, löste seltsame Dinge in Sam aus. Dabei war sie wegen der Begegnung mit ihrer Mutter und dem Kennenlernen ihrer kleinen Nichte ohnehin schon ganz durcheinander.

Jack kam herbei und streckte die Arme aus. Sie hob ihn hoch, wie sie es immer tat.

Als ob er genau wusste, was sie brauchte, schlang er seine Ärmchen um ihren Nacken und drückte sie fest.

„Ah, Kumpel, das tut gut."

„Wie geht's deinem Aua?" Jack gab ihr einen zarten Kuss auf die Wange, unterhalb des Pflasters, unter dem sich die genähte Wunde befand.

„Viel besser", antwortete sie, obwohl es nach wie vor höllisch wehtat. Mit ihrem Neffen auf dem Arm trat sie an Angelas Bett. „Wie ist es gelaufen?"

„Ich hatte schon bessere Tage, doch nun ist es ja vorbei."

„Sie hat das ganz routiniert gemacht", meinte Spence und drückte seiner Frau die Schulter.

„Mom ist draußen", erklärte Sam.

„Oh, wirklich? Sie wollte vorbeischauen, wenn das Baby da ist, aber ich habe nicht damit gerechnet, dass sie bereits in der Stadt ist. Tracy muss sie angerufen haben. Sie ist übrigens los und holt Abby und Ethan ab, damit die zwei ihre neue Cousine kennenlernen können. Brooke hat anscheinend andere Pläne."

„Ach nee." Sam verdrehte die Augen. Ihre ehemals reizende Teenager-Nichte hatte sich innerhalb des vergangenen Jahres in ein echtes Herzchen verwandelt. „Du und Trace, ihr steht in engem Kontakt zu Mom, was?"

„Eng würde ich das nicht nennen; wir stehen in Verbindung. Das wusstest du."

Sam zuckte mit den Schultern. „Ja, schon."

„Hast du mit ihr gesprochen?"

„Nicht richtig." Sie drückte Jack noch einmal an sich, dann setzte sie ihn zu seiner Mutter aufs Bett. „Können wir noch irgendetwas für euch tun?"

„Nein, wir haben alles. Spencers Eltern kommen morgen und kümmern sich um Jack. Dad und Celia nehmen ihn heute Nacht."

„Ich darf bei Opa übernachten", verkündete Jack stolz. „Celia hat versprochen, dass wir Popcorn machen und uns *Madagaskar* anschauen."

„Wow, das klingt nach einem Riesenspaß." Sam beugte sich vor, um ihrer Schwester einen Kuss zu geben. „Herzlichen Glückwunsch, Leute. Sie ist bezaubernd."

Nick reichte Angela das Baby und küsste sie auf die Wange. „Dito. Einfach bezaubernd." Er schüttelte Jack und Spencer die Hand. „Gute Arbeit, Jungs."

„Was haben die denn bitte schön gemacht?", bemerkte Angela trocken.

„Was ich gemacht habe, kann ich vor dem Jungen nicht sagen", konterte Spencer breit grinsend.

„Warum nicht?", fragte Jack. „Ich will es aber wissen!"

„In diesem Sinne", sagte Sam. „Wir gehen, damit Mom hereinkommen kann. Wir schauen morgen noch mal vorbei."

„Hoffentlich sind wir morgen Nachmittag schon wieder zu Hause."

„Dann treffen wir euch dort. Mit Geschenken."

Bei diesen Neuigkeiten hellte sich Jacks Miene auf.

Zärtlich strich Sam mit dem Finger über die flaumige Wange des Babys. „Ich hab euch lieb, Leute."

„Wir dich auch", erwiderte Angela. „Danke fürs Vorbeischauen."

Sam verließ das Zimmer, gefolgt von Nick. Im Flur lehnte ihre Mutter an der Wand und wartete offenbar darauf, dass die zwei herauskamen und sie an der Reihe war. Sams Vater und Celia waren nirgends zu sehen. Sam hätte es zwar niemals zugegeben, doch sie war ihrer Mutter dankbar dafür, dass sie sich zurückgehalten hatte. So hatte Sam ihre Schwester samt Familie in Ruhe besuchen können, ohne dass das Ganze von der Fehde zwischen Brenda und Sam überschattet wurde.

Sie nickte ihrer Mutter zu und ging den langen Flur hinunter, in der Hoffnung, ihren Dad und Celia im Wartezimmer zu finden.

„Sam!"

Sie brauchte einen Moment, um sich zu sammeln, ehe sie sich zu der Frau umdrehen konnte, die sie alle zutiefst verletzt hatte. Nur einen Tag nach Sams Abschluss von der Highschool hatte Brenda Skip verlassen – wegen eines Mannes, mit dem sie schon seit geraumer Zeit heimlich geschlafen hatte. Und nun musste Sam sich fragen, ob alles, was sie über die Ehe ihrer Eltern zu wissen geglaubt hatte, falsch war.

„Ich würde mich gern mit dir treffen", meinte Brenda zögernd. „Um mit dir zu reden. Es gibt Dinge, die du wissen solltest. Dinge, die ich dir bereits vor langer Zeit hätte sagen sollen." Sie schaute zu Nick, der den Arm um Sams Taille legte. „Geht das denn jetzt nicht lange genug so?"

„Ich habe dir nichts zu sagen. Komm, Nick, wir gehen."

Bevor sie sich abwandte, bemerkte sie die Enttäuschung auf dem Gesicht ihrer Mutter. Sam wollte nicht, dass es ihr etwas ausmachte, doch das tat es. Welches Recht hatte ihre Mutter, wegen irgendetwas enttäuscht zu sein? Schließlich war sie diejenige gewesen, die einfach gegangen war! Sie war diejenige, die sich über alles andere gestellt hatte! Tracy und Angela mochten vielleicht in der Lage sein, ihr zu verzeihen, doch Sam würde das niemals tun.

„Atme tief durch, Baby", forderte Nick sie mit sanfter Stimme auf, während sie sich ganz im Einklang durch den Flur bewegten.

Sam holte mehrmals tief Luft, was half, ihre Nerven zu beruhigen. „Kümmerst du dich kurz um Celia, während ich mit meinem Dad spreche?"

„Klar."

„Danke. Ich brauche bloß ein paar Minuten."

Im Wartezimmer, das ansonsten leer war, las Celia Sams Vater aus der neuesten Ausgabe der *Newsweek* vor.

„Celia", sagte Nick und streckte den Arm aus. „Könnte ich

dich für einen Drink begeistern? Ich habe gehört, hier gibt's eine famose Bar."

„Ein solches Angebot kann ich unmöglich ablehnen", antwortete Celia, stand auf und gab ihrem Mann einen Kuss auf die Wange, bevor sie sich bei Nick unterhakte.

„Geh nicht zu weit mit meinem Mädel, Senator", mahnte Skip.

„Würde mir nicht im Traum einfallen", versicherte Nick ihm mit jenem charmanten Lächeln, das Sam immer noch Herzklopfen bescherte.

Celia kicherte wie ein Schulmädchen, was Sam dazu brachte, einzustimmen, als sie sich zu ihrem Vater setzte.

„Geht es dir gut, mein Kind?"

Sam war ihm dankbar dafür, dass er wusste, wie schwer es für sie war – nicht nur wegen des Babys, sondern auch wegen der ersten Begegnung mit Brenda seit Jahren.

„Ja, alles in Ordnung", antwortete Sam. „Und bei dir?"

„Auch alles bestens. Ich habe eine neue Enkelin, die genauso hübsch ist wie ihre Mom, ihre Tanten und Cousinen. Das Leben ist gut."

„Ja, das ist es."

„Ich freue mich darüber, dass sie das Baby nach meiner Mutter benannt haben", fügte Skip hinzu. „Darüber freue ich mich wirklich."

„Das habe ich mir gedacht." Ella Holland hatte in Sams Kindheit zu den Menschen gehört, die sie am meisten gemocht hatte, und sie vermisste sie noch immer. „War es schwer, Mom zu begegnen?"

„Ach nee. Sie hat keine Macht mehr über mich. Schon lange nicht mehr."

„Es wurmt mich irgendwie, dass Tracy und Angela in Kontakt zu ihr stehen."

„Es ist ihr gutes Recht. Unabhängig von meiner Meinung

über sie: Sie ist und bleibt ihre und deine Mutter. Am Ende lief es ziemlich übel zwischen uns, aber für die drei wundervollen Töchter, die sie mir geschenkt hat, werde ich ewig dankbar sein."

Obwohl er es nicht spüren konnte, schlang sie die Arme um seinen Arm und schmiegte den Kopf an seine Schulter, denn sie musste ihm nahe sein.

„Was beschäftigt dich?", wollte er wissen.

Sie schloss die Augen und stellte sich vor, er würde sie in seinen starken Armen halten, würde ihr mit seiner großen Hand übers Haar streichen und sie würde wieder so wie einst dieses Gefühl von Sicherheit empfinden. „Ich weiß von Alice."

Er sog scharf die Luft ein.

„Ich weiß, warum du im Fitzgerald-Fall getan hast, was du getan hast." Sie wartete, um ihm die Chance zu geben, sich dazu zu äußern, wenn er wollte.

Er wollte nicht.

„Ich verstehe", meinte sie nach längerem Schweigen.

„Wer hat es dir verraten?"

„Jeannie hat sich mit Morganthau unterhalten. Dadurch fügten sich die Puzzleteile für uns zusammen."

„Was wirst du mit diesem Wissen anfangen?"

„Nichts", entgegnete Sam spontan. Denn wem wäre damit jetzt noch gedient?

„Wenn du mich fragst, war es ein Unfall. Cameron hatte nicht die Absicht, ihn zu töten, und als er merkte, dass der Junge tot war, bekam er Panik. Er führte uns zu der Leiche, die wir ohne ihn niemals gefunden hätten. Ich hatte nicht den Eindruck, er könnte für irgendwen außer für sich selbst eine Gefahr darstellen. Und deshalb ließ ich ihn wie geplant zur Army gehen. Er hat für jene Nacht seither täglich bezahlt, und genauso oft habe ich meine Entscheidung hinterfragt."

Die Bestätigung zu hören, dass Cameron der Mörder war, bedeutete für Sam eine gewisse Erleichterung, weil die Sache damit für sie abgeschlossen war. „Warum hast du es mir nicht erzählt?"

„Ich wollte dich nicht in die Position bringen, handeln und zwischen Gerechtigkeit für Tyler und mir sowie deinen Verpflichtungen als Polizistin entscheiden zu müssen."

„Dachtest du, ich würde dich nicht verstehen? Ich kenne die Grauzonen unseres Berufes seit Jahren."

„Ich wollte nicht darüber reden. Es war schlimm genug, dass ich es wusste, dass Alice und ihr Mann es wussten, ebenso wie Cameron und ihr anderer Sohn Caleb."

„Hat Mom es auch gewusst?"

„Ja."

„Hat sie dich deshalb während der Ermittlung verlassen?"

„Woher weißt du davon? Du warst zu jung, um dich daran erinnern zu können."

„Tracy hat es erwähnt, und ich habe zwei und zwei zusammengezählt."

„Sie war wütend auf mich, weil ich meinen Job und Alices Ruf aufs Spiel setzte. Es gefiel ihr nicht, dass ich mich um Alice kümmerte. Sie empfand es als Bedrohung."

„Hatte sie denn Grund dazu?"

Er zögerte lange genug, dass Sam ihre eigenen Schlüsse daraus ziehen konnte. „Ich empfand etwas für sie, und sie empfand etwas für mich, doch wir gaben diesen Gefühlen nie nach. Kein einziges Mal. Ich war gerade mit deiner Mutter zusammen, als Steven getötet wurde, und wegen all der Zeit, die ich nach den Schüssen auf ihren Mann mit Alice verbrachte, hätten wir uns beinah getrennt. Wir schafften es, unsere Beziehung zu kitten, und heirateten einige Monate später. Doch diese Sache mit Alice und mir blieb immer ein Problem zwischen uns. Besonders nachdem Alice wieder geheiratet hatte."

„Warum ausgerechnet dann?"

„Jimmy war ein guter Kerl, doch er hatte eben nicht durchgemacht, was wir durchgemacht hatten. Verstehst du? Er hatte zu Stevens Zeiten nicht zu ihrem Leben gehört, und daher hielt sie sich an mich. Wahrscheinlich länger, als es vernünftig war. Deine Mutter fing an, sie zu hassen, was ich zwar nie verstand, aber als Teil meines Lebens mit ihr irgendwie akzeptierte. Manchmal denke ich, sie hat am Ende geglaubt, dass meine Beziehung zu Alice ihr Verhalten rechtfertigen würde."

„Danke, dass du mir das alles erzählt hast. Es hilft mir, einige Dinge zu verstehen."

„Wer außer McBride und Tyrone weiß davon?"

„Nick."

„Sind das nicht zu viele Leute? Soll ich reinen Tisch machen? Ich würde es tun, damit es dir keine Bauchschmerzen mehr bereitet. Cameron hat immer gewusst, dass der Tag kommen könnte, an dem ich ihn nicht mehr schützen kann."

„Was ist mit Alice?"

„Ich liebe Alice und werde es immer tun, aber dich liebe ich mehr. Wenn du das, was du herausgefunden hast, verwenden willst, halte ich dich nicht davon ab, und ich mache dir auch keinen Vorwurf."

„Keiner von denen würde je ein Wort darüber verlieren. Daher sehe ich keinen Grund dafür, erneut aufzuwühlen, was vor vielen Jahren passiert ist. Eines möchte ich allerdings noch loswerden."

„Ich höre."

Sam war froh, den Kopf an seine Schulter gelehnt zu haben und ihm bei diesem Gespräch nicht ins Gesicht sehen zu müssen. „Du hast mich durch deine Forderung, die Finger von der Sache zu lassen, in eine sehr schwierige Lage gebracht. Jetzt verstehe ich zwar, warum du es getan hast, doch das bedeutet nicht, dass du unser Verhältnis dazu benutzen kannst, mir deinen Willen aufzuzwingen. Du bist derjenige, der mir beigebracht hat, dass der Job immer an erster Stelle steht. Du hast mich regelrecht dazu genötigt, in dieser Angelegenheit zwischen dir und meiner Arbeit zu wählen, und das gefällt mir ganz und gar nicht."

„Du hast absolut recht, und ich habe mich vollkommen falsch verhalten."

„Ehrlich?" Sam hatte nicht mit so einer widerstandslosen Kapitulation gerechnet.

Er prustete los. „Überrascht, was?"

„Kann man wohl sagen."

„Ich hatte Angst davor, was mit Alice passiert, wenn es herauskommen würde. Außerdem hatte ich Angst davor, welche Auswirkungen meine Sünden auf deine Karriere haben, falls jemand herausfinden würde, was ich getan habe."

„Deine Absichten waren jedenfalls ehrenhaft."

„Ich würde mir gern einreden, dass sie das stets waren, aber manchmal kommt einem das Leben in die Quere."

„Das musst du mir nicht erzählen." Sam wandte sich ihm zu und sah in diese blauen Augen, die ihren so sehr glichen. „Dann ist zwischen uns alles wieder gut?"

„Ganz bestimmt."

„Gut." Sam ließ den Kopf erleichtert wieder an seine Schulter sinken. „Ich hasse es, wenn wir uns streiten. Das macht mich körperlich ganz krank."

„Ob du es glaubst oder nicht: Ich hasse es genauso."

Sam erstarrte, als sie hörte, wie sich ihre Mutter auf dem Flur näherte.

Brenda blieb im Türrahmen stehen, die Hände auf den schmalen Hüften, und betrachtete Sam, die sich weiterhin an ihren Vater schmiegte. „Ihr zwei seid nach wie vor ein Herz und eine Seele, was?" Da keiner von beiden darauf etwas erwiderte, setzte sie ihren Weg kopfschüttelnd fort.

„Du solltest deinen Frieden mit ihr schließen, Sam. Sie ist schließlich deine Mutter. Es wäre traurig, wenn du es eines Tages bereuen würdest."

„Ich bin schon so lange wütend auf sie, dass ich gar nicht mehr weiß, wie das ist, es nicht zu sein."

„Vielleicht ist es an der Zeit, darüber hinwegzukommen. Was zwischen ihr und mir geschehen ist, liegt eine halbe Ewigkeit zurück. Du bist inzwischen selbst lange genug verheiratet, um zu wissen, dass immer zwei Leute dazugehören, damit eine Ehe funktioniert. Und es braucht zwei Leute, um es zu vermasseln. Ich war nicht völlig schuldlos."

Unwillkürlich malte Sam sich aus, wie es wäre, wenn Nick sich um die Ehefrau eines ermordeten Freundes kümmern würde, für die er offenkundig zärtliche Gefühle hegte. Zum ersten Mal erkannte sie, dass es für ihre Mutter nicht immer leicht gewesen war, mit Skip verheiratet zu sein. „Ich denke darüber nach." Sie stand auf und gab ihm einen Kuss auf die Stirn. „Ich muss wieder ins Hauptquartier. Ich habe zwei von Pattersons Lakaien auf Eis gelegt, die auf Anwälte warten, die Patterson ihnen niemals schicken wird."

Verblüfft starrte Skip sie an. „Patterson hat mit dem Kavanaugh-Mord zu tun?"

„Ja, und ich habe die beiden Lakaien am Haken. Ich hoffe, dass ich Patterson und seine Söhne auch noch drankriege, aber das ist leider nicht sicher. Egal, wie es ausgeht, sein Wahlkampf dürfte jedenfalls dadurch ruiniert sein. Na, wie hört sich das an?"

„Heiliger Strohsack. Das wird eine Riesensache!"

Sam lächelte. „Malone meinte, es sei immer eine Riesensache, wenn ich damit zu tun habe."

„Das ist mein Mädchen." Skips Augen leuchteten vor Begeisterung. „Ich bin verdammt stolz auf dich, Samantha Holland Cappuano." Flüsternd fügte er hinzu: „Und wie stolz ich bin."

Sie blinzelte gegen die aufsteigenden Tränen an und küsste ihn noch einmal auf die Stirn. „Das bedeutet mir unendlich viel, Dad."

So gut er es bei einer nach dem Schlaganfall infolge der Schüsse gelähmten Gesichtshälfte vermochte, grinste er sie an.

„Dann werde ich mal nachschauen, was mein Mann in der Zwischenzeit mit deiner Frau angestellt hat." Auf dem Flur entdeckte sie Nick mit Celia bei den Aufzügen. Die beiden unterhielten sich angeregt, und Sam war gerührt, als Nick den Kopf in den Nacken legte, weil er über etwas lachte, was Celia gesagt hatte. Wow, sie liebte ihn so sehr!

Als er sie bemerkte, lächelte er sie an.

Sie gab ihm ein Zeichen, Celia zurückzubringen.

Die beiden kamen zu ihr, und Sam umarmte Celia. „Gratuliere, Großmama."

„Danke, Sam. Ich könnte nicht aufgeregter sein, wenn sie meine eigene Enkelin wäre."

„Das ist sie doch. Sei nicht albern."

„Lieb von dir, das zu sagen. Hast du dich mit deinem Vater wieder versöhnt?"

„Ja, hab ich."

„Oh, das ist gut", sagte sie. „Er leidet schrecklich, wenn ihr zwei euch streitet."

„Ich kann dich hören, Celia!", rief Skip, der mit seinem Rollstuhl in den Flur rollte.

Celia grinste ihn an. „Ich sage nur die Wahrheit, mein Lieber."

„Wir müssen los", erklärte Sam. „Wir sehen uns morgen."

„Bis dann", verabschiedete ihr Dad sich.

Nick legte den Arm um sie, und Sam lehnte sich an ihn.

„Alles in Ordnung?", erkundigte er sich.

Als sein vertrauter Duft sie umgab und tröstete, wurde ihr klar, dass sie diese vergangene schwierige Stunde vor allem deshalb überstanden hatte, weil sie Kraft aus seiner Liebe zog. „Alles bestens."

„Gut."

„Ich muss noch mal ganz kurz zum Hauptquartier, aber danach gehöre ich ganz dir – bis sieben Uhr morgen früh."

„Das klingt gut. Soweit ich mich erinnere, müssen wir noch eine wichtige Unterhaltung zu Ende führen."

„Ich habe keine Ahnung, wovon du sprichst."

Prompt gab er ihr einen Klaps auf den Po, als sie den Lift betraten. „Lügnerin."

Obwohl sie protestieren wollte, reagierte sie mit jeder Faser ihres Körpers auf seine kurze Berührung.

„Hm", meinte er und schmiegte das Gesicht an ihren Hals. „Das wird aufregend."

Im nächsten Moment lagen sie einander in den Armen, und Nicks Hände schienen überall gleichzeitig zu sein. Sam war im Nu so heftig erregt, dass sie fast befürchtete, in Flammen aufzugehen. Sie sehnte sich danach, ihn zu küssen, wild und leidenschaftlich, doch ihre Wunde war noch nicht verheilt.

„Mensch, ich vermisse es, dich zu küssen", flüsterte er, umfasste ihre Brüste und kniff sie sanft in die Brustwarzen, bis diese hart waren.

Sie drückte seinen Schwanz, was Nick ein Stöhnen entlockte. „Ich auch."

Als die Fahrstuhlklingel die Ankunft in der Lobby ankündigte, lösten sie sich voneinander. Ein wenig außer Atem sahen sie sich an, beide gleichermaßen benommen von der Intensität ihres Verlangens.

„Wahrscheinlich haben wir den Sicherheitsleuten des Krankenhauses an ihren Monitoren gerade eine gute Show geboten", meinte Sam. Sie war entsetzt darüber, dass sie vor diesen intimen Streicheleinheiten gar nicht daran gedacht hatte.

Nick nahm ihre Hand und zog sie hinter sich her, als er die

Kabine verließ. „Beeil dich lieber im Hauptquartier, verstanden?"

„Ja", versprach Sam, noch ganz aufgewühlt von der Tatsache, dass sie den dominanten Nick ebenso liebte wie den liebevollen, sanften Nick. „Verstanden."

Da es zu heiß war, um draußen zu warten, begleitete Nick sie ins Hauptquartier. Auf dem Weg ins Kommissariat hielt Captain Malone sie auf. „Lieutenant, der Laborbericht ist da. Jerry Smiths DNA stimmt mit der Haut überein, die wir unter Victorias Fingernägeln gefunden haben."

„Ja!" Sam machte eine Faust. „Fantastisch!"

Malone grinste. „Wir erheben morgen offiziell Anklage wegen Mordes."

„Sie können getrost noch Entführung dazunehmen", meinte Hill, der sich in diesem Moment zu ihnen gesellte. „Ich habe zwei Freunde von Bobby Ray aufgespürt, die aussagen, dass sie Smith in einer Bar getroffen haben. Smith hat damals erwähnt, er habe ein Kind, auf das jemand aufpassen müsse, worauf Bobby von seiner Mutter erzählte."

„Ausgezeichnet", lobte Sam ihn und fühlte sich euphorisch, weil sich jetzt alles zusammenfügte. „Mit diesen Aussagen brauchen wir nicht mal den gerichtsmedizinischen Nachweis, um Jerry mit dem Mord an Bobby in Verbindung zu bringen."

„So sehe ich das auch", sagte Hill. „Was glauben Sie, weshalb die Maeve nicht auch umgebracht haben?"

„Vielleicht hat sogar ein Verbrecher wie Jerry Smith Skrupel bei einem wehrlosen kleinen Kind."

„Mag sein. Hervorragende Arbeit, Lieutenant. Sie haben auf die Patterson-Connection getippt und lagen goldrichtig."

„Danke", erwiderte Sam. Sie war ein wenig verlegen, weil das Lob von einem Mann kam, der sie nicht nur in beruflicher Hinsicht bewunderte, und weil ihr Mann direkt neben ihr stand. Ohne Zweifel würde er seinen Kommentar dazu abgeben, dass Hill ihr Komplimente machte. Aber sie hatte keine Zeit, sich deswegen Gedanken zu machen.

Sie fügte hinzu: „Sollen wir unsere Gäste zu ihren Schlafgemächern führen?" Wie Gonzo zuvor fand auch sie, dass der Job richtig Spaß machen konnte, wenn man einen Verdächtigen überführt hatte und alle es wussten – bis auf den Verdächtigen selbst.

„Wie lautet Ihr Plan, Lieutenant?", wollte Malone wissen, der selbst ein bisschen schadenfroh dreinblickte.

„Wir sperren Jerry und Porter über Nacht zusammen in eine Zelle. Cruz hat für Überwachung gesorgt. Wir hoffen, dass einer von ihnen dumm genug ist, ungehemmt zu sprechen. Ich tippe auf Jerry."

„Erinnert sie an ihre Rechte", betonte Malone.

„Das mache ich, wenn ich sie in die Zelle bringe, damit es gleich aufgezeichnet wird."

„Gut", meinte Malone. „Versuchen Sie, es nicht allzu sehr auszukosten."

„Warum nicht?", entgegnete Sam mit einem breiten Grinsen, das sie umgehend bereute. „Wie oft haben wir denn mal richtigen Spaß bei unserem Job? Haben Sie schon gehört, dass Porter sich in die Hose gepinkelt hat?"

Hill lachte über diese Neuigkeit.

„Klar hat er." Auch Malone musste lachen. „Beckett hat den ganzen Abend über den Gestank gejammert."

„Holen wir ihn da raus", sagte Sam und ging voran zum Kommissariat. Zu ihrer Bestürzung traf sie auf Lieutenant Stahl, der in dem fast leeren Bereich herumschlich. „Was machen Sie hier?"

„Ich kam zufällig vorbei, nicht dass es Sie kümmern sollte. Apropos kümmern: Die Polizeipsychologin hat mir berichtet, dass sie nicht mal fünf Minuten Ihrer Zeit bekommt."

„Ich nehme mir Zeit für sie, sobald ich den Fall Kavanaugh abgeschlossen habe, vorher nicht. Was geht Sie das überhaupt an?"

„Alles geht mich etwas an, Lieutenant." Er kniff dabei die Knopfaugen zu schmalen Schlitzen zusammen, was Sam eine Gänsehaut bescherte.

„Treten Sie zur Seite", forderte sie ihn auf. „Ich habe Arbeit zu erledigen."

„Und was macht er hier?" Stahl deutete auf Nick. „Er ist nicht autorisiert, sich hier hinten aufzuhalten."

„Er ist autorisiert, sich überall dort aufzuhalten, wo ich ihn autorisiert habe, sich aufzuhalten. Also verziehen Sie sich und lassen Sie mich meinen Job machen."

Sein Gesicht nahm die schon gewohnte tiefrote Farbe an. „Nehmen Sie sich in Acht, junge Dame. So spricht man nicht mit einem Vorgesetzten."

„Beschweren Sie sich doch. Anscheinend haben Sie ja nichts anderes zu tun in Ihrer freien Zeit."

„Möglicherweise tue ich das tatsächlich."

„Meinetwegen. Und jetzt lassen Sie mich arbeiten."

Stahl funkelte sie noch einmal ausgiebig finster an, dann watschelte er davon, um jemand anderem auf die Nerven zu fallen.

„Du meine Güte", meinte Nick. „Ist der immer so reizend?"

„Ehrlich gesagt war das eines unserer netteren Gespräche."

„Mir gefällt die Vorstellung nicht, dass du hier einflussreiche Feinde hast."

„Der ist nicht mal annähernd so einflussreich, wie er glaubt." Sie schloss ihr Büro auf. „Du kannst drinnen warten, aber widerstehe um Himmels willen deinem Drang, Ordnung zu schaffen."

„Ich bin außerstande, diesem Drang zu widerstehen." Er tätschelte ihren Po. „Und einigen anderen Dingen kann ich auch nur sehr schwer widerstehen. Also beeil dich lieber, bevor mein Drang mich übermannt."

„Hör auf", meinte sie und gab ihm einen kleinen Schubs. „Mach mich nicht hier heiß, verdammt."

„Was soll ich tun? Du musst dich um meine dringenden Bedürfnisse kümmern."

„Bleib hier", ermahnte sie ihn. „Und räum nicht auf. Ich bin gleich zurück."

„Beeil dich."

Sam redete sich ein, dass sie sich beeilte, weil sie selbst es so wollte, und nicht, weil er sie dazu angewiesen hatte. Sie nahm von niemandem Befehle entgegen, außer von ihren Vorgesetzten, und auch nur dann, wenn es unbedingt sein musste. Warum also fand sie die Vorstellung, dass Nick sie im Bett herumkommandierte, so aufregend, dass es sich anfühlte, als ob ihre Haut in Flammen stand? Sie schüttelte den Kopf, um diese lüsternen Fantasien zu vertreiben. Dafür hatte sie jetzt keine Zeit.

Als sie den Verhörraum zwei betrat, musste sie sich wegen des Gestanks fast übergeben. Porter lief wie ein Raubtier im Käfig auf und ab. Bei ihrem Eintreten blieb er stehen und sah sie an. „Ich hoffe, Sie haben sich schon mal auf eine Klage eingestellt, Madam."

„Sie dürfen mich Lieutenant nennen, Mr. Gillespie. Und weshalb möchten Sie das Department verklagen?"

„Wegen Polizeigewalt! Man hat mich aus meinem Zuhause gezerrt, vor den Medien gedemütigt, einer Leibesvisitation unterzogen und mich stundenlang wie einen gemeinen Kriminellen festgehalten!"

„Und was davon war brutal? Das sehe ich nicht."

Er starrte sie an, als hätte sie den Verstand verloren. Angesichts des wilden Ausdrucks in seinen Augen fragte sie sich, ob er möglicherweise gerade einen Nervenzusammenbruch hatte. „*Alles!*"

„Mr. Gillespie", erklärte Sam in ihrem herablassendsten Tonfall, „mir ist durchaus bewusst, dass es neu für Sie ist, ein Krimineller zu sein. Aber alles, was Ihnen widerfahren ist, gehört zur üblichen Prozedur. Wenn die ersten Worte aus dem Mund eines Verdächtigen ‚Ich will einen Anwalt' lauten, dann sind uns die Hände gebunden, bis dieser Anwalt auftaucht. Verdächtige, denen ein schweres Kapitalverbrechen vorgeworfen wird, müssen sich einer Leibesvisitation unterziehen. Und wir haben keinen Einfluss darauf, wo die Medienvertreter sich auf öffentlichen Grundstücken gerade aufhalten. Ich fürchte daher, Ihr Anwalt oder Ihre Anwältin, sofern er oder sie je hier auftaucht, wird mir recht geben müssen, dass es keine Klage in diesen Punkten geben wird. Er oder sie wird vielmehr besorgt über den Vorwurf der Beihilfe zu Mord und Entführung sein, und das sollten Sie auch."

„Ich wiederhole noch einmal, was ich schon dem Officer gesagt habe, der mich hier hereingeschleppt hat: Ich habe nichts mit irgendeinem Mord oder einer Entführung zu tun."

„Das können wir gern im Beisein Ihres Anwalts diskutieren, sobald er da ist. Haben Sie eine Ahnung, wann das sein wird?"

Wütend starrte Porter sie an. „Nein."

„Wurde Ihnen ein Anruf gestattet?"

„Ja, aber ich zog es vor, damit zu warten."

„Möchten Sie diesen Anruf vielleicht jetzt tätigen?"

„Ja, ich glaube schon. Ich kann mir nicht vorstellen, warum es so lange dauert."

Sam nickte Beckett zu, der den Raum verließ und kurz darauf mit einem Telefon zurückkehrte, das er in einen Wandanschluss einstöpselte. Er drückte die Lautsprechertaste, meldete ein externes Gespräch an und bedeutete Gillespie, dass er loslegen konnte.

Der schaute zu Sam. „Ich habe ein Recht auf Privatsphäre."
„Selbstverständlich haben Sie das. Wir warten draußen. Aber machen Sie es kurz."

Sam und Beckett gesellten sich zu Hill und Malone im Beobachtungsraum, von wo aus sie Porter dabei zusahen, wie er voller Zorn aus dem Gedächtnis die Nummer eintippte. Am anderen Ende klingelte und klingelte es, bis der Anrufbeantworter ertönte: „Hier ist der Anschluss von Colton Patterson. Ich kann Ihren Anruf momentan nicht entgegennehmen. Bitte hinterlassen Sie eine Nachricht, ich rufe Sie so bald wie möglich zurück. Danke und einen schönen Tag."

„Colton", sagte Porter mit hysterischem Unterton, „wo zur Hölle bleibt der Anwalt? Ich bin bereits seit Stunden hier! Schick endlich jemanden und sag ihm, er soll mir Wechselkleidung mitbringen. Cam kann sie besorgen. Beeil dich, ja?" Er drückte die Taste zum Beenden des Gesprächs.

Kurz darauf stöpselte Beckett den Apparat wieder aus und brachte ihn weg.

„Unglücklicherweise benötigen wir diesen Raum für andere Dinge", meinte Sam. „Deshalb bringen wir Sie in Kürze in eine Zelle im Stadtgefängnis."

„Ich muss hierbleiben? Über Nacht?"

„Bis Ihr Anwalt eintrifft, muss alles warten." Sie schaute auf ihre Uhr. „Da es schon acht Uhr abends und von Ihrem Anwalt nichts zu sehen ist, wird sich das wohl bis morgen hinziehen."

„Wann kann ich gehen?"

„Das kommt darauf an, wann der Anwalt aufkreuzt und ob der Richter eine Kaution festlegt. Ich warne Sie jedoch lieber gleich, dass das in Anbetracht der zu erwartenden Anklage unwahrscheinlich ist." Sam beobachtete, wie ihm allmählich dämmerte, dass ihm ein längerer Gefängnisaufenthalt blühte. „Officer Beckett wird Sie zu Ihrer Zelle bringen."

„Damit werden Sie nicht durchkommen", zischte Gillespie ihr entgegen, als sie sich zum Gehen wandte.

„Sie aber auch nicht", konterte Sam mit liebenswürdigem Lächeln, das ihr prompt heftige Schmerzen verursachte. Aber das war es wert, denn der arrogante Ausdruck auf seinem Gesicht wich nun nackter Angst.

„Mann, das hat Spaß gemacht", gestand sie Malone und Hill, als die beiden aus dem Beobachtungsraum kamen.

Hill lächelte. „Es geht doch nichts darüber, einem aufgeblasenen Arsch einen Dämpfer zu verpassen."

„Genau", pflichtete sie ihm bei. Zu Beckett sagte sie: „Geleiten Sie Gillespie und Smith in die Zelle, die Cruz für die Überwachung vorbereitet hat, und geben Sie mir Bescheid, sobald die beiden dort sind."

„Ja, Ma'am, Lieutenant."

Da ihr ein paar Minuten blieben, ging sie zurück zu ihrem Büro und hörte auf dem Weg dorthin ihre Mailbox ab. Cruz hatte eine Nachricht hinterlassen: „Sam, ich habe die Info, die du über Gibson wolltest. Ruf mich an, wenn du das abhörst." Sofort rief sie Freddie an. „Hey, was hast du für mich?", fragte sie, als er sich meldete.

„Hi." Ihr Kollege klang verschlafen und benommen, wie es häufig der Fall war, seit er mit Elin zusammenwohnte. Sam verdrehte die Augen. Er erklärte: „Ich habe mich wegen Gibson erkundigt. Das war gar nicht so einfach, wegen der Schweigepflicht und so. Aber ich bin hin und dachte, ich probiere mal, eine der Krankenschwestern mit meinem Charme herumzukriegen."

„Und natürlich ist sie schon bei deinem Anblick dahingeschmolzen."

„Natürlich."

Sam lachte. „Und?"

„Er wird durchkommen, da er nicht genug wovon auch immer genommen hat, um sich umzubringen. Die Schwester meinte, es sähe sehr nach dem üblichen Versuch aus, Aufmerksamkeit zu bekommen. Ich würde also sagen, es war richtig von dir, dich von ihm fernzuhalten. Andernfalls hättest du ihm genau das gegeben, was er wollte."

Während sie zuhörte, betrat sie ihr Büro. Nick saß am Schreibtisch, hatte die Füße hochgelegt, die Hände auf dem Bauch gefaltet, die Augen geschlossen. Sie fragte sich, ob er wohl schlief, doch im selben Moment machte er die Augen auf. Und als ihre Blicke sich trafen, war sofort jenes elektrisierende Knistern da. Zwischen ihnen hatte es stets diese verrückte Anziehung gegeben, gleich von der ersten Nacht an. Aber dies war ganz neu und noch verrückter als das, was sie schon gewohnt war.

Anscheinend fühlte er dieses neue Knistern auch, denn er nahm die Füße vom Tisch und setzte sich aufrecht hin. „Fertig?"

Sie schüttelte den Kopf. „Danke für die Info, Freddie. Ich bin dir wirklich dankbar, dass du das für mich getan hast."

„Kein Problem. Wie geht es Angela?"

„Großartig. Sie hat eine hinreißende kleine Tochter namens Ella zur Welt gebracht."

„Das ist fantastisch. Wie geht es dir?"

„Ganz gut", erwiderte sie, gerührt von seiner Sorge. „Wir sehen uns morgen früh." Sie steckte ihr Telefon ein, umrundete den Schreibtisch und lehnte sich dagegen, ihren Mann ansehend. „Cruz hat herausgefunden, dass Gibson seinen vorgetäuschten Selbstmordversuch überlebt hat. Die Krankenschwester sagte, es sei vermutlich nur um Aufmerksamkeit gegangen. Mit anderen Worten: typisch Peter."

„Fühlst du dich besser, nachdem du das jetzt weißt?"

Sie nickte. „Ich hoffe, du verstehst das. Ich habe Freddie bloß darum gebeten, sich zu erkundigen, weil ich wissen wollte, ob Peter noch lebt. Das war alles."

„Sam, Liebes, mir ist klar, dass du nichts für ihn empfindest. Wie könntest du auch, nachdem er dir so übel mitgespielt hat – uns beiden. Er hat uns sechs Jahre genommen, ganz zu schweigen von dem, was er dir genommen hat."

„Es hat mich irgendwie aus der Bahn geworfen, als ich erfuhr, dass er mich als nächste Angehörige genannt und mir einen Brief geschrieben hat."

„Das ist doch ganz normal. Alles andere wäre nicht menschlich und würde überhaupt nicht zu dir passen. Aber jetzt, wo du weißt, dass es seinem üblichen Verhalten entspricht, denk nicht mehr weiter darüber nach."

Sie nahm seine Hand und verschränkte ihre Finger mit seinen. „Mach ich nicht."

„Es ist schrecklich, dass so viele Dinge in deinem Leben dir Angst machen. Es ist mir ein Rätsel, wie du angesichts all dessen ausgeglichen und bei Verstand bleiben kannst."

„Bin ich ausgeglichen?"

„Sehr."

Als es an der Tür klopfte, ließ sie ihn los und wandte sich dem Türrahmen zu.

„Die beiden sind jetzt in ihrer Zelle, Lieutenant", verkündete Beckett.

„Danke, Beckett. Tut mir leid, dass Sie so lange auf diese stinkige Hose aufpassen mussten."

„Es war schon ziemlich abstoßend." Er verzog das Gesicht. Der junge Mann absolvierte gerade sein erstes Berufsjahr. „Ich hatte keine Ahnung, dass Pipi so übel riechen kann."

„Willkommen bei der Polizeiarbeit, bei der die widerwärtigen Gerüche niemals enden."

„Gut zu wissen", meinte Beckett lächelnd. „Bis morgen dann."

Sam schaute Nick an. „Fünf Minuten, Senator, danach gehöre ich ganz Ihnen."

„Beeil dich, viel Geduld habe ich nicht mehr. Es wird Zeit, dass du deine Strafe erhältst – dafür, dass du mich den ganzen Tag hast warten lassen, und für deine Vorstellung von komischen SMS. Ganz zu schweigen davon, dass ich stumm danebenstehen musste, während dich dein gar nicht so heimlicher Verehrer mit Komplimenten überhäuft."

Sam fiel die Kinnlade herunter, und sie schloss den Mund wieder, was einen so starken Schmerz auslöste, dass sie nach Luft schnappte. Verblüfft über das Spiel, das sie hier gerade spielten, verkniff sie sich den bissigen Kommentar, der ihr schon auf der Zunge lag. Im Weggehen war sie sich der Tatsache bewusst, dass er ihr hinterherschaute. Ihre vernünftige, feministische Seite warnte sie, ihn mit einer solchen Bemerkung nicht durchkommen zu lassen. Ihre andere Seite jedoch, die lächerlicherweise von diesem Spiel erregt war, erklärte der Vernunftseite, dass sie einfach still sein sollte. Letztlich konnte Sam nicht leugnen, dass sie äußerst neugierig darauf war, was in dieser Nacht noch geschehen würde.

Unten im Stadtgefängnis grüßte sie im Vorbeigehen den diensthabenden Sergeant.

„Ihre Jungs befinden sich in Zelle drei, Lieutenant", informierte er sie.

„Danke, Sarge."

Als sie sich der Zelle näherte, hörte sie Jerry und Porter miteinander flüstern, konnte die Worte allerdings nicht verstehen. Drinnen gab es zwei schmale Pritschen, ein kleines Waschbecken und eine Metalltoilette zwischen den Betten. Schon vom Flur aus konnte sie Porter riechen und musste würgen.

„Gentlemen", sagte sie und klatschte laut in die Hände, was die beiden zusammenzucken ließ. Sie liebte das. „Ich möchte Sie daran erinnern, dass Sie das Recht haben zu schweigen." Sie zeigte auf die Kameras in den Ecken unter der Decke. „Alles, was Sie sagen, kann und wird vor Gericht gegen Sie verwendet werden. Sie haben das Recht auf einen Anwalt. Falls Sie sich keinen leisten können, wird Ihnen ein Pflichtverteidiger zur Seite gestellt. Haben Sie Ihre Rechte in dieser Angelegenheit verstanden?"

Die beiden nickten mit finsteren Mienen.

„Sie müssen antworten: ‚Ja, ich kenne meine Rechte.'" Erneut deutete sie auf die Kameras.

„Ich kenne meine Rechte", sagten sie zugleich mit tonlosen Stimmen.

„Können Sie ihm nicht neue Klamotten geben?" Jerry wies mit dem Daumen auf den rotgesichtigen Porter. „Er stinkt erbärmlich."

„Ich glaube, man hat ihm einen Overall angeboten. Den hätten wir ihm sehr gern zur Verfügung gestellt, aber den wollte er nicht."

„Nimm ihn, du Idiot", fuhr Smith seinen Zellengenossen an. „Ich will nicht die ganze Nacht deine Pisse riechen."

„Jungs, Jungs", entgegnete Sam in mahnend herablassendem Ton. „Versucht doch, miteinander auszukommen."

„Ich nehme den Overall", zischte Porter mit zusammengebissenen Zähnen.

„Ich werde Ihnen einen bringen lassen."

„Ich muss mich hier umziehen?"

„Wo denn sonst?", erwiderte Sam. „Dies ist nicht der Country Club." Sie rief den Wärter und bat ihn, Wechselkleidung für Porter zu holen. „Ich komme morgen früh wieder", wandte sie sich an die Gefangenen. „Hoffentlich sind Ihre Anwälte bis dahin aufgetaucht, damit wir ein bisschen plaudern und Anklage erheben können. Ich kann mir nicht vorstellen, was die so lange aufhält." Sie zuckte mit den Schultern, als hätte das keine weitere Bedeutung für sie, was auch stimmte.

Die zwei hatten eine lange harte Nacht vor sich. Mit etwas

Glück würden sie noch vor Sonnenaufgang begreifen, dass die Pattersons sie fallen gelassen hatten.

„Schlaft gut", verabschiedete Sam sich.

Sie musste grinsen, als Jerry murmelte: „Leck mich."

„Du mich auch, mörderischer Mistkerl", flüsterte sie vor sich hin, während sie bereits die Treppenstufen zum Kommissariat hinaufstieg. „Gehen wir", sagte sie zu Nick, der beim Klang ihrer Stimme hochschreckte.

Zu wissen, dass er es eilig hatte, nach Hause zu kommen, sandte ihr einen sinnlichen Schauer über den Rücken. Sam schloss ihre Bürotür ab und ging mit ihrem Mann hinaus in die schwüle Nacht.

23. Kapitel

Sam wusste, dass sie ernstlich in Schwierigkeiten steckte, als Nick, der Ordnungsfreak, völlig untypisch sein Jackett schwungvoll aufs Sofa warf. Das machte sie sprachlos. Sachen auf die Couch zu werfen, das war ihre Macke, nicht seine.

Und er verblüffte sie weiter, indem er ihre Bluse aufknöpfte, sie von ihren Schultern streifte und auf den Boden fallen ließ.

„Wer bist du, und was hast du mit meinem ordnungsfanatischen Mann gemacht?"

„Sei still und tu, was man dir befiehlt."

Du liebe Zeit... Da er heute Abend in eine ganz neue Rolle schlüpfte, beschloss sie, sich einfach darauf einzulassen. Schließlich war sie gespannt darauf, wohin sie beide das führen würde. Natürlich hatte sie nicht die Absicht, es zur Gewohnheit werden zu lassen, sich von ihm herumkommandieren zu lassen. Doch diese noch unbekannte Seite ihres sexy Ehemannes faszinierte sie sehr. Sie hätte ihm das gar nicht zugetraut und hatte ihn in dieser Hinsicht, wie ihr jetzt klar wurde, grob unterschätzt.

Er führte sie zur Treppe und kickte unterwegs seine Schuhe fort, auf eine Weise, die Sam erregte. Als er ihren BH wie aus dem Lehrbuch für Highschool-Schüler aufhakte, richteten sich prompt ihre Brustwarzen auf.

Ihr Slip und seine Unterwäsche folgten, und irgendwie landete ihr BH auf dem unteren Treppenpfosten.

„Hoch." Er deutete auf die Treppe. „Jetzt."

Sam fürchtete sich fast davor, ihm den Rücken zuzukehren. Ihr Po kribbelte angesichts der Möglichkeit, dass Nick auf dem Weg nach oben schon zur Sache kam. Zögernd betrat sie die erste Stufe, dann die zweite. Darauf zu warten, was er tun würde, war fast so aufregend, wie zu wissen, was sie oben erwartete.

Beim Hinaufgehen fühlten sich ihre Beine schwer und unbeholfen an. In jeder Sekunde war sie sich sehr bewusst, dass er direkt hinter ihr war und sie betrachtete, ohne sie jedoch zu berühren. Sie hegte keinerlei Zweifel daran, dass er den Anblick zutiefst genoss. Plötzlich kriegte sie einen trockenen Mund und feuchte Hände, während ihr Kitzler pochte und sie feucht zwischen den Beinen wurde. Nie zuvor war sie so scharf gewesen, und dabei hatte er sie nicht einmal angefasst! Noch nicht.

Im ersten Stock angelangt, sagte er: „Geh weiter."

Er wollte zu ihrem besonderen Ort im Dachgeschoss, den er zur Erinnerung an ihr Flitterwochenparadies auf Bora Bora geschaffen hatte. Dass er es dort tun wollte, steigerte die sinnliche Vorfreude zusätzlich, und in dieser Stimmung ging sie zum Dachboden hinauf. Es kam ihr aufregend sündig vor, nackt durchs Haus zu laufen und dabei zu wissen, dass er hinter ihr ebenfalls nackt war.

Im Dachgeschoss duftete es dank der Kerzen, die er gekauft hatte, nach Strand. Sofort fühlte sie sich in jene glücklichen Tage und Nächte ihrer Hochzeitsreise zurückversetzt.

Nick lief an ihr vorbei, um die Rückenlehne des Doppelliegestuhls, der exakt dem glich, den sie auf Bora Bora gehabt hatten, herunterzustellen. „Leg dich hin", wies er sie an. „Auf den Bauch."

Während sie seinen Blick fast spüren konnte, streckte Sam sich mit dem Gesicht nach unten auf der Liege aus und bettete ihre unverletzte Wange auf das Kissen.

„Bequem?", erkundigte er sich.

„Ich denke schon …" Sam war nervös und verlegen und mehr als scharf und noch alles Mögliche, das sie nicht zu benennen vermochte. Hinter sich hörte sie ihn hantieren, nahm wahr, wie er Kerzen anzündete und ihre Lieblingsmusik von der Insel anstellte.

„Tut deine Wange weh?"

„Nein."

„Sagst du mir, wenn sie anfängt zu schmerzen?"

Sie hatte den Verdacht, dass ihr Gesicht in ein paar Minuten ihre geringste Sorge sein würde. „Ja."

Der Liegestuhl gab unter seinem Gewicht ein wenig nach, als er sich zu ihr legte. Sie wollte den Kopf heben, um zu sehen, was er tat, doch er stoppte sie. „Nicht bewegen. Schließ deine Augen und vertrau mir."

Da es niemanden gab, dem sie mehr vertraute, erfüllte sie seine Bitte, obwohl jede Faser ihres Körpers vor sinnlicher Vorfreude und Lust vibrierte.

Seine warmen Hände glitten über ihren Rücken, während ein neuer Duft ihre Sinne betörte: Zedern, Gewürz und Blumen. Sie konnte es nicht einordnen. Massageöl, dachte sie, als er damit begann, ihren verspannten Nacken und die Schultern zu massieren, ehe er sich von dort langsam ihren Rücken hinunterbewegte. Die Erkenntnis, dass er sich über die Gestaltung dieses Abends offenbar einige Gedanken gemacht hatte, steigerte ihr Verlangen in nie da gewesenem Ausmaß.

Nach langem Schweigen, in dem Sam ihn am liebsten direkt gefragt hätte, was genau er eigentlich vorhatte, erklärte er: „Ich bin verärgert über dich."

Sein spielerischer Ton verriet ihr, dass er alles andere als verärgert war. „Was habe ich denn diesmal verbrochen?"

„Ich habe eine lange Liste von Vergehen und beabsichtige, dich für jedes einzelne zu bestrafen."

„Tatsächlich?" Sam spielte mit, und die magische Wirkung seiner Finger auf ihrer Haut brachte sie beinahe zum Schnurren. Wo hatte er diese umwerfende Fähigkeit in den letzten Monaten bloß versteckt?

„O ja. Beginnen wir mit deinem Freund Avery Hill, der dich anschaut, als wollte er dich auf der Stelle mit nach Hause nehmen, um dich an sein Bett zu fesseln und dich tagelang gefangen zu halten." Der Klaps auf ihren Po erfolgte schnell und hart; es war ein Schock und gleichzeitig unglaublich erregend.

Sam sog scharf die Luft ein und biss sich auf die Unterlippe, um nicht laut zu schreien. Hitze strahlte von der Stelle aus, an der seine Hand sie getroffen hatte, und die reinste Flut neuer Feuchtigkeit veranlasste sie, die Beine zusammenzupressen. Als könnte sie damit irgendetwas verhindern.

„Es ist mir völlig egal, wie der mich ansieht." Der nächste Klaps traf ihre andere Seite vom Hintern, gefolgt von einem weiteren Klaps auf die erste Stelle, die jetzt brannte und kribbelte. Nick rieb beide Pobacken mit Massageöl ein, was zwar das Brennen linderte, keinesfalls aber die Begierde.

Die Mühe, die es sie kostete, sich nicht zu bewegen und den Anschein zu erwecken, seine Liebkosung würde keine Reaktion bei ihr auslösen, brachte sie dazu, sich ein wenig zu winden. Ihre Brustwarzen rieben über den rauen Leinenstoff des Liegestuhls. Würde Nick jetzt auch nur auf ihren Kitzler pusten, würde sie explodieren wie ein Feuerwerkskörper. Es war, als würde sie schweben, als er sich erneut ihren Schultern widmete und seine Hände an ihr abwärts wandern ließ. Diesmal schenkte er ihrem Po besondere Aufmerksamkeit. Seine Finger glitten zwischen ihre Backen, und er verteilte das Öl. Als er mit dem Finger in sie eindrang, musste sie nach Luft schnappen.

„Und nun lass uns über die SMS reden, die du mir geschickt hast und die mir heute fast einen Herzanfall beschert hat." Ein weiterer Klaps folgte, härter als die vorangegangenen.

Sam hätte gelacht, wenn sie nicht so auf ihre Atmung konzentriert gewesen wäre.

„Ich bin außerdem nicht glücklich über die Tatsache, dass

du mir wieder einmal Dinge vorenthältst." Mit der freien Hand auf ihrem Hintern tauchte er mit dem Finger tiefer in sie ein.

„Welche Dinge?" Ihre Stimme klang piepsig, da sich ein Orgasmus epischen Ausmaßes anbahnte. Das ungewohnte Gefühl seines Fingers in ihrem Po brachte Sam um den Verstand. Sie hatte nicht geahnt, dass ihr das so gut gefallen würde. Sie hatte nicht geahnt, dass ihr irgendetwas von alldem so gut gefallen würde.

„Na, dass du das magst." Er gab ihr einen Klaps auf die andere Backe. „Und dies." Er glitt mit den Finger heraus, nur um ihn gleich darauf wieder in sie zu schieben.

Sam kam heftiger denn je, dabei hatte er nicht einmal den Punkt berührt, der normalerweise nach seiner Aufmerksamkeit verlangte. Von Empfindungen überwältigt, schrie sie auf. Etwas Vergleichbares hatte sie noch nicht erlebt. Ohne die Hand von ihr zu nehmen, zog er sie auf die Knie und drang nun auch mit dem Schwanz in sie ein.

Wegen dieses doppelten Anschlags auf ihre Sinne und dem süßen Schmerz, den Nick verursachte, stieß Sam einen Lustschrei aus. Hatte sie sich je zuvor so vollkommen ausgefüllt gefühlt? Sie konnte sich jedenfalls nicht erinnern. Anscheinend hatte diese neue Phase ihres Sexlebens jedoch eine ähnlich überwältigende Wirkung auf ihn. Dieser Gedanke ließ sie unmittelbar auf den nächsten Orgasmus zusteuern, während er die Bewegungen seines Fingers und seines Schwanzes geschickt koordinierte, sodass stets ein Teil von ihm ganz in ihr war, hart und tief.

Als er nach vorn griff, um ihren Kitzler zu liebkosen, kam sie erneut, länger und heftiger als beim letzten Mal. Sie schrie ihre Erregung heraus, während er in sie stieß und mit einem heiseren Laut ebenfalls zum Höhepunkt gelangte. Noch lange nachdem sie auf den Liegestuhl gesunken waren, blieb er in ihr, während sie den Nachwirkungen der zwei erstaunlichsten Orgasmen ihres Lebens nachspürte.

„Wow", sagte er. „Wer hätte das gedacht?"

Sam lachte benommen, während er sich nun ganz aus ihr zurückzog und sie auf die Schulter küsste, ehe er ins Badezimmer ging. Mit dem Gesicht nach unten blieb sie liegen. Sie war in etwa genauso außer Atem wie nach der Verfolgung eines Verdächtigen. Nick hatte sie zu etwas verführt, das sie nicht zu träumen gewagt hätte. Und sie hatte jede Minute genossen. Wahrscheinlich, weil sie ihn so sehr liebte.

Als eine Frau, die stolz darauf war, hart und kompromisslos zu sein, sollte sie sich eigentlich dafür schämen, sich von ihm komplett dominieren zu lassen. Doch das tat sie nicht. Es hatte ihr gefallen, und sie würde nicht so tun, als ob das anders gewesen wäre. Nick verstand die Regeln ihres Spiels genau, ohne dass sie ihm groß erklären musste, dass sie ein derartiges Verhalten anderswo nie und nimmer tolerieren würde.

Er kehrte zu ihr zurück und legte sich neben sie auf den Liegestuhl.

Sam kuschelte sich an ihn, schmiegte sich an seine Brust und lauschte dem Pochen seines Herzens, das noch genauso heftig schlug wie ihres. „Und?", fragte er nach einer Weile zufriedenen Schweigens.

„Und was?"

„Wie fandest du es?"

Sie lachte – laut. „Zwei schreiende Orgasmen sagen nicht alles?"

Er küsste sie auf den Kopf. „Die haben mir zumindest eine ganz gute Vorstellung davon vermittelt. Trotzdem wüsste ich gern, was du denkst."

„Mir war nicht klar, dass es mir gefallen würde", gestand sie.

„Ich wusste auch nicht, ob es mir gefallen würde."

„Aber das hat es?"

„O ja. Es war unbeschreiblich aufregend, zuzuschauen, wie mein Finger in dich eindringt, während deine Backen immer roter wurden." Er ließ seine Hand über ihren Rücken gleiten und liebkoste ihren Po. „Es hat nicht wirklich wehgetan, oder?"

„Es brannte, doch das fühlte sich aufregend an."

„Ich habe mir ein bisschen Sorgen gemacht, ich könnte die Kontrolle verlieren und dir wehtun. Ich war so erregt. In meinem ganzen Leben war ich nicht so erregt."

„Ich auch nicht." Sie hob den Kopf, damit sie sein Gesicht im Kerzenschein sehen konnte. „Ich hätte das mit niemandem außer mit dir tun können. Ich hoffe, du weißt das."

„Baby, glaub mir, das weiß ich. Falls du dir jemals etwas wünschst, sagst du es mir hoffentlich. Ich will nicht, dass es dir jemals peinlich ist, mich um irgendetwas zu bitten."

„Ich mochte, was du mit deinem Finger gemacht hast", sagte sie, jetzt doch ein wenig verlegen. „Ich hätte nichts gegen mehr davon."

Er schluckte, und sein Adamsapfel hüpfte. „Wie viel mehr?"

Sie ließ ihre Hand über seinen Bauch wandern und umfasste seine neu erwachende Erektion. „So viel, wie du mir geben kannst." Sie massierte ihn, um ihren Worten Nachdruck zu verleihen.

Nick stieß die Luft aus. „Hast du das schon mal gemacht?"

Sie schüttelte den Kopf. „Du?"

Sein Schulterzucken war Antwort genug. Er sprach nur selten über die anderen Frauen, mit denen er zusammen gewesen war. Zu gern hätte Sam Details erfahren, die er allerdings natürlich nicht mit ihr teilen wollte.

Was spielte es für eine Rolle? Er gehörte jetzt ihr, und sie hatte die Absicht, dafür zu sorgen, dass er nie mehr eine andere begehrte. Mit diesem Gedanken richtete sie sich auf, setzte sich rittlings auf ihn und nahm ihn tief in sich auf.

Nick stöhnte lustvoll auf. Er streichelte ihre Brüste und drehte die Brustwarzen zwischen Daumen und Zeigefinger, während sie ihn in schnellem Tempo ritt. Wenig später erreichte sie einen weiteren heftigen Höhepunkt, der ihr die restliche Kraft raubte. Erschöpft sank sie auf ihn herab.

Er schloss seine starken Arme um sie. „Ich muss mich waschen und die Kleidungsstücke einsammeln, die wir unten liegen gelassen haben."

„Nein, musst du nicht!", erwiderte sie lachend.

„Ich kann nicht schlafen, wenn die Sachen die ganze Nacht da herumliegen."

„Versuch es. Ich habe mich nur für dich auch ganz und gar nicht meinem Charakter entsprechend verhalten. Es ist an der Zeit, dass du dich dafür revanchierst."

Er grinste. „Ich liebe dich, Samantha Cappuano."

Sam, die nie vorgehabt hatte, ihren Namen für irgendeinen Mann zu ändern, liebte den Klang ihres neuen Nachnamens aus seinem Mund. „Ich liebe dich auch."

Sams erster Halt am nächsten Morgen galt dem Stadtgefängnis. Ihre zwei Gefangenen sahen aus, als hätten sie nachts kein Auge zugemacht. Blöderweise für die beiden hatte Sam geschlafen wie ein Baby, weshalb sie sich jetzt, nach dem besten Sex ihres Lebens, energiegeladen und kampfbereit fühlte. Sie und Nick hatten auf dem Dachboden übernachtet und sich ziemlich erstaunlichem Morgensex hingegeben. Wer auch immer gesagt hatte, die Ehe sei langweilig, kannte ihren unersättlichen Ehemann nicht.

„Guten Morgen", begrüßte sie die beiden Männer, ohne im Geringsten ihre gute Laune zu verbergen. „Ich hoffe, Sie haben gut geschlafen. Haben Sie schon Ihr Frühstück erhalten?"

„Wenn man es so nennen kann", murrte Porter, in dem Gefängnis-Orange sichtlich seines Selbstbewusstseins beraubt.

Offenbar entsprach auch die Gefängniskost nicht seinem üblichen Standard. Was für eine Überraschung. Sein dunkles Haar war zerwühlt, sein Gesicht unrasiert. Zwar stank es in der Zelle nicht mehr wie am gestrigen Abend, doch der Geruch nach Urin war nicht komplett verflogen. Sam fiel auf, dass Porter mit dem Verschwinden seiner glatten Fassade auch seinen Mut verloren hatte.

„Wir haben bisher nichts von Ihren Anwälten gehört", erklärte sie und verschwieg dabei, dass sie zu ihrer Freude erfahren hatte, dass sie auch in dieser Hinsicht richtiggelegen hatte. In diesem Fall hatte sie öfter als üblich recht behalten. Und es gefiel ihr, recht zu haben. Der Tag war allein durch die Neuigkeit bereits gerettet, dass die Kollegen von der Spurensicherung blutige Kleidung in Jerrys Hotelzimmer gefunden hatten. Wie dumm war dieser Mensch? Es bewies, dass er niemals damit gerechnet hatte, überführt zu werden. Er hatte eben nicht mit Sam gerechnet. „Gibt es sonst noch jemanden, den wir für Sie anrufen sollen?"

Die beiden tauschten nervöse Blicke.

„Wir sind nicht von hier", erklärte Porter. „Wir müssen in Ohio anrufen und Leute von dort herbitten."

„Ich könnte Ihnen einen Pflichtverteidiger besorgen, falls Geld ein Problem darstellt", bot Sam an.

„Tut es nicht", fuhr Porter sie an. „Wir können unsere eigenen Anwälte bezahlen."

„Sprich für dich, Arschloch. Christian und Colton werden mir jemanden schicken. Ich warte."

Porter sah Jerry düster an. „Die werden dir überhaupt keinen schicken."

Sam war froh. Wenigstens einer der beiden hatte begriffen, dass sie auf sich gestellt waren und keinerlei Hilfe aus dem Patterson-Lager zu erwarten war. Jerry gab die Hoffnung jedoch nicht auf.

„Kann ich jemanden in Ohio anrufen?", fragte Porter. „Der wird wissen, wen ich hier verständigen soll."

Sam reichte ihm ein Notizbuch und einen Stift durch die Gitterstäbe. „Geben Sie mir die Nummer, wir rufen für Sie an." Sie beobachtete, wie er darüber nachdachte. Offenbar stand er wieder kurz davor, seine Rechte zu erwähnen, verzichtete dann aber schlauerweise darauf. Laut Aussage der Officer, die die Zelle per Kamera überwacht hatten, war im Lauf der Nacht nicht viel zwischen den beiden gesprochen worden. Schade, dachte Sam. Es wäre ganz nett und angenehm gewesen, hätten die zwei sich ein paar Dinge anvertraut.

Aber da hatten sie kein Glück gehabt. Es ärgerte Sam zwar, dass sie möglicherweise keinen der Pattersons für den Mord an Victoria belangen konnten, doch zumindest hatten sie den Kerl, der sie umgebracht hatte, und noch dazu seinen Komplizen.

Porter gab ihr das Notizbuch zurück. „Ich habe die Nummer nicht im Kopf, aber ich habe Ihnen seinen Namen und die Adresse aufgeschrieben."

„Ich werde anrufen und Sie wissen lassen, was er gesagt hat." Dann fügte sie hinzu: „Sollte einer von Ihnen bereit sein, mit uns ohne die Anwesenheit eines Anwalts zu sprechen, werden wir Ihnen gern zuhören."

Erneut tauschten die beiden einen Blick.

„Was wollen Sie denn wissen?", erkundigte Jerry sich.

„Die Wahrheit", erwiderte Sam schulterzuckend. „Wir wollen wissen, warum Victoria nahe der Nelson-Regierung platziert wurde. Wir wollen wissen, wer hinter dieser Sache steckt. Wir wollen wissen, wer die Befehle gab, wer die Fäden zog, die Rechnungen bezahlte. Wir wollen alles wissen."

„Im Gegenzug wofür?", fragte Porter.

„Das hängt davon ab, was Sie uns zu bieten haben."

Die beiden Männer standen mit verschränkten Armen und

störrischen Mienen da, während sie sich Sams Worte durch den Kopf gehen ließen.

„Ich werde Sie in Ruhe darüber nachdenken lassen", sagte sie und winkte ihnen munter zu, als sie sich zum Gehen wandte.

„Und was sollen wir in der Zwischenzeit machen?", fragte Jerry.

„Ausruhen und entspannen." Sam schenkte ihnen ein heiteres Lächeln und verließ das Gefängnis.

Gonzo kam ihr im Kommissariat entgegen. „Derek Kavanaugh wartet in deinem Büro und will dir etwas zeigen. Er sieht aus, als hätte er geweint."

„Shit", murmelte sie und hoffte, dass ihre gute Stimmung nicht leiden musste. Sie betrat ihr Büro und schloss die Tür hinter sich. Derek saß im Besuchersessel, hatte die Ellbogen auf die Knie gestützt und ließ den Kopf hängen – ein Bild des Elends. „Derek?"

Er sah mit von Kummer gezeichnetem Gesicht auf.

„Was ist los? Was ist passiert?"

„Sie hat mich geliebt", erklärte er leise. „Es war echt. Unsere Beziehung war echt."

Erleichtert, neugierig und sofort alarmiert, lehnte Sam sich gegen den Schreibtisch. „Woher weißt du das?"

Er gab ihr einen großen weißen Umschlag mit einem gedruckten Aufkleber, auf dem Dereks Name und die Adresse seiner Eltern stand. Einen Absender gab es nicht. Auf dem Kuvert fanden sich sonst keine weiteren Informationen.

„Das kam heute Morgen via Einschreiben bei meinen Eltern an", meinte er. „Sie hat das arrangiert, für den Fall, dass ihr etwas zustößt. Darin steht die ganze Geschichte mit einer notariell beglaubigten Aussage unter ihrem offiziellen Namen. Es kann also als Beweis vor Gericht dienen. Zudem liegt eine Nachricht von einem Anwalt bei, in der er darüber informiert, dass diese Dokumente aus einem Postfach geholt werden mussten und es deshalb einige Tage dauerte, ehe sie mir zugestellt werden konnten. Er schreibt weiter, er sei bereit, unter Eid zu bezeugen, dass er Victoria in dieser Angelegenheit vertreten hat."

„Heiliger Strohsack", flüsterte Sam, während sie den in Victorias Handschrift verfassten Brief las, in dem sie ihre tiefe Betrübnis darüber zum Ausdruck brachte, Teil eines Komplotts gewesen zu sein, aus dem sie für sich kein Entkommen mehr gesehen hatte. Sam las schnell und gierig jedes Detail darüber, wie Valerie Tafts Vater George als Arnies Stellvertreter bei der Patterson-Finanzgruppe gearbeitet hatte. Ein paar Tage nach seiner plötzlichen Kündigung waren er und seine Frau bei einem Feuer in ihrem Haus umgekommen.

Die Behörden hatten Brandstiftung vermutet, jedoch nichts beweisen können. Valerie, die auf der Highschool mit Colton Patterson zusammen gewesen war, hatte nach dem College in Pennsylvania gearbeitet, als ihre Eltern gestorben waren. Am Boden zerstört, war sie nach Defiance zurückgekehrt. Die Pattersons hatten sie aufgenommen, sie wie ein Familienmitglied behandelt und ihr Trost gespendet.

In dem Schreiben berichtete sie ausführlich von dem Treffen mit dem Anwalt ihres Vaters, der zu dem Zeitpunkt einen massiven Betrug innerhalb des Patterson-Imperiums aufgedeckt hatte. Deshalb war er aus dem Unternehmen ausgeschieden, das letztlich wie ein Schneeballsystem funktioniert hatte, ein Kartenhaus, das jederzeit zusammenbrechen konnte. George hatte alles aufgeschrieben, was er wusste, und die Informationen einen Tag vor dem Brand an seinen Anwalt weitergegeben, um sich dann an den Staatsanwalt zu wenden. Doch dazu war es nicht mehr gekommen. Victoria schrieb weiter, dass der Anwalt ihres Vaters vermutet hatte, George wäre von Patterson getötet worden, damit er seine Entdeckung nicht ausplauderte. Schockiert und entsetzt darüber, dass Menschen, die für sie wie eine Familie gewesen waren, womöglich für den Tod ihrer Eltern verantwortlich waren, hatte sie den fatalen Fehler begangen, Arnie Patterson mit ihrem Wissen zu konfrontieren.

Der freundliche Anwalt war am darauffolgenden Tag tot aufgefunden worden, sein Büro hatte man niedergebrannt. Dadurch hatte Valerie sämtliche Unterlagen verloren, die ihr Vater mühsam zusammengetragen hatte, um den Betrug zu beweisen. Arnie hatte sie buchstäblich zu seiner Gefangenen in seinem Haus gemacht. Er hatte sich geweigert, sie gehen oder Kontakt zu irgendwem aufnehmen zu lassen. Nach zwei Wochen der Isolation hatten Patterson und seine Söhne ihr ein Ultimatum gestellt – entweder machte sie bei deren Plan mit, Zugang zum engsten Kreis der Nelson-Regierung zu erhalten, oder sie würden den Betrug bei Patterson Financial ihrem Vater anhängen.

Sie hatten ihr klargemacht, dass sie nicht davor zurückschrecken würden, seinen guten Ruf zu ruinieren – und ihren dazu –, falls sie ihnen nicht ein Jahr ihres Lebens opfern und exakt das tun würde, was man von ihr verlangte. Das Einzige, wovon die Pattersons noch mehr besaßen als Geld, war Ehrgeiz.

Einmal hörte ich Arnie bei einer Dinnerparty etwas sagen, schrieb Victoria. *Selbst wenn er, um Präsident zu werden, nie mehr Sex haben dürfte, würde er sich für das Amt entscheiden, da Macht das Aufregendste auf Erden sei.*

Als Gefangene der Pattersons hatte sie damals eingewilligt, mitzumachen, in der Hoffnung, irgendeinen Ausweg zu finden, sobald sie erst einmal aus dem Haus raus war.

Verblüfft von dem, was sie da las und zu verarbeiten versuchte, schaute Sam Derek an, der vor sich hin starrte.

„Lies weiter", forderte er sie auf. „Es kommt noch besser."

Valerie – inzwischen bekannt als Victoria Taft – hatte den ersten Vorgeschmack darauf bekommen, dass nichts war, wie es schien, als sie gesehen hatte, welchen Aufwand die Pattersons betrieben hatten, um ihr eine neue Identität zu verschaffen. Offenbar waren das Komplott und ihre neue Identität von langer Hand vorbereitet worden. Alles war ganz genau geplant gewesen, bis hin zu dem Moment, in dem sie Arnie mit dem konfrontiert hatte, was sie durch ihren Anwalt erfahren hatte. All das hatte bereits zu dem großen Plan gehört, dessen Tragweite sie nicht zu erfassen vermochte.

Um ihr Leben fürchtend, hatte sie getan, was von ihr verlangt worden war, und hatte sich im Fitnessklub mit Derek angefreundet. Sie hatte ein Katz-und-Maus-Spiel begonnen, das darin gegipfelt hatte, dass er sie über einen Monat später um ein Date gebeten hatte. *Du hast viel länger gebraucht, als sie erwartet hatten, mein Liebster,* schrieb Victoria.

Sam las weiter.

Wir hatten die Hoffnung schon aufgegeben, als Du mich endlich doch noch fragtest. Es ist mir unendlich wichtig, dass Du eins weißt: Auch wenn wir uns unter den schlimmstmöglichen Umständen kennengelernt haben, war für mich alles mit Dir echt – der Zauber, die Feuerwerke, das Knistern. Von der ersten Nacht an, die wir zusammen verbracht haben, war das, was ich über meine Gefühle für Dich und später für unsere wundervolle Tochter gesagt habe, wahr. Ich habe Dich geliebt. Und ich habe Maeve geliebt. Ich habe unser gemeinsames Leben sehr geliebt, deshalb bin ich auch nach dem Jahr, das ich denen versprochen hatte, bei Dir geblieben. Aber dann merkte ich, dass sie gar nicht die Absicht hatten, mich jemals gehen zu lassen, ehe Arnie nicht im Weißen Haus war. Danach wollten sie mich vermutlich auch beseitigen.

Ich habe wirklich versucht, mich von ihnen zu befreien. Es war ein Pakt mit dem Teufel – und seinen

Söhnen –, auf den ich mich eingelassen hatte. Ich begriff, wie tief ich in dieser Sache drinsteckte, als meine Sicherheitsüberprüfung nach unserer Hochzeit nichts ergab. Dabei hatte ich gehofft, dass der Officer die Wahrheit aufdecken würde. Doch selbst den haben sie aus dem Weg geräumt.

Wenn Du diesen Brief erhältst, sind meine schlimmsten Ängste wahr geworden, und unser gemeinsames Leben ist vorbei. Du sollst wissen, dass ich ihnen, nachdem ich mich in Dich verliebt hatte, keine wichtigen Informationen mehr gegeben habe, die sie gegen Dich oder den Präsidenten, dem Du treu dienst, einsetzen könnten. Mit Dir unterhielt ich mich bewusst nicht mehr über Deine Arbeit oder lenkte bei unseren Gesprächen von diesem Thema ab, damit Du nicht unbeabsichtigt etwas sagen würdest, was ich möglicherweise gegen Dich oder den Präsidenten hätte verwenden können. Wenn ich nichts weiß, kann ich auch nichts verraten, dachte ich. Selbst wenn sie mich foltern würden. Aber weil ich nichts mehr weitergab, ärgerten sie sich.

Nach der Geburt unserer wunderschönen kleinen Tochter wurden sie wütend wie nie. Das gehörte nicht zum Plan, und deshalb versuchten sie, mich zu einer Abtreibung zu zwingen. Ich weigerte mich, und sie drohten mir, Dir und dem Baby. Die ganze Zeit hatte ich Angst. Ich wollte Dir so gern erzählen, was da passierte, doch ich fürchtete mich mehr davor, Dich zu verlieren, sobald Du die Wahrheit wüsstest, als davor, was die Pattersons mir vielleicht antun würden. Wenn Du den GPS-Chip entdeckt hast, den ich unserem Baby habe implantieren lassen, verstehst Du wenigstens, warum ich es getan habe. Seit ihrer Geburt drohten sie mir damit, mir Maeve wegzunehmen. Und ich würde alles tun, um sie zu beschützen.

Wenn ich tot bin, sag der Polizei, sie soll mit Jerry Smith reden. Er ist derjenige, den sie jedes Mal schickten, um mich an meine Verpflichtungen gegenüber den Pattersons zu „erinnern" und daran, dass sie den Ruf meines Vaters ruinieren würden, sollte ich nicht kooperieren. Colton und Christian fädelten die Sache mithilfe ihrer Assistenten Porter Gillespie und Jonathan Thayer ein. Arnie hielt sich geflissentlich von der Drecksarbeit fern, wusste jedoch Bescheid. Sollte ich tot sein, hat einer von ihnen den Befehl dazu gegeben, und sie alle wussten davon. Sag den Cops, dass sie sich Patterson Financial genau ansehen sollen. Da ist was faul, und mein Dad besaß die Dokumente, um es zu beweisen. Die Wahrheit könnte ans Licht kommen, wenn man die richtigen Fragen stellt.

Sam sah Derek an. „Victoria hat uns hier etwas geliefert, was wir noch nicht hatten – den Beweis für die direkte Verbindung zwischen ihrer Rolle in dieser Sache und den Pattersons." Sie ging zur Tür und rief Agent Hill herein.

Als er ihr Büro betrat, bat sie ihn, die Tür hinter sich zu schließen, und gab ihm die ersten zwei Seiten von Victorias Brief.

Sam las die letzte Seite.

Mir fehlen die Worte, um mich bei Dir dafür zu entschuldigen, was ich Dir angetan habe, mein Liebster. Die Zeit, die wir miteinander verbracht haben, zu zweit und mit unserer Tochter, war die schönste meines ganzen Lebens. Ich habe viel zu bereuen, doch nichts, was Dich oder unsere gemeinsame Zeit angeht. Ich liebe Dich von ganzem Herzen, und ich werde über Dich und unseren Schatz Maeve wachen. Ich wünsche Dir Liebe und Erfolg und alle guten Dinge, die das Leben zu bieten hat. Bitte sei

*nicht verbittert. Sei bereit für eine neue Liebe, ich gebe Dir meinen Segen und wünsche Dir alles Glück dieser Welt. Ich hoffe, Du kannst mir verzeihen und mich irgendwie in liebevoller Erinnerung behalten.
Für immer dein,
Vic*

Nachdem Avery die ersten beiden Seiten durchgegangen war, nahm er die dritte von Sam entgegen. Danach studierte er das beigefügte beglaubigte Dokument und erklärte schließlich: „Ich werde Haftbefehle für Arnie, Christian und Colton Patterson beantragen sowie für Jonathan Thayer. Wir haben sie."

„Dank Victoria", meinte Sam und schaute dabei zu Derek.

„Ja", sagte er und wischte sich die Tränen aus den Augen. „Dank Victoria."

Epilog

Avery packte in seinem Hotelzimmer in Washington und träumte von Jamaika, als sein Handy klingelte. Er kannte die auf dem Display angezeigte örtliche Nummer nicht. „Hill."

„Agent Hill, hier spricht Marcella, Direktor Hamiltons Sekretärin. Er würde Sie gern in einer Stunde im Hauptquartier sprechen. Können Sie bis dahin dort sein?"

Avery war sprachlos. Eine Vorladung vom Direktor hatte es noch nie gegeben. Er war ein paarmal mit ihm im selben Raum gewesen, hatte jedoch nie persönlich mit ihm gesprochen. In Gedanken ging er rasch die vergangenen Wochen durch und überlegte, ob er Mist gebaut oder irgendetwas vermasselt hatte. Aber hätte er dann nicht längst durch seinen eigenen Abteilungsleiter davon hören müssen?

Das FBI hatte nach den Patterson-Verhaftungen gute Presse bekommen. Die Medien konnten sich noch immer nicht beruhigen angesichts der Tatsache, dass beinah ein verlogener, betrügerischer und mordender Mistkerl zum Präsidenten gewählt worden wäre. Es konnte nichts damit zu tun haben, dass er bei den Verhaftungen einen Fehler gemacht hatte, oder? Mit seiner Sorgfalt und seiner Aufmerksamkeit für jedes Detail hatte er mögliche Fehlerquellen dabei ausgeschaltet. Das konnte es also nicht sein.

„Agent Hill?", fragte die Sekretärin und riss ihn aus seinen Überlegungen.

„Ja, selbstverständlich. Ich werde da sein."

„Danke. Bis dann also."

Er eilte unter die Dusche und schnappte sich auf dem Weg

dorthin seinen Rasierer. Fünfundvierzig Minuten später entstieg er der Metro am Federal Triangle und ging zu Fuß durch die schwüle Hitze zum Hauptsitz des FBI in der Pennsylvania Avenue. Zwei Minuten vor dem Termin erreichte er die Büroräume des Direktors, daher nahm er sich einen Moment, um sich den Schweiß aus dem Gesicht zu wischen und die Krawatte zu richten, die er sich vor dem Verlassen des Hotels noch rasch umgebunden hatte.

Marcella erwartete ihn bereits und führte ihn gleich ins Allerheiligste des Direktors.

Das Ganze kam Avery mehr als unwirklich vor. Es war, als wäre er plötzlich in einem Film gelandet, in dem Jack Nicholson die Rolle des Direktors spielte. Doch es war der echte Troy Hamilton, der aufstand und hinter seinem Schreibtisch hervorkam, um ihm die Hand zu schütteln. Und es war der echte Troy Hamilton, der ihm einen Drink anbot und ihn bat, Platz zu nehmen, so als wären sie alte Freunde, die sich nach Langem wiedersahen.

„Vielen Dank, dass Sie so kurzfristig gekommen sind", sagte Troy, nachdem er jedem von ihnen zwei Fingerbreit Bourbon eingeschenkt hatte. Er war groß und breitschultrig, mit kurz geschorenem silbergrauem Haar und intensiven blauen Augen. Der Mann war eine lebende Legende beim FBI.

Avery war voller Ehrfurcht. „Das war kein Problem."

„Ich hörte, Sie wollen verreisen. Ich hoffe, ich habe Ihre Pläne nicht durchkreuzt."

Das hatte er zwar, doch das würde Avery niemals zugeben. Flüge konnte man umbuchen. Ein Treffen mit dem Direktor dagegen hatte man einmal in der gesamten Karriere, falls überhaupt. „Nein, haben Sie nicht."

„Ich habe Sie hergebeten, weil ich mich persönlich für Ihren Beitrag an der Aufklärung des Falls Kavanaugh bedanken wollte. Von Chief Farnsworth und Lieutenant Holland weiß ich, dass Sie einen wesentlichen Anteil beim Zusammentragen von Beweismaterial gegen die Pattersons und ihre Komplizen geleistet haben."

Ganz beflügelt von der Tatsache, dass Sam seine Arbeit gelobt hatte, wusste Avery nicht, was er antworten sollte. „Danke, Sir. Freut mich zu hören."

Troy stellte einen seiner großen Füße, die in schwarzen Lederslippers steckten, auf den Couchtisch. „Außerdem ließ Mrs. Bertha Ray mich wissen, dass Sie ihr das Leben gerettet und großes Mitgefühl gezeigt haben, als Sie ihr die Nachricht vom Tod ihres Sohnes überbrachten. Sie fürchtete, man könnte Sie bei dem Wirbel nach der Verhaftung Arnie Pattersons und seiner Söhne übersehen."

„Oh." Avery war perplex. „Das hat sie gesagt?"

Troy nickte und trank einen Schluck. „In ihrer E-Mail heißt es, sie sei besorgt, dass ich nie erfahren würde, was für einen hervorragenden Agenten ich in Ihnen hätte, wenn sie mir nicht schreiben würde. Aber das wusste ich bereits. Sie sind seit geraumer Zeit auf meinem Radar."

„Tatsächlich?" Am liebsten hätte Avery sich dafür geohrfeigt, dass er sich wie ein Idiot anhörte. Doch mit einem solchen Verlauf des Tages hatte er einfach nicht gerechnet. Eigentlich hätte er jetzt zu seinem Lieblingsstrand unterwegs sein sollen, anstatt vom FBI-Direktor mit Lob überschüttet zu werden. Er hätte nicht einmal vermutet, dass Hamilton überhaupt seinen Namen kannte.

„Ja, tatsächlich. Ist Ihnen bewusst, dass Loring Ende des Monats in den Ruhestand geht?"

Der Direktor spielte auf den Leiter der Abteilung Kriminalpolizeiliche Ermittlungen, der Criminal Investigation Division, im FBI-Hauptsitz an. „Nein, Sir, das wusste ich nicht."

„Ich möchte, dass Sie seinen Platz einnehmen."

Avery starrte ihn an, während ihm die Tragweite des Wunsches klar wurde. Er würde nach Washington ziehen müssen. Er würde in regelmäßigem Kontakt mit dem MPD und einem gewissen weiblichen Lieutenant stehen. Das hieß, dass er seine Pläne, sich möglichst von ihr fernzuhalten, aufgeben müsste.

„Agent Hill?"

„Verzeihung, Sir. Ich bin ein wenig überrumpelt."

Troy lächelte über diese Bemerkung und fuhr fort, seine Ziele für die Abteilung sowie seine großen Hoffnungen für Averys Karriere zu erläutern.

Obwohl Avery zuzuhören versuchte, konnte er bloß daran denken, dass er in Washington in der Nähe der Frau bleiben würde, die er liebte, aber nicht haben konnte. Wäre es da nicht besser, sein neu entdecktes Ansehen beim FBI zu nutzen und um eine Versetzung ins Hinterland zu bitten, um sie nie wiedersehen zu müssen? Oder sollte seine Karriere an erster Stelle stehen und er stattdessen einfach versuchen, auf Distanz zu dieser Frau zu bleiben?

„Agent Hill?"

„Ich habe mich gefragt, Sir, ob ich nach wie vor im Außendienst arbeiten könnte." Schon bei der Vorstellung, den ganzen Tag im Büro zu sitzen, fühlte er sich eingesperrt.

„Sie können Ihre Abteilung organisieren, wie Sie es für richtig halten."

Averys Gedanken wirbelten durcheinander, als seine Pläne, Washington schnellstmöglich zu verlassen, durch eine unerwartete Beförderung gekippt wurden.

„Kann ich darauf zählen, dass Sie die CID übernehmen werden?", wollte Hamilton wissen.

Wider besseres Wissen drängte es Avery, sich aus persönlichen Gründen versetzen zu lassen – idealerweise an die Westküste, wo keine Chance bestand, dass er Sam je wiedersah.

Doch während sein Gehirn ihm diese Botschaft laut und deutlich sandte, verlangte sein Herz, dass er dort blieb, wo ihre Wege sich wenigstens ab und zu kreuzen würden. Das war besser als nichts, zumindest redete er sich das ein. Er konnte nicht glauben, dass er die wichtigste Entscheidung seiner Karriere von einer Frau abhängig machte, die er ohnehin nie haben konnte. Und wenn er noch nach Beweisen dafür gesucht hatte, dass er den Verstand verloren hatte: Hier waren sie.

Das Wort Nein lag ihm bereits auf der Zunge. Nur war es nicht das, was aus seinem Mund kam.

„Ja, Sir", sagte er. „Es wäre mir eine Ehre."

„Ausgezeichnet. Der erste Punkt auf Ihrer Tagesordnung wird sein, den Präsidenten darüber zu unterrichten, wie es Arnie Patterson und seiner Gruppe gelungen ist, das Nelson-Lager zu infiltrieren. Er will den Schaden einschätzen, den sein Wahlkampf genommen hat. Sind Sie darauf vorbereitet, über den Fall zu berichten?"

Bilder seines Lieblingsstrandes in Jamaika zogen vor seinem inneren Auge vorbei, doch er antwortete: „Ja, Sir."

Der Jubel der Menge war so laut, dass Sam kaum ihre eigenen Gedanken verstehen konnte, ganz zu schweigen von dem, was Nick sagte. Zum Glück hatte sie die Rede in den vergangenen Wochen so oft gehört, dass sie sie auswendig kannte. Der Jubel bedeutete vermutlich, dass die Rede gut aufgenommen wurde.

Terry O'Connor sah mit breitem Grinsen zu Sam und Christina und hob die Daumen. Graham und Laine hatten den Parteitag wegen einer Grippe ausfallen lassen müssen. Nick und Terry hatten vorher Witze darüber gemacht, in welcher Stimmung Graham sich wohl befand, weil er Nicks großen Moment verpasste. „Besser, Mom spielt für ihn den Babysitter, als ich", hatte Terry trocken gesagt und alle zum Lachen gebracht.

„Das ist verrückt", meinte Scotty nun lächelnd zu Sam. Er stand neben ihr in den Kulissen und wartete mit ihr auf das Signal des Inspizienten.

„Traust du dir wirklich zu, da mit hinauszugehen?", fragte Sam, selbst nicht ganz sicher, ob sie dem gewachsen war. Die Vorstellung, vor diesen vielen Leuten über die Bühne zu ihrem Mann zu gehen, hatte sie in den vergangenen Nächten wach gehalten. Sie hatte sich ausgemalt, wie ihr dabei ein Absatz abbrach und sie vor den Tausenden in dem riesigen Ballsaal und den Millionen am Fernseher der Länge nach hinfiel. Und was sie sich alles von ihren Kollegen beim MPD anhören musste wegen ihres TV-Auftritts zur besten Sendezeit. Allein deshalb kam ein Sturz auf der Bühne gar nicht infrage.

„Ich bin total aufgeregt", gestand Scotty. „Das ist das Coolste, was ich je gemacht hab."

Worüber machte er sich Sorgen? Er trug ja keine Acht-Zentimeter-Absätze, zu denen sie sich von Shelby in einem Augenblick der Schwäche hatte überreden lassen. Wenigstens waren sie nicht pink. Im Stillen dankte sie dem Himmel für kleine Gnadenerweise. Das rote Kleid, das die Wahlkampfstylistin vom Team Nelson für sie gewählt hatte, passte zu den roten Streifen auf Nicks und Scottys Krawatten. Sam konnte noch immer nicht fassen, dass es Leute gab, die dafür bezahlt wurden, dass sie sich über solche Dinge Gedanken machten. Wie langweilig deren Leben sein musste, verglichen mit ihrem.

Ihr Name war – wieder einmal – überall in den Medien gewesen, nachdem sie zur Verhaftung der Pattersons und dem Ende von Arnies Wahlkampagne beigetragen hatte. Die nimmermüden Nachrichten hatten sich gierig auf die Story über einen Wahlkampf gestürzt, bei dem selbst vor Betrug, Spionage und Mord nicht zurückgeschreckt worden war, um einen Vorsprung zu erlangen. Die Börsenaufsicht prüfte nun die

Akten bei Patterson Financial, und man zog bereits Parallelen zum Watergate-Skandal. Arnies Bemerkung über Sex und Macht war wieder und wieder zitiert worden, bis Sam die Nase voll davon gehabt hatte und nichts mehr über die Pattersons hören wollte.

Von der Berichterstattung über die Verhaftung der drei Pattersons auf ihrem Anwesen in Defiance hingegen konnte sie beinah nicht genug bekommen. Mit dabei gewesen war auch Christians Chefberater Jonathan Thayer. Das gehörte jedenfalls mit zu dem Besten, was sie je im Fernsehen gesehen hatte. Hill hatte ihr einen Platz im FBI-Flugzeug angeboten, als er mit dem Team aufgebrochen war, das für die Festsetzung der Pattersons zusammengestellt worden war. Doch Sam hatte abgelehnt. Sie hatte ihren Beitrag geleistet und es nicht als notwendig empfunden, dabei zu sein. Da es Hill nichts anging, hatte sie in diesem Zusammenhang ihre Flugangst nicht erwähnt. Außerdem war sie froh gewesen, den lästigen Agenten los zu sein.

Statt nach Ohio zu fliegen, war sie daheim geblieben, um ihren Mann bei den Vorbereitungen für den größten Moment seiner bisherigen Karriere zu unterstützen. Außerdem hatte sie sich um das Kind kümmern wollen, das inzwischen für zwei der spektakulärsten Wochen ihres Lebens bei ihnen wohnte. Sie hatten ein Spiel der Red Sox gegen die Orioles im Camden Yards in Baltimore und mehrmals Heimspiele der Federals besucht. Außerdem waren sie bei Freddies „Überraschungsparty" zu seinem dreißigsten Geburtstag gewesen und hatten sich über Scottys Begeisterung für sein Baseballcamp gefreut, die schon allein deshalb gerechtfertigt erschien, weil Willie Vasquez, der Star-Mittelfeldspieler der Federals, vorbeigeschaut hatte.

Es würde Sam das Herz brechen, wenn sie Scotty nach Richmond zurückbringen mussten, und sie wusste, dass Nick deswegen genauso betrübt war. Sie hatten einfach jede einzelne Sekunde mit ihm genossen, und er schien sich ebenso darüber zu freuen, so viel Zeit ohne Unterbrechung mit ihnen verbringen zu können. Er hatte ihnen sogar gesagt, sie hätten genau die richtigen Chicken Nuggets für ihn gekauft, worüber er sich maßlos gefreut hatte.

Das Einzige, was ihre gemeinsame Zeit beeinträchtigt hatte, waren Arnie Pattersons Drohungen gegen Sam und ihre Familie gewesen, die dazu geführt hatten, dass der Secret Service Nick für die restliche Dauer des Wahlkampfes Schutz angeboten hatte. Da man Gewalt seitens einiger Patterson-Anhänger fürchtete, hatte Sam ihn gedrängt, diesen Schutz auch anzunehmen – während sie ihn für sich selbst strikt abgelehnt hatte, sehr zum Missfallen ihres Mannes.

Sie würde die Scherze der Kollegen für ihren TV-Auftritt in Kauf nehmen, aber unter keinen Umständen wollte sie von Secret-Service-Leuten bewacht werden, so als könnte sie nicht auf sich selbst aufpassen. Zum Beispiel mithilfe der Dienstwaffe, die sie unter dem glamourösen Kleid an ihrem Bein befestigt hatte. Sie hatte extra auf einem Kleid bestanden, zu dem sie ihre Waffe tragen konnte, ohne die sie nie das Haus verließ. Schon gar nicht, wenn ein Mörder ihre Familie bedrohte.

Nicks Rede, die eigentlich auf eine Länge von zwanzig Minuten angelegt war, dauerte nun schon dreißig Minuten, als sie von tosendem Beifall unterbrochen wurde. Terrys Rat beherzigend, hatte er sich für eine Rede entschieden, die der ähnlich war, die er bei John O'Connors Beerdigung gehalten hatte. Zunächst hatte er mit der Schilderung seiner bescheidenen Anfänge begonnen und war dann auf sein Studienstipendium für Harvard und die dort entstandene Freundschaft mit dem Sohn eines Senators eingegangen.

Während Nick jetzt über John O'Connors tragischen Tod und die Konsequenzen sprach, die sich für Nick daraus ergeben hatten, lauschte das Publikum gebannt, und Sam blinzelte gegen die Tränen an. Der Schmerz über den Verlust war ihm noch deutlich anzumerken, selbst nach so vielen Monaten. Sam fühlte mit ihm, als er eine Pause einlegte, um sich zu sammeln. Als er sich erholt hatte, beendete er die Rede, indem er seine Hoffnung auf eine zweite Amtszeit Präsident Nelsons bekundete und seine Zuversicht für eine positive Zukunft des Landes zum Ausdruck brachte, was ihm zum Schluss einen donnernden Applaus bescherte.

„Er hat es raus", meinte Terry begeistert.

„Absolut", pflichtete Christina ihm bei. „Das wird ihn gewaltig nach vorn katapultieren."

Sam war sich nicht sicher, wie sie es fand, irgendwohin katapultiert zu werden, gar gewaltig. Daher konzentrierte sie sich lieber mit pochendem Herzen auf den Inspizienten, der ihr gleich das Zeichen geben würde, auf die Bühne zu kommen. Nick war stets für sie da, und nun wollte sie für ihn da sein. Im Stillen betete sie zu einem Gott, an den sie nicht recht glaubte, dass sie es heil bis zu ihrem Mann schaffte.

Dann winkte der Inspizient ihr zu, sie solle losgehen.

Sam nahm Scottys Hand, froh über seine Begleitung. „Bereit, Kumpel?"

Er strahlte übers ganze Gesicht. „Und wie! Los geht's!"

Als wären sie unterwegs zu einem gemütlichen Sonntagspicknick im Park, schlenderten sie auf die Bühne zu Nick, während der Applaus geradezu ohrenbetäubend anschwoll. Sam hielt den Blick fest auf Nick gerichtet, der links vom Podium geduldig auf sie wartete. Als sie ihn ohne Zwischenfall erreicht hatten, legte er den Arm um sie beide und gab Sam einen Kuss auf die Stirn.

„Ist das zu fassen?", flüsterte er ihr ins Ohr.

Trotz des Lärms konnte sie ihn verstehen und lächelte. Die Bühnenscheinwerfer waren so grell, dass sie lediglich die Leute in den ersten Sitzreihen erkennen konnte. Nick nacheifernd, winkten sie ins Publikum, und Sam versuchte, nicht daran zu denken, dass Millionen weitere Menschen – ihre Kollegen eingeschlossen – ihnen zu Hause vor ihren Fernsehern zusahen.

Natürlich hatten sie sich darauf vorbereitet und darüber gesprochen, wie die Medien darauf reagieren würden, dass Scotty mit ihnen auf der Bühne stand. Die Presse würde wissen wollen, wer der Junge war und in welcher Beziehung er zu ihnen stand. Sam und Nick hatten sichergehen wollen, dass Scotty mit der Aufmerksamkeit der Medien zurechtkam.

„Klar, kein Problem für mich", hatte der Junge mit dem unerschütterlichen Selbstbewusstsein eines Zwölfjährigen geantwortet.

„Bist du dir sicher?", hatte Nick gefragt. „Reporter können ziemlich rücksichtslos sein, wenn sie eine gute Story wittern, und sobald dein Gesicht in den landesweiten Nachrichten erschienen ist, wirst du möglicherweise auch Personenschutz benötigen. Und das ist nicht witzig."

„Kein Problem."

„Woher weißt du das?", hatte Sam wissen wollen.

„Das erzähle ich euch später", hatte er mit seinem hinreißenden Lächeln erwidert. „Nach der Rede."

Natürlich hatten Nick und Sam sich gefragt, was er ihnen zu erzählen hatte, während sie ihre sorgfältig ausgewählten Garderoben angelegt hatten. Sie bewohnten ein Hotelzimmer gegenüber dem Kongresszentrum, und Nick hatte Scotty nach der Rede Eiscreme vom Zimmerservice versprochen.

Zehn Minuten lang dauerten nun der Applaus und die Sprechchöre. Sam hatte zuerst keine Ahnung, was das Publikum rief, doch dann hörte sie sehr deutlich die Worte: „Cappuano for President!"

Sie sah ihn an, und er schüttelte nur verwundert und staunend den Kopf.

Er winkte der Menge ein letztes Mal zu, bevor er Sam und Scotty hinter die Bühne führte, wo er Sam fest in die Arme schloss.

Sie erwiderte die Umarmung und freute sich wahnsinnig für ihn, dass es so gut gelaufen war.

„Das war klasse!", meinte Scotty. „Ich hab noch nie so viele Leute auf einem Haufen gesehen!"

„Ich auch nicht, Kumpel", sagte Nick.

„Und alle haben dir zugejubelt. Das ist vielleicht cool!"

Nick strich ihm über den Kopf. „Freut mich, dass du das denkst."

„Du warst fantastisch, und ich bin so stolz auf dich", erklärte Sam.

„Danke, Babe." Nick küsste sie und wackelte mit den Brauen, um sie wissen zu lassen, dass er es später noch besser machen würde. „Fahren wir ins Hotel zurück. Ich habe einem Jungen ein Eis vom Zimmerservice versprochen."

„Hast du hier nichts mehr zu erledigen?", fragte Sam.

„Jedenfalls nichts, was wichtiger wäre, als mein Versprechen gegenüber Scotty zu halten."

„Ich könnte ihn mitnehmen, falls du noch eine Weile hierbleiben musst."

„Ich wäre aber viel lieber mit euch zusammen. Also los."

Es dauerte jedoch eine Stunde, bis Nick sich von den vielen Leuten losreißen konnte, die ihm die Hand schütteln und diesen glorreichen Moment mit ihm teilen wollten. Als der Secret Service sie endlich über die Straße ins Hotel begleitete, hatte sich bereits die Dunkelheit über Charlotte gesenkt. Die drückende Hitze war beinah eine Wohltat nach den Stunden in dem kühlen Kongresszentrum. Sam konnte es kaum erwarten, ihre Schuhe auszuziehen und es sich mit ihren beiden Männern gemütlich zu machen.

Im Hotel erwarteten sie weitere Gratulanten. Erst zwanzig

Minuten nach dem Betreten des Hotels schafften sie es aus der Lobby zum Fahrstuhl.

„Du bist irrsinnig beliebt", sagte Scotty und fasste damit den Trubel in vier einfachen Wörtern zusammen. Sam und Nick lachten.

„Es hätte ohne euch überhaupt keinen Spaß gemacht", entgegnete Nick, während er seine Krawatte lockerte und die obersten beiden Knöpfe seines hellblauen Hemds öffnete, das im grellen Scheinwerferlicht für wirkungsvoller erachtet worden war als ein weißes. Dazu trug er einen neuen dunkelblauen Anzug mit dezenten Nadelstreifen, und Sam wagte die Prognose, dass er heute Abend die Stimme jeder Frau in Amerika gewonnen hatte – eine Vorstellung, die eine gewisse Verunsicherung in ihr auslöste.

„Bleiben Sie für den Rest des Abends in Ihrem Zimmer, Senator?", erkundigte sich einer der Security-Männer.

„Ja."

„Dann noch einen schönen Abend. Wir sehen uns morgen früh."

„Danke."

Nick signalisierte Sam und Scotty, ins Zimmer zu gehen, und schloss drinnen die Tür hinter sich. Er lehnte sich dagegen und machte die Augen zu. Sein schweres Durchatmen war das einzige Anzeichen von Nervosität, das er an diesem Tag zeigte. Ansonsten wirkte er absolut cool und gefasst.

„Darf ich das Eis bestellen?", fragte Scotty.

„Klar, nur zu", ermunterte Nick ihn.

Scotty lief los in sein Zimmer.

Sam ging zu Nick, knöpfte sein Hemd auf und küsste dabei seine Brust. „Froh, dass es überstanden ist?"

„Woher weißt du das?"

„Dein Ausatmen gerade hat dich verraten." Lächelnd küsste sie seine Brust und seinen Hals. Dann drehte sie sich um und forderte ihn auf: „Mach mir den Reißverschluss auf. Ich will aus diesem Kleid raus. Sofort. Und wenn Shelby mich das nächste Mal zu Acht-Zentimeter-Absätzen überredet, wird sie anschließend achtkantig gefeuert."

Nick ließ sich Zeit beim Herunterziehen des Reißverschlusses, wobei er ebenfalls strategische Küsse auf ihrer nackten Haut platzierte. „Ziehst du die Schuhe später wieder an?"

„Im Ernst? Gefallen sie dir?"

Er nickte und hechelte wie ein Hund, was sie zum Lachen brachte. „Die sind echt heiß."

Als er sie an sich drücken wollte, wich sie ihm aus. „Nicht, wenn der Junge nebenan ist, Senator", sagte sie tadelnd, lächelte ihm jedoch über die Schulter zu und führte ihn an der Krawatte hinter sich her in ihr Schlafzimmer, wo sie in Jogginghosen und T-Shirts schlüpften.

„Ist das ein Ja zu den Schuhen nachher?" Er legte die Hände auf ihre Hüften und küsste ihren Nacken, was sie vor sinnlicher Begierde erschauern ließ. Seit jener Nacht auf dem Dachboden knisterte es mehr denn je zwischen ihnen. Nachdem Scotty bei ihnen eingetroffen war, hatten sie dort schon mehrere Nächte verbracht, denn das Loft befand sich von seinem Schlafzimmer aus gesehen auf der anderen Seite des Hauses.

„Wir können da möglicherweise etwas aushandeln."

„In zehn Minuten ist es da, Leute", verkündete Scotty, an ihre Tür klopfend. „Beeilt euch. Das eklige Küssen könnt ihr auch später noch machen." Mit dem „ekligen Küssen" zog der Junge sie gern auf. Er hatte sogar bemerkt, dass ihm nicht klar gewesen wäre, wie oft sie sich küssten, bis er bei ihnen wohnte. Natürlich küssten sie sich noch viel häufiger als sonst, denn seit Sams Gesicht endlich verheilt war und das Küssen nicht mehr wehtat, hatten sie auf diesem Gebiet einiges nachzuholen.

Mit diesem Gedanken im Hinterkopf gab Sam ihm zur Überbrückung einen langen, feuchten Kuss, bis sie später allein sein würden.

„Fortsetzung folgt", flüsterte Nick ihr auf dem Weg zu Scotty ins Wohnzimmer zu.

„Können wir uns einen Film anschauen?", fragte der Junge.

„Warum nicht?", antwortete Nick. „Wir feiern schließlich."

„Unbedingt", sagte Sam. „Aber ich will etwas mit Schießereien und Explosionen."

„Ist ja klar." Nick verdrehte die Augen.

Scotty sah zu Nick und prustete los.

„Was ist denn so witzig?"

„Du", erwiderte Scotty und lachte, bis ihm die Tränen übers Gesicht liefen. Er zeigte auf seinen Mund. „Lippenstift steht dir. Ich wusste doch, dass ihr euch da drin geküsst habt."

„Hoppla", meinte Sam und wischte ihrem Mann die Make-up-Reste ab. „Ertappt."

„Und wie!" Scotty konnte nicht aufhören zu lachen.

„Na, wie schön, dass wir zu deiner Belustigung beitragen", bemerkte Nick trocken. „Aber ich werde dich daran erinnern, wenn du anfängst, mit Mädchen auszugehen, und mit Lippenstift im Gesicht nach Hause kommst."

Scotty schüttelte sich bei dieser Vorstellung. „Igitt!"

„Wir sprechen uns in einem oder zwei Jahren wieder, Kumpel", sagte Nick selbstsicher. „Wie steht's jetzt mit einem Film?"

„Bevor wir das machen", meinte Scotty zögernd, „könnte ich mit euch noch etwas Ernstes besprechen?"

Das ließ Sam aufhorchen. „Natürlich kannst du das. Alles, was du willst. Nur mit dem ekligen Küssen werden wir nicht aufhören – egal, was du sagst."

Scotty lachte, was die Spannung zu lösen schien. „Na ja, ich habe drüber nachgedacht, was ihr vor einer Weile meintet ... Also, ob ich für immer bei euch leben möchte ... Ich weiß, ich hab gesagt, dass ich mir nicht sicher bin, ob ich das tun sollte. Aber nach den letzten Wochen bei euch kann ich mir gar nicht vorstellen, jemals wieder von euch wegzugehen. Wenn ihr also noch wollt, dass ich bleibe ... ich meine, wenn das für euch klargeht ... dann, äh, wäre es für mich in Ordnung, denn ich hänge ganz schön doll an euch, und ich glaube, ihr auch an mir ..."

„Ja!" Sam lachte mit Tränen in den Augen, schlang die Arme um ihn und drückte ihn fest an sich. „Ja, wir wollen dich! Ja, wir hängen an dir! Wir fanden den Gedanken, dass du nächstes Wochenende wieder fährst, unerträglich."

Seine braunen Augen weiteten sich vor Erstaunen. „Echt?"

„Und ob", pflichtete Nick ihr bei und legte den Arm um sie beide.

„Was ist mit der Schule und allem?", fragte Scotty vorsichtig.

„Ach, die Einzelheiten klären wir in Ruhe." Nick winkte ab.

„Kann ich Mrs. L und meine Freunde in Richmond weiterhin sehen?"

„Jederzeit", versprach Sam, strich ihm das Haar aus dem Gesicht und küsste ihn auf beide Wangen. Bei den Küssen zuckte er zusammen, was sie erneut zum Lachen brachte.

„Seid ihr euch auch ganz sicher? Es ist eine ziemlich große Sache, ein Kind aufzunehmen, das nicht euers ist ..."

„Wie könntest du mehr unser Kind sein, als du es jetzt schon bist?", entgegnete Nick und entlockte Scotty damit ein Lächeln. „Du weißt doch, dass meine Rede heute Abend eine große Sache war, oder?"

Scotty nickte. „Das war wirklich ein Ding."

„Aber das hier ist viel, viel größer."

Sam ergriff die Hand ihres Mannes und verschränkte ihre Finger mit seinen. „Viel größer."

„Größer als all die vielen Leute, die deinen Namen gerufen haben?"

„Viel, viel größer. Ich hatte noch nie einen Sohn. Was könnte bedeutender sein?"

„Wollt ihr mich adoptieren oder so was?"

„Liebend gern würden wir dich adoptieren", versicherte Nick ihm. „Wenn es das ist, was du willst."

„Müsste ich meinen Namen ändern?"

„Nur wenn du willst."

Scotty kaute auf der Unterlippe herum. „Ich habe schon darüber nachgedacht. Was, wenn ich Dunlap als Mittelnamen behalte und Cappuano als Nachnamen annehme?"

Nick drückte Sams Finger. „Das klingt für mich nach einer großartigen Idee. Findest du nicht auch, dass das eine großartige Idee ist, Sam?"

Sam gab sich Mühe, nicht wie ein Baby loszuweinen. „Das ist die beste Idee, die ich seit Langem gehört habe."

Scotty lehnte sich an die beiden. „Es ist sehr lange her, dass ich eine richtige Familie gehabt habe. Ich kann mich an meine Mom und meinen Grandpa kaum noch erinnern."

„Du hast jetzt eine große Familie, die dich sehr liebt", erklärte Sam. „Großeltern, Tanten, Onkel und Cousinen, die begeistert darüber sein werden, dass du bei uns bleiben willst. Doch niemand liebt dich mehr als wir beide."

„Danke, Sam", sagte Scotty und wischte sich eine Träne aus dem Auge. „Das ist echt nett von dir, so was zu sagen."

Ein Klopfen an der Tür veranlasste Scotty, sich aus Sams Armen zu befreien und zur Tür zu rennen, um den Zimmerkellner hereinzulassen.

„Ist das gerade echt geschehen?", fragte Nick leise, während Scotty für das Eis unterschrieb, wie Nick es ihm am Morgen gezeigt hatte, als sie das Frühstück bestellt hatten.

„Ja, ist es."

„Möglicherweise ist mein Herz für einen Augenblick stehen geblieben."

„Meins auch."

„Kommt schon, Leute!", rief der Junge. „Es schmilzt!"

Auf dem Tablett standen drei Schalen mit Vanilleeis, dazu Behälter mit allen möglichen Beilagen.

„Ich mach das", verkündete Scotty.

„Ladies first", sagte Nick.

Sam überlegte, wofür sie sich entscheiden sollte. „Ich nehme Karamell, Nüsse, Schokolinsen, Sahne und eine Kirsche obendrauf."

Scotty bereitete alles zu und präsentierte Sam ihr Schälchen schwungvoll.

„Vielen Dank, Sir."

„Nick?", fragte der Junge.

„Mach 'ne doppelte Portion draus."

Scotty kümmerte sich um Nicks Eis, ehe er seine eigene Schale mit Karamell, heißer Schokoladensoße, Streuseln, Schokolinsen, Nüssen, Schlagsahne und einer Kirsche verzierte. Mit dem übervollen Gefäß ging er zum Sofa und setzte sich zwischen Sam und Nick.

„Ich glaube, das verlangt nach einem Toast", meinte Sam und erhob ihre Schale.

Scottys Grinsen erinnerte sie wieder einmal an Nick, als er ebenfalls seine Schale in die Höhe hielt.

„Auf die Cappuanos!", erklärte Sam und sah dabei in Nicks wundervolle Augen.

„Hört, hört", erwiderte ihr Mann und stieß mit ihr an. So glücklich hatte sie ihn noch nie erlebt. Es war für sie beide eine enorme Erleichterung, zu wissen, dass Scotty bei ihnen bleiben würde.

„Hört, hört", wiederholte Scotty, seinem Vorbild Nick wie immer nacheifernd.

Sam hatte Nick noch nicht das Baby schenken können, nach dem sie sich beide schrecklich sehnten, doch nun hatte er endlich eine eigene kleine Familie. Das war ein Anfang.

– ENDE –

Nach dem Epilog

Es dauerte lange, bis Nick nach diesem ereignisreichen Tag, der gerade zu Ende gegangen war, abschalten konnte. Die Aufregung um seine Rede, der Zuckerschock durch die Eiscreme und die monumentale Entscheidung, eine Familie zu werden, hatte ihnen allen dreien einen Höhenflug beschert – besonders Scotty, der sehr erleichtert gewirkt hatte, nachdem er das Gespräch über seine Zukunft angestoßen hatte.

Um ein Uhr nachts erklärte Nick ihm, dass es Zeit war, ins Bett zu gehen.

„Aber der Film ist noch nicht zu Ende."

„Den Rest schauen wir uns morgen an."

Scotty schien weiter protestieren zu wollen, überlegte es sich dann aber anscheinend anders. „Okay." Er stand auf, umarmte Nick und gab Sam, die den Kopf auf Nicks Bein gelegt hatte und schon schlief, einen Kuss.

„Bis morgen, Kumpel. Sam und ich sind vielleicht schon weg, wenn du aufstehst, weil wir TV-Interviews geben müssen. Bestell dir zum Frühstück, worauf du Lust hast. Wir sind zurück, sobald wir können. Die Security-Leute werden da sein."

„Okay." Der Junge schlurfte in Richtung des zweiten Schlafzimmers in der Suite davon und drehte sich noch einmal um. „Nick?"

„Was gibt's?"

„Das Ding, über das wir vorhin gesprochen haben?"

Nick musste lachen. „Das Ding" gehörte zu den wichtigsten *Dingen*, über die er jemals gesprochen hatte. „Was ist damit?"

„Ich war wirklich nervös, als ich mit euch darüber geredet habe, und hinterher wurde mir klar, ich hätte das gar nicht zu sein brauchen. Ich wollte nur, dass ihr das wisst. Danke und so."

Nick bettete Sams Kopf auf ein Kissen und ging zu ihm. „Du brauchst niemals nervös zu sein, wenn du mit uns über etwas sprechen möchtest. Egal worüber. Wir lieben dich mehr, als du es dir jemals vorstellen kannst."

„Ja, daran muss ich mich immer noch gewöhnen."

„Du hast den Rest deines Lebens Zeit dafür." Nick drückte ihn, und Scotty erwiderte die feste Umarmung. „Und jetzt schlaf."

„Du auch."

Scotty lief in sein Zimmer und schloss die Tür hinter sich.

Nick sah diese Tür lange an, unendlich froh darüber, dass eine Entscheidung getroffen worden war und dass Scotty beschlossen hatte, bei ihnen zu bleiben. Wochenlang hatten Sam und er unter Druck gestanden, weil sie nicht recht gewusst hatten, wie sie damit umgehen sollten, falls der Junge beschloss, in das Kinderheim in Virginia zurückzukehren.

Und nun mussten sie sich darüber keine Gedanken mehr machen, worüber sie unendlich froh waren. Er küsste seine Frau auf dem Sofa wach.

Sie öffnete die Augen, und ein Lächeln breitete sich auf ihrem schönen Gesicht aus.

„Du wachst sonst nie lächelnd auf", meinte er.

„Doch, wenn ich davon geträumt habe, einen Jungen ins Herz zu schließen, der sich entschieden hat, für immer bei uns zu bleiben."

„Ich freue mich sehr, dir mitteilen zu können, dass das kein Traum war." Nick bot ihr die Hand, um ihr aufzuhelfen und sie ins Schlafzimmer zu führen. Er mochte es, wenn sie sanftmütig, verschlafen und glücklich war.

„Ich werde dich heute Nacht sehr, sehr glücklich machen", sagte sie.

„Ich bin jede Nacht glücklich, weil ich mit dir schlafen kann."

„Heute Nacht erreichen wir aber ein ganz neues Glückslevel."

„Da gibt's noch ein anderes?"

„Und ob", erwiderte Sam. „Das absolut höchste Level, nachdem wir gerade Eltern geworden sind und du eine unglaubliche Rede gehalten hast. Ich bin vor Stolz auf dich fast geplatzt. Aber wütend hat es mich auch gemacht."

„Darf ich es wagen, zu fragen, was dich wütend gemacht hat?"

„Überall werden nun Frauen scharf auf meinen Mann sein."

„Wenn ich es nicht besser wüsste, würde ich glatt meinen, du hättest getrunken."

„Weil ich darüber rede, wie unfassbar sexy du bist?"

Nick verdrehte die Augen, wie jedes Mal, wenn sie derartige Dinge sagte.

„Zieh dich aus", wies sie ihn an.

Allein diese drei klaren Worte genügten, um sein Verlangen zu wecken. Er legte sein T-Shirt ab, und noch während er dabei war, zog sie seine Jogginghose herunter. Ehe er sich von dieser Überraschung erholte hatte, stieß sie ihn aufs Bett und setzte sich auf ihn.

„Halt deinen Hut fest, Senator", erklärte Sam lächelnd. „Jetzt wird's heiß."

„Ich halte mich lieber an dir fest. Und heiß ist es immer mit dir."

Am nächsten Morgen begannen Nick und Sam die Runde durch die morgendlichen Fernsehshows. Den Anfang machte *Wake-up America*, wo man sie prompt nach dem Jungen fragte, der am Abend zuvor mit ihnen auf der Bühne gestanden hatte.

Nick sah Sam an und erklärte: „Er ist unser Sohn, Scotty Dunlap Cappuano."

„Oh", erwiderte die Moderatorin. „Ich wusste nicht, dass Sie einen Sohn haben."

„Wir sind dabei, Scotty, der bisher unter staatlicher Obhut in Virginia gelebt hat, zu adoptieren." Daraufhin erzählte er die Geschichte, wie er Scotty bei einem Halt auf seiner Wahlkampftour kennengelernt und sich auf Anhieb mit ihm verstanden hatte, nicht zuletzt wegen ihrer gemeinsamen Liebe zu den Boston Red Sox.

„Nach der Rede am gestrigen Abend wird Ihr Name im Zusammenhang mit der nächsten Präsidentschaftskandidatur genannt. Wie sehen Ihre Pläne aus, Senator?"

Nick ergriff Sams Hand und drückte sie. „Ich habe vor, weiterhin den Bürgern Virginias zu dienen, während meine Frau und ich unserem Sohn dabei helfen, sich in seinem neuen Zuhause und der neuen Schule zurechtzufinden. Wir haben also reichlich um die Ohren, um es milde auszudrücken."

„Wie stehen Sie zur möglichen Präsidentschaftskandidatur Ihres Mannes, Mrs. Cappuano?"

„Lieutenant Holland", korrigierte Nick die Frau.

„Selbstverständlich. Verzeihen Sie, Lieutenant."

„Kein Problem. Was Nicks mögliche Kandidatur betrifft, so glaube ich, dass er ein großartiger Präsident wäre. Aber wie er bereits erwähnte, haben wir momentan wirklich viel zu tun, und unsere gesamte Aufmerksamkeit gilt jetzt unserem Sohn – ganz so, wie es auch sein sollte."

Nick lächelte Sam an. Sie beide waren in völligem Einklang, wie immer.

Danksagung

Ich danke meiner lieben Freundin und Assistentin Julie Cupp, die all meine logistischen Fragen zu Washington, D.C. beantwortet und mich jeden Tag mit ihrem Lachen, ihrer Freundschaft und ihrer unermüdlichen Unterstützung aufbaut. Mein Dank gilt außerdem Captain Russell Hayes vom Newport Police Department, Rhode Island, der jedes Buch der Serie liest und mir dabei hilft, die Polizei-Action detaillierter und präzise darzustellen. Ein besonderes Dankeschön geht an meinen Mann Dan, der mir erklärt hat, wie Sicherheitsüberprüfungen und das sie durchführende Amt funktionieren.

Vielen Dank auch an meine Testleserinnen Ronlyn Howe, Kara Conrad und Anne Woodall. Ich bin euch unendlich dankbar für eure Anregungen! Danke an alle bei Harlequin und Carina Press für ihre Hingabe bei der Verwirklichung der Serie und an meine Agentin Kevan Lyon für ihre Hilfe bei den Feinheiten. Alison Dasho – ich danke dir für deine Unterstützung bei diesem Buch! Ein Riesendank gilt auch all meinen Lesern, die Sam und Nick und ihre Geschichte ins Herz geschlossen haben, und an die Lesegruppe auf Facebook, die mich ermutigt hat, nachdem ein Computerabsturz mich beinah das halbe Manuskript gekostet hätte. Glücklicherweise konnte ich die Dateien rekonstruieren, aber lustig war das nicht.

Um eure drängendste Frage zu beantworten: Ja, da kommt noch viel mehr von Nick und Sam! Am Schluss also auch noch ein großes Dankeschön an Sam und Nick, über die ich immer noch wahnsinnig gern schreibe. Ihretwegen gehe ich jeden Tag glücklich an die Arbeit. Nach sechs Büchern sind sie so lebendig für mich, dass es mir an manchen Tagen schwerfällt, zu glauben, dass sie nicht real sind und schwer verliebt in Washington wohnen. Trotzdem möchte ich daran glauben, dass sie genau das tun.

Um euch mit weiteren Lesern dieser Serie auszutauschen, könnt ihr bei der Facebook-Lesegruppe unter www.facebook.com/groups/FatalSeries/ mitmachen. Über diesen Roman könnt ihr mit anderen diskutieren, indem ihr euch der Lesegruppe auf Facebook unter www.facebook.com/groups/FatalDeception anschließt – Spoiler sind dabei erlaubt und durchaus erwünscht. Außerdem finde ich es toll, von meinen Lesern zu hören: Ihr könnt unter marie@marieforce.com Kontakt zu mir aufnehmen. Danke fürs Lesen!

xoxo

Marie

Lesen Sie auch:

Marie Force

Unbarmherzig ist die Nacht

Aus dem Amerikanischen von
Christian Trautmann

Ab Mai 2018 im Buchhandel

Band-Nr. 26135
9,99 € (D)
ISBN: 978-3-95649-810-7

Besser geht's nicht, dachte Nick Cappuano – ein kühler, frischer Herbstabend im Baseballstadion mit seinen Lieblingsleuten und der Heimmannschaft, den D.C. Federals auf dem Weg zur allerersten Teilnahme an der World Series. Zu Beginn des neunten Innings lagen die Feds zwei zu eins vorne, bei drei Outs, die zwischen ihnen und der großen Show standen.

„Ich kann nicht glauben, dass das wirklich passiert", sagte Scotty. Der Zwölfjährige zitterte fast vor Aufregung.

„Nur nicht so voreilig." Als lebenslanger Fan der Boston Red Sox hatte Nick gelernt, in diesen Dingen realistisch zu sein. „So was bringt Unglück."

„Alles, was sie brauchen, sind drei Outs, und die Sache ist geritzt."

„Schsch", warnte Nick ihn und stupste das Kinn des Jungen an, was diesem ein Grinsen entlockte. Er wohnte jetzt seit zwei Monaten bei ihnen, und es waren die besten zwei Monate in Nicks Leben gewesen. Er und seine Frau Sam hatten einen Adoptionsantrag gestellt, um den Jungen offiziell zu einem Mitglied der Cappuano-Familie zu machen.

Wenn man vom Teufel spricht. Seine wundervolle Frau bahnte sich ihren Weg durch die luxuriöse Loge, die er zusammen mit seinem engen Freund Senator im Ruhestand Graham O'Connor für das große Spiel gemietet hatte. Mit einer Wasserflasche in der Hand setzte Sam sich auf Nicks Schoß und schlang ihm den Arm um die Schultern.

„Amüsierst du dich, Schatz?", erkundigte Nick sich.

„Und wie. Freddie und Gonzo wetten bereits auf die World Series."

„Das sollten sie lieber nicht tun", meinte Scotty mit ernster Miene. „Nick sagt, sie werden den Feds Unglück bringen."

„Ist das zu fassen?", meldete Graham sich zu Wort, als er sich breit grinsend zu den Cappuanos gesellte. „Es dauerte nur drei Saisons lang, um es in die World Series zu schaffen! Wenn man sich überlegt, dass sie letztes Jahr noch Tickets verschenkt haben, um das Stadion voll zu bekommen."

„Erzähl es ihm, Scotty", forderte Nick den Jungen auf. „Du wirst ihnen Unglück bringen."

Graham wuschelte dem Jungen durch die Haare. „Unsere Chancen sind hervorragend, den Sack mit Lind auf dem Werferhügel zuzumachen." Der „Vollstrecker" der Feds, Rick Lind, war einer der Hauptgründe dafür, dass es für das Team zu Beginn des neunten Durchgangs im siebten Spiel der National League Championship Series gut aussah. Der hundert Meilen pro Stunde schnelle Fastball des fast zwei Meter großen Werfers war die reinste Augenweide.

„Wenn die Sox es doch auch nur geschafft hätten, dann wäre es noch viel aufregender", beklagte Scotty sich.

Den Sox war Ende September die Luft ausgegangen. „Wir müssen nehmen, was wir kriegen", sagte Nick.

Lind haute die ersten zwei Schlagmänner der Giants raus, mit sechs dermaßen schnellen Fastballs, dass sie sie nicht einmal kommen sahen. Sam und Nick erhoben sich zusammen mit den anderen Zuschauern im Stadion, um die Heimmannschaft anzufeuern.

„Verdammt!", meinte Scotty, ebenfalls auf den Beinen, jetzt, wo nur noch drei Strikes zwischen den Feds und der World Series standen. „Das ist der aufregendste Abend meines Lebens!" Er hielt inne, schaute zu Nick und runzelte die Stirn.

„Was?", fragte Nick. Im tosenden Lärm der Zuschauer konnte man schlecht hören, deshalb neigte er den Kopf dem Jungen zu.

„Deine Parteitagsrede war noch cooler, und auch das, was danach passierte." Es war der Abend gewesen, an dem Scotty ihnen eröffnet hatte, dass er dauerhaft bei ihnen bleiben wollte. Auch in Nicks und Sams Leben war das einer der besten Momente gewesen.

Lächelnd legte Nick den Arm um Scotty. „Das hier ist verdammt cool. Es ist absolut in Ordnung, wenn das bei dir an erster Stelle steht."

Scotty schüttelte den Kopf. „Kommt aber nah ran an den Abend damals."

„Da hast du recht."

Scotty sah mit einem liebevollen Lächeln zu ihm auf, dass Nicks Herz fast aussetzte. Bis Sam und Scotty Teil seines Lebens wurden, hatte er keine Ahnung gehabt, dass es möglich sein könnte, so tief zu lieben. Er schlang den Arm um seinen Sohn, als der dritte Schlagmann der Giants seinen Platz auf dem Schlagmal einnahm und Lind auf seine berühmte komische Art Schwung holte. Wie er auf diese Weise Strikes erzielt, war jedem Baseballfan in Amerika ein Rätsel.

„Er sieht aus wie Bibo auf LSD", bemerkte Sam trocken und brachte damit alle auf der Tribüne zum Lachen.

Die Fans gerieten außer sich, als dem besten Vollstrecker im Baseball noch zwei Würfe blieben.

Den Aufprall des zweiten Balls im Handschuh des Fängers konnte man bis hinauf in die letzten Zuschauerreihen hören. Nick schaute auf die Anzeigentafel, auf der die Geschwindigkeit des Balls mit 103 Meilen pro Stunde angegeben wurde. *Junge, Junge*. Lind fuhr für dieses letzte Inning seine schwersten Geschütze auf.

Die Lautstärke wurde ohrenbetäubend, sowie Lind den zweiten Strike machte.

Links von Nick befanden sich Sam, ihr Partner, Detective Freddie Cruz, sowie dessen Freundin Elin. Auch Detective Tommy „Gonzo" Gonzales, der seinen Sohn Alex auf dem Arm hielt, sowie Gonzos Verlobte – und Nicks Stabschefin – Christina Billings schauten sich das Spiel gemeinsam mit ihnen an. Ebenso wollten sich Sams Dad Skip und dessen Frau Celia sowie Graham und seine Frau Laine, Terry O'Connor mit seiner Freundin, der Gerichtsmedizinerin Dr. Lindsay McNamara, samt ihrer Tochter Lizebeth, die ebenfalls ihre Familie mitgebracht hatte, den Spaß nicht entgehen lassen. Auch Sams Schwester Tracy und deren Familie waren mitgekommen. In der Loge genoss auch Sams und Nicks persönliche Assistentin Shelby Faircloth das Spiel, zusammen mit Nicks Freund Derek Kavanaugh, der seine kleine Tochter Maeve mitgebracht hatte. Nick freute sich, dass Derek nach dem schrecklichen Verlust seiner Frau Victoria mal wieder herauskam. Derek unterhielt sich mit Shelby, die Maeve hielt und mit Derek über die Faxen des Babys lachte. Zu Nicks Erleichterung wirkte sein Freund endlich wieder ein wenig gelöster, nachdem sein altes Leben zusammengebrochen war.

Die ganze Gruppe lachte und feuerte die Mannschaft an, und Scotty hüpfte inzwischen auf und ab. Zwar war der Junge schon immer ein Red-Sox-Fan gewesen, was ihn und Nick von Anfang an miteinander verbunden hatte, doch wurde er in dieser Saison auch ein großer Fan der Feds. Besonders seit dem Baseball-Trainingslager, das er im Sommer in der Hauptstadt besucht hatte und wo er den Star-Centerfielder des Teams, Willie Vasquez, kennengelernt hatte.

Willie stand in diesem Moment vornübergebeugt und beobachtete intensiv das Geschehen auf dem Hügel, als Lind ausholte und einen weiteren Ball warf, den der Schlagmann nicht richtig traf. Die Anspannung im Stadion löste sich ein wenig, da der Ball in die Zuschauerreihen nahe der linken Spielfeldseite fiel. Doch die Anfeuerungen begannen von Neuem, sowie Lind Schwung holte und einen Ball mit Effet warf, den der Schlagmann wieder nicht richtig traf.

Nick schaute zu Scotty, der auf seinen Nägeln herumkaute, während er auf das Spielfeld unten blickte, wo der Catcher, der First Baseman und der Shortstop sich mit Lind auf dem Wurfhügel beratschlagten.

Als Scotty merkte, dass Nick ihn beobachtete, ließ der Junge die Hand sinken. „Das ist so aufregend."

„Überleg mal, wie die Spieler sich fühlen müssen."

„Ich bin vermutlich für den Profisport nicht gemacht."

Der Junge war immer witzig, was einer der Gründe dafür war, dass Nick und Sam ihn so liebten. „Zum Glück hast du ja noch jede Menge Zeit, um Karriereentscheidungen zu treffen, Kumpel."

„Stimmt auch wieder."

Als die Beratung auf dem Wurfhügel beendet war, klatschte Scotty mit den übrigen Zuschauern und feuerte lautstark Lind an.

Während der Pitcher den Schläger fixierte, packte Sam Nicks Arm – fest.

Gebannt verfolgten sie das Geschehen auf dem Feld, als Lind warf. Der Knall, mit dem der Ball auf den Schläger traf, ließ Tausende den Atem anhalten, während der Batter auf die First Base zurannte und schneller war als der Wurf des Shortstop.

„Das macht nichts", beruhigte Nick den Jungen und legte ihm die Hand auf die Schulter. „Es ist nur ein Mann drauf." Er verschwieg, dass die Giants bei einem Homerun die Führung übernehmen würden, denn das sollte Scotty jetzt besser nicht hören. Zu Sam sagte Nick: „Äh, das fängt an wehzutun."

„Oh, tut mir leid." Sie lockerte ihren Griff an seinem Arm, allerdings nur leicht.

Scotty kaute mittlerweile Nägel an beiden Händen, während Lind den nächsten Spieler mit vier Würfen ausschaltete, ein Hinweis darauf, dass seine legendäre Konzentration doch unter dem unerwarteten Schlag gelitten hatte. Wieder versammelten sich der Catcher, der First Baseman und der Shortstop auf dem Werferhügel, dieses Mal zusammen mit dem Wurttrainer und Manager Bob Minor.

„Ich kann gar nicht mehr hinsehen", erklärte Scotty und drehte das Gesicht Nicks Brust zu.

Nick tätschelte dem Jungen den Rücken, in der Hoffnung, ihn damit beruhigen zu können. „Bleib stark, junger Mann. Wir brauchen nur noch ein Out."

Bei all dem Adrenalin und der Aufregung musste Nick sich selbst sagen, dass es sich ja nur um ein Spiel handelte, ein Gedanke, den er jedoch nicht mit Scotty teilte.

„Es wird Zeit, wieder hinzusehen", meinte Nick, während der nächste Schlagmann seine Position einnahm.

Scotty richtete seine Aufmerksamkeit wieder auf das Spiel, indem er klatschte und das Team anfeuerte.

Sam verstärkte wieder ihren Griff um seinen Arm, doch da Nick es liebte, von ihr gedrückt zu werden, beschwerte er sich nicht.

Zwei Fouls und drei Würfe später brauchte Nick irgendetwas zum Drücken. Die Spannung im Stadion war greifbar, besonders nachdem der Läufer es von der Second zur Third Base geschafft hatte, mit einem Hechtsprung, der die Feds komplett überrumpelt hatte.

„Scheiße", murmelte Scotty und brachte damit die Gefühle der Fed-Fans zum Ausdruck.

Bei Läufern an jeder Ecke und noch einem Out, das zwischen den Feds und der World Series stand, war jeder einzelne Spieler hoch konzentriert und jeder Fan auf den Beinen.

„Komm schon, komm schon, *komm schon*", rief Scotty, während Lind zum Wurf ausholte.

Ein weiterer Ball, der hinter der Home Plate in die Zuschauerreihen ging.

„Ich weiß nicht, wie lange ich das noch aushalten kann", meinte Scotty.

„Das sagt ein Red-Sox-Fan, der bloß das erfolgreiche Jahrzehnt erlebt hat", bemerkte Skip auf der anderen Seite neben Sam.

„Das ist nicht meine Schuld", verteidigte Scotty sich und brachte damit die anderen erneut zum Lachen.

„Halt einfach durch, Kumpel", ermunterte Sam ihn, sich zu ihm hinüberbeugend. „Soll ich deine Hand halten oder so was?"

„Nee, meine Hände sind ganz schwitzig."

„Das stört mich nicht." Sam hielt ihm die Hand hin, und er ergriff sie dankbar.

Sam und Nick lächelten einander zu, dann stieß sie einen Pfiff aus, der ihn fast taub werden ließ. Wer hätte gedacht, dass sie das kann?

„Komm schon, Lind!", brüllte sie. „Mach es!"

„Ich glaube, wir haben hier einen neuen Fan gewonnen", wandte Nick sich an Scotty.

„Das haben wir nun davon, dass wir sie den ganzen Sommer lang zu allen möglichen Spielen geschleppt haben."

„Ich kann hören, wie ihr zwei über mich redet."

Nicks Bemerkung ging unter im Lärm, weil Lind einen weiteren Fastball warf. Das Krachen des Schlägers ließ die Menge verstummen, und der Ball flog in einem hohen Bogen ins Centerfield, wo Willie Vasquez geduldig wartete. Nur weil Nick zur Großbildleinwand schaute, sah er, wie Vasquez für den Bruchteil einer Sekunde den Ball aus den Augen ließ, um einen Blick zum Läufer auf der Third Base zu werfen.

Mehr als diesen Sekundenbruchteil brauchte es nicht, damit der Wind den Ball über Willies Kopf hinwegtragen konnte. Es dauerte den weiteren Bruchteil einer Sekunde, bis Willie erkannte, was passiert war. Da hatte der rechte Feldspieler Cecil Mulroney den Ball auch schon erwischt und warf ihn zurück ins Infield. Doch der Schaden war angerichtet. Beide Läufer hatten gepunktet, jetzt lagen die Giants in Führung.

Die vorhin noch so laut jubelnden Fans buhten nun noch lauter, und von den Tribünen flog Müll hinunter auf das Outfield.

„Das verstehe ich nicht", sagte Scotty mit Tränen in den Augen. „Wie konnte er den verfehlen? Der flog doch nicht schwierig."

„Er hat den Ball nicht im Auge behalten", erklärte Nick, geschockt von der Wendung der Ereignisse. „Das reicht schon."

Während das Stadionpersonal den Müll vom Outfield einsammelte, der nach wie vor von den Rängen hinuntergeworfen wurde, lieferte sich die Security Rangeleien mit aufgebrachten Fans auf den Tribünen. Nick war froh, dass er sich in einer Loge befand, weit weg von der im Stadion ausbrechenden Unruhe.

Vasquez stand allein im Centerfield und wirkte benommen von dem, was gerade passiert war.

Jemand tippte Nick auf die Schulter, und er drehte sich zu Eric Douglas um, einem der Secret-Service-Agenten, die zu seiner Bewachung eingeteilt waren. Er war schon während seiner inzwischen abflauenden Kampagne zur Wiederwahl von ihnen bewacht worden, seit Sam dem ehemaligen Präsidentschaftskandidaten Arnie Patterson den Mord an Victoria Kavanaugh nachgewiesen hatte, worauf dieser Rache an ihrer Familie zu nehmen schwor. „Senator, wir würden Sie und Ihre Familie gerne von hier wegbringen", erklärte Eric.

„Nicht, bevor das Spiel zu Ende ist", erwiderte Nick.

„Wir würden gern jetzt aufbrechen. Nur für den Fall, dass die Situation eskaliert."

„Ich kann Scotty jetzt nicht von hier wegbringen, Eric."

Sams Pager meldete sich, genau wie die von Gonzo und Cruz. Sie schaute auf ihren.

„Alles klar."

Marie Force
Mörderische Sühne

Ihr letzter Fall endete in einer Katastrophe. Doch die aktuelle Mordermittlung könnte Detective Sergeant Samantha Holland helfen, ihren Ruf wiederherzustellen: Ein bekannter Senator wurde brutal in seinem Bett umgebracht. War es ein politisch motiviertes Verbrechen oder ein grausamer Racheakt? Der wichtigste Zeuge ist für Samantha kein Unbekannter. Nick Cappuano war nicht nur der beste Freund des Toten, sondern auch ihr Liebhaber. Samantha lässt sich auf ein gefährliches Spiel ein, dass sie nicht nur ihre Karriere kosten könnte …

ISBN: 978-3-95649-692-9
9,99 € (D)

Marie Force
Verhängnis der Begierde

Richtig feiern kann Samantha Holland ihre Beförderung nicht. Denn schon wird sie zum nächsten Tatort gerufen: Ein Familienvater hat seine Frau erschossen und seine Kinder brutal erschlagen. Was muss vorgefallen sein, um einen Mann zu solch einer Grausamkeit zu treiben? Noch schockierender ist für Samantha allerdings eine Entdeckung im Schlafzimmer des Täters, die sie selbst betrifft. Bevor sie den Hinweisen nachgehen kann, geschieht ein weiterer Mord in ihrem direkten Umfeld. Das Opfer ist der Mentor ihres Freundes Nick Cappuano ...

ISBN: 978-3-95649-695-0
9,99 € (D)

Marie Force
Wenn die Rache erwacht

Direkt nach der Hochzeitsreise mit Nick Cappuano wartet ein eiskalter Doppelmord auf Lieutenant Samantha Holland – und das ist erst der Auftakt einer blutigen Serie, die ganz Washington, D. C. in Panik versetzt. Denn offenbar wählt der Killer seine Opfer rein zufällig. Als Samantha unter den Hochzeitsglückwünschen eine Todesdrohung entdeckt, fürchtet sie, dass sie selbst das fehlende Puzzlestück in dem tödlichen Rätsel ist ...

ISBN: 978-3-95649-765-0
9,99 € (D)

Marie Force
Jenseits der Sünde

Frisch verlobt mit Nick Cappuano, tritt Samantha den Dienst wieder an. Das erste Verbrechen lässt nicht lange auf sich warten. Eine junge Frau, die als Reinigungskraft im Kapitol gearbeitet hat, wurde ermordet. Neben der Leiche steht völlig aufgelöst Senator Henry Lightfeather, ein guter Freund von Nick. Der verheiratete Politiker hatte eine Affäre mit dem Opfer und ist der Hauptverdächtige. Samanthas brisante Ermittlungen sorgen nicht nur für Spannungen mit Nick, sie stören auch höchste Regierungskreise.

ISBN: 978-3-95649-673-8
9,99 € (D)